孙甘露 主编

在思南阅读世界

第二辑

上海人民出版社　　上海书店出版社

《在思南阅读世界　第二辑》编委会

主办单位：

上海市新闻出版局　上海市作家协会　上海市黄浦区委宣传部

编委会主任：

徐　炯　王　伟

编委会委员：（按姓氏笔画排序）

马文运　王　伟　王为松　刘　申　孙甘露　李　崟　李海宇
余海虹　汪　澜　钱　军　徐　炯　彭卫国　阚宁辉

主编：

孙甘露

策划：

李伟长　王若虚　石剑峰　彭　伦

目　录

在思南读书会和思南书集三周年活动上的致辞（代序）

徐　炯

各位领导、各位嘉宾、各位读者：

　　首先，我代表上海市新闻出版局对思南读书会和思南书集举办三周年表示热烈祝贺，对上海市作家协会，黄浦区委、区政府和区委宣传部，对思南公馆以及参加思南书集的上海图书公司、外文书店、作家书店、蒲蒲兰绘本馆等合作单位表示诚挚谢意，对思南读书会的品牌延伸，即《思南文学选刊》的创办表示祝贺，更要感谢广大读者的不离不弃和热切支持。

　　从 2014 年 2 月 15 日到今天，思南读书会和思南书集已走过三周年。三年来，作为上海书展·上海国际文学周的延伸，思南读书会坚持"把有价值的书推荐给读者，也帮助爱书人深读、精读"，已举办 164 期，共有 430 位嘉宾来到这里，可谓名家荟萃、群贤毕至。思南书集秉承"为书找到读者，为读者找到书"，三年来销售额可观，累计销售图书近万种、3.5 万余册，销售额 100 多万元。

　　三年来，思南系列活动的品牌效应已全面显现，不仅在市民读者中树立了好口碑，更引发全国文学界、出版界、媒体界等社会各界的广泛关注和点赞，被誉为上海城市文化新名片、城市公共阅读新地标，成为上海常态化阅读活动最重要的示范性品牌，成为国内文学名家来上海交流的码头，成为读者心中的理想读书会。

希望思南读书会和思南书集以三周年为新的起点，常办常新、越办越好，持续发挥引领示范功能，为推进全民阅读、建设书香社会，为上海国际文化大都市建设发挥更大作用。同时，吸引更多国内外文学名家新作来沪参加上海国际文学周、思南读书会，推动更多优质文学资源、创作人才、出版资源向上海集聚，为上海做强文化源头和做优文化码头贡献更多力量。

2017 年 2 月 25 日

时间：2015 年 3 月 7 日

嘉宾：谭晶华　谭一珂　王皎娇

清纯与贫穷之歌

—— 从《忍川》看日本当代的私小说创作

王皎娇：感谢大家今天来参加思南公馆新年后第一场读书会，即思南读书会第 56 期。今天我们非常有幸请来了《忍川》一书的译者，上海外国语大学原常务副校长、中国日本文学研究会会长、上海市翻译家协会会长谭晶华教授和他的女儿谭一珂，为大家介绍三浦哲郎和《忍川》，并探讨日本当代私小说的传统与现状。《忍川》在日本是一本畅销书，也是私小说的代表作。它在日本被搬上荧幕六次，改编为两部电影和四部电视剧，人气非常高。1972 年三浦哲郎的一部电影曾在中国放映，亦产生了巨大的影响，是传承几代人的美好记忆。接下去把话筒交给谭老师，谢谢大家。

谭晶华：我是上海外国语大学的谭晶华。我在春节前后看见《文汇报》和《新民晚报》对过去一年的思南读书会总结，一共办了 55 期。一年 56 周办了 55 期，非常难能可贵。今天能够参加这样的文化活动我感到非常高兴。王皎娇是《忍川》的责编，这本书是今年一月份正式出版的。关于这本书，我要跟大家讲四个方面的问题。

一、三浦哲郎这个作家，是日本家喻户晓的私小说作家。二、这部作品拍成了电影，非常畅销。日本的读者怎么看这本书，为什么会给

王皎娇　谭晶华　谭一珂

它这么高的评价？三、这本书的主题到底是什么？它作为我们刚才讲的私小说写作手法有怎样的特点。私小说是有根深蒂固的传统的，到现在已经有一个世纪以上的历史了。实际上，私小说的写作手法现在对中国作家的影响也是蛮大的。最后我们谈谈文学翻译。

三浦哲郎是 1931 年出生的，到 2010 年去世，活了 79 岁。他出生在日本的青森县八户市，一家有六个兄弟姐妹，因为那个时代子女生得比较多。家里三男三女，他是最小的一个，上面有两个哥哥三个姐姐。他家里是开吴服店的，卖丝绸的和服，卖料子，也做衣服。他的姐姐哥哥都有病，小说里面和现在的资料里也没说生什么病，我估计都是精神方面的疾病，或者是抑郁症一类的病。1937 年他的二姐到北海道去，在一艘摆渡船上投海自杀了，这一天正好是他 6 岁生日。这一年的夏天，他的长兄失踪了，也是有点精神不大正常，再也没有回来。他的大姐在次年的秋天服毒自杀，他当时年仅 7 岁。1949 年，他到早稻田大学学习。早稻田是日本的私立大学，学费比较贵，因为家里很穷，就靠他二哥在一个地方工作资助他读书。可是，他刚刚读到大二，二哥就把家里的稍微值钱一点的东西拿走，以后便失踪了，而且从此再也没有回来。

　　这样一来，他又辍学了，因为付不出学费。日本人讲"中退"，就是中途退学了。然后他要挣生活费，就在本地的中学里做老师。后来三姐一直在家里，和二姐一样，由于精神上的毛病，弱视加弱智，只能呆在家里。大哥二哥大姐二姐，要么不回来，要么自杀，剩下两个小的，一个是身体有病的，只有他一人相对健全。他从小有一个看法，认为他们家的血液有问题，遗传有问题，他觉得根子应该在他老爷子的身上，所以始终耿耿于怀。后来要去找工作，人家说你要填张表，这个表里把你家里的情况填写清楚。日本的管理严格，即便在很偏僻的乡下也是一样。他如果如实填，人家工作单位就不要，他也没有办法。后来有一段时间他一直在养病。在早稻田大学读书时，门口有个小饭馆，他在里面结识一个女招待，小说里叫志乃。这个志乃非常天真，而且也十分单纯、活泼。志乃的家境也不好，所以两个人一来一去，就产生了感情，一直有交往。有一天志乃突然说，他父亲不行了，老家在延寿县，要他陪着回去看她的父亲，可能那是临终前的最后一面。他就答应了。当时两人并未明确恋爱关系，就一起回去了。志乃的父亲已处于昏迷状态，她有个妹妹对父亲说，姐姐和男朋友一起回来了。后来父亲竟然清醒过来，把志乃托付给主人公——"我"。与志乃进行的所谓结婚，是只有五个人的婚礼，因为家里太贫穷了，他们是赤贫。

　　1952年以后，呆在家乡的他喜欢文学，立下文学的志向，下定决心一定要从事文学创作。1953年，22岁的他再次进入早稻田大学复学，读大三。早稻田大学有一个同人杂志，即喜欢文学、有共同文学志向的人创办的文艺杂志，他开始在杂志上发表自己的作品。那时候他认识了战后派的一位很重要的作家井伏鳟二，写过《黑雨》《遥拜队长》等反战文学。三浦哲郎就拜井伏为师，跟着他学习写小说。井伏鳟二的创作本身就具有私小说的倾向，有些作品使用私小说的写法。到1955年，三浦哲郎已经开始在一些杂志和文艺期刊上发表自己的作品。1956年，他和一个叫海老泽德子的女子结婚，她就是小说里的志乃。1958年早大毕业，去求职的时候，再次碰到对方要他填家庭情况。就职的时候，日本大的公司都要进行家境调查，了解你的家庭情况。于是他不得不再次放弃工作，又回到老家，过着极为拮据贫穷的生活，不过，只要有空他就从事写作。

1959年，他得病回到老家，休养了一段时间，到1960年，身体状况有所好转，便来到东京。到东京后，他进入一家杂志社，一边工作，一边从事写作。1960年10月，他写完了《忍川》，是一个短篇。他投向《新潮》杂志，那是属于新潮社的，一份比较大的文艺杂志。新潮社很快就发表，作品完全是以主人公和志乃的婚姻为题材的私小说。作品中，把他在贫穷潦倒的生活中与志乃两个人的爱情写得相当清纯，且颇有男子气。所谓的男子气，就是他实现了一个人生的重大转变。过去他一直怀疑他家血缘的病根子在他父亲身上，但是当看到父亲寿终正寝的时候，他对将来的生活重新燃起了信心；同时他觉得，哪怕自己身上真有病血的基因，眼下还没有事实证明他肯定会像他哥哥姐姐们一样患病。他觉得自己完全可以借助于志乃的健康的血液，为自己生活，为今后的人生带来希望。这是感动许多读者的地方。

他的作品并不炫耀技巧，去用这个流派或那个思潮的方法，而是朴实无华，文章畅达，纤细精巧。后来他又连续发表了多篇同题材的小说，这个小说集子里一共收了七篇，比如《羞耻谱》，那是1961年3月发表的，《初夜》是1961年的10月发表的，《幻灯画册》是1961年6月发表的，都是反映作家对抗所谓的病血——病的血统，反映坚定的求生意志。1964年还有一个《团圆》，1967年以后，他又写了长篇小说《海路》，短篇集《结婚》，1970年写了一部长篇小说，叫《剥制》。这些都是这位作家比较有代表性的作品。

接着我来讲讲《忍川》这部作品。它以"我"和饭店女服务员志乃的相识和结婚为素材。其实，他们两个人各有各的不幸，但是，志乃非常健康，非常坚强，单纯和耿直，这成了主人公生存下去的一种希望。其中《忍川》和《初夜》两篇作品里，最最感人的部分，我觉得是他们五个人在那么酷寒地方举行的婚礼。日本的雪国，不少地方大半年生活在大雪之中。因此我们有时看日本的电影会有一些表现积雪的镜头。日本除雪的设施系统非常好，为了保证交通的通畅，有的公路上有温水喷出，家家户户有负责除雪的义务。在电影里我们看到有雪的隧道，边上大概有五六米甚至七八米高的积雪，中间的马路上行车。在这样的雪乡，举办只有寥寥五个人的婚礼。他见了志乃病入膏肓的父亲，那短暂清醒的父亲对主人公做出谆谆嘱托，真是个极其感人的场面。

这部小说集是私小说性质的，后面我会解释什么叫做私小说。我们知道，文学作品的描写是不能脱离社会的。20世纪60年代初，日美《安保条约》缔结后，许多日本人积极参与反安保条约运动。政府努力发展经济，将那个时期称作"高速经济成长期"。80年代我在日本学习的时候，听当时的首相在台上说，我们1964年要举办东京奥运会了，在那之前，每户人家可以购到一辆轿车及自己的住房。下面的听众，由于过去太贫穷，谁都不信。听众们叫嚷："你别撒谎，不要吹牛了。"然而过了两三年，因为从1959年以后开始实行高速成长，每年GDP的增速都是两位数，跟我们前几年的发展状况相似，达到10%以上的水平。到了上世纪70年代，日本进入了稳定增长期，增幅控制在6%—7%。

由于私小说的性质，作者从现实生活的侧面有意切除了政治和时代的影响，故事发生在一个世外桃源式的偏远的农村，写成一个很清纯的故事。他从贫穷的生活中提炼出生活美的侧面，虽然赤贫窘迫，但是有着相当美好的一面，成为标新立异的、众口赞誉的青春恋爱小说的成功之作。日本的文学史从明治维新以后，经历了明治、大正、昭和时代，到现在也有一百多年了。大家公认的青春小说，在座的很多同志都会有熟悉的感觉，比如川端康成的《伊豆的舞女》，"文革"刚结束时上海公映的武者小路实笃的《生死恋》，早期浪漫主义的诗人岛崎藤村的《嫩菜集》的诗歌。这些都是有名的青春恋爱的文学，非常优美雅致，近百年来一直在民间广为传诵，而这部《忍川》也是这样的作品。

这个地方插一段，介绍一下日本的芥川奖的评审。日本的芥川奖和直木奖是1935年设立的，设立者叫菊池宽，20世纪10年代他和芥川龙之介一起创立"新思潮派"，对芥川龙之介非常崇拜。后来芥川龙之介在1927年昭和时代初期自杀了。菊池开了一个《文艺春秋》杂志社，持续至今，我们学校的资料室还订有《文艺春秋》的月刊杂志。芥川奖和直木奖，一年两次都是发表在这个杂志上的，作品获奖后也会出单行本。芥川奖是为了纪念在日本被视为纯文学的最优秀的鬼才作家芥川龙之介而设立的。还有一个是大众文学的直木奖，为了纪念直木三十五那位推理小说作家。每年评审两次，它们的原则是，有优秀的入选作的话，最多可以同时评两位作家获奖，如果没有就空缺，宁缺毋滥。日本文坛一直把它说成是一个登龙门的最高新人奖。一个崇尚文学的作家所写的作品投到杂志社，杂志社可以退稿。但是一般说来，当你获得了芥川奖和直木奖以后，出版社一定会采纳。为什么？那就等于认定你有这个才华和水准，你再写得一塌糊涂是你的问题，文责自负。而且出版社还会在书上说什么本作品是芥川奖获奖者的创作。芥川奖的评审，一直延续到今天，已经评了一百几十次了，最近一段，女作家得奖的比较多，也算是一个新的现象。日本的文学大奖评奖方法我是从一些资料上了解的。2002 年，我曾经应日本最大的出版社讲谈社之邀，去东京当了一次"野间文艺翻译奖"的终审评委。那个奖从 1990 年开始，是专门授给外国的译者的。我去参加了第 13 届。北京代表是叶渭渠先生，他 3 年之前去世了。台湾地区代表是林水福先生，另外日本方面出了四位评委，分别是京都大学竹内实教授、东京大学的藤井省三教授、早稻田大学的岸阳子教授、法政大学的市川宏教授。

那个评审规定从 1990 年开始到 2002 年期间在中国出版的优秀作品里先进行海选，请在日本读书的博士生硕士生来做。在此基础上，把票数比较高的译作选出四到五部，这成为候选作，终审评审委员来讨论这几部作品。评审跟中国做法不同，不是大家审阅后投票。他们很认真，每个评审委员都要发表意见，比如 7 个评委要一个一个地讲，在场有一个年长的秘书做记录。先从拟淘汰的人开始说，把 5 部候选作里大家都认为不能获奖的去掉，然后到最后剩下两个 PK。那一年最激烈的是林少华和赖明珠的比拼，台湾地区的学者坚持说赖明珠译得好，亦有几位委员认为林少华译得好。其实村上春树的创作基本上都是讲谈社出版的，讲谈社也有意授给村上春树作品的译者。最后反而是"渔翁得利",由中国作家出版社出版的陈薇翻译的《永井荷风作品集》获奖。我觉得这里当然有地缘政治的考虑。据日本朋友讲,1990 年设的"野间文艺翻译奖"本来老早就应该考虑中国译者获奖,因为我们是亚洲大国,也是他们的近邻,90 年代初期中日关系还很不错。但是因为同是中文圈的台湾、香港、澳门等地区的问题都没解决,加上马来西亚、新加坡,他们觉得比较麻烦,一拖就拖到 2002 年的 13 届。又过了七八年,这个奖又一次授给了北京和上海的两位译者。

在芥川奖的授奖历史上,第一届授给了石川达三的《苍氓》(第 1 部),作品描写 20 世纪初移民去南美定居的第一代日本人的艰难经历和极其凄惨的生活,作品共有 3 部。石川达三后来从事社会派小说的创作,60 年代初也成了芥川奖的评委,1985 年去世。历史上,众口一致称赞的,或者 90% 以上的评委认定写得好的获奖作品不多。有几次到最后仅以一票之差决胜负。比方说石原慎太郎,1955 年的《太阳的季节》,把当时朝鲜战争后的一帮颓废青年的精神面貌写在小说里,成了日本流行的"太阳族"的原型。1976 年,芥川奖又授给了村上龙的《近乎于无限透明的蓝色》一作,作品中把那些受嬉皮士影响的年轻人跑到美军基地里去鬼混,搞性乱交等乱七八糟行状写在小说里,那种青年又被称为"蓝色族"。对此,芥川奖评审委员会里有两种意见,一种认为如果给这样的作品授奖是一种倒退;另外一种则认为作品反映了当时社会的现实,写得也不错,应该授予。像这种争论很大的评审,与交口称赞的作品,在芥川奖评审的历史上形成了鲜明的对比。

而《忍川》的评价恰恰是一致称好的,虽然有的评委评价稍低。日本的文学奖评审,获奖作通过以后,最后所有评委每人都得写一段话,表明你对获奖作的评价。我们参加"野间文艺翻译奖"的评审时也是这样做的。几乎所有的评委都认为《忍川》写得好。

这里,我选几段第 44 届芥川奖评委的点评读一下。川端康成说这部小说"虽然有些稚嫩,偏古风,但却能带来最纯的感动。三浦哲郎因为写下自己真实的婚姻而得奖,真幸运"。井伏鳟二说,"我被清纯的内容所吸引,也能感受到故事的沉痛。虽然美化贫穷很难,但是三浦哲郎却做到了"。泷井孝作说，"笔致清纯，叙述简朴，作为短篇，结构把握得非常好。就像在读俳句一样，古色古香，这反倒会使文章变得生动"。日本的俳句是世界上最短的诗歌，五七五；短歌是三十一音，五七五七七，有规定、有标准的。诗里面最多也就是三五个单词。什么样的俳句是好的？就是有意境的、能够反映作者心境的俳句才是好的俳句，那绝不是随便写写就行的。

石川达三是这样评价的："为什么我要推荐这部作品，是因为这部作品与报告、作文、记录、日记都不同，展现了'小说'该有的风貌。一字一句都是小说，并非别的什么。三浦哲郎一定是能够正确感知小说最重要元素之一'美'的人。"因为曾经有人提出，写自己的一生的东西，不能算是小说。但是，"私小说"其实还是小说，它虽然是基于自己真实的体验和经历，可它还是小说。最有名的是川端康成《伊豆的舞女》和森鸥外的《舞姬》。川端是1918年去的伊豆半岛，回来后写了一篇《汤岛的回忆》，那个是比较纪实和真实的。后来到1926年才将这段经历写成小说，虽然还是基于这些事实，却成了小说。既然是一部文学作品，它一定要呈现艺术的美，这一点作家在私小说的创作里能够表现出来。

日本二战后还有一位非常出名的评论家叫奥野健男说，《忍川》可以和日本文学史上最著名的青春小说媲美。比如樋口一叶（现在通用的日本的五千元钞票上的那个女子，她只活了24岁，但作品写得极好，一生只写了二十几个短篇小说，日本人认为她对近代女性史的改变起到非常重大作用）的代表作《青梅竹马》、中岛敦的《李陵》（在第二次世界大战当中，他写了中国汉代三种不同类型的知识分子苏武、李陵和司马迁。苏武宁死不降，西域牧羊十八年；李陵是投降的，还有司马迁，因为为李陵讲话，受到宫刑的迫害，后来才会有《史记》。作品《李陵》的评价非常高，在人的意志不可抗力的政治背景下，每个知识分子都有自己存活的态度。）、铃木三重吉的《千鸟》和原民喜的《夏天之花》等。包括《忍川》在内的这些短篇小说，还有《伊豆的舞女》《嫩菜集》，武者小路实笃的《友情》、志贺直哉的《学徒之神》，都是在日本近代文学史上著名的青春小说，隔了数十年近百年再去读，还是具有非常动人的力量。

这些青春文学，会持续受到各个时代读者的喜爱，因为一部好的作品是会经久不衰的，证明它的生命力。还有一个关键，在60年代初的时候，日本的文坛，因为时局的动荡，变化很大。日本文学有一部分作者紧跟欧美，诸如存在主义、超现实主义、女性主义、后现代主义的种种主义，在日本的流行也很快。其实，日本近代文学从明治文学以后，就一直紧跟欧美，欧美有什么文学理论，在日本的文坛会有最快的反映。60年代初期，芥川奖的候选作家人物里面有仓桥由美子、柴田翔和小林胜，他们都紧跟流行的文学创作理论的。其实有不少评委也觉得他们写得很不错，但是那次投票，《忍川》是高票当选，所有评委被三浦哲郎这部小说感动，没有什么异议。主张女性主义的，通常会赞赏女性主义的优秀作品，但是那一次，许多评委里忘记了自己的文学理论和主张，把所有的票都投给了三浦哲郎，使《忍川》变成一个无法割舍的选择。

第三方面，我想谈谈这部作品的主题。我以为它的主题可用四个字来概括：精神救赎。近代文学描写了近代人在十分贫穷、走投无路的状况下的生存和强烈的生存意志。这方面，尽管作品背景是放在一个很贫穷的环境里的，但是，人物的性格会使它非常动人。有几个情节，我想读过的同志都会感动。他去看他的岳父，临终那段写得非常好，私小说的特点是可以写得很细腻。比如《初夜》，一开始他认定老爷子是家中不幸的病根，等到老爷子后来不行了，也没什么特别的毛病就寿终正寝了。有一个细节，小说里是这样写的。一般来说，自己的父亲，与父亲的感情又非常好，会让人觉得父亲去世是一个令人悲痛的事情。然而，主人公那天却异常兴奋，先赶紧跑到父亲的主治医生那里去通报，他说我的父亲死了，多谢你平时的关照。他是带着喜悦的心情去的。而后又跑到寺庙里，对寺庙的住持说，我的老父亲终于死了，依旧带着十分兴奋的心情。父亲平平常常的无疾而终，对他的思想和心理是一种冲击。因为这个冲击就是精神的救赎。

后来举办葬礼，葬礼完后，老娘也是风烛残年，把他叫过去。母亲对他说，你看看现在活在世上的家里人就我们四人了，三个女的，你一个男的。老娘，你的妻子志乃，还有你有病的三姐。今后这三人就靠你了，你可不能像你大哥大姐二哥二姐那么任性了！想死就死，想走就走，要是你再发生他们这种事儿，我家剩下三个人等于死路一条。那天晚上主人公想了很多，他觉得自己的哥哥姐姐们确实太任性了。他们走的时候，回头一看，后面还有个小弟弟在，于是，他们爱怎么干就怎么干，他们可以自由地采取任何的行动。而主人公呢，已经再也没有这种自由了。

再一个细节是，他在整理父亲的遗物时，发现抽屉里有些破烂的东西，翻出来时突然发现一张纸条，上面写着十个男孩和十个女孩的名字。他回想起在早稻田大学读书的时候，突然家里传来消息说，志乃怀孕了。受到刺激的他非常气愤。因为他跟志乃结婚之前就已约法三章，不能怀孕。他说，我们家里血液是有病的，如果生下下一代，那绝对是不负责任。志乃是认同这个原则才跟他在一起。当时，他想到很多，志乃是不是因为一个女人家太孤独了，所以偷偷解禁，使得她意外怀孕或者故意怀孕。这是他生气的原因。一回家他就指责志乃。志乃非常地委屈，她说，我想来想去，这事一定是暑假结束，你要回学校那天发生的。想到一个学期夫妻俩分居两地，一个到东京读书，一个在东北老家，不能相聚。两人恋恋不舍地亲热一番，我想，一定是那次发生的问题。后来主人公回去一算，果然如此。

主人公说，这个不是出于自己生育意愿的孩子不能要，坚决打掉。事情就这样过去了，但是他没想到，他拿这张名单去询问母亲，要不要保留。母亲很凄惨地一笑，说这是当年志乃怀孕的时候，你的老父亲高兴得不得了，喝了酒，写了男孩的名字十个，女孩的名字十个，若生的是男孩，十个里面挑了一个，生下女孩的话，也从十个里面挑一个。那天喝了酒，还说起了大话：小生我呀，也是生了六个孩子的父亲。父亲是从志乃的怀孕看到了人生的希望，说到底也是一种精神的救赎。这件事使得主人公产生一个意念，自己是不是应该做一件什么事情来纪念一下。于是，他决定和志乃要一个孩子。当他把这个决定告诉志乃的时候，志乃激动得不可名状。后来他们计算好日子，生下了一个孩子。

《初夜》写的是一种生命的初夜，对主人公的精神救赎导致他在观念上发生改变，从而对今后的人生燃起了极大的希望。这个使我想到日本还有部作品叫《生命的初夜》，在大正和昭和初年，日本很穷。一场西班牙感冒可以死掉几万人，还有什么霍乱、伤寒，下大雨后积水，一趟水就得伤寒病。还有两个最致命的不治之症结核病和麻风病。当时，麻风病对日本的威胁很大，旧社会的中国也一样。我下放在江西农村的时候，曾看到过一个废弃的麻风病隔离区。麻风病是皮肤传染，到了第三期，脸上的肉也会掉下来，相当令人恐惧。一旦确诊患上麻风病，患者就觉得天崩地裂，彻底完蛋，只有死路一条。一个名叫北条民雄的作家，被送到麻风病院的第一天晚上，思来想去，与其最后等死，不如早点死，可以少受痛苦。到麻风病院里，他看到各种各样丑陋的怪人，吓坏了，弄了一根绳子跑到小树林准备上吊。但是，他的一举一动被比他疾病严重得多的正在等死的一名患者看到，把他救了下来，给他讲道理。救人者尽管病入膏肓，但是他还是天天为他人着想，所有新进医院的病人他都仔细观察，一旦发现他们想轻生，就出手拯救他们，帮助他们。

当时，北条民雄是一个无名青年。小说写完后，起名为《最初的一夜》，即自己进麻风病医院的第一夜的遭遇。他把小说寄给当时已成名的川端康成，川端读后相当感动，专门为他写了一段话，还把小说的题名改成《生命的初夜》。我觉得三浦哲郎的《初夜》也有相同的含义存在。

我在上个月的《文汇报》上看到一篇题为《赵林卖葱油饼的作家》的文章。文章与《忍川》有异曲同工的地方。赵林前两次婚姻的丈夫都很不争气，酗酒，把家里弄得一败涂地。她在浙江一个乡村的小学门口卖葱油饼，挣钱来养活她的儿子，维持生活。她有一个爱好，晚上读书。她读了很多小说，很了不起。她已经写了两部长篇小说，第一部叫《蚁群》，还有一部即出，名叫《看不见的屋顶》，其实也是讲这么一个主题。

所谓精神的救赎究竟该怎么理解？文学应该是一种精神，它与穷富的关系并不大。然而越是生活无望的人，越是需要救赎，而虚无缥缈的文字本身就是一种救赎。赵林晚上有空就读莫言的作品。莫言的魔幻现实主义就是把日常生活当中习以为常的事物加以夸大，让民间传说当中超现实的故事堂而皇之地登台，把它表现出来。而实实在在现实主义的文字，所谓的私小说就是现实主义的一种写法，那更加是一种救赎。所以，赵林非常钟爱莫言的一句话："所有的生活当中，没有得到的东西都可以在诉说当中得到满足。"因为写小说也是一种述说，这也是写作者的自我救赎之道，"用叙述的华美和丰盛，来弥补生活的苍白和性格的缺陷"。赵林诉说了她是怎么战胜重重困难，去追求自己人生的。所以我觉得她的创作与《忍川》是异曲同工。

三浦哲郎的创作手法用的是私小说形式。日本的近代文学，从明治时代开始，最早是写实主义。可以说，世界文学 20 世纪最最辉煌的成就在于现实主义。日本在封建主义的江户时代没有自己的文学理论。到了坪内逍遥、二叶亭四迷的时候开始流行用写实主义手法创作。明治 30 年代流行自然主义，自然主义文学受法国左拉主义的影响。左拉有一篇很著名的论文叫《实验小说论》，他认为作家就应该像医生做实验那样，要亲力亲为地经历很多验证，去体验人物和生活。当年日本人对自然主义的理解有一个较长的过程，起先认为写生理和遗传，不是在赞颂人，而是在写遗传的兽性，同时认为左拉是只爱写人类兽性的作家，后来读了《鲁贡玛卡一家人的社会史》后才知道他是在抨击社会的不公、不平，是一个有社会正义感的作家。直到明治 30 年代中期约 1902 年左右，随着介绍、评论越来越多，日本才知道这原来就是自然主义。

日本的自然主义的成名作是两部，一是岛崎藤村《破戒》（1906），二是田山花袋的《棉被》（1907）。《棉被》写一个叫竹中时雄的中年作家，有妻子和三个孩子，他对生活和人生非常倦怠，只喜欢美女。正好那个时候一个单纯的女学生芳子，投到他门下，愿跟他学习写作。他来劲了，因为芳子容貌漂亮，声音甜美，但是，老婆的眼光也很吓人。正好他家边上有一间姐姐的空房间，就让芳子住这间房，每天一本正经去指导她怎么写作。后来他得知芳子有一个同志社大学的男朋友以后，便处处进行干预。男友非常聪明，把芳子老家四国的父亲搬了出来，让他去东京说家里有事，不跟你学了，把芳子领了回去。她走后，竹中十分憋气、难熬，竟然跑到芳子住过的房间里，钻进女孩子叠得整整齐齐的棉被里，闻着她被窝里留下的清新的余香，哇哇大哭起来。如此一个浅薄的灵与肉的故事，成了日本公认的最早的典型私小说。当然现在也有不同的意见，认为樋口一叶的日记也是私小说性质的。但是日本文坛上比较一致的讲法是，私小说从1907年开始，算到现在已有108年的历史了。

从定义上来讲，私小说是把自己亲身经历、体验的真实的事情，不加修饰地反映出来。肯定人类的自然本能。刚才《棉被》的故事，发表后受到一片喝彩声。自然主义文学的评论家，说它是一种"赤裸裸的忏悔"。日本人也是东方民族，很要面子，心里摆不上台面的丑陋想法，也很少示人，家丑不可外扬嘛。但是《棉被》之后，把自己所有的想法坦诚地写在小说里，形成一股风潮。诚如田山花袋在论文《露骨的描写》中所说："露骨的描写、大胆的描写——即艺术论者认为拙劣粗笨、支离破碎的东西，反而是我们文坛的进步和生命。"

到1918年，第一次世界大战结束后的一年，日本自然主义文学、写实主义文学和私小说的据点早稻田大学，出了一本叫《奇迹》的同人杂志，第一代私小说的作家开始大量撰写自己的作品，后来一发不可收拾，一直维持到现在。小王提问说，现在私小说对日本是否还有什么影响。我觉得，私小说不仅对当代，也不光到《忍川》发表的时代有影响，我看到一份资料说，现在纯文学的获奖作，60%以上还是私小说。日本非常喜欢私小说，我想这跟岛国的风土有一定的关系。《奇迹》杂志共发行了九期就停刊了。日本的同人杂志发行的时候，会有一篇理论性的文章来阐述发刊宗旨。但是《奇迹》没有，只写了短短的四五行字。说"我们的出发并无明确的主张，只有一颗'心'。……纵然只是一个小小的世界，只要能将那里存在的所有东西的个性随心所欲地表现出来就行。"每个人都有自己的人生和经历，你只要真实地把你的经历"告白"出来，写出来，就是好的文学。这就是私小说的文学主张。

从文学史的角度看，写实主义、自然主义和私小说好的地方，是能用现实主义的手法描写生活，描写人生，把近代社会各种各样的人生和生活展现在读者的面前。现实主义的手法，包括批判现实主义。有人说，《破戒》是批判现实主义的作品，因为它讲了部落民受社会歧视的问题。但是作者自己认为是告白小说，自白小说，所以就是私小说。私小说的优点还包括它们的流行引起很多的作家、评论家去关注现实主义文学的发展，现实主义对于近代文学而言，曾带来前所未有的划时代的思潮和主义。

同时，私小说的缺点和不足之处也表现得很清楚。问题在于它主张排除虚构。一个人的人生再丰富，你就是整天坐着飞机满世界跑，你的经历还是有限的。所以文学要完全排除虚构，弄到后面就不成其为文学了。此外它主张一元化的描述，使其在艺术上显得单调。看见什么写什么，简单地说，早晨起来喝了一碗稀饭，跑到公司里面科长见他不顺眼，吵上几句，这一天弄得心情不好。晚上到小酒店喝几杯酒，浇浇愁，骂骂科长，这种都是私小说常见的情节。这样一来，文学作品里就会缺少精神支柱和力量，比较狭隘，潮湿阴暗，有种发霉的感觉，日子简直没法过，哪里都走投无路。用纤细的手法表现的类似内容，读多了会令人生厌，感觉无聊。日本二战以后的著名的评论家，如小林秀雄、平野谦、吉田精一、奥野健男等，都曾著有自己的私小说论，因为那是日本的特产。里面对日本的私小说的长处短处都有很多的评价，其中最尖锐的说，日本文学之所以不能走向世界，那就是私小说的罪过。当然，反私小说、反自然主义文学的作品也很多。

日本私小说的流行，对中国的文坛也有些影响，既有好的方面影响，也有不好方面的影响。像现在那些艺人们热衷于暴露自己的隐私，把那些很丑陋的无聊的东西写得津津有味，或许那就属于私小说的不良影响吧。

最后谈谈翻译问题。我是在1974年进入上外日语专业学习，1977

年毕业。大三的时候开始翻译，我最早的中篇译作发表在 1980 年的《译林》杂志上，以后一直在不间断地翻译。迄今为止，大概翻译了长中短篇小说、散文、随笔、评论，还有中译日的纪录片等等，共翻了将近百种。有一段时间，因学校行政工作很忙，加上别的项目需要完成，50 岁到 60 岁的阶段没有任何翻译作品的建树。到 2011 年满 60 岁时，不再担任行政工作，因而获得了解放，从那以后又继续翻译了一些作品，今后有机会还想做下去。为什么？因为我觉得日本的传统文化，日本的近代文学，都曾经影响了我国的几代的文人，从鲁迅兄弟、郁达夫、郭沫若，到后面成为我们日本文学研究会顾问的夏衍、楼适夷，一代一代地传承下来，对我国的改革开放、走向世界起到了相当好的帮助作用。我觉得文学翻译是一个需要代代传承的事业，自己也比较喜欢，尽管其收益很低。至于我女儿，等一会儿请她自己介绍。《忍川》是一个短篇集，她是 2008 年在日本梅花女子大学硕士毕业以后回国，现在在上海商务会展促进中心做办事员。我觉得她好不容易学了那么多年的日语，外语这个东西不用很快就会忘记。单位里用得比较少，我就把上外翻译总公司的一些笔译任务交给她做。文学作品这是第一部，接下去今年三四月份还要出一部长篇小说《无花果森林》，是描写日本家庭暴力的作品。我觉得年轻人钱够花就可以了，最好还是能做点文化精神方面的事情。

王皎娇：谢谢谭老师为我们普及了日本的私小说，还介绍了三浦哲郎的生平与《忍川》这本小说的情节，吻合度是相当高的。这本书非常有幸请到谭老师翻译，名家的作品还是需要名家来翻译，谭老师的认识也是非常深刻的。我们也想问问年轻的译者谭一珂对这本书的看法，以及对翻译的看法，请简单谈一下。

谭一珂：如我爸爸刚才所说的，这是我翻译的第一本书。说到翻译的话，基本上没有什么很深刻的认识，但是着手这本书的翻译之后，我才发现，跟学校里学习很不一样，跟我平时去看一本小说的感觉也是不一样的，因为我这一代毕竟跟那些大家是不同的。

翻译一本书，首先必须要通读一遍，了解一下其背景和内容，这已经是比较辛苦的工作了。接下来，把日语译成中文的过程，对我来说也是很不容易的。因为日本人在文字表述上和说话习惯上，和中国人都很不相同。既要比较准确地表达出他的意思，又要考虑到说出来的话要中国人能够接受。因为我觉得日本人在写小说方面有很多内容过于纤细，过于充分，而我在译的时候，又不能让读者觉得啰嗦，反复说同一个事实，这时要考虑到自己的措词。比如说像我爸爸他们，可能会偏向于意译一点，但像我这样的初译者不敢随随便便把原著里面的话去掉，还是会把这些话比较直译地表现出来。既要让人看了能明白意思，又不让人觉得你是在啰嗦地重复事实，这是件很费脑筋的事。

不管怎么说，第一次翻完一本书，收获很大。另外，还有一个校对的过程，这个也是劳心劳力的。因为有人说校一本书就像是把一本书从头到尾重新再翻一遍的过程，等于说是前面两个步骤的综合，所以说，我第一次翻译了这本书中的几篇小说，我才了解我的爸爸，他翻译这么多年，应该是相当辛苦的事情。

说到小说的内容，《忍川》其实就像爸爸说的，是一本非常朴实的小说。如果问，对于我们现在年轻人有什么影响的话，我觉得每个人的性格和经历都不同，可能读完以后的感受也是不一样的。虽然说起来故事比较简单，而且或许在很多人看来，其实那个时代的日本跟我们去留学所接触到的日本已经大不相同了，但是所反映出的精神层面的东西，应该还是比较一致的。这说明，这么多年来，不管社会怎么样变化，我相信，一些精神层面的东西，都有一部分会传承和延续下来，年轻一代应该是能从中学到些许东西的。

王皎娇：谢谢谭一珂。这本《忍川》书中有几段比较有意思的文章，我们挑选两个小段，希望一珂给我们朗读一下。其中一段是刚才谭老师说的，三浦哲郎自身的经历和书上非常吻合，他认为自己的血是受到诅咒那一段，他是怎样觉得自己血是受到诅咒的。后面一小段是说，当他父亲去世的时候，他又发现原来父亲是寿终正寝，他也许并没有受到诅咒，当时心理的反应。

谭一珂："我的父母共生了六个孩子，我是最小的一个，六兄妹中，除了我之外，上面五个人都是失常的人，有的自杀了，有的失踪了，有的是天生残废。而且四人已经死亡。现在只剩下我和我上面那个生下来就眼睛不好的姐姐。

"作为幸存的最小的弟弟，这些哥哥姐姐们的不幸和短命不得不使我深深地为之苦恼和焦虑。我不认为他们一个个的去世是极其偶然的事故的重叠，总觉得他们像是被某种肉眼看不见的绊脚绳相互牢牢地拴在一起的。如若不然，决不可能一个死了，其他几个也接二连三的死去。

"比方说，一个家庭中生了一个残疾的孩子，他的家属一定会为这偶尔的不幸而悲伤。可是如果接着出生的同样也是个残废，那么会怎样呢？他的家属还能够一味地悲伤吗？再比方说，某个家庭中，有人自杀了，余下的人也许愤怒更胜于悲哀。可是，如果当指责自杀者轻率的人当中，又有一个人自杀了，那又会怎么样呢？他们还能够停留在单纯的愤怒中吗？他们所受到的刺激，一定会超过悲哀和愤怒。于是，他们不得不感到某种类似宿命的因缘，把自己与那些不幸的人连在一起！

"我甚至想到了血液，我在怀疑将我们兄弟姐妹连在一起的血液本身是否是病态的，而我要诅咒的正是哥哥姐姐身上的病血正在我身体中流动这一不可否认的事实。于是，我想到自己的一生可能要与这病血的诱惑抗衡，以至于自暴自弃地嘲弄自己的人生是在和自己的血液进行较量。所以，当我要把这种不知何时会葬送自己的危险的血液分给孩子的时候，我感到难以名状的恐惧。

"这就是死亡啊。我一边思索，一边出神的看着顺着父亲突然变长的胡须上呈条纹状流淌的发亮的痰液。父亲是我所有至亲中首次迎来正常死亡的人。我想，无论是召唤死亡，或者是被死亡召唤，无论什么时候，在哪里，为了何种理由要死，刹那间来去的死亡的实质都是相同的。无论什么样的死亡，都无所谓美丽或者丑陋。某一天，死神降临，留下尸体瞬间离去，冷峻得茫然、严肃，不容夹杂任何感情的余地，甚至连悲伤都不打算立刻接受。如此想来，迄今为止每次遇到死亡时自己所感受到的羞耻究竟又算什么呢？于是，我认识到，那些不正是我的血统自卑感导致的一种妄想嘛！在死亡的面前，所有的妄想都坠落了，实际上这一次，以往的那种羞耻感并未来临。"

王皎娇：再次谢谢谭一珂。接下去想把时间交给各位读者，如果有什么问题，想问谭晶华老师或者谭一珂的话，请举手。

听众：你好，谭晶华老师，你刚才说日本私小说对现代中国现代小说家的影响，到底是对郁达夫的影响，还是对郭沫若的？能不能稍微介绍一下。

谭晶华：郁达夫的《沉沦》受日本作家佐藤春夫影响很大。佐藤春夫有两部作品《田园的忧郁》和《都市的忧郁》，上海译文出版社出过译本。《沉沦》的腔调和氛围基本上与佐藤的作品完全一致。郁达夫作为五四运动以后的著名作家，在日本留学的时候，受到佐藤春夫的影响很大。佐藤春夫虽然不是私小说作家，但是不能说他的创作中完全没有私小说的成分。《田园的忧郁》这部作品写一个颓废的诗人，跑到郊外的大地主的空房子里，带了两条狗、三只猫。到了梅雨季节，日子非常难过。他的心情有的时候非常的阴郁、苦闷，就会把窗子打开来，看看外面的风景，每个景色的变化都会影响他的心情。作品中的主人公与当时的作家的心境是统一的。

这种自我心境变化的描写，对郁达夫的影响非常大。郁达夫的《还乡记》中，写他从上海坐火车去杭州，一开始在车上买了小菜和老酒，坐在那里吃吃喝喝非常惬意。但是，后来跑到窗口一看，见一家农户的农民夫妻在院子里逗一个孩子，使他的情绪从刚才喝酒时的兴奋一下子掉到谷底，他认为他的婚姻和人生都属悲哀，那时候正在跟夫人闹矛盾，便自我悲悯。像这种心情的描述，对于当时知识分子、文人心情的描写都具私小说风格。因为《田园的忧郁》在前，郁达夫的创作在后，所以这方面的影响是显而易见的。

关于周氏兄弟俩，特别是周作人，现在披露的消息和资料很多了。周作人在日本留学期间，也可以说比较了解私小说的创作。据说他跟胡适的关系很好。他是五四新文化运动干将里活得最久的人之一。上回看凤凰卫视专题节目，说抗战结束后国民党政府判他徒刑，后胡适求情，国民党兵败撤离时，提前释放了他。胡适劝他同去台湾，他拒绝了，反过来劝胡适留在大陆。新中国成立以后，他翻译了大量的日本古典作品，也翻译了希腊语的作品。最后在《知堂回忆录》里，他写到新文化运动以后，他是活的最久的，度过了"多耻的一生"。

周氏兄弟的翻译，我们翻译界里，评论还是比较多的。他们回国以后，曾经选了像白桦派和芥川龙之介的作品做了翻译，影响很大。但都不是自然主义和私小说，而是相反的反自然主义流派。对他们的翻译风格有些批评，像台湾的李敖等，认为过度直译，有的文句不够通顺。但李敖有一段话说，平心而论，当时鲁迅的文体，有两点我们不该忽视，第一，从文语到半文半白再到口语化的过程中，鲁迅是一个改革者，他希望把文语更好地转化为现代语。在实践的过程中，肯定有不成功的地方，所以造成他有一部分语句拗口，他举过很多例子。第二，是受日文和日本近代文学的影响。因为日文里有很多汉字，近代中国从日文中引进的现代汉语词汇不在少数。所以，我觉得李敖这个观点还是可以接受的，讲得比较客观。

20世纪的前半段，中国去日本留学的学者太多了。复旦大学的老校长陈望道先生的《修辞学发凡》很有名。他的译著《共产党宣言》不是从德文翻译的，是从日文翻译的。当时很多知识分子，与其跑到遥远的欧美，还不如跑到日本先去学一学，所以或多或少地受到日本的影响。像中国日本文学研究会的李芒会长，他原是火车司机，是一个工人，跟鲁迅是两代人，鲁迅是清末过去的，李芒先生则是30年代过去的。后来成为中国日本文学研究精英的那部分人，在不同时代不断到日本去求学。包括私小说在内的日本近代文学的各种流派，对他们都有影响。这是显而易见的，例子非常多。

王皎娇：谢谢谭老师。今天聊得有些沉重，我来问谭老师一个翻译方面的问题。我读了村上春树的一些书。刚才谭老师提到翻译奖项的问题，对于村上春树，以前有林少华老师的翻译和赖明珠老师的翻译，现在有些作品是已经换人译了，如施小炜先生的翻译，请问谭老师对这些名家的翻译有什么看法？

谭晶华：这个问题是我们中国日本文学研究界和翻译界这几年讨论比较多的话题。起因是原来中国大陆基本上是林少华的翻译，台湾地区是赖明珠的译本。其实林少华翻译村上还是我推荐的。当年译文出版社的沈维藩告诉我，上海译文社把讲谈社的村上春树的版权全部买了下来，因为讲谈社和上海译文社是姊妹社的关系，半买半送的。但是对方提出一个条件，一下子给你们三十多本，要全数出版，不能只挑几本有名的出版。这就需要找一个能够胜任的译者。由于林少华在这之前，在漓江出版社已经出版了几本村上的译著，我读过，觉得他的文笔，尤其是中文功底扎实。原来他是吉林大学王长新教授的研究生，当时也不担任大学行政工作，我觉得他可以胜任。后来一共翻了三十多本。

再后来因为国内的出版社之间的竞争越来越激烈，南海出版社就提出，读者们有审美疲劳，可以换换译者。出版社购买版权时，把版权费用提得很高。《1Q84》三卷本，听上海译文出版社说是买不起版权，就放弃了。后来就由南海出版社出了好几本上海杉达学院日语系主任施小炜教授的译本。

关于翻译，其实中国有很多大家。从我们读书的时代起，直译、意译一直是翻译课讨论的主题。对于林少华的翻译，2008 年日本东京大学藤井省三教授提出批评，认为过分美化，添加了原文中没有的东西。赖明珠的译作在我看起来是比较直译的，她受闽南方言的影响也比较大。当然每个译者都有自己的特点。

关于文学翻译到底该怎么翻，研讨中提出了各种见解。前几年在北京师范大学，北大都开过研讨会。北师大教授王志松、清华大学的王成教授、华东师大的高宁教授都发表过论文。林少华自己的观点是：翻译有才子型翻译、学者型翻译和工匠型翻译，他认为工匠型翻译就是直译，最要不得。才子型翻译最好，他就是才子型的。前任的中国日本文学研究会的会长高惠勤是1957年北大毕业的才女，文字功力了得。她翻译的著作并不很多，但是翻译得非常好。她的丈夫罗新璋是法语翻译家。他们夫妇俩提出文学翻译应该"离形得似，要入乎其内，出乎其外"的观点。真正好的翻译要把文本的整个的意境传达出来，把人物的心境、思想、感情，甚至人物的气息、心跳都翻译出来，这样的译本才是好的译本。或许这需要一个翻译家付出终生的努力。这几年国内翻译法的讨论不少，特别是文学翻译的讨论。据说通过一些争论和心平气和的讨论，还是有助于文学翻译事业的推进的。

听众：题外话，因为谭晶华老师搞日本文学翻译的，对日本文学非常了解。我始终在想，现代中日两国的摩擦比较大。从文学角度看，今后中日两国民族之间的融合会大于分裂吗？您怎么看这个问题？第二个问题，中日两个民族之间的优缺点，中日民族的隔阂，没有像鲁迅时代比较了解的人，或者都是了解比较肤浅的人，怎么来消除。你是搞日本文学的，日本有没有值得中国学习的地方？大概就是这个意思。

谭晶华：这个问题太大了，我不敢在这里妄加论断。但是我觉得，刚才已经部分回答了你的问题。日本文学从明治维新以后，有些地方是发展得非常好的，尽管晚了一些。流派如浪漫主义、自然主义、写实主义等等，都是学习、引进、移植西方的，连新感觉派、达达主义、表现主义、存在主义、超现实主义都来自欧美。随着社会的发展和时间的推移，欧美的东西在日本反映非常快，日本的创新在欧美同样反映迅速。在文学的理论和写法方面，因为是地球村，现在都是互相影响的。中国的文学，包括像莫言、余华、贾平凹等，很多日本作家也老早看好。他们认为莫言的获奖是名至实归的。

明治维新以后，日本实现近代化迅速。明治时代的日本，我们通过《啊，野麦岭》《阿幸》之类的影视剧就能明白，真是穷得叮当响。曾有人统计，到第二次世界大战结束，日本人的生活水平不见得比当时中国高出多少。但是，日本人有一点最值得尊敬的地方，就是认真地、彻底地搞好了教育。明治六年（1873）的时候，有一个叫森有礼的教育部长，他就提出日本应该实行国家教育制。再穷的乡下，免费读书。我们中国改革开放后经过几十年的努力，教育经费终于达到了 GNP 的 4%。我觉得日本在普及教育，提高国民素质方面是值得我们学习的。

文学是人学，是对社会、对近代人生存方式和受教育方式各种各样的描述，所以说，它的近代文学里面也有很多值得我们学习的地方，否则我想，我国的一代又一代的文学家不会去日本，也不会受到那么大的影响。一直到现在，日本的文坛，他们自己的评论家，打新中国成立以后，每年都派作家代表团来访问中国。到1972年中日国交正常化之后，两国作家文人的交流更加密切起来。

这方面的中日之间的交往一直存在。2012 年，上海文联叫我带一个团到日本去访问，那时日本近代文学馆馆长坂上弘教授和庆应大学、中央大学的七个教授、还有一两位作家出来，跟我们谈了一整天，谈的是文学翻译。使我感动的是，日本学者们自己选译的十卷本已经出版了，是反映中国的少数民族问题、城市建设、环境保护、妇女问题当代中国小说。他们完全靠自己的努力，目的也是想让当代的日本人更好地了解当代的中国，实际上是一种很好的融合交流。

从整体上说，我对中日关系的发展还是比较乐观的。其实日本的作家里面，左翼的并不少。1989 年冷战结束以后，日本左翼的力量深受打击。连战后笃信美国式民主主义的大多数国民对美国的看法也有改变。80 年代，先是汇率问题，后来是橘子、大米、牛肉的贸易摩擦。我 77 年毕业后去广交会做翻译，1 美金兑换 364 日元，后来在美国的逼迫下升到 79 日元。过去日本人认为只要实行民主主义制度，只要有科技的创造发明，现代人的生活就一定会幸福，这种幸福观在跟美国人打交道时发生很大变化。日本人对现在国内右翼势力的活动倾向保持着警惕，表示反对的人也不在少数。日本的评论家们认为，日本的文学创作的最大的问题，一是理论批判力不足，再就是创造力不足。其实在我看来，日本当代作家的创造力还是不错的。90年代后半段我曾在《外国文艺》上翻过几篇日本的得奖小说。其中一部辻原登的《曼侬的肉体》的中篇小说，前半段文字极其优雅漂亮，完全是纯文学的，后半段则像推理小说一样充满悬念，文体亦为之一变。后来沈维藩告诉我，说上海女作家蒋丽萍在世的时候，曾给他写信说，真没想到当代的小说还能这样写。我调查了一下，现在的《外国文艺》，每一期只发行三千本，但是订得最多的是我国当代的作家。中国作家们还是通过包括对日本作家在内的外国作家的创作的阅读来丰富自己。我觉得，当代的日本当然有不少值得学习的地方。

听众：谭老师你好。之前的提问非常深刻，我问得浅一点，你是做日本文学的，又是外国语大学的常务副校长。我今年大学刚刚开始学日语。之前读过日本文学书，学之前了解比较少，看过村上春树，还有一些推理小说。我想问一下，像我们这种初学的年轻人，有什么很好的书和作家推荐？

谭晶华：你喜欢读书，这是我们最赞赏的。现在有脱离文学的倾向，不光是大陆，我到台湾开过三次会，香港去过很多次，发现都有同样的问题，包括日本本土，像古典文学，这里的黄老师都是这方面的专家，虽然文学的传统根深蒂固，可是现在热衷阅读的人越来越少。我觉得阅读还是一件很好的事情，一年级也好，二年级也好都可以读。读书要循序渐进，一开始就读樋口一叶的原文小说，那是绝对读不懂的，也不会有什么长进。但是有些作家，你刚才说的推理小说，一些女作家的作品，白桦派武者小路的文章还是比较易读的。我觉得，一两年级的学生，可以选跟你日语水平相当的东西去读。到三四年级以后，我建议你去读一些经典。日本一般般的作品多得是。还是要挑一些文学史上经典去读，读一本是一本。这对你语言的提高，思想的提高和文学修养的提高都是有益的。谢谢。

听众：老百姓看的书，老师怎么看的，好像日本人对中国人不太满意，在这个问题老师怎么想？

谭晶华：中日国民都对对方不够满意，已经有报纸报道了这方面的民意调查结果。我觉得这是多方面原因造成的，不要只责怪一方。像我们这个年龄的人应该都知道，中日两国之间是有过蜜月期的。1980年到1990年的时候，中日关系很好。中国改革开放后，日本对中国的经济发展，基础设施建设出过大力。我们80年代初的时候去日本学习，大部分日本人对中国留学生十分友善，多方照顾。但是后来受国家政治，地缘政治的各种的影响，尤其是日本国内右翼势力抬头，钓鱼岛的问题等，使得两国关系变得更加不好。其实，我们80年代初访日的时候，日本国民对中国人感觉很好，说是中国人夜不闭户，国人为了一个共同的要实现现代化的目标在努力奋斗，都是夸奖的话居多。但是现在这种话已难以听见。有专家认为，80年代的中日蜜月期，或许再过三十年也不会重来。但是，这并不意味着中日的关系从今以后就无可挽救，很多民间的交流还是在维系。现在国家也很重视，正在采取各种各样的办法在弥补，在恢复。这两年，中日两国大学之间的交流又变得频繁起来，各校的学术研讨活动也活跃起来。我并不悲观，从总体上看，中日两国的友好交往，经济上互惠互利的基础还是存在的。中日两国今后各自多做努力，相信两国关系、特别是民间的友好交流关系还是会好起来的。

王皎娇：今天的天气非常好，能够在这样的下午听一场读书会或者读一本好书，其实是非常幸福的一件事情。衷心感谢大家能够前来，也非常感谢谭晶华老师和一珂，谢谢你们。

时间：2015 年 3 月 14 日

嘉宾：梁鸿　金宇澄

从故乡出发：历史与我的瞬间

项静：首先介绍一下今天的嘉宾，这位是梁鸿老师，她是中国青年政治学院中文系的教授，出版了两本脍炙人口的书，一个是《中国在梁庄》，另一本是《出梁庄记》，今天她带来另一本书《历史与我的瞬间》，是她最新的一本散文随笔，里面有很多她对文学，对时代的思考。另一位是思南读书会的老朋友，出境率最高的著名作家金宇澄老师。

先讲一下这个题目：从故乡出发：历史与我的瞬间。从故乡出发，这是梁鸿老师写作的一个起点，因为现在是 3 月中旬，最近一段时间，媒体、社会各个层面大家都在讨论故乡的话题。我觉得讨论有启蒙主义的讨论方式，有环保主义的，有抒情主义，还有个人主义等等，各种各样的方式。我们想提一个问题，为什么讨论故乡的话题？讨论的时候，到底把什么和故乡联系起来了？另外，我们谈故乡的时候，应该说些什么，我们把这种大的问题，给两位嘉宾，让他们谈一下。

梁鸿：首先非常感谢上海作协的邀请，感谢金宇澄老师，包括各位读者，因为今天天气也不好，也是大家的休息时间，能来这个地方听我们闲聊，还是非常感动。另外还有我的朋友都有来，谢谢大家。

刚才项静说，故乡是今年春节非常大的话题。我们知道上海大学一个博士，写了一篇文章《博士返乡手记》。引起很大的反响，当时我也接受了一些记者采访，后来我自己在我的微信里面发了一下。我说现在一听到故乡、乡愁这样的词语就感觉到头皮发麻，想呕吐。当然这个说法是感性的。我想表达的是，当一个词语被这样一个时代反复使用的时候，恰恰是我们需要警惕的时刻。因为它可能仅仅成为一种情绪，可能仅仅成为一种怀旧。但是，在这个时候，恰恰是需要我们分析的时候。我们为什么要谈故乡？故乡对于一个普通的人，到底意味着什么？当然对于写作者来说意味着什么都需要思考的。

我自己对"故乡"这个词是有一些百感交集的想法，这几年我不断的返回我的家乡。实际上，"故乡"这个词本身是一个距离的词语，只有你离开你的家，你的归属不再属于那个地方的时候，你才能说你回到了故乡。比如一个进城农民，在上海打了10年工，他的家仍然安置在农村，他肯定不会说我回到了故乡，他会说我回到了家，我要回家。在这个意义上，当你说故乡的时候，你已经把你和自己那个家择开来了，它已经不是一体化的存在了。同时，我们可能已经有了另外的归属，比如我在北京教书，我有稳定的生活，有稳定的收入，这样，我说我回到了我的故乡梁庄，其实这里面也有身份之感，这是特别难堪的事实。你已经有某种身份了，而这个身份可能在某种意义上高于你的故乡，尤其在这个时代，我们说，我们的故乡沦陷了，我们的家怎么怎么样了。实际上当我们说沦陷的时候，把我们置于高于我们家的位置了。

为什么能引起大家的讨论和争论？我是觉得恰恰因为"故乡"可能不再是一个简单的怀旧词语。在这个时代，故乡是一个特别大的现实的话题，我经常说，我们在谈故乡的时候，千万不要把它作为情绪化的词语，它其实是一个特别政治化的词语。它涉及我们今天最核心的矛盾，比如乡村该如何发展？比如说城市化的发展的背后，我们怎样安置我们自己的生活方式？我们怎么样安置我们的所谓的传统，传统的生活方式等等。当然也包括还在村庄生活的几亿农民，这是非常大的重要的话题。

我自己也是从2008年开始回到我的所谓的故乡梁庄，进行了前后

梁鸿

5 年时间的调查，先写了《中国在梁庄》，考察梁庄人在梁庄的生活，妇女、儿童、老人和梁庄的自然环境。当然我的书是一个以个体人的生命为基点来写的，我主要是讲故事，我没有把它作为一个大的所谓的社会问题来直接切入，只是涉及一些大的问题。

后来写第二本书，《出梁庄记》，2011 年我沿着梁庄人打工的足迹，跑了十几个城市，找我们梁庄人怎么在城市生活（非常奇怪的，梁庄人没有在上海打工）。在这个过程中，我自己也意识到，这样一个巨大的流动和变迁，它确实不单单是梁庄人的变迁，可能还是村庄，尤其是北京相对贫困地区的一些农民主要的生存手段。但这种迁移是暂时的，他不是说来到上海，来到南京，定居下来，他所谓的家还在梁庄，而城市是一个暂居的处所。我跟我身处异乡的梁庄老乡们在一起聊天聊的全是梁庄的爱恨情愁，谈哪一家跟谁吵架了，哪一家的闺女出嫁了，又离婚了，等等。他谈的时候，就像他还在家一样，他们谈的是完全跟他生命息息相关的一件事情，他几乎没有距离感，虽然可能他也会说我讨厌梁庄，但是他内心是没有情感距离的。

在写这两本书的时候，我一方面努力把自己作为梁庄的女儿，因为我的两本书都是以亲属的身份来写的，比如说我的五奶奶，我的侄子，我的婶子。我希望能够把他们的生命的流动，把他们年轻的时候，年老的时候，他们生命的变迁写出来。另一方面，也希望自己有宏大的视野，比如我自己有一点点知识背景，学了所谓的社会学、人类学等各种知识，用一个反观的视野看待梁庄的生活。

这双重身份是否成功？可能也很难说，有人批评说梁庄你写得有点过分情感化了，有一点居高临下的感觉。把作品当作一个非虚构的文体来谈，我自己还没有把情感排除在外，因为梁庄就是我的故乡，我写的不是一个客观的、跟我毫无关系的一个村庄，它跟我的生命是相关联的，虽然我离开了。我看到那样一个五奶奶，她现在满头白发，然而，当年她也曾乌发如云；我看到那样一个婶子，年轻的时候非常俏丽，现在却变成一个目光呆滞的中年妇女，那种时间的叠加反映在里面。所以，一开始我就告诉自己，我写的是一个亲属的生活，而不仅仅是一个客观的村庄。

我想，也许正是因为这种亲属感才能够引起读者的共鸣。但另外一个层面，你写的就是一个主观的、带有个人情感的村庄，写的时候会非常矛盾，你怎么样来安置自己？因为毕竟你是书写者，从一个大的层面在思考所谓的故乡话题。比如说这几年我们也在提乡愁，我们个人在提，我们的制度者也在提，要留住乡愁，其实是非常轻巧的说法。当我们把乡愁作为桃花源幻像的时候，实际上乡愁已经不值钱了，它已经变成非常简单的飘浮的东西。当我们把乡愁作为一个现实的客体，像我刚才所言的政治问题，乡愁是非常非常之重的，它重到让你难以呼吸。我每次从老家回来，都是身心俱疲，感觉就像生了一场大病。为什么？你看到，你所谓的"故乡"、所谓的"乡愁"、所谓的"村庄"，它成了这个时代的剩余物。譬如一个老人在城市里收垃圾，生活也不错，干到 60 岁，他生病了，到哪儿去？他回到老家。一个年轻的小伙子，他是我的同学，他十几岁进城打工，也做得不错，搞餐饮业，但是后来失败了，精神上有点问题，就被关到他的村庄，关了四五年，我再见到他的时候，就是另外一种形象了。对老人的遗弃也让人触目惊心。如果说你简单地谴责农民，现在是一个特别没有孝道时代，我觉得这样说法太简单化了，因为它包含有很复杂的生存问题和精神的问题。那种时代的剩余物，遗弃、衰老、疾病，当然包括大的时代结构的抛弃，都在"故乡"里面，在我们所言的"故乡"里面清晰地呈现出来。

我在这两本书，包括这本新的散文集《历史与我的瞬间》中所表达的都不是绝对的贫穷问题，不再是没吃没喝，而是精神的困境。这个女孩的母亲为什么自杀？就是因为觉得活着没意思。一天中午，吃着馒头，说着笑着，然后到她那个老屋里，弄上毒麦灵，自己碾得非常碎，和在水里，就这样喝了，喝得干干净净的，然后死掉了。当她的丈夫发现的时候，她还没有死掉，要洗胃，她说你别洗了，让我死了算了。他的儿子出去打工，每个月给她寄钱，也挺好的，日子过得不错。

这种故乡的人物是我自己难以承受的，当然不是城市没有，是因为我自己把我特定的视角放在这样一个故乡，跟我血肉相连的地方，它特别能打动我自己内心柔软的东西。我是觉得每个人心中都有某种柔软的角落，在日常生活中，可能我们会把它遗忘掉。但是当你用一种情感来看待你身边的生活，或者看待你曾经有过的童年，有你的成长的地方的时候，是完全不一样的。所以我说，家乡的第二条河，它虽然是一个宏大的、高尚的、具有宏伟叙事的一条河，但是也不能够因此遮蔽了这个时代的小人物的破碎的生活。这就是我故乡的生活。

我觉得我的写作，可能会一直跟我的故乡相关，不管回到故乡，还是从故乡出发，我觉得对于我来说都是一个精神的原点，它可能会使我对这个时代，对这个时代的人生有更深刻的思考。我希望能够把我的精神连接到那个地方，一直关注那个地方，最终找到自己精神内部的生成和对于这个世界的一种思考的方法。

金宇澄：梁老师一说到故乡，充沛饱满，刻骨铭心。在生活中，

金宇澄

很多人和故乡有联系，关于故乡，比如不少上海人也会说，我老家是哪里，我家乡是什么地方，说的是祖籍，其实和这地方没什么联系了，这和梁老师与故乡紧密的关系不同。中国人和西方人不一样的地方还有，所谓故乡的"乡"这个字，家乡、故乡、老乡，乡里、乡亲、乡邻……汉语字眼非常多，表明中国是从乡下来的，它甚至包含城市、国家——比如："我出国后很想念我的故乡"等等，是不确定的范围。

　　一般来讲，"乡"仍然是城市的反面。"城市"两字在希腊语的意思是"母亲城"，希腊认城市为故乡的观念，远古就固定下来，中国则永远和"乡"有密切关系。要我自己解释，"故乡"我想到了两个，一是上海，一是我的祖籍吴江黎里，70年代我在东北下乡，离上海非常远，当时青年们千方百计都想调到离城市近的地方，黎里是苏州附近的江南小镇，家人托了一些关系，设法调动，后来知道我当时的黑龙江户口没办法调来小镇了，但可以调附近的农村——如果找个乡下女孩子结婚，就可以调。亲戚问我答不答应。如果答应，他们就找了女孩子，明天一早双方在镇绸布店口见面。他们还介绍了苏州农村定婚风俗一大堆，如何划船去乡下、准备什么礼物等等。这事很突然，我没有答应。

故乡在哪里？我父亲从小镇来上海生活了五六十年，他常说故乡。90年代初，我写的四万字中篇也讲这个镇，是我对故乡的想象，隔一代人就这样。我第二故乡是东北，16岁前我是上海人，身高一米六，到东北两年回来探亲，我妈就不认识我了，因为我长到了一米八二。我是在东北成长的。直到现在，如果火车坐过山海关，我会很感动。我很清楚山东、河北的庄稼和关外的庄稼不一样，出了山海关，玉米的叶子特别宽，这对我是说不清的一种情感。虽然这样，我却不愿再回去看它，很多老知青都去东北这块成长之地看看，一批一批人组织去，为了一种乡情。

我想到东北，只想起了一种寒冷的灰色，下雪天的颜色。为什么那么多人还是想回去？坐飞机坐火车，最多一次五六十人。后来我明白，凡在那边恋爱的人，都想回去看看，他们当年一谈恋爱，环境就变美了，变成粉红色。

两年前，我在《南方周末》看到一篇报道，介绍福建沿海一个小村，房子都是空的，村里所有的年轻人中年人都在欧洲、意大利、美国、巴西，只剩七八十岁以上的老头老太太。为他们服务的是江西、湖南那边过来的小青年、小保姆，天天照顾他们，陪他们打牌。老头老太太都很有钱，打牌用美金，用家人寄来的各种钱。这是一种空荡复杂的乡村记录，外来青年补充了这个没活力的村子，给我深刻的印象。我给厦门的须一瓜打电话，希望她关注这村子，我说，我如果是她，如果懂福建话，在她这年龄，我肯定就去这个村里住，听这些老人讲故事聊天，肯定有丰富的收获。当然这和梁老师写故乡动力不同，但这个乡村的复杂特点，它的现实意义或者情感维系，如此不同，是肯定的。乡村并不是城市人理解的那种表面形象，不只是春天到了，大家去赏花、去踏青的地方。

记得许知远的话：虽然中国有这么古老的历史，我们只感觉周围都是新建筑和新道路，我们根本看不到古代的历史遗痕，我们仿佛没有传承，包括我们的青年，几乎都是无根的人。根这个字，具体细节和特征，就是梁老师的发现，是脚踏实地的内容，而一般对于乡村的感觉模糊，逐渐变淡，我们和祖辈的联系，更多是一种空白，如果祖辈早已经迁徙到城里，经过无数的震荡，我们等于是没"族谱"的人，或者族谱就在《百家姓》里。我老家在哪？我究竟从哪里来？已经无人知晓。

从这一点上讲，我们的梁老师很幸福，她和故乡的联系那么紧密，有说不完、写不完、生机勃勃的内容。

项静：刚才金老师和梁老师，都谈了自己的看法，我总结一下他们两个共同的特点，就是都谈到了城市和乡村之间的活动。刚才金老师谈到知青的经历，六七十年代大规模的、从城市到乡村去的过程。但前面 50 年代工业化的时候，是从乡村到城市的过程。到后来，80 年代、90 年代，又有一个大规模发展的，从乡村到城市的过程。我们结合时事可以看，2008 年有一个民工返乡潮，乡村和城市之间不停地进行人员的流动，我们一直会谈，你能不能返乡，你返乡的话会看到什么。

我们现在又面临另外一个问题，在历史的发展过程中，有没有可能，其实这非常有可能，我们又要返乡了，可能又有一个从城市到乡村去的过程。这个时候，一个最大的问题，乡村还能不能容纳一大批人员流动过去，能不能提供他们的发展机会，能不能建立安顿他们生命的、合理的、自由平等的制度。我看梁鸿老师的《出梁庄记》，打工的人获得一部分资本以后，他回乡创业，但是回去以后发现没有办法像他想象那样，能够让他生活过得合理，反而是很容易让他破产。

这个话题，乡村成为一个剩余物，刚才金老师也说，乡村越来越空心化，乡村已经不能提供这个主体了。我们说历史与我的瞬间，这是从知识分子的角度来说，你从写作的角度，可以提供历史和我的关系。但是乡村的人，好像没有办法融入到历史的过程中去了。我想跟梁鸿老师提一个问题，乡村的主体性怎么能够体现出来？因为我们不能光从知识分子的角度观察自己的乡村，去叙述出来。梁鸿老师一直说乡村的枝蔓性、复杂性、混沌性怎么表现出来，我们光从知识分子的角度讲是不对的，你可能看不到真实的乡村。但是如果你想让乡村的人自己来说话，这是非常乌托邦的想法，因为他们作为主体的经验，又与跟他们作对立的社会，无论是城市，还是外面的世界，是非常复杂地结合在一起的，并不是这么简单的。

梁鸿：我非常理解项静的问题。因为你们所看到梁庄是我写的梁庄，不管怎么样，我是作为一个具有文字能力的人在写村庄。至于村庄有没有所谓历史的主体性，有没有自己掌握命运和发生的可能，这是非常大的悖论。

古典的诗歌里面，很少提到农民，除了杜甫的《石壕吏》之外，基本上就是王维桃花源式的农民的生活。很少有一个真实的农民的生活，因为他们是不会记载的，他们跟文人的传统是不太相符合的。同时，我们中国古典的诗歌也容纳不下对于这样的漫长的沉默的群体的描述。但是，白话文以来，你会发现鲁迅这一代开始尝试着写农民。你会发现，鲁迅又不是农民，很多人批评鲁迅，鲁迅是知识分子，把农民写成"哀其不幸，怒其不争"。我们必须得面对一个事实，确实到今天为止，我们中国的农民很少有机会发声，这个发声，既包括在文字的系统里面没有机会发声，而且在现实的政治系统里，包括所谓的文化系统里也很难发声。昨天在一个会场讨论，我在讲梁庄进城农民，他们怎么样反抗城管，只有去示威或者打架的方式。有人反问我，法律呢？他们干嘛不去告状呢？我想说法律对于他们来说是非常遥远的事情，因为那里面还有人情，那里面还有关系，如果他们去告状，永远都是失败的。所以，他们只能以非正常的方式来获取一种所谓"发声"的方式，但这种方式是非常艰难的。

不管是文字系统里，还是现实政治系统里，农民确实难以表述自己。一个农民为什么要自杀？他干嘛不去告状？这种激烈的方式不是他不爱自己了，而是他实在没有办法来表达自己的愤懑。怎么办？做一个书写者你必须要面临这种悖论。我开始讲，我有两个身份，一个是梁庄的女儿，一个是书写者，我必须承认这种矛盾。刚才和金老师谈文体非虚构的方式。我们说非虚构的文体是一个真实的叙述，但我对所有的人说我所写的确实是主观的真实。我不敢说我所写的就是真实的历史的全景，只能说我所观察到的历史的全景。因为我有我的立场，我有我知识的局限性，我必须面对这样的事实。

在这个新书《历史与我的瞬间》里面，我写了一篇长文，叫《艰难的重返》，有两万字。我就是反思一下，这五年以来，我重返梁庄，和我书写梁庄所遇到的问题，比如说我自己的知识的局限，我所受到的一些影响，包括我在写的时候，我的立场问题，如何处理真实的问题。也是希望能够把自己梳理一下，跟我的家乡怎么发生关系的，在这里面，我到底在多大程度上，来实现了让他们发声的可能性。比如说，《中国在梁庄》，我主题的文体是农民的自述，我只是起线索性的作用。比如说我到梁庄，我到我的五奶奶家里聊天，她是什么样子，下面是我的五奶奶在说话。我把她的话放在我的文本里面。当时为什么要这样来做？有一个最大的原因就是因为我不会说，他们的话太丰富了。那种大地语言，那样跟地理、跟地域，跟那方空气，跟那方文化传统相关的文化语言我们已经不会了。我希望把他们的语言呈现出来，所以我用的是方言，他们所讲述的话确实非常智慧。

我在书里写了一个我们的老支书，他张口就是顺口溜，从来不正常说话，他跟你说话几乎是唱着说的，因为他是村支书，他讽刺每一个人，我现在还不会说。我当时非常笨拙地用录音机一句一句整理出来，非常智慧。那种民间智慧是我们的文人传统和普通话教育完全丢失掉的。我希望把他们的传统呈现出来，试图达到让农民自己发声的可能。但是也有人说你还是遮蔽了他们，因为你整理过了，是的，这是永远没有办法达到的程度。因为即使让农民自己写作，他也会有很大的遮蔽。

我觉得写作的遮蔽是难以避免的，但是作为一个书写者有一点要清醒：你的限度在哪里，你怎么样跟你的书写对象之间发生某种关系？怎么让这种关系，怎么让双方都最大化，这可能是我在写这两本书时非常大的追求。至于能不能让农民的主体声音发出来，这是我们这个时代所面临的问题，也是书写者，包括普通人都面临的问题。我们都有一个经验，比如我的老乡经常给我打电话，来说官司，说跟邻里矛盾，我们一边听着一边轻微地不耐烦。因为你解决不了，因为你觉得他啰啰嗦嗦的。我一边听电话，一边反思我自己，我只能做得到尽可能耐心地听完。我们可能没有办法解决法律问题，也没有办法解决他们的某种困顿，但我们的能力就是你把他的话听完，这就是主体的发声吧。在各种限度，在各种场景里面，在情景里面能够让他们发声，让他们不成为这个时代某种遥远的风景，而是跟我们切实相关的存在。

金宇澄：没想到，即使梁老师人在北京，亲戚们也一直打她长途电话，很感慨。我和乡村的联系，就是看看来稿，看作家写的农村题材的稿子。我很早回城，很多农村题材的作者，也是早就移居城里，联系薄弱，容易缺乏梁老师的饱满度，容易继续照搬八九十年代的思维定式，表现那种停顿的单纯，掌握不了新鲜内容，难以展开生动的思考。不说梁老师讲的家乡语言，作品的内涵、魅力方面，根本做不到。

也读过印象很深的作品，山西王祥夫90年代写的《玉山河》，表现农村的人际关系——原地主、富农的孩子，地位一直很低，一直受欺负，挣不到什么钱，改革开放了，人人可以挖煤，时代这样一个转换，地、富后代们又开始有钱有势了，差不多又成了"地主""富农"——他们雇的长工，也就是村里当年"长工"、"贫下中农"后代、"人民公社"干部后代。作者发觉了新时期的角色转换，不是写一般的农村男女关系，而是记录时代的震荡，针锋相对的轮回，让我难以忘记。

我记得约请梁老师做这本书稿的想法，是在"2013年华语传媒"的发奖会上，梁老师得散文奖，我得小说奖。请她为《上海文学》写专栏，她谈到了怎么写非虚构、虚构，怎么用虚构来做非虚构的问题，她一直在探索、考虑怎么写。"非虚构"过去讲就是"报告文学"，新闻记录者简单口吻，慢慢沿革到现在。上一届鲁迅文学奖仍然设"报告文学"奖，对是否改为"非虚构"一直有争论。梁老师的作品，不满足于一般的"非虚构"，故乡复杂的关系如何表达，引发如何的文学灵感，如何叙述，她一直有思考。

我刊的编辑部主任来颖燕也说，梁老师在文体上的努力，是少见的，非虚构的背景，也常产生小说的笔法。就这样她在《上海文学》每期写一篇，现已结集出版，很为她高兴。

项静：梁鸿老师现在对非虚构文体做了非常大的贡献，我看梁鸿老师两本非虚构的书有一个感受，一方面是学术性的语言，因为她会引用很多人类学的著作，另一方面又有文学性的语言，比如她写村庄的时候，她会写得非常细致，下雨过后，树枝、小草，描写得非常细致。她去一个打工者的家里，她会把家里的锅碗瓢勺，房子里哪里布置了什么东西，都会写得非常详细。另一方面，采访当事人的时候，她又会把当事人的语言完完整整、原原本本显示出来，让他自己来说话。你是怎么处理这三种语言的关系？金老师的《繁花》也是方言。这种方言，一方面能够把很多生活给重新唤醒，好几种语言，这种关系，会更加复杂。最后一个问题，希望两位回答一下，方言仅仅是一种语言吗，仅仅是一种文学叙述的语言吗，还可以给文学带来什么其他的东西。

金宇澄：我不知道河南方言那么有特色，梁老师能把方言做到这个程度。原来以为北方语系方言，区别不大。只知道"出了山海关，都是赵本山"等，东北普通农民语言都很丰富，到南方讲话都像个支部书记。我做编辑，因此经常建议作者别放弃方言，普通话其实是"人造"语言，是以北京话为基础、通过文字改革委员会投票形成的语言，进入字典，被固定下来，不会变了。方言却是生活中自然发生、不断在变的语言。资料显示1952年北京开会，一百多人投票，选出前三位方言：北京话、西南官话、吴语（上海话），上海话票数第三位，西南官话第二位，北京话第一位。假如当年投票一不小心，上海话变成了普通话，不可想象。我这么讲，说明普通话在心中根深蒂固，无可动摇，对于发展经济、管理国家、沟通南北，功不可没，但表现个性、表现时间的文学领域，方言更有生活色彩。《金瓶梅》的人物怎么说话，靠小说把当时的语言留存下来。如果用普通话表述，再过三百年，仍然是不变的，失去了时间特征、丰富多彩的时代特征，看不到当时的情况了。

梁老师熟悉方言，希望大展拳脚，不怕麻烦。方言很有趣，比如湖南话在小说里面特别好看，吃饭叫"呷饭"，文字特别可爱。我曾经跟田耳说，如果他把湖南话改良一下，小说一定更特别。去年田耳到上海跟我讲，对于方言写作，我当年确实跟他说了好多，但我不知道他当时怎么想，他心里的话没告诉我。他讲，他当时心里想，"金老师你说了那么多，那你写一个给我看看？！"现在他说看了《繁花》，没话可以说了。我笑笑说，我这是编辑的习惯，是真心的，他一定得试试全用湖南话思维，写个小说出来，把不懂的字去掉。包括梁老师也应该做，不管叙事、对话全用河南话，把看不懂的字修订一下，肯定特别。艺术的特征，就是把自己和别人分开。

语言对于写作很重要，梁老师生活在一片沃土中，肯定有很多令人嫉妒的语言资源。如果做一篇全部是方言的小说，我相信肯定有特色的。

梁鸿：我已经在尝试了，现在正在写《肉头》这一篇，我是用的方言，但是里面稍微加一点普通话，那个普通话是反讽意味。我写的时候完全场景化的，方言对话，就像场景复活在脑子里。比如我们四五个人在一块对话，我用完全现场化的语言在写，但是我是完全叙述的，没有加入我自己的导言，这是一种尝试。我当年读金老师《繁花》的时候，我还不知道金老师，我在我的微博上写了几句话评价，真是特别迷人的小说。语言本身不是一种语言，是一种生活方式的再现，是这方人的情感、性格的再现，你读了《繁花》，你知道这是某一部分上海的生活，上海的气味，那种语调，那样一种方式。我自己特别喜欢方言这一部分。因为我觉得方言确实是个性的表达，它跟那片土地是相关的。它是从土里生长出来的，是农业生活传承过来的语言方式，一种符号。今天我们的普通话，它飘浮在我们个体生活之上，是凌驾权威的语言，它跟文学是具有某种冲突的。有的时候一写到哪个地方，那个词不会写，又想用汉语呈现出来，我就打电话跟我父亲讨论。我父亲七十多岁，讨论语言，会说明这个词是什么意思。前段时间我还跟我父亲讨论一个词，怎么转换一下，转换成用文学表述出来的语言。

方言就是一种土里长出来的语言，如果文学能够把它表述出来，恰好能呈现其中蕴含的巨大文学性。它不是土气，它真的是一种极其华丽的语言，虽然它可能是土地语言。我在整理村支书他那段话的时候，那是人家的话，我觉得太美了，就是优美的反讽的抒情诗，整个话押韵，非常好。我现在一句话不会说，有人可以用河南方言读一读，是非常押韵的，非常顺畅的，带有唱腔的韵调。这种语言，我们文学不来表达，真是非常遗憾的一件事情。

金宇澄：不是表达，是抢救。

梁鸿：我原来参加一个东亚文化论坛，在争论方言和普通话的关系问题。我说今天，在我们的社会生活里面，如果一个人说方言，在学校里，你会被看不起的，因为你普通话说得不标准，你会被嘲笑。我觉得这样一种气息的传达，恰恰说明对我们自己语言特性的不自信，也是跟我们的官方叙述是有关系的，它不张扬你个人性和地域性，以及跟你土地关系的属性，而张扬一种所谓全球化，现代性，一个普通性，我觉得真是跟我们生活之间很严重的割裂。

金宇澄：另外比如说，河南应该有研究河南话的专家，上海有研究上海话的专家，常听到说，谁谁的话是标准上海话，谁的不标准，真正的老上海话应该怎么说，甚至要大家学一种老上海话。实际我觉得上海话是不固定的，也知道有这种说法，有徐汇区上海话，闸北上海话，宁波上海话，苏州上海话，苏北上海话，浦东上海话，上海话都有口音，上海的特殊性应该跟河南不一样，河南是文明之地，几千年的历史。上海是一个码头，大家来每个人都带有口音，来到一个带口音的地方，例如学校据说还有复旦上海话，华师大上海话。方言是地域、时间的变化，是流动的。只有普通话，进入字典，固定不变。老上海话留在 50 年前的唱片里，那时代上海人是这样说的，它保存了下来。梁老师把村支书的内容保留下来之，再过一百年，人家说，啊，那时有这样的语言，以后肯定没有了。所以我们说等于是抢救。比如，一个上海人去美国十年，之后回来一开口，都觉得他的上海话怪怪的，有点陈旧，是上海话每时每刻在变化，而他在固定不变的美国，他没跟上，有一些音，一些字已经不用了，他还用。河南话肯定也有这情况。方言的变化魅力，代表了时间的变，它在什么时间是什么样的，只有普通话一成不变。

文学需要人物的丰富性，语言的丰富性，语言的生命力。河南话这样的内容，在过去可以出一个唱片。过去有上海说书包括《金铃塔》等，就是唱片。

项静：梁鸿老师她的书都有内在联系的，像第一本的非虚构《中国在梁庄》，写一个村庄里的中国。第二本是《出梁庄记》，写梁庄延伸到中国各地。我们觉得她的作品，一步一步把中国的地图拼起来，你看到她一个人视角中的中国。在上海文学的专栏，《云下吴镇》，是一个乡镇，又走出一个空间。这本《历史与我的瞬间》，我觉得比较倾向于自我的思考。我想问一下梁鸿老师，你有没有整体的规划，哪一本书说什么，我觉得你前面想得很清楚，跟大家分享一下。

梁鸿：写作是慢慢打开自己的过程，我一开始写梁庄，真不知道会写成什么，那几年精神比较苦闷，回到老家想写点什么东西，真写什么不知道。《中国在梁庄》，写的时候是一个四不像的文体，如果从文学来讲四不像，也是冒一定风险，当时我觉得我要任性一把，用跟我所要表达的内容最切实的一种方式来写。在写的过程之中，我才发现，当你在梁庄走动的时候，你会发现另一批不在场者是最大的在场者。那批在外打工的中年人，他的孩子、父母在家里面，有的时候打一个电话，有的时候寄一个汇款单，有的时候回来喝酒，村庄里有各种各样相应的变化，我想把这群人也写出来，可能这个梁庄才是完整的。这个时候我才萌生写第二本《出梁庄记》这个念头，它是慢慢生长出来的。实际上写

《出梁庄记》，非常艰难，因为你还要工作，还要到不同的城市奔走，去了解，去聊天，还要在一块住，各种各样的困难。还有接头。到一个城市里和老乡们接头，都完全可以书写很大一篇。因为农民在城市里打工，不是在王府井，不是在上海的徐家汇，他都是在很边缘的地方。每次接头都很艰难，每到一个地方，我给我老乡打电话，反复打电话说到哪个地方见面，总是找不着。虽然听起来很有意思，实际上内在里面是非常复杂的感觉。

写《神圣家族》是受金老师的启发，我们在聊天。一方面，这四五年不断地回家，不断跟各种人接触，我觉得在我脑子里有无数的人物在很鲜明的跳跃，他们一直在我脑子里活跃，我想把他们写出来，每个人鲜明的表情、眼睛、行动，包括性格，包括怎么生活。同时，我觉得小镇也是非常中国非常有意思的过渡形态，它即使脱离农业生活的集聚地，但是同时农业又没有完全脱离。我到秋天回家的时候，公路上晒的全都是金色的玉米，到农忙的时候，他们依然把农业的东西摆在路上。过路的小汽车非常多，左躲右闪的，又不想压那个玉米，不压又不行，然后彼此之间会发生冲突。这种混杂的生活里面，所带来的精神倾向是什么。因为我回家在我哥哥家住，哥哥在小镇上住，有太多人物，各色的鲜明的人物。所以我想着我要写一个人物的东西，每一篇一个人物，每一篇一种语言，尽可能一种结构和语言方式，我觉得是作为一个训练，一种不断训练自己修辞和语言的过程。包括我刚才说的那篇完全都是方言，中间用了一点点普通话，但是我觉得这种普通话是一种相映衬的场景，一种意义的表达。

这本《历史与我的瞬间》的出版，我要感谢我的编辑陈丰和杜晗。一方面是我积累下来的随笔和散文，这些随笔是我在日常写的，包括《艰难的重返》，还有《历史与我的几个瞬间》，我写的时候，一边在总结自己，一边希望把自己内部精神的生成能够体现出来。当然还有另外一个层面，我自己搞文学研究、文学批评的，会看非常多的书，在第二部分第三部分，主要是我的读书笔记，我也是用比较活的方式来写的，没有写成非常严肃学术的论文，而是带有一点随想性的，带有一点俏皮的，包括我读书的时候，天气是什么样子，我会把它写进来。阅读不是一个好像很严肃很枯燥的事，它是很有趣味的，跟你生命是联系的。包括晚上，我拿起马尔克斯的书，我觉得像点心一样，一个恶毒的点心，我都把这种心情同时呈现出来。我想试图找到一种文体，我们的阅读生活是什么样的，他跟你的阅读者之间生命联系是什么样子的，也是想寻找一种新的写作方法。这本书，我把它作为一本小书，这种内在的活泼和内在的跳跃，恰恰呈现我精神的另一面，我觉得还值得一读吧。谢谢。

金宇澄：这本书真的好看，一边看我一边想，真的很少有人那么热爱故乡，有那么一种自豪感，那么一种溢于言表的心情，非常自豪地说，我们老家的小吃，给人一个感觉，摇头晃脑的感觉，真是好。在篇幅和内容上，梁鸿总在想些什么，总试图做些什么。作家写成之后，容易就这么一直写下去了。在文体上，我觉得梁老师会有更大的变化。很多人已经不注意文体了，这是老话题，80年代比较注意样式，90年以后搞经济了，比如小说可以参与影视，而影视是不需要文体样式和语言，一步一步往后变，就是讲故事了，讲一个完成度，只要有好故事，就可以拍，语言再好没用，电影也不会反映文体或者语言，包括翻译出去，语言是保存不了的，有故事就可以，因此注重语言的作家，很少了。但语言个性和文体仍然是世界通行的追求，艺术品的特性。非常期待梁老师能够把这个专栏写得更好。

梁鸿：一定努力。

项静：最后一个问题，她这本书在读者中的反响非常好，但是我比较好奇的是，她这本书，他们村里的人是怎么看的。我看她这两本书的过程中，我发现提到过两次。有一次在内蒙古，有一个亲戚买了二十多本送到他自己周围；还有村里占了土地盖房的人，他说我听说梁鸿写了一本书，她有没有写把我制住，大概说有一种告状的意思。他非常害怕听说梁鸿老师写了这本书，你这本书周围的人是怎么议论的？

梁鸿：刚才有一个问题，几种语言在这两本书的结合，其实非常艰难。学术语言和方言，还有我自己带有点叙述化的语言，导致有的地方可能不太成功。作为一个尝试，我希望把生活的多个方面呈现处理，因为我自己是做学问的，也有一个学术背景，也看了相关方面的书，希望把生活表层的东西带到里面去，但是，能够带多远，我自己在不断地思考，不断地想。这个随笔，我里面有很多新的尝试，希望把学术语言相对口语化，或者相对地通俗化，但是这种尝试还是比较艰难。因为语言是有屏障的，一种语言就是一个世界，它具有框架性。我们日常的口语和文学之间，还是有某种距离，但我觉得一个好的文学者，或者一个合格的文学者，他最大的作用就是在不断地创新某种语言，因为语言是每个生命共同体核心的东西。如果一个作家通过你的写作，像金老师《繁花》，通过他的写作感受这片生活内部的逻辑，以至于把这片生活的逻辑、语言再重新经过某种转化，或者进化，我想他是非常了不起的。他创造了语言，这个语言又来自于他语言的本身。这是一个作家必生要努力的。但是我觉得这是非常艰难的一件事情。

说到这两本书，《中国在梁庄》和《出梁庄记》，在我们村里的反应，当然这个反应非常复杂，包括在县里的反应更加复杂。因为第一本书写得比较直接一点，我这么多年，就2010年没有回老家，就是因为写了这本书。我们县里的人非常不满意，有人买了好多本，一条条划划，拿到我们县里领导那里，说，你看，这是谁谁，在写我们县不好呢。当时我还是挺担心的，毕竟我们家人都在那里生活，我们姊妹六个，我一个人出来，他们还在县城，在镇上做小生意，工作。那但后来也没有什么事情，相反，我回去的时候，很多人，包括当地的一些领导，都要见我。可能大家一方面觉得这女孩比较傻，另一方面也觉得你做的事情还算值得尊敬。

在村庄里分了好几派，刚才说的年轻人非常兴奋，他们在外面，不知道在哪儿看的宣传，辗转给我打电话，说太好了，我看到你的书了，买了几十本，送给我们村支书、村会计、村长，说你们都看看你们干了什么事。我回到家里面，他们非常紧张，我们现任村支书，前后不离脚地跟着我。我一回家，第二天或者当天，乡党委书记就知道了，就要请我吃饭。我还以为我很重要呢。后来我们村会计告诉我，乡党委书记告诉他们，梁鸿一回来马上打给他打电话。

我们村庄不叫梁庄，我还是尽可能地，比如人物关系，做一些处理，因为我没有权利去干涉那片生活，即使村支书有贪污行为的可能。我们的村人在不断地算钱，算他们贪污了多少钱。但是，我觉得我作为一个书写者，我不想成为一个特别大的干涉者，因为伤害太大，可能会涉及方方面面的人，所以我还是尽可能地在书本里保持一点点的距离，回到家里面，我跟他们特别亲，当然这可能两面三刀，感觉不太好。我不能让他们因为我而发生不好的事情，我没有这么大的权力。

我觉得梁庄人，总体来说，还是以我为骄傲的。我在写第二本书的时候，我到西安，我的二堂哥，带着我，他是蹬三轮的，我坐在他的三轮车上，他到处介绍我，你看，这是我的妹子，曾经写了一本书，现在来写我们了。他非常骄傲，非常自豪。那天他不工作了，穿着非常整齐，带着我走亲访友。这种态度本身也说明了，他们也知道，你在做什么，他们也知道你那种努力背后还是有一些好的东西在那儿。我每到一个地方，总有一个老乡不工作，带着我，我也变相补偿一点，但是，那份情谊是什么也补偿不了的。我找我的堂叔，他们都不工作，带着我，有的时候比较远，租一个面包车，我们跑到很远很偏僻的地方，因为他觉得这个人有用，他找他跟我聊天。每天到一个地方，都要耽误他们七八天的工作时间，我非常非常感动。所以我在书里写到感谢我梁庄的亲人们，他们确实给我非常非常大的鼓励，但同时，我觉得你如果做了一点点事情，他们会放大你，他们会无限地去鼓励你，他们甚至会忽略书里写到他们不好的地方，真是让我非常的感动。

项静： 我们让梁鸿老师用河南方言念一段。

梁鸿：当你没有场域的时候，说方言非常艰难。我先转换一下思维。

"那二年交公粮，粮管所所长老二哥俺俩对劲儿（好，交情深），我上粮管所，可热闹。晌午一下班，就在那儿吃饭。吃罢喝罢，编个曲儿胡球出他洋相。我说，二哥，你这两天在村里影响不好，你都不听听群众啥议论。老百姓都在说，咱镇有个所长，交公粮开后门你算别（bai）想，交粮去了报杜南（村庄名），那是好坏都能过，要是报的是杜北（村庄名），好坏一样不吃亏。一报是梁庄，签子没拔就不行。咋，粮管所地盘在杜南，你把那儿的老百姓都维持完，把梁庄人都坑完。所长听了脸只红，去，去，来了好烟好酒吸吸喝喝，走了还编个曲儿气我。"

项静：非常感谢梁鸿老师和金宇澄老师，今天给我们分享了他们看到听到的一些故事，让我们看到了，一个看不见的中国。现在时间留给各位观众，大家有什么问题，可以问梁鸿老师和金宇澄老师。

听众：问一下梁鸿老师，您开始讲的关于身份错位的事情，因为您讲您家里的 6 个人，5 个人还在村庄里，您一个人出来。我想您回到家里的时候，和您的家人，和您所有的村里的乡亲，都算是平辈，大家都是像家里人庆祝。事实上，等到城市里面以后，您因为身份的转变，在各种社会场合进行发表您的高见，可能您的乡亲，您的姊妹们，他们到城市里，他们所接受的待遇是在大街上扫大街，或者在人家家里做保姆，在大街上骑三轮。这种情况下，您在家里的时候，和他们是平辈，是一种亲属的关系，到城市里，一下变成城市的主人和仆人的关系。您觉得这种身份的落差，能在文化上感到认同吗？

梁鸿：你说主人和仆人，我不太认同，因为我们现在社会对阶层划分太严格了，扫大街可能不会尊重他。我在这本书上提到蹬三轮他们为什么会打架，就是因为城里人看不起他。不是说所有城里人，而是当他们之间有纷争的。我里面就有一个大的概念，职业是没有差等和好等之分，职业只有流汗的多少，他都是很尊严的，恰恰我们社会没有给他尊严，所以才会造成各种各样的问题。我们觉得小商小贩很丢人，我们有一个亲戚穿得很脏，不愿意让他进门，这是我们这个时代给予的。包括建筑工人，原来我们经常看到报道，一个建筑工人坐在公交汽车上，人们都闪一闪，因为身上太脏。可能我们坐在那也会闪一闪。但是，我们要思考，为什么他们会穿得很脏上公交车，因为那个工地上从来没有人给他们设置洗澡间，因为那些工厂主觉得，那个洗澡间不是我该管的事情，我给你钱就够了，你还想要什么。这种东西，恰恰是大的社会结构和我们观念发生了问题，这是需要我们不断纠正的，这是第一个。

第二个，你说我回到梁庄的时候，确实非常开心，我们说方言，我的方言是非常好的，甚至我的普通话夹杂方言。到了城里，好像我今天坐在这里侃侃而谈，我其实很厌恶我这种形象，好像演讲一样，我一直在警惕我自己，我不要成为这样的表演者。我刚才为什么读方言？也是希望把村支书的声音试图传达给大家，虽然是一点点，但是这是我的努力，我希望自己能够成为某种媒介，通过我，能够传达出梁庄的生活状态，梁庄人的存在。我们给予它一种存在感，你知道有这么一个村支书在，他那么的智慧，他那么的诙谐幽默，我觉得这也就是我的一个功能，我希望把这个人传达出来，让他从历史的地表之下浮现出来，变成地表之上的一个人，哪怕你只轻轻看一眼，这一眼就非常重要了。实际上这也是非常残酷，他的确是有差异在里面，这种残酷，我觉得需要我们大家共同的努力来弥补。

听众：我是来学习的，我感到上海的百姓得天独厚，就是因为能和作家面对面。对我而言最感兴趣的就是希望两位作家，谈你们写作，写书的目的，到底想告诉读者什么。每一个读者对作品的理解，有他个人文化水平、学历、出生背景的。有的时候，作家告诉读者，读者没有接受，有的作家想告诉读者，读者理解比作家理解更深的也有。请两位作家，最近写了几篇书，你写书的目的，主要是想告诉读者哪些东西？

作家每人有不同的写作方式，有的间接表示，有的直接表示，你们出这本书的目的是什么，想告诉我们读者什么？

金宇澄： 我只能简单地讲，福斯特说过一句话，作家写一本书，是说出一种生活的滋味，他生活中的滋味。就是这么一个宽泛的表示，含有你刚才说的很多东西，张三喜欢小说里的恋爱，李四喜欢写到的的吃饭，王五喜欢什么，有更多的选择，这是一种方式。《繁花》等于开一个超市，你愿意买苹果，或者买什么，可以自己选。是这么一个状态，大致是这个意思，写了我在上海的生活滋味。不可能我写百分之百的内容，读者都接受，读者可以选择，等于百货公司，百货百态。

梁鸿： 金宇澄老师说得非常好，就是开百货公司的作家。一个作家不可能给予你期待的答案，一定是给你一个意外的答案才好。这个百货里一定是有一个新鲜的，让你觉得这么有意思，这么启发我。如果作品百货公司开得没有启发性的物品，可能我们的写作是需要质疑。有的时候写作是不断地拨开灰尘的过程。金老师写的《繁花》，你们都是在上海生活，你们每天都这样生活。但是有一个作家让你看到，原来我们的生活内部还有这些东西，它使你认识到生活中你所忽略的一面，这是作家很重要的功能。我写梁庄，包括新的《历史与我的瞬间》，我到底告诉你什么。我不敢说我告诉你什么，一个作家没有权力说我告知你，你要怎么怎么样，它是平等的东西。你可以从中来找取你所要，你所思考的。可能你会反对这个作家，这是非常好的，你可能不认同它，你甚至骂他。但是不管怎么样，你有你的态度，写出来已经变成固定的生命表达，你的阅读是动态的需求，这是一个动态、互相生长的过程，而不是我告诉你什么的过程。

听众： 可能有误解，我语言表达能力差。我的意思是，你做作家写的时候，你想告诉读者什么，至于读者能接受，能不能接受，接受多少，是读者本身的事情。我写一篇论文，这个论文观点是什么。至于你能不能接受，那是另外的问题。我的想法我是对的，就像你现在写的，想告诉什么。金老师写《繁花》，因为有上海这么丰富的生活。否则他不会写。

梁鸿： 一定要这样回答的话，我想告诉你的是，梁庄的生活是非常复杂的，它的复杂程度超过了我们在新闻里看到的生活，它是复杂多义，至于怎么复杂多义，怎么让你具有对生活、对人生、对人存在的思考，这可能是你的阅读过程。比如说《历史与我的瞬间》，想告诉你什么。我想我读这些书，在读的时候我很享受，同时我在反思自己。因为每篇小文章里，想告诉你的都不一样。从总体上来讲，一个作家所表达的一定是一个无限方向的，很多方向的生活，你读了这本书以后，它应该对这个生活的多向性有体会，如果只是单向的，他的写作是需要质疑的。

金宇澄： 张爱玲说，好小说是什么样的？你读的时候会想，是这样的，就是这样的。内容会和你有些经验契合。《繁花》试图找出一些已经消失部分，看能否得到读者认同，做一种试探，总体上有虚无的意味，但人生虚无不是负能量，让我们更珍视生命，珍视我们的过往，珍视生活，可以这么解释。

听众： 梁鸿老师好，金宇澄老师好，我知道中国一直是乡土社会，一直以来乡土两个字被作为广泛讨论的话题，不管是梁鸿老师的《中国在梁庄》，还是《出梁庄记》，还是熊培云的《村庄里的中国》，还是费孝通先生的《乡土中国》。乡土一直是被广泛热议的话题，我外婆家在嘉兴农村，我2014年去费孝通先生的家乡，做了一个关于农村乡土性的社会调查的报告。我就会发现，不管在我的外婆家的农村，还是在乡村，青年人、中年人都外出打工，留在村子里，往往是一些老人和小孩。就像梁鸿老师在讲座一开始说，故乡已经成为一种时代的"剩余物"。我们在广泛热议乡村的时候，乡村又在不断地被城镇化，乡村本身的一些文化的东西也好，还是乡土的东西也好，是在不断地流失。我们怎么去看待，怎么去讨论乡土的东西。因为乡土性，我们说，常常在人们血液当中，是你根在那个地方，你的根在你的故乡，你不管走在哪里，你的血液是你故乡流淌出来的。对于中国乡村的发展，它在不断被城镇化的同时，就像金老师《繁花》当中，上海的弄堂里面，那些很多的东西，在被不断地城市化，乡村逐渐被取代。我们小时候，或者我们记忆的东西，或者传统的东西永远只能在书里、在记忆里被怀念，被祭奠，真正的东西被时代的潮流取代。想问一下梁鸿老师，不管是中国的乡村，还是您的故乡，对乡村的发展，有什么想法。您去了北京，离开了家乡，去了大城市，但是乡土的东西，或者是故乡这两个字，对你最大的影响是什么？

梁鸿：刚才你说的乡土的发展方向，这个是非常大的议题，它是政治化的议题，个人的能力是非常微小的，不是说个人的叙述没有意义。你说今天让我们来研究一下，比如我们来预测一下，我们的村庄，什么时候能够消失，这非常难以预测，这看我们政策的强度和力度，它到底有多大。但是从自然系统来说，中国的社会确实在走向现代化。我们所思考的意义恰恰在于，在这样一个好像必然的现代化程度当中，乡土对于我们的意义是什么？我们已经被看作是一个过去了的生活方式，过去了的文明生活，置于我们生活，对我们的精神内部到底意味着什么，这才是我们的思考，也是我这几年反复做的工作。到底是什么，我也在思考。比如我们的生活方式到底有没有价值，比如人情关系，熟人社会，在今天的社会里，到底是好是坏？如果从世界发展来说，非常差，因为我们的人情已经严重阻碍我们的社会发展。但反过来说，人情社会本身是有它的价值所在的，只不过这么多年以来，我们的传统一直在扭曲的过程之中，这是非常复杂的，这需要一个生活者，不单单是写作者，而且需要每一个生活者都要面对你的生活，严肃地思考。我是觉得，我们都应该有那么严肃的一刹那，来思考我们生活什么样的世界里，思考我们这个社会核心议题，不是每个人作一篇论文，而是说这样我们才知道我们身处在什么的旋流之中，才对于我们所处的时代，会有一个清晰的感知。这么多年以来，我也是在努力地思考我自己。

故乡对于我意味着什么？对于一个写作者来说，故乡是索取大于回馈，你在不断地索取。我从梁庄那里索取了很多东西，因为写这两本梁庄，我也得了名，好像也得了利，成为了所谓的到处演讲的人。但是，我有一点非常警醒我自己，不要洋洋得意，不要去把你自己的生命跟它隔离开来。刚才金宇澄老师说非常吃惊我们村里人给我打电话，说说话，其实我这么多年跟我村庄的关系还是相对紧密的，但即使这样，还在慢慢地疏远，我在努力地维系这种关系，但是你知道有时候非常无力的，从现实层面非常无力。从精神层面，你每次回家，备受打击，心情沉重，但是你又获得很多很多写作的素材。作家也是非常残酷的，是一个吞噬者，但是我觉得，你要清楚你自己的位置是什么。

时间：2015 年 3 月 21 日

嘉宾：蒋晓云　张怡微

怅望江头江水声
——蒋晓云小说里的真情与假缘

毛文婧：大家好，现在思南文学之家第 58 期读书会正式开始，先有请这次的两位嘉宾，蒋老师和张怡微。我们这一次的主题是怅望江头江水声，蒋晓云小说里的真情与假缘。我先介绍两位嘉宾，首先是蒋老师，出生于台北，祖籍湖南岳阳。现旅居美国。1974 年发表处女作《随缘》名动台湾文坛，随后连续以短篇《掉伞天》《乐山行》，中篇《姻缘路》，三度荣获"联合报文学奖"，得到作家朱西宁的盛赞，文学评论家夏志清更将其喻为"又一张爱玲"。在写作的巅峰时期，她却选择赴美留学，成家立业，停笔三十年。时隔三十年以后，复归文坛，凭借《百年好合》和《桃花井》收获无数好评，《桃花井》获选 2014 年新浪中国好书榜"年度十大好书"。

现在介绍一下今天的特邀嘉宾张怡微，张怡微是上海作家协会签约作家，目前就读于台湾政治大学中文系博士班，曾经是复旦大学中文系文学写作专业硕士，复旦大学哲学学士。出版有长篇小说《你所不知道的夜晚》、《下一站西单》，短篇小说集《旧时迷宫》，散文集《怅然年年华》等著作。现在再次欢迎她们。

我刚才介绍的时候也提到了，蒋老师的书在台湾是时隔三十年以后复归文坛，但是在大陆，可以算是初出茅庐，因为三十年前，两岸消息不通，蒋老师的书从来没有在大陆出版过。去年的两本新书《桃花井》和《百年好合》推出以后，收获了无数的好评。您的小说从文字到题材到形式，令读者感觉惊艳，蒋晓云这个名字也被越来越多的人所知道了。去年的时候《桃花井》10月上市，上了国内很多的图书排行榜，被媒体纷纷转载，得到2014年"年度十大好书"的荣誉称号。

之前我作为责编，收到很多反馈，大家跟我说读《桃花井》的时候哭了，有些人为敬远离家背景的时候哭，有的人是为谨州父子之情感动，还有人为董婆的爱情，被她震动了。我的感觉，蒋老师写出了在大时代背景下，小人物颠沛流离的命运，他们的无奈，还有他们真挚的情感，我觉得最打动我就是这种感情。我想读者对这种感情很有共鸣，所以才会喜欢蒋老师的作品。我想问一下，张怡微当时读到《桃花井》的时候是什么感受？

张怡微：你刚才讲很多读者哭了，写《桃花井》的时候，其实蒋老师自己也哭了，自己被自己感动了。我们待会儿可以问她，她自己感动的点在哪里。但是我觉得，对我们大陆读者来讲，《桃花井》的出现是蒋老师复出后的第一本作品。当时的环境，如果我们记得的话，其实是台湾"眷村热"最热的时候。这个热潮是被王伟忠他们宣传起来的，包括在综艺节目上，许多眷村后代开始大量回想很多曾经的往事，包括老兵迁徙的往事，一些军眷的悲欢离合的故事，做了非常多的宣传，我们是被这样的宣传所浸染的大环境。

我到台湾之后，开始看蒋老师这样一部作品，对我的冲击很大的。因为我们平时听过许多台湾人在回忆自己父辈，他们在讲述他们是怎么迁徙到台湾这个过程中，有非常多相似的故事。蒋老师的《桃花井》很不一样，她的小说有一个非常大的特点，它是一个小型的团圆，并不是大的团圆。整个故事的基调都不是大悲剧性的，不是往下面走的，大家都无所归依的，无疾而终的结局。事实上小说里的人多在为后半部分的人生做各种的打算，有一些人做打算，有一些人是做算计，老一辈有他们的感情归宿，可是小辈并不理解那个大时代的冲击，对人心灵的创伤。这一部分阅读，对我来说收获非常大。包括到后来，再看到《民国素人志》的时候，又是另外一种写法，面对的更多是眷村以外的流民，则更像是一种素人志的形式。

毛文婧：蒋老师谈一下，为什么会选这个题材？

蒋晓云：这个书断断续续写了三十年才把整个故事讲完，当然开始讲第一个故事的时候，年轻的作者也没有想到下面还有后续。我写第一个故事的时候，还不到 25 岁，对人生知道的也很有限。可是，等到自己离开了家乡，走过千山万水，你回头去看，又发现，好多事情，我以前不懂得的，或者模模糊糊感觉到的，到了以后逐渐的明朗了。就像一个人生的历程。所以想把这种感觉跟读者分享，也许我讲的不只是你们看到的几个故事，这里也有我对人生的体验，尤其是你认为你曾经被里头的父子之情打动。在我 35 年前，或者是更久以前，写第一个故事的时候，我可能心中比较罗曼蒂克，想到的是夫妻的感情，因为那时候对爱情有憧憬。到经历了世界和岁月以后，更了解和向往亲情。这个时候再回头看，重点就不只是男女之爱了。历练帮助我可以把父子之间的感情，或者兄弟之间，半路夫妻之间的各种亲情表现出来。我拖了这么久，花了三十年才把整个故事说的完整一点。

事实上，这里还是有伏笔的，如果我能够把它的上下集都写出来的话。

大家对这个故事感兴趣，还可能是因为得到了一个对典型"台湾外省人"不一样的抽样。这些人，就像刚才张怡微说的，他们不是眷村里的人。当时国民党败退，离开大陆的时候，据说去了台湾两百万人，那里头，估计有一百万人不是跟着军队去的，他们跟军队没有关系。这个数字有好多不同的说法，我甚至于看过一个统计，说去的只有 1/6 是跟军队有关系的，剩下 5/6 的人，因为土断政策，已经融入了台湾这个社会里。对于在家乡的人来讲，这些人都叫台湾人。事实上，这些人心里，就像"桃花井"里的台湾老头，家乡的人都叫他台湾老头，他心里

张怡微　蒋晓云　毛文婧

一天也没有觉得自己是台湾人，甚至他在那里生的小孩，像我这样的，他会告诉你说，你是湖南人。这个故事里讲的就是这些跟军队没有关系，对当局的感情没有那么深，一群被时代和命运带着走的人。他们的命运推着他们到一个海岛，再也回不了家了。作为一个他们的后代，我希望用文字替他们留下一点足迹。

毛文婧： 我感觉您对过去的人和事有一种非常欣赏的感情，当然，可能也有一些别的感情。您能谈一下，你为什么会喜欢写过去的人和事？

蒋晓云： 跟我自己的经验有点关系。我年轻的时候，就到了美国求学，在那里就业、成家，把自己的大半辈子消耗在异国，而且做了一个完全跟文学不相关的行业。因为这样子的经历，我的人生中产生了一个断层。如果你们看我，觉得我是一个台湾作家的话，其实从1980年到2010年，长达三十年的时间，我对我家乡文艺界的了解可能还不如张怡微，因为她到台湾求学，已经在那里待了好几年，而且一直浸泡在文学领域里。过去的三十年，我跟文学完全脱节了。我像裹在一个真空的时空胶囊里面。对我来讲，我印象当中的台湾是 1980 年以前的台湾。在那个时候，"桃花井"这本书里的同代人还在人生的舞台上面。他们还是社会的中坚，甚至于因为这些人带过去台湾很多的知识、技能，他们很多还算是社会的菁英分子。好多学校里的领导、老师都是这些人，他们也就教育出了我们。尤其因为战后的台湾，需要大量的汉语文的教师，所以，这些人其实在当时的社会并不是像现在这么的被边缘化。如果大家曾经看过琼瑶早期的作品，她里头写的那些人，都不用注明他们是当地人，或者是大陆过去的人，都很容易看得出他们是所谓的外省人。你如果打开电视，演员都是讲非常标准，像我这样的普通话。大家觉得我讲话没有什么台湾口音，原因就是我离开台湾三十多年，所以保存了当时的原汁原味。我写的就是我最熟悉的一群人。

毛文婧：刚才您提到离开台湾三十年，很多读者非常感兴趣，我之前介绍的时候，我提到，在文坛风生水起，得了那么多奖，为什么突然不写作，从事完全不相干的行业？

蒋晓云：我的上一个创作期要追溯到三十五六年前，我个人的感觉是那时候台湾比现在的中国大陆落后。我还是一个小朋友，比张怡微现在还年轻几岁，二十出头的人觉得世界很广大，想要离开海岛，去看看世界，是很自然的一件事。我在美国求学的时候，碰到过好几位在大陆赫赫有名的，拿过影后的人也在那里求学，他们的背景比我显赫多了，我不过是在个海岛上薄有文名，在台湾都不能算风生水起，抛弃文坛的一点成绩并没有太多心理挣扎。主要还是那时候年轻，也很骄傲，就觉得我有什么事情不能做，干嘛要在海岛上终老，没有什么太多的思考，就决定要到外面去，要去看看这个大的世界。

我没有从小立志以文学为志职。怡微就曾经开玩笑，说我是"山里出来一条好嗓子"，我没有花太多的时间感慨文坛去留，我就想要走出去看看这个世界。作家转换跑道在国外大约比较普通，像《哈利·波特》的作者也干了十七年的女招待。就把我当成做了三十多年的女招待也是类似的。

毛文婧：这三十多年，对你有什么影响？

蒋晓云：当初离开的时候，义无反顾，没有打算回到文学的领域，所以我并没有在这上面多着墨，或者特别努力去呵护自己的文学兴趣。甚至于，我为了在另外一个行业做得好，我花所有的力气在那个行业精进。语文方面，工作上当然百分之百使用英语，写的最多得是公文。没有在文学上更加努力的机会，一直到 2005 年被公司外派到上海。

那时候我的任务之一是选择一个城市建立团队。我可以选择在北京，还是在上海落脚。我到上海的时候却特别的触动，因为这里像我小时候的台湾。我小时候住在台北西门町，1949 年以后，很多上海市区的生意迁移到那个地方。我从家里出来，马路上走走，就是亨得利钟表行、茂昌眼睛、鸿翔绸缎庄，现在南京路有名的店，我小时候住的那条街上都有。所以，我一到上海，就觉得这个地方怎么那么熟悉？好像回到我小时候的地方。

那个时候的西门町有一点小上海的味道，在那样的环境里度过童年，让我对上海的方言，或者生活习惯，甚至于吃食，都非常的熟悉。家里下午吃点心，街上买来的就是松糕、油豆腐细粉、小笼包，嘴巴里吃的是上海小吃，耳朵里听的是上海方言。这样的成长环境让我到上海的时候，感觉特别亲切。

那时候替我们代工的台商也都把工厂搬到了长江三角洲，加上一点小小的私心，我就决定到上海来了。这个决定也让我得到机会回到以华文为主的生活情境里面。我是一个女性主管，没什么应酬，晚上没有人请我去唱 K，或者搞乱七八糟的事情。所以下班之后，我有时间大量阅读华文书籍，把我错过的三十多年补上。 那几年我看非常非常多的华文书。看着看着文学的细胞就复苏了，就觉得，我也有好多故事要说，后来刚好有机会提早退休，所以又回到文学的路上。有点像水到渠成，不太传奇。

毛文婧：我觉得大家听起来很有意思。蒋老师，大家特别有感想的是，您文字很古典，很优雅。我之前听您自己说过，您很喜欢看古代的章回小说，受影响很深。

蒋晓云：对，那是我个人的小小的偏好吧。我不像张怡微这样，是文学科班出身，算学院派。我常常开玩笑，说自己是野路子，写，就是一个兴趣。我很喜欢看古人书，可能会受到影响。我小时候在课堂里不好好上课，就在底下写章回小说传给同学看。常常有人说看了"桃花井"，觉得我是八十多岁的老太太。

毛文婧：当年您这样开始写作的吗？

蒋晓云：现在旧作"掉伞天"新出，我自己看也觉得老腔老调，不像个小朋友。我写的时候不太自觉，可能读者觉得我的语言有变化，我自己身在此山中，感觉不到。

毛文婧：其实读过《桃花井》和《百年好合》的读者都会很好奇，我之前说了，这本《掉伞天》里面收录的，包括你的处女作《随缘》，还有《掉伞天》《乐山行》《姻缘路》，三篇获奖作品，这些在大陆完全没有看到过的，这也是为什么最近会推出这本作品的原因吧。我知道怡微好像挺喜欢《掉伞天》，你有什么感想？

张怡微：蒋老师太谦虚了，我很喜欢《掉伞天》的原因，是因为《掉伞天》里面大概有百分之六七十的女主人公都是28岁嫁不出去的女生，还在外面读书，有一些情感上的状况，跟我很像。我跟蒋老师私下聊天的时候，随便讲，因为我也没有数据来依据。因为那个时代的台湾，在上世纪70年代末80年代初的台湾的状况，跟现在的上海，现在的大陆非常像，经济起飞，带动一大批上海的家庭，渐渐走入小康，女生有了更多受教育的权利，她们可以走出去看很多事情。可非常尴尬的是，到二十七八岁，这些女生书读的差不多，面临着婚恋的压力，和她们同龄的男孩子，日子还很长。因为那时整个社会生活的氛围，对女生还是有一些比较苛刻的要求，而且女生受制于生理的原因，她到那个时候就比较尴尬。蒋老师《掉伞天》里把这些尴尬写的非常好。蒋老师那时候才二十岁初，还没有到二十七八岁，我非常感同身受。她完全没有年代感，但是我觉得这种没有年代感，恰恰因为那时候台湾的大环境，包括台湾的女性生活的环境，跟我们现在的生活非常像。这是一方面的原因。

另外一方面的原因，我觉得可能蒋老师刚刚讲的，她自己没有意识到，《掉伞天》的语言是蒋老师相对比较台湾时期的小说语言，其实到了《桃花井》，到了《百年好合》以后就非常明显，她的语言是另外一种语言了，小说里有非常长的句子，特别像从句。你会发现她的小说有一种非常奇异的美感，她所有的框架，她的文气是旧小说的文气，可是她的语言有一点美国化的中文。可是，她整个的小说格调，又好像是来自于朦朦胧胧的，话本的格调，尤其是她小说中人物命运的起伏、她对人生悲喜剧的把握。

蒋老师写的故事，包括《桃花井》里面的人物命运，从总体来看都是悲剧，可是，恰恰总是有一个小的支点，让他变得有点啼笑皆非，或者有一点安慰，或者有一点落脚点的地方。这就是她小说当中的一个平衡，悲喜平衡的部分。我常常举一个例子，蒋老师写的《四季红》，那个小说非常有趣，因为蒋老师不太写本省人，她在《百年好合》38个女性里面，只有三个本省人，而且是因为有人强烈要求再添上去。她里面讲一个本省的妓女，因为写妓女的故事，大部分很难看。一开始跟《桃花井》有些角色很像，因为很小被卖了，到后来从良，找了一个年纪很大的外省老头，话都讲不清楚。整个前面非常像那个时代会有的那种可怜的女孩子。到中晚年的时候，家里要争产，要她放弃房契，这个女生到那个时候，我就非常害怕她讲出"五四"的话来，把支票撕掉啊，丢到对方的脸上说我不要这些东西。看到这些就很害怕她会写出一个刚烈有侠气的，像杜十娘一样的本省妓女。但是，蒋老师到这个时候，笔锋一转，写到她和丈夫去争产，争完之后，她拿到该拿到那部分，心里挺满意，觉得一生的被侮辱、被损害是可以得到安慰的。一家人也是可以坐到一起吃饭的，被我们通俗的讲起来，吸他的血，吃他的肉的那些人，还是亲人嘛。后来我得知蒋晓云很喜欢看《新老娘舅》。在上海生活的漫长的时间当中，我从来没有看到过任何一个上海市民，会把支票、钱撕掉丢在别人脸上，这是绝对不可能的。

我觉得这里面有一些非常黑色喜剧的部分，她跟我们阅读的思维定式不一样，可是她恰恰那么真实，真实到你不知道说什么好，这也是一种命运，包括刚刚蒋老师在台湾复出的时候写的作品。《民国素人志》里写了一些一直被时代遗忘的人，或者说一直被遗忘的社会阶层。这些当年因为战乱，迁徙到台湾，由于各种原因滞留在台湾人的命运，没有被两地的作家书写过。这跟我们想象当中，文学史上有定义的那些族群，譬如眷村作家作品都不一样，可是又没有人记录他们，他们也是一生一世，而且他们过的非常的精彩。因为可能一些原因，他们没有特别强烈的安全感，他们对各个政府都不相信，他们更相信自己，更乐观。因为时代本身会淘汰很弱的人，身体不好的，很容易就死了，没有得到好的医疗就不行了。或者说有一些人精神非常脆弱，家里承受一些风风雨雨，遭到一些打击，受不了就疯了。那些人经历过非常多的坎坷，文学理论上最喜欢言说的国族离散，或者各种后学，在蒋晓云小说里都有。《百年好合》里的人物，走过这么多千山万水之后，再回来大陆，看起来非常平静，非常淡定，其实内里有非常多的伤痛。

我曾经写过一篇文章，引起了很多误会，特别对不起蒋老师。我说蒋老师通俗来讲就是好命。后来被以讹传讹变成她的人生那么顺利。我今天特地带了一本她的散文，里面有她自己讲的话，可以为她平反，有一篇散文叫《花式摔跤》，她写到关于乐观心情的东西，她说，"哪怕走在伸手不见的五指里，也就算是遥远，镜头有亮光，很难对人生绝望。但是，听见记者羡慕我线下读读写写，吃吃喝喝，走走看看，我就警觉自己是否高调过了头，却又实在想不起也讲不出这样的生活能有时间委屈，无奈只好举起右手宣誓，人生在世，哪有不磕磕碰碰的，只是表面上看不出来伤痛。你看我坐在前面完好无缺，没想到手肘里有个刚断掉的骨头吧。"

毛文婧： 我觉得蒋老师有一种现代的，向上的精神气。蒋老师小说里面的主人公，刚才张怡微说到的，都是会经历很坎坷，可是在最后都会有一个向上的调调，最后无论他们经历多么惨的生活，最后他们还是会向着好的方向去走，这就是蒋老师新的人生。

蒋晓云： 我觉得你把我讲得太政治正确，我并不是每个故事一定有个光明的结尾。只是认为如果主人翁没死掉，那就留得青山在，总是要把路走下去。看任何事情都会有不同的角度。最近碰到记者访问，都会问我关于"好命"的事情，不知道张怡微在什么文章里说我就是好命。那些人就相信了，也说我好命。可是好命不好命看不出来，比方说我跌断了一根骨头，你哪里看得出来呢。可是，也有人说你是在布达佩斯跌的，是去旅游跌的，不是做矿工受伤，玩到跌断手跟工伤比较，那还是"好命"。

如果说人生很大的悲剧是在欧洲一个漂亮的城市里，自己不小心跌断一根骨头，写一大篇文章，说多惨多惨，多痛多痛，那天晚上睡不着觉，吃多少止痛药。外面有些人读了，就觉得这过的可爽了这种文章的解读，端看聚焦点在哪里。因为我是难民的孩子，我看到我的父母亲那一辈，感觉很惨的。有人天天哭，觉得自己很倒霉，像我们家有乐观的遗传，哪怕过得不好，也要找点事情来乐。人生的焦距要放在那里，那是个人的选择。

不管我写的小说也好，或者我自己个人的人生也好，我要在哪里对焦，我来决定，你看到我拍出来的焦距在哪里，怎么体会，那个智慧财产权是你的，我抢不过来。如果你觉得我的小说里都是光明结尾，证明你是一个乐观的人，可是你能看到那些眼泪，表示你是对人生有体会的人。看这本书，不管难过还是开心，你都对了。

毛文婧：刚才您说的这个我想起来，散文里有，在大陆还没有出版的一篇散文"深知身在情长在"，这一句是怅望江头江水声前面一句，您说，"岂止男女之情，人活一世处处可能留遗憾。重要的是翻不翻得过去那一页？命再好，想一想平生伤心事，也哭得出来。可是挫折和失意都会在人生的长河里化作逝水，荣辱成败逐波而去，连浪花也不会留下。"我觉得就是您刚才说的。

蒋晓云：我是这么想的，所以我不太喜欢写散文，因为这样透露太多的自己。

毛文婧：您谈谈您对男女之情的想法，可以吗？

蒋晓云：很有趣的是我在二十出头的时候，就常常被人家请去谈感情问题。大概是因为我写了不少二十七八岁，嫁不出去的大龄剩女。这些书中人物都是听我旁边认识的人讲的，或者是我拼凑想象出来的。谈感情问题都是纸上谈兵，说不出来什么东西。

可是到我现在这个年纪，再回头看，当初那些我拿来当成小说原型的大龄剩女，那些为爱挣扎，曾经非常罗曼蒂克，追求爱情的女斗士，她们的结局也来到我这个年纪，不管当初她选的是门当户对的对象，或者她爱情奋斗的对象，是一个情场上的胜利者或者失败者，都各有不同的结果，却未必跟当初的感情处理有正相关。

我有一个特别浪漫的朋友，她长得漂亮，家世又好，她的条件在我们同学里一直是最好的，可是她很挑剔，最后一直没结婚。她后来说都是我害的，因为我年轻时老怀疑社会干嘛一直要求女人一定要结婚？

那个时候这种想法算是走在时代的前端。我不赞同在学业上，在事业上有成就的女性，父母亲不能给他们正确的评价。好像一个人婚龄到了没有结婚，就对不起这个世界。传宗接代以前是社会责任，可是现在中国已经有13亿往14亿奔的人口了，不差一个两个，为什么要把这种责任放在每一个人的身上呢。台湾地区人口出生率下降很厉害，当局鼓励得一塌糊涂，生老二给什么，生老三给什么。马英九每次到公开场合就叫别人生小孩。我都不觉得这很有意思，大家不用有组成家庭的压力，因为这个世界上人口爆炸了，不差你的贡献，把自己这一生好好过。做一个独立自主的女性，比做一个婚姻里的妻子或者母亲，不会更不重要。

毛文婧：您现在来看的话，您觉得你心目中最好的爱情是什么样子？

蒋晓云：要现阶段的我对年轻人来描述爱情不公平，因为我已经历过人生我现在是两个年轻人的母亲。美国的孩子比较早熟，他们十三四岁开始约会，在美国不算早恋，如果你不约会，老师还替你撮合，因为他们觉得提早练习。我儿子十三四岁第一次失恋，很难受。他说心碎了。我说，请你相信我，失恋好过车祸，心碎好过失去一条腿。他觉得妈妈讲这种风凉话没有意思，很不高兴。过了好多年以后，他打电话跟我说，妈妈你知道吗？你是对的。以前你跟我说，心碎好过断条腿。我问他为什么？他说，因为我今天碰到一个女生，14岁的时候出车祸失去了一条腿，装了义肢。看到以后就想，14岁失恋心碎果然好过少条腿。我到现在还是这个观点，如果你觉得失恋痛苦，请你相信我，那种痛苦还有可能会被时间冲淡，少掉一条腿的痛苦绝对终生相随。

毛文婧：现在朗诵一段《掉伞天》里面的，这个是读书会一个环节，请蒋老师朗诵吧。

蒋晓云：在座的认为自己对婚恋题材有兴趣的人，可不可以举下手？被喊"大龄剩女"我不觉得是贬义词，那就是一个现况的描述。因为念的那一段，是你爱不爱我，我爱不爱你。我看各位的年龄层，不见得对这件事情有兴趣，我念的也挺肉麻的。

张怡微：刚才我已经第二遍听这一段文字了，昨天也听了一遍。毛文婧讲的是上半句，这个副标题是夏志清老师对蒋老师这本书的定义，真情和假缘。他说蒋晓云写的这一部分的小说记录的是一个无情的时代，是男女之间非常保留的爱。我在看这个书的时候，我非常惊讶的一点，蒋老师非常会写男女吵架，以及女生在家里被妈妈碎碎念。这些语言非常非常的活泼，那种场景感，来来去去的东西，非常的鲜活，包括她念的这一段，这个女孩子非常喜欢他，可是她最后没有嫁给他。那个男的在我们看来是个渣男，还是一个花花公子，身体还不好。妈妈在家里念的时候，在那边讲，这个人不行的，这个人身体不好的。但是，对于一个年轻女生她不在意的这件事情的。

我们再看第一篇的时候，看《姻缘路》的时候，那又是另外一种女生的失落，非常的庞大的失落。她原来有一个未婚夫，她还有一个备胎，她未婚夫出现问题的，她希望第二个人顶上来的时候，那个人就觉得，我虽然一直喜欢你，我也愿意为你做很多事，可是，我想来想去，我做留学生挺辛苦的，我就放弃了，所以他并没有站出来，那种心理巨大的失落。蒋老师写了一些女性非常有趣，她们非常执着，一定要结婚，我相信我们俩不是这样的。女主人公宁愿书不要读，还是要回来把婚结掉的。她觉得这件事情很大很大，哪怕这个对象不是那么理想，她也要把这件事情当成人生大事来做完。

书里还写了一个故事叫"终身大事"，我也蛮喜欢这个故事的，两个苦命鸳鸯，妈妈管的比较多，这里面有非常多的无奈。这个男生在那边很痛苦，他觉得人生说不清楚。蒋老师是这样写的，长大之后就没有那种特别具体的伤心了，说不清楚，人非常非常难过。但是我们又是在做一件喜庆的事情，这里面是有一个映照的。青年男女在这样一个时代，我们面对这样一个我们必须要做事情，好像必须做的事情，那些支离破碎的千疮百孔的心境，我觉得写得很好的。

蒋老师男女的无情，不是真的无情，恰恰是有情，她就是一个在时代发展到一定阶段，因为婚姻映照的是社会的生态。蒋老师在写这些作品的时候，面临着她刚才讲的被边缘化。当时是台湾乡土文学起来的时候，乡土文学论争是台湾文学史上非常重要的事件。那时候关注中产、小康家庭，男女关系的小说是被忽略的，蒋老师写的这一部分非常好的小说，它被边缘化了。后来我们知道台湾到80年代初，有一些新浪潮的电影起来了。新浪潮唯一的目标核心，是让世界看到台湾。那是非常大的思潮。

这个思潮对蒋老师的小说来说不太公平，她同样观察到那个时代日常生活当中非常重要的部分。譬如说，男女经济独立了，女生可以工作了，这时候大家都掌握一些自己的人生，这个时候，我当然希望你多付出一点，你也希望我付出一点，但是好像差一点什么，总是没法没负担的去爱。包括相亲。蒋老师写了非常有趣的相亲题材，包括到美国之后，蒋老师到美国之后写的一些小说，有一种华人感，这是另一个特殊的群体，好不容易相亲，又碰到一个同性恋，就这种感觉。因为大家都是大人，你不会因为这件事情影响到生活结构、饮食结构。但是恰恰反映了很多生态，你必须去面对的各种状况，包括一些在外国生活的老人和年轻人的关系，年轻人各个家庭那么远，又不像台北那么小，每个地方轰轰烈烈的跑来，又轰轰烈烈地走了，这种感觉非常真实。

蒋老师的小说分成很多阶段，第一个阶段是最早期的，写所谓婚恋题材阶段。她到了美国进入新的生活阶段，她写了一些新的东西。那些东西比较像新移民的一些情感状况，新移民家庭当中的，那些年轻人，他怎么样接受一个外来文化。昨天吃饭的时候蒋老师讲，她觉得自己受华人的影响，受中华文化影响很大，尽管她在美国待了那么久。三十年后她再回来，再写《桃花井》，再写《百年好合》的时候，那是另外一种状态。

刚才我讲一点点关于她小说语言的事情，她是1949年以前带着上海的日常语言到台湾，因为妈妈会讲上海话，家族就到台湾生活，因为我以前一直以为蒋老师很会讲上海话，因为她有的时候讲话的时候，会突然讲一句上海话。后来她告诉我,她的上海话是在西门町学的。我讲过很多次,开篇有"笃妈妈",你读一下就觉得非常有意思。蒋老师小说里,连台语、连闽南语的表达方式,她用的汉字跟其他台湾人用的汉字不一样。在《掉伞天》这本书,有一些小说是上海话语境,大家都看得懂。我昨天问她,是不是突然之间用上海话叙述来写。到下一篇的时候,又变成台语的语境。《掉伞天》这本书非常丰富,它通过婚姻,因为那么多人写婚姻,那么多人写爱情,大部分人写的不是很好。蒋老师的这部分,找了非常好的容器,有非常好的景深,你看到那个时候,经济起飞时期的台湾人,也可可以映照到我们现在,慢慢生活变好起来的大陆人,他内心有的各种不平衡的状态,好像手上有一点钱,但是你整个思维观念停留在过去的观念,你结婚要有房有车,不然怎么结。

毛文婧:我也觉得,和我们的状况非常的相似,而且蒋老师,刚才怡微提到几篇,我都特别有印象,还有一篇说台湾的官员在美国的,他退休之后选择在美国,他那种生活,住着非常大的洋房,把灯熄灭省电,他女儿想跟美国男孩子交往,因为家世的不平衡,尽管在中国算显赫了,但是在那种情况下,那个男孩子家里是美国的政治家庭,把这个女孩子甩了,女孩子就疯了。还有像《小花》,她在美国读书,她的爸妈为他在美国置了业,她只能带着弟弟守着空房子,才18岁的女孩子,每天开车带弟弟,再自己去读书。这些不只写男女之情,写平凡人的一个境况,而且是这种境况会有一部分人都会有同感。我觉得是一些小的群体,但是他们的生活境况到底是怎么样的,我觉得蒋老师会关注到一些,有时候我们并没有关注到的,但是已经是一个现象了。

蒋晓云:确实是这样,因为现在的中国跟70年末80年代很像,最近在美国闹得沸沸扬扬的,中国孕妇去加州生产的问题。欠医药费一千万美元。可是,墨西哥去美国加州生小孩,已经生了几十万,也没有人讲话。可是中国人去生了四万个婴儿,有人就建议国会立法,说不准生下来就是美国人。为什么中国人才生四万,那边生了四十万,不找墨西哥麻烦，找中国人麻烦？可能是因为中国人太高调了，墨西哥人在那里做清洁工，偷渡进去，做一些比较低下的工作。他生小孩，美国雇主非常的同情，给点钱，带他去医院。中国孕妇坐头等舱，去那边还不给医药费，或者是社区里出现12个孕妇，巴士载着去产检，溜弯。一看就看到，就不顺眼，就找你麻烦。

这种事情是一个时代的现象，刚好我80年代在美国的时候，就看到这些事情，比如小留学生，现在中国大陆有很多小留学生，父母不在身边就没有照应，成不成才就看孩子造化了我在那个时代看到的事情，就像怡微讲的，确实好像反映了当下中国的一些状况。《掉伞天》这本书比较像一个集子，把所有以前写的东西放在一起的一个集子。我自己看了有点害怕，不知道读者看起来是什么感觉。

毛文婧：我是觉得只要感情会有共鸣的话，读者都会喜欢的。现在我们进入提问环节。

听众：有机会第一个提问很荣幸，蒋老师好，张怡微好，主持人好。我刚刚听了一个小时的访谈，我很有感触，大概有三点感触。第一个，第一次听到蒋老师的名字，是在一本杂志上，也是前一段时候，因为《百年好合》出了之后，可能很多杂志纷纷，有些专访，在非常残酷的是，对于专访里面，我印象最深的是三个内容。第一个，跟林青霞的故事，所以我感觉今天来很有必要，至少在我这边知道那个故事是需要打个折扣来听的。第二个跟胡兰成的小故事。第三个，蒋老师是少年成名，随后到美国之后，换了一个理工科的专业。因为我也是理工科毕业的，我突然觉得理工科女生也有春天，没有想到过了这么多年，还能重操旧业。这是第一个感触。

第二个感触，听怡微说，说蒋老师是很好命的，其实听了这么多之后，感觉好像是挺好命的。为什么我这么说？我感觉蒋老师你刚刚所提倡的那些思想，包括作为大龄的女生，她可以有选择，有选择必须得有放弃，这样一种放弃是来自于底气。您认为他们有底气去放弃，首先您有这样的底气，包括你在 20 岁放弃积累的人气，赴美完全换一个专业，其实也是来自于这样的底气。我认为这份底气可能是一种天分，命运对您挺眷顾的。不管怎么样，有这样的底气才能做这样的选择。

第三个，今天把两位放在一起作为嘉宾，是有非常精心的安排，因为两位都是少年成名，很年轻的时候通过自己的作品能够上大家所知道。完全走了两条不一样的路，因为一个是专业的背景下，怡微算是我学妹，虽然我是理工科。蒋老师是走了这样一条路，完全和专业的训练分开，随后再回到这样一个领域。我很好奇，作为一个作者，像你这样很成功的作者，因为我知道边上小女生特地从杭州来，听您这个讲座。到底教育，文学的教育，对于一个很好的作者来说，它到底占怎样的比重，还是说天分。您很年轻就成名了，成名是不是来自于天分，这是我的问题。教育和天分，对于您作品的展现来说，它的比重到底是怎么样的？包括我想问问张怡微，也是教育走道现在，还在读，挺敬佩你的，这样一个比重，这样一个感受。谢谢。

蒋晓云：林青霞和我同龄，退休以后也写作，我感慨作家报酬低，开了个玩笑，不知道怎么传成嫉妒林青霞。其实真没有。我们那时代不一样，那时代父母亲觉得小孩会念书最重要。所以相信我，术业有专攻，大家领域不同，绝对没有嫉妒大明星的事情。

我有几位小时候的文友，比方说朱天文、朱天心，我们是一起参加小说竞赛出来的，他们现在都是台湾文坛的要角。我相信爱好文学的上海读者对她们很熟悉。她们在文学的道路上一直走到了今天，取得很高的文学成就。我一开始就是一个野路子，后来还离开了这个领域，现在因为个人的兴趣关系又回来了。我觉得在文学的道路上，最好的情况是，喜欢打高尔夫球，又有老虎伍兹的条件。你高兴打球，可以打成专业球员，你不高兴打球，可以努力成为一个企业家，周末打打球。如果最后不能成为老虎伍兹，企业家周末打不打球是自己的选择。如果没有老虎伍兹的本事，却非要打专业，那最后很容易谁也不是。这是我个人的看法。原来就有这个能耐，高兴在文学道路上耕耘，我相信会得到很大的成就。像我这样，并没有像他们这么努力，过了几十年，她们是文坛前辈，我现在以新人之姿出现在各位面前，这是我活该应该。我不会说读者怎么认识我的文友，却都不认识我，我没有那么大期望，我还是很开心的，我们现在看怡微这个专业人士怎么说了。

张怡微：我坐在这边是因为我喜欢蒋老师的小说，而不是因为别的什么。我觉得蒋老师，应该是我们作为年轻写作者，所能看到的比较理想的写作状态，写作这个事情归根结底看的是天赋，为什么蒋老师在三十年之后回来，还能够写那么好的小说。而很多人说写作养不活自己，以这个事情为名后来不写了。其实大部分以这个理由来不写的人，是写不出来的。因为这件事情没有那么痛苦的，如果你有特别的东西想写的话。

从我的角度上讲，我看到蒋老师 20 岁跟我 20 岁，我觉得老师比我优秀太多了，这个事情就是天赋的差异，我 28 岁做了大量的自我重复，今年下定决心不要再重复。但是蒋老师很少写跟自己有关的事情，非常少的重复。为什么三十年后，连续做三本书，在大陆是跟台湾完全相反的顺序，台湾是最早有《姻缘路》，2007 年有《桃花井》。跟我们的顺序相反，我们一出来是《百年好合》，做到现在，做蒋老师的少作。为什么没有差别？她是非常整齐，非常稳定的返回。说明生活给她大部分是滋养，而不是毁坏她。蒋老师在三十年前离开了台湾，那时候台湾经历了一些现代主义，文学上有大量受现代主义影响，或者受乡土文学影响的东西。她再回来的时候，我们发现台湾有几个人能把故事讲清楚，你把书写的很晦涩，并不代表你有讲清楚的能力。有很多人写得很晦涩，是因为他根本没有能力把东西讲清楚。从讲故事的角度来讲，蒋老师确实非常会讲故事，而且非常敏感。

另一方面是好命的事情，我觉得一个人能够在人生当中不同的阶段做出正确的选择，他所选择是因为他能够把这个做好，这是一种能力，这并不是命运。大部分人选不好，选到了也做不好，更不要说选措怎么扭回来。从事高科技的三十年当中，其实也是大陆跟台湾发生剧变的这三十年，这三十年很多事情都没法看，包括我到台湾读书的时候政界，跟现在的政界完全不一样。2007年之前小三通都还没有开始，更不能直飞，到现在为止，都有自由行，两岸的了解是以这样的方式，那时候也没有网络。大时代给蒋老师非常多的养料，她很从容也很灵巧。尤其是我个人非常好奇的，这是区别作家和作家之间最大的部分。她怎么处理他的这些材料，怎么排定这些人物，因为《民国素人志》是非常大的小说，她要把这38个人，不同的阶层，完全没有重复的阶级，这样一个大型的小说做好，做了多少的工作，做了多少材料整理的工作。

我去年见到蒋老师的时候，她刚刚去见一个人，因为她想写关于澎湖惨案的事情，她回来之后很失望，她觉得跟她想的不一样，她要修改她写的那部分，因为跟她所接触的材料是不一样的。像这些东西你看起来非常轻巧的，故事背后所用的努力。所以，我是非常敬佩她的，也没有什么可比性，我觉得蒋老师非常聪明，也非常努力。而且应该多写一点，少玩一点。

听众：谢谢蒋老师，谢谢怡微，我记得去年书展的张怡微，提过一个问题，有读者问你，什么时候才能写一些男女之情有关的题材。你说你可能没有找到合适的容器。我想问两位老师的是，因为任何一个写作者，或者写的人，他毕竟自身是有局限性的，你在题材的选择上，自己有没有考虑过符合读者的期待。请问蒋老师，你在二十出头的时候，是凭想象，但是怎么做到非常生动的。如果说，对于有些读者来说，他觉得这个并不是很真实，或者并不符合现实的情况，你怎么看待读者期待的东西和你自己写的东西，希望两位回答一下。

蒋晓云：在题材的选择上，我很抱歉的跟大家说，我写作的时候，第一为的是我自己，这个故事不能感动我，我根本不敢期望它可以感动你。所以我写的时候，并没有在选材方面研究市场、讨好读者。张怡微曾经说过我撞上了大陆的民国热，那真的就是运气好，碰巧撞上了。我也不太了解大陆的民国热。所以在题材的选择上，确实我不知道读者是什么口味，所以这不在我的考虑范围之内。其他问题不太记得了。

听众：像您来说，您并不是以写作作为您的职业，或者是事业的，但是可能对于怡微这种，特别是青年作家来说，她自己之前也说过她自己写过很不满意的东西，有些是为了生计，为了稿费。怎么面对市场对书本身的要求，还有有些东西，像现在国内图书业有很多泛文艺腔，类似于短时间的民国热。你怎么看这个问题，如果读者不满意，或者这个读卖不出去怎么办？

蒋晓云：写作的时候，我的心中没有读者，没有市场，没有任何东西，我目前的写作完全为了自己高兴，如果我需要想到迎合市场，迎合读者，那我过去三十年努力就白费了。我离开文学35年，不是读书进修就是在赚生活费，现在退休了，自然高兴写什么就写什么。大家喜欢看我的小说，我非常感激，也很开心。如果出版社不给我出，我可以放到网络上。这个问题我不适合回答，让怡微回答。

张怡微：我也不知道怎么回答，我是一个失败的作者，我一直在学习的过程。另外一方面，爱情小说非常难写，我写不好，写出来很烂，所以我才觉得蒋老师年轻的时候写那么好婚恋的题材，因为这个东西非常难掌握，因为它很俗。因为我们每天眼睛看见的，大量男女关系的东西，动不动特别纯情，那也很奇怪，动不动就特别的世俗，就像我们现在在各大论坛帖子上看到那些恩怨情仇是一样的。

我觉得蒋老师很谦虚，但是她讲故事的方式，包括她关切到很多感情的方式非常古典。比方说，蒋晓云写《珍珠衫》这一篇，明显是三言里的《蒋兴哥重会珍珠衫》而来。这是我很喜欢一篇小说，这里面有许多有趣的设计，比如蒋兴哥老婆出轨之后，她要再嫁。她老公说，因为你出轨，我只能休了你，但是我不会告诉别人。你走了之后，我送你十三个箱笼的东西，这些东西你打包走，算你下一次嫁人的嫁妆。你说这是有情还是无情？说不清楚吧，后来之后他们兜兜转转又重逢，这种人世沧桑、万水千山的东西，在蒋老师的小说里非常多。《掉伞天》里，一对旧情人再相见，回到台北，女的问，你为什么不第一时间来找我？这样一个故事。埋怨里有大量琐碎的细节，如果我来处理的话，根本处理不那么好，张力都找不到在哪里。蒋晓云却掌握得非常好，抖落各种苦衷。

我说我找不到好的爱情故事的容器，是因为我不知道怎么找到这个切面。蒋老师在《掉伞天》里写了非常多，非常好的爱情小说。我记得有一次，王安忆问我，你看过什么好的爱情小说。我一个也想不出来。王老师说，要么《爱的女儿》。爱就是牺牲，这是一个价值观。写爱情写得好非常难。譬如说职场那些爱情，可能权力关系，不是爱情。

听众：我对蒋老师有两百万人到台湾，1/6 有军队关系的，哪个小说谈这个父辈的内容比较多的。

蒋晓云：我写的小说都跟军队没关系。

听众：不是对军队感兴趣，我听到你说两百万人里，1/6 和军队有关系，你恰恰写的没有军队的关系。哪篇小说讲这个故事比较多。

蒋晓云：每一篇小说写的都不是军队的，因为我本人没有军队的背景。

听众：我是不要军队，你三篇小说里，两个主题，一个是爱情，一个是大陆去到那边，我希望看到他们背井离乡的故事，团圆的故事。

蒋晓云：《桃花井》跟《百年好和》写的都是 1949 年从大陆到台湾去的那些人，没有军队背景的人的故事，可是里面也有爱情。《掉伞天》里写的，是我的少作，是我年轻时候的作品，比较反应当时台湾那个社会，可是那些人，只有两个人有军队的背景，所有的这么多故事，有两位有军队的背景，而且还不是很愉快的。一个是被拉夫拉去的。另外一个人是国民党高层家的佣人，勤务兵，他不是很开心的，基本上两个人有军队的背景。

听众：三位老师好，我听到后来越有感触，之前看到 58 期介绍的时候，说到夏志清老师对蒋老师的作品，你那时候二十多岁的时候，作品一出来，评论是五个字，"又一张爱玲"。我觉得很多方面，因为张爱玲上个世纪孤岛时期，也是通过二十多岁少女的时候，《沉香炉》、《金锁记》，一下子横空出世那种感觉，在上海的文坛打响了。蒋老师为大众所知晓，也是二十多岁，博得了夏志清这样非常著名的评论家，他能够对您认可。后来我听到，少年时代的朋友，朱天心、朱天文，跟胡兰成走得非常近的作家。我想问蒋老师的是，对于夏志清老师说"又一张爱玲"，你自己是怎么看的？或者怎么想？虽然我们知道张爱玲一生凄苦。但是现在蒋老师在我们面前，我们都觉得你非常的幸福。"又一张爱玲"这五个字，蒋老师是什么感受？

蒋晓云：我常常觉得文评家是另外一个行业，像夏志清先生为什么会看我的书想到张爱玲，我永远不会了解，因为这是他自己有感而发，我个人不敢接受这样的封号，张爱玲文字这么优美，她的身世这么离奇，都不是我们这种后生晚辈可以攀比的。这就好像说一个小歌星，你不知道他是谁。人家说你唱得像王菲。你说我偏不像，那也不大可能。

我觉得张爱玲非常有才华，除了小说，我对她的生平了解有限。胡兰成我看过本人的，张爱玲选择胡兰成，爱上他，我只能佩服。胡兰成自己的书里说，追求张爱玲的时候，他自己前面有好几个老婆了，可是张爱玲就是爱上了他，看起来也是没办法的事情。爱上了这样的男人，就是蹚浑水。反正基本上我很佩服张爱玲，不到着迷的程度。我觉得她才华盖世，文字优美。可是个性，或者她的平生作为，作为一个后世的读者，也只能用远距离的眼光去看，我相信她很骄傲的，夏志清认为我的小说很好，拿给她看，她也是不太以为然的。说：怎么凡是女的作家就拿我去比。意思就是比不上吧。

听众：老师你好，像怡微是二十几岁开始写作，老师也是二十几岁开始写作，我在场属于年龄比较小的，但是也对于这方面有一些自己的期望。想问一下老师们，如果在十几岁就有这种打算，想要自己走上这样一条写作的道路的话，会有一些怎样的寄语，或者在你们经历过的过程当中，有可以提点的。还有一个问题，很多人写书都不是很纯粹，都不是因为自己爱写作而写，更多有一种金钱的味道在里面，所以想问一下老师，对于现在图书市场这种看法。

蒋晓云：我常常觉得，你在任何行业，希望鼓励更多优秀的人投入，希望有才能的人进入的话，应该给人家可以生活下去的待遇。如果这个事情没有什么利润，比如像我出道的时候，如果我从事文学工作，我觉得肯定养不活自己。所以我就放弃了文学，去做可以养活我自己的工作，等到我存够了生活费，我又回头做我喜欢的事情。在那个时候文学只能当做兴趣来做，如果立定志向、非写不可，父母亲不是很赞成，会一再提醒，在经济上的回报是不够好的。我很佩服，有人可以箪食瓢饮，在文学道路上很清贫的走下去，我认识现在很有名的，在台湾跟我一起出道的小朋友，他们就是在经济效益不好的状况之下，有父母的支持，过了三十多年寂寞的创作生涯。这样的人我佩服，可是我本人做不到，因为我家里并不赞成，也不打算养我。我等于被现实环境压迫得放弃文学，可是我并不后悔，我觉得赚取一些人生经验，再回来，在没有经济压力之下做我最喜欢的做的事情，哪怕来得迟了些，还是很快乐的。我觉得这是人生上的选择，还是蛮开心的。就像刚才有人问，市场怎么样，读者怎么样。我现在可以说我不甩，这不是很容易的，这中间有35年放弃喜欢做的事情，讲惨一点，就是"为了五斗米折腰"。我很幸运，现在回头可以做我喜欢的事。完全像怡微说的，在人生每一个点上，你自己做选择题。清贫的守着最喜欢的事情，还是做一些产生经济效益，让父母开心。最后我还能回来做我喜欢的写作。当然，离开了再回头是要冒风险的，完全有可能永远不会回到文学上了。让怡微来讲，因为她做不一样的选择。

张怡微：我很惭愧，因为蒋老师的这种生活方式不是很多人做到的。我也是因为没得选，我不知道有什么好选的，现在也过的不大好。但是日子总是要过下去的。其实没有你想象那样，你想要怎样就要怎样，其实人的选择并不多，在有限的选择里，像蒋老师这样，能够做得那么好，很不容易。因为市场事情我并不是了解，我觉得一个人要有养活自己的责任感，过了 18 岁之后，不管从事什么行业，哪怕刷盘子，父母养你这么大，你总是应该自食其力，认认真真过自己的生活，养活自己的爱好也是慢慢开始的，很多喜欢唱片的人，把自己工资省下来，养了一屋子的唱片，你说为什么呢？搬家还挺麻烦的，但是他就是喜欢，你要做自己喜欢的事情就可以了，你觉得值得就值得，你觉得不值得就不值得。

毛文婧：今天我们的活动就到此结束，谢谢大家到场参加我们的这次活动，接下来请蒋老师为需要签书的读者签售。

时间：2015 年 4 月 4 日

嘉宾：李欧梵　罗岗　倪文尖

重返"沪港双城记"

一、城市的"鬼魂"与"幽灵"

罗岗：我们认识李欧梵先生差不多有二十多年了。那时还在读研究生，李先生第一次来华东师大还引起了一点风波，本来要发表演讲，最后却没有演讲，个中曲折，李先生的书中也有交代，感兴趣的可以找他的书来看。那时候李先生来上海，最感兴趣的就是这座城市背后的故事，有一次我和文尖去虹桥机场接他，在车上一路过来，李先生看到上海正在经历"三年大变样"式的"巨变"，他觉得一方面上海的城市面貌变化非常快，另一方面上海的历史可能要在"巨变"中丢失了。于是，李先生说要给上海"招魂"，因为上海的每一个地方都似乎有幽灵，有故事，他想招回来。那时李先生正在准备写《上海摩登》。这本书不仅仅在上海研究甚至在新文化史研究中，都是一部典范性的作品。李先生为这本书做了多年的准备，我还陪他去过上海城市历史纪念馆收集资料。如果说 90 年代开始，李先生是有意识地为这本书收集资料的话，那么在我看来，无形地、无意识地为《上海摩登》的写作做准备早就开始了，等一会儿可以请李先生自己讲讲他是怎样来上海与贾植芳先生，特别是与施蛰存先生相遇的故事……这些故事都和《上海摩登》有关。这本 1999 年哈佛大学出的英文版，李先生其实酝酿了多年，最终结出硕果。

在和李先生接触的过程中，我个人从他那儿也受到很多的教益。当时我们读的是中国现代文学，研究思路基本上还限制在文学和文学史的范畴内，听李先生谈《上海摩登》的研究构想，我们才体会到文学可以和文学以外更广泛的领域联系起来，譬如城市研究、文化研究等方面就是这样进入到我们的视野中。

《上海摩登》从 1999 年出版的英文版，到 2000 年香港牛津大学出版社出版中文版，再到 2001 年北京大学出版社出版大陆简体字版，至今差不多有十五六年的历史。毫无疑问，这本书在海内外学术界的影响力都非常大，我们完全可以从学术史、研究史的角度来讨论这本书，但我想，从个人的感受来谈《上海摩登》，也许更能触摸到被学术史或研究史忽略的某些更鲜活的记忆。

李欧梵：罗岗讲的故事很多我自己都忘了，所以我担心上海会遗忘自己的过去。我自己的过去就遗忘了很多，特别是最近一两年来上海，我觉得以前研究的上海和以前和罗岗、文尖两位见面，还有和王晓明老师见面，那段时光都像梦一样的。从梦里面醒来，发现这是一个新的上海，一个新的国际大都市。

《上海摩登》写完之后虽然很多人看了，但是我完全不管。多年之后我才发现，在上海很多年轻人都在看，不少读者还是"小资"，不光是大学生。感谢各位上海同行，在上课的时候也用这本书做教材、做参考书。不过说实话，我记得当时写的时候，根本没有想到这本书会有什么影响，我为什么这么写呢？其实很简单，因为我以前念外文系，所以我想找到中国艺术上、文学上的现代主义源泉。当时听说有一位"新感觉派"的大师施蛰存先生住在上海，我就想去拜访他。我在上海见过施先生好几次，然后开始收集资料，研究扩展到刘呐鸥、穆时英这些人，一头栽到两个地方，一个是上海图书馆，一个是上海作协图书馆。我在作协的时候认识很多人，现在很多当年的朋友都去世了。现在回想起来我才发现，其实我也是迷迷糊糊从文学研究进入到都市文化研究。据我所知，在 80 年代初期，当时的中国还没有都市文化研究。

我为什么要这么写呢？因为我发现研究新感觉派也好，现代主义也好，它和现代都市和都市文化是分不开的，当时我回顾 20 世纪中国文学的研究，感觉到这段文学史的基调好像是以农村为主、以革命为主、以社会改革为主，可是我觉得上海有一点独特性，至少我的书是这么写的，这就是所谓"上海摩登"。我心目中的"摩登上海"——连"摩登"这个词都是上海人翻译过来的——代表了一种独特的、有国际视野的大都市文化，我认为到现在还是这样。所以这次来，一方面回顾这本书的不足，一方面来跟各位讨论一下，我对于现在上海的理解是怎么样。最后还有一个小小的私人意愿，不知道为什么，我本来想跟我太太到欧洲去玩，刚好碰到威尼斯大学建筑系开一个会，是专门讨论上海的，主题叫"一个城市的反省"，每年以不同的城市来反省，这年的主题是上海这个城市的反省，让我去做一个主题演讲。我想我到 70 岁，大家都不让我写论文了，让我作一个主题演讲就可以了。主题演讲有一个好处，不必写论文，随便吹牛，吹完就走。我怎么写？就指定一个题目，现在的上海和三十年之前的上海发展有什么不同。这个题目应该是上海的朋友来为我来讲的，因为我没有资格代表上海，我又不是上海人。我因为研究上海才和上海包括上海学界结缘的。所以怎么样切入这个问题，是我很关心的。

《上海摩登》最后一章提到，一个偶然的机会，外滩的汇丰银行大厦要重新装修，在粉饰墙壁时将原来表面的涂层铲去，发现下面隐藏着一幅很大的壁画，上面绘有伦敦，也有上海。原来上海有这么辉煌的历史。我看了非常高兴，我说上海总算发现过去的历史了：这个历史是在我 1981 年左右来上海的时候，慢慢才被发现的；这个历史是国际性的历史，不是城隍庙的老上海。怎么从扬州变到上海，后来就有国外的教授写了，有伯克莱的几位教授，都开始研究上海，还有上海的社会科学院和上海的各位同行也开始不约而同地关注上海的文化文学。

我年龄大了，知识也落后了，这本书真的有点过时了，我也没有心情再改写，就只把这本书当成一种半过时的文本，做一个批判性的阅

罗岗　李欧梵　倪文尖

读和研究吧。书里面我发现有很多欠缺，最大的一个欠缺，我当时就知道是建筑，可不知道从何着手。我现在对建筑非常着迷，我认识一位建筑师朋友，每次来都找他带我去看。我研究都市文化时，只知道重绘上海的地图，怎么把上海当时的文化展示出来，并没有想到时间和空间关系，没有写视觉和建筑的关系。一个大城市的规划有时是偶然产生的，我没有考虑到文化的底蕴和都市的建筑之间，更没有思考到发展主义和原来的历史文化之间的矛盾。这些问题后来都变成全世界——当然也包括中国——研究都市文化的主要题目。21世纪挂帅的已经不是我们当年那种老式文化史的做法，而是建筑史理论。不知道在座有没有从同济大学来的？同济大学几位老师和学生，在这方面做了相当大的贡献。上海在西方的眼光里，真的变成了"执牛耳"、具有中国特色的国际大都市，不管你喜欢还是不喜欢，很多人都到上海来。

上海这个国际大都市的城市面貌、潜在力量和文化资源，甚至在全球资本主义影响下，它在世界上所扮演的角色，都变成全世界研究建筑、研究文化史最关心的问题之一，但这些大问题已经不属于我的。当时我来上海时，觉得上海是属于我的。在美国，没有人研究上海的文化，他们都在研究这座城市的其他的方面，如有人研究上海的烟草公司，也有人研究上海的金融，还有人研究上海的警察……可是对于当时上海的文化，没有人问这样的问题：大光明戏院在哪里？国际饭店有多少层楼？我还问过，你如果在大光明看电影，楼上楼下的票价多少……当时这些都市文化、消费和文学作品的互动问题，几乎没有人关心，现在这些问题已经变成家常便饭，不知道有多少研究上海文学的人把文化研究和文学研究结合起来。

另外一个我非常关心的问题，今天已经没有办法完全解决了，这也是罗岗很在行的，就是视觉文化。上个学期我和以前的一个学生张历君在香港合开一门课《书写文化和视觉文化》，上课时我说糟糕了，《上海摩登》里面又缺了一样，那就是视觉和建筑的关系，这个没有讲，只在一章里面讲了上海的电影和上海的观众。现在大家如果再看一看上海，也可以发现建筑与视觉的关系，这种关系也和我个人的经验有关。我第一次到上海，住在锦江饭店，第二天到巴金先生家里拜访他，之后就一直住在锦江饭店，没事一个人摇晃着，从锦江饭店一路走到外滩，当时感觉上海笼罩在一个没有灯的世界里，古旧的建筑里有鬼影、有阴影，还有情侣的情影不断闪现——当时情侣没有地方去，我一路上看到不少情侣的影子躲在大柱子后面讲话——一路走到外滩，外滩也没有多少人。感觉整个城市就像是一个鬼城，我开始觉得自己对这座城市着了迷，正是因为有那种"鬼影"和"幽灵"，所以我也像"幽灵"一样转来转去就转入了这座城市中。一个有文化的都市你会时时感受到历史的幽灵，即使它变成了一个新的城市，也可以借助"幽灵"和"鬼魂"的重返，把它的历史重新创造出来，拍电影是一种创造，做研究何尝不是另一种创造？目的都是为了重新建立、重新创制、重新展示一个不一样的、被人们长期忽略的上海。当上海作为一种历史的资源可从这样的角度理解时，我就开始着了魔。

我基本上是这么一路写下来，现在发现上海变成一个光辉灿烂的城市，虽然到了虹桥机场飞机降落时，发现光线不够亮，至少没有香港那么亮，但晚上也是五光十色。现在上海的夜晚交织着各种灯光，各种媒介、各种多元性视觉文化的影响都呈现出来了。这就产生了一个非常有意思的问题：我发现上海在灯光灿烂之下还保留了很多老建筑。有些灯光是经过特别设计，我晚上去看时，这个楼是什么楼？字虽然看不清楚，但表明历史建筑都保留下来了，都注明了是哪一年盖的，比如说外白渡桥是 1907 年修建的，英国领事馆又是哪一年建造的，都有历史。这就形成一个有趣的对比，以前的鬼魂似乎少了，但建筑物作为实体还在那儿，每一个建筑物都统治着附近的空间，那些道路是因为建筑物而存在。昨天我的那位建筑师朋友带我和我太太去看圆明园路，外滩源那里，我才第一次听到，原来有这么一个新的规划叫"洛克外滩源"。这个故事本身就不讲了，你们都知道。每一个建筑物在微雨的早上看上去又是另外一种感觉，人很少，和 80 年代初我来上海的景象很类似，好像进入到历史的迷宫里面，表面上看非常豪华，进去消费都是我们付不起的，但进到里面的感受，还似乎是人和历史在交谈。

这是在上海独有的感觉，这种感觉——很不好意思说——在香港几乎完全消失了。我非常喜欢香港，可是我想捕捉上海式的感觉，香港却没有。在香港，旧的东西几乎全部拆掉了，我对新一代大楼没有什么兴趣，也许是个人的偏见，我相当讨厌金茂大厦，曾经在一个学术讨论上专门批评金茂大厦，批评得体无完肤，当然会有人不同意。但这里面确实牵涉到一个品味的问题，我常常问自己，为什么我追求这些东西？为什么要做这种对比？归结起来一个问题，一个城市如果有文化底蕴的话，这个文化底蕴是什么？在急剧发展的全球化社会里扮演一个什么角色？什么叫做全球化都市？现在大家都在理论上大谈全球化问题，那么上海和当时壁画上几个国际大城市进行比较的话，上海的城市特色是什么？也有人说我现在不应该问这些问题了，因为有种建筑理论认为，将来急剧发展的都市，城市面貌上都差不多，建筑也没有什么区别。有些建筑师甚至认为 21 世纪的超级现代建筑就是地标式的，非常雄伟，非常独特，以此作为一座城市的地标。我现在根本不知道未来的建筑文化是什么？这种超级城市和超级建筑现象是不是值得大家讨论的？或者反过来说有的城市乱七八糟，可里面充满了文化的底蕴，充满了"鬼影"式文化，我第一次到伊斯坦布尔就是这样的感受，当地人介绍这是当年东罗马帝国的什么东西，那是奥斯曼土耳其帝国的什么东西，讲得头头是道。我有几十年没有去伊斯坦布尔了，不知道现在怎样，也可能和上海一样，也可能不一样。

全球化进程中都市营造和发展各有不同的类型，上海在其中扮演了什么样的角色？我到威尼斯时，他们一定会问我这个问题，我也希望他们请上海同行去，这样就可以让上海的同行解答，我就不回答了。我在威尼斯的演讲，想把上海的历史文化和威尼斯、维也纳和布拉格这 3 座我最喜欢的城市——伦敦、纽约也不提了，有很多人做研究——或者用什么办法再加上香港，一共 5 个城市，来作一个比较，这是我一个基本构思，算是对《上海摩登》的反思与总结。

二、《上海摩登》：前生与今世，正面和反面

倪文尖：李先生 70 岁，大家都看不出来，讲得非常有意思，我还有点跟不上你的思路，讲到很先进的建筑理论，讲到上海这些年新的变化……你不仅仅向我们，也是向诸位上海的读者提出一个有趣的问题，一个关于上海多样的"时间"的问题：既有今天的上海，又有你 1981 年第一次来的差不多三十多前的上海，还有你提到的上海的建筑差不多都有百年以上的历史，而你的《上海摩登》这本书英文版、中文版出版也快二十年了……在这样一个特别突出了建筑的重要性的时间坐标里，如何来理解上海？这是一个大问题，我想还是先拉回到第一次见你，那是在 1986 年，你已经完成了《铁屋中的呐喊》，在华东师大讲鲁迅，我当时读大二。后来和李先生熟悉起来，你说可能有一个比做鲁迅还有意思的研究，就是指《上海摩登》吧？你还记得吗？那时也有一个时间坐标，就是《张爱玲散文全编》刚刚由浙江文艺出版社出了，我把这本书送给你，你又把《铁屋中的呐喊》送给我。

那时的上海研究，也不是完全没有，但确实很少从新文化史的维

度上来研究上海。我想您写《上海摩登》时可能也没有预测到,这本学术书也会成为"小资读本"。如果要评选一本最近二十年能够在大众阅读和学术界都有非常大影响的书籍,《上海摩登》可以说当之无愧。而且我也很坦率地讲,罗岗一上来开场白讲得很客气,我也说句实话,假如平时李先生不在场,罗岗会说这本书无论对普通读者,还是对学术界,有正反面的影响。所以这本书本身也具有史料性,成为了理解"上海"的一种"症候",一个"事件"和重要的"时间点"。

虽然有那么多的时间点,我们还是先回到你跟施蛰存先生的接触,那个时候还没有想以现在这个方式来写《上海摩登》;再往回,大概我感觉是 90 年代中期,在这样一个时间点上,您的上海经验、对当时上海的判断等等一些因素,慢慢形成这书的基本立意。

李欧梵:我很想知道反面意见,如果你们不好意思讲,我可以自己先提反面意见。

讲到施先生,他对我的影响怎么说呢?施先生的小说我们都知道,譬如《将军底头》,夏志清先生的"小说史"里面提到的,但我当时读了以后,觉得施先生的写法不止如此,而且也不像刘呐鸥等新感觉派那样。所以我见到施先生,首先就问他,你对现代主义有什么看法?他说当时不用这个词,我说你编了"现代杂志"不是用"现代"这个词吗?他说你看我用的是法文,是"当代"的意思。我就跟他谈了半天,他提出一个口号,现在变成一个很流行的口号,就是当时他重视"先锋派"。所以从这里看,我在施先生那里学到,就是他和"现实主义"分歧最大的地方在于他所谓的"先锋派",一方面是走在时代的前面,另一方面要用一种文字的魔力来创造、展现一个现实,这个现实和原来的现实是有距离的,而这个"距离"从一定意义上来讲,是大有讲究的。为了说明这个"距离"的重要性,施先生当时讲了很多,包括举了西洋绘画的例子,我一开始也不懂,后来听他讲了毕加索,讲了许多艺术批评,讲了更多西方的现代主义文学……我起初以为他关注的是 30 年代、40 年代如海明威这样的西方"现代主义",其实不是,他喜爱的是

19世纪末20世纪初的维也纳的现代主义，特别是他翻译的施尼茨勒，他是第一位告诉我，欧洲现代主义的真正发源者是施尼茨勒，他至今依然还有影响。当我研究维也纳现代主义时，发现不懂德文不行，所以我学了点德文，至少懂几个字之后我才可以知道原来的意思是什么。

后来施先生的西文藏书散出来了，我买了十几本，里面有的是英文，有的是德文，有的是法文。施先生懂法文，他翻译则大部分从英文书来的，他德文书也买，可是他不大懂德文，鲁迅懂德文。从这儿我发现，原来当时上海的许多作家，都像施先生那样，懂法文，懂英文，显示了当时文学环境的国际性。施先生打开我的眼界，可是我迷迷糊糊只知道问他小说，小说在当时中国也有"现实主义"和"非现实主义"之分，施先生很有趣，我问他的问题，他会反问我，你怎么问这个问题。我说你的《魔道》写得最精彩了，他说《魔道》是最受批评的小说，你为什么问这个。我说《魔道》之后的写实主义小说也还不错，恭维了几句，并没有多说。他说现在国内研究我的小说的问题，就是只讲我后期写的那些东西。《魔道》以后，或者说《梅雨之夕》《在巴黎大戏院》之后的小说。我说我不是这么看的，给学生讲施先生，他们也喜欢我讲《魔道》，这样《魔道》本身就有意义了。

我最近到上海交通大学，就讲了施先生，讲了自己对施先生的了解。施先生在国内是唐诗专家，是中国古典文学的专家，可是当时他对欧洲的现代主义文学、艺术和文化的了解，远远超过我们的想象，但他一生不得志，这方面的抱负以后没有发展出来。我一直想为他写一篇纪念文章，可现在写不出来了，我恨不得当时把他散出的书都买过来，我当时买了十几本，现在都存在苏州大学图书馆。我应该把他看的书都浏览一下，看一下当时现代主义文人都读什么书，这个对我的研究来讲很重要。我对于技巧上的研究好像写的比较少了，大概我还是比较喜欢做文化史研究。现在研究新感觉派是一种时髦，有不少新书出来了，我就说我可以不做了。

我讲这些也不知道合不合适，《上海摩登》怎么开头，如何结尾，我们好像在表演一种断代史，他们抓到的时刻与我的时刻不太一样，我是讲将来，你们是讲过去：一个是 80 年代中，一个是 90 年代中。没想到我又因为施先生的原因回到 19 世纪末 20 世纪初，也许我们可以玩这种时间的游戏，现在的历史做法不就是把不同的人摆在一起，放在一个当下的平台来谈论吗？

罗岗：对于《上海摩登》，文尖特别强调有正反两面的影响。李先生这本书在学术上的典范意义，也不是所有人都很赞成的，但应该会承认，后面研究的很多观点都是从这里引申出来。李先生一直说这本书里面有不少错误，也有很多问题没有研究。不过，只要认真读了《上海摩登》就会发现，90 年代之后美国学术界所谓"新文化史"的转向，在书中得到了充分的体现，同时带动了上海研究的文化转型，后来者都受惠于这一转型，甚至将"上海摩登"这一命题延续到当代史的研究中：加州伯克莱的叶文心写了《上海繁华》，这本书的名字就像是向你致敬；《上海摩登》讨论启蒙运动的生意和上海印刷现代性的问题，芮哲非的《谷腾堡在上海》专门研究上海的印刷资本主义，刚刚翻译成中文；还有上海的电影院，傅葆石就写了《双城故事》更全面讨论以"上海电影"为核心的都市流行文化……由此可见，后面许多的研究，只是把你提出来的问题加以具体化，或者指出你应该研究而没有研究的问题——譬如卢汉超写的《霓虹灯外》，论述上海小市民乃至穷人的日常生活，书名就表露了在"上海摩登"影响下的"焦虑"——这些实际上说明了你研究的典范意义，只不过"典范"不是穷尽了所有的问题，更主要的是要把你提出来的研究范式进一步推进，不能简单地沿着你的路一直走下去，而是可能要和你辩论，甚至指出你的盲点在什么地方。包括刚才讲到建筑的问题，可能就是你的盲点。我很早以前就带着我的学生们一起读《上海摩登》，为了读懂《上海摩登》，我给大家推荐另外一本书——据所我知，李先生也很喜欢这本书——那就是休斯克的《世纪末的维也纳》，休斯克不是文学研究专家，但这本书重点研究了 19 世纪末的维也纳现代主义，他的专业是城市史，建筑与城市规划更是这本著作的题中应有之义。

与《世纪末的维也纳》相比，李先生关注的重点是文化问题，就像《上海摩登》的副标题那样：一种新的都市文化在 1930 年代的兴起；休斯克的立场要比你更激进，比你更关注政治。因为 19 世纪末期的维也纳现代主义和 19 世纪末期欧洲的政治斗争——既包括资产阶级革命，也涵盖了社会主义运动和工人运动——有非常密切的关系，所以"世纪末的维也纳"必然包括某种"政治"与"文化"的错综。同样，30 年代的上海不仅面临着新的都市文化的兴起，也需要面对 20 年代末期由于"大革命"失败而转化出来新的政治。因此，怎样把《上海摩登》描绘的图景进一步打开，将一种新的政治文化叠加到都市文化中去，想必会产生相当惊人的效果。

我觉得，这种新政治不一定要局限在中国共产党的成立、上海武装工人起义等等政治大事件上，"新政治"其实可以有更多的面相，譬如《上海摩登》特别重视"法租界"在上海文化中的作用，从曾朴父子的真善美书店，一直到震旦大学的法文系，包括施先生也一直在这个"法语圈"的脉络。但法租界的这种文化状况和法租界的政治之间是否有某种关系呢？《上海摩登》没有回答这个问题。上海有一位叫小白的作家，写了一本题为《租界》的小说，这本小说为理解法租界的政治提供了一个非常重要的视角，那就是上海法租界的殖民治理，与法国在亚洲的整个殖民体系之间是一种怎样的关系？譬如上海法租界的警察制度与法国在安南建立起来的警察体系是如何关联起来的？小白利用自己强大的语言能力，查阅了大量的档案资料，再加上小说家的虚构，通过塑造一个原来在安南执勤的法国警官又到上海继续办案，展示出这套复杂、精致同时又可能不接地气的殖民治理和治安体系。将治理方式和文化状态联系起来看，上海的法租界自然也不是完全"去政治化"的。这种"政治"与"文化"的叠加，并非简单地处理"左翼"的问题——尽管左翼问题依然是上海新的政治文化中最重要的方面——而是和之前谈到建筑的问题，再加上法律的问题、治安的问题等等，共同推进"新文化史"的研究，克服这一研究途径有时过于依赖文化，忽略政治的毛病。

李欧梵：幸亏你提醒我了！我不是不知道这个问题，记得多年前在纽约大学演讲，他们也问我同样的问题。我说是不是因为我没有讲穷人。他们说不是，你可以讲布尔乔亚本身，但讲布尔乔亚可能是"去政治化的"，也可能有"政治性"，这儿有不同的两种趋向。大卫·哈唯研究 19 世纪的巴黎，整个出发点是布尔乔亚的资本主义，但他自己的立场是反对资本主义的。我研究上海的"小资"，上海的文化，并不表明我一定赞成这种文化，但我的确没有把文化背后的某一种政治矛盾性带出来，我自己对这种文化的不满意，其实可以在书的结论中表达出来，可惜我当时的功力只能停留在文本的对照和比较上。

日本作家横光利一的《上海》写得非常好，我后来在香港教书时把这本小说和马尔罗的《人的状况》进行比较，仔细研究马尔罗的文本，发现这个作家也了不起，他没有到过上海，但《人的状况》把蒋介石"清党"时代的上海共产党和共产革命英雄化了，书中对时空细节的掌握，以及人作为城市革命分子感受到的那种虚无性，直接放在欧洲文学传统中。我现在的研究兴趣反而在做平衡式的、世界文学的比较，虽然我对文化有兴趣，但心里还是喜欢文学。从马尔罗的小说可以看出来，与上海同一时期的 30 年代，全欧洲不得了，全部是左翼的。欧洲从一路数下来，从苏格兰一直到意大利，重要的政治力量和文化力量都是左翼的。现在看来，"左翼"这个名词需要重新界定，当时"左翼"的力量源泉正是基于都市知识分子对资本主义政治、经济和文化危机的不满，以及对为了克服上述危机国家迅速法西斯化的抗争。当时左翼的作家、艺术家和知识分子们，往往觉得他们的家是世界性的，所以才会发展出也影响到中国的"世界语"运动。我自己最近在香港推动一个小小的研究计划，叫做"左翼国际主义"，就是指这样的一种运动状态。这个运动的中心在莫斯科，当时莫斯科派了很多革命者去发动或支持各国的左翼运动，这些革命者很多都是文化人，与作家也有交往，深懂现代主义，精通几国语言，内心却充满革命的热情。在他们身上，一方面体现的是民族主义的苏联，一方面则表现了左翼的国际主义，两者的结合在世界各地都引起了极大的共鸣。

现在回过头来看，我觉得上海左翼的那一段没有写进《上海摩登》，有点遗憾。当时太拘泥于新感觉派作家了，其实不应该花这么多笔墨一个一个介绍。我觉得刘呐鸥电影评论写得不错，但小说并不见得那么成功，这个观点在台湾引起很大的争论，因为台湾文学研究界认为刘呐鸥似乎是神一样的，什么都好。我说他的软性电影评论比小说写得好得多，小说并不值得太过重视，这个说法引起台湾很多人的不满。仔细来看，我也许应该把我的坐标整个改一下，当然也是受制于当时对某些文化理论的掌握。现在反而觉得可以怎样把它变成一种"另类"的立场，来重新批评殖民主义文化，如果今天都市文化面临全球化的境遇，那么30年代的都市文化也面临着另一种全球化，由殖民主义带来的全球化。如何比较深入地评判这种殖民主义影响下的都市文化的好坏，我的功力恐怕还做不到，这需要阅读大量的档案资料。我指导过一位香港大学建筑系的女学者，她现在在同济教书。她描述上海的英租界是怎么建造出来的，当时各种势力在较量——英国商人、英国领事馆、清政府、上海的地方势力等等参与到较量过程中——慢慢地争论、斗争、妥协出来了后来租界的模样，很多偶然性的因素却造就了地标性的建筑。假如拿上海和英国殖民地孟买来比较一下，为什么孟买的建筑模式都是殖民式的，而上海英租界的却不完全是？我当时对这位女学者的论文就只提了一句，没有讲是什么。和英租界不同，法租界更好玩了，进行文化殖民，安南的歌剧院完全是法国式的，咖啡店也完全是法国式，上海法租界的地名也完全法国化了，我想问问各位，思南路这个名字的来源是什么？我昨天见了一位吴教授，他听说我要来思南公馆参加读书会，马上告诉我思南路的名字来源于法国作曲家马斯南。霞飞路的"霞飞"是一位将军，第一次世界大战的英雄；贝当路，那就不用多说了，当然是指贝当元帅……可以说上海是进行殖民主义和后殖民主义研究的"风水宝地"，但后殖民主义研究必须真正进入到殖民主义的历史中去，而不是坐在那里用某一种理论批判这个，颠覆那个，需要掌握和阅读大量的材料。

上海英租界和法租界都保存了大量的档案资料，更不要说上海还有大量的外国游客，很多名人都到过上海，譬如海明威和他的第三任妻子、著名的战地记者玛莎·盖尔霍恩来过上海，还有艾米丽·哈恩（Emily Hahn），也就是项美丽，嫁给了邵洵美，他们都留下许多关于上海的回忆录，犹太人来上海避难，也留下了不少相当珍贵的记录，还有白俄、朝鲜人、日本人，都到上海，不少人都记下了他们对上海的观感……当然，掌握这些材料需要比较强的外语能力。这些外国人眼中的"魔都"上海，是"半殖民"的或者类似"殖民"的情调，还是"东方主义"的"异国情调"？它在殖民主义全球化中代表了一种怎样的都市文化？这种现象和问题对我来讲有很大的吸引力，可是我太老了，没有精力了，只能请各位年轻朋友继续研究下去，我把球抛给了你们。

三、沪港双城记：夹在世界之间的城市

倪文尖：李先生还是厉害，我们抛球给他，他一下子又抛回给我们，抛得非常精彩！但我先不接这个抛来的球，而是想换个话题。《上海摩登》的结论讨论的是"上海的世界主义"，在这个结论中有一个话题在座朋友们都很关心，我想普通读者也会关心，那就是上海香港的"双城记"。在《上海摩登》刚出版的那个时候，谈香港和上海的"双城记"当然需要顾及当时的语境，但随着这么多年过去了，现在上海和香港的位置都有了一些微妙的变化，我知道你这几年一直生活、工作在香港，你很喜欢上海，也很喜欢香港，我不会问你更喜欢哪里，而是要问现在假如让你接着《上海摩登》的"世界主义"的视角，再来谈谈香港和上海的"双城记"，你会有一些怎样的新思考？

李欧梵：也许我们可以用文尖这个题目把各位带到当代上海，我很想听听大家对当代上海的看法。我曾经和哈佛大学出版社签了约，要写当代的上海和香港，也许是一本新的"双城记"。结果我只写了一本关于当代香港的书，但这本书在香港没有人看，在美国却有很多人看，

为什么？因为这本书是用英文写的。之所以用英文写，则是由于2008年中国北京主办奥运会，许多美国游客去北京看奥运要经过香港，所以哈佛大学出版社说给你五千块美金稿费，让你写一本专门给高级知识分子或有钱人看的香港导游书。我说我这一辈子没有一次拿过五千美金的稿费，很好，马上写，两个月写出来了，关于香港的导游书，我想中文书名可以叫《我的香港》，英文书名是出版社订的，*City Between Worlds*，翻译成中文，就是"夹在各种世界之间的城市"。我规规矩矩地按照导游书来写，从中环开始走，然后到湾仔，再到铜锣湾，到九龙，最后到新界，每一章都讲这些地方背后的历史；有一章专门讲山顶，我借此批判了香港殖民主义的历史，一直批判到苏丝黄，我想通过导游书的方式对殖民主义文化进行批评，也挺有意思的。

City Between Worlds 大概是2006年到2007年出版的，距离现在又过时了。有一位朋友——作家董启章的太太黄念欣——帮我把这书翻译成中文，可是她太忙了，我也不好意思催她，现在还没有翻译出来，不过即使翻译出来也过时了。不是我的书写得不好，而是书中所写的那些地方正在或已经从香港消失了，譬如书中说从中环地铁站第一号出口出来，一出来就是皇后大戏院，但如今没有皇后大戏院了，整个地方都消失了，本来意义上的"disappear"不只是"消失"的意思，可现在的确变成这个意思。当时的香港正在消失，剩下的是什么呢？草根香港！不是商场，是卖菜的市场，我和我老婆常常去，当年长大的地方，那些市井街市，不是九龙塘，而是像九龙城那样原来"三不管"的地方，这种原来可以抽鸦片的地方也没有了，剩下一个表面上非常漂亮的一个公园，也没有什么人去。可是到公园去看看那些石头就会想到——老年人都知道——当时可以去那里看人家怎么拔牙齿、抽鸦片，整个都市回忆需要依靠最底层的人们来保存和延续，这些人聚集在哪里？在九龙，新移民则在新界。和九龙、新界形成对比的，是中环那一带聚集了大量的所谓"ABC"，亚裔，在美国或欧洲受了教育，回到香港做金融；还有一些世界各地来的外国人——包括美国人——在那里开小店，有点类似上海的地方，不过规模很小，因为整个香港太小了。

　　香港这个城市变了。如果用建筑来作为回忆的载体，我会问哪一个建筑可以引起我对老香港的记忆呢？几乎没有了，只剩下一个教堂，连原来山顶上总督住的屋子也拆了；全部是新的，新的也好，能给我看一些有特色的、有文化指涉性的建筑吗？很可惜，没有！建筑都是一模一样的，香港两个最大的建筑，一个是国际金融中心（IFC），还有一个是西九龙将要出现的"环球贸易中心"，两个高高在上的大楼，我看了非常倒胃口，完全是一种金融世界的图腾。香港花了十年时间准备，现在只剩下一个公园而已，就是西九龙的文化区。我认为最好的计划，真的把香港文化潜力带进去的是库哈斯的计划，可惜被否决掉了。现在规划的是一个最无聊的计划，就是诺曼·福斯特（Norman Forster）的设计，有人说香港应该叫 Foster Town，从香港机场到汇丰银行，香港的主要建筑都是诺曼·福斯特设计的。在这样的状况下，香港草根文化成为了保存集体记忆里面的另一个世界，有时候会爆发出来，虽然爆发的力量不一样，却可能变成香港人最基本的文化认同，变成香港年轻人认同的某种"亚文化"，譬如网上流传的某一种歌曲，某一种流行语，本来使用的是底下阶层的语言，现在却变成了年轻人的网络语言。香港人讲不好英文，牛津口音的英文几乎没有人讲，可以说整个香港都普罗化了。如果是一个殖民主义者回忆香港的过去，他可能会发现连俱乐部的品位都变低下了。有一次我到香港的一个高级俱乐部参加婚礼，5分钟就忍不住了，那是一个高官儿子的婚礼，我发现那些人全部不学无术，每个人都赚了几千万，每个人英文都不错，但我说什么文学，他们都不懂，我跟他们混干什么？他们太没文化了。

　　你说香港没有文化？有，确实有！它的文化真的在于那种多元性和复杂性。任何一个你以为你知道的东西，有人会知道的比你更多，就有这样的少数人。我有几个听马勒音乐的同好，是在银行做事的，二三十岁的年轻人，他们知道的马勒比我多了很多倍，每个人家里关于马勒的唱片多达几百张，甚至几千张，他们在世界各地订购马勒的音乐。你跟他谈马勒，他会说第六交响曲第二乐章，哪个人哪个版用的什么板，谁用的是慢板，谁用的 maestoso（庄严的），都清清楚楚，如数家珍。我时常向他们请教各种各样的怪问题。所以说香港的文化处于极为复杂的、嘈杂的状态，充满了生机和活力，不可能有一个主题、主体或主旋律，现在大家对主旋律完全没有兴趣，不管是民族主义还是殖民主义。这或许代表香港文化的另外一种意义。

所以我常说香港的弱点正是它的优点，香港没有一个知识分子是传统的，华人世界中，只有香港从19世纪一直到现在全部是移民过来，最多是商人，香港文化某种程度上是一种商人文化，可香港的商人缺少了譬如扬州盐商的那种文化。我最近到扬州看了很多当时盐商的宅子，很有文化，譬如一个园子里有石涛设计的山水在里面。你难以想象香港商人会追求这种高雅文化。正因为香港好像是一个乱七八糟的世界，充满了各种文化，成为一个开放的城市，虽然最近闹了很多事，但本来是开放的城市，因为开放，香港的未来没有办法马上确定的下来。

我观察上海，不知道观察得对不对，还想听听各位的想法。香港已经承认自己被上海比下去了，香港只有一样上海还没有完全赶上，不过我看很快就会赶上了，那就是股票，不过最近大陆的股票大涨，将来股票大王国还是在上海。香港要比的话，潜力在哪里？除了刚刚讲的草根文化，另外一个令我非常吃惊的是教育，我一天到晚批评香港的教育，可是很多学生都到香港来读书，特别是中国内地的学生，我现在最好的学生都是内地来的。几乎没有例外的是，每个内地学生到了香港都说我不要回去。为什么？他说回去要帮他们的教授做工作，不能发挥自己的学术潜能。我不知道说得对不对。内地教授那里有一大堆项目让他们做，给教授打工。所以香港的教育至少一部分还保留了学术自由和学术自尊，因为大部分香港大学的老师都是从国外来的，像我这种人早该退休了，可还没有退，香港的大学表面上是非常官僚化、程序化的，或许有这些老师在，因而维持了某种对于学术的尊重，师生关系也有种种问题，可是毕竟保留了某种学术空间。

另外，我自己兴趣很广，在香港一上网什么都查到了，不像在内地我昨天查的今天查找不到了，要买什么东西随时也可以订到，这就是一个开放的城市。用香港的开放来对照一下当下的上海，可以说上海在挖底蕴，我不知道说得对不对，感觉上是上海市政府花了很大工夫，也许上海的商人特别是地产商比香港的地产商有文化，他们真的做了一些工夫费了一番心思，将来能不能成我不知道。比如说新天地是香港商人带进来的，当时上海人跟在后面，但这次看外滩源，我觉得已经不是跟着香港人了，朋友带我们到二楼一间古旧的房子，原来是一个台湾人开的店，专门卖"微热山丘"的凤梨酥，完全是第一流的设计，就一张桌子在那里，后现代的风格，黑乎乎的，走上去，发现别有洞天，我们喝一杯免费的茶，扬长而去。香港做不到这样，为什么？因为里里外外到处挤满了人。今天我们在外面走，原来法租界的那几条马路没什么人，这太了不起了，上海这么大，人口这么多，怎么没有人呢？这在香港是难以想象的。今天走了几条街道，都是当年法租界的马路，我在路上问，这条马路原来法文名是什么？朋友马上用手机一查，上海人早就研究出来了这条路原来的法文是什么。上海人似乎对于自己城市的历史文化特别敏感。不管是商人还是学生，似乎无形之间做了很多工作，现在也越来越得到学界或者海外的承认了。也许我作为外来人太喜欢上海，过誉了，不知道我这个想法对不对？像外滩源这样的地方，我就相当佩服。也许有人会说，这里太高档了，完全没有人气，都是些名牌商店和高档住宅，旁边还有一个最贵的酒店半岛酒店，也是香港人开的，这不就是一种资本主义的高级消费空间吗？将来上海是不是就走这一条路呢？我觉得不尽然。因为在不远的地方就有两个老太婆在那里跳舞，上海什么公园什么高档地方都有人在跳广场舞，也许上海要靠这个来救，这变成上海生命力最重要的也是最强的一点。

一个文化真的要靠一种活生生的生命、集体性的生命，把底蕴慢慢地挖掘出来。我认为最好不要规划，可现在的矛盾在于，不规划不行，城市中这么一大块地不规划怎么办？香港就是政府太无能，完全交给地产商，好了，搞得乱七八糟，地价还那么高。在这个意义上，我反而赞成政府做适度的规划，但问题是在规划过程中，是不是能够把上海营造成为真正有文化意义的国际大都市？这个恐怕很难讲。

罗岗：刚才李先生提到库哈斯的规划，我看他最近有一个批评特别好，说的是现在全世界都在推销"智慧城市"，但库哈斯认为"智慧城市"其实是"愚蠢城市"，因为智慧城市追求的所谓安全和舒适，实际上损害了城市中最重要的多样性和丰富性。我感觉上海也有这样的问题，地标性建筑越来越多，但都是高高在上，如你所批评的金融式图腾；其次是上海的消费空间越来越 shopping mall 化，就是香港九龙塘"又一城"的模式，通过轨道交通构建人群集聚的方式来刺激商业发展。李先生特别注意到香港的草根文化或者说庶民文化非常有活力，九龙城我也很喜欢，但九龙城草根文化存在的前提条件是没有通地铁，如果轨道交通进去了，九龙城的面貌可能就不太一样了，恰恰因为它没有"接轨"，反而保留了独特的文化生态。

和香港一样，上海也有所谓"市民文化"，尤其体现在市民的日常生活上，说起来这也是《上海摩登》原来应该关注却没有关注的一个领域。虽然这种文化也在慢慢消失，但还是有很强的活力。最近在上海有一本特别火的书叫《繁花》，这本书之所以引起那么大的轰动，很多人都愿意去读它，是因为这本书重写了富有质感的上海市民文化，而且是在对照中进行"重写"：一边是作为现实的 90 年代，其实很无聊，就是男男女女，吃吃喝喝；另一边是作为"回忆"的 60 年代，那时的上海反而显示出另类的多样性和丰富性，无论是城市空间，还是日常生活，都具有一种简单质朴的繁复。一般人肯定认为 90 年代的上海要比 60 年代的上海更加有趣，但《繁花》呈现出另外一种状态，这种状况和上海市民文化的源流密切相关。

倪文尖：我第一次去香港时有一个感受特别深，就是刚刚李先生讲的香港的草根文化。那时应该是世纪之交，接待我们的香港教授推荐游览的地方就是庙街，说句实话，十五六年前，对于我们来说，庙街有什么可看的？现在回头反思，可能这几年上海的知识分子在观念的层面上越来越像老罗一样，开始意识到上海自身的草根性和市民文化的重要。但上海这些年来的快速发展和变化和市民文化自然有关，但更重要的恐怕还是强势政府。很多人都研究了上海为什么在最近二三十年有这么大的变化和发展，客观上讲和政府的能力——尤其是以区为单位的竞争——非常有关联，具体说是政府和企业的互动与合作。在这个意义上，上海的市政能力与国际性已经成为上海个性的一部分。这使得如要像香港讲"草根文化"那样，讲上海市民文化到底是什么，也就变得很困难了。光有艺术还不行，这种文化到底是什么样的，也许刚刚萌芽。我觉得，上海原来是好几块，上只角、下只角之间的断裂很明显，现在加上新移民，又有了新的断裂，这也可能导致最近这些年有一种文化的萌芽或自身的变化。

李欧梵：上海的里弄文化怎么样？不是有很多人研究里弄吗？

罗岗：上海还有里弄，也有里委会，但现在的表述是把"里弄"称为"社区"，"里弄文化建设"就变成了"社区文化建设"，或者更宽泛地把基层社会建设称之为"社区建设"，"社区"变成"基层社会"的代称，但在行政架构上还是保留里委会或居委会。这里面有两层含义：首先是来自传统，上海因为最初的石库门建筑而形成了里弄的规划；其次则是因为 1949 年之后居委会的管理叠加在里弄的布局上，而在居委会之上则形成上海基层最重要的管理单位街道办事处，街道办事处对整个街道——也可以视为一个大的社区——的规划有非常大的影响。譬如我前段时间参加新江湾街道的规划会议，这个街道包含了复旦大学新江湾校区，也是地铁一个终点站。新江湾街道规划的核心问题是，街道的居民基本上都是新移民，而且社会层次和文化层次比较高，不是像以前静安区的普通居民动迁到新静安城，这就比较强调要打造一个高层次的新江湾文化。由此可见，街道在影响当地文化上还是起到了非常重要的作用。

李欧梵：香港好像是自动自发，乱七八糟。警察说你不能在这里乱卖东西，卖东西要有一个执照，那个执照是爸爸死了，儿子不能继承，需要重新申请。相比之下，上海的规划性很强，也许就是你们说的市政能力一路下来。

你们说我的书里完全没有市民生活、日常生活的问题，其实也有，因为《上海摩登》研究了张爱玲，张爱玲小说最精彩的地方就是写小市民的生活，从哪个里弄走到什么地方，然后去哪家商店买东西，哪家餐馆吃饭约会。所谓"怀旧"不就是"怀"这些地方的"旧"吗？一个都市文化不只是几个建筑而已，建筑可以带动的空间不一样。《上海摩登》确实里弄文化写得太少，没有搞清上海的日常生活到底是什么样的。我书里写的基本上是作家，我脑子里想的全是新感觉派，没有进入到社会空间的层面。现在不同了，文化地理学很兴盛，是一门显学。很自然让人关心这类问题。

我举一个怪例子吧，当年得过诺贝尔奖的埃及作家马哈福兹，他写的小说就讲街道，他每天在那里吃早点喝咖啡，他就写这个，得了诺贝尔奖。他的书也成了文化研究很关心的问题，那就是市民的日常生活到底是怎么一回事？香港底下阶层的日常生活同样非常精彩，你愿意去买菜就能在菜场体会到这样的生活，我陪我老婆买菜，她嫌我太慢，就让我坐在那里，我就听周围的老头老太太讲话。他们早上把麦当劳和星巴克都"占领"了，礼拜六快餐店咖啡馆都坐得满满的，他们也不管，一上午泡在那里。老头老太要找聊天的地方，香港没有地方聊天，就跑到那里去了。更不要说茶餐厅，人满为患，看香港电影就知道那种状况了。上海有没有港式的茶餐厅？香港到处都是茶餐厅，所以到处都弥散着茶餐厅的那种味道，香港是一个有味道的城市，你闻着那个味道就感受到乡愁。我还不完全是个香港人，只能算半个香港人，但很喜欢鱼蛋面，特别是鱼蛋那个味道，这就是香港的味道。上海也有上海的味道，我这次来上海还没有感觉到。记得第一次来上海我感受到了，我跑到以前的大世界附近去吃面条，上海面条加上白斩鸡，还没有到那里，就已经闻到那种味道，这就是上海的味道。

欧洲的城市也有这样的味道。譬如西班牙的巴塞罗那，我最佩服巴塞罗那的地方，就是它的街市，卖菜的地方，在那里可以吃到最好的巴塞罗那的菜，便宜得不得了，坐在那个小店里面，我本来不喜欢吃海味的，但到那里每餐都能吃完，我老婆可以作证。这个城市的文化不得了，到了书店一看，所有的书都是两种语言摆在那里，欧洲的理论大师的著作，一个一个放在那里，也是两种语言的版本，确实惊人。这样的城市文化才真是了不起：一方面是非常国际性的、思想性的文化；另一方面则是真正的草根生活。两个方面可以互相影响，互相提升，现在要说吃的话，听说世界十大名菜餐馆，西班牙占了一半，最贵的菜要200欧，我们没有去，老实讲太贵了，后来在一个小乡村里，我们吃了50欧一份菜的餐馆，从下午1点半吃到5点，真是精彩，各种装菜的碟子都是精心设计出来的，饮食文化同样代表了一种城市的文化。

我心目中的上海，确实有很多都没有写进《上海摩登》。当时从文学作品中也看到不少，包括王安忆的作品及其他人的作品。《繁花》我刚刚开始看，开头也是在街市上，老板娘说什么，老板说我晚上怎么样……从菜市场开头，我觉得这本小说很好，当然还没有看完，不能完全下判断，可我也听到了反面意见，在杭州就有人表示不喜欢《繁花》，他们说上海人太喜欢那种腔调，别人却不知道为什么。我想杭州也有杭州的味道，他们不一定喜欢《繁花》中上海的味道，这也很正常。

时间：2015 年 4 月 11 日

嘉宾：毕飞宇　张　莉　周立民

文学三人谈：牙齿是检验真理的第二标准

周立民：首先感谢今天到思南读书会的朋友们，其实不需要主持的，两个人谈是最好的，我知道伟长非常甜蜜又非常险恶的用心，我也乐意承担这个任务。伟长让我到台上来首先起到衬托作用，衬托一下毕飞宇老师的帅，衬托一下张莉老师的美。他们两位大家非常熟悉，他们还拥有一个共同的身份，都是大学老师，毕飞宇老师执教于南京大学，张莉执教于天津师范大学。毕飞宇得过鲁迅文学奖，而张莉得过唐弢青年文学研究文学奖。唐弢是非常重要的鲁迅研究者，毕飞宇和张莉这对作家和批评家之间，居然还有这样微妙的关系。最近，他们俩这本对话录的出版，从成长到阅读，有很多话题已经在燃烧，希望今天有机会沿着这些的话题再深入下去。首先，我想就这本书的名字请两位解释一下：为什么"牙齿是检验真理的第二标准"，为什么不是嘴巴、嘴唇、鼻子，也不是第一标准？

毕飞宇：在对话之前要向周立民老师表示感谢。读书会在中国的影响很大。作为一个写作的人，作为一个热爱文学的人，我觉得如果我不来一下，包括张莉老师不来一下，我们的虚荣心不能满足。一个城市的读书会其实就是一个城市最为重要的象征。我非常喜爱上海这座城市，2005 年上海图书馆给我一个任务，叫我谈谈《傲慢与偏见》，谈完

张莉　毕飞宇　周立民

以后有半个小时的互动，上海市民的文学素养给了我非常深的印象。

在我眼里文学素养高起码有三个标志。一个是原创，一个是史学和理论研究，一个是文学如何成为我们日常的话题。我是80年代成长起来的人，文学是走进我们生活的，是成为我日常生活的话题。但现在的中国，文学已经不是日常了。在上海，在思南读书会，我高兴地看到，文学依然是构成我们生活的极为美好的部分。所以再次感谢上海热爱文学的朋友们。以上是我，也是张莉老师，首先表达的感谢。

我先解释一下《牙齿是检验真理的第二标准》这个书名。我们都知道一句话，"实践是检验真理的唯一标准"。中国人的社会实践和西方人的社会实践有所不同，西方人的社会实践可以是沉默的，但更多的是伴随着声音，这个声音当然是思想的声音。我们中国人由于文化传统的影响，我们也有实践，但我们在实践的过程当中，更习惯咬紧牙关，更习惯不出声，更习惯通过不出声的办法来保全自己，更习惯通过不出声这个办法来寻求假想中的安全。所以在我跟张莉老师对话的时候，我们共同发现一个问题，中国人不缺少实践的能力，中国人不缺少思想的能力，但中国人缺少哪怕是表达最浅显思想的声音，尤其是勇气。所以我们就用了这样一个有点"骇人听闻"的名字，"牙齿是检验真理的第二标准"。说这句话的意思很简单，我们应该每个人尽可能地表达自己。说得不对，请张莉老师补充。

张莉：毕飞宇老师说得很好，我非常同意。我说两点，第一点，昨天到上海，有个特别有趣的事情，晚上我、周立民兄和另外一位批评家去饭店吃饭，路上看到有人推着个小推车，我们三个人在那个车上看到很多旧书。这些书的拥有者叫宋生分先生。我们问卖家这个人是谁？他们说他已经去世了。车上的书大概有几百本，我们发现，这位藏书家是位爱诗的先生，品位非常独特，很多书很有意思。我们每个人都买了好几十本。这事情让我想到上海这个城市，我在这个偶然的事情里发现，文学进入了上海人的日常。当然，文学也构成上海历史，中国现代文学史上许多著名作家都在这个城市生活过，巴金、张爱玲、鲁迅都在这里生活，但也有像宋生分这样的先生，普通的爱文学的人，而且文学品位非常纯正，这让我印象深刻。

第二点，毕老师说到"牙齿是检验真理的第二标准"这个书名，是来自于对谈的时候，他说过的一句话，然后用作书名。我们认为文学表达，表达对一个人来讲非常重要，他刚才讲的我都非常赞同，比如，日常生活中你看见一件事情，你是否表达出来，是否在微博微信里表达出来，其实都是检验你的一个标准。我印象比较深刻的一件事情，前几天读莫言的一个回忆，在军艺，他当时同屋的很多同学讲，我要写一个漂亮小说，然后讲了很多好听的故事，但是讲完就完了。那个小说并没有写出来，这些人没有成为小说家。莫言也讲，但讲完之后又把故事写在纸上，表达出来。从我作为文学批评家的角度来讲，你去说我要怎么写，是重要的，更重要的是你拿起笔写下去，让更多的人知道在这个时代，我们曾经这样活过，我们曾经这样理解过生活，我们对这个时代有热爱有愤怒有忧伤，我都把它表达出来，这对爱文学爱生活的人来讲是非常重要的，这是我对这个书名的补充理解。

周立民：两位老师在刚才这番谈话已经涉及很多问题，我们可以沿着这些问题，简单梳理一下：第一，可以先做个预言，"牙齿是检验真理的第二标准"，有可能成为2015年的流行语。第二，两位都谈到文学与日常生活的关系，文学在我们日常生活里的作用、价值和意义。毕飞宇老师刚才提到，因为他当时接触文学是在80年代，有当时文学热的大背景。但是，放在今天，特别是不作为一个写作者，也不是作为一个研究者，而是一个普通人，我不知道两位对于文学在普通人的日常生活里可能会扮演什么样的角色，或者应当扮演一个什么样的角色，是怎么看的？

毕飞宇：在我看来，文学最大的一个好处，它可以非常现实地帮助我们每个人生活得更好。比方说，我们把文学拎出来谈另外一个东西，那就是宗教。宗教其实对人是非常苛刻的，宗教里面有一个非常重要的东西，就是戒，不同的宗教有三戒，有五戒，有七戒，有十戒。换句话说，宗教是可以看到人内心的光明和温暖的，同时，宗教也可以看到人内心的黑暗。文学也是可以看到人内心的温暖，文学也是可以看到人内心的黑暗。可是文学和宗教采取完全不一样的方法，就是文学面对人的负面的东西，不是戒，是宽容。文学是宽容，文学面对人的方式是宽容。就这一点，文学就可以成为我们所有人的借鉴对象，那就是我们该如何面对自己，尤其是我们该如何面对他人。

在现实生活里面，我们应当以宗教的方式，以牧师的方式去影响别人的灵魂，让别人源源不断地去洗刷所谓的原罪，还是张开我们的胸怀拥抱一个完整的人？你如果和文学亲近的话，你在面对人的时候，你会有更大的宽容。这个宽容是由文学自身的性质决定的，因为文学的性质是两个词，四个字：自由、宽容。文学就是沿着自由和宽容这条道路往前走的。我坚信，没有人从本性上可以回避自由和宽容。因为我们热爱文学和宽容，热爱自由和宽容，宽容可以让我们变得更幸福，用自由和宽容的办法要求别人，也可以让别人更幸福，因此构建起来的人际就是更好的人际。换句话说，那就是文学的人际。文学的人际让我们快乐，我们幸福，仅此而已。

张莉：文学之于人的作用，比我们想象中要重要得多。实际上，只有在文学作品里面，你才发现你不再是某某，而彻底还原成一个人，一个自由的人。在文学作品里你才知道自己要过的是什么样的生活，才发现什么是人的生活。我经常想，生活中我们遇到很多困难，也常常觉得自己活得不太像人，或者，你常常不知道什么样的生活是有尊严的生活。你经常感到很痛苦，感到忧虑，这时候你要去哪里寻找一种安慰呢？在文学作品里。从那里，我们不仅可以认出同类，认出在这个世界上和你有共同遭际的人，你还会遇到不同的人，会从他们身上感受到不一样的东西，这是我想说的第一点。

第二点，我是做文学批评的，毕飞宇老师是小说家。《牙齿是检验真理的第二标准》梳理了毕飞宇的成长历程。这本书呈现的是毕飞宇从一个少年成长为优秀小说家的历史。前几天有个朋友给我打电话，非常激动地给我讲，他读了这本书后发现，原来毕飞宇在成为小说家的过程中，曾经也失败过，也遇到过那么多的挫折，他说他发现自己并不孤单。这件事情让我想到，读文学作品或者是学文学，实际上是一个自我教养的过程。通过一种不懈的阅读，一种不懈的写作，你将会在后来的岁月中遇到更好的自己，这是我最近对文学不一样的理解。我特别感谢这本书的广大读者，那些对我们有了不同认识并反馈给我们的读者，能让他们感受到美好的情感，对我很重要。在我这里，文学是使自己变得更好的途径，我认为无论是普通人、小说家还是批评家，都需要一个自我完善的途径。

周立民：他们从文学谈到人的精神上，非常本质的一些东西。但我还觉得两位是不是太沉浸于精神世界的本身，而在我们的现实生活里面，精神世界的比重是不是太少，或者根本就没有位置？你们都在学校里教书，你们接触到更年轻的一代，你们觉得他们对文学的看法跟你们有差异吗？差异在哪里？

毕飞宇：文学真的不玄，我们来之前，我们几个人，有李伟长，还有张莉老师的妹妹张静，我们四五个人在那吃饭，一吃饭想起中国人一句话，无酒不成席。可是我们中午没有喝酒。我们吃饭吃到五分钟以后，我们的话题马上进入文学，我们涉及的作家，包括在电梯里涉及的作家，特朗斯特罗姆、菲利浦、E.M.福斯特、夏目漱石，就是因为四个作家，让我们最为普通的一顿饭，啤酒都没有喝上的一顿饭，吃得有滋有味。我们也没有用在讲段子上，那多么无聊，或者也没人问你挣多少钱，或者让你评价一下这个酒好还是那个酒好，我们在聊的时候没有那些话题。你很高兴，我很高兴，张莉老师很高兴，张莉老师的妹妹很高兴，伟长很高兴。文学就是如此现实的东西，它可以让我高兴，它特别具体。

说到今天的年轻人和文学之间的关系。我相信一代人有一代人的文学，一代人的文学和一代人文学之间建构起来的关系也是不一样的。但是我依然说一条，我是写小说的，如果把现场思南读书会、2015年4月11号下午的读书会描述一下，我们会很快得出许许多多的结论来。第一个，现在的孩子对文学的热爱不如老人，他们的热爱不如40岁以上的感情深，尽管那个时候环境那么艰苦，可是毕竟有些书可以读。你来看，不仅在上海是这样，到北京、广州、南京，永远是这样。年纪更大的人跟文学的关系更近，我们马上可以得出这个结论。不过，今天特别感到欣慰的是，以往的定律在今天不成立。以往我看到的都是女性多，男性少，今天在上海，这个比例关系是恰当的，是和谐的，是健康的，这个现象也是少有的。一般来讲，我经历过的类似的活动，99%是女性多，80%是女性压倒性的多数，当然我也很开心。但今天从这个地方还是可以看出文学的生动性，这个生动性体现在读者代际的多样上，体现在人的文化背景的多样上，也体现在性别比例协调上。

张莉：关于日常生活中的文学。说说我的学生。我的微信上有很多我的学生，最小是 1996 年出生，非常年轻的一代。前两天有个女孩在微信上写了一句话，她说，为什么世界上那么多的变色龙？这个变色龙我们都知道，这来自契诃夫小说。前一段时间跟毕飞宇老师做活动，提到一件事情，我讲给他听过。我在地铁上听到一个男孩子对女孩子说，"你别那么小气，把自己搞得像林黛玉一样。"听到说那个话的时候，我看了他一眼，非常年轻的脸。我不知道他看没看过《红楼梦》，但在那一刻我意识到，文学就在身边。那位早已作古的曹雪芹先生，通过两个小情人的对话又回到我们今天，我们的日常生活中。

我每年都教《中国当代文学史》。这是我的本职工作。我经常听到很多老师的抱怨，现在的孩子不读书，现在的孩子真是令人失望。同行之间交流常会出现这样的话题。但我是比较乐观的。说现在年轻人不看书也不对，其实我们说的不看书通常指的是纸质书。但是，我们要意识到，除了纸上有文学之外，我们也要打开我们的认知范畴。Kindle、手机、电脑里也有文学的，《红楼梦》在 Kindle 上就有，如果年轻人在那里去读的话，他是爱文学还是不爱文学呢？当然是爱文学的，只是载体不同而已。

我上课常发电子版作品给同学们，每个人拿个手机，晚上在宿舍里看《生死疲劳》《玉米》《青衣》，看完以后，他们会讨论。这样的尝试使我意识到，文学对于现在的年轻人来说，也不是那么难以理解。每一代人都有自己认知世界、了解文学的方式。他们有属于他们的人生际遇，只是，他需要遇到合适的时机沉进去。这个世界上，有人喜欢契诃夫、《红楼梦》，有些人喜欢托尔斯泰，有些人喜欢鲁迅，有些人喜欢巴金，有些人喜欢毕飞宇，有些人喜欢莫言。我们作为年长的一代人，或者是比他们更成熟的一代人，我们要做的是给他们一个台阶，一个契机。比如推荐给他这个作家，你试着看一下。是有年轻人会喜欢的。有的同学说，张老师，我昨天看了一个什么小说，我觉得特别好。他会给你讲一下。那时候你会觉得，过往作家回到年轻人中间，并没有那么难。

很多时候我们对年轻人的理解，或者我们日常生活有没有文学这个理解，太狭隘了，你只是觉得这个孩子应该拿着一本纸质书，经常我会想，如果他拿着纸质书，拿着本很烂的小说，和他在 Kindle 里看《红楼梦》，哪个更有文学性？当然是用 Kindle 的孩子。不在于他用什么媒介，重要的是他看什么，而他要看什么是需要老师的引导，还有整体社会文学氛围的引导。这个才是重要的。

毕飞宇：我们谈小说谈文学的时候，总觉得文学是一个精神上的事情，他跟我们的现实关系不大，其实不是的。文学是一个挺形而下的东西，我记得鲁迅说文学没有用。鲁迅说过这样一句话，一首诗吓不走孙传芳，大炮一轰就可以把它轰跑了。鲁迅的话说得很对。可是我们反过来想一个问题，我们都知道一个词，少女的心扉。少女的心可能是一个门，少女的心这个门没开之前，我觉得你用大炮轰不一定轰开，但有时候一首诗自己就打开了，这就是文学的现实性。

周立民：其实，你们个人的记忆是否也可以做出一点参证，在对话录里也触及到这样的问题，你们接触文学的过程，最初也不是为了当作家和研究者。在那时，哪些书或者哪些事件，从现在来讲，产生决定性的影响，让你选择了爱文学？

张莉：关于文学的记忆，最近特别红的一个电视剧是《平凡的世界》。对于《平凡的世界》，我记忆深刻，那是我上高中的时候，中央广播电台每天中午一点到一点半会播《平凡的世界》。那是我每天最幸福的时光，就是那个时候，我的父母不会说你赶快做作业，没有这种压力。我会静静地听，因为他们也喜欢听。在那段时间里，我完全沉浸在路遥的世界。这是不是我文学最初的启蒙？我不知道。我后来读过《平凡的世界》，我非常熟悉这本书，但直到今天我都不愿意评价《平凡的世界》的文学价值，但我承认它对我少年时代的激励作用。我在特别小的时候背唐诗，我爸让我背，我背不过不能吃饭。当时容易背过的段落，今天我已经不记得了。而因为想吃饭，不断重复的那几句诗，终生难忘。我觉得唐诗参与了我对文学的理解，后来读博士，做专业研究，跟当时我背唐诗是有关系的。

毕飞宇：我对文学，有一点认识比较晚，不是谦虚，那时候我已经写了不少小说了，也有一点知名度了。我读本科的时候，读《红楼梦》读不进去，我读《红楼梦》的时候已经三十好几了，你想想一个二十多岁小伙子，整天在足球场上奔跑，打定位球，防守，怎么可能爱上《红楼梦》。我觉得阅读的运气很重要，如果我在十三四岁读《红楼梦》，我对《红楼梦》的理解不会很好，正是因为我成人了，结婚了，有社会经历了，有一些历练了，这时候看《红楼梦》，一下让我在文学之路上，再次被启蒙了。你会觉得在文学路上，你成了比较懂事的人。是因为什么？还是因为林黛玉。林黛玉这个人，真是有意思，你可以分析一下。在座每一个朋友熟悉林黛玉，熟悉《红楼梦》，曹雪芹非常爱这个人，曹雪芹写这个人物的时候，恰恰不往好的写。你看他写凤姐，尤其是写宝钗，都是往上托，这人能干，宝钗这孩子懂事，大方。黛玉一比较，小心眼，小肚鸡肠。这样一个特别让人不那么喜爱的一个人。但慢慢你会发现，曹雪芹是多么伟大，这个人物是在理性判断跟你的情感感受之间的。每一个人在阅读《红楼梦》的时候，都是会分类的，也许你时刻告诉自己，我叫我的儿子娶薛宝钗回来，不要娶黛玉回来。但是，你真正爱的人是黛玉，虽然她真的有毛病。宝钗可以做国母，可是你不爱她。

对《红楼梦》的阅读，在我人生道路上是决定性的一步。虽然在读这本书之前，有时候甚至觉得自己写得挺有样子，但是等你把《红楼梦》读出意思的时候，你会发现那是一种高峰，这个高峰的作者是真正的大师，放在世界上任何国家文学史里，都会是一个大师。因为有了曹雪芹，因为有了《红楼梦》，中国的小说史可以和任何一个国家的小说史相媲美。

张莉：关于《红楼梦》，我突然想到，比如说贾宝玉，我特别小的时候觉得贾宝玉挺好的，等我再长大一点，觉得贾宝玉挺闹的，如果谁家摊上这样的儿子、孙子，有点太那个了。人到中年的时候我会想到，比如今天我们身为父母，跟王夫人或者贾政，有特别相近的地方，比如我们也都希望孩子功成名就，希望他更成熟，考取功名。这时候你会认识到曹雪芹的伟大，他塑造了贾宝玉这个人。他尊重人的丰富性，他有对世界丰富性的认识。他把贾宝玉这样的人，写得那么闪光，让你不能忘怀。现在，我又觉得贾宝玉挺可爱的。我觉得塑造出贾宝玉这样的人是了不起的。

毕飞宇：在贾宝玉之前，整个中华民族就是一个"闷骚"的民族，有了贾宝玉，我们不再"闷骚"，可以表达。

张莉：是的，曹雪芹非常伟大的地方，是塑造出贾宝玉林黛玉两个人物，他们不是在规则里面的人，但是依然那么可爱，依然那么栩栩如生，到今天我们依然难以忘怀，你觉得他们仿佛在我们生活之中，这是特别了不起的事情。不同年龄读《红楼梦》，你读到的感受是不一样的。

周立民：你一直在做女性研究，你怎么看毕飞宇老师刚才说的现象，或者是他说的动机，比如说娶的是薛宝钗，爱的却是林黛玉。

张莉：我觉得《红楼梦》里每一个女性都可爱，比如说，你站在薛宝钗的角度上，薛宝钗有她的道理，林黛玉有她的成长轨迹，她必然有这样的性格。一位好作家，他站在人的立场上理解这个人，所以，你会觉得每个女性都有道理，每个女性和她的社会阶层关系都是那么妥帖。薛宝钗就应该做出那样的事，林黛玉就应该做出这样的事。至于你是愿意娶薛宝钗也好，林黛玉也好，这由读者的个人趣味决定，不重要。

很多读者都以喜欢林黛玉为荣，我喜欢林黛玉，这意味着一种品位。有一次我上公选课，让年轻人谈《红楼梦》里你最喜欢谁？一个女孩站起来说我喜欢薛宝钗。整个课堂都起哄。他们为什么笑呢，因为他们觉得薛宝钗虚伪。可这个女孩执意说，她觉得她懂事。我能够理解这个女孩这样理解薛宝钗。我想，这个女孩儿成长道路上，肯定发现过那样的懂事对于女孩子的重要性。

毕飞宇：我觉得《红楼梦》这本书，最最了不起的一个地方在这，如果你用心地把它看过好多遍，你回过头再琢磨的时候你会发现，曹雪芹的人生观很了不起。《红楼梦》里面，每个人各有性格上的特点，有些性格上的可爱，有些性格上有缺陷，但是那么多的人，没有一个是坏人。

张莉：他宽容。

毕飞宇：他有很多地方是有批判性的，但是面对人性的时候没有坏人，这一点如果我们能够看出来，对我们自己的帮助是最大的。很可能在这个世界上，有些人做了坏的事情，有些人被认为是坏人，是好人。但是你从文学的角度，透过《红楼梦》，透过曹雪芹，我们可以很负责任地告诉我们的孩子，这个世界上只有不一样的人，这个世界上也许有有缺陷的人，但这个世界上没有一个是纯粹的坏人。

周立民：毕飞宇老师也是写女性的高手，《红楼梦》里的这个话让我突然想到：假如你是曹雪芹的话，你情感的重点会放在哪个人物身上，薛宝钗，林黛玉，还是其他人？你跟其中哪个女性人物的情感距离更近？

毕飞宇：这个可能跟家庭有关，首先是假设，《红楼梦》这本书如果我来写，有一个人我的篇幅大很多，那就是晴雯，为什么？因为我的爸爸特别爱晴雯。他为什么爱晴雯？因为他出身不好，是一个"贱民"。作为一个出身不好的、带着原罪的人，他读《红楼梦》的感触是不一样的。我父亲对《红楼梦》熟悉的程度，红学造诣，远远在我之上。

我相信他作为一个贱民，在一大堆贵族之间，他在情感上可能更是谦和贱民的心态。我的父亲是贱民，如果没有改革开放，如果没有恢复高考，我不要说上大学，我连考大学的资格都没有，我一定是个贱民。贱民在情感上，一定是倾向贱民。所以从这个意义上来讲，情感其实也是阶级性的。所以，我父亲爱晴雯。我是1964年出生的人，从小学起所接触到的课本里，都告诉我们这世界上有两种人，好人、坏人。

曹雪芹在《红楼梦》里没有写过一个坏人，他对人的认识是伟大的。无论我写出多么长的鸿篇巨制，我觉得我对人的基本看法，很长时间都不合格。所以我都没有资格说我来写《红楼梦》这样的话。当然，很感谢的是，在这个过程当中，我也并没有完全受我的小学老师、家庭、邻居、中学老师和大学老师的影响。在这个过程当中，我在青春期前后，开始阅读西方的文学，开始接触西方的电影，这些告诉我一件事情，文学有别样的文学，看待文学有别样的看法，面对文学的思想有别样的思想。人究竟是什么？也有别样的哲学判断。在主流教育的基础之上，这些东西给予了我非常重要的补充。某种程度上讲，这个补充是决定性的。就像一个人左边一撇，右边一捺，左边那一撇是我在中国吸收到的一些思想，右边那一捺在其他文化领域里获取到的东西。我刚才说文学自由、包容，文学另外一个极其迷人的东西就是开放。

张莉：刚才毕飞宇老师说怎么理解人的时候，我想到鲁迅的《祝福》。我们在对谈录里也谈到了，小说中叙述人遇到祥林嫂。祥林嫂问他，人死了，真的有灵魂吗？关于这个场景有研究者认为，像祥林嫂这样吃不饱的人，怎么会问灵魂这个问题。但这两个是不冲突，你恰恰从《祝福》里可以理解到，人有物质生活，同时也有精神生活，无论贫富。刚才大家谈《红楼梦》，谈女性，实际上另外一个小说，对我的影响也特别大，托尔斯泰的《安娜·卡列尼娜》。我最初读《安娜·卡列妮娜》的时候，不理解这个女人。她是贵族女性，又那么美，她有了情人，也跟情人有了孩子，她为什么还要卧轨自杀？她有什么不满意的？我不明白。但是等你真的进入小说里面，你会发现，人在物质生活之外，在所谓的婚姻、爱情一切都有的情况下，她依然会有精神上的苦闷。

为什么托尔斯泰这部小说发表后引起了俄罗斯各个阶层的争论，就是它触及到了人的精神苦闷和精神际遇的困难。今天有很多小说，很好看，跌宕起伏，但是并没有触及人的精神、灵魂。今天中午也和毕飞宇老师聊起，今天的很多中国作家处境很好，没有精神的苦闷。实际上，对于一个写作者来讲，对于一个文学人物来讲，精神上不懈的探求才是重要的。今天的日常生活很富足，GDP 代表了我们中国人的生活水平。但是，为什么有那么多的人在夜晚耿耿难眠，或者有抑郁症，有很多精神上的问题？

周立民：新时期以来，外国文学热一直持续不断，两位在书里也谈了很多，西方的文学作品，对于你们的影响，这个问题等一下再细谈。这本书我拜读之后有两点印象特别深。一点是毕飞宇公开在说，中文系是不是培养作家的问题？毕飞宇说他相信以前的说法不完全对。还有一点印象是，毕飞宇在很长的一段时间，对西方哲学的迷恋。后一点，倒印证我的一个感觉，毕飞宇的小说里面，从物质基础，每个零件，到在文字背后的东西，都处理得非常均衡。有些东西是很难做到恰到好处的，一方面我们动不动就责怪作家没有形而上的东西，另一方面我们又说作家，从观念出发，抽象的东西限制了他的想象。可是，毕飞的作品超越了这两难的判决，它不缺艺术家的想象力，同时也不缺思考。

下面，是不是请你回忆一下，哲学的喜好，对于你写小说，到底产生了哪些影响？有坏影响吗？

毕飞宇：没有，如果说还有影响的话，只能说我在哲学上用的力气还不够，或者我在哲学上的天赋还不够。文学的教育问题，这句话在中国什么时候流行的，我不知道。

周立民：北京大学中文系以前有一任系主任杨晦先生，他本身是个作家，但是他每年对北大入学的新生，不断地重复的都是这句话：中文系不是培养作家的。

毕飞宇：我想做一个小游戏，在座所有朋友，安静五秒钟，问一问自己，问自己一个问题，我今天安身立命的技能是不是由教育和训练得来的？我可以负责任地说，如果这个人生活在相对正常的社会环境里面，他所擅长的事情，他所安身立命的事情，一定是从教育和训练当中得来。建筑师，画家，音乐家，舞蹈家，无论什么，只要跟艺术有关的，都是从教育训练当中成长基础了，凭什么到文学，尤其是小说这个地方，就可以回避生活中如此重要的基本常识。我觉得从一开始，这就是一个荒谬的话。文学怎么不需要教育呢？当然这个教育是不是坐在课堂里就是教育，还是你的邻居父母给你的教育，或者通过自己的自学，我们都不管。教育越多作家走得越远。几乎没有没受过教育的作家。没有受过训练的作家一定不是好作家。没受过教育怎么可能？全世界364行那么过来的，惟独这一行不是这样过来的，不可能，理性上说不通，历史上说不通，未来也说不通。

周立民：作家为什么喜欢掩藏自己受教育的痕迹？

毕飞宇：这让我想起儿子，我儿子有个同学在学校里以学习好而著称，从小学习就好，每次考试考得都好。但是说他成绩好，他虚荣心得不到满足，他母亲，包括他的父亲，说得最多的一句话，就是我儿子总是不用功。由此他获得一个让他无比欣慰的一个称号，叫天才。人人渴望自己做天才，有些人是天才，但是天才如何呈现？我认为天才是在实践、思索、创作的过程当中所呈现出来的一种能力，而不是从天而降的一种能力。从天而降的能力，全世界不会有太多的国家有，大概中国会有这样的作家。中国也不会有太多的地方有，大概只有上海。上海不会有太多这样的人，上海大概只有一两个这样的。我觉得99.9%的人不是这样成长的，对于那样的作家，我除了表示崇敬之外，我想告诉年轻人，那样的人全人类也许只有一个，可那不是我们走的路，我们只能走别的路。那个路是天才的路，人家是从天上降下来了，我们没有办法，我们只能走地上的，所以我们要接受教育，我们要通过训练。当然，才能确实有大有小，同样一个班，同样一个数学老师，期中考试的时候有人考100分，有人考97分，有人考52分，有人考14分，这是正常的，这是能力不一样。

周立民：毕飞宇老师讲到写作，包括写作训练，说得非常有意思。我印象非常深的，复旦王宏图老师说过一句话，他说我经常遇到一个人在跟我说，我退休后准备写部长篇小说，可是为什么我就没有遇到一个人给我说，我退休后写部交响乐？你们是不是都以为小说不需要训练就可以写出来是吧？

毕飞宇：这里面有一个容易被忽略的东西，许多人看不到。因为每个人在表达自己的时候，比如中国人，我们每个人都会熟练运用汉语，而中国的文学用汉语表达的，我从小到大一直在使用汉语，一个用汉语做中介的艺术形式，我凭什么不会做呢？如果你用哆来咪发嗦拉嘻，他觉得那是需要学的，因为我们不是用哆来咪发嗦拉嘻说话的，我们也不是用红色、黄色、紫色表达的，我们是用语言表达的。大家都以为只要是会说话的人，会写信的人，只要是会使用汉语的人，就一定能够使用汉语写汉语小说、汉语诗歌、汉语散文。你刚才说的那个故事，很说明问题，我做过编辑，主要是教师、医生、官员给我说过，我退休之后一定要写长篇。这个不含有挖苦讽刺任何人的意思，但是到现在为止，我没有看到一个人写成。

周立民：写长篇是一件非常累的事吧？看到是你的作品，感觉你不是一个写作速度非常快的作家。

毕飞宇：我们先把周立民老师的长篇的问题放下，我说我跟我儿子之间的故事，这个故事里包含许多内容。我儿子有一次问我，写作文写多长好？我把苏东坡一句话告诉他，行于当行，止于当止。把你的话表达完了以后就可以了。我儿子跟他一个邻居小女孩探讨这个问题，那个小女孩作文课上老师布置一个题目，叫"我的爸爸"，考试的时候就考这个。那个小女孩她的爸爸和她的妈妈很早就离婚，在她 1 岁多的时候就离婚了。她考试的时候写我没有见过我的爸爸，这成了大事，老师如何去阅卷、如何量化、如何评分？

儿子回来问我，这个作文应当给高分。因为她说的是实话，她行于当行，止于当止。我说不能给高分。儿子问为什么？我告诉我的儿子，老师教我们写作文的时候要写 800 个字，是非常非常科学的一个事情。它涉及一个逻辑，一个人所谓的智力好和坏，跟它的想象力有关，跟他逻辑的长度有关，天热了，大前提，我要把羽绒服脱去了，结论，这是一个逻辑。3 岁的孩子都能拥有这样的逻辑，这个逻辑是通过天热了，我要把羽绒服脱了，11 个字加一个逗号，一个句号来完成的。但是，一个未来要承担许多复杂工作的人，11 个字这样一个逻辑区间，是远远不够，教育要做的事情是什么？写作文，做数学题目也好，实际上整个教育的过程是循序渐进，让一个人的逻辑空间变得越来越大。我们所受的教育都要完成这个工作，它让一个人的逻辑空间变得越来越大。

一个人到青春期之后，以他的能力应当完成八百个汉字这样的逻辑空间。在这样的逻辑空间里面，你必须要讲逻辑，你必须讲次序。如果你的逻辑只能完成前几句话，后面乱了，我们说你出问题了。我们听疯子讲话并不是疯子每一句话都不符合逻辑，疯子说的话前七八句的很好，到第九第十出问题了。如果一个疯子可以连续给你讲两小时，两万字，他没有问题，这个人一定不是疯子。通过 800 个字到 1000 字逻辑空间的训练，你在这个空间里你很完整，你就可以毕业，它可以通过物理的方法，通过化学的方法、数学的方法、语言的方法来完成，老师教你们写 800 字是对的，你不能抗拒，你不能以"行于当行，止于当止"做借口。

我觉得，长篇小说对一个作家而言就是，如何完成那样一个超出日常的巨大逻辑体系，而这个逻辑体系又和你的日常生活、琐碎生活紧密相连，你如何把你内心乱七八糟的感受统一起来，把琐碎的日常生活统一起来，一点一点地纳入到一个长篇的体系里，这对作家的考验是巨大的。有人讲，短篇小说更接近诗歌，很难，短篇小说是艺术上的明珠，是皇冠上的明珠，最高级。其实在我看来，最起码操作这个层面上来讲，对作家考验最大的还是长篇，尤其是大体量的长篇。

我最近在写长篇，我发现兄弟我老了，怎么老了？我写《平原》的时候 37 岁，我写《推拿》的时候 42 岁，我把《平原》《推拿》题目写出来的时候，往下写的时候我就能往下写，我手头写这个长篇的时候我做了一个工作，身边放一张纸，每当一个人物出现，我就把他的名字、年纪和性别写下来。就像写《平原》，第一章出的人物，很可能到第 17 章才出现，这是读者的判断，很可能从作家的具体操作来讲，中间两年零五个月已经过去了。两年零五个月过去的时候，你怎么还记得你的父亲带你去看遥远的下午呢，很可能忘了，可能那时候是 17 岁了，两年零五个月你记成 18 岁，他很可能是个女的，你弄成一个男。长篇小说所谓的一口气不是我们生理意义上的一口气，他一口气可能是四个月，也可能是一年。我用一年的时间写一个短篇，这样的事情是常有的。因为有日常生活，有老婆孩子，你还得吃饭穿衣服，交际、工作，还要到上海参加思南读书会。

我说的意思是什么呢，我现在做不到，无论写多长的东西，这个人一出现就在那不动，我没有这个自信，没有自信没关系，我拿了一张纸，放在那，写长篇的过程，那种幸福感不写的人体会不到。哪怕你为了个人的幸福，你也得写，如果你热爱的话。从生理意义上讲，我们每个人坐在这里，我们在呼吸，一下大概两到三秒。有年轻人调皮，我们做个游戏，端个脸盆，把脸放进去，看能憋多长时间气。有些孩子就不行，20 秒钟就出来了，有些孩子很厉害，1 分钟才出来，写长篇的人 5

分钟出来以后他还活着。

周立民：下面问张莉一个问题，因为你们两个对话录里谈到一点让我印象特别深，讲到逻辑这个问题。说实话很多作家说没什么逻辑可讲，因为他觉得天马行空才叫天才。你们在这本书里有过讨论，从你这个角度来看，尤其是你阅读毕飞宇老师作品的印象，你觉得"逻辑"在他的创作里面是怎么体现出来的？或者你怎么感觉的？

张莉：这个问题太难了。

毕飞宇：我先说，说完你批评。中国人因为没有理性传统，中国文化没有理性传统，所以每当我们谈起逻辑的时候，我们心目中更多是形式逻辑。其实逻辑比形式逻辑复杂得多，比如形式逻辑、数理逻辑、辩证逻辑、小说逻辑，或者生活逻辑。这个逻辑的呈现是怎样的？我简单举个例子，五年前，毕飞宇到张莉家去，把张莉的首饰偷走了，五年以后在上海警方的努力之下，毕飞宇在上海落网，张莉听到毕飞宇在上海落网后，她说这个家伙五年前把我家里所有的首饰偷走了，我恨他。这是标准的形式逻辑。

生活逻辑是什么样？很可能我们在这里谈得特别多，也许前两天我有句话冒犯了张莉女士，我们在说话的时候张莉对我特别客气，其中有一句话使她想起了我冒犯她的一句话，她看我的目光当中，刹那之间眼神有小小的变化。在座有个朋友，他眼睛很毒，他发现这两个人之间可能不是十分融洽，这个判断是不需要任何形式逻辑，不存在大前提、小前提、概念、结论，也不需要辩证法，这是生活的基本逻辑，他从她眼神看到基本的人际，这就是一个生活逻辑。

不管是数理逻辑也好，辩证逻辑也好，生活逻辑也好，形式逻辑也好，我根本不相信这个世界上有对逻辑丝毫没有常识的人能够去完成小说。中国作家总体来讲，学术素养不够，很可能觉得作为写小说的人，没有必要把形式逻辑搞得那么好，但这并不意味着那个作家不通逻辑。曹雪芹说过，人情练达即文章，练达其实就是逻辑。世事洞明皆学问，洞明就是逻辑。

张莉：我每天都读大量作品，常常觉得某个作家的逻辑是不通的，或者说，这个作家基本素质没过关，你会有这样的判断。我的理解，比如这个小说家的逻辑，小说一开场的时候，一个作家和一个读者之间会确立一种关系，他们之间会形成某种契约，这跟小说家的语言有关系。比如说有个作家用了500字写开头，你读到这500字，你就会特别相信这个作家，相信接下来给你讲述的这个故事。还比如说，有一个人他早晨起来发现自己变成了一个甲虫。这是一个前提，也是这个作家的逻辑，当你相信这个逻辑的时候，你就进入了他的世界，你就进入了他的逻辑。这跟小说家叙述能力有关。毕飞宇有这样的叙述才华，他可以在前三段或者两段直接把你代入他的小说里，他的小说有强大的逻辑系统。

比如《推拿》，如果你具有一定的阅读能力，如果你真的了解生活，你会觉得《推拿》写得非常棒，原因是什么？里面有很多暗含的逻辑。有许多东西不细想。盲人有天生盲人和后盲。《推拿》里面有泰来和金嫣的对话，金嫣是后天的盲人，她曾经看过世界，后来失明了。这样一个盲人，她有色彩感，而有一些盲人是先盲，一生下来就没有色彩感。金嫣问泰来，我好看吗？这个问题很自然，因为金嫣是后盲；而她的男朋友泰来是先盲，他没有色彩感，他不知道什么是好看。女人不断问男人这个问题，最后他只能回答，好看，像红烧肉一样好看。

读者读到这句话印象很深刻，觉得这是漂亮的比喻，但是真的进入这个回答的逻辑系统，你会知道，这个话是有辛酸的。因为他体验世界的美好是通过嗅觉和味觉，所以他说像红烧肉。你闭上眼睛想象，这个人的回答，里面有了另一层意思。小说家就写了这么一个普普通通的对话，但是如果你会读，你会知道，所有的逻辑，生活的逻辑、人际逻辑、情感的逻辑全在这样简单的话里。

《平原》里有一个细节，孔素珍去找另外一个女人。她去看她，求她办一件事，她本来是要打酱油去的。她打酱油顺路去她家，她要进去的时候，把酱油瓶子放在了门外。她跟她说完话，再拿着空的酱油瓶子走。有生活常识的人就知道，这个拿着空瓶子，先放在人家门外给人家说完事再拿走瓶子是重要的人际逻辑，说明小说家心思缜密，对人际关系非常了解，而读者需要有一定的生活经验才知道这个细节的美妙。

周立民：张莉分析得非常精彩，除了这本书之外，大家还可以找一找张莉以前写的关于毕飞宇的很多评论，同样精彩。从一个批评家跟一个作家之间的交流和互动来讲，你们两个人对话，是一个非常典范的批评家和作家的对话，这是非常难得的。

毕飞宇：我跟张莉女士的对话，从篇幅上来讲，可能我的话占上60%，她的话大概40%。不知道这个的读者会以为我年纪比她大，话又比她多，会以为我在主导这个叙述，其实这是假象。人民文学出版社邀请我跟她做对话之前，张莉老师把能找到的关于我的资料都通读了一遍，这不够。她是做文学史的，有文学史学家的眼光，她从里面拎出了许许多多谈话的逻辑、框架，在逻辑框架的指导底下，我们见面。两个人见面的时候，虽然我走在前面，其实不是我拉着她往前走，方向是她定的，她说到哪儿，我跟到哪儿。为这本书张莉老师付出了非常艰辛的工作。作为一个业内人士，展现了她非一般的学术能力。

周立民：别小瞧40%。

毕飞宇：我从来没有小瞧，但是从来没有放大，因为放大给人家一种感觉是吃软饭的。

周立民：张莉，毕飞宇老师的好不用你多说了，你说毕飞宇这个人有没有缺点？你可以回答没有。

张莉：人怎么能没有缺点呢？！作为工作搭档，我觉得毕飞宇老师的缺点是太认真了，对认准的事情会死磕到底那种。他特别狂热，他对他所热爱的工作有非同寻常的狂热。如果你跟他谈两个话题，他永远都不会自行停止。一个话题是关于文学、关于写小说，他可以一直不停地讲下去。我们当时对谈，两天，我们从10点开始一直到晚上10点，中间简单吃一点东西，我们的速记，最后累得不得了。

还有一个，不要跟他讨论健身和运动。有一天他跟我谈打篮球，我不是特别感兴趣，但是他一直在讲，一直在讲。中间还会问，你明白吧，你不明白我再给你举个例子。他跟我说过，如果给他找一个体育系或者运动系毕业的博士，他可以聊三天三晚。不管是运动还是文学，他都很痴迷。比如《推拿》，我读的是最早的没有发表的电子版，写得好。可是第三天，他告诉我，他修改了结尾，这个结尾比上次那个更好了。真的，比上次那个更好了。这个更好的结尾在什么时候出现的？是他一边健身一边想到的，想到了然后立刻中断训练，赶快跑回家写。

他对自己的工作那么痴迷和热爱，非常值得学习。我从他身上学到很多东西，这是真的。当然，作为谈话对象，我很多时候也是很吃力的。对谈录里他的思维很开阔，一会儿说托尔斯泰，然后接下来是海明威，海明威那篇作品你觉得怎么样。我要调动我全部的文学作品阅读经验，从古代文学聊到当代文学，从欧美文学到俄罗斯，好在以前我也是个文学青年，都能接上话。坦率说，对谈对我来说，是认识作家的好机会，也是不断自我反省的时机。有幸和这样一位优秀小说家一同回顾他的成长历程，我受益匪浅。今年1月，在对谈录的新闻发布会上，李敬泽老师说跟毕飞宇深度聊天的人会成长很快，我很认同。

周立民：最后，我想请你们分别推荐三部作品，毕老师，如果读者读你的作品，你希望他们读哪三部？张莉也请给个书单，并说明一下推荐理由。

张莉：我推荐《推拿》。前年去台湾访问，我们问台湾九歌出版社总编最近哪本大陆小说销量好？她说毕飞宇的《推拿》。在台湾如果卖到一千册已经是很了不起的成绩了，毕竟那里人口基数少。但是，《推拿》卖到多少册？四千五百册。当时她说四千五百册的时候，我们所有人都惊叹，这是一般畅销书的四五倍，而现在随着电影《推拿》的上映好像更火了。另外，我知道《推拿》在法国也卖得很好。当然最主要是我自己喜欢，我经常给人推荐这本书，好看。

第二本是《玉米》，中篇。这部小说一出版就吸住了所有文学读者的眼球。在《人民文学》发表，口碑属于业内口口相传。据说当时每个人打电话或者见面时都会问你读《玉米》了吗。当时毕飞宇也就三十六七岁，是属于今天的"80后"吧？那时候读者都觉得提气，非常好，《玉米》。

第三个，《相爱的日子》。写两个年轻人，大学毕业，在一个城市里生活，两个人非常地相爱，但是最后没有在一起。让我非常震惊的一个细节，这个女孩，他们两个人激情之后，这个女孩拿出一个手机给那个男孩看，这是家里人给她介绍的男朋友，你看哪个好。这个男孩给她选，这个不错。我看了非常震惊，感觉写出了年轻一代的精神困扰和迷茫吧，所以我推荐这本小说。

毕飞宇：这种事情做起来特别厚脸皮，我首先给大家说一下《平原》这本书，与其说我觉得这本书写得好，不如说我无限怀念那三年七个月，这三年七个月夸张一点说，在我的生理感受上来讲，感觉就像三四个月。我的儿子上小学的时候，我开始动笔，等我写完以后，快要念四年级了。我上午把他送到学校去，等我把他接回来的时候，他告诉我快上四年级了。在我生理感受上，就是刹那。我想以后很难有这样好的创作生理感受，生理感受是很重要的。

第二个推荐的是《玉米》，《玉米》可能是我完成最为缜密的中篇小说。如果脸皮再厚一点，在我当时的能力的前提下，我觉得做到了尽善尽美，自己这么说有点厚脸皮。

第三个推荐的短篇，跟缜密正好相反，《地球上的王家庄》。这个短篇是我刹那之间得到的，这是我想不起来在哪儿写的作品，可能在写《平原》的某一个间断，随手写完就扔在那，唯一能判断的是根据这个小说的内容，以及语言风格，一定是我写的。但是这个小说怎么写的，在哪儿写的？对我来讲，是一个空洞。打一个不是很恰当的比方，我就是一个荒唐的男人，在家里生了《平原》《玉米》，因为我荒唐过。某一天，一个女人领着一个十岁的儿子跑到我面前，毕飞宇这是你生的，我没想起来。这完全是比喻，但是感受是一样的。在我没有动脑子的时候，我突然发现一个问题，都跟乡村有关，都跟王家庄有关，更靠近我的基础。

周立民：下面把一点点宝贵的时间留给现场的朋友们。

听众：毕飞宇老师您好，我和我的父亲都是你的忠实读者，您如何评价娄烨的《推拿》，运动和健身给您写作带来了什么？谢谢。

毕飞宇：娄烨把电影拍完以后，在去参加柏林电影节之前，我正好去北京，他说我粗剪好以后，你看一下，我看完以后，我说你拍了一部杰作。他非常吃惊。一般来讲中国电影改编一个作品，这个作家通常会骂的。娄烨非常冷静，说毕飞宇非常客气。2014 年 2 月去了柏林，2014 年 10 月去了台北，2015 年 1 月去了澳门。得亚洲奖回来之后给我通了电话，他说你在北京工作室里没有说客套话，是真喜欢。我很荣幸的是，张莉老师也非常喜欢。

第二个问题，健身。其实我从会走路开始就喜欢运动，因为我的父母都是教师，我生活在校园里头。1999 年之前，一直踢足球，1999 年之后我的家搬到了校园外面，踢足球对我来讲是奢侈的事情。踢足球要 22 个人，要一个场地。1999 年夏天我去了健身房。准确地说到 2008 年的时候，我练得都特别好。在我练最好的时候，我精神上有点问题，我怀疑上了，连续十年，每天往那跑，跑到最后，我弄到哪一天？肌肉是很不乖的孩子，你每天喂他，他很好，你不练，三个月五个月全松弛了。你为了让它保持好，你要干到死。如果有一段时间我出国了，或状况不好，就要刻苦再刻苦，这让我精神受不了，我觉得判了自己无期徒刑。后来有点偷懒，万幸的是，《玉米》、《平原》、《地球上的王家庄》都是在我健身最好的阶段写的。

2008 年之前，我卧推 90 公斤，深蹲 135 公斤。在那样的过程当中，我每天健完身，洗完澡，休息；第二天上午起来的时候，那种安静，那种定，那种自我的认知是不一样的，很踏实。我们健身房里有一个健友，卧推 120 公斤。有一天他带太太去看电影，在外面跟个男人发生小小的不愉快。这位一卧推就 120 公斤的朋友，拉起那个人的领口拽了一下，推了一下，就那么几下，那个人晕倒了。当骨骼和肌肉很饱满的时候，不管碰见谁，我最习惯做的动作是推一下。你力量非常足，你有没有发力，有没有欺负人家，你一推，对方看你一下，就明白了。这是男人和男人之间才有的东西，不是欺负人。

写作带来很私密的膨胀感，你在自己的书房里，你有能量做一些事情，你可以，你做得到，就这个判断。它不是多么的嚣张，多么高调，它就是身体在告诉你自己，你做得到，这个感觉特别美好。现在我虽然量没有那么大，但是一直健身。当然了，我多次说过一句话，我健身不是为了祖国的文学事业而献身，我是真喜欢。一个男人，在你每天生命当中，有一顿早饭，有一顿午饭，一顿晚饭，有一顿睡眠，在晚饭和睡眠之间，有一个很安静的钢铁的声音，在陪伴你。钢铁非常重，当你去推它的时候，当杠铃往上走的时候，你会发现杠铃有一股弹性在往上带，这个带和你肌肉的运作，是同一个节奏，非常舒服。不运动的人体会不到运动的快乐。大家觉得你可能是个疯子，因为你好跟铁玩，但是你如果每天去运动就知道了，那感觉挺好。

听众：毕飞宇老师你好，非常荣幸在这里认识你。比起一位作家的话，我觉得您更像综合类的文艺工作者，这使我相信您干任何一个其他的行当，都会非常优秀。我是通过《青衣》认识到您的作品，我看完《青衣》以后有非常强烈的感觉，您对戏曲非常了解，而且是有相当熟悉的经历。我想问，在你过去工作经历中，是有剧团的工作经历，还是周围有很多戏曲界的朋友？第二个问题，如果在过去，您有重新选择的机会或者在未来你有一天不写小说了，你会选择什么？

毕飞宇：《青衣》是1999年写的，我唯一靠的是家里一本书，《京剧知识一百问》，这本书之外，我跟京剧没有半点往来，跟京剧演员没有半点往来，跟剧团没有半点往来，尤其是跟京剧女演员一点往来都没有，完全是凭空捏造的。但我在电视里看过京剧。京剧是很古怪的化妆，它化妆以后，那个女性很特别，唱腔又很特别。京剧的发声方法是反科学的，美声是很科学的，京剧是不科学的，像花旦，把嗓子压到那么一点点，尖细，但是它有特别的味道。我当时就是胆子大。就像1994年我给张艺谋写《摇啊摇，摇到外婆桥》的时候，他电影拍到一小半的时候，我来到剧组。那是我人生第一次到上海，就是敢，年轻就这点好，他敢干。

如果重新选择我的人生，我可能去唱摇滚，或者踢足球，这完全是不靠谱的假设。我首先把足球看成一门艺术，无论是足球也好，摇滚也好，他们有个东西，是小说不好比拟的，就是小说的创作过程和小说的结果之间有一个漫长的时间差。你在家里很陶醉地写作，很可能你的作品一年两年之后才到受众的手上。而足球和摇滚最迷人的地方就在于，你和观众是同时完成的，它是你们在同一个时间、同一个空间里共同完成的一个演出。但是文学的创作跟文学的结果之间，距离过于漫长，它很难让外人去分享。但是，即使我踢足球，即使我唱摇滚，我还会写小说，写作状态特别好的时候，特别渴望和别人分享，但是，你除了找一面镜子以外，你没有任何办法。人在好的状态下的时候，用类似文学的话来讲，有时候是飞着的。比如我在写《玉米》的时候，写的状态特别好的时候，觉得自己个子特别高，比姚明还要高。当然这是个错觉，这种错觉有的时候，不仅仅是心理上的认知，也是生理上的感知，这种感知会让人特别舒服。很好。

听众：非常感谢三位老师的演讲，我是一个忠实的《玉米》的粉丝，我最初看《玉米》是上大学的时候。毕飞宇老师在《玉米》的后记里面提到，如果《平原》没有那么迅速进入你的写作状态，可能你还会再会写一点。今天正好有这个机会，询问一下，关于这本书您现在的看法，假设再有一个机会可以写《玉米》的话，哪些地方可以再写一下。

毕飞宇：你刚才说到一个假设，假设现在再写本书怎么样。其实我特别想给你说这样一个东西，如果有人愿意让我把我的作品全部从头到尾看一遍，以我现在的文学能力，我一定可以从我的处女作到现在的作品中找出许许多多的问题，人民文学出版社给我聊过这个问题，你愿不愿意做一次修订，你修订一下，有些地方当时觉得有点遗憾的，弥补了，那就完美了。我说一点点都不完美，为什么？25岁的作品就是25岁的作品，35岁的作品就是35岁的作品，50岁的作品就是50岁的作品，对我来讲时间是很抽象的东西。艺术家最幸运的地方就在于，通过他的劳动，在他的时间段里完成某一个艺术作品，让他抽象的生命和抽象的时间变成具体。

以我现在的实际能力，小说的认知能力，语言能力，一定超过我写《玉米》的时候，但是我同时告诉你，我现在的激情和我的想象力，一定不如那个时候。不要吹牛，人不可能想象力越老越厉害，它有巅峰期，它可能综合起来不错，像梅兰芳，他到60岁的时候，水袖甩得很漂亮，但是他嗓子最好的时候一定是二十多岁的时候，他的台步最好的时候一定是二十多岁的时候，他的演唱最好的时候可能是四十多岁的时候。我们不假设，如果我幸运，如果我将来真的觉得我的东西还挺不错，我愿意让我所有的作品放在那，构成一个完整的文本，让人看看，他在各个不同的时期，他在各个不同的美学时期，他在他精神成长的不同阶段，他到底感受了什么，渴望表达了什么，以及表达得怎么样？这个其实更有意思。对我来讲，《玉米》就是我35岁前后那段时间的写作，它跟我以后没关系。以后我写得更好，并不比《玉米》更光荣，以后我没写好，也并不比《玉米》更可耻，它就是我以后的创作。

时间: 2015 年 4 月 25 日

嘉宾: 薛舒　钟红明　走走

《远去的人》
—— 用我的记忆，挽留你的记忆

走走: 大家下午好，欢迎大家在这样一个天气晴好的下午，听我们讲一本关于老龄化和关于阿尔茨海默症患者及其家人心路历程的故事。先介绍一下今天的嘉宾:

钟红明是《收获》杂志副主编，她的作者包括大家很熟悉的写《繁花》的金宇澄等等。

坐在中间的是薛舒，上海作家协会的副秘书长。是上海 70 后的代表性女作家，她的小说一直都以上海的城镇生活为主，延展出去，衔接几代人的人生经历。这部应该说是她唯一一部非虚构的长篇作品，讲的是在她父亲得了阿尔茨海默症后，她和她母亲、弟弟如何跟一个渐渐失智、渐渐变成一个像三岁孩子一样的父亲的一段相处经历，同时她也在这个过程中从心理上、精神上去寻找父亲是为何得上这样的病的，这一追寻弥补了父亲的家族记忆，她也以这样的方式挽回了一段记忆。像王安忆老师说的，她是用自己的记忆去挽留了另一段记忆。

开场先让薛舒老师朗诵一段!

薛舒: 谢谢大家，看到很多朋友们在太阳底下排队等候开场，非常感谢! 走走让我先读一段，我想选择这样一段，我写到父亲已经像一

走走　薛舒　钟红明

个小孩子，晚上睡不着，他会喊"睡不着，我睡不着。"我就会问"要不要讲故事？""要"他大声嚷嚷，然后，我就给他讲故事……这个章节的标题叫"那个我唤作父亲的孩子"。

走走：问一下钟老师，您最早看到这部作品的时候，您有什么感想？因为是非虚构，什么样的段落让您最为感动？因为您也是属于上有老、下有小的一代。

钟红明：刊物出版以前，每期作品的大样都仔仔细细读过。读这部作品的时候我也会想，为什么在这个时代，这段时间，非虚构那么长久地深入人心？我会想，在文学的环境里面，人们需要感受和体验很真实的情感。薛舒的作品有很多细节让我感动，她讲述了一个人的记忆一块一块剥落的过程，包括最初她父亲 70 岁那一天，忽然找不到回家的路，包括带父亲到处诊断时，有一次去做核磁共振，看到有一个人，可能是自己一个人去看病的，当他做了脑部扫描以后，医生确定他得阿尔兹海默症的时候，那个人泪流满面的走了出来……这些都让我非常地感慨。

当一个作者面对，尤其跟自己非常亲近的父亲逐渐失去记忆和认知的过程当中，她两个角色，她既是子女、至亲的亲人，同时她又是一个作家，她没有放弃思考和描述，对她父亲，以及他们相处之间所有的细节，包括她父亲从青年时代一路成长，一路走过来的历程，对这些东西的挖掘，而且我觉得是做了没有装饰性的、非常坦白的表露，包括作者一次次从杭州湾赶到父母家救火，有时候想要逃避，包括对整个家族伤痛的记忆，这些细节，这些思考，都没有回避。很多人在写非虚构的私人家族史，它不仅仅是名人的专利，对于所有人都可以去写，我从哪里来，往哪里去。

薛舒的作品推出，我经常听到一些令人感动的话语，它是一种直接的，跟心灵没有距离的撞击。

走走：刚才读的那一段，后面没有读下去。后面的叙述是，你给你父亲讲完故事以后，他会像孩子要寻找妈妈的拥抱一样，想扑到你的怀里，但你会一次一次把他推开。你写到，如果是你的儿子，你会毫无犹豫给他一个温暖的拥抱，但是他是你的父亲，你只能把他推开。那段的心理描写，特别有张力。对他来讲，他其实是在找妈妈。

这段描写很让人心痛，我知道你一开始没有想过写这部非虚构，你只是想以日记的方式记录你跟得病后的父亲的相处。你后来决定把它写出来的时候，怎么面对这些怯懦的情感，有时候有一点点尴尬的这种微妙，怎样揭开这些东西？心里的勇气是从哪里来的？

薛舒：一开始我并没有想写成一本书，也没有一个成型的创作计划。那段时间我父亲的阿尔茨海默症已经确诊，精神症状越来越严重，记忆力也急速衰退。我的情绪，家人的情绪都一落千丈。阿尔茨海默症最典型的症状就是失忆，或者说，记忆破碎。他把残存的记忆在那里拼凑，拼凑出来的又是错的，这些错的记忆在他脑子里会产生幻觉、错觉，他就会因此而焦虑、生气、悲伤，甚至对周遭的一切都不信任。比如，他会怀疑别人偷他的东西，怀疑配偶对他不忠，这就是阿尔茨海默症的典型精神症状。我父亲就是，他经常跟我妈吵闹，我母亲没有办法应付，只能打电话给我。我当时住在金山，一接到电话就飞车赶回去，80公里路，一小时左右飞回去。这样来来回回太频繁，最后几乎是住在父母家了。父亲发病的过程，我几乎都在他身边，整个家庭的气氛都是压抑的。因为忙于照顾父亲，情绪时刻被牵制，我当时的小说创作几乎没有办法继续下去。

我一直认为，自己遭遇家人患病，有很多心理的伤痛，以及特别压抑的情绪，但我没有资格把这些伤痛和压抑向别人宣泄，我不认为我有权力因为自己的遭遇而去影响别人的生活。所以我很少把不良情绪传递给别人，那些日子，面对发病的父亲以及一筹莫展甚至更为焦虑的母亲，我的压抑、伤心，就只能通过写日记来宣泄。就这样，写下来，每天写，然后有一天，写到有一点规模了，我开始想，我父亲的这种病，医学上叫脑萎缩。但是他才70岁，70岁就老年痴呆了？后来医生说，脑外伤也有可能造成早老性的痴呆。我就想起我小时候，我父亲当时是司机，开车出了车祸，严重的脑震荡。也许就是那次车祸，他的脑震荡，他头上那条手术缝合后很长很长的刀疤，造成了他这么早患上阿尔茨海默症。可当时我们谁都不会想到，他要在四十年后的今天来还一次车祸的债，甚至用余下的生命中所有的日子去偿还。我开始相信，一个人的风风雨雨、多灾多难，和他的世界观有关，和他从哪里来有关，和他想要到哪里去有关，和他的梦想有关，和他的爱情有关……生活造就了一个人的性格缺陷，也造就了他的幸福与病痛。我在写日记的时候就是这么想的，然后，写到一定程度，我想，我可以把我父亲写成一本书了。

走走：钟老师您是从2002年开始编发薛舒的作品的，我记得2002年、2005年都发过，您觉得这么多年，她这样一路写来，到今天的非虚构作品，薛舒一贯的写作特点在这部作品里面是怎么呈现的？她关心的东西是一以贯之的吗？

钟红明：我曾经编发过薛舒多部在《收获》刊发的中篇小说，薛舒之前的小说背景都是她生活的地方，她把那个地方叫做"刘湾"，小镇的生活人物的变迁。在她的小说有一些特点非常明显。一个是她的情绪很内敛，江南一带人的生活，小桥流水的性格，她内心可能已经波澜万丈，但是你看到的似乎还是表面上平静的，是那种水面上的涟漪，她用那种很细腻的手法，写到这些人物，但情绪不是那么坦白直露的。我以前对薛舒小说的记忆是这样的，非常像江南这边的小说，但是她都是从非常普通的，看上去琐碎的细节进入，但是当你合上她的小说的时候，你会想一下，她在某一个地方让你疼痛一下。

她的作品一以贯之，对于时间留下的痕迹，一直是非常在意的，包括对于时代留在人心的那种印痕，她一直非常在意。薛舒的作品就是把我们每个人习以为常的生活，以作家的目光慢慢显现出来，让你意识到有些东西流失了，有些东西不会流失。一个人所经过这些生命，什么东西是有意义的，什么东西会在你记忆里面长久刻下印痕，其实你回过头去望一望你自己的内心，你是会知道的，并非不知道的，并不是只有作家知道，我们每个读者其实都会知道。

我们做编辑的人其实就是职业的读者，包括她现在的《远去的人》，因为是非虚构的，她推向更明确的一个方向，但是她对人内心的触摸和打捞，包括刚才说到带着父亲回乡，对这些东西的回顾，她把对于时代的认识，包括建国以来所经历的时代风暴，用他们的烙印告诉了我们，对于每一个人来说无可逃脱，每个人都不能逃离这些生存。我们在看历史书上看到的，你只是看到所谓的代表人物，他们的经历很让人感慨，但细细看一下，每个普通的人从来没有逃脱过一次又一次的风暴，薛舒的作品当中很具有意义的就是这个部分，实际上我们每个人都成为了文学的一部分。

走走：薛舒你之前写过一篇《致我青春的父亲》，发在《中国作家》的，那里面的父亲，是 5 年前的吧！

薛舒：六七年前。

走走：那个时候你的父亲在你的文本当中是青春勃发，他是一个为家庭负责，很上进的男人。你说那个小说你没有给他看过，因为那个是虚构的，但到了今天，这部非虚构写完了，却没办法给他看了，因为它是非虚构的。当时那篇写得那么好，为什么不给他看？

薛舒：《我青春的父亲》是个长篇小说，在《中国作家》发表的。我一直对我父亲是一个什么样的人很有兴趣去探究，他挺有故事的，也不叫故事，对我们家人来说他挺有故事的，放在小说里，这些故事也许就不算故事了。我父亲对子女，对于家庭教育非常开明，我受他影响很大。在我的文字中，往往会写他比较多，写我妈比较少。父亲还是一个特别会传递感情的人，他会给我和弟弟讲他小时候的故事，包括他是怎么来上海的，路上遇到什么，被什么人骗了，他讲这些的时候非常有色彩，有气氛，就像在叙述一部小说。他是比较典型的早期的上海外来人口，娶了一个上海老婆。这样一个男人，让我觉得有故事可以想象，空间比较大。《我青春的父亲》写完之后，为什么不给他看呢？一是因为自己不够满意，另一个原因，觉得过于真实。主人公的性格很像我父亲，我担心他看了之后会对照。记得当时发表后，好像是北大评刊吧，说薛舒写的似乎是自传。我当时就一惊，我只是想把父亲作为原型去虚构一个人物，虚构一段人生。可是说真的，小说里的人物太像他了，很多细节就是他，可是小说的情节又有很多是虚构的。这种虚构与真实的交错，让我既觉得对不起父亲，又对不起小说。于是对小说不满意，对自己也很不满意。最后我选择了逃避，不给父亲看，不让他看见那个亦真亦假的自己。

现在这个《远去的人》，那是更没法给他看了，他已经失去读书的能力。《远去的人》，起初我也没有给我母亲看。有一次，我弟弟从海南回来，我给他一本，特意把书直接放在他车里，避免在一切我母亲可能看到的地方停留。我不想让我妈看到，因为在书里，有太多写到父亲和母亲的地方，并且很多都是呈现他们的矛盾，我怕我妈看了不高兴。可是有一次，我妈来我家过节，在我公公婆婆屋里看到一本《收获》，我妈一直读《收获》的，年轻的时候就订阅，我也没注意到，这一本《收获》里，就有《远去的人》。然后有一天，我妈就严肃地批评我了，说我书里写的老爸老妈，很多地方是不对的。我哄她，说写书总要有点虚构。我只能这么讲，因为这部作品里的确写到很多分析我母亲的性格、处事及方方面面的弱点和弊病，这也是大多数人有的问题。我担心我妈不理解，她是一个传统妇女，她总希望在女儿的书里，她这个母亲的形象光辉美好的，她不希望看到那些揭开伤疤后不堪的场面。所以，这也是我越来越少把自己的书给家里人看的原因。刚刚开始发表小说的那几年会给他们看，现在越来越少，因为我经常挖掘自己的经历和内心世界，我不希望因为写作而让家人为我担忧。

走走：我觉得很难得的一点是，不知道钟老师是不是这样认为啊，你所写的既有女儿对于父亲的情感，你也很深刻地剖析了自己，包括一开始知道父亲得病，每次要从杭州湾深夜开几十公里到家里劝架；你妈那时候做了一份兼职的工作，她不愿意面对莫名其妙找茬的老头，类似这样的细节我觉得很难得。在这个时候，你既保持了作家的身份，去剖析这些关系；同时你也保持了女儿的身份。这个作品的难得，就在于它既有温度，也有理性的部分。

钟红明：走走说的这一点我也同意，我们每个人，即使是面对自己的记忆和经历，你向别人讲述，我以前从来不觉得口述实录一定是处处准确的，因为人会下意识的修改自己的经历，当时当地的事实。薛舒在写这个作品的时候，她是保持一个作家对自己的"不放过"，包括对所有事情的追究，于是我们在这里面看到一个完整的呈现，这虽然是薛舒的家族故事，却进入了公共的视野。

我自己周围也有患上这种病的人,我公公也得了阿尔茨海默症。他短暂性会忽然不知道我是谁,有一天在医院里我离开时他突然跟我说,你要去上班了,你很忙。看过薛舒的作品校样之后不久,我公公的症状越来越严重,很快忘记我了。但是他记得我女儿,一下叫出她的小名儿。我跟他说我是她的妈妈,他摇摇头说:我不晓得。他脑中没有了女儿和妈妈这个关联。包括我父亲生活的二医家属院子里面,几位从前的医学专家也患上阿尔兹海默症,半年前还会走过来跟我父亲说,你的帽子真漂亮。半年后已经连亲人也认不出了。他们说用脑过度会得这个病。

这种亲人的病痛,不仅是阿尔茨海默症,参加完这个会我要去陪夜,我父亲心力衰竭住院了,他整夜不断的喊我的名字,他睡不着就不断要求:你来拍拍我,安慰安慰我。然后不断地要求起来坐在椅子上,一刻钟又要躺回床上……在我这种年龄非常能感受到这种父母病痛的折磨。我妈妈比我爸爸小 7 岁,她以前身体看上去很好,这些年因为我父亲生病完全拖垮了。我姐姐说,他是你的老伴,你照顾他是没办法的。

我们如果不想后悔,必须要倾尽全力。对小孩是这样,对父母亲也是这样。

薛舒的作品带来很多感动,带给你很丰富的感情世界,这是人生所必须经历的,但这个过程中还有我们依依不舍,还有让我们温暖的事情。

走走:作品中有一段,是你看到别的老人躺在那里,你也会叫他爸爸,叫一个陌生人爸爸,用这样的方式安慰那个孤独的老头,这种爱是超乎我的想象的。

薛舒:那个老人,当时和我外公住同一个病房。那时候我每周去探望一次外公,有一次,临床的老人躺在那里忽然对我说:你早点回去,你也很忙的。然后自己眼泪流出来了。他显然把我当成了他的某个亲人,他已经认不清来病房探望的人是谁。我每个礼拜去看外公,可我没见过他的家人。我就问他：外公，你想吃什么？我叫他"外公"，也许他会把我当成他的外孙女，这样也很好。那天他一直盯着我看，我走的时候，他还看着我，我就对他说：外公再见，下个礼拜再来看你。

也许病人并不记得你是谁，但对于我来说，这样会让自己觉得安心。我父亲现在也住在医院里，临床的病人倘若也需要我给他一个亲人的称呼，我很愿意。在照顾父亲的时候，给临床一点言语上、情感上的关爱，这个不难做到，反而比给我老爸一个拥抱容易多了。我父亲刚发病那会儿，会像小孩子一样过来抱我，我会推开，很挣扎，很难去回抱他。不过现在我能做到了，这是一个过程。

现在我父亲的临床，不知道为什么，他的家人从不给他送水果。我妈每次给我爸喂水果的时候，他就盯着看，我妈就分给他吃。然后这个临床就经常问我妈要吃的东西，我妈每次削苹果的时候他都会讨。我妈就左一个、右一个，喂给两个老头吃。自己的家人生病躺在医院里，你会觉得旁边的病人也是一样的，会将心比心。

我最近加入了一个阿尔茨海默症家属的QQ群，现在有800多个人，800多个病人的家属，有的是老爸病了，有的是老妈病了，得的都是阿尔茨海默症，最年轻的患者52岁，是一个母亲。这些病人的症状，以及家属的感受，说出来几乎完全一样。他们在群里说"我老爸今天骂我了，骂的太难听了。"或者"我带老妈去散步，她告诉邻居说我虐待她，我照顾她这么辛苦，她还说我虐待她"……有一个患者的女儿，照顾老妈几年，自己也得了抑郁症。阿尔兹海默症患者身边一分钟都离不开人，并且那是一个漫长的过程，也许三年五年，也许十年八年，家人非常受折磨。有一个镇江的病人家属在群里说：比起你们来我太不孝了，我要上班，白天只能让父亲在小区院子里乱跑，关照保安不让他跑出小区大门。一下班，我就满小区找老爸，常常是找到老爸时，他的脚上已经没有鞋，脚趾头上全是发紫的淤血。这个"不孝"的儿子说：我没有办法管我老爸，我得上班挣钱，得生活下去，没有人帮我，只能这样……作为病人的家属，我们都觉得很心酸，也都能相互理解。所以，当你是病人家属的时候，对待别的病人，你会有设身处地的体会。上次看到这样一个报道，说一个医生生了一场大病，病愈后回到工作岗位，他就深深地觉得，做一个医生不光是要看好病人的病，更是要在精神上给病人安慰和安全感。没有得过病，没有这种切身体会，要对别的病人这么去爱，去抚慰，很难做到。一旦进入这个处境，就有体会了，就不难做到。

走走：文学在这段生活中究竟起到了什么作用？你之前没有任何面对这种疾病的经验，你的家族里面也没人有这样的经验，当时也没有QQ群什么的。我有其他作者的父亲也得这个病，她告诉我，一般就是关在家里，不会出来交流什么的。你是如何以很乐观的方式走过来的？我记得看过你一篇文章，你写陌生人看到你父亲的情况有时会觉得很可爱。

刚才你说到，其他的病人家属有的会得抑郁症，而你今天能够坦然接受这些，还能够帮助别人，类似于做一种公益活动了。所以文学到底带给你什么？你一直强调，今天是老龄化社会，你的文学有责任感，可你又不想承担这样的责任，你觉得文学不应该有这样的责任？

薛舒：写作本身是一件个人化的工作，写老爸也是这样。我把内心沉积的情感以及思考写下来，写的时候不会去想这么写会有什么社会效应。当我写完《远去的人》的时候，起初还不觉得它会对其他人有影响，我只是掏心掏肺写自己的。有一次开作品研讨会，会议结束，一位读者拉住我说：你这本书我看得泪流满面，我母亲和你父亲一模一样，我妹妹为了照顾母亲辞了职……说着说着，这个读者眼圈又红了。这件事情让我觉得，好像我写的这本书对别人是有一些用的。后来收到不少读者的反馈，这让我感觉挺高兴，起始于个人化的写作，有一定的社会反响，不是我预期的，也是一种收获。

至于文学角度的意义，我想，于我个人来讲，是前所未有地尝试了一次非虚构写作，不去杜撰人物，不去编织故事，就把我经历的一切写下来，这对我来讲就是文学的意义。

最近一个报社记者问我，说老爸病了以后，你没法写作了，可你是一个写作者，你怎么看你的存在意义呢？他这么一问，我就想，我有什么资格谈存在意义？我只是亿万人类群体中的一个渺小存在，缺了我地球一样转，我有什么价值？从生物学角度来讲，我只是生命繁衍征途中的一次重组和复制；从自然角度来讲，我每天在消耗空气、水、食物等资源，很不环保。所以我总觉得，我的存在只对我的家人有意义，我让他们快乐了吗？我让他们感受到爱了吗？这才是我这个人存在的重要性。一本书，对作者自己来说，一定有其独特的意义，至于别人，就很难说了，每一个读者都会有自己不同的解读。

走走：文学本身就是生活之学。我记得在《收获》发的长篇结尾，你这样写道：里根得了阿尔茨海默症，但还是摘了玫瑰花献给他的夫人；你也摘了一枝花，让你父亲交给你母亲。这是我们现在看到的结尾。你还是在持续照顾着父亲，而他逐渐不再认识你。为什么选择在这个地方结束讲述？

薛舒：我算是比较乐观的人，我总觉得自己在家里属于中坚力量，上有父母，下有儿子，而我弟弟远在海南，无法照顾父母，所以对于我们这个家庭来说，我认为自己很重要。我的身体，我的能量，我的情绪，我的一切，都影响着这个家庭的气氛和精神走向。我爸病了以后，我最害怕听见的就是我妈叹气，而我一直要求自己在家人面前不叹气、不沮丧、不流露负面情绪，哪怕心里再纠结，再难过，也要掩饰好。我总是想，只要我是积极乐观的，我妈就不会绝望，我儿子也不会消极。

也有很难受很难受的时候，比如老爸发病特别厉害，折腾了一整天，总算平息下来，可这种时候，我心里却无法平息，太难受了。于是我就开车，开到儿子的学校，傍晚的时候，等着他下课。看到儿子从校门里出来，看到一个青春的小伙子走向我，心情一下子好多了。然后请儿子吃饭，任何不开心的事都不需要对他讲，只听听他讲他的学校，他的同学、老师，吃完饭老妈埋单结账，儿子去上晚自习，我呢，继续回到父亲随时都会发病的那个压抑的环境中去。

我经常做这样的事，看看年轻人，看看小孩，然后，情绪就会平和、舒缓下来。

走走：你儿子就是在这样的纷扰当中，考上了复旦大学，我觉得你生命中旺盛的活力，在这样一个黑暗的故事当中，特别明显地表现了出来。我当时对于这种生命力本身，很是钦佩。这一主题，你接下来还会继续写下去吗？

薛舒：我想，继续写下去是肯定的，《远去的人》写的是我父亲一个病人，带父亲去看病的过程中，认识了很多这样的病人，几乎所有的老人，尤其是患病的老人，都遭遇到严峻的养老问题。上海养老院其实不少，但医养结合的很少。如果老人送养老院，一旦患病，就会遇到就医的问题……现在我父亲住在医院里，医院后面有一个养老院，我去看父亲时，经常会去养老院看看，看看那些老人，感受一下更多的家庭在遭遇的问题。我想继续写下去，写写老年人，不仅仅是阿尔茨海默症患者，应该是大多数老年人正在经历的生活。

走走：你写到过，你父亲的病是给你的一个礼物，这是从文学和人生的角度来说的。你曾经说过，之前有二十多个小说灵感记在备忘录里，但因为父亲的病没有写出来，但其实，你父亲的疾病，向你指出了更为严肃的，更为关照现实的，走向更大自我的一个主题。

薛舒：对，我有一个记录本，记着很多标题。有时候我会忽然想到一句让自己惊艳的话，或者在路上看到一个极具特征的人，遇到一件有意思的事，总之，算是灵感的闪现，我就会在手机上打下简洁的描述，给自己发一条短信，回去记在本子上。这样几句话，也许就是一部小说的种子。我父亲病了以后，我就没情绪写小说了，记录本上的很多"种子"，就丢在那里久久不能发芽成长。于是怨老爸弄得我无法静心工作，可是，仿佛是上天在冥冥之中告诉我，写不了别的，就谢谢老爸吧。我也挺迷信的，我和弟弟小时候都是文艺积极分子，唱歌、跳舞，姐弟俩合演相声，总之是活跃在学校的文艺舞台上。我父亲从来不会反对我们参加任何文娱活动，在这些方面，从小到大，老爸都是给我们最大的支持。写这本书也是这样的感觉，患病的父亲不可抵挡地阻止着我的写作，同时，患病的父亲也给了我无以替代的经验和写作素材，让我得以完成一次全新的写作。

走走：你父亲在发病之前，其实曾经试写过小说，那个小说的开头很牛逼，我回忆下来是这样的。"1894年的那个秋季是一个雨水泛滥的季节，我父亲的爷爷看天，判定那是一个潮汛即将来临的季节。"我当时看这个开头时觉得，这很像马尔克斯小说的开头啊，我觉得蛮有意思的。我当时想过，也许你会代替父亲把那样的小说写出来，可能也是对父亲的意志，对父亲的愿望的继承。但你后来告诉我，你打算接下去再继续写反映老人现实问题的小说。

薛舒：有关老人问题的小说，只是在考虑的计划中，还没有十分确定怎么写。可能我会把它当做一个小说去写，不一定是记录一个个老年人家庭。你的话提醒了我，我想我会不断警告自己：我不能这么的当下，我要沉淀，想想究竟怎么写。

有一次我和弟弟聊天，说起我们的父亲，他算是一个聪明有余、沉稳不足的人，写小说他尝试过，但只写了一个开头，我当时看着觉得不错，可是，没有下文了。他对我和弟弟讲过很多他过去的遭遇，但他很少流露内心世界，那些微妙的感觉，只能由我们自己去想象、猜测、体会，但毫无疑问，他是一个敏感之极的人。我不是学中文专业的，并且是30岁以后才开始写作，某一天忽然想写，就开始了。我总是想，这就是老爸给我的基因吧？所以，我总觉得，如果我老爸想写作，并且有耐心写下去的话，可能会写得不错。

走走：钟老师，您觉得在文学的范畴里面，非虚构和虚构，它们的差别到底是什么？历数咱们《收获》上发的作品，就文学作品来说的话，似乎非虚构往往更有力量？

我们有个作者李西闽，他是写悬疑小说、恐怖小说的，汶川大地震时他在废墟下面被压了三天，他后来写的东西，讲地震时自己的心路历程，可以说比他所有其他作品更能打动人。再比如像余秋雨写的《借我一生》……

作为编辑，您觉得虚构文学和非虚构文学之间的差别到底在哪里？为什么非虚构往往会给我们更多的感动？

钟红明：既然叫做非虚构，前提它是一种真实，同时它还是属于文学的范畴。我觉得选择什么东西来写，怎么写，这还是文学的考量。

这两个题材，尤其非虚构，在西方早出现了，近年来在中国变得火热，也是基于一种逆反。之前小时候我们读的散文，严格来说它也是非虚构的，以真实为前提的，但为什么没有冠之以"非虚构"这样的名称呢？可能在以前所谓的抒情散文里，有一些现在说起来很高大上的东西，有一些人为拔高的感情上的虚假。这种抒情散文虽然讲出来的事例是真实的，但有一些东西不是真正贴近人的内心深处的。

今天，包括小孩子，他看这种东西不爱看，不再爱看传统的抒情散文。非虚构的东西跟以前说的散文有一些差异，叙事力量更强。同时，非虚构作品篇幅也有不同，像薛舒这部作品一样，它是长篇作品的体量，它能表达承载的更丰富。看薛舒的作品，内心的情感真实的东西喷涌而出的时候，你觉得你没有在意作家文学表现的技法，其实这些审美上的构想和表达都蕴含在作品里，非虚构作品的语言和表达上面，我觉得还有很多可以耕耘的东西。

写非虚构这是时代和命运的选择，不是今天你刻意写这样的题材就能够写，而是他们选择你来写。人很多时候要问自己内心，什么东西更强烈，什么东西值得把它完全写下来。时刻不能够忘记，你是一个作家，需要用文学考量表达这种东西。我认为表现非虚构过程中有一个特质非常重要的，就是追问，看你能不能追问到极致，追问到终点。很多东西不是光简单的忍耐，记录，如果你有这种真正追求、追问的力量，我觉得很多东西他会浮现出来。

我有时候会想，今天为什么文学还会存在，我们会说，回想自己比较年轻的时候，比如说你的一份情感，包括那天的天气，包括你听到一首歌，他都会击中你。有流行歌曲，有电视上的纪录专题，有影视作品，在今天为什么还要有文学的存在？因为它会表达人性最深处的黑暗与光明。

也许很多人看来，所有人都可以用语言表达和写作成为一个作者，我也希望，真的每一个人都可以成为自己的作者，书写的过程是对自己的梳理，你回到自己的原点，看清楚自己的未来，也许你就会知道现在到终点剩下的历程怎么走。真正被我们称之为文学作品的东西，它还是要经过你很深入的思考，要投射到内心很深处的东西。

非虚构和虚构中间的区别，当然它里面真实为前提，怎么来写，写到何处，还需要文学的考量。

走走：现在我们把时间留给大家，读者朋友们，大家有问题可以提。

听众：刚才钟老师说的我很有感慨，上个礼拜看了电影《推拿》，我看书比较晚，比较慢。看了《推拿》以后看书，情节完全一样，基本上改编的每个情节都有，毕飞宇在每一段故事都发问，这是故事表达不出来。原来觉得电影总归比小说好看，这次看了之后有不一样的感受。我有一个问题，你的日记变成《远去的人》，你怎么处理技巧。问一下钟主编，日记是不是更加的非虚构。

薛舒：日记是非常直白的，还有点乱，把它做成一个完整的书，需要梳理，时间、文字上的梳理，技术上的处理，都需要。

走走：你是将父亲的过去与现在建立起了一个情感联系和追述联

系，比如你回到故乡的过程，又是寻回的过程。

薛舒：日记是写此时此刻，当我要把日记变成书的时候，我会在文字和叙述的顺序、结构上都做一些调整，变成一个章节一个章节。比如第一章，开篇是父亲去居委会领免费乘车证，他找不到居委会了。在日记中，这肯定不是第一篇，而是在日后的记录中回忆出来的细节。这么说吧，日记是记录，变成书的时候，就不仅仅是记录了。

钟红明：这可能跟写作的目的有一点不一样，他写非虚构的时候，他知道未来是给别人看的，写日记是记录，留给自己看的。对象的不同，描述的方式不同。就好像你跟一个人倾诉还是有差距的。日记跟文学作品还是有差别的。

听众：我们老年人很多担心自己得阿尔茨海默症，我也是书迷，从小爱看书。我觉得这几年记忆力衰退，很多很喜欢的人出来想不起来，所以非常担心。

听众：最近有人说炒股票可以预防老年痴呆。听到刚才钟红明编辑的分享，写作可以预防老年痴呆症，通过写作观察生活，思考人生。《收获》这本杂志我三十年前接触，喜欢它。我在工会做工作，我们为职工办了一个读书室，我们有宣传费，我最喜欢《收获》。上海还有《文汇月刊》，见到钟红明主编，感到他对文学的严谨性。

钟红明：我们杂志作品分成两个大类，就像说虚构跟非虚构一样，我们就是小说跟专栏两个部分，专栏有的是专人开的，有时候专栏是多人撰写，但有一个主题，比如关于电影的专栏《一个人的电影》，一般的自由投来的这种抒情散文不行，要有合适的专栏才可以。小说分类也是很传统的，短篇、中篇、长篇。

像金宇澄经常说的一句话，把你自己跟其他人分开。当你写一个作品的时候，你在想有没有可能把你最独特的东西记录下来，这个东西是别人没有写到的，或者挖掘的角度是和别人不一样的。

我们编辑做的一个事情，其实最直截了当的说就是比较，我们和很多作品，和已刊发的作品比较，如果觉得作品有它的个性，衡量之后觉得它有特色的话，我们才会在刊物上发表。

当你要投出一个作品的时候，你先把它放一放，看一看。它有没有把你内心的想法穷尽，有没有写到极致，你能不能引起别人共鸣。看到的人有疼痛感，有感受。而不是说多一篇不多，少一篇不少，那个是不行的。我们编辑天天做的事就是比较。

薛舒：我到现在还认为，写出来的作品能发表在《收获》上，就是获得一次文学奖。现在我想的是，怎么样让我写的下一个作品达到《收获》的发表水准。2002 年我在《收获》发表了处女作，然后大约有 6 年时间，经历了很多次被退稿。

听众：三位老师好，今天想问一下，在《远去的人》的人里面，对于您描述母亲的形象比较感兴趣，您的母亲是职业女性，在公司做财务，很受老板器重。感觉她是做事雷厉风行，直话直说，不太会照顾人的，她是属于有自我天地的人，想完成自我价值的人，现在她要完全放弃自己的天地，从职业女性变成家庭女性。你母亲现在的状况是怎么样？阿尔茨海默症家属以这个角度，再去创作这个题材？

薛舒：你问到这个问题，我觉得挺好，今天我回去可以对我母亲说了，告诉她，有读者在关心她。我父亲患病起初，我妈并不知道父亲病了，只为老头脾气变得越来越坏而气愤。后来知道他是患了阿尔兹海默症，经常会一边叹气一边说"怎么会病成这个样子？"一遍一遍重复，很难适应，做不到从此要把她的老伴儿看成一个病人。其实她理性上已经接受了，只是她需要倾诉，需要叹息。我父亲病了一年后，母亲才渐渐适应，现在我经常会对母亲说：老妈你真是天大的进步，你现在做饭这么好吃，你现在照顾我爸越来越有耐心了……我这么说她也挺受用。现在我爸住在医院里，老妈每天去看看他，给他喂饭菜、水果，还给他唱歌，我妈还会给他唱歌，奇怪吧。我爸以前越剧唱得非常好，我妈也会哼，现在她会靠在床边哼给他听。我妈现在把自己心态调节的挺好，而且她是一个爱学习的老太太，学习能力特别强，会上网，看优酷、爱奇艺，中国的电视连续剧都要被她看完了。她还会网购、淘宝、京东，什么都会。我妈这种学习能力，我想她是不会得阿尔兹海默症的。谢谢你关心我的母亲，我会把你的问候关心转告给她。

走走：今天下午的活动快要接近尾声了，父母站在孩子的起点，我们站在父母的终点。文学是梳理记忆的过程，我们总说真善美，大家对于真善美的定义是有分歧的，在我看来，文学就是一个"真"，包括真的情感，真的思想，真的言论，有了真，才会有善和美。

时间：2015 年 5 月 16 日

嘉宾：谢尔·埃斯普马克　贾平凹　韩少功　陈思和

埃斯普马克与《失忆的年代》

主持人：大家下午好。首先介绍一下今天到场的几位嘉宾。第一位是我们等待了很久的谢尔·埃斯普马克先生，还有谢尔·埃斯普马克的夫人莫妮卡，莫妮卡本人在瑞典是一位电台的文化记者。还有两位非常熟悉的嘉宾，就是我们远道而来的两位著名的作家，一位是贾平凹先生，还有韩少功先生。

我们这套书有很多作家和评论家为我们做了介绍，今天还有一位陈思和教授。除了这几位以外，大家还看到有一些嘉宾在第一排，上海新闻出版局的局长徐炯先生，然后是作家协会副主席孙甘露先生，黄浦区的区委宣传部部长李崟先生，世纪出版集团的总裁祝学军先生。

大家非常期待活动早点开始，首先欢迎祝总致辞。

祝学军：尊敬的埃斯普马克先生和莫妮卡女士，尊敬的万之先生，尊敬的贾平凹、韩少功先生和陈思和、陈晓明先生，尊敬的各位来宾和媒体朋友：大家好！欢迎大家出席今天这个新书发布和分享交流会。

承蒙埃斯普马克先生的厚爱，把《失忆的年代》这部厚重的文学著作交给上海世纪出版集团出版，经过近三年的努力，这部内含七部作品的系列著作已经全部出齐了，现在合订精装本也已经问世。在此，我要感谢埃斯普马克先生的杰出创作，感谢万之先生优美、雅致的译笔，感谢中国作家真诚而又有见地的评介，这既是一位作家对另一位作家创作的体悟和共鸣，也是对中国读者的精彩导读。

《失忆的年代》结构宏阔，从七个不同的角度切入了社会，剖析了人性的幽秘，给这个社会做了一次 X 光透视。就像韩少功先生评论的那样："20 世纪以来的小说家，大多怯于直接处理重大的历史事件，似乎在家长里短、鸡毛蒜皮之外智力短缺，或心不在焉。埃斯普马克却是一个惊人例外。他居然把瑞典、欧洲以及整个世界装进一本并不太长的'小'说，直面全人类紧迫而刺心的精神难题。"贾平凹先生也提到，"这是有力量的文字，它叩击着灵魂和刺痛着社会、人生的穴位"。莫言先生也认为"这是一部洞察人性弱点、暴露人性弱点、希望疗治人性弱点的悲悯之书"。这印证了严肃文学的厚重感。万之先生在"译者后记"中提到卡夫卡和加缪，用以表明埃斯普马克作品与他们作品之间的脉络关系，我们阅读后也有这样的感觉。

中国与瑞典的文学交流近年来十分活跃，仅世纪出版集团就出版了瑞典作家、诺贝尔文学奖得主马丁松的长篇叙事诗《阿尼阿拉号》和托马斯·特朗斯特罗姆的诗集《巨大的谜语·记忆看见我》，还有埃斯普马克先生的另外一部小说《巴托克：独自抵抗第三帝国》。由此看出，中瑞文学交流和合作的涓涓溪流已经越来越宽广瑰丽，我们真心希望这条溪流未来成为奔腾不息的大河。

与此同时，中国作家的优秀作品也在不断被翻译介绍到海外，为世界读者所接纳和喜爱。上海世纪出版集团多年来不仅致力于世界优秀文学作品的引进和传播，出版了海明威、黑塞、加缪、卡夫卡、昆德拉、帕慕克、杜拉斯、格拉斯、村上春树等著名作家的作品。还一直是中国原创文学出版的重镇，如莫言、余华、王安忆、阎连科、贾平凹、苏童、张承志、韩少功等作家的作品通过各种渠道被翻译成多国文字，包括瑞典文。其中经万之先生夫人陈安娜女士翻译的就有莫言、余华、贾平凹和刘震云等先生的作品。埃斯普马克先生或许熟悉其中的部分作家和作品，从中可以领略中国文学和文字的魅力，还可以洞悉当代中国人丰富的社会生活和多彩的精神世界。

我们愿意为这样的文化交流继续搭建桥梁。

祝今天的活动顺利圆满，祝大家健康、快乐！谢谢大家。

主持人：非常感谢祝总的欢迎辞，下面有请主角登场，一位是谢尔·埃斯普马克先生，一位是他的翻译万之。

在两位嘉宾坐下的过程中，我必须给大家隆重介绍一下，我们的翻译家万之先生。

谢尔·埃斯普马克先生在学习中文，他说他手机里面有六部字典，其中有一部字典就是中文的字典。我们曾经讲过好的文化交流最重要的就是要有翻译，没有翻译很可能我们之间的所有的理解都是一种误解，万之先生在中文和瑞典语的翻译当中做出了非常大的贡献，我们所有的谢尔·埃斯普马克的作品都是万之先生翻译的，他还翻译了瑞典著名诗人哈丁·马丁松先生的作品（英文），今天晚上我们可以听到（英文）的片断，然后非常重要的是大家可以看到在我们的展示区，除了谢尔·埃斯普马克的作品和他的原著之外，还用万之先生新出的作品，名字叫做《文学的圣殿》，大家对诺贝尔文学奖非常感兴趣，一定要去看这本书，因为它很好得解读了为什么这29位作家获得了诺贝尔文学奖。

谢尔·埃斯普马克：长久以来，"失忆"就是占据我文学写作的一个现象。在写于上世纪50年代的一首诗里，像是用照相快门捕捉住一个闹哄哄的郊区建筑的瞬间，我描写人们因地址不详而被退回了他们的信件，而外国人的声音在接听他们打的电话。"昨天这里还是别的房子，每走一步这个城市都在改变。我能不能回到家，而这把钥匙还对得上门锁吗？"遗忘在这里是类似惊马失控奔逃那种情况出现的结果。

在冷战时期，失忆具有了更危险的形态。上世纪80年代，米兰·昆德拉在一篇有关东欧被消除的著名文章里写到，"俄罗斯占领者正在抹除掉他的祖国的历史"。他的同事米兰·斯美其卡把这种结果描述为捷克斯洛伐克历史上的"黑洞"。我对这样的证词印象很深刻，

埃斯普马克

1985 年我特地访问了布拉格。经历的事情让我感到震撼，写下了《布拉格四重奏》，描写了一种感官几乎不能抓住的毁灭。我听见了一种文化在消失的声音："墙壁被刮过，粗糙的牛皮纸，抵抗它新的文字。"走过那座桥的人似乎正在变得单薄，进入了让人看不见的状态。来自一个开启的窗户里的歌声尝试着想被人辨认出来，却徒劳无功。在所有记忆都被消除的年代，"我们说的'辨认'又是什么意思？"

在上世纪 80 年代，在瑞典，对历史的麻木不仁也在增长，特别是在主管教育的政府部门。我曾经在瑞典学院做过一个让很多人不愉快的公开演讲，对我们历史记忆的丧失提出了警告。同时，我也开始这个叫做《失忆的年代》的系列小说创作。后来，我在一部短篇小说集《勉强的故事》里也表达过对这种全面性遗忘的看法。比如说，在这部著作里你可以发现一篇作品叫做《瞬间历史》。这是一篇描写某民政部门的讽刺小说，这个部门接受了建立小的历史纪念点的任务，因为这个国家遭受了失忆的入侵，太需要这样的历史纪念点了。我也写过一两个剧本阐发这方面的看法，用的则是一种闹剧的形式。

在上世纪 80 年代，失忆症在扩张的看法在瑞典还是比较新的。一个内阁大臣甚至问我，我是否有任何证据说明这样一种独特的概念。我对此作出的回应，就是在这个小说系列中的一部，即《仇恨》里让一个政治家扮演了主要的角色。我这种让人吃惊的看法，很快就被不同的国际性权威机构证实了。很多法国哲学家表示了相同看法，而美国作家高尔·维达尔把自己的国家叫做"失忆的合众国"。我们这个时代最有影响的历史学家之一托尼·朱特，甚至把我们的时代叫做"遗忘的年代"。我的小说表达的看法，终于得到了认同。

近年来，我也对我们的遗忘中某些特殊方面提出了看法，即我们有歪曲我们的记忆的行为。我最引起注意的著作之一，叫做《记忆谎言》（2010）。那是一种自传性作品，一章一章地展示我的记忆如何改变了我曾经经历的事情，把我的回忆构成在我生活里需要的种种神话。

《失忆的年代》是七部较短长篇小说构成的一个系列，形成贯穿现代社会的一个横截面。虽然是从瑞典人的眼光去看的，但呈现的图像在全世界都有效。我写作这些书，是我在访问布拉格有了那段经历之后就马上开始了，并不远离我从捷克来看问题的角度。让我引用捷克作家伊凡·克里玛的话："看来现代人越来越生活在当下，而过去就好像是一个黑洞，一切都可以在里面消失：英雄、罪犯、明星和无名的群众。甚至活着的人也在里面消失了，不像在过去的时代，活着的人是在自己生命结束后才消失。"这种看法在《失忆的年代》第五部《仇恨》里也有表述，不过时间上更短：一个政治家"在发表苍白无力的竞选演说时就消失了"。而且，"当我的嘴唇上还有我爱人的嘴唇留下的温暖时，我就已经忘记了她。"所以，我这些文本并不缺少先于我看到这个现象的前人，但是，把这个现象作为一个长篇小说系列的主线，应该还是第一次。

在《失忆的时代》里，笔者转动着透镜聚焦，用讽刺漫画的尖锐笔法向我们展示这种情境——记忆在这里只有四个小时的长度。这意味着，昨天你在哪里工作今天你就不知道了。今天你是脑外科医生，昨天也许是汽车修理工。今天晚上已经没有人记得前一个夜晚是睡在哪里。

当你按一个门铃的时候，你会有疑问：开门的这个女人，会是我的太太吗？而站在她身后的孩子，会是我的孩子吗？这个系列的所有长篇小说里几乎都贯穿着再也找不到自己的亲人或情人的苦恼。

问题在于，如果没有记忆，如果没有了我们行事的上下关联，孤立的事情就不可能去固定下来。那么每个解释都会变得随意武断，方向也不可确定。本系列第一部小说《失忆》里的官僚埃利克·克尔维尔就特别经历了这样的情境。每次他企图搞明白什么事情，都会遇到一种不确定性，一种不清晰性。而正是他要找到他所爱之人的企图，让他不可能找到她。

失忆是很适合政治权力的一种理想状态——对和权力纠结的经济活动也一样——可谓如鱼得水。因为有了失忆，就没有什么昨天的法律和承诺还能限制今天的权力活动的空间。你也不用对自己的行为承担责任——只要你成功地逃过舆论的风暴四个小时，你就得救了。

有人会认为失忆好像是一种查禁制度，是市场或者政治权力强加在人民头上的。但如此解释就过分简单化了。失忆是从各种角度来戕害我们的——也是从我们内心。那个被谋杀的瑞典首相把瑞典人和瑞典贝格的天使做比较的时候触及了一部分真相："他们的嘴唇和舌头也已经有了特别形状，所以他们不能说别的，只能说我们认为真实的话，就在此时此地说。"不过自我查禁比这种情况还要深入："我们不应该看到的东西，自己就会把自己擦掉。而我们不应该感觉的东西就会悄悄地从我们的意识里溜走。"也就是说，"体面的瑞典人有保存自己的无辜和体面的艺术。"这是"天使的语言"。而这其实也就是失忆的一小部分。我们生活在其中的正式公开谈话会把正确的词汇放到我们的嘴里，会把正确的思想放到我们的头脑里，帮助我们忘记那些我们不应该记住的东西。

这种情况听来会让人感到悲哀。但是在我们这个价值等级系统崩溃、再也分不出高低的生存环境里，其实连悲剧都是不可能的了。克尔维尔就提到："好像我们上面的高大空间已经崩溃了，让我们变成二维空间里的平面，就好像是一个被踩扁了的阴虱飞翔在地球之上的喜剧模式里。"他也发现，"我们的生命已经变成了没有任何价值的悲剧，一种闹剧里的绝望"。不少批评家在这些小说里找到了黑色幽默，而这也很好呼应了作者的初衷。

这个系列涉及的其实是七个人的独白，因此也是对这个社会语境的七个不同的个人切入视角。第一个见证人——《失忆》中的主角——是一个负责教育的官僚，至少对这方面的灾难看来负有部分责任。第二个见证人是个民粹主义的报刊主编，看来对于文化方面的状况负有部分责任（《误解》）。第三个见证人是一位母亲，为了两个儿子牺牲了一切；儿子们则要在社会上出人头地，还给母亲一个公道（《蔑视》）；第四位见证人是个老建筑工人，也是工人运动的化身，而他现在开始自我检讨，评价自己的运动正确与否（《忠诚》）。下一个声音则是位被谋杀的首相，为我们提供了他本人作为政治家的生存状况的说法（《仇恨》）。随后的两个见证人，一个是年轻的金融寡头，对不负责任的经济活动做出自己的描述（《复仇》），然后是一个备受打击的妇女，为我们介绍她被排斥在社会之外的生活状况的感受（《欢乐》）。

《失忆的年代》在写作中也曾有过另一个书名："一部低于人类的喜剧"，这是戏仿但丁的《神曲》（神圣喜剧）和巴尔扎克的《人间喜剧》。在我这个系列里，人们落入的是人类的地下室层。那些陷在这个地狱色彩的当代的人物确实都到了他们人生处境的最低点，还都带着他们被极端具体化了的烦恼、热望和内心的破碎。

这个系列每部小说都是一幅细密刻画的个人肖像——但这一个人也能概括其生活的社会环境。这是一部浓缩在一个用尖锐笔触刻画的单独人物身上的社会史诗。这是那些伟大的现实主义作家如巴尔扎克曾经一度想实现的目标。但这个系列写作计划没有这样去复制社会现实的雄心，而只是想给社会做一次 X 光透视，展示一张现代人内心生活的图片——展示她的焦虑不安、热烈欲望和茫然失措，并在我们眼前成为具体而感性的形象。

《蔑视》中的那个老女人躺在医院病床上看到垃圾在她周围堆积起来：空纸箱、橘子皮、陈旧而酸臭的尿布、一个废弃的冰箱和被刺破了的床垫，全都堆积在不停飞舞的一群苍蝇之下。这个垃圾堆其实是她一生感受的蔑视的具体化。以同样的方式，《仇恨》中的首相被关闭在一个富人通常在那里购物的食品商场里。这个商场是市场经济的物质表现，他感到自己是被囚禁在里面，只有很小的活动空间。而谋杀者如此之多，拥挤在他周围，也具体形象地显示出他从多方面感受到的仇恨。

和常规叙事散文相比，这个小说系列对读者会提出更高的要求。把人的精神生活转化为具体图像本身就是一种很高的要求，是内在和外在事件的双重揭示。最苛刻的方面也是和大多数小说结构不同的密集性。我的雄心是把本来可以写成四百页的小说压缩在一百页之内。凡是没有绝对必要的段落和词都删除。要达到这样严格的经济和简略，就要求精准和知性方面的含蓄。人物和事件的描写都需要精确和可靠，全都能清晰展露在读者眼前。所有这些特色，我们通常都习惯于在诗歌而不是散文语言中看到。在我看来，好的小说散文语言是诗歌的孪生兄弟。

这个小说系列里贯穿始终、统领一切的模式也得到了一部文学史上最伟大作品的启发。穿越了整个小说世界的行动可以追溯到但丁《神曲》里穿越地狱的旅行。但谁是这个旅行者，是谁在这个影子王国一般的社会里一会儿和这个人物相遇，一会儿和那个人物相逢？我的想法是读者。正是对着读者，我的每个小说人物在说出独白。他们正是想抓住读者，努力要让读者相信他们，也许还要欺骗读者，不过首先是要把读者抓住，这样才能有一个谈话的对手，然后才能有办法搞清楚自己的情况。只有读者也在场，这种独白才有可能进行下去，是读者的回应使得独白成了对话。这七部小说里真正的主人公其实还是你。

主持人：刚才大家听到是一个作家，对于他自己作品的解读和他如何创作了这部作品，之后，我们最好还是听听评论家是怎么评论作品的，首先请我们的陈思和老师。他是这一部作品的推荐人，他今天特地赶到会场，晚上 6 点钟还要赶北京。

陈思和：2012 年谢尔·埃斯普马克先生首次来上海参加第一本

陈思和

《失忆》的新书发布会。两年时间，七卷本的巨著作为精装版正式出版，这是一个奇迹。我希望这本书能够在中国文学圈，在中国得到非常热烈的反响。

我在读第一本的时候，对这个题目充满好奇，因为这本小说是部非常难写的小说，每本小说都是主人公以第一人称叙述。第一部叫失忆，主人公是个官员，他要调查失忆症为什么会在瑞典展开，可他自己就患了失忆症。一个人的记忆只有四小时，他要把四小时发生的事情记录下来，可是过了四小时后又忘了，他连续十多年一直做这个工作，可是他做不好，因为他本身就是一个失忆症患者。这个故事充满了矛盾，一个失忆症的人怎么研究失忆，一个人只有四个小时的记忆是什么概念，时时刻刻在失忆，就是说我这一刻忘记了前四个小时以前的事，那么我在下一刻钟，下半个小时是不是我还继续在忘记前面四个小时，我一直处在一个连续不断的失忆当中。我很好奇，这样的小说让我怎么写下去，第一本充满卡夫卡式的荒谬，但是这个荒谬气氛的延续我觉得简直是一个奇迹。

当我读了后面的几卷，后面的人能够回忆，能够讲述他的历史，我就产生一个问题，最早我在想这个失忆的年代，它七本书都是在失忆，那这样一个世界将是一个什么样的世界。作为这样一个小说又是怎么样去表现，怎么样去描写，这个对我来说充满了好奇。我觉得这本书第一卷是一个提纲，第一本书完全是一个充满了现代主义的卡夫卡式的表述，把失忆作为一个总纲提出来，之后的六卷几乎每一卷涉及一个领域，比如第五卷《仇恨》，那是一个首相，瑞典确实曾经有一个首相被刺杀了，后面六卷涉及媒体、政治、金融、工运，包括家庭，还包括红灯区妓女的故事。让我想起在欧洲19世纪有一部非常好的著作，是我喜欢的一个法国作家，把第二帝国当时的方方面面都展示出来，当时左拉用的是自然主义的手法，非常真实，非常琐碎，我觉得是一部史诗。

谢尔·埃斯普马克的作品是20世纪末的一部历史家族的作品，但是他偏重于对人类精神社会的渴望，是人类处于一个完全涣散的失忆时代当中人类的精神世界。

它后面的六卷像六个纪念碑一样，我们要拼命把它留下来，要跟这样的失忆去斗争，这六卷著作，六个纪念碑像刻在石头上，把时时刻刻被遗忘，危险的一代人的精神，雕塑起来。这部小说读起来有点困难，我觉得不像流行小说，一目十行，一个故事是一个失忆的人为应该保留下来的记忆来做斗争。我觉得这是一部20世纪末的世界巨著，它是人类走向后现代以后，处于完全破碎，物质经济高度发展，人性的堕落，造成巨大的差异，这种差异在经济高速发展的中国也同样值得借鉴，值得深省。

我曾经是一个瑞典迷，非常向往瑞典的社会民主党的高福利社会，因为"文革"以后，我们这一代人曾经受到的是理想主义教育，那时中国进入现代化进程，开始改革开放，开始面对整个世界，那个时候的中国仿佛又回到了一个起点，我们有很多道路可以走。有人会介绍美国式的道路，有人会介绍欧洲式的道路，有人会介绍新加坡式的道路。

中国在80年代的时候，突然在全世界面前展开了无限广阔、无限丰富的可能性。那时候我刚刚大学毕业。当时我非常喜欢北欧的社会主义，我可能从小受马克思主义的教育，我当时一直觉得社会主义不仅仅是通过暴力可以获取，欧洲社会民主党通过选举，通过和平改革发展，经济高福利的待遇来降低私有制对人们的戕害，使公共福利成为普通老百姓的生活保障。我曾经对这样一个社会充满了向往，我第一次到瑞典，是1996年。我去以后，有一个部长接待我，他说过一段话，意思是你们中国是社会主义，我们也是社会主义。你们现在有困难，我们应该帮助你们，天下的工人阶级是一家，我真的很感动。为什么感动？因为我的骨子里是希望中国走好社会主义，我骨子里希望不通过暴力，和平的建设一个发达的社会主义国家。

读了谢尔·埃斯普马克的书，给我精神上一种警惕，瑞典也不那么美好。因为我注意到谢尔·埃斯普马克写第一卷的主人公，这个人是1948年读高中四年级18岁，就是我们今年考大学的年龄，那个主人公是1930年出生，跟谢尔·埃斯普马克先生是同一年出生的，1972年是第二次结婚，但他完全忘了，第二次结婚的夫人具有高度理想主义，这个夫人离开他后第二次婚姻也破裂了，他记忆里只有买了一张床，有一张床的发票。

在这个时候，这个人什么都忘记了，身体里面始终有一种被唤起的这个女人的感觉，但已经忘记这个曾经有肌肤之亲，深深爱过的妻子，她变成一个符号。但是他的身体呼唤有这个人，我把它看成是一个人已经失忆当中的理想，这个理想已经离他远去，可是在他身体里，还有这样一种力量。所以他在拼命寻找，他在调查这个社会失忆，普遍的失忆症从哪里来，这个过程也是从70年代的瑞典开始出现。那个时候正好是瑞典实行经济民主党的改革，我们局外人看到是很好的发展状态，谢尔·埃斯普马克先生以他对瑞典的了解，在瑞典安定走向繁荣的时候，他开始反思，这个反思在他的第四卷叫《忠诚》，写了一个工人领袖，这个工人领袖反思自己的历史。我看了很震撼，在我看来，世界上各种人类都有他的伟大之处和问题，我远远看过去，瑞典有一个神话，读了这个小说之后我对瑞典的认识要深刻的多，让我自己更深入的观看人类世界的发展。

主持人：陈思和教授永远是出口成章，并且口若悬河。贾平凹老师等会讲演的时候，讲稿已经翻译成瑞典文给了谢尔·埃斯普马克，我们就不翻译了。

陈思和老师给我们忠诚做了一个推荐，还有两位老师给我们作品做了推荐，下面我们有请贾平凹先生来给我们做一个他对于这本书是怎样认识的这样一个讲演。

贾平凹：当我第一次遇到《失忆的年代》长篇系列的前几部时，首先对书名震惊：我们正处于失忆，而瑞典人欧洲人也经历了失忆？就迫切地想看看他们是怎样失忆的，又是如何面对失忆的，便阅读起来。我读得极兴奋，阅读了一部又盼着阅读另一部。

为什么这个年代是失忆的年代？每个人，每个族类，每个国家，似乎都在失忆，所以人很难做到高贵、沉静、自在和儒雅地活着，族类、国家间的阴谋不断，冲突频繁。失忆是这个年代的结症。

人是自然人，更是社会人，可以说人的失忆都是社会所造成的。20 世纪的人所生存的社会，不论是何等形态的社会，大致都有相通相似的地方，这如同当中国的半坡遗址发掘出了汲水的尖锥陶瓶，而几乎同一时期的非洲也有了汲水的尖锥陶瓶出现。地球上，春天里的树木都会生叶开花，到了冬季就草木凋零。20 世纪的社会是《失忆的年代》的失忆的背景，瑞典人是欧洲人的背景，也是我们中国的失忆过和还在失忆的背景。

所以，在我的阅读感受中，埃斯普马克的《失忆的年代》是一部关于人类的小说，它揭示、追问、反思的是人类陷入的困境。

中国的社会与瑞典人欧洲人的社会还是有着相当大的不同，对于失忆的情况在内容上和形态上也有着不同。比如《失忆的年代》中的失忆更多的是关于人性的，中国的失忆更多的是关于政治的体制和法治的。在中国以前有一句话：忘掉一切，面向未来。这话也应该是需要的，因为人总要活下去，就得忘掉过去的不幸与痛苦，如同走路，走过

贾平凹

的脚印就消失了。但是，问题是另一个方面，走向未来，如何走向未来，明白走向哪里就得知道来自哪里，过去的经验或教训，辉煌或失败，欢乐或悲伤，怎么能忘记呢？事实上，过去的辉煌、欢乐，人是常常记起，失败、悲伤却总是忘却，这就使人在走向未来时又重蹈覆辙。社会是在不断否定中前行着，我们讲的改革就是在纠正以前的错误，但失忆几乎成了我们的集体无意识，才出现了不断地犯错、改正又犯错的现象。在我们这个社会，失忆导致着许多东西被遮蔽了，歪曲了，失忆使社会常常无序，失忆使人异化、分裂、误解、失重、荒唐、变态，失忆让我们前行步履艰难。《失忆的年代》的意义也正在这里，对我们的启示也正在这里。

在这个年代里，失忆这个词是每个人都会遇到，每个族类和国家都会遇到，也是面对着历史和文学所遇到的。什么是历史，历史就是记忆的，什么是文学，文学就是记忆的。鲁迅先生的"忘却的记忆"，我们只有记忆下来才能忘却过去。我的新长篇小说《老生》，也就是写了我们走过的路，提醒着我们的肉身是怎么从风雨泥泞中走来，然后我们选择不风雨泥泞或少风雨泥泞的道路走去。

我这几年里一直在说我们和我们文学的品种，刚才我讲到虽然20世纪的社会是《失忆的年代》这本书的背景，也是我们的文学作品的背景，虽然《失忆的年代》对社会的批判强烈，着笔更多的是人的挤压和困境，而我们的生存环境和精神状态和他们有区别，我们对政治、社会的批判或许更尖锐和全面，这就形成了我们作家的品种和我们文学的品种。但是，他们和我们都是在说失忆，都是在寻找民族的记忆，文学的良知，都在追溯着失忆的根源，显示各个民族集体无意识与精神形态的动荡，将每一个政治组织置于庄严历史之下来审视、反思。

对于《失忆的年代》颇感兴奋的还有它的写法。它追究失忆的社会原因，批判意味强烈，却在叙事上是那么温藉，并不剑拔弩张、电闪雷鸣，而是低语徘徊、态度文气，将社会现实、家庭人伦、道德以及整个社会对人的消耗，用第一人称道来。在这里不做现实的复制，没有故事，没有情节，甚至也少有人物的完整性，但感觉的碎片，思想的火花使我们感受到深刻、睿智、幽默，意趣盈然。每一部的篇幅并不长，全是一个人在对着我们唠叨，干净简练，节奏沉稳，充满张力和弹性，阅读起来不会沉闷而生厌烦。这样的写法写一部短的长篇还可以，而《失忆的年代》系列七部统一这种写法，那是十分难的。它给我的惊喜和启示犹如我第一次读乔伊斯的《尤里西斯》。

还因为《失忆的年代》从内容和形式，在写什么和怎么写的问题上都给了我一种震撼和启示，它凿开了一面窗口，让我大开眼界，它给了我一个按钮，启动了让我起升的电梯，我才如此的推介这系列的长篇，并向埃斯普马克先生致敬，向翻译家万之先生致敬，向上海世纪出版集团文睿公司邵敏先生致敬。

主持人：我们讲了《复仇》是由贾平凹先生做的一个推荐，还有很重要的一本书就是《仇恨》，是由韩少功先生做的推荐，而且刚刚在外面，我陪着谢尔·埃斯普马克和夫人莫妮卡一起在看他的小展示的时候，他就拿着这个瑞典版跟大家说，当时这本书在瑞典出版的时候引起整个社会非常大的轰动，而且有很多的不同意见，到底为什么？我想这些东西我现在就不回答了，还是请我们的推荐人韩少功先生告诉大家。

韩少功：当信用卡取代圣经，手机"自拍"成了新兴的礼拜和朝觐，文化为什么不该是自恋者们私人事务？在这种情况下，"宏大叙事"似乎已成学界丑闻；思想、社会、历史、价值观……更不要说"忠诚"和"同志们"，几乎都成了旧时代的犯罪工具，只能被众多作家避之不及。这也许是埃斯普马克所面对"失忆"之一。

一般的"失忆"难以避免。如同一台电脑若无法"删除"和"清空"，过于壅塞拥挤的废旧文件迟早会窒息CPU。因此，问题更像是这样：人们在"失忆"什么？因什么而"失忆"？何种"失忆"更接近某种病态？……不少中国读者也许意外的是，埃斯普马克仍具有书写史诗的社会广角和历史远望，表现出越过身份、性别、阶级、民族的超大关怀半径。"他们把这个黑人都砸得穿过地面，就像打桩机把一个木桩砸到了地底下。"（见《仇恨》）这种对殖民罪恶的记忆雕刻令人惊心。"侍女的洗脸盆只有冷水的水龙头"，"狭窄的房间……很低矮，就好像主人考虑雇用的下人都是侏儒，女佣人的背脊看来也是消耗性的材料，跟卫生纸一样。"（见《忠诚》）这种对民众困苦记忆的发掘令人动容。显然，随着这一类记忆逐步定格，作者的背景、阅历、志向以及精神方位已不难想象。

瑞典是一个人口小国，却是为数不多的全球思想高地之一，以其社会民主主义为代表的理想和实践，近百年来深刻影响了欧洲以及世界。瑞典因此凝定了人类的一种可能性，一种未完成的理想国方案。在这个意义上，埃斯普马克是一个"瑞典梦"的逐梦者，以其小说系列检索战争、贫困、危机、难民、殖民主义、社会主义、经济全球化的百年史，包括咀嚼和回味左翼运动及工人政党内部难以避免的投机、蜕变、沮丧、轻浮、无力感。他前后迎战，左右开弓，对自己和对手都绝不手软，但并不接受一种"庆祝无意义（昆德拉语）"式的历史虚无感。相反，他对社会理想向度的坚守一如既往。20世纪90年代的全球资本狂欢之际，他的出手阻击不合时宜，却足以让众多知识精英在今后自愧不如："我是这个市场里被终身监禁的囚犯。""市场无所不在，无所不能。是它为我们铺好了思想的轨道，是它要调控我们心跳的频率和肌肉的张力。""用货币政策的角度看，一个苹果不是向下掉而是可以向上掉的……真正的生意（竟然）不是靠苦力而是靠符号和象征。"（均见《复仇》）……我们现在回过头看，是否觉得这些当初的预见弥足珍贵？

埃斯普马克毕竟是一个文学家，无意写一部瑞典社会民主党党史（尽管这个系列已具有类似意义），或写一部当代瑞典社会全史（尽管这个系列已提供了多方面的文献价值）。他大处着眼，却小处着手，剪除了繁密庞杂的历史枝叶，笔触实现大跨度的跳跃与游走，留下中国写意画中常见的大片空白，只是速写一些标志性人物的剪影，捕捉"失忆""误解""蔑视""仇恨""忠诚""复仇""欢乐"一类人性的聚焦点，编撰了一份灵魂告白书。在这里，社会是思考的入口，哲学是思考的出口。哲学是感受的入口，审美是感受的出口。经过这一些暗布全书的双重转换，细节、情感、氛围、形象、幻想、诗情等元素终于得到有效释放。托尔斯泰居然附体于卡夫卡的诡异和飘忽，或者说卡夫卡客串了托尔斯泰的广博和深厚。这种艺术勾兑可能让不少读者一时手足无措。

有些人不会适应这种写作——如果他们习惯于接受戏剧化情节的启承转合，传奇性人物的生龙活虎，还有简洁明快的道德主题。但这没有关系。有些人则可能更喜欢这种写作——他们可借这一手中国古代"七巧板"式的小说组合，以简寓繁，虚中见实，演示出一个公共知识分子风光无限的内心拼图，变幻出这个时代我们一次次重逢的悲欣交集。"当夜风吹拂过我脸上，我能够感觉到，我让我爱的人是多么痛苦。"（见《仇恨》）作者的这一喃喃自语正叩问千万人的漫漫长夜。

主持人：谢谢韩少功先生，一种语言翻译成另外一种非常困难，一个作家的语言翻译成另外一个作家的语言也是非常困难的。我们现场还有很多遗憾，比如说陈晓明要来上海，但是昨天的大雨使他的航班取消了，他没有办法赶过来，但是我们今天带来他的一点感想，请世纪文

韩少功

睿的总经理和总编辑邵敏先生把陈晓明老师的想法带给大家。谢谢。

邵敏：我代陈晓明先生发言，因为时间关系，我就从他写的手稿选了几段跟大家分享一下。

"一个灰色的句子在中间就被打断了，他在复仇中写下了这个句子，几乎可以看成是他这部作品的艺术灵魂，对谢尔·埃斯普马克先生来说，灰色的句子在中间断裂，让我们看到生活的破碎，这样的文学是在高处审视生活，是在文学中打断生活，在系列小说里，我们分明看到它是在语言和句法中思考生活。

"《失忆的年代》讲述的都是普通人，甚至是底层最无助人的生活，你无法想象在发达社会那些灰色的角落里，有些人生活很不如意，失忆者，病痛缠身的老妇，小小的泥瓦匠，被谋杀的首相，这些人物来自社会各个阶层，都无一例外生活的一团糟，谢尔·埃斯普马克先生把目光投向他们，审视、描摹刻划他们的生活，在这些断续而又空灵的叙说中，那些人物的存在逻辑和细节都非常逼真，可以让我们体会到这些底层人的性格心理和精神面貌，谢尔·埃斯普马克可以在断断续续的叙述中，把人物的关系和生活环境一点一滴的交代出来。故事的完整演化为基础展开叙述，他总是在一种状态中来叙述，让人物的精神气质与他的历史很自然的、极为简略的呈现出来，纯粹用叙述去带动故事，而故事也只需要片断，这样的手笔要何等老辣，老道才能够做到。

"如果认为谢尔·埃斯普马克只是行径在纯粹小说艺术的玄虚空间，那就错了。他是一位语言大师，但他更为关心的是瑞典和欧洲的现实，他关注的小人物是放在他对如今欧洲文明现代欧洲的政治制度和社会政策的背景下来思考，这部薄薄的小说在思考，其实是厚厚的小说，却在思考社会主义运动中的忠诚问题，实际上是信仰、信念，组织权利，个人之间的复杂关系，尤其是经历时代的遍布，忠诚是如何发生演变，人们的信仰，个人权利的关系又是如何变质，这部作品无须去展示欧洲或瑞典的社会主义运动史。但却直击其最核心的难题，其实不难看出，作者应该是左翼思想氛围中的人。但他的反思和自我检讨却无比锐利和不遗余力，忠诚的现实感强，叙述非常纯粹，始终控制在简洁明晰的凝练纯净的语言氛围里，如此写实却能非常自然恰切的融合于其中，这样的笔法非常值得我们中国作家体味的。

"谢尔·埃斯普马克是一位诗人，他的创作以诗为主，这部小说也是流荡着浓重的诗意，不管是表达创痛、失忆还是绝望落寞，或者是去思考时代难题，谢尔·埃斯普马克的叙述都控制在一种语感和节奏中，读谢尔·埃斯普马克《失忆的年代》的年代，给我最深的感受是他写的如此负有文学性，而有着如此深刻的现实性，他思考瑞典和欧洲的社会问题，却与他的纯粹叙述的语言的精致并行不悖，他写的如此精炼，简洁，内涵却又如此丰厚深远，对于中国文学来说，这部《失忆的年代》不只是奉献给中国文学爱好者的小说，也是值得中国作家好好阅读的作品。"谢谢。

主持人：谢谢。今天现场我们刚刚讲有很多的遗憾，最大的遗憾就是莫言先生没有到场，因为他18号要跟着国家代表团去南美。另外阎连科先生也是我们的推荐者之一，年初的时候，他动了一个大的手术，所以身体欠佳。余华先生说："埃斯普马克是一位行走在历史和现实交界地带的诗人，他坐下来以后就是讲故事的小说家了，他讲故事的方式仍然在交界地带，小说和诗歌的交界地带。因此，无论是选择叙述对象还是选择叙述方式，埃斯普马克都是鱼和熊掌兼得。"

苏童是这么说的："埃斯普马克先生的小说，是我们认识当代瑞典文学的重要路径，祝贺《失忆的年代》七卷全部出齐。对此，中国的读者不会失忆。"

我们非常感谢这两位远在大洋彼岸的作家，也是我们的推荐者，谢谢他们非常美好的语言，我想大家已经进行了很长的时间，可能已经到了最后要结束的时候，有请新闻出版局的局长，徐炯先生给我们做一个总结性的发言。

徐炯：尊敬的埃斯普马克先生、莫妮卡女士，尊敬的万之先生，尊敬的贾平凹、韩少功、孙甘露先生和陈思和、陈晓明先生，尊敬的各位来宾和媒体朋友：大家下午好！

很高兴在这个春意尚存的日子里分享到那么多中国作家和评论家对埃斯普马克先生《失忆的年代》的精彩评析，更荣幸地听到埃斯普马克先生自己的创作谈和对于文学的见解，这对于文学的发展和文学的交流都是非常有启迪意义的。

这个系列每部小说都是一幅细密刻画的个人肖像——但这一个人也能概括其生活的社会环境。因此，"这是一部浓缩在一个用尖锐笔触刻画的单独人物身上的社会史诗"。也"给社会做了一次 X 光透视"。就像中国作家所评论到的那样："它给东方（中国）写作带来的启示性意义，将会在日后渐显而明白，一如浩瀚戈壁中那束遥远的光，终会被更多的人看见和发现"。我想，从今天的讨论中，那光亮已经被大家看见了。而且，我们还在这部小说中看到了无处不在的意识流及诗歌一般的语言，就像作者自己所说，"好的小说散文语言是诗歌的孪生兄弟"。

我们也欣喜地看到，与系列书七本精巧相对应的是合订精装本的大气厚重，精美的表现形式与该书的内涵相得益彰。我非常赞同并且支持祝学军先生刚才致辞中表达的这个意思：希望通过我们的努力，中瑞之间的文化合作能够进一步发展，希望更多瑞典优秀文学作品被中国读者欣赏和更多优秀中国文学、中国作家的作品被世界所认知。

谢谢大家！

时间：2015 年 6 月 13 日

嘉宾：黄子平　张新颖　李庆西　吴亮

文学与回忆：关于两个时代

主持人：各位思南读书会的读者朋友们，大家下午好，欢迎来到 72 期思南读书会的现场。我们今天的活动比较特殊，是分上下半场的，主题是：文学与回忆。既然是关于两个时代，我们就分成两个主题。上半场的主题在这边。大家看到：沈从文与左翼文学的纠葛。我们上半场的活动一个半小时左右，当中会休息 5 分钟，接下来是下半场。

我们上半场先介绍一下今天远道而来的嘉宾，首先是黄子平老师，他是香港浸会大学的荣誉教授和中国人民大学的讲座教授。他的作品有《远处的文学时代》《害怕写作》《灰阑中的叙述》等。坐在这边这位是复旦大学中文系的张新颖教授，曾经拿过鲁迅文学奖。他最近有一部比较著名的作品叫做《沈从文的后半生》。我现在把台上的时间交给两位嘉宾。谢谢大家！

张新颖：本来以为我今天的任务是说刚才主持人的那些话，结果被他说了。我今天比较恰当的位置应该是坐在下面，不是坐在这里。

主持人刚才介绍了黄老师，我有一个不正式的介绍。我读大学的时候，黄老师已经是名满天下的人了。我跟黄老师到现在也没有特别多的私下交流，但我会有这样的一个感觉，他没有这样的感觉，我觉得跟他是特别熟悉的人，因为读书的时候读他的《沉思的老树的精灵》，觉

黄子平

张新颖

得原来可以这样写文学的研究论文，当时的冲击是非常强烈的，现在依然能够清晰地回想起。我还记得，现在坐在下面的李庆西老师当时还给黄老师做过一个很薄很薄的小册子，叫《文学的意思》。

黄老师有一个特点，后来他有一本书的书名叫《害怕写作》，和他同龄人比起来，黄老师写得不算太多，但实际上也不算少。我个人的感受，我觉得很少的人能够做到这种程度，任何一篇文章，哪怕看起来是他不经意写的一篇文章，都会给我很多的想法。我读黄老师的文章的时候不能读太快，有一种非常珍惜地读下去的感觉。

虽然我觉得对黄老师很熟悉，但是今年有一件事情还是让我很吃惊，我没想，有一天忽然在微信圈看到他在中国人民大学开沈从文的系列讲座，讲八讲，我当时想，遗憾没有机会来听黄老师讲。没想到有今天这么一个很好的机会，这个机会是被吴亮老师创造出来的。吴亮老师跟我说的时候，我因为私心里很想听黄老师讲沈从文，所以就来了。我的简单开场白就到这里，剩下的时间全部是黄老师的时间。

黄子平：去年 10 月，我到上海，也在这个地方，新颖送给我一本他新著《沈从文的后半生》。这本书把我引进了沈从文研究之门。新颖在复旦大学开了很多年的沈从文研究课程，出了两本，一本是精读，一本是后半生。所以阅读的结果是在中国人民大学讲了八讲。今天的题目是讲外讲，不在八讲之内的一讲，是外讲。这一讲的题目叫《沈从文和左翼文学的纠葛》。

先要解题，纠葛比较好讲，我们知道沈从文和左翼的作家之间有一些个人恩怨，恩怨情仇。从伦理学的角度，这是其中一个方面。另外一个方面，沈从文个人生命的轨迹和中国现代文学里面左翼的发展线索有一些交叉，这也是纠葛的一层意思。第三层意思，如果把左翼文学当成一套论述，这一套论述其实笼罩了沈从文的前半生也好，后半生也好，都像幽灵一样在沈从文生命里面出现的。总之这几个方面我把它结合起来叫纠葛。

其实我还是很想用沈从文的另外一个词，叫"乘除"，他用得很好，经常用这种说法。左翼文学比较难界定，因为在中国的学界来讲，有很多种说法，而且还没有一个定义。一种说法就是比较历史主义的，把左翼文学定在 1930—1935 年，这是中国左翼作家联盟存在的那几年里面的文学，这是历史主义的左翼。另外一种要把它延伸到后来的延安文艺，一直延伸到 1949 年以后的社会主义文学，或者是一直延伸到 1980 年以后的底层文学、打工仔文学等等。这种延伸有很多的争议，一种观点认为已经是属于统治阶级意识形态的文学的时候，能不能把它以后叫做左翼文学？所以有人提出来延安的时候，那些受批判的作家，王实味、丁玲、艾青、萧军等等这些才是真正的左翼文学，或者是 50 年代以后，王蒙等等这些右派作家，才是真正的左翼文学。一旦加上真正形容词之后，我们就知道这种界定本身就充满各种争议。

我想把沈从文跟这两种左翼文学的纠葛都用上。前一阶段，就是比较严格的限定在他跟左联时期的左翼文学的关系。后面一个处理的比较虚一点，就是讲到左翼文学作为一套论述，作为一套话语，是怎么幽灵一样的出现在沈从文的生命里头？

如果我们要去观察这样一种纠葛的话，其实非常丰富而且非常的复杂，而且很多讲不清楚的线索，讲起来非常费时间。我只能挑几个比较好的历史瞬间或者是历史时刻。

最好的开头应该要从这张照片说起，这是非常好的照片，在新颖的书里面至少出现一两次——沈从文在他的自毁，精神失常的前夕看到的照片。这张照片其实是 1931 年 3 月为了避开国民政府的迫害，他送丁玲和她的儿子回湖南常德。为了送丁玲和她的儿子，沈从文本来要到武汉大学任职，有人给他找了一个国文系讲师的职务，为了送这母子回老家，把这个位置也丢了。当他安置好，把胡也频的儿子给了他的外婆以后，又跟着丁玲回到武昌，再从武昌坐船到上海。

在武昌这个地方，当然已经知道武汉大学这个职务是没有了。在武昌的 4 月 2 号等船的时候，4 月 4 号才到上海来。等船的时候，跟一对在武汉大学任教的夫妇有合影，这对夫妇就是自由派的女作家凌叔华和她的先生陈西滢。丁玲已经是左联的作家了，沈从文，还有两个自由派的作家夫妇。这张照片，在沈从文快要自杀的前夕，出现在他的案头。沈从文回忆起这一段的历史的时候想到的是，胡也频的儿子也要长大了，陈西滢的女儿现在也长大了，自己的两个儿子在自己的西厢房睡得很好，鼾声如雷。他想到的是这些小孩，不管是左中右的作家，第二代都已经长大了。什么意思呢？我可以放手了，可以撒手走了。

这么一张照片，应该还在沈家，就是怎么也找不着。为什么找不着呢？沈家不把它放出来。为什么不放出来，在第二次提到这张照片的场合，应该是一九八几年，丁玲在诗刊上发表了那篇《也频和革命》，回顾了胡也频和革命之间的一些史料。然后提到了沈从文，没有点名，提到那两部，其实应该是一部《记丁玲》。当时沈从文以为丁玲被杀害了，所以写《记丁玲》传记式的，类似报告文学、回忆录这样的一种作品。丁玲就没有看到过这两部作品，为什么没有看到呢？是80年代的时候有一个日本的汉学家叫中岛碧，中岛碧拿到这两部作品，这两部作品是香港的盗版。

其实在漫长的几十年里头，中国大陆读不到沈从文的作品，在台湾也不能读到。台湾的理由很简单，只要留在大陆的作家都是反动作家。大陆的理由很简单，因为那些书被销毁了。而唯一能读到沈从文书的是香港，香港的显然是盗版。这种盗版书的积极作用是很伟大的，当年巴金先生读到香港的那些巴金的盗版书的时候，非常感激，这个世界上还能读到自己的作品。沈从文的一些书找不到的时候，是托人去香港买的盗版书。

总之中岛碧女士拿着这两本书去找丁玲，提了一些问题。丁玲才第一次读到这两本书。丁玲因为退伍之后到了延安，等到她解放后当上大官的时候，沈从文的书已经销毁了。后来她又到了北大荒，所以没有机会读到这两本记述她自己的书。经过这样的一个辗转，由日本的一个汉学家来提问，读到以后很不满，说这两本书是虚构。沈从文评价虚构的意思说："我把她拔得不够高"，总之，丁玲在这篇没有点名的文章里面说到沈从文是一个懦弱的胆小鬼，是一个市侩，完全不能理解我们革命者的情怀。

　　这个时候有一个叫周建强的记者，是聂绀弩的好友，年轻的小朋友。由于聂绀弩跟沈从文在 40 年代有一些争论，但是这个时候已经相逢一笑泯恩仇，所以聂绀弩就撺周建强到沈从文家访问。这时候沈从文正好看到丁玲的这篇文章，按照周建强的记述，就是沈从文让张兆和把那张照片找出来，给周建强看。所以这张照片在关键时候又出现了，但仍然是记载，我们现在仍然看不到，看不到的原因可能是不愿意让我们看到吧。所以这张照片前后的出现，都是最能够说明沈从文和左翼文学的纠葛。

　　但是我们回溯这种纠葛时，要看到一些历史的关键时刻，最关键的历史时刻就是 1926 年的 3 月 18 号，"三一八"事件。这一天同时发生了两件大事和一件小事。两件大事，第一件在北京就是段祺瑞政府在执政衙门前枪杀刘和珍君这么一件大事情。在"三一八"的第二天，那时候沈从文还住在香山，还帮着北大和燕京大学的学生一起散发传单。但据说在"三一八"的前一天沈从文写了一首诗，这首诗后来还发表在《晨报》上，而且收进了新月诗的诗集里头，这首诗叫做《给小沙》，沙伟女士的沙，这首诗是写给丁玲的。总之，那一天是北方发生的事情，这件事情标志着中国新文化运动的终结。

　　第二件事情是在南方发生，广州，非常著名的叫做中山舰事件，就是蒋介石和国民党左派的决裂，也是国共两党，联共联俄的、原来牢不可破的联盟之间产生了裂缝，这是在广州发生的事情。在同一天，在上海发生很小的事情，就是郁达夫和郭沫若动身前往广州，就任陈公博当校长的广东大学的教授的职务。这一小事情，但是广东大学那天为什么由陈公博代替了邹鲁来当校长？邹鲁是著名的国民党右派，后来跟国民党左派闹翻了，跑到北京开了一个著名的西山会议。陈公博临时代理广东大学的校长，陈公博我们知道，虽然他退党，但还是第一届中共党代会的代表，所以陈公博代替邹鲁，引起了原来支持邹鲁的一帮教授的不满。所以需要有生力军来填充离开广东大学的那一些右派教授的位置。所以郁达夫、郭沫若从上海动身到广州去。这标志郭沫若等等创造社这批文人，从文人的角色转变为革命的实践家。所以在 1926 年的同一天，发生了这样一件事情，有点象征性的，或者是标志性的事件。

这时候我们要回过头看到一个更广阔的背景。今年是中国新文化运动的100周年，对新文化运动已经有很多的反省。这个运动本身一开始是自我反省很厉害的一个运动，和别的运动不一样，从一开始就是自我反省。在30年代末40年代初的时候，沈从文作为一个大学教授，已经是著名作家，对新文化运动也有过反省，反省非常简洁，也非常准确，也提到了我刚才说的重要的年份。

他描述说新文化运动在1926年之前，关键词叫做表现自我。这是1926年之前，第一阶段大家都有一个共识就是表现自我、个性解放等等。1926年以后，另外一个词出来了，叫做获得大众。获得大众同时又细分为两路，一路就是叫做商业竞买，这是一路。第二路就是政党党派的指挥进来。1928年就更明显，就是政党党派指挥下去获得大众。

沈从文显然对这后来两个都不满意，他很多时候都说自己是在坚守了五四的旧立场。可以想象在1926年之前，尤其北京的文化界、言论界，有一个共识，就是有这么一个表现自我的共识。但是1926年以后就分化。分化以后，跟上海有密切关系的就是所谓的商业竞买，商业竞买就是说文学刊物、杂志、报刊出版等等，我们说叫印刷资本主义发生了密切的关系，这关系之前一直都有的，但这关系主要是之前的旧文学，就是鸳鸯蝴蝶派、礼拜六派等等，它们从晚清的时候开始非常蓬勃。后来发现新文学也很好卖，这是很大的一个转折。新文学很好卖什么意思呢？就是说像蒋光赤短裤党、少年漂泊者，销路极广。

其实后面更大的背景就是国民政府北伐成功，不定都北京，定都南京，北京不叫北京，叫北平，想象一下北京从明到清几百年的京城突然不叫北京，叫北平，北京人什么感觉，那是非常的失落，这是软方面的失落感。硬方面的失落感就是公共服务产能的过剩，所有的服务都超乎需要了。想象一下现在，历年来政协都有人提出迁都的议案，把北京迁到岳阳，离上海近很多，那北京怎么办？北京可想而知出租车就有一半不需要了，哪里需要那么多的出租车。所以很容易理解为什么骆驼祥子那么惨，骆驼祥子的黄包车，那么好的黄包车没有人坐。所以也能理解，为什么老舍笔下的北平服务态度那么好。这些都是跟北京改成北平有密切的关系。

定都南京的同时，把上海定为特别市，等于现在说的直辖市。当然这要利用上海的通商口岸和南京的交通便利。但是国民政府只能控制半个上海，另外半个上海是租界，租界当然是国家民主主权的一个耻辱标记，但是同时又提供了一个很好的言论自由的空间。可以知道当年北京变成北平之后，北平变成了一个死城，所有的文化人，主要是以刊物为生的作家等等，都搬到了上海。沈从文是后来与丁玲和胡也频来到了上海，就住在这附近。住了 3 年，1928 年到 1930 年，同时他们又编丛书、编杂志，红黑杂志就在那边。

这一年非常的关键，沈从文在北平已经成了多产作家了，为什么搬到上海？因为他最早的两本集子，一本叫做《鸭子》，是由北新书局出的，一本叫《蜜柑》，是由新月书局出的，这两家书局都到了上海。

留在北平的是什么人呢？就是在大学里教书的人，而中国最好的大学仍然是在北平。留在北平的这些人其实蛮苦闷的，因为这个时候，我觉得引入一个非常重要的论述，或者是叫话语，引发了中国长达十年之久的中国社会性质社会史的大论战，就是马克思的话语进来了，进来以后对中国的社会性质有了一个判断，其实这个判断马克思没有说得很清楚，马克思完全根据欧洲的历史来做出分析。提出过一个争议不休的概念，叫亚细亚生活方式，到现在也没有人能解释清楚，总之就是用阶级分析来判断当时中国社会性质产生的最大困难。

到底是什么社会性质？如果是封建社会的话，必须实行资产阶级革命，那么资产阶级是革命的动力，如果当时已经是一个资产阶级社会，那么资产阶级就是革命的对象。资产阶级怎么摆，跟你对这个社会怎么判断有密切的关系了。他们后来辩论半年，从列宁那边开始发明了一个很有意思的词叫做"半封建半殖民地"，这个词进来以后，我们革命对象就搞定了，怎么搞定了呢？这虽然是一个资产阶级革命，但必须是由无产阶级来领导，无产阶级联合农民等等来完成资产阶级没有办法完成的资产阶级革命，后来把它叫做新民主主义革命等等，反正这一套论述慢慢被全中国人所接受。

那时候产生的一个问题，涉及每一个个人，这个阶级输进来以后，我是什么阶级呢？我的前途如何呢？所以这时候留在北平死城里面的，没有一个知识分子能够逃开这样一种追问。沈从文的一个好朋友朱自清，写了《哪里走》，那篇长文发表在上海，1万多字。《哪里走》引的是武侠小说里面经常有一个渐进的强盗，突然有人站出来用"哪里走"，逼问每一个人。朱自清做了一个分析，之前我们都知道自我表现等等，跟沈从文说的一样。但是现在党派出来了，党派出来以后所有的事情都被纳入党的领导、党的组织里面，党的纪律、铁的纪律，哪一种都不是你的选择，由党说了算。在这种情况下，前几年还很好的一个词叫作：浪漫，就是获得自我，表现自我的时候，"浪漫"是很好的词，哇这个人好浪漫，现在"浪漫"变成了一个讽刺和挖苦的词语，你怎么那么"浪漫"呢？所以朱自清觉得没办法，朱自清认为自己是一个小资产阶级。小资产阶级是没有前途的，所以我们未必能够看到我们这个阶级消失的那一天，但是可以领略到逐渐颓败、颓废的一种命运，这是朱自清的一种自我认识。

这种情况不只是朱自清一人，比如说鲁迅，鲁迅其实接受了阶级分析这一套话语，我们知道他有一句名言，叫做唯无产阶级拥有未来，其实后面还有半句没有引，后面半句什么意思呢？我不是无产阶级，所以我没有未来。这句很重要。所以他认定他自己是小资产阶级，或者是无产阶级革命的同路人。一个没有未来的小资产阶级怎么和无产阶级革命相处呢？鲁迅的答案有点虚无，就是说那我们只能跟黑暗捣点乱，这是鲁迅的回答。

鲁迅的弟弟周作人也回答了这个问题。在当年，他的回答更偏向于自由派这边，自由派是留学英美的这些人，他们强调一点，就是要从专业和学者的角度，按道理你也要关心社会，但是要从专业和学者的角度出发去发言，这是自由派的观点。沈从文有点倾向这个观点，但是更复杂一点。那么周作人用了一个很有趣的意象，叫做十字街头的塔，我也没有象牙塔，但是在十字街头被人挤来挤去，好像身上也很不舒服，最好在十字街头建一个塔，随时可以从塔上下来，可以去参加一些喊口号、游行什么的，但是又随时可以缩回塔上去。周作人这种意象，多多少少和朱自清有点相通，采取一种比较灵活的态度。但仍然坚持要参加到社会运动里头去，不能放弃自己专业的身份。

沈从文怎么处理呢？我提出来完全是另外一个范畴，他说我就是乡下人。这个乡下人不是阶级分析的范畴，他是一个城乡社会学的分类学。这个乡下人很有趣，又不是一个天真和谐的山旮旯里面出来的一个赤手空拳的乡下人，这个乡下人比城里面人见的市面还多。所以他提出这样一个身份的时候，他就不存在说，他有没有未来的问题。乡下人自古就存在，将来还要永远存在下去。他没有纳入哪个阶级有未来，哪个阶级是革命对象。这个范畴，完全不能够从我们习惯的阶级话语得到一种解释。当沈从文从见过市面的乡下人的角度出发，对当年的胡也频和丁玲参加的左联就很不以为然。

回过头来说，左联的成立，本来就是一个妥协的产物。之前极力地、很大声的说不是左翼文学，是无产阶级文艺。1927年革命文学国际局召开的革命作家和无产阶级大家第一次国际代表大会，日本、朝鲜、越南，这些亚洲国家也相应成立了很多无产阶级革命作家这样的一些组织。什么时候左翼这个词出来呢？这肯定是一种退缩，一个战略上的退缩。共产国际认为不可能在全世界各国都发动无产阶级革命，把发动无产阶级革命战略任务者限定在欧洲，在亚洲这些地方，还是在资产阶级民主国家的框架之下争取民主。所以无产阶级革命的口号就叫得有点偏激了，所以退回左翼，是一个妥协、退缩和统一战线的口号。左翼这个口号是为了不让它那么吓人才提出来的，无产阶级是比较激进的口号。所以他们成立左翼作家联盟，还争取过鲁迅的意见，是不是不叫左翼更容易团结更多人？鲁迅反而觉得左翼这个词蛮好的，更鲜明一点。

成立左联的时候会发现特别有意思的事情，突然一大批昨天前天还被无产阶级骂得狗血淋头的几个作家，都名列左翼作家联盟先锋的名单上。首先当然是鲁迅，鲁迅前几天还被骂成双重的反革命。为什么双重反革命呢？连资产阶级革命都反，资产阶级已经反无产阶级了，所以他是双重反革命。阿 Q 时代已经死了，阿 Q 这种农民已经起来革命了，他还说这种落后保守麻木的阿 Q 死了……我们都很熟悉这一段争议。突然左联成立了，而且他成为了左联的领袖人物。另外一个人，前几天还被批得半死的郁达夫。郁达夫那么颓废，也列入左联重要的名单。更有趣的是茅盾，茅盾先生前几天还被无产阶级作家认为是一个叛徒，这一段恐怕大家都很熟悉了，因为茅盾先生本来有一个非常重要的任务，就是要带着一大笔钱，翻过庐山去参加南昌起义的，结果他说他在庐山上拉肚子了。而且他又跑到日本去写了一篇很长的文章《从牯岭到东京》，激怒了所有的无产阶级作家。突然现在又成了左联重头作家。这三位都是前几天被痛骂的作家。而且要说作家，只有这几位是作家，其他的那些人都不曾听闻。

左联这个组织的成立非常有趣，名字是一个统战的名字，纲领又是一个非常激进的纲领，但是组织的活动方式像是一个激进的革命组织。不是说我们在一起开一个创作会议、座谈会什么的，他们经常到街上去发传单等等，这是左联干的活。总而言之当沈从文参加了一系列营救胡也频，营救丁玲的一些国际性的捞人活动。捞人不成功，他以为丁玲牺牲了，所以写了《记胡也频》《记丁玲》和《记丁玲续集》这样一些非常感慨的作品，就说这两位好朋友，他们去参加这种必须做的社会活动的时候，要想一想，哪些是不能做的。你要去参加一个社会组织的时候，除了知道什么是可以做的，还要知道什么是不可以做的，这是第一点。第二点觉得这两个人住在租界里头听信了那些不可靠的统计材料，不靠谱的统计材料，这是历史。

沈从文就觉得丁玲和胡也频在租界里面听信了不靠谱的调查资料，就稀里糊涂的参加到社会运动里头。然后他用了一个词叫：可怜、可悯。丁玲在 80 年代看到可怜、可悯这个词以后，极为愤怒，说这么落伍的一个胆小鬼……有什么资格来怜悯我们？这就是开头引出来的一个纠葛。

总之，在漫长的 20 世纪，一直到 80 年代，沈从文几乎是在中国现当代作家里面，唯一没有接纳阶级话语的作家。所以可以理解，为什么沈从文永远没有纳入到我们的文学史叙述里头，我觉得这是最根本的一点。虽然沈从文写了很多文章，但他没有加入任何党派和组织。许多人都邀请过他，他不参加，但他左中右的朋友都很好，这些朋友都是生死之交的朋友。这很有意思，这样一个世事洞明的乡下人，从他的立场出发，他在 30、40 年代发表了那么多文章，是京派对海派的批评。其实他的批评对象基本是左翼作家，尤其是觉得他们写作过于公式化，写什么都差不多。第二个是模仿，专门模仿高尔基，模仿辛克莱，模仿粗暴，模仿愤怒，写的农民和军人都不像农民和军人，因为沈从文自己就是农民和军人，而且他所理解的农民和军人根本不能纳入工农文学范畴去解释。他这些批评都是非常独到和敏锐的批评，所以所有的左派作家都愤而攻之。

总而言之，最后的结果是我们都很熟悉的郭沫若的那篇《斥反动文艺》，把沈从文定性为粉红色的作家，导致刚刚开始我说他的自毁。这些我们都跳过。

张新颖：我插话几分钟。对刚刚黄老师讲的，我问一个问题，你是不是相信丁玲说的，80 年代的时候才看到沈从文写的《记丁玲》和《记丁玲续》呢？这个是回答不出来的，我只是问您个人的看法。因为这个书当时发表的时候，先是在报纸上连载，连载的时候，都被开天窗，然后书在良友出的时候，也是删了很多。就是说，这本书不是一本不受关注的书。我要问这样一个问题，因为丁玲的说法，到 80 年代才看到这本书，以前没有见到过这本书。

我要补充一个细节，我有一年在芝加哥大学的时候很无聊，就在他们的图书馆看书，看到沈从文 80 年访芝加哥大学的时候，图书馆所有的沈从文的书都找出来让他签了名，但是有一本他是不签的。80 年代的时候，芝加哥大学图书馆绝大部分的沈从文的书，是香港的翻印本，但是《记丁玲》和《记丁玲续》都是原版，翻印本他都签了名，但这原版的《记丁玲》不签。这是一个细节，不知道原因。

再一个问题，黄老师讲到，我觉得特别好，为什么沈从文不能够被纳入到文学史的叙述里面，提了一个词，常常被我们误解或者是误用，就是"乡下人"这一个东西。我觉得太了不起了，怎么发明了这样一个概念呢？我们现在把它简单化了，乡下人有很多很奇怪的东西，不仅仅是一个城里人和乡下人的生活对比。比如说有一些思维方式上的不一样，不一样的思维方式使他可以跳出很多的理论、概念等等，比如说讲革命，你讲革命什么东西我不懂，我是个乡下人，但是我知道，看你这些小白脸什么的，你脸那么白怎么革命呢？他是这样一种思维方式。他不是讲理论的，是讲经验的，经验是乡下人的经验，看这个人的作风，皮肤的颜色，就觉得这个人是不可信的，跟革命扯不到一块去的。

这种思维方式很可能使他抵御了很多东西，比如说我们在讲沈从文的时候，一般我们会把他当成一个传统的、农业文明的、牧歌式的乡土作家，他的对立面是现代的模式。沈从文是这样的，你们现代是什么？我不知道现代是什么，但是我看到了那个现代，乡下人要讲什么？理论我不知道，但是我要看到，我眼睛看到了，我手能够抓到的实际东西是什么。现在在我们湘西是这样的，原来湘西家里吃炒菜的油，是一个个手工作坊做出来的，但是现在是要把这些手工作坊变成有限股份公司，这当然是现代，而且要用机器来代替手工的操作。当然我们会简单化说一个现代的工业化生产方式代替小手工业作坊的生产方式。那么它会不会成功呢？沈从文说一定会成功的。但是这个成功不是现代的成功，他说了为什么会成功。你看这个有限公司的榨油厂是谁持有股份，是省长，军长，各种各样的势力持有股份，他们持有了股份，即使他们榨不出来油，也会成功的。炼油的方式，第一炼油的原料桐子是从农民那里收购的，从你那里收购桐子，这个价钱是我定的，然后我榨出油来，把油卖给你，这个价钱还是我定的，不是你定的。

我们会简单地说一个现代的事物，可是他会从现代的事物里面看到这样很实际的东西，有个人的反省，这样的思维方式和眼光，实际上就是一个乡下人的思维眼光。不跟你争论现代、传统，就看到实际的事情的运作。

黄子平：谢谢新颖的补充。丁玲到底有没有在80年代之前看到这两本书？现在只能相信她的话，没有证据证明她没有看过或者是看过。至于沈从文这个乡下人，他确实就是在阶级之外的概念。一个简单的测验就可以鉴定这一点，我经常问同学《边城》里面的爷爷是什么阶级成分？没有一个学生能够给他划成分。如果按照他的这种体力劳动，摆渡应该是一个雇农。但是渡船是公共事业的，公共事业是归边城里面商会提供的。总之没有人想到怎么样给爷爷划成分。总之，你要想到给沈从文的小说里面的人划成分的时候，麻烦大了，没有一个人能够纳入这个话语，我们一会儿分析《边城》改编时，能够看得很清楚。

总之沈从文对左翼作家，尤其是左翼作家写乡土、写军人的那些作品都极为不满。而且把那些小说叫做乡土文学的时候，都要加一个引号，或者是工农兵文学都要加一个引号。总之沈从文的意思是说，你喊那么多的口号没有用，还是要拿作品出来。

我们仔细看沈从文的作品，有一篇1937年发表的《贵绅》。与此同时，新月派的作家们刚刚遭逢一个很大的损失，就是徐志摩飞机失事。之后，新月派的士气有点不振，消沉了很久。正好这时候朱光潜从英国回来，他们办了一个杂志，要重振新月派的士气。说朱光潜还没有人注意，你来当主编，别人的目标都太大了。沈从文等是编委之一，他就在第一期发表了唯一的小说作品《贵绅》。这篇作品是很有意思的，应该是代表了自由派作为实际的成果出现。

《贵绅》这部作品大家都很熟悉，讲的是一个湘西小城里面，还没有来得及发展成爱情的爱情故事。贵绅很喜欢杂货铺杜老板的女儿金凤，但是文中说这个女人有克夫相，所以最后在京城里面跟他舅舅请教，他舅舅说你既然爱这个女人就应该向她求婚。等到他终于准备好资金回到城里的时候，金凤已经被四爷还是五爷纳为妾了。所以故事的结尾就是放了一把火，这一把火不是烧四爷的房子，是烧他自己的房子和杜老板的房子，贵绅失踪了，也许明天回来，也许永远不回来。

总之是有点重复《边城》的类似故事。这里面是有内在的反抗。可反抗的对象莫名其妙，讲的故事是讲命运等偶然因素，由于相信克夫之类错过了，其实在 1937 年发表的《贵绅》蛮重头的。问题是在 1957 年的时候，由于国际共产主义的运动解冻等，沈从文终于有一次机会，在 50 年代发表了他的小说作品，重印了他的小说作品。他做了一些修改，《贵绅》是最适合修改靠近阶级话语的小说。他做了一点点修改。这个修改拿去校对，根本是无济于事，他把贵绅的经济状况改得穷一点，把贵绅心里面的愤怒改得稍微强一点，把四爷、五爷的形象改得稍微丑陋一点。改完以后发现它没有适合阶级斗争的功能，所以在 1957 年这是一次失败的修改。

我们跳到 80 年代的时候，沈从文已经变成出土"文物"，是非常珍贵的作家。这时候很多人都要来改编沈从文的《边城》，最积极的是我们的上海制片厂。上海制片厂的导演也好，文学编辑也好，把剧本都改好了，寄给沈从文看，沈从文觉得这是有点威胁的口气，因为他们说这已经在文化部备案了，沈从文最不吃这一套，文化部备案了怎么样？沈从文最担心的是音乐，要沈从文为《边城》写一首主题歌，说《边城》有一首主题歌是什么样子，我们知道《边城》最好，就是因为它没主题。即使有主题也不能用一首歌可以概括出来。沈从文觉得最合适的音乐是各种号子。在各种不同的码头，有上水的码头纤夫喊的号子，有下水放台的一些船夫喊的号子。每一个码头喊的号子都不同，再加上鸡叫、狗吠就可以了，这是关于音乐的设想。

但是沈从文更担心的是人物造型。首先是翠翠，翠翠是一个蒙蒙眬眬的情窦初开的女孩。50 年代在香港拍的电影《翠翠》，虽然成就了名演员，但是年纪太大了，不符合翠翠这个年纪。他更担心的是船老板这些形象，跟一般的船工应该是没有什么区别，他就是手里面多几个钱，会去逛吊脚楼的土仓，跟别的船工没有区别，就是普通人。所以在《边城》电影里面出现一个 40 多岁，胖胖的，穿棉袍的老板，《边城》就毁了。因此沈从文一再说不要，这里面没有什么阶级斗争，没有什么军民矛盾，战斗等。这些东西加进去以后，他坚决不同意改编成电影。

后来是北京制片厂的凌子风改成了电影，据说沈从文没有去看这个电影。虽然他对翠翠的造型有点满意，但是据张兆和说，他对结尾不满意，说结尾不是我的。从《贵绅》和《边城》这样一正一反的作品，可以看出，沈从文确实一辈子就是在阶级话语外写作。这对于用来判断我们所说的这样一个时代，是非常重要的根据，值得我们再思考的。我认为，这样一个时代，什么时候结束呢？就是给全中国的右派摘帽子，那一年或者是那一天起再也不说阶级斗争要天天讲、年年讲，困扰了中国人那么长年月的时代结束了，从此提供给我们一个重新理解沈从文作品的契机。

主持人：谢谢黄老师，刚才讲了 1 个小时，肯定讲得口干舌燥。您稍微休息一下。我们上半场的讲座就到此结束，我们先休息 5 分钟，各位可以先休息一下，到门口去透透气。

（休息）

主持人：各位读者朋友，我们今天的下半场的活动马上开始了。今天下半场的主题是：一个文学编辑的三十年。台上三位嘉宾老师，除了前面的黄子平老师之外，当中的这位是李庆西老师，曾经供职于浙江文艺出版社，现在是《书城》杂志的执行编委，他出版过《小故事》等等。这边戴墨镜的老师，之前来过思南读书会应该也知道，是上海文化的主编，也是著名的文学批评家吴亮老师，大家掌声欢迎。

吴亮：子平讲前面的时代，我们三人讲的是后面的三十年。把子平和庆西叫过来，是我在半个月前突然的一个想法。这个主题是先把人叫到，然后再按他们出题目。子平正好刚刚去了张家界讲过这个题目，我说你就不要再讲这些东西了，对我来说不是新东西了，李庆西是不大愿意说话的，我说我们两个哥们在你旁边。

我们三个人的故事从 80 年代开始。从我自己来讲，在 1984 年的夏天，我和上海另外一个评论家程德培，我们第一次两个人为了他一个弟弟的作品讨论会，在杭州的城站下来。当时我们彼此不认识，也没有看到过照片。有一个举着牌子的人——上面写着吴亮和程德培——那个人就是李庆西。当时他还完全不是这样子，穿着短裤，举着吴亮、德培四个字的牌子。这是我们第一次认识。

到这一年夏天年底，我在上海作家协会的会议室里面看到了黄子平，中间的故事我就略过了。其实我们的写作早就已经在做，从那以后我们成了非常好的朋友。而且很巧我们三个人都做过一些编辑工作，李庆西是一个非常专业的编辑。我现在收集的一些信件当中，子平给我写过很多信，信封写的是北京大学出版社。现在我们不用书信了，我觉得非常遗憾，因为我们当时所有的信都有笔记，都有邮票，都有邮戳，都有信封，而且我们当时用的都是单位信，这是很特殊的情况。

今天的故事应该是从李庆西开始，因为我把你请过来。李庆西最早做一套书叫《新人文人丛书》，是 1985 年开始做，到了今年是 30 年。他们又把这几十本书基本原样不动的重新出版，作为纪念 30 年。庆西你来展开讲一下。

李庆西：我是 1983 年进入浙江文艺出版社，虽然年纪也不算小了。但是因为是刚进入这一行的年轻编辑，我想做一些事情，当时有一些机遇，机遇都和上海有关。第一个机遇，我们社有一个老编辑接到华师大的许杰教授推荐的许子东的一部书稿《郁达夫新论》。这个书稿是一位老编辑处理的，他觉得非常好。然后很快就准备出版了。正好这个时候碰上了"清除精神污染"，上面就很紧张，本来这个书稿，我们编辑部是这样的，责任编辑就负责到底，然后由社主任和分管的主编管就可以了，别人是不用管的。但是因为这个事情一来，我们每个人都要看一下书稿，上面规定，这个编辑室的每一个人都要看一下许子东的书稿，看有没有问题，要严格把关。我就有幸提前在这本书出版之前看了，我们是排出了校样，多印了几份，几个人分着看。

看了以后很惊讶，因为许子东年纪比我们小两岁，他当时是华师大的硕士研究生，刚刚毕业，我们不但没有挑出问题来，还觉得非常好。其实按照当时的上面的某些要求来讲，肯定是有问题的，比如说为

吴亮

李庆西

郁达夫的颓废、色情这些加以辩护，强调了对郁达夫人性论，作为一种同情和理解，当时是有一点犯忌的。但是这个年轻人有一种言论的勇气，当时是一个思想解放的年代，我们社里一共三个老编辑，两个年轻编辑，另外一个就是现在上海九久读书人文化公司的老总叫黄育海，他年纪比我还小，我们五个人都认为非常好，这本书应该出版，上面当然也没有办法了，也就很顺利的出版了。

与此同时我又认识了吴亮和上海另外一位评论家程德培。我在报纸刊物上注意到他们的名字，他们非常关注国内当时一些比较新锐的小说，写了几个评论。我当时认为他们的评论，使人感觉跟以前的评论不一样，有一种新的思路。更多的用于审美小说本体。因为以前的评论往往是说看你这个书，有没有反映论、工具论的认识，他们的评论完全不一样。我本来想跟他们联络，但正好有一个机会，杭州市文联要开作协讨论会，他们就问我，能不能找到一些评论家？我就想到了他们两位，联系了他们了。

后来我们在浙江建德县开会的时候，我就和吴亮他们各种各样的聊，我很想给他们出书。当时出版社有一个非常不成文的规矩，对年轻的作者，他们更看重有专著，零散的一篇篇文章集成集子的东西，一般是给予名家的待遇，你初出茅庐，要有一部有分量的专著，他们就很感兴趣。我就鼓励吴亮和程德培应该写专著，写专著我们这里出书。当然他们很想，现成的文章能够成集，也很好。我就这样跟他们打招呼了。

过了一段时间，吴亮寄了一封信过来，信中寄了一封茹志鹃给你的信。茹志鹃就说到，江苏人民出版社，有一位编辑到上海来读稿，茹志鹃就推荐了你和程德培的信稿，那个人就很感兴趣。但是茹志鹃当时要出国还是干什么，我忘记了，叫你自己去找江苏人民出版社的编辑。然后你就把这个信转给我，因为我之前给你说的，你先要跟我打招呼，问我这些评论还要不要了？于是拿着信到我们的总编前，我说这两位青年评论家的文章非常好，如果我们不要，茹志鹃推荐给了江苏，这里就有一种竞争关系了，然后他就说你先要下来再说。这封信我还收藏着。

吴亮：你没有跟我讲过。

李庆西：我偶尔看到这封信还很感慨的，当时的老作家，他当时已经是上海作协的领导了，他们对年轻人提携，我真是非常感谢他。他把你调到上海作协比王安忆还要早，这是很不简单的。所以有这样一个契机，这套书就开始有基础了。

跟子平的话是 1984 年，是在杭州文联会议之前，当时上海文学编辑部跟我们浙江文艺出版社，还有杭州市文联三家筹办了一次杭州会议，就讨论新世纪文学一些问题。会议是在杭州开，当时最主要的策划人是上海文学的李子云老师和周建人老师，当时他们一个是副主编，一个是编辑部主任。因为《上海文学》的主编是巴金先生挂名的，实际日常运作是李子云负责。他们两位，主要策划这次会议，会议在北京请了一些人，其中包括黄子平。子平他们到了上海以后，那天周建人把我先叫到上海来，实际上他们从上海到杭州，是雇了一辆大巴车去的。因为进城以后，到我们会议，会议是租了一个解放军疗养院，怎么找到解放军疗养院，司机找不到，就叫我先到上海来，带着那辆车到杭州。这样我就先到上海了，《上海文学》把北京来的那些人安排在文艺会堂，把我也安排在那，在上海住了一个晚上，第二天到杭州。

那天晚上我见到了子平，也很有幸。子平那个时候，在北京已经名气很大了。我试探性的问他，说你的东西有没有给出去，也就是说有没有出版社把你的东西要出去？他说没有。我就有点意外，就说那你给我。我这样一说，子平也就很爽快的答应我了。我所看中的这些东西，就一步步的到我手里了。其实这部书差不多北京一半、上海一半，北京上海以外的也有几个人，差不多三四个人。

这套书出了，多年以后我想到一个问题，黄子平有一个观点，因为黄子平是当时评论的，其实他也研究以前的老作家的东西，包括他刚才讲的沈从文。他当时一篇很有名的东西是评一位老作家，当时还在世的林斤澜先生的，他的文章就作为《新人文丛书》中的那一本书名，叫做《沉思的老树的精灵》，就是林斤澜小说的那种特点，这篇非常棒。

但是黄子平很关注当代文学的走向，自己同时代作家，同辈作家的一种发展。他有一个观点，就是说文学评论是要同辈人去评论，才能够真正的理解和推动文学潮流的发展。我就挪用他的观点，同辈人的出版也很重要，我关注的是同辈人的出版。

所以我新人文的这些作者，基本上是我的同辈人，同辈人的一种理解。当时我们同辈人的出版是跟我们上一代的评论家有明显的区别。上一代的评论家我不能笼统说他们都是一样的观点，他们每个评论家都有自己的特点，也有思想解放的，但是思想解放也跟这一代评论家有很明显的区别。

吴亮：子平讲到同代人的评论，我觉得有好多的原因使我们同代人联系在一起。我们从一个艰苦的生活当中磨炼了自己，但是 20 年的话足以把你毁掉。所以你把这种经验告诉现在的小张，小王他们都不知道，就没有这个经验。

由这样一个时间的追溯，我们在 80 年代，是有很多的话题，但是我们常常会去想象将来，而且那时候中国总是在问明天会发生什么，或者在期待着，或者希望出现什么，但是我们已经过了 60 岁了，所以在谈以前。

刚刚在上面还问了两个问题，我说子平你在考大学以前，一直在农场吗？他说在，一直在海南岛的农场待了 8 年半，庆西在黑龙江，我在上海的一个工厂里。假如不是这样一个 1976 年的变化，我们三个人是不会认识的。

李庆西：绝对不会认识。

吴亮：所以生活当中我们在回顾的时候，并不是说每一步都必然会出现，必然会发生，这些都是不知道的，都是不确定的。但是因为生活这么过来了以后，它已经嵌入在历史当中了，就是这么一件事情。

所以这是一种强烈的宿命感，和非常偶然的甚至于侥幸的感觉，荒诞的感觉，不可知的感觉是越来越明显的。但是到了 80 年代后期，子平出国了，我当然还在上海，李庆西还在浙江，我们两个都比较懒惰，不大愿意挪窝，也没有能力挪窝。那时候李庆西他们还编一本书叫《中国新时期文学大系》。

李庆西：对。80 年代末曾经想编一套评论方面有关的，中国新时期文学大系。分了各种主题，比如说寻根小说，诗歌等，一共 9 本，具体的内容我已经忘了，这套书我们完全做成了，花了很多的精力，在北京请了一批老先生做顾问，像冯牧、陈光磊等等，你们这个层面上是编委，主编是刘再复。已经打了校样，三校以后，就等着付行了。那个时候不像现在是电脑排版，还是铅排的年代，要打好纸型，打好纸型以后，用纸型去浇铸铅版去复印，复印之前正好赶上 1989 年了，这个事情就受到了牵连。

其实这本书的内容，应该讲比较客观完整的反映了 80 年代评论思潮整个的变化。内容很健康，我至今也认为没有什么不可以出版的。当时由于主编的原因就没有出版。后来也想不出办法，到现在还没有出来。这都花了很大的精力。

很有意思的是，有一次在北京开编委会的时候，把一些顾问也找来，冯牧也在，有一次说到寻根的问题，冯牧就指着我说，他知道我是为寻根派鼓吹的，就说你们不知道顶雷在前面，意思是说他们为改革开放以来的文学发展，是心力交瘁的，你们年轻人只知道往前面闯。其实寻根派也没有什么，当时的文艺理论文艺思想基本是这样的，你要作为一种主旋律的东西，就应该各种改革开放的，写历史，像寻根有的写到解放前，写到黑暗的这些，好像不是我们新世纪文学应该有的面目。

其实寻根是一种反对当时工具论的一种模式，作为一种叙事策略做突围。不按照你们原来那种思维模式去玩。像阿城、韩少功都是这样，实际上玩了一个叙事策略的问题，不是要跟当权者挑战。但是上面还是蛮紧张的。

黄子平：读沈从文要从北京、上海两段来看。沈从文在北京那一段时期叫做文学青年，到上海就变成职业作家。文学青年和职业作家区别在哪儿呢？文学青年不断的投稿发表不了，收不到稿费。职业作家不断有人跟你约稿，而且夸你是天才作家，不断的出版，出版了以后拿不到稿费，殊途同归都是收不到稿费，这是文学青年和职业作家的区别和共同之处。

我们都当过文学青年。文学青年和编辑的关系，经常是一个所谓被发现的关系。编辑突然觉得此人的文章可用，从自由来稿就拿去发表，发表以后，下次再投稿就机率大一点。

到了后来，我就最怕这两位当编辑的。不断写信，现在也有电邮，就问子平有稿子没有？后来我发现这几年，我的稿子除给了李庆西就是给了吴亮。这两位朋友的约稿我是没有办法拒绝。经常在我们学校年底要填表报成果的时候，系主任要写一个评语，说此人的文章写得不错，但都没有发表在核心刊物上，这两位不在核心刊物上。

作者和编辑的关系确实有一个历史演变。一方面是作者自己的经验积累和编辑的变化等等。我相信我在 70 年代还是蛮幸运的，不光得到庆西这种同辈人的亲睐，一些长辈也给了我很大的教育。刚才说《文学评论》发表《沉思的老树的精灵》这篇文章的时候，出版社给了一个版画的封面，结果新华书店的小姑娘就把它插在童话里，误导了很多家长。后来，凭这本书我还拿了一个奖，青年评论三等奖。领奖的时候和二等奖的刘娜站在一起，她说你怎么取这么奇怪的一个题目？我记得当时文学评论的编辑杨思伟老师给我删掉了两个词语，我一辈子受益无穷。一个是"毫无疑问"，我马上明白，没有任何事情，任何观点是毫无疑问的，你总是能够提出疑问的。另外一个成语叫做"众所周知"，谁都知道你说它干什么？

所以我领悟很深，第一不要说死话，第二不要说废话。从此以后我再也不用毫无疑问和众所周知这两个成语。但是这其实是改稿子，当时我刚刚发表一篇文章，就请我到他们家去涮羊肉。当时在北京请人家涮羊肉可不是一件很简单的事情，肉票是要配给的，买了二斤羊肉之后，这一个月的肉票都没有了。我第一次领教北京人涮羊肉的调料是以豆腐乳为主的，等等。这是编辑和作者的关系，在 80 年代就那么的有意思。

李庆西：你刚才说到这个，我就想到了，我也请你吃过涮羊肉。

黄子平：对。我还陪着许子东到过王庆家里吃打卤面。

李庆西：那个时候我们刚刚大学毕业，是一些小年轻，他们都是鼎鼎大名的，在我们眼里他们地位已经很高了。我到北京去还是 1984 年的夏天，王庆当时是《文学评论》的副主编，编辑部主任是陈景涛，还有一个老编辑，三个人请我在他们社科院大楼不远的地方吃涮羊肉，吃完了以后他们三个人还抢着付账，最后是王庆付的，他说这里工资我最高。

黄子平：我陪着许子东到王庆家里，他住在一个很狭窄的单元里头，做打卤面给我和许子东吃。在北京做一个打卤面也不简单。后来我发现，北京市和别的市比有一个很大的优惠，就是你买 2 毛钱的肉不用肉票。不知道后来作者和编辑的关系怎么样？那些打卤面、涮羊肉我一辈子都会记得。可能过了那个年代没有这种气氛。

和同代人之间，就比较不客气，李庆西跟我要稿子的时候，我其实没有写几篇文章，那时候我就发表了七八篇的小文章。

李庆西：不可能，你隔了没多久就给了我。

黄子平：那一段时期成了高产作家，拼命为你赶文章，所以写得非常的粗糙和匆忙，完全是为了发那本书，也误导了很多的家长，非常的抱歉。

李庆西：在我的回忆中，80年代是比较愉快的十年。我们说80年代，因为我是从83年才开始进入这一行，可是到了90年代的时候情况又变了，整个文化界、文学界都比较沉寂，后来我们突然就转向了现代文学，理论创新的东西在当时写得比较快，我们那个时候浙江文艺出版社就搞了一套《现代作家全编》，比如说《徐志摩全编》《鲁迅小说全编》等，包括沈从文的小说全编我们都出过。沈从文小说、散文都出过全编。这个系列我们一共出了50种，主要的现代作家基本上都有。比如说这个作家有小说就出小说，有散文就出散文，或者是小说散文都写的话，既有小说全编，也有散文全编，甚至还有诗全编等等。

这样的工作在我们的出版界，我们往往称之为文化积累的工作，把好的文学，差不多每一代的读者都应该领会，我就把精力放在这上面，就一本本出，差不多积累出了50种。其实这项工作，从80年代已经开始了，80年代我们没有钱投入，到了90年代，别的项目很难干了，我们继续转到这方面来干。差不多用了10年工夫，出了50种，后来还是获得国家图书奖的提名奖。因为做这项工作感觉跟做新人文丛书又完全不一样。

但是当编辑有一个好处，你经常能学到东西，不断有新的东西，新的思想来刺激你。这是我90年代主要做的工作，别的也有陆续在做。其实90年代初，吴亮有一本城市笔记，实际上是中国最早研究城市文化现象的，我这方面还是有点灵感，我觉得这方面很有意思，我建议在他已有的基础上写了一本书，这本书大概是15万字左右，这个书其实很棒，但是应该是时机不好，拖到90年代才出，而且宣传也不到位，所以后来影响不大。客观来讲我至今觉得这本书还非常好，是中国城市文化研究的先驱。

吴亮：我在李庆西的浙江文艺出版社出了第一本书，是到目前为止最后的一本书，现在又重印了。加在一起我有30本书。但是我在那些书里面，有1/3都与浙江文艺出版社，或者和你有关，或者海天出版社，都是你拿过去的，所以关系是非常有意思的。我的兴趣很广泛，和庆西相同。到了 90 年代以后子平去了国外，一开始大家的通信也很不方便，我们是 1993 年在台湾见到一次，当时有一个会议。然后就是 2000 年左右，子平经常会到大陆来参加一些活动，来往也比较方便了。到了这几年就更频繁了，常常在北京、上海见面等等。

所以 90 年代之前我们没有太多的交流，但是我们自己的生活都发生了很大的变化，这是一个非常重要的中年时代。我们到了老年以后，子平又回来了。我们见面谈的东西都是阅读和写作，或者是有同样兴趣关注的问题。从某种意义上说，我们三个人兴趣都是非常杂的人。

李庆西在 90 年代跟我的关系非常密切，但是我们这个密切已经变成了非常生活化的密切，就是我一有空就去杭州玩。我知道他编很多书，但他编的大量书我是不看的，一些世界名著什么的，觉得看过了也就看过了，不看也就不看了，无所谓。但是对李庆西自己从事的写作我非常有兴趣，李庆西是一个非常好的小说家，他写的不多。他 80 年代有一篇非常小的小说，叫《张三李四王二麻子》，写的是三个人，张三、李四、王二麻子都是抽烟的人。现在烟禁下去的话，你这小说就没有了。这两天在微信上面，我就传播这近 100 年来的瘾君子的照片。你们最喜欢的这些人物全是抽烟的，我还找了非常漂亮的女人也抽烟的，像玛莉莲·梦露等等。这么好看的人都吸洋烟，你们这些人那么文明，你们有什么好照片啊？他写了三个人的小说，而这个小说没有什么意义的，根本没有什么重大的内容，王蒙非常喜欢。当然我不是说王蒙喜欢就好，王蒙是不抽烟的。我到他家去，他说你可以抽烟，这非常有意思的。

他那个小说写什么？我就不讲故事了，有一个是讲一个人抽烟，前天晚上写报告，后来发现火柴盒里面只有一根火柴。因为当时还没有打火机，怎么办呢？他就想到一个办法，把煤气点燃，烧一壶水，然后水慢慢烧，就开始写东西了。他写的是报告，还不是作家。写写写，里面响了，水开了，灌进水壶里面，把家里的东西全部灌满了，他还写不出来，香烟一直在抽……我觉得非常荒诞，非常好玩。

还有一个故事，是一个抽烟的人被老婆赶出去了，就跑到楼下来，然后往上面看，他没烟了，到邻居那借烟。这个故事也非常好玩。

我给李庆西的小说写了一个前言，子平也注意这么一个小故事，我们是非常偏爱他的小说的。而且这注定了李庆西的小说不会有很多人喜欢，但是我觉得这是好事情。我不喜欢，100万册的书我也肯定不会看，10万册我会考虑看看，一般来说二三千册我会买一本，我一般是这种想法。一般说100万的，平均质量都下降了，因为一个好东西要100万人喜欢，肯定不是好东西。你们要相信我，也不要相信我，相信我的话这样就太多了，我希望我和你们不一样。李庆西的小说是什么？完全是无意义的，所谓的庆祝无意义，我们才刚刚想到这件事情，李庆西30年前就想到了，庆祝无意义，没有一篇小说是有意义的，我就喜欢他的文章。我当时写过一篇序，那时候文学已经没有人看了。他也觉得比较好玩，我写了一些生活的故事。

李庆西： 由于当编辑，我写的也不算多，但我不像子平老师一样害怕写作，他把写作看得太重要了，太当回事了。我当时喜欢写作，但没有更多的时间写，因为当编辑占了很多的时间。所以写的不算多，其实也不算少，有一点漫无方向，吴亮说的庆祝无意义，也许有一点。

我在浙江文艺出版社一直干到54岁，还没有到下岗的年龄，当时出版社搞改制，意思是说事业单位改企业，面临着他可以让你不退，但你不退的话，就变成了企业了，企业单位和事业单位是不一样的，大家都说你必须现在退，现在保留事业单位退休待遇比较好，所以我随着大流就退了，当时整个出版社差不多退了20人。我也退了，我那时候快54岁了，第二年正好九久公司把《书城》杂志拿过来做，把我叫去给他们编这个杂志。《书城》一直有，是上海三联书店的一份杂志。但是长期以来总是有不同的人在承包这个杂志，我们前面那一拨人是一种办刊方针，他们想办一种时尚杂志，印的比我们现在精美，开本要大，但是他们要配许多的服装广告、珠宝广告、汽车广告等等，他们是想指望广告挣钱的，结果免费给人家做了广告，钱也拿不回来，所以他们在经营上失败了。但是他们时尚的做法，是里面的文章都比较浅，是一种轻阅读，蜻蜓点水式的，印的很精美。

我们觉得像那种砸钱式的做法，我们做不起，也不提倡，我们想提倡深度思路。比方像北京三联《读书》杂志，这么多年又走的有点过于注重学术和政策解读。所以通俗来讲还是提倡 80 年代的做法，提倡阅读的趣味。我是从 2006 年开始做这本杂志，做到现在 9 年了，到明年就要 10 周年了，10 周年我们要做一次庆祝活动。

做这种杂志很累，因为这是月刊，而且人文艺术类方方面面的内容都可以登，所以内容又杂。加之我办这个杂志有一点完美主义，希望文章漂亮一点。为什么老是盯住你们二位呢？因为你们二位的文章我特别喜欢，读者也特别喜欢。我们编了这本杂志，除了他们这些老朋友外，也有新的人给我们不断的投稿，也结交了一些新的朋友。像吴亮在我这边连续发的，后来成了那本《我的罗陀斯》，这本书也是跟我有关的。还有像海外有位女作者，叫马慧元，她是写音乐的，写得很好，连续在我们这边发。后来上海文艺出版社出了一本叫《宁静乐园》（也可以读成乐［le］园），一字双关，专门是谈音乐的，谈的非常好。她自己做什么许多人都不知道，她自己的工作是做 IT，计算机编程方面的，但是她的音乐玩的很好，在我们这边连续发文章以后，就出了这么一本书。还有一个叫李伟的，专门谈艺术方面的，在我们这出了两本书。跟这些朋友接触，对自己办的杂志，也觉得很有成就感。

吴亮：中国有这样一句话，叫文人相轻。确实很多所谓的文人我是看不起的。但是今天在座的这两位，我们都是会相互欣赏的状态。

我不知道子平。因为我们从来没有交流过，这也不是我常常会想的问题。就是有时候我们会在同行当中有一种较劲，就这一问题我写得比你好，或者是我写得更有意思，我还有什么可能性没有？诸如此类的东西。我也是会有的，但不是具体的要和他比什么。我是看看我的能力在什么地方？我要写出来了才能知道我干了什么。现在写文章，我倒是和当代的艺术评论有较劲的，这是一个潜在的能力，一种欲望。

和子平、庆西，我从来没有想过跟他们较劲，但是我有时候想，因为你们年纪比我大，你大我 4 岁，子平大我 6 岁，我把他们当兄长。那时候我 30 岁不到，你们 30 多岁，我想做一些很漂亮的事情让你们来表扬我，有这种感觉，有这种欲望。所以我写文章非常愿意给朋友看，为什么 90 年代不写文章了？因为这些朋友都不写，或者出国了，我觉得能表扬我的人已经没有了，我很在乎这几十个人，我对一般的读者无所谓的，因为我不认识，但这是意外的事情。

我现在还有这种相互欣赏，比如说对庆西欣赏。因为有时候我们关系太好了，有时候会批评你，我们之间已经到了不可能再哄你的关系。也许因为某个地方的不一样，或者会有一些不一样的观点。对子平的喜欢也是没有理由的，所以我前两年去北京看子平的时候，他当时讲的是另外一个什么回忆录，我说他要做一些录音什么的，因为我们不可能在家里做这些，我也不能够在旁边弄一个小凳子在旁边听，我说你是不是要把它录下来，学生再整理？他说不行，那时候眼睛有飞蚊症。子平写作是很认真的。我知道录音的整理一定要亲自弄，因为学生弄的话会一塌糊涂。后来我就说没办法了，你讲的课我都听不见，他也不弄，他有飞蚊症，后来又说有糖尿病什么的诸如此类。心里面有点遗憾。所以这次请他来，我就听一听也好。

因为子平有一次到上海来，讲的是上海女人的衣服什么的，因为我不知道。你是在作家协会讲，我那时候不太去作家协会，就漏掉了。虽然我很不喜欢讲张爱玲，但我喜欢对张爱玲的研究，就讲当代艺术，当代艺术很多都是垃圾，但是研究垃圾可能会是一篇好文章。

我那个时候提出这样一个题目，和出版都有一点关联，做编辑的话，都有点自律的，尽量和编辑打交道。今天两位年轻人没有来，我非常偏爱他们，就是张定浩和黄德海，我也是对他们的才能有一种欣赏。这种推动很重要，虽然子平没有直接推动我，庆西是一直推动我。因为三本书都和你有关，本来是一篇文章，后来变成了一本书。你就是《城市笔记》，还有就是《我的罗陀斯》，你说这篇文章就是一个序，你写下去。还有《城市笔记》你也说这是一个序，一个篇。所以你这种推动力非常好。我这种推动力也推动着年轻人。就是我们会情不自禁的，我说你是一块很好的料，为什么不把它写出来？我觉得弄出来以后，这旁边也有我的功劳，你说，我完成了，我是很享受的。

我不知道现在的编辑会不会有这样的情怀。

李庆西： 当年编他们的《新人文论丛书》，之后也编过一套，他们两位也在其中的一套学术小品丛书，那是很小的一套丛书。那套丛书，应该讲在国内是率先开创了学术随笔的出版思路，之后学术随笔的出版比较多，我们这套书应该说是出得最早的。

这套书倒不完全是这一代学者和评论家，也有很多老先生。这套书，我们《读书》杂志有一些朋友，他们帮了许多忙，帮忙介绍作者什么的。我记得到金克木家里约好的是赵丽雅，叫扬之水的这位女士陪我去的，扬之水现在粉丝很多。金克木在80年代的时候，给《读书》杂志写了许多短文章，叫做读书的补白，长的大概有七八百字，短的也就一二百字，文章写得很有趣，很有味道。

我们想要他这些东西，就跟他谈这个。金先生哈哈一笑，很自谦的说，我这些竹头木屑，这是成语，意思就是说边角料，他说你真会动脑筋，我这些竹头木屑你也能做成一本书？我作为编辑，平时不大会说话的，但是我也有比较会说话的一面，我说话不能这样说，文章的好坏不在于长于短，《世说新语》里面的文章比你还要短的，就摆在《世说新语》的位置。金先生看我这么会说话，他就很开心，他就哈哈一笑，这件事情就这么谈成了。

当编辑会遇到这么一些有趣的事情。1991年的时候，杭州三联书店搞活动，搞签名售书。那一天出场的是汪曾祺先生、吴亮，还有马原，本来王蒙也答应去的，但是那天王蒙临时有事情，本来是四个作家来签名的。因为王蒙不在，书店的主持人看书店有我的一本小册子，说你也来凑一个份子吧，把我也凑进去了，于是我们四个人在那签名售书。你还记得不，汪老前面排了许多人。

吴亮： 对，还有丁聪。

李庆西：丁聪不在同场吧，我纯粹是打酱油的。吴亮和马原前面的人，肯定比不上汪老那么多，汪曾祺门前排了很多人，吴亮他们人比较少，由于读者当中女性比较多，吴亮就有点酸酸的说，现在小姑娘都怎么喜欢老头子了？那时候吴亮不老，汪老才老。马原就一本正经的说，吴亮我们也会有老的时候。

汪老给人家签名，我从来没有看过有这样签名的，我看了很感动。他不管人家排队多长，他就觉得该怎么签就怎么签。

吴亮：他是拖延战术。

李庆西：他不完全是签汪曾祺这三个字，还问你叫什么名字，把某某某名字写上，而且还跟你聊两句，有时候还给你画几笔。我看到了，他给男士画了一匹马，给一个女士画了一盆水仙花。我同出版社有一个女的美编叫梁珊，名字当中有一个珊瑚的珊，他一听了这个，就给他画了一个珊瑚笔架，是用线条的方法画的，旁边还像中国书画一样写了许多字，这些字我都忘了，满满的写了整个扉页。

吴亮：当时我看到汪老，我和汪老是在香港第一次见面的，见面以后我觉得很奇怪。当时香港还可以抽烟，他抽的是骆驼。然后到了游艇俱乐部，他喝的是洋酒。我说汪老我们只知道你以前喜欢喝黄酒、白酒，或者是抽中国烟，说你怎么现在会喝这些了？他说我刚刚在聂华苓那待了半年，美国烟好抽，洋酒好，很实在。我喜欢这老头了，虽然他和我不熟。

后来那次到杭州以后，他可能还记得我，大家就这么聊起来了。就讲到了签名售书，人也不是很多，七八个，他看看，杭州的小姑娘在西湖边很漂亮，问你叫什么名字？人家很高兴了，名字里面但凡有一个荷的，就画荷花，有兰的就画兰花。他也是看一些美术的书，很简单的简笔，感觉就出来了。有时候他脑子里面记一些清朝的诗歌，他说写唐诗宋词都太滥了，人家都知道，写清诗人家不知道。老头子都告诉我，因为他知道我抢不了他这饭碗的。因为有人过来，看到这老头子还给人画一个画，又加了一个排队的，所以很慢。旁边的丁聪开始也很缓慢，所以两个老头子出尽了风头，我和马原就在旁边看。丁聪在画什么？就写几个字，就说不可食无肉，宁可居无竹。因为我们在问他为什么头发那么黑？他说我不仅是吃肉，而且我是不吃蔬菜，所以他活了90多岁，头发还黑的，这些故事很有意思。

这些老先生对我们都非常好，对我们都没有辈分之分。在80年代，好像有一些人说要重新描述他，我说无所谓，时代是这样过来的。80年代是从70年代过来的，70年代什么意思？"文革"结束，不管是年纪轻的中年人还是老年人，都受到伤害。我们好像这一段时间有这样一种感觉，老干部平反了，知识分子平反了等等，但都很真实，大家都被解放了，大家都有时间了，大家都能够在一起说话了，完全是一样的。代沟有一段时间几乎就没有了，当然也要看人了。到后来慢慢这个秩序、结构起来了以后，又出问题了。但那时候我觉得真是不大有。我不知道子平感觉怎么样？周围的一些老先生或者是长辈对我们都非常好。

李庆西：三联书店以前有一个好几任之前的总经理，也是一个著名的出版人，他对我的指教和帮助也很多。从他这里我听到一些老出版的情怀、气度真是不一样的。他跟我讲过一个事情，他抗战前刚进入三联书店，现在的三联书店是三家书店联合起来的，其中之一是读书出版社，刚进入读书出版社做一个练习生，很快就发生抗战了。抗战了这些出版社都迁到重庆、四川、贵州等等这些地方。很长一段时间就没有业务，因为当时都是拼命逃难、安置人员什么的。他那个老板，就讲我们现在暂时没有出版业务，但是鬼子我们总是能够打败的。现在我们作者的资源要保留，因为抗战初期这些文化人都很困难，我们能够帮他们一把就帮他们一把。当时他们出版社有剩余资金，因为没有业务。当时他就把所有的剩余资金，资助那些经常联系的作家。

就派范用去给沙汀、艾芜送钱。因为那个时候交通也不便，地点也经常变来变去，等到他找到沙汀、艾芜以后，大概在途中花了2个月。找到他们家的时候，这两家人家正好都是无米下锅了，正好在节骨眼上救了人家。他跟我讲完这个故事以后，范用先生就哈哈大笑，他说他这个老板，也不怕我携款跑了，他是一个小伙计，带着一大笔钱，给两个当时知名作家送去，那时候的人相当的诚信。我觉得那时候的出版社，真是有一种责任担当。

主持人：非常感谢今天几位老师精彩的演讲，尤其是听到了汪曾祺老先生签名的秘诀。我们今天的活动就到这里结束了，因为今天比较晚了，4点半了。如果对几位老师的作品有兴趣的话，我们那边书摊可以买到，如果有想跟老师交流的话，可以私下交流。谢谢大家！

时间：2015 年 6 月 20 日

嘉宾：萧大忠　陈子善

为了爱的缘故

——《萧红书简》新书分享会

主持人：各位读者，下午好，今天是思南读书会第 73 期，首先感谢大家在这么炎热的夏天，端午节，过来跟大家分享新书，谢谢大家，也谢谢嘉宾的到来。今天的主题是为了爱的缘故——《萧红书简》新书分享会。上海人民出版社前不久刚刚新出版的一本萧红和萧军的往来书信集，其中有两人书信原信扫描件，是全彩印刷的精装本，非常精美。这里请到的是萧军的长孙萧大忠先生，另外一位是思南读书会的老朋友，华东师范大学的陈子善教授。今天由他们两个人给我们分享中国现代文学史上非常著名的萧红萧军两位作家的文学和他们的爱情故事。

陈子善：我先开场白，因为大忠先生是我们上海的客人，我一直是上海人，思南读书会来过几次，也算半个主人，所以我先开场白。今天下午，我们跟萧红、萧军，两萧共同度过。我先谈一点，我这个年龄，不可能见到萧红，萧红是 1942 年初去世的，大忠先生也不可能见到萧红。但是他是萧军的长孙，萧军是他的祖父。我只是一个现代文学的年轻研究者，但是有一个机会使我认识他。因为我在 70 年代末 80 年代初，参加《鲁迅全集》书信部分的注释，而且注释的内容，就是从 1934 年一直到 1936 年的鲁迅书信，恰恰这个时段鲁迅开始跟萧军和萧

萧大忠　陈子善

红通信。因为有这个原因，我在 70 年代末 80 年代初去拜访过萧军先生，得到过他热情招待。现在具体的情形，谈什么，记不清楚了。但我的感觉，萧军先生是非常豪爽的一个人。有一个细节我一直记得，后海，萧军先生的家里面是不是挂着一把宝剑或者一把长刀？

萧大忠：您去的是我们在北京的老家，萧军故居，我也是生在那个地方。祖父自 1950 年到北京就住在那个地方，最后到他去世。您说的是他的书桌上方，挂着一把我父亲给他做的剑，祖父年轻的时候是个武术教官，一生喜欢习练武术。

陈子善：我为什么会提这个问题呢？我跟萧军有一次对话，我说萧老，你也喜欢宝剑？他说，这有什么奇怪的，我舞剑，要不要我舞给你看看？我说不要了不要了。那时候我对萧军的历史不是很了解，为什么挂一把宝剑在那里？他是文人，文人写作嘛。他要舞剑给我看，意思大概是，你小看我了，我也学武，会舞剑。这个细节，我一直到今天还记得。

接下来，我想请大忠先生先谈谈这本书，这本书的来历。萧红，我们今天回过来看太可惜，去世太早，31岁。31岁的年龄就离开人世，但是留下了那么多优秀的作品。从我们研究者的角度，我们要研究一个作家，不仅仅要研究他的作品，小说、诗歌、散文，他的书信，他的日记，如果有的话，我们也会关注。

萧红的书信，到目前为止，我们所知道的，或者已经收在《萧红全集》里的，就是五十多封。而其中四十多封都是写给萧军，而且是集中在一个时段里写给萧军。所以，这批信非常之重要，也非常之珍贵。这本《萧红书简》是最新的，上海人民出版社最新版，大忠先生有一个上海新版的后记，关于这本书先请萧大忠先生给我们介绍一下。

萧大忠：大家好，高兴有机会受上海人民出版社邀请来思南公馆参加这个活动，我自己目前大部分时间是住在北京和美国洛杉矶。说起这本《萧红书简》，本书最初版本是在80年代初，由黑龙江人民出版社曾经出过一版，当时的书名叫《萧红书简注释录》。

陈子善：萧军先生非常仔细，说得非常准确，保存下来的萧红书简，加注释，注释录。

萧大忠：倒退到80年代初，那是三十多年前的事情了，那时候我还是一个高中的学生。从前几年开始，关于萧红的影视作品越来越多，一个是由霍建起导演，小宋佳主演的电影《萧红》，宋佳还因为这个片子获得了金鸡奖最佳女主角，再有，香港许鞍华导演的《黄金时代》，汤唯主演萧红。因为这一系列的影视作品，萧红热在全国的范围越来越广。去年的时候，在香港的牛津大学出版社和我商定，决定出版萧红给萧军的书信集，很碰巧，萧红42封书信原件还在我们家里，大家觉得有这个需求有这个市场，重新扫描书信，很快把这本书在香港就发行了。

我手里的这是香港牛津版的《萧红书简》，应该说今年上海的版本跟这个版本基本是一致的，但是上海方面又把中间文字错误做了一些修正，另外，里面加了一些少量的文字。总体来讲，这批文字的出版，我们觉得它可以比较真实地表现萧红在当时那个阶段，她从东京写信给在上海的萧军，当时她一个心理感情的经历，我觉得是有一定的史料价值。这个事情主要是我姑姑叔叔们在做具体工作，我也是参与其中操作，所以今天有机会和大家交流一下，看看有些什么样的想法，我们都可以沟通。这些信保存下来非常不易，萧军萧红 1938 年在西安分手，这些信本来是萧军要还给萧红的。但是，阴差阳错，最后这批信一直在萧军的身边，到延安，到东北，从东北带到北京，这些信在"文化大革命"中因为抄家被没收。到 70 年代末的时候，交还抄家物资的时候，这些信又跟着几大箱几大箱的抄家物资还回来，堆在家里很不起眼的角落，大家都把它忘记了。是在我祖父偶尔收拾东西的时候发现了这四十来封信，他就把这些信，包括鲁迅先生给他和萧红的五十四封信，做了注释，出版了两本书，一本《萧红书简注释录》，还有一本是《鲁迅先生书简注释录》。在那个时候，我确实不知道祖父在做什么，只是看到他每天在写，后来知道他是在注释萧红这些信。一个老人家，重新翻看几十年前的情侣给自己写的信，这种心理的感受也是非常不一般的吧？这就是这些信的基本来历。

陈子善：大忠先生给我们简要回顾了《萧红书简》的来历。这里强调几个问题，第一，这批信从 1936 年到 1937 年这个时段当中，萧红写给萧军的这批信，绝大部分都是写到上海的。我做了一个统计，现在保存下来，原来这本书初版本收的是 43 封，后来增加新发现的一封，一共 44 封信，里面有 26 封写到上海的，其他的是因为萧军去了青岛，她从东京写到青岛。那时候他们两个人有一个约定，萧红去日本住一段时间，萧军去青岛住一段时间。然后在合适的时间再见面。他们之间是这样的一个通信方式。上海这次重印这本书，大忠先生在后记里面讲得非常好，这些信是写到上海来的。

第二，萧红真正走上文学道路，真正出名是在上海开始的。所以，我们在上海出版《萧红书简》，有多重的纪念意义。我也作为一个读者，很感谢上海人民出版社出版这样一本书。这次为了来参加这个活动我把这本书从头到尾又重读了一遍。以前买初版本的时候，我是翻过的，但没仔细地读，大致翻过。香港新版拿到手里，也翻过，但也没有从头到尾地读。这一次，为了要来，我从头到尾读了一遍。我的感受有两个，萧红这个女作家非常地可爱，在信里面与萧军的交流，情感的交流，思想的交流，非常坦率，也很可爱。两个人经常互相之间说一些俏皮话，互相之间斗嘴，非常有意思。萧红最真实的一面在这本书信集里祖露无遗。我们看她的小说，看她的散文，跟看她的书信感受是不一样的。等一下举一个细节。

第二，萧军这些大量的注释，我同样非常感动。因为萧红过早地去世，而且他们两个人分手以后，萧红跟另外一位作家结合，然后去了香港，最后在香港去世，这成为中国现代文坛上一件非常引人注目也议论纷纷的事情，包括对萧军有很多批评。所以，在这些注释里面，他不仅仅注释这 43 封信，他是回顾和萧红交往的经历，两个人的感情的经历，思想交流的经历，以及他们之间不同性格造成分歧的经历。这些注释同样很重要，萧军在这些注释里非常坦诚，譬如人家外面传说他打萧红的问题，他都说到了，在我看来是合情合理的解释，这点也非常难得。当时是什么情况，他都有解释，都有说明，都有反省，都有反思，实事求是地反思。二萧个人之间，性格上面确实有差异，本来是可以互补的，但是这个差异后来由于各种各样的原因，最后导致分手。这些注释的价值就在这里，这是很难得很珍贵的材料，是我们研究萧红，同时也是研究萧军，以及研究他们两个人的关系，两个人的思想、情感、创作，尤其这一阶段的创作，不可替代的，唯一的珍贵的材料。刚才大忠先生讲到，保存这些信很不容易，战火纷飞，一会儿延安，一会儿重庆，本来要还给萧红的，幸好没有还给萧红，还给萧红了，这些信能不能保存下来是个问号。

萧军精心保存下来两样东西，一个是他自己的日记，这也是精心保存。注释当中有一段谈到，怎么还不还给我，"文革"抄去了，值得庆幸的是，最后还给他了。他后面还补充，这些注释刚写完，信还来了。但是我把这件事情都写出来。这些日记现在也出版了，也是香港牛津大学出版社出版的。我记得编辑林道群先生曾经特地问我，你看出版这部《萧军日记》有必要吗？我说我完全同意，举双手赞成，希望它能够出版。我认为这是非常重要的，有特别的文学史料的价值，不仅有文学史料的价值，而且还有文化史料、政治史料的价值。现在印出来，两套四本，还包括后面的《东北日记》。这个也是非常重要的，这是萧军保存下来的，某种程度上是冒着生命危险保存下来的。

总之，我觉得《萧红书简》在上海出版，我们应该由衷地感到高兴。

萧大忠：刚才陈教授大致把整体的书的东西做了介绍。确实从2013年开始，我们的家人花了很多时间把我祖父萧军先生1940—1945年，五年在延安的日记，大约一百多万字，整理了一部《延安日记》，在香港牛津大学出版社出版，2014年把他从1946—1950年在东北的日记做成《东北日记》在香港出版。日记的好处，它不像回忆录，回忆录有遗忘的或者自己人为的删减的成分在里面。日记是比较真实的记录，尤其是一个作家的记录，有可读性，文学性比较强，记载比较真实，一百万字的，五年日记，记载了他在延安和文化界的名人，和中共领导人，像毛泽东、朱德等等，每次交往的真实情况。这部书在香港出版以后，没想到无论从销量上，还是从社会反响上都非常好。在过去的三年中，我们将萧军先生十年的日记，还有《萧红书简》在香港出版，应该说还是有好的正面的反响。

说到萧军和萧红的通信，刚才陈教授有讲，可以看到他们真实生活的态度，在后来几十年当中，大家在相传很多关于萧军萧红的故事，刚才陈老师讲到，特别是很多萧红的粉丝，萧红的热爱者，都在提到萧军曾经殴打萧红的事情。在祖父在世的时候，很多人都来问过他这个问题，我记得最有名的萧红的粉丝是个美国人，葛浩文，美国的汉学教授。他虽然跟萧军先生私人关系不错，但是在这件事情上，好像一直在替萧红鸣不平。就这个事情，作为后人，我不好说三说四，不好说萧军打没打过萧红，这个东西我也不好去多做评价。我自己跟我祖父一起生活了二十几年的时间，从我出生到他去世，一直住在一起，应该说对他还是有相当了解的。我们小时候，祖父给家里孩子立的规矩，第一，不许欺负女孩子，更不许打女孩子。这对我们是清规戒律之一。我觉得他这么订，说明在他自己心里是有一个准则的。我曾经就男人打女人这个事情，跟我的祖母有过几次的讨论，我祖母跟我祖父一起生活了五十几年。我问我祖母，在过去你们五十几年中，爷爷有没有打过你一次？我祖母说，你爷爷的虽然脾气不好。脾气比较暴躁，但却一个手指头没有打过她。而且我们家里的原则是这样，我爷爷讲，我只打男孩子，不打女孩子，所以我的几个姑姑都没有捱过打，像我爸爸我叔叔小时候应该没少捱打。

我只能说通过这些事情让大家了解，我祖父有一个基本的原则，后人说他打没打过萧红，打没打过老婆这些事情，我觉得一没有意义，二无法考证。在现实生活里，夫妻之间的吵闹、矛盾，是很多旁人说不清楚的事情。如果来研究萧红的话，更多的把焦点关注她整体的人生和她的作品，如果在细枝末节上过多讨论是浪费时间和无益的。

陈子善：大忠先生把有关情况根据他自己的亲身经历给我们做了说明。我完全同意他所讲的。我们研究一个作家，不管这个作家是男作家还是女作家，首先首要的也是最主要是研究他的作品，而不是讨论跟他相关的或者根本无关的这样的那样的八卦。这个作家生平中的事情，包括他完全个人的事情，如果跟他的创作发生直接的关联，当然可以进入我们讨论的范围。如果没有直接的关联，我想我们大可不必花费时间花费精力，而且事情早就过去，有些事情当事人冷暖自知，我们作为后人没有必要说三道四。

我是主张从书信来看作家的，这些书信跟萧红创作的关系，我想举一个例子说明。萧红 1936 年 7 月 18 日到日本，7 月 20 日到东京，坐船从上海到长崎，当时从上海到日本，主要一条水路是走长崎的。7 月 20 日到东京，然后写信给萧军，频繁地通信。在 8 月 14 日的信里有这么一段："稿子我已经发出去三篇，一篇小说，两篇不成形的短文。现在又要来一篇短文，这些完了之后，就不来这零碎的，要来长的了。"这就说明，她在日本已经开始进入写作状态，而且有小说，有短文。她及时地跟萧军沟通，我已经开始写作了。开始的时候她确实感到不习惯。尤其是本来接待她的黄源的夫人许粤华，家里有事，临时要回中国。萧红就一个人，孤苦伶仃地待在东京。她不懂日文，那很麻烦，日常生活怎么处理，怎么跟日本人交往交流，买东西，买吃的，都会碰到困难。这个时候给萧军的信里就不断地抱怨，会有很多很具体的问题。我们现在看不到萧军的回信，但是从现在萧军的注释里面，在他的事后注释里看到，萧军很焦虑，不断地安慰她、开导她，不断地给她鼓励。尽管这样，萧红还是很快地进入了创作的状态。

8 月 17 日她又说，"我的稿子又交出去一小篇。"这些稿子确切讲是哪一篇，现在已不可能一篇一篇地完全对应。萧军在注释里说，这三篇稿子，哪三篇我也记不住了。但是有的可以找到。有一篇散文《孤独的生活》，上面注明 1936 年 8 月 9 日写的，9 月份在《中流》杂志上刊登。这篇应该是三篇当中的一篇，这个可以有把握确定的。8 月 27 日她报告萧军我现在要开始一个三万字的短篇，给《作家》。《作家》杂志是他们共同的朋友孟十还主编的。接下来接连好几天萧红在信里不断地向萧军报告她写作这篇小说的过程，很有意思。因为我们一般很少知道作家在创作当中，他的具体的进度，他的心理的状态，我们不了解。一个作家写一部小说的整个过程，我们一般很少知道，我们只看到成品，这个成品生产出来了，但是生产的过程很少了解。在鲁迅日记当中、鲁迅书信当中，具体讨论作品写作过程的也非常少，几乎没有。因为萧军是萧红最亲密的人，所以他们经常交流创作的体会、感受和进度。

8 月 30 日，萧红在信中说，"今天大大的欢喜，打算要写满十页稿纸。"萧军有一个统计，一张稿子如果四百个字，10 张，四千个字。第二天她又说，"不得了了！已经打破了记录，今已经超出了十页稿纸。我感到了大欢喜。"用这样的词，表明她在写作当中完全进入状态，兴奋的状态。萧红当时的心情，说明她的写作很顺利。有的时候作家写作遇到了瓶颈，或者写到某个地方卡住了，他会很焦躁，心情很不好。萧红说她很顺利，"三万字已经有了二十六页了。"正好那天日本有地震，当然不是很大的地震，东京有地震，她感觉到了。接下来她说，"不会震掉吧！这真是幼稚的思想。但，说真话，心上总有点不平静，也许是因为你不在旁边？"萧红马上担心，我写了 26 页，我的灵感已经到了纸上，但是一地震，要躲避地震，人要跑到室外，万一稿子被地震震掉，埋在废墟里，不是前功尽弃了？但她马上又想到，这个思想太幼稚了。这样的表述在书信里是大量的，好像看她像小孩一样，非常有意思，很天真。她马上意识到这个想法很幼稚，因为如果要逃，肯定把稿子带在身上，人在，稿子在，作品在。但她心里总有不平静，不踏实，假如萧军在她旁边她就有力量，就不怕。

9 月 2 日，她又向萧军报告，"稿子到了四十页，现在只得停下，若不然，今天就五十页，现在也许因为一心一意的缘故，创作得很快，有趣味。"这样的大欢喜，说明萧红作为一个作家，正处于创作的亢奋状态。到了 9 月 4 日，她告诉萧军，"五十一页就算完了。自己觉得写得不错，所以很高兴。孟写信来说，可不要和《作家》疏远啊！这回大概不会说了。"孟十还作为《作家》杂志的编辑，萧红这样成功的作家，他要拉住萧红，要萧红给他写稿子。所以他说，萧红不要疏远《作家》，不要去了日本，不给我写稿，不要疏远我。萧红对萧军说，这回孟十还大概不会说了，我那么好一篇作品可以给他了。萧军有个注，这篇小说可能就是《家族以外的人》。萧军的推测是完全对的，这篇就是《家族以外的人》。9 月 4 日写完，寄到上海，10 月 15 日、11 月 15 日，《作家》杂志用两期篇幅连载这篇小说。第一次连载时，第一篇是鲁迅晚年的重要作品《半夏小集》。第二篇是巴金的小说《窗下》，第三篇就是萧红的《家族以外的人》。这说明孟十还非常看重萧红这篇作品，排在其他一系列作家作品的前面。说明编者是很有眼光的。

这篇《家族以外的人》我们研究萧红的一般不太注意，但是我想，这篇小说创作的过程，萧红这样完整地告诉萧军，现在我们也都知道了，这很难得。而且，在萧红的所有作品当中，《家族以外的人》是在国外写的一篇最长的作品。到 1937 年 5 月，文化生活出版社出版萧红的小说散文集《牛车上》，里面收了《牛车上》《家族以外的人》《红的果园》《王四的故事》《孤独的生活》。这五篇作品都是萧红在日本创作的，说明她在日本很想念亲人，想念萧军，但是她的创作仍然很旺盛，作为一个作家是很难得的。

萧大忠：每个人考虑事情角度不同，陈教授把这个书从头到尾，精心的读了一遍又一遍，摘抄下来，列在纸上，跟大家分享他的感受。我自己的专业不是学文学的，虽然这个事情跟我们家里有点关系，这个书我也看过，但是我更多是感觉当初在上海起家年轻的作家们的心理感情感受。我跟大家来分享的，更多不是局限于这个书里面的内容，而是感受萧红从 1932—1938 年，跟萧军一起生活了六年，这六年，她从一个哈尔滨的年轻女子，最后成为中国现代文学史上非常重要的作家，这么一个过程。在过去两三年之前，并不是很多读者了解萧红，我之所以知道萧红，也是因为家庭的缘故，我印象中到了 70 年代末左右，我才听说萧红的名字。大家都知道，萧红本来不姓萧，姓张，萧军本来不姓萧，姓刘，我们家的本姓是姓刘，我小时候不知道这个故事，我觉得我就姓萧。那时候我也不知道我爷爷是作家，到我上小学的时候，那个时候还在"文革"中，我的一个语文老师跟我讲，你知道你爷爷是个知名人士吗？我不懂什么是知名人士。就回去问爷爷，我说你是知名人士吗？爷爷回答说以前算个知名人士吧。大致这个意思。等我上了中学，才知道在我奶奶以前，我爷爷还跟别人好过，就是萧红，我才慢慢知道有这个故事。但是那个时候，全国应该没有多少人会读萧红的作品，萧红的作品非常的少。我读萧红作品，是从读她 30 年代初写的散文开始，她有一本书《商市街》，是她的散文集，那是她在 30 年代初在哈尔滨写的一些小的散文，非常好看。至今，过了几十年我依然认为萧红的散文比她的小说好看。所以，这是每个人的看待作品的角度不一样，因为她的散文，我觉得这是一个天才写的散文。因为萧红仅仅是中学毕业。她的文字到今天看起来，真是一个才女所写的东西。

萧红曾经因为一首小的诗打动萧军，在电影里都有表现，萧军是编辑，看到萧红桌子上随手写了一首诗。我后来喜爱上萧红的作品也是因为这首诗。其实这首诗是当初萧红在旅馆里随手写的，放在桌子上，萧军看到了，觉得这真是一个才女，从此以后产生他们俩六年的感情生活。那时候我看到萧红这首诗，因为我中学的时候也喜欢诗歌，看人家怎么写出这么有意境的诗，我们怎么写不出来。我记得大致的意思是说，去年的这个时节是我在北平吃青杏的时候，但今年我的命运却比那青杏还要酸。她这种比喻，一下让年轻人看了以后很有感触。我就开始慢慢读她的散文，到以后慢慢读她的小说，后来更多的是来了解她的一生。现在出了很多萧红的传记，写了她大量的故事，我看了不下有十几个版本，真真假假不讲了，很多东西是八卦的东西。我印象里，1985年，我还在读大学，特别去了一次广州，因为萧红的墓在广州，我专门到萧红的墓前送花，自己在那边嘀嘀咕咕说了很多东西，想了很多东西。后来还写了篇文章叫《萧红印象》，发表在校刊报纸上。

我也是从年轻的时候，从喜欢萧红开始，到过去这几十年间，慢慢对萧红有了更多的了解。我觉得如果你热爱一个作家，你花时间读她的作品，读萧红的散文，一定会有更多的收获。其实萧红在我们家里的位置，非常的特别。我们家里所有的人无论我们这一辈，还是我的爸爸叔叔姑姑，对萧红非常的尊敬。按理来讲萧红是我祖父的前妻，但是在我们家里萧红绝对不是禁忌的话题，来的所有的人，媒体人，还有像陈教授这些80年代初到我们家的学者，都可以随意谈萧红，随意的讨论他们生活感情细节，在我们家里没有任何的禁忌，这对一个家庭来讲是非常不容易的事情。在我们家里，我受的影响，对萧红永远是非常正面的态度。萧红没有小孩，有一个侄子叫张抗，与我家之前一直有来往。

随着我现在逐渐长大成人，自己愿意尽自己的一点力量，花一点时间来做点喜欢的工作，出版萧红书信，也是让更多人对萧红有直接真实的了解，而不是通过传记。

陈子善：我很赞同大忠先生两个意见，第一个，我们要了解一个作家，最好的也是最稳妥的办法，就是读他的作品，包括读他的书信，如果有日记再读他的日记，总之是他自己亲自写的文字，这是最可靠的。关于他的传记，后人写的各种各样的传记，不是说不可以读，你要有高度的警惕。因为这些传记往往是后人的揣摩、推测、夸大或者缩小，你一定要引起警惕，不能说买一本作家萧红的传记，就以为通过这部传记就可以比较准确地把握萧红，或者了解萧红，这是很危险的。对一个作家，不仅是这个作家，对任何人，都应该采取这样态度，应该读他们留下来的文字，他是作家也好，学者也好，政治家也好，军事家也好，都要读他们的书，如果他们有文字留下来的话，没有文字留下来另当别论。

第二个，我完全赞同萧红的散文非常好，她的小说当然也很好，但她的散文以前评价不够。她那篇最长的散文《鲁迅先生生活散记》，写得很生动。我跟中学生交流的时候，就介绍这篇散文。因为这篇散文很长，中学语文课本只节选了一部分，我就问中学生，你们读了这篇节选，会不会想到这么一点，这篇文章只是节选，只是一部分，会不会去找另外一部分，就是没有节选的那部分来读？你有没有这样一种冲动，把《鲁迅先生生活散记》读完？我在不同场合都讲过，回忆鲁迅的文章成千上万，他的学生，他的朋友，包括他的敌人都有回忆，写得最好的，就我所读到的，就是萧红，完全写日常生活。鲁迅的老朋友郁达夫，也写得很好。另外一个老朋友林语堂，写的非常短，但是也很好。

萧红这篇散文写得非常好，不容易。萧红经常跟萧军一起去鲁迅家里，她是一个作家，对鲁迅的日常生活观察非常细致，这些恰恰是我们要讨论，要研究，要分析的。刚才我讲到郁达夫，这里有一个问题要提出来。萧红这批信，"文革"以后发还，萧军看了以后，触景生情，觉得应该整理出来，加以注释，让更多的人知道。原来信的顺序是乱的，萧军花了很大的工夫整理出来，不容易。但是有一封信我现在认为萧军把时间弄错了。这个错误从初版本，从黑龙江人民出版社版到香港版（另外一个版本我也带来了），四个版本都没有提出来，都没有改正。有没有人发现？有人发现了。前两年，新版《萧红全集》出版，编者注意到了这个问题，提出了这个问题。编者认为这个时间可能有问题，但没有进一步查考。我今天可以说，不用再怀疑，已有确凿的材料证明，萧军弄错了。不过，这个错误实际上萧军不应该负责任，为什么？因为这个错误是萧红自己先弄错了。萧红自己在写信的时候，把这封信的落款时间写错了。为什么这样说？萧红写给萧军的这第26封信，第二页纸的落款时间是11月2日，很清楚。但这封信第一段里就出现了很大的问题。萧红是这样写的："于〔郁〕达夫的讲演今天听过了，会场不大，差一点没把门挤掉下来。"这说明郁达夫这次演讲盛况空前，因为会场不大，全部客满，听众差点把门挤掉了。萧红又说："我虽然是买了票的，但也和没有买票的一样，没有得到位置，是被压在了门口，还好，看人还不讨厌。"萧红对郁达夫的评价是"看人还不讨厌"，很有意思。就是这么一段话出现了问题。这封信如果是11月2日写的话，那么这个"今天"，应该是11月2日，郁达夫1936年11月2日在日本东京作了一场演讲，但是这不是事实。因为1936年11月2日，郁达夫还在国内，还在福州，他还没有去日本。他去日本的时间是1936年11月11日，11月12日到长崎，11月13日才到东京。11月13日才到东京，怎么可能11月2日在东京演讲呢？这个时间完全对不起来。郁达夫去日本有两个使命，第一个是代表福建省政府到日本去采购印刷机，第二个是专门去日本演讲，他在日本有一系列的演讲。无论有多少次演讲，郁达夫不可能11月2日在东京演讲。到底他什么时候在东京演讲，萧红也聆听了这次演讲？日本学者很厉害，他们1990年出版了一本《东洋学文献中心丛刊第59辑·郁达夫资料总目录附年谱》下册，在这本书第261页上有这样一段话：郁达夫1936年"12月2日在东京神田日华学会主办的东方文化讲演会上作题为《现代中国文坛概况》的演讲，听众中有一个萧红。"日本学者肯定看过萧军注释的《萧红书简辑存注释录》，《萧红书简辑存注释录》是1981年出版的，日本学者这本书 1990 年才出版，所以他们肯定看过萧军的注释本，肯定注意到了萧红的这封信。这封信是不是 11 月 2 日写的呢？日本学者查了当时的报刊，发现郁达夫 12 月 2 日有这么一场演讲，萧红听了这场演讲。

所以，我们可以得出一个结论，萧红写信的时候，把 12 月误写成了 11 月。你可能会提出疑问，这个推断还有没有其他根据？当然还有其他的根据。1936 年 11 月 24 日，萧红给萧军的信中有这么一段话："这里，明天我去听一个日本人的演讲，是一个政治上的命题。我已经买了票，五角钱，听两次，下一次还有于〔郁〕达夫，听一听试试。"这就是说萧红买了可以听两场演讲的票，第一场听日本人讲。这封信是 24 日写的，"明天"就是 11 月 25 日，她去听一个日本人演讲。那么，还有一场演讲可以听，她信中已经讲明"下一次"是郁达夫的演讲，她要"听一听试试"。第一场演讲是 11 月 25 日听，下一场就是 12 月 2 日听郁达夫讲，所以时间上完全吻合。

第三个根据，这封信，即书中标明写于 11 月 2 日（应该写于 12 月 2 日）的这封信里有一句话，问萧军："奇她们已经安定下来了吧？"但是 11 月 6 日的信中又问萧军："奇来了没有？"假定真的是 11 月 2 日写的，不可能先问"安定下来了吧"，再问"来了没有"。应该倒过来问，奇来了没有？如果萧军回答她说来了，那么再问，来以后安定下来了吧。这个程序不可能颠倒。到了 12 月 18 日，萧红信中又问萧军，奇的住址是那里，她给我的信"写得不清"，我无法回信。所以，萧红 12 月 2 日先问奇到了没有，12 月 6 日又问奇安定下来了没有，12 月 18 日再问奇的确切地址，这才符合常理和逻辑。这是第三个根据。根据上面三个理由，我认定萧红这封信应该写于 12 月 2 日。如果萧军先生知道了，也会高兴吧？把萧红信的写信时间搞清楚了，有助于我们理解二萧之间的来往通信，因为萧军写给萧红的信大部分已经看不到了，只留下四封在北京期间的信，前面的大量的给萧红的信都看不到了。所以，这样考证可以帮助我们更准确地理解他们之间通信的一来一往。

萧大忠：刚才听陈老师用三个证据来推断这封信的时间，像我们这种人就做不到，而且我们做学生的时候，也最不喜欢这种老师，太严谨了。学者需要是这样，但是我刚才一开始在讲，实际上，我们每个人看待一个作家，看待一个事物的角度，真的是完全不同的。我记得在80年代的时候，因为我跟我祖父在一起生活，家里每天大量的宾客盈门，很多是学者，各个大学的教授们，研究者们，还有一些记者们。我记得这些研究者们往往就一个时间，就一个地点，能发表很多的文章去讨论，去争辩。我跟我爷爷有过数次讨论，我说你觉得这个工作有意义吗？他说，这个事情是这样，对于研究者来讲，对于学者来讲这是他的工作，需要这种严谨。对于一个作家来讲，我当初怎么写的，就怎么写了，别人愿意怎么评论怎么分析，那是他们的事情。往往评论家会把一个作家的作品做了很多的延伸的想象，很多作家自己写作的时候没有想到的东西，很多评论家都想到了。就像我们年轻的时候，读书的时候，经常让我们写分析中心思想等等，写了半天，作家当时根本不是这么想的，这也都是我们每个人的真实的经历。

陈教授的分析，在新书出版过程中，多多少少历史的东西，总是有不准确不完善的地方。就像我们在读一个作家的作品的时候，想了解他的时候，随着时间的变换，有很多误区，包括我读祖父作品，读萧红的作品随着年龄有不同的认识。

但是有一点觉得很奇怪，在我从出生到成人这段经历里面，在我们这个大家庭里，我的印象里有三个人在我们家里是不容被质疑被挑战的，现在年轻人的思想很活跃，挑战谁都可以，说谁不好都可以。在七八十年代，在我们那种家庭里面，有的话题超过了底线，家里是没有那么大自由的。因为在我们家里祖父是绝对的权威，没有办法，他说的话，所有人都听，而且从心里遵从他。有三个人的名字不允许质疑，第一个是鲁迅，我们家里人任何人不能说鲁迅的不好。在过去这些年里，出版了各种东西，各种各样的书籍、文章，很多东西在讨论鲁迅的狭隘、偏颇，等等问题都有，在那个年代，在我们家里非议鲁迅绝对是不可以的，这是因为跟我祖父的成长经历有关的，因为没有鲁迅就没有他和萧红后来的成就。1934年他们两个东北流亡青年作家第一次到上海以后，就是因为有了鲁迅无私伸出手的援助，让他们俩在上海才能立住脚，这一点我们从情感上可以理解，虽然要求有点强势，但是在我们家里这个问题是不允许讨论的。

第二个名字是毛泽东，从1938年开始，从萧军第一次在延安见到毛泽东，在往后的八年过程中毛泽东对他的影响非常大，因为在延安的时候，他们有彻夜的长谈，毛泽东给他有不少的书信。尽管在后来几十年当中，萧军受到很多的迫害和不公正的待遇，跟整体的，我们国家的发展历史是息息相关的，但是在对毛泽东的态度上他是非常明确。所以我们在家不能讨论毛泽东的话题。

第三个人物就是萧红，有些人对萧军有非议，尤其跟萧红的感情上，我不能说萧军没有问题，因为我们每个人从年轻到成年，到年老，人生的感情生活上，总归有各种各样的起起伏伏坎坎坷坷，各种经历，每个人都是这么走过来的，但是萧军一直非常尊重六年的感情，在萧红的问题上，即使有一百个人一千个人说萧军的不是，但是他不允许我们来说萧红的一点不是。这三个名字在我们家里，在我们过去几十年生活中，不允许被我们后人拿出来进行讨论的，这一点对我影响很大，记忆深刻。

最近这些年我看了不少关于评论鲁迅的文章。我们家里和鲁迅先生的后人来往很密切，像周海婴先生，鲁迅先生的独子，两家住得很近，走动频繁，我祖父对海婴厚待有加。论年龄，我祖父比鲁迅先生的儿子可能要年长24岁，从中国人的传统辈分上讲，海婴应该管我祖父叫叔叔，海婴也曾这么称呼我祖父。但我印象非常深，海婴经常到我们家里来，有一次，我顺嘴叫伯伯，从我这个辈分也许应该这么叫。但我祖父听了非常严肃的告诫我，也是最后告诉我，不许叫伯伯，必须叫爷爷。我说这有什么区别吗？他说这是一种态度，因为鲁迅先生是他的导师，鲁迅先生的儿子就是我的兄弟。他跟海婴说，你不准叫我叔叔，你要叫我大哥。这个听起来好像有点江湖上的说话的感觉，但实际上，我觉得是他一种内心的对先生的很深的一种感情。到了 80 年代初，家里来往的有很多的有名的文人，很多人都是跟鲁迅先生有过很密切的交往，像丁玲、胡风、聂绀弩等等，这些人曾经都是与鲁迅先生密切交往的人物，包括在上海的巴金先生。但这些人从年龄上他们比周海婴都要大，甚至大三十几岁，但是他们对鲁迅先生的尊重上永远把自己当做晚辈看待。现在看起来，对当初他们这批文人对自己的导师和自己的恩师的师道尊严的态度，越来越钦佩了，现今这个年代缺少这些东西。包括我祖父，他对于自己曾经的恋人爱人的感情上的尊重，让我们在成年后感到非常的钦佩。

今天之所以愿意花精力花时间做些和萧红有关的事情，一个是确实喜欢萧红，另外一点我觉得好像也是在替我祖父做些什么事情，当年读萧红的作品或者写一些跟萧红作品有关的感想的时候，祖父总是支持我，夸奖我。我想今天做这个事情，他也应该是欣慰的。1988 年到现在 27 年的时间，我祖父已经去世 27 年了，目前，我们家人住在北京、美国、香港，每个人愿意替祖父，愿意替萧红做一些工作。这本书信集，实际上是我的叔叔姑姑，他们把最基本的工作做了，包括做的校对。我是没有时间没有耐心坐下来校对稿子，他们都是六七十的老人了，是他们每天做这种具体的工作，我只是在表面上做些工作，谈谈商务上的事情。但我们作为后人来讲，在这件事情上的态度是一致的。

陈子善：正如萧大忠先生所说，萧军家里对三个人不可以有微辞，即鲁迅、毛泽东和萧红，三个完全不同的人。有意思的是，萧军萧红到上海的时候，自称小小红军，两个年轻人，就叫萧红萧军，在鲁迅的帮助下，出版了《奴隶丛书》。现在回过头看《奴隶丛书》，在现代文学史上的影响是很大的，现在有很多学者在研究。刚才讲的这些，萧军先生家里的这个情况，对我们的研究来说，是有启发的。刚才萧大忠先生提到两部电影，《萧红》《黄金时代》，《萧红》这部电影出来的时候我也提出过批评，尽管编导者出发点是好的，但是分寸没有拿捏好，是有点问题。主演宋佳好像很委屈，说我们批评太严厉。《黄金时代》是许鞍华导演，当时有人对为什么叫《黄金时代》提出疑问。萧红书信里面就有一个现成的答案，萧红1936年11月19日写给萧军的信里有这么一段话："窗上洒满着白月的当儿，我愿意关了灯，坐下来沉默一些时候，就在这沉默中，忽然像有警钟似的来到我的心上：'这不就是我的黄金时代吗？此刻。'于是我摸着桌布，回身摸着藤椅的边沿，而后把手举到面前，模模糊糊的，但确认定这是自己的手，而后再看到那单细的窗棂上去。是的，自己就在日本。自由和舒适，平静和安闲，经济一点也不压迫，这真是黄金时代，但又是多么寂寞的黄金时代呀！别人的黄金时代是舒展着翅膀过的，而我的黄金时代，是在笼子过的。从此我又想到了别的，什么事来到我这里就不对了，也不是时候了。对于自己的平安，显然是有些不惯，所以又爱这平安，又怕这平安。"

　　这可能是许鞍华把电影命名《黄金时代》的出处。许鞍华想表现那个年代，她把那个年代，那批人，与"黄金时代"作这样一个对应，我认为还是值得讨论的。是不是应该叫萧红所说的"黄金时代"？这跟萧红的本意有点出入。萧红说我一个人到了日本，很安静，很孤独，很寂寞，但是很安静，很舒适，我可以写作，这是我的"黄金时代"。这跟许鞍华想表现的，那么一个年代，那么多年轻有为的文化人，那批文学青年，他们怎么指点江山，怎么救亡救国，还是有区别的。我们对一部作品，刚才萧大忠先生谈到，各个不同的人从不同的角度，从不同的目的出发有完全不同的理解。包括对萧红的作品，对萧军的作品，我们会有各种各样的不同的理解，有时候分歧会很大，但是这不妨碍我们继续探讨他们和他们的作品。就因为有不同的理解，才有意思，如果大家理解都一致了，都一致公认了，还有什么趣味。趣味就在于有不同的理解，不同的看法，大家可以讨论，可以争论，也可以各自保留不同的看法，这才有意思，当然也包括对萧红。有一点必须强调。我们无论如何，主观上不应该曲解作家，曲解萧红或者曲解萧军。因为他们这一代人，我们现在作为后人回顾起来，真的很不容易，他们所经历过的是我们难以想象的。如果在座诸位读过萧红的这些信，以及萧军对萧红这些信的注释，你们一定会有自己的感受，自己的体会，那个年代是一个什么样的年代。这一点，大家应该都会有比较一致的看法，至于具体的，有你个人的理解、个人的感受，那是完全正常的。

萧大忠：补充陈教授刚才讲的一个事情，我不知道各位在座有哪位看过宋佳主演的《萧红》，汤唯主演的《黄金时代》，作为学者，像陈老师会从电影整体表现的时代、人物，很多专业的背景角度提出他的一些想法，但是从我来讲，我觉得，不管怎么样，等于是用现在用时尚的东西把民国时期，几十年前去世的一个中国优秀女作家搬上荧幕，总体的积极性是可以肯定的，宋佳也是当红的中国一线的女明星，汤唯是很优秀的女演员。在去年的时候，宋佳曾经带着《萧红》这部电影来到美国洛杉矶南加州大学做过一次交流，我跟宋佳就她演的萧红这个人物有过一个交流，宋佳表示很幸运能够演这个角色，而且作为一个女演员，能演好一个才女，尤其是一个作家，实际上她吃了很大的苦，这种苦不仅仅在东北地方拍戏生活上的艰辛，更多是她去试图理解萧红，怎么演绎萧红，对她来讲是非常不易的事情。虽然电影在于导演把握，但是具体女主演来讲非常重要。所以我对宋佳说，其实应该非常感谢她的。包括我在北京碰到演萧军的黄觉，给了他非常大的鼓励和肯定。他深深鞠了一躬，他说演这种角色非常不容易，不像平时演感情戏，演的比较自如。演民国的作家难度太大了。

去年的《黄金时代》，声势很大，票房不理想，因为投资了八千多万元，票房只有五千多万元，投资方亏损严重。就这部电影来讲，大家各有各的看法，很多人是给极高的评价，很多观众说看不懂，这个东西是很难说的事情，三个小时的时间，展现了大量民国时期文化作家人物，对于一般的观众来讲，不知道那些人的名字，听都没有听过。我觉得通过电影，大家最能接受的是把萧红又给推向更广阔的层面，这个意义还是比较积极的。

时间：2015 年 7 月 15 日

嘉宾：戴锦华　毛尖　罗岗

在昨日之岛和今日现实之间：戴锦华教授电影研究三十年

主持人：各位读者，各位来宾，大家下午好。欢迎来到思南读书会第 76 期会场。上个星期六因为超强台风原因我们暂停了一次，今天正好有一次暑期的特辑，所以我看到有很多年轻的朋友来到现场。昨天我们的主题是"在昨日之岛和今日现实之间"。所以今天邀请到了三位特级大咖，戴锦华老师、毛尖老师，还有罗岗老师，今天场上就交给三位老师，罗岗老师是场上的主持。

罗岗：我在微信上已经说了，戴锦华老师是电影研究的大佬，毛尖老师是电影影评界的大腕，我今天主要做好服务的工作。待会儿你们看她们两位，今天一发出海报都说是戴毛会，我今天之所以在这边，一个很重要的原因，我们找到了一个共同点。我们虽然对电影感兴趣，但是我们是正宗中文系出身。前几天有陈子善老师的学生去翻旧报纸，那叫《文论报》。1987 年的 7 月份发了倪文尖老师写《红高粱》的文章。1987 年的 8 月份发了 3 个电影。现在可能大家都不知道了，《太阳雨》《给咖啡加点糖》，还有《邻居》。我说是说人和城市，当时有谈中国开始有了城市电影的。

罗岗　戴锦华　毛尖

那个时候我们在读三学级，这就是我们最早的时候，都是在戴老师的影响下。所以中文系的学生，虽然不是电影专业的研究者，但是往往都通过电影，最早写出来比较像样的文章。我看戴老师的书，特别书前面有回顾的，戴老师很年轻但是为电影事业工作 30 多年，所以我想我今天可以坐在这边听见他们两位，特别是戴老师谈她电影三十年的昨日之岛，昨天的事情，但是昨天的事情跟今天紧密地联系在一起。因为戴老师在访谈里面说，我回来了，回到电影研究里面了。王炎说欢迎回来，所以我们今天在这里举办一个仪式。欢迎戴老师重新回到影视研究，其实她从来没有离开过。

毛尖：我今天肯定不是来和戴老师对谈的，无论如何不敢。之前和罗岗说好了，今天我们是双主持。说到底，无论是做电影、做文化研究还是其他，我们都是在戴老师的延长线上工作，而我们的所有工作，如果能填充她的一些枝枝节节，就觉得很满足了，所以我们满怀敬意地坐在这里，帮戴老师递话筒。插一句，我们的活动在微信上预告后，很多人说希望我们"撕破脸"地来谈一下，但我可以负责任地说一下，只有戴老师撕我们的份。为了方便戴老师撕，我这边也准备了几个问题。首先，我代大家很直接地问一下戴老师，我们都知道戴老师您很欣赏姜文，包括姜文的骄傲，甚至自大，您都包容。前一段时间《一步之遥》很火，这部电影也在影评界造成对撕状态，那么戴老师您是怎么看的？

戴锦华：大家下午好，很高兴有机会能坐在这样一个历史建筑当中跟大家见面。尽管我知道基本上是鸿门宴，大概不会有什么好结果，我有心理准备。所以如果我今天很出丑，你们就知道不是我的主场。我把这个自选集起名为《昨日之岛》，当然是偷了安伯托·埃柯小说的名字，取的是在小说当中那样一个概念，就是站在时间的分界线上。左腿在昨天，右腿在今天。其实大概想取的意思是这个，就是说我们的昨天也是我们的今天，我们的今天也是我们的昨天。

因为中国非常特别的历史，造就了今天，今天也成为对历史的背叛和历史的回升，所以大概是这样一个意思。最后我自己也参加定这个名字，好像把昨日之岛定位到昨天去了，今日现实定位到今天了。毛尖的幽默一直在暗示什么，我一直向全国人民说过，我深深爱那些爱电影的人。我认为做任何一种人，恐怕你对你职业的爱，都是基本的前提。

但是连这件事今天都变得非常奢侈，我批评张艺谋，或者我连批评都不愿意批评《道士下山》的陈凯歌。如果我批评的话，我觉得我跌到了下线的下线。在我的视野当中姜文成了最后一个，就是对电影保有真诚和热爱，而且姜文是中国电影少数的天才之一。我有的时候悲观地对自己和大家说，如果我对姜文不保持着期待，那是不是意味着我对中国电影没办法保持期待，所以我把对中国电影的期待，最后的期待放在姜文身上，可以说一往情深。

当然姜文也回报一份尊重或者是呼应，他也好像有点在乎我如何看待他的电影，就是《一步之遥》，这是期待达到了最高值，然后失望达到了最高值。其实我个人也是如此。这部电影显然是姜文的呕心沥血之作，然后又是挥金如土之作。显然他在电影上领先了中国电影 5—10

年！但是为什么这部电影不能赢得观众，也不能赢得我，为了回答这个问题，我自己两次是姜文邀请，三次自己掏钱，还每次带我朋友，看了两次 2D，三次 3D，后来我对这个问题找到了答案。但是其实并没有回答我内心深处的疑惑，我找到了一些解释，后来也发表出来了。

我觉得这个电影他是用了某种艺术电影才允许的冒犯、颠覆、挑衅，但是这部电影的制片规模和宣传规模，都是他必然让大家期待的商业大影片。大家期待流畅的故事，主流的价值，大团圆的结局，大家期待这种叙事线，可是大家都没有得到。我说我找到了一点解释，但没有解释我心中的疑惑，就是我在想可能是不是我们的导演们，包括我们的电影天才们，我们需要某种社会约束。这个不是向商业妥协，不是向主流交枪，而是我们要努力寻找和观众的接触点和交流点。

所以我喜欢韩国的艺术片导演李沧东，他说艺术片的导演越发地要抱着向观众求爱的态度去小心翼翼地向他们求爱，向他们示爱，我觉得我们的导演缺乏这种必须的谦卑，对于观众而不是对市场。这个是我的一个思路，并不是我的结论。另外一个东西我是觉得在今天的中国，如果我们不是给人民提供一种《小时代》式的价值，不是提供一种《小时代》式的成功，我们能够提供怎么样的大团圆。我们能够怎么样提供一种大家得到快乐、得到物欲、得到抚慰的价值。再进一步追问，今天中国社会还没有这样的价值，不是成功、金钱、物质而是某种生物的生灵幸福感，所以这些东西我没有答案，还在迷惑当中，所以你的挑衅失败了。

罗岗：我很多时候都是跟着毛老师看电影的，但是在姜文的问题上面一直跟她有分歧。戴老师讲的有一点是非常对的，姜文实际上他有非常强烈的坚定立场，就因这个立场使得他不愿意复旧，就是不愿意跟观众放在一个水平线上。但是问题在于，在我看来，我几乎跟戴老师一样的感觉，姜文可能是当代中国电影中唯一一个依然在沉重地思考中国问题的导演。讲过姜文之后，第二就是贾樟柯，贾樟柯跟毛老师之间发生了比较多的冲突。

其实毛老师对贾樟柯还是很温柔的，但是从《天注定》到《山河岁月》，戴老师跟毛老师之间其实对贾樟柯的判断也有所不同，特别是《天注定》。我之前就看到戴老师对《天注定》有很高的评价，而毛老师从《天注定》开始，就与我们有分歧了，应该说我们最早的分歧是从《世界》开始。所以讲完姜文之后，接着就是贾樟柯，两位谁接招。

毛尖： 今天主题是"戴老师电影研究三十年"，我为什么这么快地切入姜文是因为我想，下午的时间很短暂，切入姜文可以马上切入电影而且马上产生分歧，比如我个人对姜文的《一步之遥》没什么好感，觉得姜文太小看中国现实，小看中国观众。在这点上，我跟戴老师肯定有分歧。不过，在阅读戴老师关于《一步之遥》的评论时，有一点挺触动我的，她说《一步之遥》引发了整个思想界和文化界的介入和关注，那些无保留支持姜文的人大致都持有某种社会批判立场，而这种立场又具有相对清晰的左翼色彩。

我就想知道，是不是这个左翼立场，让戴老师您进入姜文电影的时候，会一下子对姜文有好感？其实这也是我一直在思考的一个问题，也就是说，当我们怀着左翼立场进入电影的时候，是不是更应该小心一点，比如当年贾樟柯的电影红火的时候，《读书》杂志很兴奋地主持过对《世界》的讨论，当时左翼学界普遍赞美贾樟柯，因为贾樟柯的电影，在内容层面嵌入了左翼的关心。但当时的批评今天来看，是不是也有很多问题，甚至我个人觉得，左翼的掌声部分地造成了贾樟柯在《海上传奇》中的一个混乱，他又用左翼又用自由主义的意识形态来结构他的电影，搞得人物互相打架一片混乱。我就想问戴老师，您以一个左翼学者的身份看姜文的电影，是不是会先在地对他有好感？您会对此有警惕吗？还是，这是我的一个想象性误认？

罗岗： 我觉得，因为戴老师特别强调的是她最初像80年代很多学者进入到电影研究的时候，那个时候还是自由主义的立场。所以她在反思的过程中，用戴老师自己的话来讲，到1989年过了30年，其实是她生命中最重要的阶段，可能像我们也差不多，在或者小一点冷战，或者左右之间对峙的过程中度过了青春岁月，但是这部分被我们压抑了，因为我们学的那些知识，不管是做文学研究还是拍电影、研究电影都是来自于西方的，压抑左翼经验的知识。这在我看来，我不知道这个是不是戴老师的看法，是跟你的问题有关系的。

姜文是第一个把这个放到台面上来的，就是说革命，甚至毛泽东、鲁迅这些跟中国革命、中国的左翼历史，紧密连在一起的东西，他第一个放到正面来讲。特别是《让子弹飞》，其实从《鬼子来了》都有这部分，所以我想这是不是在你讲的左翼立场。我还讲一个，是不是在这一点上面更容易打动戴老师。因为戴老师自己有一个反思，我们是不是要把这部分，跟左翼、跟第三世界连在一起的生命体验，重新让它进入到我们的研究中，这个研究的过程还是需要有一个知识化、理论化的过程，不完全是一个立场的问题。

戴锦华：毛尖老师我要批评你，没好好读我的文章。其实我是说，我不认为你提问的预设立场不成立，我自己一生拒绝用先设的政治立场去进入文本，用一个先设的政治立场去评价文本。但是我认为一个在价值观念上是我完全不能认同的，或者我认为是谬误，或者反动，或者是腐朽的文本不可能成为一个优秀的文本，这是我的另外一面。

但我是说，在不这么清晰的政治预设之下，我们必须承认艺术是一个半自律空间，我们谈艺术的时候要谈艺术自身，这首先是我一生的基本观点，我不会让我的政治预设去代替，或者决定我的艺术评价。在这一点上我经常会认为左翼的攻击不彻底，攻击为布尔乔亚，攻击为小布尔乔亚，甚至乃至行左实右，但是我没有在意这个东西，我一直在坚持。

我刚刚说毛老师没有好好读我的文章，我是说除我之外就是无保留替《一步之遥》盛赞或者叫好的年轻朋友，几乎都有极端明确的左翼立场，而且是在左翼政治立场上提供他们的阐释。我觉得这里面很好玩的是两个东西，一个东西通常左翼批判立场是跟小成本的艺术电影联系在一起的，绝少跟大制作的、奢华制作的、带有鲜明向善一侧的联系在一起，而这次这种奇特的组合出现了。第二个东西即使有很多为这个影片大声叫好的年轻朋友，是我的狭义或者广义上的学生。他们对我的沉默表示极端的困惑甚至愤怒。

困惑的他们就说老师我们学歪了吗？愤怒的是到这个时候你好像没有任何鲜明的立场，相反对所谓电影艺术的某些东西把它放得那么重，大概是这样的一个状态。但是我也不能不面对另外一个东西，这些大声叫好的所谓左翼的朋友们，他们不是因为他们的立场而叫好，是因为他们看这个电影的时候，从头到尾充满了快乐，甚至说从头笑到尾笑得好开心。而另外一个所谓左翼的朋友提出了一个更有趣的东西，他就说也许这个电影本身有很大的问题，但是我感到了200多分钟的力比多荡漾，他们在里面受到了一个巨大的所谓性的冲击和满足。

这个就有意思了，而我两方面都得不到。我光看这个电影的时候，我不能获得一个单纯从影像或者从叙事所得到的快乐，我也没有体会到力比多的荡漾，或者说我没有接收到这个讯息。所以说从这个东西引申出去，我是觉得刚好是我现在的问题。我一直说大概1993年我第一次被人骂维新左派，原因很简单，1994年引进好莱坞，我是反对的。我反对这个最主要的原因是不堪一击的中国电影工业，我怕中国电影工业基础被摧毁。如果是那样的话就没有中国电影，而且我觉得中国电影人没有警惕，所以我是大声疾呼狼来了，因为这个缘故我第一次被叫做新左派，那个时候所谓的新左派十足的恶劣。

但是我这个人的性格，如果你是骂我为一个名字，我是不会拒绝和辩解，我宁可挑战性地接受这个名字。但是今天经过很多变化之后，我就要重申我的立场，认为左派和右派在法国大革命的时候是清楚的，在冷战的时候是清楚的，在今天什么是左派什么是右派。左和右是一个相对的位置，我在你的左边在他的右边，同时左和右到底根据什么去划线，到底根据什么去指认，在我的认识当中左派只有一个是明确的，就是你是不是站在多数被剥夺者一面，你是不是站在弱势群体里面，是我认为是左派，如果不是我不认为。所以在这个问题上，我的这种立场跟姜文的态度很大联系在一起。

毛尖：我的意思是，您把这些喜欢姜文的人归纳为具有左翼色彩，让我对自己有了反思。因为我不喜欢这部电影，甚至不认同姜文的立场，那我算什么呢？我就想不过来了。其实在影评界也好在网络上也好，您都被认为是姜文的支持者，您对他电影中的元电影也有很多分析，不说左翼这个话题，这样的分析和描述本身，也都是支持姜文的一种方式吧。

戴锦华：应该这么说。

毛尖：不知道我自己是不是成了一个电影原教旨主义者，我觉得《一步之遥》的电影姿态简直是一个反面教材。您说姜文画面要领先5—10年，我也同意，就是……

戴锦华：制作水准。

毛尖：我觉得这种制作水准反而会成为危险，他那种高饱和的画面，再加上画外音，简直是彼此抽空的行为，我担心这种制作会不会成为非常空洞的东西。当然有可能他是在作一次示范，但是这样示范是不是很危险？我想知道到底在什么意义上您认为这个电影是好的？

戴锦华：我是说，毛尖你说错了，你不是电影原教旨主义者。我支持姜文因为我是原教旨主义者。你总结为故事不好看，我就反对它，故事叙事在电影中是重要的，但只是一个组成部分。电影完全可以不凭借故事而存在，但是不可能不凭借画面、声音，不可能不凭借画面与声音的相互关系，不可能不通过工业和制作水准。而在这个意义上这部电影可圈可点，他失败确实失败在叙事上，所以我支持的是我乐意支持，而不是我为了支持而支持。

毛尖：就是您支持他的那部分，让我有点迷茫。

戴锦华：我对电影本体的认识。

罗岗：如果是有失败之作，我们刚才也谈到就是像《一步之遥》如果放到姜文创作整个脉络里面肯定有失败的，跟之前的相比，可以说是市场意义上的失败。在这样一个情况下，我觉得是失败之作有两种区分。有一种比如说你刚才讲的陈凯歌的《道士下山》，那是完全失败。其实我觉得有一个超饱和原则，我觉得我心目中有，戴老师、毛老师心中肯定有。包括完全赞同《一步之遥》的朋友都认为姜文拍这个东西是有很高的追求，而不是说我就玩弄了大家一下，不是这样的。

关键的问题在于，如何解释出或者读出他这个高的追求，跟他最终达到他追求所呈现出来的结果之间的距离，就是在这两个之间。因为刚才戴老师讲的那个问题，他把他太过分化了，一方面是电影的本题，一方面是工业制作的水准。

戴锦华：同一个东西不同的面向。

罗岗：特别是对观众，或者普通人来讲，问题就是接受这个电影是把它作为一个整体，包括叙事，包括还有更重要的，就是对姜文的前理解。因为他不可能是突然之间一下出来的片子，对他的前理解和电影之间呈现出来的东西，而我们看到的一点基本上会站在左翼的立场来解读他的片子，在解读的时候实际上都跟对姜文的前理解是非常有关系的。

我当时记得对《让子弹飞》辩护的时候，有人很激烈地批评，写得很激烈，批评姜文的精英主义，我马上给他回了一个，你不看《让子弹飞》，你也应该看《鬼子来了》。因为还有马大山，马大山也是姜文关注的焦点，你不能够只看《让子弹飞》，应该把两个合在一起看。所以这里的问题在于，或者我接着毛老师提问说对姜文的前理解和这部电影之间构成什么样的关系，你可以这样来讲，就是这个前理解也包括对姜文所呈现出来的电影本题的理解，因为这两者之间还是有区分的。就是和《太阳照常升起》这个片子联系起来。

戴锦华：你们一开始就把话题弄到了一个学院的演说层面上去了。我原本以为我们要更好地跟大家交流。但是把话说到这个份上，我只好在学院层面回应了。从某种意义上说，你刚才的立论是对的，但是在另外一个层面是不对的。我对于《一步之遥》审慎的批评，本身是出自我的想法。我说不同的，绝大多数支持这个影片的人，在这个电影当中嘲笑的所有东西是左翼嘲笑的，比如说媒体，比如使崇洋媚外者，所有这样的东西他们是在这个层面上认可他。我不是在这个层面上，我刚好认为在这个层面上存在着太多的问题。我一定要对这部电影保持着审慎的支持和赞美的原因，一方面我刚才已经说了，也承认了姜文是我最后寄予电影的失望。

但是另外一个更重要的东西，是我认为左翼不左翼，就是一个批判的社会立场，在电影当中必然表现成对好莱坞所代表的电影美学的拒绝。刚才我们所说的观众不满的东西，无非他们期待着好莱坞的电影美学。我个人从来不赞美《让子弹飞》，姜文只是在朴素的意义上让张麻子喊出了公平公平公平，是我们在我们这个基尼系数如此之大的国家，喊出了这个东西，除了这个之外姜文对资产阶级美学是最大的妥协。而在这部电影之中，他所有的失败之处，是他再次回到对资产阶级美学，资产企业所造成美学的心理疗愈的一个挑衅，这是我要支持他的。

我不能够无保留地支持这部电影，是因为这部电影采取大资本的做法，采取了媒体炒作，采取了他在叙事和美学上面拒绝的力量，想寻找这种东西得到支持。这个首先表现了姜文的天真，你不可能用媒体和广告的方式，就让观众去接受那些冒犯他们的，骚扰他们的，让他们从怡然自得的《小时代》惊醒的方式。显然影片的运作过程，好像希望他们能够甘心全然地接受这个方式。

我对这个电影的批评和保留是在于错位，所以我说这个是我跟毛老师跟罗老师都有所不同的，我不认为对于任何一个文本，电影的、文学的、戏剧的、音乐的，我们可以单纯从叙事和内容的层面上解释它。我们一定要从语言的层面，一定要从工业的层面，一定要从机器的层面，我们才能够真正把握这个文本。所以我觉得在这个意义上说，看上去《让子弹飞》是一个批判的、激进的、反抗的文本，但他其实某种意义上是一个妥协的、保守的、屈服的文本，而《一步之遥》则在一个极度的矛盾之中。一边是大资本营造出来的奇迹，而另外一边他是再次扬起先锋电影的东西，动摇似乎千秋万代、举世皆然的资产阶级的大好河山，所以我必须在学院的层面上回应。

毛尖：我理解戴老师您的愿望和做法，这个对我确实很有启发。关于今天的活动，网上很多您的粉丝提出，不仅想听您怎么谈姜文谈《一步之遥》，还想听您谈谈贾樟柯。我自己一直关注戴老师的影评，看到过您对贾樟柯的一些论述，感觉戴老师是比较赞美《天注定》的。您知道，您的态度总会让我回观自己，因为我对《天注定》也没有好评。所以想问戴老师，您表扬《天注定》，除了题材，除了立场，其他什么地方，电影工业、电影语言或者什么方面让您对这部电影有好感？

戴锦华：刚刚你做的描述，我有些东西是高度认同的，有些东西我认为是完全不认同的。原因就是在于，对贾樟柯的认同，最早首先是电影艺术的认同。但是对电影艺术的认同，同时被他的主体位置、他表现的对象、他表现对象的方式所影响，所以我最早认同他是《小武》，然后是《站台》，然后一路下来。我自己也写文章说过，我就说其实贾樟柯和第六代的导演们、同学们没有什么很大的不同，他也在写自传，他也在讲夫子之道。但是不同的是他的同学生在大城市，而他来自小县城，曾经在底层滚过。

所以他们的故事并没有讲述上的、社会选择上的不同，但是他客观形成了这个不同。当然贾樟柯也是表现了电影天才的一个当时的年轻导演。跟你们高度共同的是，我自己从这个《海上传奇》，中间是《无用》，然后是《二十四城记》，这几部电影的时候，我对他失望和放弃。我丝毫不认为我对《世界》表示审慎的赞同，我对《三峡好人》表示无保留的支持。但是不是因为，那个讲底层，剩下的作品他不表现底层了，而是因为在那些电影当中，贾樟柯一方面完成了第六代很多导演没有完成的跨越，就是从讲自传变成了讲社会的故事，他成功地跨越过去了，他完成了很多导演陷落的一个跨越，从地下电影到地上电影，他成功地跨过去了。

那个时候我是很喜出望外的，但是同时我支持他，尤其是《世界》和《三峡好人》，特别是《三峡好人》。我支持他的时候，《世界》我觉得他非常敏锐地意识到数码转型，意识到移动终端。他开始使用卡通，他开始使用短信，他开始试图把这样的一些所谓流行时尚前端的元素组织在一个打工妹的生活当中，我对他表示某种保留是因为太过概念先行。比如说主题公园，我觉得太过。但是即使太过，这种太过被一些东西中和了，比如说死去农民工的那张借条，比如说畏畏缩缩地来领了几个血钱就感到满足的农民工的父母。

我觉得那种东西所携带的来自于底层生存的真实，足够冲破那些东西，而我支持《三峡好人》的原因，是贾樟柯以他的实践向我们揭示了一个困境，就是今天我们还有没有可能用现实主义的方式去讲现实的苦难。他用现实的方式讲述了现实的困难，但他的成功在于他加入了一些超现实的元素，比如说飞碟。

所以我认为在这个意义上他有双重自觉，一个是中国苦难的自觉，一个是艺术困境的自觉。我无保留地支持他，我并不认为这个是他受了左翼的影响，或因为左翼而支持他。反正至少我不是，但是刚好相反，我认为到了《海上传奇》的时候，贾樟柯的混乱，刚好是因为他自己受到了一个巨大的新自由主义的诱惑。

毛尖：这个新自由主义我感觉在他从影之初就一直在诱惑他。

戴锦华：但是他同时也接受了很多批判思想的暗示等，这是两种东西的博弈，可是反过来说，当他被新自由主义的思路所阻止，尤其他面对上海这种极端特殊的、而且是揭示中国百年历史的都市的时候，他混乱了。他的混乱不是表现在他讲了左翼人物、右翼人物。他的混乱是表现在当他表现右翼人物的时候那种饱满和真切，他表现左翼的历史和左翼人物那种空虚和苍白，就是说小黄故事没有给我们带来任何的回肠荡气，黄宝美的故事那种奇迹式的时刻，让我们感到滑稽，这个是让我痛心的东西。

相反王童的那个，已经在《红柿子》表现过的国民党溃退的那个时刻，甚至触动了影院当中的我，但是我觉得，这个东西你要去指责贾樟柯。在座的多少位朋友，我想一定有很多位朋友，也许还有我们自己被《大江大河：1949》所感动。就是我们的这种主客体的倒置，我们这种胜利和失败者的心理结构是社会性的，所以我并不会简单把他放到贾樟柯这个人物上。在那之后，我其实某种意义上放弃了他。

但是在釜山电影节我非常偶然看了《天注定》。《天注定》首先是题材的惊喜，贾樟柯又回到了底层，我甚至有点高兴说，他因为得不到批准，所以他拿不到大资本，他又来拍底层了，我甚至有点阴暗的心理来高兴这个事。这不是我肯定他的原因，我肯定的原因是因为他非常有意识地为五个犯罪新闻寻找了五种类型片，有结合好的，有结合不好的。王宝强的段落，我认为结合得非常好，王宝强作为一个抢匪，是他最帅的银幕形象，比《道士下山》美太多了。而同时最后一段富士康工人的段落，他把他和青春偶像剧联系在一起，所以你开始看到的是一对小儿女的期期艾艾，缠缠绵绵，最后当那个现实暴露出来的时候，一个身无分文的打工仔和一个性工作者，然后那种张力和冲击是我支持这部电影的原因。所以对我来说，我作为电影观众来支持他。《山河故人》我还没有看，所以没有发言权。

罗岗：在这点上我有点疑问，包括你对姜文的解释。我们知道所谓60年代以来，或者更长时间所谓先锋派或者现代主义的探索，特别在电影上欧洲艺术电影的传统，作者电影的传统，本身有很强的反抗性。我也认为是被资产阶级的美学逐渐地收编。收编不仅仅是在技巧上面收编，到今天我们再也看不到我们所熟悉的欧洲艺术电影。90 年代后，我看得不是很多。它几乎丧失了在重大问题上回应这个社会的能力，而相反你刚刚讲的好莱坞，我认为对当代世界的困境，特别是左翼困境回应最深刻的是《黑客帝国三部曲》。因为最后讲到的所有反抗都被完全吞食，《黑客帝国三部曲》本身是一部豪赌的好莱坞化的电影。

所以这两面就有两个东西，第一就是先锋派的探索在今天是不是已经完全被资产阶级美学收编，或者说它本身就想要一个收编。刚才讲到的贾樟柯，我特别联想到余华的《第七天》，他也有很多先锋派，最后变成了《第七天》微博式段子的故事，跟《天注定》之间也构成了一个好像类似的地方，包括余华也本身表演了一个先锋派的角色。如果说在《兄弟》那个时候，还有某种东西被认为很惊喜，认为有某种可能性，当然到了《第七天》的时候就完全看不出这个东西来。

第二个好莱坞这整套的机制。如果从工业机制，就像我们谈资本主义，今天资本主义有非常多的问题。但是问题在于，我们可不可能在设想资本主义之外，再去找到一个反抗的可能性，所以在好莱坞的体制中拍出来的电影而不是好莱坞体制，通过好莱坞体制拍出来的电影是不是也可以表达某种激进的思考，就包括《让子弹飞》这种，他可能是大片的，但我也认为可以包含激进的思考，所以我觉得在这两点上面可能还是有一个比较大的问题。

戴锦华：因为我是觉得关于现代主义，关于先锋艺术，这个本身是一个大劫。我们要重新回到卢卡奇，我们要重新回到为什么所有的社会主义制度都禁止先锋主义电影。先锋主义电影又曾经酝酿整个 60 年代的欧美革命。而先锋电影在整个 70 年代成为了一个和欧洲的工运农运结合在一起的实践性的政治运动。这是一个巨大的历史脉络，但是我觉得罗岗老师你的描述，有一方面我是可以同意，另一方面我认为你是错误的。

你可以承认的就是说好莱坞一直在以高度的敏感度和高效率在抢劫和接收这个艺术电影的技巧，艺术电影的发明，艺术电影对电影边界的拓展，这个是真的。但是我并不认为今天整个资产阶级电影美学已经成功地把先锋电影吞下去并且消化了。

刚好相反在你的描述当中我认同的一个侧面是，今天欧洲艺术电影普遍丧失了火力。欧洲的艺术电影变成了期期艾艾，我就说这种期期艾艾我也感到非常的眼缘，我大概一直保持着一个好习惯，我把一个碟放进去我把它看完，我把一本书打开我看完。但是现在我开始停止了，我可能在 20 分钟的停止，因为我已经充分清楚它是一个期期艾艾的自恋投射的命运艺术电影的时候。这个东西我自己的解释就是说，整个欧洲先锋艺术的活力是冷战结构赋予的。当冷战结构消失的时候，新左派开始黯然失色。然后与新左派精神上高度同谋共谋的艺术电影也开始丧失活力，这是真的。

但是我不能认同，今天仍然有大量的先锋电影在强有力地批判资本主义，在强有力地冲破社会现实，而且在强有力地改变这个社会现实。他刚才说"我也不怎么看了"，这才是问题，就是今天整体的结构变成了普天之下莫非王土。然后先锋电影确实大部分地丧失了活力，但是同时也是这个占据了绝对主流位置的，把批评性的、有原创的先锋电影挤到了边缘的边缘。

如果我们不去寻找我们就看不到，就像《闯入者》，就像《推拿》，他被排在早上 10 点钟以前，晚上 10 点钟以后，我们得抱着多大的决心才看到它，否则我们就不可能说，我想看《闯入者》，去看了没有，它不存在。我发现《美姐》在北京一个影院放了一场。然后《蓝色骨头》在上海 3 个影院放了 3 个早上 10 点 05 分的场，这种情况下我们应该批评我们自己和我们应该对抗这个制度。

我说所谓我的电影回归，是因为我花了大概 15 年的时间，转向文化研究。我没有把我主要心力用在电影研究，大概这两三年回来，我也在每年跟学者做一些电影研究的书，为了做这个我一年能看到三四百部电影，就是跨年全球的三四百部电影。当然我还是有所选择地看。所以我每年都能看到两三部或者十几部让我激动和兴奋的艺术品。

他们的活力还在那里，只不过他们被大资本挤压得越来越遥远和悲惨，我们要去寻找我们要去支持，我们要用我们的力量挤出一些裂缝和空间来，让艺术电影仍然作为社会批判、社会创造和社会反抗的力量。比如说世纪之交的《罗塞塔》，这部电影表现这种欧洲未成年的童工那种极端悲惨的命运，迫使比利时政府出台未成年劳工保护法，就是极大地整体改善这种命运。这种电影的力量，这种借入我觉得是被罗老师漏掉的东西。

回到另一个层面，太学院就不去讨论了。我觉得当张麻子在银幕上喊出"公平，公平，公平"，当张麻子在银幕上斗倒了黄四郎，还是给处在无望中的人们以鼓舞和希望，还是再一次让大家重新思考社会公正。但是对我来说，当我们在银幕上酣畅淋漓地看到了一个在现实中不可能实现的东西变为现实的时候，究竟会使我们有更大的力量去改造现实，还是让我们片刻满足之后，去忍受那个被黄四郎统治的现实，这是一个始终没有得到终极答案的问题。我个人认为一个文化时代，他们的勇气和力度是在于他敢不敢让人们揭示苦难和绝望。我们作为观众，我们作为普通人，我们有没有直面绝望的勇气，我们有没有去绝望的勇气，本身是这个时代没有希望的标志。当我们梦想的潘多拉的盒子底下还有希望，而放弃拒绝绝望，决绝地对苦难和黑暗的局面揭示的时候，这个时代才危险，这是我的美学和我的观点。

毛尖：今天我听了戴老师的讲话，突然发现我们之间的区别在于，您是真正的学院派。

戴锦华：我是真正的电影人。

毛尖：我是江湖影评人。我常常很困惑，为什么我跟戴老师立场还挺相近的，但是在看姜文或者看贾樟柯时会产生那么大的分歧？今天听了戴老师一席话，明白她是以一个电影内人的身份进入的，所以我一下子明白了为什么她对《天注定》还保持着期待，而我对《天注定》却完全绝望。我在这里看到我和戴老师的分歧，或者更准确地说，是差距。戴老师能在四个故事中，看到贾樟柯对类型片的挪用和对类型片的创造，我却完全对这样一种类型片的创造没有好感，因为她以一个电影内人的身份，有一个保护性的阅读，会觉得贾樟柯故事中的王宝强形象很帅。对我，王宝强形象的帅，只是比《道士下山》中的那个低智商形象帅一点而已，这里的我，是作为一个普通观众进去的。

戴锦华：你不会是普通观众，你是高度精明化的观众。

毛尖：但我每次总试图把自己还原到最普通的观众位置上去。

戴锦华：那是你的想象。

毛尖：我是凭直觉，像这样一个王宝强的形象，怎么能称得上侠？老实说，我会撇开他的形式创造，去要求一个普通人的体验，不过您还是会非常电影人地阅读他，阅读姜文的元电影，产生兴奋感，阅读贾樟柯的类型片的创造，也会产生兴奋感。我不行，我的电影阅读比较低级，好像需要先过我的"常识"观。所有引发您兴奋的电影语言，对于站在普通观众位置上的我而言，最多是一种"牛逼"的感觉，甚至，说得过分点，就有点类似《道士下山》中，陈凯歌脑洞大开的那些台词，神神叨叨地自以为要开光我们，以为我们听到这些台词马上就会匍匐在地，但是有啥呢？我觉得当下中国的整个电影状态，很多大腕不是把观众扔在被启蒙的位置上，就是把观众扔在需要被开光的位置上。

戴锦华：对于你来说，《天注定》《一步之遥》和《道士下山》可以同题并论吗？

毛尖：我是把他们放在中国电影的整体状态中来描述的。

戴锦华：我认为当然他们都是中国整体状态中产生出来的影片，但是实在要分出层面。我们把《道士下山》拿出讨论。因为《道士下山》在我看起来，这次陈凯歌不是求爱一样地来讨好大家，而是趴在地下，舔大家的鞋底，说拿钱来吧，我在娱乐你们。结果我们的毛尖老师还是说，他在启蒙，那只是我们会有看到陈凯歌的惯性而已。因为陈凯歌后来越来越不会讲人话了，他的所有人物都要说出一种诗意和哲学的语言，那只是他不可克服的惯性而已，何谈启蒙？一帮道士遇到任何事情，然后就冲进庙里，倒头便卖，让和尚来启蒙他们。我只是觉得对于我来说，你把《道士下山》扯进来，来谈《一步之遥》和《天注定》，我受不了，我受不了对我专业性的侮辱。

毛尖：但是我们有家电影学院已经把陈凯歌请来做院长了，你觉得他会毁灭我们吗？

戴锦华：我认为他不会毁灭你们，因为可能你们已经毁灭了。我在开玩笑的。

罗岗：我刚刚讲的，我也有点像毛老师一样明白戴老师的，只不过毛老师是从电影人理解的，我是从知识分子的角度理解戴老师的话。她特别讲到《让子弹飞》是一个大团圆的结局，因为张麻子打倒了黄四郎，当然她隐含的意思实际上是因为这里有抚慰的作用。我们都知道进了电影院之后抚慰的作用是非常重要的，或者资产阶级电影美学最主要的部分，当然我们希望把真相撕开来给大家看，这是一个直面的惨淡的人生。

但是我觉得问题还可能要继续地追问下去，在这点上面我有点疑惑。好像直面惨淡的人生，要把底层的故事呈现，比如说底层文学，每个人都是不得好报，不得好死，这样有力量的，还是再回到那个去了。《让子弹飞》这个电影的深刻性在我看来，不在于说张麻子打倒了黄四郎，而是黄四郎曾经也是革命者，然后张麻子如果打倒了黄四郎，他作为一个革命者，会不会将来又成为黄四郎，这个是最关键的问题。我觉得这个问题抛出来，比一般性的来展示说苦难要更进一步。因为我们从新闻报道，从各种各样的报道，看到的苦难太多了，甚至今天有专门发这个苦难的都是可以的。我们不满意的，比如说对余华的小说不满意，对贾樟柯的电影不满意，就在于他们好像是回到了这个层面上，如果要比较的话，这是有一个倒错的地方。

《黑客帝国》也是一个大团圆，好像胜利了，所谓的和平了。但是实际上表明所有反抗的力量最终都变成了矩阵里面的升级。我找了一个反抗者，我是制造反抗者，最后这个反抗者，动机就是我们来申请杀病毒的，所以这样一个巨大的结构，在展示苦难的那些片子里面，是根本没有办法展现出整个宏观的脉络来。革命的第二天的问题，可能《让子弹飞》比大团圆的结局是一个更重要的问题。

所以这就回到了知识分子的立场。知识分子立场有可能是讲学院的黑话了，知识分子有一种可能讲，我就是坚持苦难的思考，站在社会的绝大多数人的立场上。这种如果从历史上来看，蒲鲁东主义就是这样的，他就设想一种好。现在资本主义有压迫了，有资本了，我们就搞成自己所谓的小商品，我们大家自愿交易，搞成集市式的，但是实际上这样的情况，是不是要坚持一种更为宏观的思考。电影也要坚持一种更为宏观的思考，这个是跟我们回过来看，当年的艺术电影和艺术电影早期所具有的那种力量，其实跟这个联系在一起。我觉得是也有这样的一个问题，再想请教戴老师。

戴锦华：我们不要在这个问题上纠缠下去了，因为我是觉得罗老师做了一个谬误的设定，他假定对苦难的呈现和宏观的思考是不共融的。我认为没有任何的不可兼容性，其实我知道你特指的对苦难的呈现是什么，你特指的对宏观的思考是什么。在这个上我认同，但是不可一概而论。我们不是说为了苦难而表现苦难，而是我说苦难是我们思考的必然参数，是在这样的参数之下我们去建立我们宏观的，对历史、对社会、对今天世界甚至宇宙的这样的一种思考。所以在这个意义上我是同意的，而这种东西，对苦难的思考，或者说宏观的表述也跟主流商业模式和先锋艺术模式没有必然联系。我不知道罗老师对 The Matrix 评价这么高，我自己基本的观点，就是 The Matrix 构成了电影史的一个重要的转折，因为标志着电玩一代的登场，标志着一种新的电影的叙事可能。子弹、时间，作为电影工业和电影叙述的革命。但是总的来说，我认为这是一个被过分高估的作品，所以去年我欢呼一部韩国的主流商业片，叫《雪国列车》并不是他是完美的，当然我这里面多少有一点为亚洲电影文化而欢呼的先设立场，但是同时我其实满足于这个电影被抨击的古老结局。

就是因为这个古老结局对 The Matrix 式妥协的一个宣告，因为 The Matrix、《云图》一系列的作品，最后我们都成了老套了，我们最后发现反叛者是被内设在统治逻辑当中的，这也是被庸俗化的福柯理论所出来的东西，我们只有被设定的反抗。反抗的所有目的是为了验证压迫的有效性，而在《雪国列车》当中他最后引爆这个列车，让这个列车出轨，也许是多数人的死亡，但是这才是一个全新开始的可能。今天我们认为我们有没有这样的勇气，我们有没有这样的勇气去想象去构想，还是我们是在别无选择的前提下说，The Matrix 也许还有批判性，如果真的说宏观那我就大大地不满足于这个宏观了，所以我们是不是聊聊这段话。

毛尖：好像现在电影院放的电影，我用一个粗糙的说法，一个是技术电影，还有一个反技术电影，技术电影是说 4D3D 这些；反技术电影，指的是那些没有一点电影工艺，粉丝电影逻辑里的景观小电影。比如前段时间的《何以笙箫默》，一下让人觉得《小时代》都是良心之作了。想问戴老师您怎么看技术电影和反技术电影，这个肯定能达成我们的和解。我们先和解一下，然后再来问一些其他问题。

戴锦华：在座的朋友们，请你们要充分体谅我，我要是死跟毛尖老师说多少，有点以大欺小，但是不说我又要自保对吧。我觉得这是毛尖老师创造的词，什么叫技术电影，因为电影的工业和技术是电影充满了既有味的技术存在的前提。对我来说这个分类不成立，罗岗老师一早就在旁边给你补场，说奇观电影，所以说大制作的奇观电影和一些不是大作的，在这个意义上其实《何以笙箫默》也不一定代表，他的技术含量并不低。我们大概用 IP 电影的角度去说，确实这个问题咱们当然可以达成共识了。但是你刚才设定的选择，你又让我难以达成共识了，因为绝大多数 3D 电影我都不认同，我基本观点是 3D 技术，从 50 年代发展到现在没有本质的进步，3D 是不成熟的技术，然后 3D 电影画面的边角变形，中近景变形。

毛尖：的确技术和反技术的说法，是我随口说的，两者常常没有区别。检讨一下。不过戴爷您看那个《阿凡达》，不是也听说看得魂魄悠悠吗？

戴锦华：我当时要说明的是它仅仅成为了一种感官的经典，大部分 3D、4D 的电影越来越像《美丽新世界》的武感戏走了，对我来说就是就非文化的那样。所以一方面不成熟，另一方面越来越做与人的感官的享受，而不试图去延续 20 世纪电影里达到的高度。就是触摸我们的心灵。

毛尖：陈凯歌、张艺谋是不是回到这个脉络里来谈？

戴锦华：《道士下山》是，从这个意义上《英雄》是开启这个东西的。但是《英雄》当时自觉或不自觉地至少还包含了一份为强权障目的主题，而到了《道士下山》的时候连这份主题也没有了，所以那个东西我也不认同。可是你说的这个 IP 电影我觉得最大的问题是成了单纯的资本知识。因为一切的突发、诉求和运营都是以资本安全和利润最大化为目的。所以他先要找到所谓 IP，在电影之前他已经构成了他的粉丝群，消费者群体，所以他确保以后有人来看，多烂都有人看。

等我抢到这个 IP 以后，我接下来只要干一件事，就是我找到一线明星，这个所谓的一线明星跟成熟度或者说感召力无关，他只跟与青少年观众群的切合度有关。我根据这个聘来这些明星之后，我就要设法把每个画面和每个画面当中的每个细部都注入广告。我当时还曾经批评过《小时代》，你不是学《暮光之城》，那好歹还都穿的是休闲名牌，虽然是在卖资本，但是好歹还要和情景相吻合，我说你这个《小时代》怎么能穿着 T 台上的夜礼服在街上狂奔，你怎么能穿着时装在中学校园里走来走去。我后来发现我蠢，不是郭敬明蠢，因为每一套服装是植入性广告，哪个给钱多就穿哪个。这样的结果是什么，最理想的情况下电影还没有投入市场成本已经收回来了，他是无成本的电影。

但是因为他是无成本电影，他才有更多的投入去获得一个垄断性的影院的连锁，及其垄断性的覆盖性的排片。然后他再借助 IP，明星和垄断性的排片率创造市场奇观，这是这两年来中国市场最悲哀的东西。因为原来我们说张艺谋造成的东西叫做越看越骂，越骂越看。这已经很可悲了。现在我们造成的状态是不烂不卖，所以我觉得好像《道士下山》对我来说是一轮如何更烂的大比拼，你一定要烂到一定程度上，你就将拥有观众，这个真的无语。

如果这个情况再持续的话，我再次跟电影说拜拜，我很早以前就赞美杰斯·罗斯基的一句话，说在这个世界上除了电影之外有很多可做的事情，所以不一定是电影。实际上我已经离开很久了，在文化研究，在第三世界研究当中我还有太多的事情可以去做，所以我们不一定非在这儿磕死。但是我爱电影，我爱中国电影，电影作为一个民族的精神写照，作为一个国家的形象名片，这个功能没改变，所以我可能还会坚持一阵子，但是希望坚持得久一点。

毛尖：我看戴老师的这本《昨日之岛》，最震撼的我的一句话，不是她到处闪烁的观点，而是她说她有些电影看了 70 遍，我觉得这是最朴素的电影批评方法。我就想，可能不止我，下面的听众也会想知道，戴老师看了70遍的电影是什么。我自己没法想象一个电影可以看80遍，我也算是电影爱好者，小津是我很喜欢的电影人，常常我也说自己看了很多遍小津，但仔细想想，我大概也就看过五六遍，这已经蛮多了，这70遍您怎么看的？

戴锦华：到毛尖老师这儿就添油加醋，大概二三十遍就有了。我是认为一个好电影看一遍是绝对不够的，如果你看了一遍电影的时候，你来跟我讨论电影，我就说你没看过。所以一部电影看一遍是不够的，一部好的电影，如果你要通过电影来学习电影，要看很多遍。而这个在书里我已经说了，因为当时我在电影学院担任很重的教学工作，很多课要重复的，给不同的班次，以不同的层次去讲，每次都要跟他们看，所以这个客观上形成了有些影片我看了几十次。

毛尖：今天有很多学电影的专业听众在，他们会想知道，这么多遍看电影是看什么，比如说第1遍看什么，第10遍看什么，您能解释一下您看电影的方法吗？

戴锦华：这个方法过时了，现在用不着。现在是网络下载的时代，所以像我刚才的这一步，当时只能在影院当中看。所以我当时最悲壮的故事你没引用，我最悲壮的时候是电影回顾展来的时候，我买3套票就是早上看一次，中午看一次，晚上看一次。真的看到自己都要吐掉了，但是因为机会太难得了，所以大概这种方法没有什么意义了，而且我从来没有要求自己，第1遍看什么，第2遍看什么，第3遍看什么，在有条件的情况下，我认为大家第一遍的时候，努力地让自己做普通观众，就是沉浸在电影当中，让电影去感动你。对我自己来说特别宝贵的批评电影的经验，其实我对那些感动了我、恫吓了我、震动了我的电影，有更大的研究热情，我不是说客观地去分析他，我是分析什么东西造成了我这种观影经验。

所以大概第一遍尽可能地好好看电影，别东想西想的，大家都以为我多么专业地看电影。当然了，看电影越来越多以后，能够把你变成一个思无邪的电影观众的影片越来越少了，这个是遗憾。但是基本就是好好去看电影，接下来你当然就会自觉地再看电影的时候你就会说，那个特别美的时刻是怎么做的，或者那个特别感人的时刻是怎么做的。这个时候如果可能的话你完全可以在这个时候训练自己，去看构图，去看场面调度，去看镜头与镜头之间的组接，其实很多时候，不一定需要专业的训练，你可能把握到很多东西。

我记得当时一个非常朴素的观众就提醒我在《克莱默夫妇》那个场景。我当时还没有留意到，一个普通观众提醒我，他败了官司要把儿子交给妻子，在那个场景当中他丝毫没有渲染这个演员，没有让这个演员用演技，他仅仅是把镜头放在了房间的门口，充满全景的是一大堆行李。后景是父子俩坐在沙发上，相对无语。完全一样的身体姿势坐在那，那么这个时候，他其实看的是前后景的关系，这一大堆的行李让所有的观众都体会到父爱。就是给孩子准备了多少东西，多么的不舍，我们用最土的话就是此时无声胜有声。所以你在反复看的时候，当时就打动你的细节变得清晰起来，可能很多观众眼睛就湿了，那什么东西让你眼睛湿了，不是靠了表演，不是靠了对白，不是靠着情节的戏剧性推进，而是靠着一个前后景之间的透视和构图关系，所以大概是这样一个过程。

今天好玩的东西，其实是进入到观影，造成了新的粉丝文化。你觉得我看了很多微电影不可思议，我的一个年轻朋友告诉我，说他儿子迷《神探夏洛克》已经看14遍了，他问我怎么办。我说看不了几遍，让他看吧，拍得再好我知道经不起再看。但是问题是这种适度观影所造成的粉丝文化，大家其实是个索隐派和索据派式的，就我想看出别人没看出点的名堂，这样可以让我获得在网络上炫耀的资本。我们只要稍稍扭转一下，除了获得炫耀式的资本和粉丝性的观影之外，除了说很多人看了不知道多少遍，《后宫甄嬛传》说第1遍看故事，第2遍看服装，第3遍看什么。他们很有主题性，我看电影的时候没有这么清晰，如果大家用同样的办法去看电影、电视，大家都会比我是更专家，只不过你加一点意识，你先去看什么，你是去看什么。而且等你看的遍数当中，你就既在故事中又在故事外，你会知道故事怎么被讲述，怎样被结构的，每一个故事未曾说出，已然说出，为了说出必须说出的是什么。这个理论的绕口令，就是说它的弦外之音，题外之意，然后它的潜台词究竟是什么。如果大家有这样的兴趣，你如果拍电影是通过看电影学电影，如果你想讨论电影，通过看电影学电影，没有什么教科书比这个更有效。

罗岗：我也有一个问题，我觉得戴老师的电影研究包括这里面很多的文章实际上有些是我读大学或者大学刚毕业的时候，在《电影艺术》《当代电影》上面看过的，所以印象特别深。比如她没有收进里面的，叫"斜塔"，讲第四代导演的，还有讲"断桥"，第五代导演，都是当时在刊物上看过的，刚刚发表的时候看了。

我就觉得有一点，我想今天来参加这个活动的原因，戴老师虽然是做电影研究的，但是中国做电影研究的，或者比戴老师做得更专业的，就是中国艺术研究院的电影研究所，北京电影学院的什么电影学系，他们也出很多的书，但是我们很多都不看的，或者看也可能是作为参考资料来看。所以这就有一点，戴老师实际上是既在做电影，但是最重要的又在电影之外。我设想的一点，可能跟在座的，因为我们也有一些做电影研究的人，或者将来要拿电影做博士论文的，因为中文系也有很多用电影来做博士论文的。

这里面就有一个，我们特别感觉戴老师的文章，跟一般所谓做电影研究的区别，理论性特别强。看戴老师谈他们当时找电影理论的书，或者其他理论的书，我才会理解那个时候为什么我们读大学的时候，如果要找理论资源，不是找《文艺研究》那些用数学的方法研究《红楼梦》，那一点没劲。我们看到《当代电影》《世界电影》《电影艺术》，那上面就有很多，特别是《当代电影》和《电影艺术》，包括戴老师讲到最初的时候阿尔都塞"意识形态的国家机器"，还有詹姆逊讲《跨国资本主义时代的第三世界文学》，最早都是在那上面翻译的，而且发表了很多的文章，都是批判。这跟我们一般理解的文学理论不太一样的批判理论结合到电影的解读上面，所以在这样的情况下，就想请戴老师，别说好像是有什么变化，在这里来的很多人我熟悉他们的面孔，很多都是学院的人们。

想请戴老师谈谈，怎么样可以在你的 30 年电影研究，一直走到今天，包括你跟学生一起编的电影书，其实基本上都是这样的一个路子，高度的理论化，批判理论和电影结合，然后把它放到具体的历史演进中来加以解读，这构成了一个特别的方法。这也可以说是戴式电影研究的一个最大的特点，也是你这个电影研究可以影响到电影之外的，有那么多认同你方法的后一辈的年轻人的一个很重要的原因，所以这个想请戴老师谈谈。

戴锦华：这个回答就是特别简单，特别的容易和特别的直接。就是因为整个电影学是在战后 60 年代才建立的，电影学建立的时候有两个东西，一个东西就是有一种新玩意儿诞生了，这种新玩意儿就叫理论，这个理论跟以前的理论不一样，是哲学死亡之后，尝试替代哲学或者填补哲学死亡以后空白的东西，不准确地说就是法国理论，就是从德国哲学到法国理论的西方的这样一个变化。所以电影学这个学科建立的时候，正是这个大的风潮席卷整个欧美大陆的时候，所以电影学自身是高度文化的，这是一个原因。

另外一个倒是更社会性一点，电影学的学科建立的时候，刚好是红色 60 年代，全球红色 60 年代席卷欧美的时候，最激进的青年学生领袖，当运动退潮他们重新回到大学的时候，是他们组建了电影系统。我们大家大概知道罗兰·巴特两个著名的说法，一个叫结构无上界，一个叫做如果我们不能颠覆社会秩序，我们颠覆原秩序，我们是密室里的谋反者，象牙之塔不是远离现实的，象牙之塔是仅仅连接现实并且谋反的这样一个空间，所以这样一个原因，造成了第一代电影人，美国电影学的奠基人，他们创造的电影写自身是和批判理论造成内在的相关的。

80 年代我自己作为一个大学本科毕业生，就到北京电影学院去任教的时候，是一批美国的左翼的电影学者，他们满怀热情地来造访红色中国的时候，所以我很幸运那个时候就有机会和他们直接相遇，直接从他们那得到认知，叫做电影学这样的一个新的学科。我当时 23—27 岁，初生之犊不畏虎，这边刚跟人家听着洋经还没听明白的时候，我自己要创立这样的专业，在中国创立电影的专业。现在想来是极端的不负责任和极端恐怖的一件事。

但是现在想来也还是自己年轻时候感到欣慰的一件事，这个过程使得我把握了欧美的主要是美国电影学的一个高度批判性的理论路径。同时电影学又作为一个桥梁，把我引向了整个的红色 60 年代的政治结构和文化结构，把我整体地引向了法国理论。所以那个时候我觉得天时地利让我相对领先。当别人在谈新三论、老三论的时候，我们在谈主体结构、后结构。这个只不过是地势和幸运，而诸多的历史偶然造成的。

到现在为止理论还是构成我的基本底色，但是在这些年当中我的一个最基本的认知，就是我意识到所有那些非常玄奥的理论，是在非常具体的欧洲现实当中产生出来的，然后它对我们有启示性，但是我们一方面把它放在他们的主体上去，一方面我们要试一试，看能不能在我们这儿生下根，所以我觉得我自己在尝试。大概在 90 年代的时候开始自觉地尝试一些——我自己称之为有点自夸的——叫创造性误读的方法。当中希望寻找这些东西和中国现实以及中国土壤之间的连接，到今天为止我认为法国理论的时代正在成为过去，所以我自己全面地遭遇危机和挑战。有的时候想到这点我很兴奋，因为一个新的时代开始我们有很多事情可以做，在我彻底的衰老之前，我还想迎接挑战。

毛尖：再问一个问题，这个问题其实跟昨天晚上的小插曲有关。昨天晚上我们在陕西南路上吃饭，吃完送戴老师回宾馆。陕西南路大家都知道有很多服装店，走过一家好看的服装店，我就跟戴老师说进去看一下吧，戴老师说不去看了，这里面的服装跟我没关系的。老板娘刚好听到了这句话，老板娘就很激情地对着戴老师喊："跟你有关系的！肯定跟你有关系的！"可惜戴老师断然往前走。所以我就想，这个事要引申一下，三十年走过来，很多时候其实戴老师您是碰到很多诱惑的，比如说您有很多机会出去，您可以当导演，您也可以在电视上大红大紫，一路您走过了很多店，那么，有没有哪个店你走过了，但你心中其实是有点后悔的？说实在，就像昨晚的服装店，我跟老板娘意见一样，觉得跟戴老师是有关系的，有些衣服她可以穿的，但是她内心太决绝，她就走过去不看一眼。而且您自己在书里写过，您以前是很厉害的，参加过奥数，脑子很好使，那您是不是太清晰自己要做的事情，太坚定了，这样有时候，反而让您错过了挺好的东西？

戴锦华：谢谢毛尖老师用毛式语言来赞美了我，但是这完全是两回事。我断然地从老板娘身边走过，是因为我不想遭受我的挫败，就是因为中国服装业不为我生产服装。当年他们根本不认为我这样的身高的女性可以存在，到后来年轻一代女性都长得很高了，他们又认定这些女性都应该瘦到我的一半，所以我就永远地遭到挫败，我进去以后就是短得不得了，要不然我刚刚想试就把衣服撑爆了。

所以我只是不想再受到挫败，我干脆就说没关系，这跟有一些诱惑不一样，因为有些诱惑真实地存在着。那些诱惑对我不是完全的没关系和不可能，它是真的诱惑。但是我真的必须说，没有什么东西我今天感到后悔。我唯一想到的就是说，如果我非常年轻的时候，数码时代，摄影机小型化也许我会试一试。我当时根本没有想去试的，是因为我不是很有团队精神的一个人。同时我可以成为某种领袖，但是我不可能是某个很好的管理者。所以我当时觉得这种集体创作和导演奇怪的位置，你必须依赖于大家的才能，大家的通力合作，但是你又想把大家的功劳都据为己有，这个得有特别高妙的东西。

所以那个东西对我就从来没有构成诱惑，特别简单地说，我始终没有介入电影创作，是因为我不想当二流的。我比较清楚，我即使可以转型为一个导演，一个编剧，一个电影制作人，我充其量上，十有八九是三流的。我觉得这个是对自己的准确判断。所以没给自己机会去试，这个是所谓电影制作。然后就是主持人的年代，我是最早被轰炸的人之一，因为最早的电视台当中也很多曾经是我课堂的学生，他们觉得我既然能够在课堂上迷惑学生，我也应该能够在电视台迷惑观众。

那个我想过。我当时想过确实还有点高尚，高尚是我觉得当时已经有一些国际经验，我就看到其实国外的大学的院墙真高，太高了，他们基本上在里面自说自话，谁念他们的书，他们的学生，他们的同行没有如何地社会影响。我们有一点点社会影响是宝贵的，我就在想我们是不是应该有更大的社会影响。但是接下来我就意识到其实以己之力没办法对抗机器。

第二个清醒的认识，我当时 40 岁了，我说我没时间浪费，我觉得人一生当中专注地做好一两件事已经是很好的，我不想浪费这件事。我记得当时有一个人反复地说服我，后来我说这句话他就理解了，就停止了。我说我 40 岁该知道自己要什么，我说有些东西是宝贵的但不是我所要的，大概可能有重大的选择当口，这是两次。

而另外一次的选择可能不构成选择，我曾经想离开大学。当时是和那些完全被消声的非常弱势的人群一起，我觉得大学里一点道德哲理都没有，那个时候是我年纪很大时的一次非常纯洁的冲动。最后没去是因为，我可以跟他们一起呐喊，跟他们一起抗争，但是我不知道把他们带到哪儿去，我不知道路在哪儿。

罗岗：因为今天天气很热，刚才毛老师已经越问越深入，有些话就她们私下聊了。下面把时间留给到场的观众。不要每个人都提问都回答，两三个以后，综合一下回答，这样可以给大家问题会比较多一点，这样可以多一点的提问。

听众：我是一个影迷，今天来非常地高兴，机会难得，刚才大多数的时间就是在介绍姜文、贾樟柯，我比较喜欢霍建起，他有一个电影非常喜欢，推开来说，我想请戴教授给我们讲一下。你刚才讲一年几千部电影，一年看大概几百部，然后你能够推荐几部给我们，谢谢。

听众：我也是想有做电影的冲动，但是现在观察到一个现象，我们年轻的一代学电影的开始做电影的，他都有一个国外的背景，或者是更有经济实力的人才能参与到做电影之中，他和我们以往的前面的一些前辈不一样，可能他们接受的一些东西，就是这个断裂更大。

听众：我年龄比较大，也喜欢看电影。但是我总感到现在的影片为什么没有以前那个电影吸引人，人们都能记住，你像以前我们电影还没有大发展的时候，《梁山伯》，还有《青春之歌》人们都能记住，还能够唱还能够回忆，到现在我们还不能忘，为什么现在电影这么多，票房价值这么高，人们都记不住，老师这是不是悲哀。

戴锦华：从后面回答，确实是悲哀。当我们欢呼中国电影银幕超过了 3 万块——我们在世界上领先的时候，其实没有什么好骄傲的。当年我们拥有的银幕数肯定比这个多。因为我们只要有一个礼堂就有一个电影院，我们只要哪儿能拉起个被单哪就有电影院，然后电影放映队，电影乌兰牧骑，人拉肩抗带着拷贝去中国每一个有三户牧民的地方就放电影，所以今天只是在市场意义上的繁荣，我觉得从某种意义上电影文化在萎缩了，不是发展了，这个是有一个东西；另外一个东西我觉得您说的这个问题很关键，今天我们的电影和我们社会中的多数人之间没有共振了，这个电影不是为了我们多数的观众，最大多数的观众而拍摄的，是为了追求票房利润而改变的。第三个问题，那个时代社会人和电影和文化之间是共同的。今天说好一点是多元的，从坏一点说是支离破碎，可能这部电影很感动那一小群人，但是不能感动另外一些人。

有些感动了很多人的电影，可能在另外一些人看起来就是垃圾，所以我觉得可能跟这些人联系在一起。但是从另外一个角度上说，好莱坞电影，它覆盖了全球市场 97%，还是能够呼唤那么多的观众，所以意味着还是电影人的问题。虽然社会多元了，虽然价值破碎了，我们的电影人没有找到一个讲述，能让大家产生共振的。无论是商业，是艺术的，是批判的，是抚慰的，我们没有找到这种叙事形式，这是我们电影的悲哀。我推移您的观点。

我大概始终会推荐《钢的琴》，我认为是近年来非常好的电影，也是叙事电影，好像也有一个大团圆的结局，也是发人深思的电影。如果再推荐一部我还真的一时想不到，我可能会推荐《推拿》。

听众：包括国外的。

戴锦华：国外的，韩国电影我会推荐《雪国列车》，李沧东的电影太艺术我不推荐给大家，我推荐给爱电影的人，他每一部我都推荐，我不是不想推荐，这是我不得不承认我衰老的标志。我没有长时间的记忆，所以我现在要有笔记，我每看一部电影我又重新开始做笔记，我一时说不出来，就是说我给自己做广告，我每年带领以前的学生编一个叫电影工作坊，光影系列。你可以查我的名字再查光影。每年当中我有一个栏目叫新片短评，当中的 2/3 是我写的，那里面有批判，有批评，有评介。

我回答中间这位年轻朋友的问题，我是认为这个是双刃。刚才你所说的那种状况是盆景状况，中国电影规模这么大，中国电影的资本过剩，这个就跟整个中国电影发展很像。好莱坞大概持续 10 年以上资本净流出，人才净流出，而我们是资本净流入和大量的人才出现，所以一方面是这样的一个状况，但另外一方面，年轻电影人的机遇不是变得更好了？不管是资金在找人，还是人在找资金，他们永远不相遇。就是因为作为资本，他是在寻找利润，而我们在寻找机会和艺术，所以这个确实是没有办法相遇的一个事实。

但是我觉得从另一个角度说，你刚才说的那个状况我们都在遇到，大学也是。海归们来了，海归们没法整体评价，他们可能会比我们在本土成长的青年学者有更好的机会，更好的待遇，这个是我们都要面对的。但是我认为这不足为虑。当年陈凯歌、张艺谋电影学院毕业了，第二年就能拍电影了。那种历史不会再现了，因为那是一个历史时刻，是中国社会大转型的历史时刻造成的一个奇迹。在此之前没有，在此之后也不会有。但是你要看到的好处，现在电影器材这么小型化，所以就是热爱电影的人，拍电影的可能性就在那里，所以如果对电影有足够的爱，不要等条件成熟。

当年姜文痛不欲生的说法，他说这是第22条军规，就是你拍了电影才是导演，你是导演才能拍电影，这是全世界电影，年轻电影人的状况，所以去拍你的电影，用你的电影去说话，这是比较有力量的，而且这很容易做到，这个断裂是存在的。所以电影是不可独断的，但是我认为这个锻炼并不意味着对电影人创作的终止或者拒绝。我们现在只能拿我们的作品去寻找我们的机遇。

听众：首先我要给戴老师说，不论你在哪里我们都是你的独场。再次我今天是翘班来的，足以说明我对电影和对您的敬佩和热爱，其实我从小就特别喜欢看电影，也看了很多的电影，但是有的时候面对中国的电影市场，我就觉得非常的失望，中国的电影人他们又做不出来像这种每次看都会有不一样的思考和想法的电影，就拍不出来，不知道是因为文化的差异还是人的原因，还是现在的这种经济背景和现在的浮躁造成的，我就觉得非常地遗憾。所以我就想问，如果您作为中国电影的审片人，您会引进什么样的电影，对中国拍摄的电影会有什么样的要求，什么样的片子都可以出来放映吗？就类似于《何以笙箫默》这样的片子。

还有一个小小的请求，我想送给戴老师一件小礼物，因为我今天没有准备，我手上有一个我从西藏请来的小手镯，睡觉也戴着，我一直觉得会把它送给我一个很敬重的热爱者，我希望您一直戴着，谢谢。

听众：我有一个问题，在去年的时候，您提出一个概念，我们现在能否有一个新的所谓一个问号，来对当下的社会进行一个征兆，而这个征兆必将会产生一种新的模式或者一种新的可能。在像您在做电影研究的时候，对某一些导演或者是某一些作品稚拙的热爱，是否也是像您在《蒙面骑士》里对马克斯的想象那样，他能否对中国电影有一个新的征兆，并且他作为一个符号产生新的可能，来整理或者是集结这样一个相对混乱的电影现状，您是否有这样的想法。

听众：我今天听了三位的对谈，我有一个奇怪的感受，或者说这些年过来有一种自我认同身份上的一个奇怪的感受，像我们今天在思南公馆，在思南路，在原来上海法租界这块，我们大谈左翼，谈无产阶级，这样的困惑会是现在左翼所普遍面临的一个困境。在一个最精致的咖啡馆里面我们谈我们的理论，谈我们实践的行动，一些未成形的东西。这样的在我看最近一个电影《我是路人甲》那个电影同样产生这样的一个奇怪的混合，他在一个主题上或者一个叙事上带有普遍的为被侮辱者、被伤害者发声这样一个广义上左翼的主题。但是在电影制作上被相当资本主义化，能看到他这个电影里面有很多的包袱，很多的设计，很多的说教，大家都能够感受到，但是在这样一个普遍为弱势者立言主题的强势下，这些东西好像变得不重要了。在我观影的过程中我被这部电影打动了，但是就是这种奇怪的混合，您知道这里面或许会有性质，但是你好像没有办法去规避他，你会进入到好像是一个资本带给你的无产阶级的幻梦里面，这些东西是假的，但是你心甘情愿地被说服。

听众：我也是一名学生，今天很有幸能来到这里。我想问这样一个问题，戴老师做很多电影的研究，对别的文学形式或者艺术表现形式有什么看法。我了解到很多电影有可能是根据一些小说，或者是一些历史文献改编的，我们到底怎么处理文字和电影之间的关系。比如说文字比较好，电脑看电影比较多，我看了文字再看电影到底是会有更深的理解，还是先看电影激发的兴趣，还是再看文字。

戴锦华：我真的很难把自己放到电影人里面，而且我非常感动，我觉得我遭受错爱，觉得不值得。但是我还是想回应你那个，我是觉得我承认世界上有很多优秀的电影，非常感人的电影，在艺术上，在价值上，在叙事当中都非常的完美。但是我并不认为，我们中国电影没有这样的，尽管我这么不喜欢陈凯歌，比如说《黄土地》。我每次看的时候都会看到一些不一样的东西。比如说第五代的处女作，《绝响》，就张泽鸣，我到现在为止还是可以随时再看，或者钢的琴，这个小成本、制作上这么粗糙的电影、我觉得里面包含了情感，和他的历史指向。

所以我觉得有时候是中国电影多数太差，但不是里面没有好东西，是我们自己要去淘。还有的时候我们要想一想，因为世界那么多的国家，他们拍了那么多的优秀电影，中国毕竟只是一个国家。但在中国里还有很多好电影。我记得有一次在上海的会议上，美国的学者跟中国大陆学者吵起来，中国学者爱美剧，美国学者爱中国电视剧，吵得一塌糊涂，最后我去仲裁。我觉得我很权威，我去仲裁说因为在美国的学者他们是看了最优秀的中国电视剧，在中国的学者是看了最优秀的美国电视剧，而在美国他们看的是一大堆的恶烂的美国肥皂剧。

在中国我们看的是一大堆的从主旋律到恶烂商业片，到抗战神剧，所以我们对中国电影感觉这么差，是因为我们只缘身在此山中。我们要用另外的眼睛去选另外好的电影。让牛鬼蛇神都出来，让大家知道那些东西是会很快败掉胃口的。60年代学生运动冲垮了欧洲所有的审查制度之后，曾经大概有10天的时间，整个欧洲大概只有一种电影就是色情和准色情的电影。多严肃的电影都没办法大家一块去看。

我自己曾经得到一套80年代的 screen 银幕杂志的整个10年电影杂志的馈赠，结果我拆箱的时候大家都以为我买的"花花公子"，可是这之后不是一切都正常了吗，所以我不认为选择甄选禁止会是一个方法。实际上 IP 电影，《何以笙箫默》《小时代》不是问题，是它成为了唯一卖作的电影才是问题，所以我觉得随便这些电影都可以存在，都可以赢得他们的观众，但是请给严肃的、有意义的、有价值的电影一点空间。

我们现在的问题是这些电影反而被排挤了，如果我能够有一点声音，我会呼吁给这些电影以空间，给这些电影以不是市场自身的力量。看看好莱坞电影历史你会知道，好莱坞的奇迹不是市场成就的，好莱坞是通过美国政府大量的政策倾斜、资金注入等等成就的。如果政府干事应该干这件事，而不是去甄选，去禁止。另外一个我记得我当时在海南会议上说的是，我们的问题是否需要命名新的历史主体，而不仅仅是寻找一种症候，所以我觉得马克斯其实在进行这种尝试，但是你会看到他是一个成功了的失败尝试。就是因为他没有通过他的努力，以印第安原住民为旗帜，把全世界被剥夺的 99% 重新地整合起来。

所以我对于这些电影的热爱和坚持其实没到那个层面，那个层面相对来说是更宏观的。我在这些层面，我一直说我把我自己的工作区搁在 3 个层面上，第 1 个层面是理论的思考，第 2 个层面是文化战场。我对这些影片的支持和反对是在文化战场上的。第 3 种我觉得尽可能地和真实的生活，尽可能和社会底层各个面向的人在一起，了解他们。所以相对来说第一个层面建立在这两个层面的基础上，所以不是一个直接的关系。

《路人甲》我觉得你这个问题很关键，但是这个问题持续了几百年，就是关于左翼甚至是共产党人，甚至是共产主义者，然后他们在资本主义世界当中的位置。他们是不是应该到煤矿当中跟工人一块挖煤，并且谈论阶级斗争和阶级反抗，还是他们可以在资产阶级的沙龙里讨论这个问题？我觉得这个问题我就不再重复这个几百年来的困境，我同意你的批评是有效的和非常准确的。

其实我觉得今天我们在这儿谈的东西，跟左翼、跟社会批判、跟革命其实距离都挺远的，只不过作为外在的标签名词出现在这个场域当中，所以我们还远没有达到去讨论。如果我们真的讨论那些问题，我觉得所有这些名词今天需要重新被定义。回到《路人甲》有人说好有人说不好，但是大概说好说不好的都不是在抚慰和感动的意义说说的。我自己认为《路人甲》它再生王宝强式的奇迹的故事，比好莱坞更有批判性，展示了今天封闭上升空间世界上小人物的悲哀。

相对于这些东西，想象的解决才有力量，路人甲成为男一号的时候才有力量，才饱满。但是同时也是这样的一种展示使得他不单纯是个白日梦，因为他是以色列的白日梦开始，以设法完善白日梦而结束，这种电影我称之为有机的电影，因为他毕竟用某种方式触碰了我们。这个电影如果进入影院我们期待被打动，这是商业电影的基本功能，所以我说这部电影，我们不必为被打动了而困惑，因为这本来是我们进影院的目的。

但是在我们被感动之余，我们还保持着批判力，我们还保持着对别样电影的所求。我觉得这是重要的。所以我们到电影院当中等待被感动，被抚慰。但是请大家付出一点耐心，付出一点金钱，去支持有点慢的、不完美的、不大抚慰、相对有点不痛快，说看了以后好心塞的电影，有些心塞真的让人心塞，有些心塞是迫使你面对一些东西。因为中国的一切，都不是既有的学术和理论著作能够解释的，我们的希望也在这儿，我们现在还有一些可能，我们一起去创造这个。

另外一个问题，关于这个问题我没有直接写过书，但我写了很多书围绕这个问题。因为你这个问题涉及不同纬度的研究，我自己广义说我是一个杂家，我做电影研究，我做文学研究，文化研究，我做介乎于文化、社会学甚至政治学之间的研究，所以最近在上海人民出版社出版的两本都是关于电影改编的。一个是以《简·爱》改编，一个是以《哈姆雷特》改编来作为文本，谈改编，谈文化，谈社会，谈这些问题。我自己认为因为文学历史比较长，所以爱电影的人应该爱文学，你看得越多你从电影当中得到的越多而不是越少。

如果说一个小说改编成电影，现在也推有流行电影改编成小说，这个情况出现的时候很好玩。你先看哪个认同哪个，没有这个顺序。你碰巧看到了小说，你看电影的时候一定不太满意，因为他跟你的想象不吻合，你先看完了电影以后，在小说当中就找不到电影的那个形象的感动，这是没办法的事情，但是最好的情况他们各有各的感动。像我们刚才说的《蜘蛛女之吻》这部小说，这部电影，我经常一起看，有的时候分别看，每一次会有新的感动，但是无论怎样，对于爱艺术的人来说没有无用功，就是你多去看，多去体验，多去思考，一切最后会成就你的艺术。谢谢大家。

听众：我是学电影的学生，在准备自己的短片，跟福音有关系，我发觉我知道这个世界这个社会它的问题，人为什么会痛苦为什么会迷茫，但是我发觉人不需要答案，至少在电影里面不需要答案，所有的大师电影很深刻看到了背后的问题，作品很好看的，人很愿意接受，但是最后没有答案，所以我想问一下您怎么看的。

听众：刚才两个老师在某个贾樟柯的问题上不一致，就是对符号的沉醉，我觉得早期有很多符号，包括毛老师写的影评里面，其实那个时候是有益的。但是后面符号开始慢慢脱离这个故事，成为自己的一个个体，但是另外一个方面，我发现最起码西方的，如果戛纳电影选片是西方的电影，一个最简单的道理，以前很有名的导演今年被降级，但是贾樟柯没有，包括您刚刚讲到李沧东，为什么他们没有符号，是不是我们的电影上是第三世界的，我们是不是也迎合这种符号。

听众：我想问刚才罗岗老师讲的，我们认识一个导演的下一部作品有一个前认识，我想这个前认识就是西方所说电影作者。我在想一个问题，现在作者这个东西，其实是很西方的，完全是由西方传过来的电影作者，但是现在我们发现，无论是电影专业的从业人员，或者普通的观众，包括一些我身边的人可能并不是说去看电影，了解电影人，他也会跟我讲你知道那个谁谁拍了一部电影最近在怎么样，他们总是说什么是谁的电影，而不是说就是一部电影的问题，我在想这个问题，我们现在去谈论电影为什么会有这么严重的一个倾向，从作者导演的角度去切入他。我们一直在想学一个工业体系的问题，我们现在思考的工业方式还是以前的那种，80年代传过来的这种作文论的东西在引导着我们这样一个方向。

戴锦华：我自己认为就是电影在整个这个社会的结构性功能当中不包含提供答案，提供解决。但是这不意味着电影人心里可以没有答案。如果电影人心里没有答案，那么影片就不能构成一个没有答案的答案。

符号化的问题，我觉得确实是从张艺谋开始的。我们在国际电影节获奖的电影确实有这样的问题，我自己也是比较早批评这种把自己变成别人去看自己的一种电影现象。但是我现在可能多少增加了另外一种东西，我是觉得我们对国际电影节的迎合程度，经常和我们在本土市场的生存程度呈反比。就是说如果我们自己的空间，自己的电影市场，能够给我们的艺术电影提供空间的时候，可能我们的电影艺术家就不用那么去思考西方的美学，西方的逻辑，可能在这个意义上我觉得是中韩电影的区别之一。就是因为李沧东的每部电影都在韩国市场上映了，而且他自己说90%都收回成本。尽管口碑不一样，但是都能够赢得自己的电影市场。而我们自己的电影，你大概记得《三峡好人》的时候，贾樟柯和张伟平之间的骂战，就是《满城尽带黄金甲》对于《三峡好人》的排挤，所以我觉得恐怕要从这个角度上看。

一个艺术电影要赢得自己的空间，有时候也有迫不得已选择的问题，中国是不是第三世界的问题太难回答了。我在此引证三年前我和一个德国学者的对话，我说中国作为第三世界国家，他打断我说中国不是第三世界，我说中国曾作为此前的第三世界国家，他说中国从来不是第三世界国家。我就没法说下去了。那我就问他你以为中国是什么，他说中国从来都是超级大国，只不过沦落了两百年而已。

这回轮到我说了，你说得倒轻松，两百年是6代人，我说6代人在血泪斑斑的记忆当中，在中国沦为二流、三流、不入流国家这样的一个状态当中成长。确实我们其实更多地要面对我们的文化，我们心里的问题，所以我觉得我们什么时候能够站起来看世界，这个特别重要，站起来看世界不是俯瞰世界，更不是要侵犯世界，但真的你也站着，我也站着，咱们可能就会比较能够看到世界的状况。

符号化的问题，我刚才已经说了，再多说一句，我觉得符号化的问题，本身是另外一个困境，是全球性的困境，所以我说只有理论先行，支持《天注定》就是因为我自己唯一看到的一种可能性，改变用商业语言去拍类型电影。美国有《亡命驾驶》，而中国的《边境风云》我也觉得挺好的，另外比如说《白日焰火》，比如说《天注定》，我觉得《天注定》因为又出现了这个元素的时候，实现了我心里的一种期待。尽管跟我前面说的《边境风云》或者《白日焰火》比《天注定》没有做的那么好，所以我觉得如果我们能有这样站着的心里，可能我们就会有更好的办法去表达这个东西，所以《天注定》我不喜欢符号的部分，就是那个动物，因为我觉得那个东西确实外在，但是我其实非常喜欢《林冲夜奔》和《苏三起解》我觉得那个段落用的虽然是外在，但是他作为一个结构性的安置是非常巧妙和恰切的。

关于作者论我出过很多东西，其实作者论就是没有那么神圣。我们总有一个办法来命名电影。最早的时候人们是用演员，所以我们今天看范冰冰的电影，看玛丽莲梦露，后来只不过改变了一种说法。所以我觉得一方面可以简单看作一个命名方式，而另外一方面像我坚持艺术电影一样，作者电影导演中心论，相对于资本统治的制片人中心论来说，还是具有一定的艺术性，甚至批判性和革命性，所以在这个意义上说我继续支持作者论。尽管我知道作者论在很大程度上是虚构的，而作者论相对于时代的错位有很大的问题。

我不认为作者论过时了，因为作者论是支持艺术电影重要的逻辑和创作方法。我觉得有趣的就是，刚才你所说的中国是一个大工业化过程当中，但是我们经常还保持着作者论的想象。这个错位我觉得你的观察非常敏锐，其实大资本是无所谓作者的，甚至无所谓导演的，因为现在导演也是符号，导演也是明星，导演也是估价过的，所以真正的作者论，导演用他的思考来贯穿影片，我继续支持。

谢谢大家。

时间：2015 年 9 月 24 日

嘉宾：严歌苓

我的文学红舞鞋

主持人：今天我先讲两句话，自我介绍一下，我是上海文艺出版社的编辑，今天我们邀请了严歌苓来为大家做演讲，这个活动我已经联系将近一年多的时间，因为她一直比较忙，在中国、德国、美国之间来回的跑动，而且坚持不停地写作品，这也是作家当中成就非常高的一位女作家。今天这次活动，严老师自己取的题目："我的文学红舞鞋"。这也是结合了她个人的经历，严老师最新一部长篇小说《上海舞男》，也将由我们上海文艺出版社明年年初出版。大家知道严老师年轻的时候是做舞蹈演员的，在部队里面做舞蹈演员时就认识，至今还可以看到她还是舞蹈演员的身段，所以待会演讲她会把这些结合在一起讲。

最后我再讲一点，因为严老师也是上海人，待会讲完以后还会有互动的环节，欢迎大家提问题。如果哪位上海话比较灵光的，欢迎大家使用上海话。

严歌苓：我早就听说思南公馆在文艺青年、文学青年还有文学中年心目中的位置，很高兴上海有这样一个场合能让读者和作者见面，感谢思南公馆的邀请，也感谢上海文艺出版社为我们读者和我这作者之间牵了这样一根线。我下部小说是由上海文艺出版社出版，是叫《上海舞男》，不是舞女，这个时代变了，舞男变成一种职业。也是一个预热，

严歌苓

明年年初就要出版了。

有一些文学界的朋友，还有一些评论家老是警告我说你怎么写那么快，好像我写得很快是很可疑的，所以我这个题目就叫："我的文学红舞鞋"。红舞鞋大家都应该知道是安徒生的一个故事，有一个电影也是根据这个故事改的，叫《红菱艳》，她穿上红色的舞鞋再也停不下来了，像着了魔一样的。这就是今天我要讲到的，我的文学红舞鞋，下面的一个副标题是：我不为我的高产道歉。

在我当年跳舞的时候，实际上就是一个比较可怕的人，是什么呢？我在跳舞之前换鞋子的时候是很犹豫的，是感到很痛苦很犹豫，像一头驴，马上牵到磨道上去了，驴有各种各样的挣扎。因为我知道，我一旦穿上这双鞋，就跳到一点力气都没有。当年有团支书问过我说，你的理想是什么？我说跳独舞。他说你怎么连实现共产主义都忘了，你的理想不应该是实现共产主义吗，你作为一个想要入团的青年，那个时候我非常自然地想到了我的理想是要跳独舞。根据我的自身条件，我也没有跳过独舞。但是我脱下了舞鞋的时候就跳独舞了，就是作家，从80年代开始一直独舞到现在。

刚才说了我不为我的高产道歉，我不知道大家有没有读过一本书，加西亚·马尔克斯写的，叫做《活着是为了讲故事》或者是《为了讲故事而活着》，英文的名字叫 *LIVE TO TELL THE TALE*。意思就是"为讲故事而活着"。故事其实是小说最最基本的一个元素，小说的产生是因为有故事，通过讲故事，我们讲出了哲学，讲出了历史，讲出了人生观，讲出了人的心理学和行为学。通过讲故事我们发现了故事之外的，比故事更深远的一些东西。

从我最开始发现自己有小说家的这个潜质的时候，现在回忆起来，是我在部队的时候，我现在就跟你们讲故事了，我这个故事怎么写出来的？最开始是一个很注意生活当中故事的人，如果一个人他觉得没得写，为什么我不为我的高产道歉，因为我是一个非常能够在生活中发现故事的人。我是一个聆听者，我很喜欢听人家讲故事，哪怕是在公共汽车上，在美国坐轮渡，听到人家相互之间讲，我都会抓到一两句很有意思的东西。还有几个在美国的居家阔太太，她们没事就跟我打电话抱怨她们的生活，抱怨她们怎么跟她们的老公斗，继子斗等等，我就一直听。我先生发现我听得很辛苦，因为我有的时候在炒菜，有的时候在捡菜，有的时候在熨衣服，我先生就专门给我买了一个耳机，一听到这几个女人给我打电话，我就赶紧把这个耳机一戴，就一边熨衣服，一边听她们讲故事。你们知道很闲很无聊的人，讲他们事情的当中有废话一大片，所以你想要得到一个有意思的细节，你要穿过一两个小时的废话，才能成为一个很精彩的细节。所以我对这只耳朵是非常有同情心的，因为要经常去听他们讲故事。

所以我有很多的好故事，特别是在美国写这批移民的故事。比如说《少女小渔》《红罗裙》《约会》，就这一类的故事，讲美国移民女性的故事，就是在这些聆听当中得到的灵感，还有一个叫《拉斯维加斯的谜语》，也是聆听当中得来的。一个小说家要善于发现故事，要耐心、同情地听人家讲。现在我发现为什么故事少了，是每个人都在讲，每个人都在干这个，很少去听人家讲，很少去关注生活中的故事。

我在最早生活中发现一个故事的人物，就是我当兵跳舞的时候，来了一批上海女孩子，一批上海兵来了，十来个上海姑娘，都很漂亮，高高的、瘦瘦的，我记得那是1974年的兵。有个女孩子比较矮一点，胖一点，说是跳舞的，而且她的妈妈是过去成都军区一个有名的话剧演员。眉眼是长得蛮好看的，她一进来就把整个军帽扣在头上，你可以看到很浓的眉毛、眼睫毛，然后鬓发很浓，甚至有一点小络腮胡子。

从来没有人看到她脱掉帽子。新兵在一起训练的时候是很难做到这一点的，因为那时候正好是夏天，文艺兵不是说非得冬天来，一般的新兵都是冬天来的。在夏天来的这一批新兵，有人早上一开灯，出去集合的时候就发现她的帽子已经戴好了，发现她在帐子里就把帽子戴上了。这帮新兵就在猜，这个人到底是秃子，还是瘌痢，还是怎么回事？她肯定是头发很难看，一定要把她的头遮起来。她跳舞当然也是，他们就说你见过黄玲摘帽子吗？人家说没有见过她摘帽子。就很奇怪。

有一天恶作剧就发生了，就在睡觉的时候，忽然大家就起来了，把灯一开一看，这个女孩子不是没有头发，她的头上长了有三个头那么多的头发，非常浓密漂亮的头发。她就是认为自己的头发太多了，所以这个头发太不寻常的多和好看。后来逐渐发现这个女孩子，她是被妈妈当拖油瓶拖到继父家里去。她的弟弟是后来她妈妈跟继父生的，他就说你怎么长了两根像大便一样粗的辫子？就是这么一个女孩子，她从小不认为自己有很多的头发是一种美，她认为很难看，所以到了部队她就不敢摘帽子。

这个女孩子，后来大家吃东西的时候都背着她，发现她是一个非常自虐，非常没有安全感的人，人群就是这样，她自己都认为她不好看，大家就开始一直欺负她。男孩子和女孩子有一些舞蹈动作，比如托举，要触碰到身体，男演员都嫌弃她，说她身上有一股味道，谁都不愿意碰她。这样一个女孩子，后来离开了文工团，她不跳舞了，到了军队的医院去当了护士。

中越战争爆发以后，她上了前线当了非常英勇的女护士，要到处去演讲，讲她的事迹。她变成了英雄，讲了几次她就精神失常了。因为她一直认为自己是一个非常不灵的人，连长这样的头发都有对自己的一个误区，长这么多的头发是很难看的，是见不得人的这么一个特征。你让她去当英雄，她受不了了，她的精神崩溃了，这个人就进了重庆歌乐山的疯人院。她妈妈是上海人，回到上海以后嫁了另外一个人，因为她自己的亲父亲是右派，所以她妈妈嫁给另外一个人了。从这么一个神秘的头发开始，我就发现这个人难道不是一个故事吗？后来我写第一本小说《绿血》的时候，就把这个人物写进去了，叫她小耗子。对了，我们当时就叫她耗子，因为她老是偷偷摸摸的，你会在她的抽屉里发现啃了一半的馒头，等等，她有很多让人家没法不嫌弃她的一些毛病。但是她自己最最辉煌的一点，比如说她的头发很漂亮，她都不敢露。她对世界看法，和世界对她的认识都是错位的，都是不对的，到最后世界给她一个认识了，说你是女英雄，她受不了了，崩溃了。这就是我在部队歌舞团的时候得到的第一个故事。

后来很多女孩子复员，回上海、北京了。很多年以后我问她们还记得小耗子这个人吗？就有一个上海女孩子讲，就这个人啊？我说你知道她现在的遭遇吗？我想起来了，她就是每天戴着一块毛巾的。所以大家对她的印象就是这么一个非常不值得记住的，我说这个人她成了一个女英雄后来疯掉了。大家也没有觉得这是很让他们震惊的一件事。这件事情对我来讲，是一个对人格，对人性，对人的心理构造和人的行为特别有趣的一次观察。虽然我们当时在那个年代都是一群十几岁的孩子，相互之间都会记得一些很不堪的事情，他怎么偷嘴吃，他怎么挤人家的牙膏，每天早上起来，有一个人专门不买牙膏，专门挤人家的牙膏，还有谁谁谁去偷炊事班的洗衣粉，自己不买洗衣粉，有一天偷错了，偷成了味精，把味精拿去洗衣服了。

我们的少年时代，实际上我记住了很多很多有趣的事情。比如说我们有一个小乐手，他13岁的时候到了部队，然后惨死了，因为没得吃。当兵的时候很想吃零食，都是小孩。他就在一个信封里装了白糖放在军装的口袋里。然后拿了一个小勺子，没事的时候就偷偷拿一个小勺子舀一口来吃，就当做吃糖。后来发现他的军装口袋全部都是洞，因为被老鼠半夜啃烂了。这种形象的记忆是很重要的。对于一个人不仅记住了故事，随着年龄，随着故事在你的心里沉淀、发酵，逐渐就超越出故事的一些形象，抽象出来了，就是这样一群孩子兵、玩具兵的一个群像，现在想起来就是这样一个乐手，13岁，这样吃糖，然后一个个的形象都非常的鲜活。就是说你不仅把这些人的故事记住了，这个故事之外产生了超越故事的一种意义，这个意义假如没有产生，就随着你的记忆，随着你的生活的心境、历境逐渐被淘汰了。有的故事是很奇怪的，越来越被你现在的经历提炼，你不断回去想这个人，想这段经历，就超越了这个故事本身所含有的信息和意义。我不是说每一个故事，有的故事你听一听就过去了，有的故事却长久的在你的心里。你的记忆是不可靠的，它逐渐诞生出像小说故事这样的故事来。

所以希伯来文的作家辛格就说，小的时候人家叫我撒谎者，长大了人家叫我小说家。你要讲一个事情，假如说你是根据你的记忆，非常真实的来讲是不可能的，每个人的记忆都有像梦幻一样的东西。随着它的不可靠性，逐渐根据你的主观来不断诠释这个故事，向自己诠释，然后它诞生了一个有文学价值的故事，而不是本身故事，本身的故事可能就是一个故事而已，但是它之所以变成小说了，就是已经超过了本身的一种意义，一种特殊的信息在里面。我学的所谓的英文文学写作的时候，老师就说，什么故事都可以写，关键是怎么写，什么意义是你想传递的。每个故事的意义，并不是你在写的时候就明白的，但那种超越故事的意象肯定是有的，这就是我刚才讲的小耗子的故事，小耗子的意象，后来我把它写成了短篇小说，确实证实了我认为它所具有的一种信息，一种意义，那就超过了故事的本身。跟你们现在讲的一定加过我编造了，一定不是故事中的原型，因为有很多的是印象，是印象小耗子，不是小耗子本身。所以印象派的画家诞生的最伟大就是在这里，这种不忠实，经过他自己性情化的处理，对一个故事的处理，就成为一个作家的风格。

后来我从部队出来以后，从舞蹈的团体出来以后，我就是一个给自己的思维套上了红舞鞋的作家，用笔独舞，停不下来。所以从我进入专业创作到今天有20部左右的长篇小说了，加上一些短篇小说、中篇小说，拉拉杂杂凑在一起大概也有30本的样子。今年年中出了一本叫《床畔》，一本比较短的长篇小说，写一个军队的女护士，怎样去护理一个植物人。这个植物人医学判定他是植物人，人们根据正常的概念判定他是植物人，只有这个女护士判定他不是植物人，他是正常活着的，只是没有办法表达，而他的表达你一定要非常专注去看、去观察，你发现他的表达非常微妙。所以就写这个护士和这个植物人的关系，写这个世态对英雄这种功利的价值观，而这个护士尊重的是生命；他是英雄的时候是一个活生生的生命，你们认为他不是英雄了，他仍然是个活生生的生命，她非常尊重这个生命，而且她认为这个生命是活生生地活着。

这个故事是一个非常偶然的机会，我的一个当护士的女朋友，后来她也成为了一个作家。她说我们护理这些植物人特别奇怪，其实有的时候看到他们有反应，特别微妙的对你的反应。就像你那天穿了一件花衣服，就发现了他的睫毛，或者是手指尖动，时间长了会发现其实他是在观察你，讲得我浑身汗毛起立。她说甚至是对好看的女孩子，他喜欢有性的反应，很强烈的性的反应。她把这些东西讲给我听了以后，我就觉得难道是我们对这种状态的生命了解的还太浅吗？我们的知识还太自以为是吗？也许这种人是有感情的，有内心世界，有痛感，有伤感的。

特别是在美国有一个报道说一个植物人在 20 年以后醒过来，跟他的家人说你们说什么我都记得，你们哪一年哪天说了什么我都记得。家人发现他讲得一点都不错，他全听明白，全记住了。这样就是说生命之强大、之神秘。

这是一个跟我所有的创作经验不一样的小说，这就是我的一个意念，推理出来的一篇小说。当然这篇小说有荒诞成分，有象征主义在里面。因为我看到现代人的崇拜是这样的功利，什么人登上了我们的社会舞台成为英雄，不断地转换人们对英雄的概念。摇滚乐的歌手可以成为英雄，大明星可以成为英雄，篮球足球明星、体操冠军等等都可以成为英雄，超女也可以是英雄。随着不断的社会变化，人们的功利心不断地塑造新的英雄，不断把新的英雄推上去。现在他牺牲了生命救了两个人，大家就说这个人傻，大家马上怀疑政府为了大家的行为上要讲究一点，要更好管理一点，所以造出一个英雄来。比如说学雷锋，雷锋是真的吗？比如说学王杰，王杰是真的吗？小时候我们成长的时候隔三岔五的出来一个英雄，比如说邱少云是真的吗？那场战争是不是合理，干嘛要去打啊？所有从根本上来怀疑。但我相信人类确实有一种超乎寻常的美德，一种超乎寻常的忘我。这其实是最最经典的英雄主义，比如说我们知道的大卫王，圣经里的大卫，大卫在少年的时候拿一个石器去挑战一个巨人，这就是超乎寻常的勇气和忘我，从本身来讲是非常传统经典意义上的英雄。但是现在要跟年轻人去讲谁谁谁去救什么人牺牲了他自己，大家觉得好没意思，你傻吧，好虚伪。

所以我现在把《床畔》这样一个英雄，一个女护士为了这样一个英雄，她逐渐逐渐修炼成了一个英雄，这样一个故事讲出来。我觉得在我20多年前听我的护士朋友讲这个故事的时候，就好像有一个什么东西我想写，那时候我的写作没有起步多久，一直到今天这个故事一直萦绕着我，一直在我的心里阴魂不散的一次一次的折磨我，我写了一次不成功，写了二次不成功，我从来没有这么困难的写一个故事，因为我是一个快手。刚才我还说了，我不为我的高产道歉。就是说我是一个听来的故事，很快自己发酵，很快去体验它，就把它写出来了。

像《小姨多鹤》这样的故事，我到日本去了三次就把这个故事写出来了。虽然是离我自己的经历非常遥远的。但《床畔》这样的故事按理是离我的经历比较近的，因为我确实到前线的医院去当过特约记者，采访过这些真正的英雄，缺胳膊、断腿的，刚刚从越南前线回来，老山的英雄们我都采访过，相反我是很难捕捉到真实的感觉。我一直写不活这样一个故事，这两个人，因为我想传达的意义，没有一个活生生的细节，许许多多的细节来把它给烘托出来的话，光想传达大意义，人家不信的，这是从意念萌发出来的故事，故事就必须处处真切，细节必须经得起推敲，故事才会有感染力，意义才被传达出去。

所以我就不断去研究植物人，看植物人的报告、护理等等，一直写到现在，逐渐逐渐地，当我写到第三遍的时候，感觉人物和故事丰满了，活了。当然这也归功于出版社，出版社说你什么时候把这个稿子给我，这是最最厉害的催产术，再难产的故事，已经写了20多年的故事，出版社一催产，就诞生了。

写第一稿第二稿的时候，始终觉得故事是死的。我想传达的对于一个英雄概念的呼唤，一种反思。对中国当代这种急功近利，飞快转换的价值观的批判，这种反思没有一个活生生的东西，你想传达的意义再高尚，再深远也没有用。所以第三次来写的时候，我就用了一个最朴实的方式，就是第三人称来写，用一个最传统，最朴实，最笨的办法写。最后发现这个故事在我彻头彻尾读一遍的时候就流眼泪了，这个故事把我感动了，就证明这个故事活了。

我这里举的这些例子就是说，他们说你怎么写这么快，这么多？哪有这么多好写的。我就反问他们，你怎么会找不到东西写呢？生活当中有多少可写的东西。比如说我写的《上海舞男》，其实就是在大概2000年的时候，有一些台湾的富婆到了大陆，跟大陆的男舞师跳舞，当中还有像拍卖一样的，他的8点钟600块钱给他拿去了，不行，我给他800，他给我教。这种关系发展出来以后，出现的不仅仅是舞师和舞伴的关系，派生出一种谁驾驭谁，有钱的驾驭没钱的，不再是男人来驾驭女人，这个社会开始出现了很奇怪的动荡，在这种性空气里，性化学里，人的行为在变——人的几千年，几万年的行为在变。几万年以来，男人是猎手，女人在家里组织家庭、烹饪、采摘，但这种性的组合正在被颠覆。因为谁有钱决定了谁来驾驭谁。这个舞男是带着女人跳的领舞者，实际上他不是，在社会经济生活当中不是一个领舞者。我们能不能把这几千年来男人是猎手的角色颠覆，颠覆的时候会出现什么样的现象，这里面就有故事。假设男人是猎手，出门打食，也就是挣钱，他们回到家里来，在性的和谐上面，性的活动上面，他有一种主动，这就形成了我们人类上万年的性的心理构造，形成了和谐。相反，挣钱的是女人，女人成了猎手，一个很霸气的动不动给男人买很昂贵礼物的这么个角色，这就动摇了人类初始到现在的性角色，此刻男人能不能在性的关系上面重新找对位置，痛苦和悲剧会不会由于找不对位置而产生？故事就来了。我们处在一个很有意思的时代，因为很多东西被动摇、改编、颠覆。我们现在的时代是出故事的。

我在上海去跳了很多次舞，到百乐门，或者是朝阳区的职工俱乐部去跳舞。虽然我本身是跳舞的，但这种舞我不会跳。所以想去学，至少对气氛，这种舞蹈当中的感觉能够把它写出来。我大概跳了有六七年，不是说我一直跳，每到上海来就找一些人，谁能帮我、带我去跳舞。跳舞的代价非常昂贵，进百乐门大概 260 块钱的门票，这叫香槟场，4 点到 6 点钟的，这一场算比较便宜的，200 多块钱，晚上以后更贵了，到了乐队来了，有歌手来就更贵了。所以我跳的一般是 4 点到 6 点，不算太贵的。但是你往茶座里一坐要花钱，请舞师吃东西，要喝饮料，不断地休息要不断的点饮料，完了以后还要请他去吃晚饭。总的一晚上下来要两三千块钱的样子，这种体验生活还是非常昂贵的，一天晚上要花掉两三千块钱，连着跳三天大概一万块钱就出去了。

这个故事实际上是我听来的，我把很多听来的这些故事融了进去。比如说我们铁道兵文工团里面有一个跳舞的女演员，不跳舞以后给电视剧组化妆，或者给大型晚会化妆，化得很好，也很赚钱。她的先生是一个乐手，很老实，两个人非常般配，是一个很甜蜜的家庭。随着这个女孩子的经济地位改变，她成了一个家庭主要经济来源以后，逐渐他们两个人的关系在变化，但是这个女人完全没有意识到。她要出去化妆，跟着演出到外地，还要走穴，但是她赚的大把的钱都拿到家里来用，孩子的教育，家里的生活条件提高了很多。但是有一天这个先生失踪了，非常老实的乐手不见了，怎么会不见呢？他受不了女人有这样一种经济的能力，使这个家庭的氛围变了，这个男的受不了了。最后找到他是在一个农村的镇子上，他在帮一个小姑娘卖烧饼，他跟这个小姑娘跑掉了。

我就在想，听来了很多的故事我把它凑在了一起，我感觉到从国外每次回来听到中国的时尚里面又多了什么东西，比如大家要到洗脚房去，在外国没见过的，怎么人们对脚开始那么重视？还有搓澡等等，就是我们社会和文化里出现了种种奇怪的东西。有时四五个月回来一趟，好几个楼又起来了，我就想，这里过去没有楼的呀。从国外回来的会发现到处都是故事，这不仅是我过去积累的有这么多的故事，像《小姨多鹤》我就积累了很多年，我一直不写，因为我没有钱到日本去体验生活，太贵了。我上次到日本去了一个多礼拜，带着两个翻译，一个翻译一天就要 150 块美金，这种昂贵的体验生活我一直没有条件实现。

原始故事也是我听人家讲的，说有一些日本女人在战后被装在麻袋里卖，因为不准买的人看样子，看样子农民就会抢好看的，年轻的。那十几个女孩子是日本的开垦团留下来的，全装在麻袋里，论斤两卖的，很便宜的，大概一毛钱一斤吧，7 块大洋就买了一个女孩子，回来以后发现挺好，16 岁的小姑娘，这家里的女人生不出孩子，就让这个日本小姑娘秘密地给这家人生孩子。故事我听了很多年了，觉得这个故事挺有意思。后来就从日本方向开始调查，垦荒团当时是怎么样的，战后大遣返的时候是怎么样的。然后就双方把故事合上了，听中国人讲的她生了一对双胞胎在这个人的家里，然后又到日本去，调查日本方面怎么沿途撤回，被中国人、苏联士兵、土匪等等不断的剿杀，到最后 3000 多人的撤退变成了 800 多人，就全死光了，有的母亲把自己的孩子掐死了，因为她要保护能够带得走的，走得动的，要背着、抱着的只能掐死。听了日本这方面的故事，就跟《小姨多鹤》中国这一半故事合上了。一直到这时候，资料研究才算完成，所以我才敢下笔写作。

最难的不是得到这个故事，最难的也不是你为了调查做功课，最难的是你要找到这个感觉，文学的感觉是讲不清楚的，那一刹那我觉得我可以写了，我有那种感觉了。有这个感觉的刹那，很神秘，也许我昨天还说我写不了，但今天早上起来拿着一杯咖啡，这个感觉就在那，像一个很淡很淡的气味，你简直抓不住它，写这种很遥远的故事，想象力是最主要的，想象力要靠感觉。一个艺术家在没有感觉和有感觉的情况下是完全不一样的。很多故事在我心里什么都有了，名字有了，第一句话有了，就是没感觉，感觉就一是个很奇妙的东西。

我现在已经写了很多的故事，我心里还有更多的故事，就因为感觉还没有到，所以就还暂时放在那。

我拉拉杂杂的讲，从我一个不怎么样的舞蹈演员盼望做独舞者，后来成为了一个文学上不可停留的，不可驻足的这么一个远行者。我为文学付出的辛苦是很多，但是文学给我的快乐是十倍的。我还想跟大家互动，所以我多留点时间出来，希望听你们想听我说什么，我们这样讲起来就比较好一点。因为这是我第一次在上海非学院的演讲，过去我都是在大学里，现在这次是非学院的，是公众演讲，第一次露面，所以还是有点胆怯，大家的互动会帮我克服这个胆怯。我们现在开始。

听众：不好意思，我是看了《归来》以后看你的《陆犯焉识》，想听听你的《陆犯焉识》的故事。

严歌苓：这个故事的前半部是我的祖父的故事，基本上人物原型都是从我祖父原型里剥出来的，所以还比较好写。后半部分的故事是我的继母跟我讲的，是另外一个前辈，也是一个祖父式人物的经历，他被发配到大西北，怎么遭遇狼、大饥荒等等，故事里的细节是非常难编的，没有生活经历，肯定编不像。所以我求这位老人给我写了一篇东西，把他当年的生活细节写下来了，还录了很多音，但还是不能帮我找到感性认识。

后来我去了两次青海，旧的劳改场，旧的监狱，我都到原址看了，虽然这个监狱已经不再用了，有的地方都塌了。还去大食堂，去大礼堂看演出，还到驻守部队住的营房等等，虽然没有人住，都已经荒芜了。但亲眼见到，就算一点感性认识，这个故事是我所有故事里采访最多的。

听众：你好，我非常喜欢您的《扶桑》，我也曾经做过您的《扶桑》论文。感觉之前您的作品女性意识都比较强，从您的《陆犯焉识》开始，感觉您开始跳出女性意识的范畴，开始以更加中立，更加广泛的视角看待生活，这是不是您未来创作的一个走向？还有就是您的作品当中母亲的形象都比较鲜明，请问这是不是您有意识的行为？谢谢！

严歌苓：《陆犯焉识》当然没有办法以女性为主角，因为本身男性就是一个不可变换的主人公位置。没有意识，我觉得创作大概就是像我这个感觉：我有好几个炉灶同时在炖东西，哪一个火候到了就开始揭锅，没有一定要先写哪个再写哪个，感觉准备好了就开始写。

写《陆犯焉识》的时候，我就有过一种反驳我现在认识的一种想法，你是一个女性作家，你写的女性都很成功。我听这句话都已经听得耳朵起茧子了，所以我想让你们这么说，让你们看看我也能写男性。其实在这之前我写过，像《扶桑》里的角色，我觉得是写得非常成功一个角色。还写过《拉斯维加斯的谜语》一个男的老赌徒，从一个老教授变成一个赌徒，也是男性，只不过是男人来跟我叙述这种忠诚的很少，我的女朋友很多，而且女人都是喜欢叽叽咕咕的，怨妇比较多，抱怨的事情很多。我是一个不太抱怨的人，所以听到她们抱怨的都是很鲜活、精彩的。男人是很少讲自己的内心，讲他的感情生活，跟我讲也挺奇怪的。

听众：严老师您好，我知道在您30多部的作品中为我们塑造了各种不同的女性的形象，比如说《小姨多鹤》中的多鹤，《扶桑》中的扶桑，《陆犯焉识》中的冯婉喻，我想问您对哪一个形象最满意，或者是最喜欢？谢谢您！还有一个小要求，请用上海话来回答。谢谢！

严歌苓：我讲多了要穿帮。我比较喜欢的是《第九个寡妇》里的王葡萄，还喜欢扶桑，因为这两个女人，一个是从内心到外部都很坚强，行动派，像王葡萄这个人是行动派。扶桑这个人是有大智慧的，外部让人感觉她是需要拯救的，内心是非常强大的，是极其自由的，这个自由不是别人给她的，是她自己给的。这两个人物我认为是象征意义上的，扶桑是很象征的，王葡萄是很写实的，我最喜欢的应该是这两个人物。

你刚刚提到的《小姨多鹤》，我觉得自己写得最满意的是小环，是很有趣的工人媳妇。最近我刚看了英文翻译，《小姨多鹤》。我就看了她我会止不住的笑，觉得这个人那么的粗糙，那么的风趣。我在马鞍山生活的一年多里面，把工人妻子的特征都抓到了。所以我觉得我最喜欢的是小环，倒不是多鹤。

听众：严老师我去年看了你的一部长篇，《一个女人的史诗》，我非常的震撼，无论是这个女人，还是她丈夫的形象，写得太活了，太生动了。我就想，你这个小说写到这么一个地步了，已经是炉火纯青了，无论是小说结构，还是人物形象塑造，还有叙事的语言已经是炉火纯青了。你现在再往下写，有时候有没有一种痛苦感？因为我已经写到这个份上了，再怎么突破自己？

我记得前年在武汉海派女作家会议上，那次我也参加了，你在会上讲的我很感动，讲得很真诚。你说在美国中产阶级生活圈子有时候你感到厌倦。比如说家里有客人来了，女主人会让自己的孩子弹一段钢琴，好像是显得我们这个家很有教养。就是这么一种日复一日的，已经是平常化的，甚至是庸俗化的生活你已经感到无趣了，你在想怎么挣脱这个中产阶级的生活。现在我在问你类似的，你的作品我认为已经是写到炉火纯青了，你怎么再继续突破自己？

严歌苓：虽然我是生活在中产阶级的群落里，但我的女儿不会弹钢琴，是练艺术体操的，可能强迫她也会表演一段。但她是一个不愿意表演的孩子，她心性比较野。任何一个创作力很充沛的人，都会去挣扎，挣扎就是说不想要人们眼中固定的形象，那个固定的写法，那种人们认为他是那样的一个作家的作家，他想挣破，我也肯定是一个，一个有巨大创作力的人肯定是不安分，不安分就是不安分于现状，要找到一个你们所不认识的，哪怕这种尝试是失败的也会挣扎，比如说挣扎不出去是痛苦的。

比如说我写《上海舞男》实际上我感觉是挣扎出去了，我写了一个我没有办法写的故事，我写了一个我认为很有趣的角度来写的故事。所以我认为这次挣扎是有意义的。有的时候反复挣扎会感觉很失败，有时候自己也很想撞墙。写《一个女人的史诗》，就是在我写完《第九个寡妇》得到好评，接下去写的一本，顺着这个力气把它写下去的，这种写法是比较省力的，读者喜欢这样看，我就这样写，是比较省力的。

但是每部作品，我都会想起我在美国读书的一个老师说的，什么让你感觉到世界需要你这本书，每天都在出版无数书，但你这本书摆到书店，或者是图书馆的架子上能给世界造成什么不同？这个就让我想你干嘛要去写它？如果没有突破的话我就不写了。所以还是不安分，是给我带来痛苦的，可是一般最极大的享乐就在于吃尽了苦头之后得到的享乐，就是你突破了自己之后创造了一个你认为是一种陌生的写法。

听众：谢谢！严老师您好，前段时间您接受国内一家媒体采访的时候说，如果您生活在中国的话，您也会无法去抵抗中国当下那么多的诱惑。刚才您也讲到您是特别高产的女作家，我相信您是非常有自制力才会这么高产。面对外在，特别是在国内，这么多的外在诱惑，和自制力之间，将会怎样找到一种平衡感？

还有一个小小的问题，帮一个女闺密问的，她很想问像您内心这么强大的女作家，对于一个女孩子来讲，或者是一个踏入 30 岁成为女子之后，怎么样寻找到内心的安全感？您是不是有不安全过，当不安全的时候，是怎么克服掉这种内心的不安全感的？谢谢！

严歌苓：我没有成佛，肯定是受不了诱惑的。我在国外生活是一个默默无闻的人，我是一个最普通的家庭主妇，是一个母亲，是一个妻子，是所有的德国柏林这些普通女人当中的一个。

一回到国内来有鲜花、掌声，有这个那个，感觉我就不是那么一般的女人了，但是这种感觉我是非常害怕的。它让我感觉到万一这些东西消失怎么办？就跟你的安全感是相关的。一旦消失的话就会感觉落差非常大，你的不幸感就来了。所以我在中国待 20 天就最多了，要立刻回去找回本我，我就是一个普通的女人，写作就是我的职业，就像去一个律师事务所上班，或者是去会计事务所记账一样的，别把自己搞得像一个很特殊的人。我觉得一个早早的把自己心理脱离一般的人，很快他就不能创作了，因为他不能体会到一般人的感情。我觉得很多在国内生活的人，可能还不会像我一样亲自去操厨，去超市选东西，去做一些基本的家务等等。我觉得保持一种身心的健康，能让我一直保持工作下去的生活方式，这种生活方式我非常喜欢，是我抵抗诱惑的一种方法。

假如说我回到国内来，我知道我抵抗不了，所以我不回来。国内的活动非常多，我每次回来就觉得自己是疲于奔命，身不由己，这种状态怎么写呢？是一种心不沉的状态，是很浮动的状态，我觉得国内的作家都非常有定力，他们肯定到哪里去闭关了，怎么能写出作品来？所以我觉得很奇怪。我这个人很懦弱，是一个变色龙，所以我赶快躲开去过自己的清静日子。

安全感每个女人都要，特别是在年轻的时候，从家庭里，从婚姻里都想获得安全感。自己独立的经济来源也是想获得安全感。我觉得作为一个成熟的女人，跟自己谈话是很重要的。比如说你问自己，你还要多少？你还要怎样来获得你的安全感？实际上我现在感觉我很安全了，已经没有什么不安全的感觉了。因为我在年轻的时候，做到了最好的我，我在每天的生活当中都尽到了我最大的一份力气。假如说这个东西还不能保证我的安全感的话，就没有任何东西能保证我的安全感了。也就是说你把自己最大的力量拿出来做到自己的最好，尽最大的努力生活和工作，就时时刻刻在捍卫你的安全感。

听众：严歌苓老师，我是一年多以前碰到你，那时候陈冲也在，我想听听《上海舞男》的故事，能够给我们详细讲一点吗？我们先听为快。

严歌苓：跟你讲了我书都卖不出去了。

刚才说了最开始故事的起源是听了一帮台湾的富婆、富姐们在谈论她们跳舞。记得有一个女士还义愤填膺地说为什么那个人出的钱比我多一点，就把他的课时拿走了，好像那个舞师是上海比较好的舞师。

听众：严老师您好，我是上海大学写作专业的，今年硕一。想问关于写作的一些问题，对您在哥伦比亚大学的一些生活很有兴趣，不知道那边对您后来的写作产生什么化学作用了没有？

严歌苓：我是从哥伦比亚艺术学院出来的，咱们别做广告做错了，帮错忙了。我们这个学院是一个私立的学校，在芝加哥，只教艺术，写作专业算全美最强的之一吧。我上三年学的最大收益是老师，写作没有什么特别神秘的东西，最神秘的是一个人很懒，但老师让你写，就不能懒了，没有什么比写作更能提高你的写作。所以在学校里从最最简单的东西，比如说这个瓶子，这瓶水谁喝的，谁进来了，就这么往下写，学会写细节。还有就是老师让我们写的时候要看见被描写的东西，写什么脑子里的眼睛一定要看见什么，所以写的东西是要动的，有动作，有颜色，有温度，有触觉。我们课堂写作，老师就说，你看见它了吗？你要是写不下去的话，老师说你看着它，让它发生什么，老师会一直念叨，让它发生，让它发生。

我觉得我学到的最好的两句话，一个是"让它发生"，另外一个是"看着它"，就是说在脑子里你要把眼睛打开，要看着你写的东西。你不相信可以试试看，真的是很有趣的实验。

在哥伦比亚，我们读书的导读是你去看到这个作家意识，比如说这一段他是怎么来写的，你印象最生动的一段，你读完以后要用他的语言来描述。因为作家每个字都是精心想出来的，为什么要用这个字，为什么要用这个动词，这个动词怎么来的？这是非常好的教养，后来读书就非常有意识的读，他的用词，他的叙事的语气，在后来的阅读当中变得非常有意思，而不只是拿读书来作为消遣的人。

听众：严老师您好，我是一名来自上海大学的研究生。我有两个问题想问您，第一个您是一个典型的女作家，写的东西非常细腻。在您看来男女作家在写东西上会有什么区别？第二个问题是我知道您接受过中美两国的写作训练，能评价一下各自的差异与优势吗？谢谢！

严歌苓：男女作家应该是女人是更倾向写女人，因为女人更懂得女人，女人听到的女人故事更多，就像我刚才讲的一样，多少女人会来跟你讲她们的故事，所以写的女人会更多一点。

还有我总觉得女人是情感动物，一个人如果是情感更偏重于理性的话，他的变数就会更多，可预测性就要更小。所以这种情况下发生戏剧的可能性就更多，很多意外的事情会发生。

写小说实际上就是一个跟情感不可脱离的一种文学，艺术。假如说女人更偏重于情感的经历，它是不是更接近我想写的东西呢？

男作家和女作家，男作家更加理性一点吧，实际上这么区分都是对女性的歧视，为什么女作家前面要加一个女字，这是中国特殊的现象，在国外没有这种现象，只能从名字上看到她是一个女人，在中国的话，说是女作家，好像把我们看成一种等而下之的，或者是一个专门的群体，这种分类我觉得都不是文学的分类。我很不认同这种分类，而且我出去 20 多年了，回来非得叫我女作家，当你们看到我人的时候，看到我名字的时候，还不能足够证明我是一个女的吗？

听众：严老师您好，我前几天在武夷山看张艺谋导演的《印象大红袍》，听到了这个消息，所以我一定要赶回来看一下严老师。有三个理由，第一个理由您长得美，第二个理由您活得美，第三理由您写得美。我觉得在您身上体现得非常完美，所以我今天看到您我觉得很幸福。我觉得刘若英曾经演过《少女小渔》，我觉得你可能某一点上也成全她。我觉得成全她的有两个人，一个男人陈开，另外一个就是您。所以我觉得每个人在成长过程当中都会遇到贵人。

我今年加入了上海作家协会，陪着另一个作家到武夷山去，我一直在写诗歌、散文。您刚才有一句话非常打动我，"我不为我的高产而道歉"，这是一个女人非常强大的力量，非常了不起。在海外作家当中，有两个女人是非常了不起的，在我的心目当中国内作家就不谈了，迟子建也好、王安忆也好等等，她们有一个意识形态类的写作。您到海外去，您的语境，您有中西学养的底子，您的写作有一个非常大的开阔的视野，这是我非常认可的。还有另外一个女作家，叫张玲，也是写得非常好的。我特别想知道，在中国语境和西方语境的背景下，是如何来处理自己在写作当中遇到的困境？写作的时候有没有想过我写的作品在国内会不会受到限制，有没有这种考量？这是我的一个问题。

严歌苓：我觉得多会一种语言，可能就多一味营养。我现在在学德语，我想哪一天我德文好了，我可以读托马斯曼、读伯尔等等，当我可以读德文原文的时候，我相信这种营养是英文不能给的。因为语言的成长、成熟和变化，应该是在比较里面。其实各种语言的色彩，只有这种语言才有。比如我们的方言，上海话、四川话……中国是一个语言非常丰富的国家，当你看到这样一种好的语言表达，实际上你想翻译过来已经失去了，在翻译成中文的时候那种生动的、有色彩的东西就已经失去了。只有在你读另外一种语言的时候，你体会到的这种感觉，其实你在被营养，你有没有直接的营养，这是我觉得我这么多年来在阅读中文和英文里面受到的一种优惠。

听众：我们国内的女作家，像王安忆、迟子建她们，在我们的话语当中写，但是用西方的语境，有没有担心我这个作品，比如说写《陆犯焉识》这种题材以前，包括莫言，他其实在很久以前，我们中国人是批判他的。你没有在写作当中有这种意识，要避开这种被批判的可能？

严歌苓：其实你提到了一个非常尖锐的问题，你想迎合这个批判，有的人找批判，批判了也可以出名的，有的人是回避，怕被批判，批判了可能会被封杀等等，都有顾虑的。你可能会迎合一些西方的文学批评者对中国的文学家有一定的政治上的批判。

无论是迎合还是回避，在我们长期的心里成长上面都会形成一定的自我审查，这个是最最可怕的，因为它束缚了你的创作力，创作的自由。一个人在潜意识里已经有了这样一种意识，我要赢得什么样的读者，我要规避什么样的批判，人的潜意识是最最有力量的，最最具有支配力的，久而久之会把你变成一个没有创造力的人。

我在国外生活有没有想到这些？我不可能没有想到的，我想到我这个作品会不会被封杀。写《第九个寡妇》的时候我触及了一个很重大的中国近代史上的一个问题，私有制、公有制是一个很大的纷争。从我在 30 岁那年出的那本《雌性的草地》的时候，其实已经在对共产主义这样一个概念在思考、反思和批判。我难道不会想到这个作品出来很可能就直接被贴上封条，我当然会想到。但是想要去争取创作自由的这种冲动大过了害怕或者是考量的那种谨慎。

其实像《陆犯焉识》也遇到这样的问题，发表的时候它也被退过稿，《第九个寡妇》被退过两次稿，都是因为认为政治上风险比较大，《陆犯焉识》也是认为会惹祸。退稿是在我的预期之中，但是我想总归有一家杂志社会勇敢一点，再找到第二家《陆犯焉识》也就发表了，书出版以后也并没有那么大的风险。

还有一个我比国内作家更大胆一点的是我会英文写作，我出版过英文小说，所以一旦这个小说不能出版，我还是可以写英文的，而且我在台湾拥有大量的读者。一个人想创作，你说什么都挡不住我。到今天为止我觉得生活还是对我厚爱的。作品要看一个人追求的是艺术，还是追求政治上的功利？或者是想造出一个什么样的热门话题，读者和所有人都会看得很清楚，看到你的追求，你的追求是单纯的、纯粹的，是想写一篇好的文学。

听众：严老师您好，我想请教您两个问题。我是一名业余作家，也是进入中国作协的。但是最近两年我很急，为什么说急？因为我有自己的工作，我常常觉得我工作和我写作上面有非常厉害的冲突。我记得从前林清玄说坚持着每天 2000 字，我也非常希望有那样的状态，但是我就觉得基本上做不到。经常工作上的事情、压力，就把我的写作时间盘剥的差不多没有了。这两年我觉得很焦躁。

我觉得在中国职业作家、专业作家可以说是极小的一部分，绝大部分就像我这样的业余作家。我就想请严老师给我们这些业余作家一点建议吧。其实我们很多人都很焦急的，怎么样才能平衡这其中的关系？谢谢！

严歌苓：其实我觉得做业余作家是真正爱文学的人，因为你不靠它吃饭还要写，是真正爱它放不下它的。还有一点是发表不发表问题不大，反正我是有饭吃，这也是另外一个方式检验你写作动机的纯粹。第三点是最好的，你每天都在生活，用不着体验生活，你坐办公室里，一个作家要去体验，像我现在很苦恼，我又不能到舞场里当教练，也不能当一个专业的在舞场里当舞伴的人，我只能体验体验，变成业余生活体验者和专业的写手，那也是很痛苦。

刚到美国的时候我每天都在生活，和一帮留学生在一起每天打饭，我们每天在那干活，这就是生活，不是说作家跑到那去，我其实是有钱的，但我装孙子，来给人打饭去。那个时候为什么呢？因为你真的在打饭，你赚他每小时多少钱，每个客人对你笑脸也好，对你臭骂也好，都对你产生直接的心里碰撞，而不是来体验生活，又不靠这个吃饭，就完全不一样，那就叫生活，不叫体验生活，所以你就会形成一种结结实实对生活的感受。所以不要做专业作家，如果你能够挤出时间来写 2000 字，哪怕 1000 字。杰克·伦敦一天写 500 字，也写成这么多的作品。

我当时是每天上课，然后打工，回到家里一般写作的时候是晚上，那个时候已经是筋疲力尽，这个时候大概是 10 点钟，我会喝一杯浓咖啡，然后再写，写到 2 点钟的时候，我再吃安眠药睡觉。第二天早上起来就觉得这个安眠药已经起作用了，我起床的时候起作用了，日子过得非常紧张也是非常充实，有很多的东西可写，所以那阶段我的作品像井喷一样。

还告诉你一个作家，是墨西哥得诺贝尔奖的作家叫帕兹，他是一个职业的外交官，而且他是大使，他在礼拜五的时候把自己锁到屋子里，谁也不见，礼拜五到礼拜天的晚上是专门留给他自己写作，他也一辈子写了这么多的作品。你要想做什么，墙都挡不住，谁都拉不住，就看你的激情有多么的强。

听众：严歌苓女士您好，我是《文汇报》记者，您最初提到安徒生和马尔克斯，我想问他们是你特别喜欢的西方作家吗？他们有哪些作品让你印象特别深？他们之外还有哪些你印象特别深，特别喜爱的作家和作品？

严歌苓：安徒生是伴随我长大的一个作家，我父母都很喜欢，因为他们希望孩子善良，安徒生的童话体现的是一种特别善良的精神。我看了好莱坞版本的《海的女儿》，现在叫《小人鱼》。我就非常愤怒。因为《海的女儿》最最凄美的就是，因为王子在无意当中背叛了她，跟另外一个他认为救了他的一个公主结婚了。假如把这个王子杀了，她人就可以回到小人鱼的世界里去。但是如果不杀他，她第二天早上就要变成海里的泡沫，她选择不杀王子，变成了海里的泡沫。泡沫是一种永生，出了太阳，金光四射、五颜六色的泡沫在海上，永远都是有的。所以她得到了一种永生，一种超脱。这个是《小人鱼》和《海的女儿》一个不能够被改变的本质。好莱坞就让这个《小人鱼》打仗去了，成为了一个花木兰了。这让我感觉到，美国人就相信打，什么真理都打出来的，江山是靠打出来的，他们把墨西哥人打走了，把加利福尼亚夺过来了，把德克萨斯夺过来了，现在真理也就被他们这样歪曲出来了。所以我觉得安徒生是从小给我这么多的人格因素里注入了这样一种善良的东西。同情弱者，相信悲剧，人间的悲剧比喜剧多，今天一样的。

我最喜欢的作家是马尔克斯。要问我哪些作家是最最喜欢的，我喜欢的太多了，我不是钟情一个作家的人，我喜欢曹雪芹，我喜欢太多了。如果你最后只让我选择一个人的话，比如说到一个荒岛去，你只能带一个人的书，我就带马尔克斯的书，因为你可以反复的读，每次读可以读出不一样的东西。我认为他是最伟大的作家，从写实到写意，到这种魔幻的，我都认为他是写得最好的，而且他也是一个最有良知的人，在一个这样的国家，他同情穷人，他同情左派，在一个右倾的国家同情左派的人，一定是有良知的，不相信你们去检验一下。

时间：2015 年 10 月 10 日

嘉宾：格非　程永新　程德培

历史与想象
——关于"江南三部曲"

王若虚：各位来宾、各位读者朋友，大家下午好。欢迎来到思南读书会第 90 期的现场。今天虽然是工作日，但是还是来了这么多朋友，很明显今天来的嘉宾都是大大咖。首先要介绍就是最近刚刚拿到茅盾文学奖的著名作家，也是我们今天的主题《江南三部曲》的格非老师。右边是著名的作家，《收获》杂志主编程永新老师，也是今天担任场上的主持人，左边这位是我们的著名评论家程德培老师。话不多说，就把话筒交给台上的三位嘉宾老师。

程永新：今天我的好朋友格非老师来到思南公馆，已经是第三次了。今天我们来聊聊他刚刚高票当选茅盾文学奖的"江南三部曲"，跟德公一起得鲁奖的中篇小说《隐身衣》也是票数很高的。我作为"江南三部曲"一个读者，很认真把它们读完，像《人面桃花》我甚至是读了两三遍。因为格非老师在整个八九十年代，一直到现在，一直是非常重要的一个知识分子写作的代表。我不知道在座的有没有读过他以前的作品，我个人以为已经成为当代经典的一些东西，比如说《青黄》《迷舟》《褐色鸟群》，包括他中山上的那篇《傻瓜的诗篇》。当时我跟余华还津津有味朗读他里面的诗歌《一个肥硕的女人》，我讲的是这么一个重要的人。其实他创作"江南三部曲"的想法，我印象当中在华师大的时候就听他讲过，那时候他还没有去北京，还在华师大。我觉得格非老师一直是非常大的想法，来表现这个时代，来表现我们的生活，表现我们人跟存在的关系。

"江南三部曲"我读得比较熟的是《人面桃花》，关于格非老师这些作品的评论已经很多很多了。我只是想说说我印象比较深的三个方面，一个是格非老师始终对当代生活，就是我们所处的当下非常关注，而且思考非常深刻、成熟，他用一个比较大的方法表现出来，包括他的《隐身衣》，他的小说总能触碰到时代的痛，一般小说娱乐的成分比较多，读格非老师的小说思考的成分比较多。这是给我比较深的印象。

另外他的《人面桃花》到《山河入梦》到《春尽江南》，我个人以为，古典文学对他写作有非常深刻的影响。包括他前不久写了一本书，《雪隐鹭鸶》，那本书也是市场销售非常好，影响力非常大。最近我还看到杂志还在选摘关于《雪隐鹭鸶》的一些章节。《人面桃花》里面有一个给我印象很深的丁树则，一个乡村的私塾教师形象，他写得非常生动，以及他的老婆也写得非常生动，这个人物在乡村的历史当中起到了很重要的作用，格非老师用诙谐的笔调把这个人物写得非常生动。乡村的一种文化传承在他的作品当中也能看到。

另外一个我特别要讲的是《人面桃花》，《山河入梦》留给我们的德公讲。《人面桃花》留给人大量的印象，里面涉及的植物花草有几十种之多，包括像睡莲、海棠、蜀葵等等各种各样的植物，还有带有意味的小物件，包括当时的革命党，他们用来传达讯息的金蝉，包括秀米她们家里面，她父亲当年传下来的一个叫瓦釜的东西。格非老师非常擅长用这么一些物件，一些植物、花草，带有隐喻性的跟整个的故事贯穿在一起。我个人阅读当中，这三个方面给我的印象非常突出。

他的《山河入梦》里面故事背景是中国50年代，里面的谭功达好像是《人面桃花》里的谭四的后代。这个写50年代，当代作家写50年代的《山河入梦》，我觉得也是非常奇特的一个景观，因为没有一个作家这么来表达。每个作家写作都有自己的风格、特点，格非老师是特别冷静的笔触，他的风格和《人面桃花》有继承性在里面，可是三部曲又有不同的东西，每一部的艺术特点又各有不同，所以《山河入梦》也是非常特别的，让你有意味的东西特别多，包括县委书记谭功达的内心焦虑、矛盾，就跟格非老师写整个100年里面中国知识分子追求理想，或者是"乌托邦"这种大的想法贯穿在一起。

《春尽江南》当然是写到当下，里面的主人公是一个诗人，妻子是一个律师，他又是通过家庭这么一个最小的社会元素来表达知识分子的焦虑、困惑、悲哀、失重等等。我就想到有一个作家蒋韵写过《行走的年代》，里面也是一个80年代的诗人，一个女人对这个诗人无限的崇拜，到最后发现是一个骗局。其实这也是一种写法。但格非老师完全不同，这个诗人内心的精神世界，他的痛苦、困惑、失重，跟他妻子精神上的那种冲突，也是非常准确的击中了时代的痛点。

我啰啰嗦嗦讲完我这些阅读的感受，下面听听我们重量级的德公讲讲。

格非：非常感谢程永新先生刚才的评论，程永新也是一位非常好的小说家，也算是我的同行，我是第一次听到他在我的面前对我的作品做一个全面的评价。按道理说一个作家，我的作品要送到程永新的手里，他才给我发表。对于一个作家来说，把作品送给编辑的时候，当然心里是很光荣的。我记得程永新很少跟我谈作品的一二三四，他如果点头了，觉得还可以，我们作为作家来说就已经高兴得不得了了，觉得作品能够在《收获》上发表。其实给《收获》写稿子是一个非常美好，同时又很神秘的体验，跟其他杂志的状态是不一样的。刚才我有幸听到了他说的三点，包括对三部曲的评论，也是这么多年来作为好朋友，作为我的编辑，今天当我面说了这么一番话，我确实非常感动。

前不久我又写了一个新的长篇，写完以后请我的一个博士生帮我录入，因为我是用钢笔写的，写完了以后得有个人帮我录入，花了三天的时间录了88000字，就是这小说后面的一小半。录完了以后，我在门口休息抽烟的时候，这个博士生就来跟我说，说我读过你的作品，里面有一个共通的东西。什么东西呢？就是你的小说里面的第一主人公，凡是用第一人称写的，就是"我"这第一人称写的，全是被动性的，这到底是怎么回事。我从来没有想过这个问题，后来我这个学生一说，发现确实是。《隐身衣》《春尽江南》，包括最近写的都是这样。为什么我的小说里面一旦涉及"我"，涉及第一人称总是被动？不是主动去接触，去战胜什么事情，是被动的在承受事情。这当中可以区分出两类不同的人，一类人是施加于别人压力，还有一类人是接受别人的压力，我个人是属于第二种，接受别人压力，时代也好，个人也好，其他领导也好，这压力会聚集在我的心里。

我学生这么一说，我就心里咯噔一下，我恐怕要来思考这么一个东西。我第一个想到的作家就是博尔赫斯，他把人也分成两类，一类人他称为贪婪的人，还有一类人就是他本人，他不在贪婪的人的系统里面。博尔赫斯的意思是什么？他一辈子都想去接近那个贪婪的人，想去了解那些贪婪的人，可是他了解不了。他有一首诗我特别喜欢，叫《宁静的自得》，他说我比我的影子更加的寂静，他是一个寂静的人。可是其他的人是什么人呢？是整天在奢谈人性、贪婪，不断向这个世界攫取，不断把他的影响留在这个世界上。比如说把一座山给削掉，比如用铁骑吞并一个国家，比如说突然在荒漠里建一个城市，建一个赌场，是这样的一些人，这些人在把力量向外发送。可是博尔赫斯（我们有点共通的地方）认为自己是承受着的，他是一个寂静的，比影子还要单薄的，他在承受这些东西。所以那些人，他说他们奢谈人性，他们奢谈祖国，他们奢谈所有的真理，可是他们是贪婪，这个贪婪我不知道在他的笔下是一个褒义还是一个贬义的，但是是特别奇怪的感觉。

刚才永新说到我的三部曲里面的一个人物，大家问我这三部曲里面最喜欢哪一部，我更喜欢第二部。我的读者分成两类人，一类人是喜欢《人面桃花》的，还有一类人是喜欢《春尽江南》的，这两类人是互相不兼容，就是喜欢《春尽江南》的人会觉得《人面桃花》跟社会现实，跟我们重大的社会问题没关系，是一个历史的，一个"乌托邦"的叙事。可是喜欢《人面桃花》的人觉得《春尽江南》跟我们距离太近，觉得远远没有《人面桃花》那么有诗意。当然这两类读者我都听到过，听了悲喜交加，有人说这个好，那个不好，凡事总有人说好，说不好。

我自己其实更喜欢的是刚才程永新讲到的《山河入梦》。这第二部是我自己写出了到今天都很难忘怀的一位女性，这个人叫姚佩佩。我有一次在美国爱荷华大学，全世界 30 多个作家在那待 3 个月。有一天美国组织了一次朗诵会，我本来要朗诵《追忆乌攸先生》，结果这个文案到了朗诵的时候没拿来，之后就没办法朗诵。正好有一个读者带了一本《山河入梦》，说你要不就朗诵这个《山河入梦》，我就朗诵了这个结尾，没想到在朗诵的时候我眼泪就掉下来了，完全克制不住。不是说这个结尾写得有多惨，也不是说姚佩佩这个人写得有多好，是我想起来当时写的时候这个人物到底跟我是什么样的一种关系，恐怕跟小说的好坏已经没有什么关系了，写到今天为止，现在这个长篇我不说，我现在正在写的可能是另外一个东西，我可能最用心投入感情的就是姚佩佩，这也是一个被社会梳理掉的很可怜的孩子，就跟林黛玉一样的，看到外面的世界像风霜刀剑一样的，她是不断的要躲起来，但是躲不了，最后被毁灭掉。我恐怕跟这样的人有一种共鸣。

昨天我在 SMG 讲课的时候讲到司马迁为什么会站在失败的立场，我认为司马迁或者卡夫卡极其重要的奥妙，就是他一定会选择失败的人，一定会选择那些脆弱的人，他不选择那些成功的人，因为成功的人自然有大的历史在描述，那些巨大的话语运动在描述。文学的功能其实就是关注那些倒霉的人，那些心灵挣扎的人，那些看不到希望的人，他们有很好的追求，他们有高尚的情怀，可是没人知道。你作为作家，不去为他们代言，你去为谁代言？

我就谈这点感想，下面请我们的德培来。

程德培： 说得好像太严肃了，三部曲我解读一下，这个是《人面桃花》（指程永新），这个是年龄最大的《春尽江南》（指程德培），中间的是他自己最喜欢的《山河入梦》（指格非）。

我和格非是好朋友，我们讲点其他的事情，他们不好说，我来表扬他们一下。三部曲本来每一部都应该发在《收获》，偶然一个原因发在《作家》杂志，所以程永新到昨天晚上还在嘀嘀咕咕的。去年格非获鲁迅奖，我跟在边上，我就在嘀咕了。去年的时候说了，今年给你鲁迅奖，明年恐怕茅盾奖就没有了，没想到今年他又得了，是值得高兴的，祝贺一下。

刚才程永新叫我德公。我记得前两年《收获》多少周年我们在一起吃饭，余华、苏童、格非，不知道谁，我忘了，有个人不服，凭什么叫你德公。我说你们能叫吗？比如苏童你叫童公，余华你叫华公，格非你叫非公，能叫吗？没想到那一次吃饭，这次五个茅盾奖，其中有两个。茅盾奖也等于修复了一下文学史获奖者与文学史的关系。以前我们获奖者好像都跟文学史没什么关系，为什么这么说呢？因为苏童、格非、余华，是我将要离开文学界的时候，是他们正兴旺的时候。

记得1994年以前办的杂志叫《海上文坛》，人家给我起了一个外号叫"海上混蛋"，到了1994年去台湾参加第一次世界华语大会，在圆山大饭店，那时候连战还是行政院长，他祝贺辞。我的发言题目是什么呢？我说：商品大潮冲击下的文学，那时候我感觉文学差不多已经完了。当然我在会上读论文的时候，格非在下面举手站得很高，他说我反对，文学现在是最好的时候，《读书》杂志已经发行到十几万了。

1994年回来以后，我就离开了文学界，想去发财，但是想发财的人总是一个失败者，最后成为了一个文学中的人物，这是格非的理论。但1994年对格非很重要，从发表的日期中，这一年是格非发表小说最多的一年。发表了大量的中短篇，一直到长篇《欲望的旗帜》，我是用行动感觉到文学离我们生活远了，格非是用小说证明欲望离我们近了。我们两个人行动上走的是一南一北。

1994年以后，据格非自己笔上的介绍，他就开始着手三部曲，从1994年到现在已经是21年了。《春尽江南》我写了评论，但是我写的评论和口语表达是完全两回事情，无法读自己文章的语言。但是有一点《春尽江南》写的故事时间是一年，但是这个社会变化是20年，它有双重时间。刚才格非讲的第一人称语气，实际上是很好解读，就是受虐。

因为格非已经奖状挂在胸前了，我讲一下另外一个程永新。我发现三部曲第一部的名字起得特别好，我们程永新也有三部曲，第一部叫《穿旗袍的姨妈》，多好的名字。

程永新：格非老师说的姚佩佩这个人物，我也很喜欢。其实格非老师的重要作品当中的女性人物的形象，蛮有意思的。今天的题目是历史与想象，想象中的人物，秀米有没有一点秋瑾的影子在里面？她是一个革命者，又是很小的时候，少女时代看到了父亲出走，又跟张季元，一个勾引她母亲的革命党人，发生了懵懵懂懂的恋情，后来又发现张季元给她写了好多的日记。格非老师着重去描写女性，其实在他早期的中短篇里面不是那么的多。

可是秀米这个人物，包括《山河入梦》里面的姚佩佩，包括《春尽江南》当中的律师，以及《欲望的旗帜》都给我留下很深的印象。最后的长篇我不知道大家看过了没有，一个教授站上讲坛，发表得到了诺贝尔奖的讲话，那个教授实际上是疯掉了。但是他里面的女性形象塑造得非常生动、鲜活。

其实中国当代好作家中间，女性写得好的不是那么多，我们今天小范围讲一讲，开大会我不会讲。这里反正都是思南公馆的老读者们了。其实女性形象要写好，是考验作家功力的一个方面。因为男作家写女性形象写得好是非常不容易的。我们知道苏童写的众多的女性形象，《妇女生活》《红粉》等等诸如此类，写了一串，也有一些男性作家女性形象很少涉及。我觉得格非老师三部曲里面的三个女性差异性特别大。刚才他说到了姚佩佩，这姚佩佩也是我们心目当中的女神，就是那种在生活当中受委屈，可是有性情，有情质，也许不是美若天仙，但是她一定是那么的温婉。可是在50年代那么一个严酷的历史形态环境下面，这样的人物是没有办法来展现她人性美的东西，一定是被毁灭的。

上次我在杭州洪治纲碰到我，他说最喜欢《山河入梦》。因为《山河入梦》给我一种特别奇异的感觉，我们对50年代的那种生活，是比

程德培　格非　程永新

较多的想象，对我们这代人来说，格非老师比我还小几岁，其实我们的记忆不是那么清晰，可是在他的小说《山河入梦》里面我觉得强烈感到一种精神的压抑的东西。他跟《春尽江南》的那种历史大时代的冲撞，那种悲哀，那种失重，不太相同。《山河入梦》写得那么节制，那么冷静，可是人的精神受挤压到了一种快要撕裂，快要呐喊的地步。包括里面写了下棋，写得非常精彩，如果你们去看看、研究一下，格非老师几次下棋的前后场景写的不同，也是非常有意味，通过下棋传达出那个时代的气息。

关于《山河入梦》的话题还没有完全的谈透，德公的文章我也谈过。但涉及《山河入梦》还有很多好的东西没有被挖掘出来。

格非： 我就说这历史与想象。因为我们今天是三位在聊天。刚才我说到我跟程永新、程德培，都是 80 年代在上海，可以说是朝夕相处。刚才永新说，三个人当中我最小，永新比我大一点，德培比较大一点，所以称为"公"。

前不久碰到我一朋友，他跟我说，读过你的一篇文章，写华东师大的，他说你的文章里面，写到那些人都是真的，写到的那个地方也是真的，写到的那个事件也是真的，可是我觉得你的文章不真。这个话是我同班同学讲的，也就是说我在回忆 20 年前，在华东师大求学的那个经历的时候，我写到的那些人那些事都是实名实姓的。他说事情是真的，名是真的，描写的那些东西都是真的，可是我认为不真。这个说法非常有水平。

历史这个东西有的时候真的很难讲。今天我们三个人有不同的角度，比如说对"江南三部曲"，或者是对某一个事情有不同的视角。我们都知道文学很重要的一个东西是要有所谓的真实性。但严格意义上的真实性是不存在的，比如我们两人说话的时候你怎么记录这个真实性？我在说一句话的时候，我有很多的心理活动，我的这个心理活动怎么呈现出来呢？往往是通过我的停顿，比如说我打磕巴，还有比如说我的眼神。所有这些东西都不可能完全被记录。比如说你语速突然变快、突然变慢，这里面会泄露非常多的信息，可是这些信息是没有办法通过文字把它记录下来的。时间长了之后，这些东西都会变形。

我最近回了一趟老家，得了茅盾奖以后有一个不太好的事，就是记者会跟着你，我一下车发现有记者跟着我回到家。拍了我妈妈一些镜头，又拍了我父亲一些镜头。刚好我去参加了我一个朋友的婚礼，那个记者还一直跟着我，来到我朋友的婚礼上，结果他就拦住了我们村庄里的那些跟我差不多大的小伙子，还有我的一个小学老师，一个个来采访。这个时候我被他们请到另一个地方去抽烟了，他们是怎么被采访的我不知道。可后来在电视上放出来，听到他们的那些话的时候，我非常震惊，不管是我的父亲，我的母亲，我的同伴，还是我的小学老师，他们所说的那些事情我都认为不对，没有可信性，都没有发生过，可是他们说的有理有据，有时间的。

所以我现在就更加怀疑，历史，或者是一个通过经验的事件，记忆把它保留下来，当我们要再现这个记忆的时候会出现非常多的东西。你为什么要回忆，为什么要写作，无非是一个强大的现实话语的刺激，会迫使你去回忆，回忆不是自动的，一定是有原因，原因不是在历史当中，是在现实当中。当这个原因介入让你进入回忆、展开叙事的时候，会发生奇妙的变化，这里面涉及伦理的问题，什么样的写作是真实的，什么样的写作是虚构的，或者说是不道德的，尤其是当我们涉及具体的，比如散文，或者是伦理问题，当然小说会好得多，因为无非都是虚构的产物。

我前不久在北京听到余华说80年代跟我、程永新、程德培这些人怎么在华东师大厮混，晚上三点钟怎么爬门出去吃馄饨，吃完了怎么又从这个门翻回来。然后余华说哪个人先爬，怎么爬的。我觉得这些事情已经变成回忆了。在我们看来，这就昨天发生的事情，我记得我们当年在一起打牌、一起聊天、一起唱歌，我们那时候很庸俗，大家没事干会唱歌，会在一起去玩。一般都是三四点钟出去吃饭。但是我在北师大听余华描述这个事件的时候，我心里也咯噔一下，尽管时间很短，但是当你在回忆的时候还会出现很多，余华说你还记得吗？你当年跟宿舍的什么人吵起来，我也会跟别人描述当年非常多好玩的事情，当然这个真实性不是不存在，而是说呈现出一个特别复杂的面貌。

我就想说说这一点，我们还是请德公。

程德培：我记得上次在千岛湖格非作品讨论，格非最后发言。他复述了王侃的发言，最后有一句话很坚定，我同意你的每个观点。我那天很沮丧，写了几个月的文章，最后一句话就是我的观点完了。

现在来往少了，因为格非在北京，一两年见一面，但是他有一个优点，不像我获一个小奖人就变了。我以前一天读4个小时书，获了奖以后，一天只读一二个小时的书，本来一年写五六篇文章，现在只写一二篇了。他去年获奖，今年获奖，我发现到上海还是这个样子，没什么变化。可以说，80％的获奖者都有变化。格非是少数，苏童到底怎么样不知道。反正这次请他来开会他没来。

他还有一个什么优点？他们都说格非有书卷气，当然你读他的小说可以感受到。但是格非有另外一个特点，他生活中对任何事情的思考和小说分不开。我讲一个故事，这个故事可能是真实的，可能格非听来想想不真实。我们有一个著名的作家，是以虚构为生的著名小说家，被骗子骗走了 70 万，骗他的整个过程，比写小说的人还要认真，做了很多案卷、很多备课，对你所有的情况进行调查，钱被骗当天晚上还不敢告诉老婆，按照骗子的指示住到附近的一家宾馆里面。骗子编了一个很重要的故事，让你相信他，在你们家多少米处有一个宾馆，冒充最高检察院，骗作家到宾馆住一晚上，还不能和老婆说。作家果然相信了。住进这个宾馆以后，有人送鲜花，你也不能和送鲜花的人说任何一句话，他全部听进去了。到了宾馆总台，有人给他订了房间，他住到里面果然有人给他送了鲜花，他一句话也不讲，坚守这个秘密，一直坚守到人家把这个钱提走。

他有点怕老婆，不打招呼就住在外面不回家，半夜想到那是很严重的事情，熬不住给老婆打一个电话，老婆果然生气了，"你混到哪去了"，一生气就把电话给挂了，不听他解释。但那个小说家事后复述这个故事比小说还精彩。他在北京，把这个被骗的故事讲给格非听。听到最后钱被骗走的时候，格非说快停下，车子停在边上，据说格非一跳跳到下面，大呼一声，还好这个事情没轮到我。可能这个不是真的。

回到这个主题，格非听一个朋友被骗的故事，在思考什么？思考小说叙事，他一路上在想，到了目的地吃饭的时候，他明白了。你为什么被骗呢？这个骗子找了一个很好的叙事的入口。为什么呢？你涉及了一个案件，这个案件是人家借你的名义，这个诈骗 200 多万，明天你要出庭作证，你现在要把这 200 多万打进这个账户，最高检察院的指定账户。他说是什么呢？说你卷进案件，但也不是一个犯罪的人，格非讲了，你很容易上当，为什么呢？因为你不是坏人，你没有犯罪，但是人家借了你的名义。本来被骗的金额是 200 多万，那天正好是有一个跟我差不多糊涂的人，就是记不住自己卡号密码的人，他有一个助手替他打理这个钱，打理的人那天资料也不在身边，就记住一张卡，这张卡正好只有 70 万，就全部被骗走了，报案，也不受理。

所以现在我觉得写三部曲要有勇气。尽管对《春尽江南》评价高的人不多，但是写当代生活变化的小说，普遍评价不高，因为生活比你想象的更丰富，它变化要快。所以现在写长篇小说，我很反对一部长篇小说写了几十年，尤其我们生活的 20 年。孙甘露老师就写了那么长（时间）。现在写那么长，有一个很大的问题，比如 20 年前对社会的认识，尤其是这 20 年，对社会的认识肯定有很大的变化。所以当代是特别难写的。

我当初评《春尽江南》，用了一个题目，人家祝贺我评文章的题目，内容人家都不表扬我，这个题目叫《一个进步的世界，是一个反讽的世界》。这个社会变化太快，让我们措手不及，比如生活中变化和缺陷的美，实际上人天性追求这东西。你看一个漂亮女孩走路，你跟着她一路上走，会感觉很愉悦，为什么呢？因为她步伐不停的变化，给你美感和愉悦。但生活变化太快了，有时候你把握不住，这个愉悦会失去。

程永新：刚才我听德公在讲格非老师的写作的时候，我想从 90 年代到现在，一度因为他学校的事情，作品比较少。这一批作家，当然跟时代也有关系，因为我们整个文学在 80 年代比较活跃，进行了小说的一些实验性的东西，到了 90 年代，生活变得太多。包括现在余华写《活着》，其实是跟他早期的作品想要有一个变化。苏童后来也有一些变化。格非老师的写作，变化集中体现在这三部曲。我觉得他的思考，写作上的变化，体现在这三部里面。我们还是请格非老师谈谈，他怎么寻找这种变化的？

格非：刚才永新和德培说了一个意思，德培刚才说，一个作家花 10 年、20 年去写一部小说的话，在今天是很不适宜的。其中一个很重要的原因是因为中国变化太快，不要说 10 年，每一年变化都不同。最重要的变化在于时间长了以后，你很热的大脑会变冷，而是说你在写作当中有很多的东西在变化。

我可以说说"江南三部曲"的创作，这个创作就是德培所批评的一种，整个从构思到完成经历了 17 年。十七八年的一个构思，处处印证了他刚才的判断，对我来说极其痛苦。这个痛苦是什么？你不断有一个大纲，不断有一个想法说我要写什么东西。当我把第一部写完以后，第二部是在十年前就构思完的，所有第二部就必须重新构思，因为人变了，原来的想法再也不能让你感兴趣。这时候你需要跟第一部相匹配、调整。写到第三部最困难的，这时候你必须和前两部有关系，我很多的想法已经变了，你让我再写一遍《人面桃花》我肯定不太愿意，我肯定不再这么写，肯定有新的想法，这个想法是好还是不好，是对还是错，这是不搭界的。很重要的是你可能没有这个激情，想法在变。

所以我在写三部曲的时候，最大的一个困难是不断跟自己来弥补这样一种裂痕，要说服自己，不断去妥协，跟各种各样东西妥协、协调，这很痛苦。所以写三部曲我觉得是非常不好的一个主意。如果在座有作家不要尝试去写三部曲，真的不好，你在写的时候，它对你的记忆刺激太大了，你觉得有浑身的劲使不出来，它对你的控制太大了。因为你前面已经有两部了，不可能说第三部就乱写了，你没有那个自由了。我们大家都知道写作刚开始动笔的时候是最困难的，因为你拥有100%的自由，什么都没有写。可是要是写到2/3你就没有自由，因为所有人都规定好了，这个人是一个母亲，一个贪婪的人，父亲很憨厚……你就变成了一个填字游戏，写作变成一种自动的东西，你就没有办法改，改的话会造成冲突。

所有写作的人都会了解，刚开始写作的时候你拥有无限广阔的自由，非常神秘，你觉得你在建造一个宇宙。可是你的作品写得越多，作品本身对你的限制也越多，你的自由就没有了，就非常痛苦。这就需要什么？需要你在当初构思的时候，你已经预料到这个结局，如果当初构思的时候你没有预料到这个过程的话，你会很慌张。当然你在构思的时候已经预料到的话，会把很多很重要的东西保留在后面，一开始就埋伏在后面，使得你在写作的过程中不断有一个很大的动力，靠近你的目标，在2/3结尾处的目标，要达到的这个目标。我觉得这个可以充分证明刚才程永新和程德培说的，这个特别重要。

我记得《山河入梦》，写到第二章的时候，突然他们有人叫我去台湾，讲课两个月，我就很痛苦，小说写到关键的地方怎么就到台湾去了？大家知道台北是很热的地方，我就关在一个三室一厅的房子里面，在马路边，他们不管你。我就按时去上课，上完课就一个人。台湾的学生偶尔会陪我吃饭，或者是逛逛。在这样的情况下，我开始写第三章，写的就不对了。所以后来莫言在北京跟我说，怎么前面两章都很平稳的，到后面第三章要飞起来了。这完全是一个情境改变的，突然到了一个新环境里。如果一直在北京按部就班的写下去，我不会这么结尾。

所以德培和永新讲，我们千万不要认为一个作家在作品构思以后东西都在脑子里，这个想法是 100% 错误的。我写完一个长篇以后最大的恐惧是什么？把初稿丢掉。我如果把长篇写完了，初稿稿件丢了，我恐怕会自杀，这个恐惧是很大的。你没有办法把它重新写一遍。所以我当年在读大学的时候看到钱钟书说，他还有一部小说比《围城》好，叫《百合心》，可惜在抗战的时候，由于搬家等原因遗失了。我读大学的时候读中文系，根本不了解创作怎么回事，觉得钱钟书这么说毫无道理，这个作品已经写完了，你丢了再默写一遍不就写出来了吗？现在我觉得是绝对不可能，不要说你隔了这么多年默写，就是隔一天都不行。就是我昨天写的内容，今天也完全记不得，因为写作的时候召唤的情境不一样的。

在座的可能有文学专业，我觉得写作最好的状态是你感觉文字在燃烧，这个时候你脑子是白热化，它出来你是感觉不到的。第二天我也不看我的文字，所以你就不知道你第一天写什么。这个状态不是处在一个理智状态说写一个报告。所以刚才德培说你要隔几年，中国社会发生这么大的变化，你的世界观也发生变化，你的价值观也发生变化，包括政治观也有可能发生变化。这样的情况下你怎么调整？

所以三部曲，对我来说最大的苦恼是我写完第二部的时候，在华师大有一个研讨会，会上有过一句话，可能第三部我就放弃了，当然最后还是勉为其难把它弄完了，但实际上太辛苦了。这是他们两位说的引发了我的一点感想。

程德培：再写也没意思，不可能得第二次茅盾奖。诺贝尔奖是评给个人的，评给所有的作品。我们现在讨论三部曲，我感觉《春尽江南》和《欲望的旗帜》是最有呼应的，是对现实的反映。但是写到《春尽江南》会发现《欲望的旗帜》对世界的看法是不一样，《欲望的旗帜》就像书名一样，欲望是不好的东西，感觉到威胁这个社会，但是到了《春尽江南》就没有这种完全否定性的评价。而且两部长篇小说有一点像，一个是写一次会议，这个也是写一次会议，那次无非是讨论其他的问题，这次讨论的是诗歌的问题。这是有可比较性的。

但是这三部曲，《人面桃花》因为名字太好了，书名太重要了。像《繁花》是改了多少次书名的。而且你取了人家就不能再叫了。有好几次想了很好的书名，结果其他人先写到了，所以只能改。这次的长篇《匿名》的名字也是不错的。

好像很严肃，实际上自己心里明白，文学是变得越来越不严肃，你想严肃也严肃不了，只有少数几个人，比如说格非，比如说程永新，程永新是中国最了不起的编辑，从大学毕业就在那个单位工作到现在，他好多年前被报纸评为中国四大名编。

程永新：你刚才讲的我倒想起来了，你的导师李子云，怎么会喜欢《青黄》呢？我觉得很奇怪。《青黄》得了那一年的上海文学奖，结果李子云有一篇文章里面，写了很多小说，就谈到了你的《青黄》。我就觉得她应该不会喜欢这一类小说。但是因为《青黄》里面有历史传说，可能有这种唯美的东西，她喜欢这个。

程德培：她喜欢毕飞宇的《玉米》。

程永新：《玉米》比较现实，比较接地气。我后来看她文章，在走廊上碰到她，我说李老师《青黄》那一段，你读得那么认真？她说对，这个都在我的视野之中。

今天我们在谈历史与想象，刚才格非老师讲的也特别有意思，他的真实、伦理，到底什么样是真实的东西。我们现在回忆，从 80 年代、90 年代这么走过来，中国当代文学确实是变化巨大，一开始这批作家，包括像格非老师这么一个优秀作家，就像《人面桃花》里的风雨长廊，我想起他的作品构成的艺术长廊里面，其实特别有意思。这些作品的起起伏伏，被人接受。我前几天在杭州开会的时候，因为一开始被叫做所谓的"先锋作家"，这也是批评家来命名所谓的"先锋作家"，一开始是一种荣耀。可是过了一段时间以后，历史往前走，时代在变化，似乎说一个人作品写得有点"先锋"，是说这个作品比较空洞，有一些套路，有一些借鉴模仿，所以我刚才问格非老师，因为他在华师大是一个文学的支点，是一个联络站，外地作家来都会上他那里去，我们聊天、喝酒谈的也比较多。我看到格非老师一个显著的特点，他很善于去捕捉一些重要的作品和书籍。我看他的宿舍里书籍摆放的不太多，他都是跑到图书馆强迫自己把他想看的书看掉，这个比我要好得多，我经常是买了书，到现在还没看。因为有了电子版，有了 Kindle，下载非常容易。

我还是讲格非老师，他的那种思考，总是非常善于跟现实结合起来。所以到了 90 年代以后，包括像 1994 年《欲望的旗帜》什么的，其实也是一个悲剧，一个教师，一个知识分子最后变成了一个疯子，一个非常纯洁的，有性情的女学生，最后也把她逼得生活的道路不是那么光明。到了 90 年代以后，时代的变化逼迫文学发生剧变，这种变化分崩离析。余华当时跟我讲，他写《活着》的时候，他也想写三部曲，因为那天吃饭的时候毛尖批评他说《兄弟》下半部写得不好。我比较理解他，他的三部里面《兄弟》是第二部，可是写着写着，就像刚才格非老师讲的，这个时代逼着他发生变化，他觉得按照《活着》那种老老实实写法往前走，这部小说没有办法继续。所以下半部就像莫言说的一样起飞了，他们说《兄弟》的上半部和下半部风格完全不一样，我理解他的苦衷，这个时代，生活逼着他没办法，所以他要用夸张的、荒诞的方法才能完成他整个作品。《第七天》是《兄弟》下部的延续，继续在飞，飞得好不好我们可以讨论，但是我理解这一批优秀的作家，他们跟时代密不可分的一种关系。

到了新世纪，我们说"先锋作家"好像变成了有污点的一个称号。可是又过了一些年，又变成了有一点为其正名了，又觉得是现代文学史一个特别重要的环节，一种探索，一个实验。我就想起"先锋"这个名字的遭遇，这个历史，还是有点感伤。

格非老师早期的作品，每一部、每一篇出来都是非常引人注目的。包括他的长篇第一部好像《敌人》，《敌人》是完全实验的小说，一个精神上的假想敌，虚构的长篇，到了后来写《边缘》，他几乎重要的作品都发在《收获》上，这三部曲不在《收获》发，我心里面还是有想法的。

这三部曲，当时格非老师给我打电话，后来怎么给的《作家》，我是看了《人面桃花》2004 年得了华语奖，那时候我还没做评委，但我觉得当时的国内大奖当中还是比较有分量的一个奖，我看了《人面桃花》非常喜欢，我就想第二部要拿过来。但是没有办法，《作家》的主编也是好哥们，那个时候他就预支了格非老师一些稿费，我们没有办法做到这一点。第三部是我跟《作家》的主编说这个就不要再搞了，后来到了上海开会，程德培得了春申奖，后来他就跟我说他实在太爱格非老师了，就成全他吧，三部曲给他算了。我后来就糊里糊涂答应他了。因为宗仁发也是一个非常了不起的编辑家。得了茅盾奖，我也第一时间给格非老师发去短信，非常高兴。

整个茅盾奖，刚才德培讲的非常艺术性，还文学史一个真实的面目。其实这两年他把一些该得茅盾文学奖的这些作家都给了他们。

程德培：刚才说话的时候漏掉了。因为我 2012 年评《春尽江南》的时候，把格非所有的东西都看了一遍。我就评了《春尽江南》和《欲望的旗帜》。实际上你很难写一篇"格非论"，把所有格非小说都放在一起。为什么呢？因为格非有两面性，他有一些小说是非常严肃的思考，书卷气什么的。但他有些小说写得非常好玩，包括文字的好玩，带有很多对历史，昨天与今天，包括明天的思考在里面，带有思考性的，甚至充满了诗意。所以把两面性放在一起评很难。

我想起格非说过一句话，他所有写作的追求都是为了自由，你把对社会的认识，对人性的思考写进小说也是为了自由，但是怀着一种游戏精神，好玩，这也是一种自由，两个自由都是思考格非不可缺少的。

另外一个格非不仅仅是一个"先锋派"作家，而且有了很大变化，随着这个时代变化好几次的作家。如何思考变化中的格非和格非的变化，也是认识格非重要的两个方面。如果是停留在"先锋"，这好像有点难，可能某些作家可以停留在这方面，对格非就不太一样。

我好几年没见他，有一次我们到锦州开会，那一次莫言都在。结果他一发言，他讲什么？讲明代，花了很长时间读明代的东西，我大吃一惊，格非怎么变成这样，不打麻将了，他是有一种变化的。

格非：刚才永新说到三部曲的发表，确实是他刚才说的。其实从我心里面来说我是特别愿意把书发《收获》上，因为发在《收获》上几乎是所有作家的一个伟大的愿望。但是《作家》的编辑，宗仁发是很不同的编辑，他今天不在这，他是我、程永新、程德培特别好的一个朋友。我最早的几篇作品就发表在他的刊物上，他的刊物叫《关东文学》，是自己掏钱，在东北边远的地方办了这么一个杂志，这个杂志不是发表一般东北当地的作家，是全国性的杂志，而且发的全是探索性、先锋性的，这一直到后来杂志办不下去，到处去找人借钱，我还陪他一起去过，是非常不容易的一个编辑。

对我个人来说，到了90年代以后，确实有很多新的思考。社会变化非常快，但是有一点，随着年龄的增长，看问题会发生一些小的变化。但这小的变化很重要。去年我到四川去，在四川师范大学讲演，有一个记者要采访我，采访时候问了我一个问题，问的我就愣住了，她说你怎么再也写不出《褐色鸟群》那样的作品？我听了这个问话以后非常生气，立刻跟她说，你的采访结束。为什么呢？因为我觉得这个问话问得非常霸道，我就问她，我说你读过《褐色鸟群》吗？她没读过。那有什么资格向我提问，而且这个问题里面包含对我的批评，包含着对先锋小说，对整个文学史的看法，在这极其复杂的东西里面，她也有答案，她问了问题，自己提供了答案。

后来她又来找我，当时我气已经消掉了，因为是一个女孩子。后来我就跟她说，我已经是一个50岁的人，没有办法再把自己变到你这年龄去写《褐色鸟群》。

前不久在北京跟余华、苏童等都聊过这个问题。人是会变的，到了一定阶段以后，这个变化到什么程度呢？我举一个很简单的例子，很多人读《金瓶梅》其实读不懂，很重要的原因是没到35岁，《金瓶梅》一定要到35岁以后才能看，不是说里面黄色什么，你年纪小也可以看，没关系的，我相信我们可以抵抗得了。但我说不适合看是为什么？就是说不到35岁是根本没有办法被它吸引的，你必须有孩子，有家庭，有一定的社会关系，要经历过一些事，才会了解这个作家想说什么。这个是跟年龄有很大关系的。

当年欧洲有一个想法叫做"正午"，正午的阳光照下来据说是没影子，你的影子是看不见的。朝阳升起来的时候，世界一片明丽，非常漂亮。到了夕阳要落山的时候，是另外一个，就是当年黄庭坚说的"落木千山天远大，澄江一道月分明。痴儿了却公家事。"就是我干了一辈子公家的事，终于把它了了，退休了，那种老人的欢快。正午不一样，是中间，我说35岁，既不是朝阳，也不是落日的时候，人是不一样的，所以思考问题的角度也不一样。

我就看我的那些同行，到了五六十岁还是青春期，说老实话我是很悲哀的，一个人到了该成熟的时候是需要成熟的，你不能到了五六十岁还是像青春期一样说话，一发言就胡说八道。我经常在会上碰到有人要发言，说这样的话，我就会立刻控制不住，过去我修养还不错，别人说一句话，我耳朵听了一下，觉得很不能入耳我也就算了。但现在我听不了这些话，比如说一个年纪很大的人，突然来了这么一句，全部的中国人都垃圾，这个话要是年轻人说我倒是能原谅，年纪大的人不能这么说。你是谁啊？谁给你这样的使命，给你这样的权利，让你做出这样的判断？如果这是80年代，都是年轻人的时候很极端，对社会的看法也很极端。中国外面只有一个美国，要么美国，要么中国，这个想法今天看来都非常可笑。但问题是大量的人还是有这样一种思维在判断。我是觉得，刚才永新提到的这个先锋文学的概念，我希望年轻人像年轻人，他们不要成人那么多的规矩，那么多沈从文说的那种文法，年轻人最大的勇气是你要不断的去开拓，把那些既定的权威要打掉，想想当年张艺谋和陈凯歌是怎么出来的？就是电影学院里面几个天不怕地不怕的小孩，他就觉得要开一个电影的先锋历史，这些老人全部靠边。我要做一个新电影，这是年轻人的野心。要拼修养的话，你有什么修养呢？你要拼你的厚度、功力，你去问问张艺谋、陈凯歌，他有什么？如果把这些年轻的东西丢掉了，这是什么样的一个状况，我觉得会很清楚。

今天在座的有很多的年轻人，这是你们的专利。但是到了我这个年龄想法会有所不同。我昨天讲课讲到了罗素的观点，当河流在流的时候必然会经过一个激流，杨万里说万山不许一溪奔，这个山是把一个溪流拦得死死的。一个年轻人最大的苦恼就是社会对你的限制太大，第二句话叫"拦得溪声日月喧"，这个小溪要往前走，但是山要拦住，它就冲撞。所以"拦得溪声日月喧"，可是年轻人一定会胜利。所以杨万里最后两句话说"到得前头山脚尽，堂堂溪水出前村"，就是你拦不住我的，我活的比你长，这个世界一定是我的。今天很多人读宋诗，会觉得诗里面包含的意味非常深远。

这里面涉及一点点关于年龄的问题，关于思考的问题。我觉得老人也要有老人的样子，老人不应该去压制年轻人，但是老人也不应该去讨好年轻人。我看到好多老人为了获得自己的话语权，会去讨年轻人的好，见到年轻人没有原则地夸，然后让年轻人崇拜他，这样也不好。你要有你的想法，年轻人要有年轻人的想法。说到先锋文学，我是先锋文学当中的一员，我为此非常骄傲。跟余华也好，孙甘露也好，苏童也好，还有北村，我们都是非常好的一帮朋友。就说中国当年有这么一拨人，开始做文学上的探索，我觉得我能够厕身其间，我觉得足以自豪，当然后来有非常大的分化。

今天讲到这个话题，我也可以讲一点我的感想给大家参考。

程永新：下面是提问的环节。

听众：我想问格非老师，你为什么会选择写三部曲这个题材，不是所有有关系的三部作品都叫三部曲？问这个问题是因为我也有点想写三部曲式的小说。

格非：我简单回答一下，我这个话题实际上已经说过很多遍了。当年是一个偶然的机会，我想写一部书来概括中国100年来的历史，当时用了一个办法，是现代主义带有实验性的一个方法，就是地方志，通过地方志的方法，把100年浓缩进去。这个构思也构思完了。可是当时写的时候，刚才程永新说先锋文学的劲开始过了，从我们这些人来说也开始有一些自我怀疑，觉得90年代先锋这个方式行不行，确实缺乏一点动力。再一个难度太大。

我就想能不能挑三个时间点，把一部分成三部时间写，比如一部放到1900年，一部放到1950年，一部放到2000年，这样就变成三部作品。当时这三部我是一起来构思的，是当成一部作品来构思的。我不太清楚你现在构思的三部曲是什么样的一种结构，我无法给你提供建议。

听众：格非老师您好，我看到关于"江南三部曲"历史与想象，就想到了时间延续跟书写的关系，在这两个交互过程当中，是不是有一些东西会被剥落、塑造和生成的过程，你觉得这个状态是变得越来越焦虑还是越来越沉默？因为你说当时完成第三部是勉强去完成它的。谢谢！

格非：是的。是很焦虑。我觉得焦虑很大原因是我在清华教书，教书带研究生的课程和其他教师没有区别，清华没有给我一个特例说你可以少上课，清华全部是规定死的，必须有考核，课时、工作量，我跟其他教师一模一样。我每年只有什么时间可以写作？就是 6 月初，一直到 11 月的八九号，这个当中我有四五个月，清华是可以有小学期，前面的课上完了，后面的课还没有开始。这当中的四五个月的时间对我非常重要。我和我老婆达成一个协议，什么电话都帮我接，单位里面系主任是我的好朋友，单位里面除了我的课程，研究生的事情，一般的都帮我处理完。焦虑是因为没有那么多的时间来写作，这个过程真的是非常焦灼，真的是事情太多了。学生从开题面试，中期检查，预答辩、答辩，一个学生的流程就会耗费非常多的时间和精力，这是我在写作的时候最大的烦恼。

你刚才说到的历史与想象，或者是虚构，所有的这些东西，会迫使你在写作的时候，不断的去做调整。但是我可以告诉你，这当中有一个最愉快的事情，是什么？就是我宣布自己写作的这四五个月，我会搬到另外一个地方，不在清华，把所有的电话都掐掉，只留一个座机，这个座机只有两个人知道号码，我早上开始把电话关掉，所以我就在这样一个非常安静的环境里面工作，所以想想还是非常愉快。集中精力在一个时间段里面，每天想着工作，我写到大概下午二三点钟，开车回清华。每天都是这样，从早上 9 点钟写到下午二三点，然后开车回清华处理系里的杂事，跟老婆吃饭，陪她喝茶，然后 10 点钟左右又返回我的工作室里。所以你想想，有四五个月的时间，一个人待在工作室里，时间长了也是美好的，发觉跟所有人都断绝，跟他们没有关系，可是到了下午你恢复了跟这些人的来往。所以我觉得在这焦虑当中也有愉快的体验。

听众：格非老师您好，我有一个问题，今天的话题是历史与想象，您这三部曲里面，后面两部可能是比较现实的题材，书中的人物可能都是你周围接触过的，多少有点原型的，能够从他们身上得到一些灵感。第一部是讲民国时期的，那一部里面的人物，是怎样想象那些人物的语言、思维、行动的？

格非：我说了以后可能对你也没有什么帮助，这是一个非常偶然的事情。怎么偶然？我在写第一部，刚才程永新老师说到我写丁树则他们那些人，包括我最近的长篇也写到了家乡的。我经历了一个特别奇怪的过程。在我童年的时候，那些在辛亥时期生活的人，当然他们都已经死了，他们不可能活到我儿时也就是 60 年代里。可是在我儿时，我的祖父那些人，20 年代，10 年代出生的那些人都活着，甚至 19 世纪的人还活着。可能辛亥革命时期的人还活着。这些人我见到过的，我知道他们怎么说话，他们怎么生活，他们的行为习惯，所以这些人在我的小说里面是属于一个非常奇怪的序列。

我要告诉你，这些人是什么样子，你恐怕都不会相信。我爱人当年跟我认识的时候是 1985 年，她到我们老家去，我祖父带她去见一个我祖父崇拜的老人，那个老人完全是一个古代社会的人，他的行事方式、说话方式等等跟现代人是完全没有一点相似的地方。这些人我见到过。这个人叫仲月楼，我第一次见到这个老人的时候，走了很长一段路到他家去，他给他父亲写了一个墓志铭，上面是说"呜呼哀哉"。说"吾父秉光风霁月之度，锦胸绣口之文，经世邦国之才，奈何生不逢时"就这么简单一句话，然后他写了大量关于《红楼梦》的研究。他见到你根本不理你，说你这样一个人在华东师大读书，在一个新时代的大学里读书，什么学问也没有，你读到大学三年级，你可能基本的诗词都不会，平仄都不会，他瞧不上你的，他这样一个乡村学究很有自己的一套。但是时间长了以后，会慢慢觉得这个人还不错，他开始慢慢跟我写信，信里面开始称我为贤契，就是觉得跟我有一种契合，我跟他开始通信。这样的人，我小时候见过很多。

还有一个人他一直说英文，小时候觉得他说的话听不懂。后来我上了大学知道这个人不是疯子，他说的是英文，用英文来逗孩子玩。这样的人在我们乡村里非常多，后来都陆续死掉了，那个时代就结束了。

我说的经验对你没有用，因为辛亥革命，《人面桃花》的这个环境我能想象，因为我小时候家里的那些房子、那些洋楼，那些环境都在，他们家里那些海棠树，那些不同的植物、无花果全都在，后来有一天你回家之后，突然发现这些东西没了，所有维系风俗的那些东西都没有了。所以我每次回家觉得非常伤感，一个本来活生生的时代，不断的累积，几千年下来之后，一刀全没了，就不知道到哪去了。所以就有了你说的问题。

我老家被拆掉以后我有一个紧迫感，我跟我妈也说这样的话。如果我们这些人都死了，曾经在这个地方存在过的七八个大村庄，这里面有那么多人，家谱里记录的一代一代的记忆，可能从东晋、西晋开始，就没人知道。我们后面知道的是一个都搬入尘世的历史，跟这个已经没关了。我恰好幸运就赶上了那么一个时代，见过那样一些老人，他们的精神气。我们当地还有一个种鸦片的人，这个人在院子里种鸦片，跟谁都不来往，穿一个皮衣服，是大地主。这些村庄里面都有。我要写他们的故事，写 10 本都写不完。在江南乡村，我刚好生活在那样一个氛围当中，所以我在构思《人面桃花》的时候，毫不费力，甚至会比后面两部更简单，因为那些人物我有很大的自由，你没有经历过，我怎么说你都听着，所以我就没有压力。要写《春尽江南》就不行，大家都经历过，你如果写得不对，人家就会说你不对，是在瞎说。谢谢！

听众：第一个问题我问格非老师，你既是大学教授又是作家，你经济方面，收入应该是很好的，现在年轻人喜欢文学如果想把文学当成以后一个职业，从事文学以后，生存，你感觉怎么样，遇到困难以后应该怎么做？

第二个问题我想问一下程永新老师，对于现在有一定的生活经历，年龄大概二三十岁，本身有工作的，喜欢文学的，有一些生活感触，想写一些东西，这些东西的发表，有什么途径？除了网络还有没有什么其他的？

格非：我到现在一直有这样一个习惯，我曾经不断劝阻过别人，劝阻我的学生，还有不同大学的，像对外经贸大学、北大、北师大都有学生来听我的课。因为我讲课有一点煽动性，这煽动性很不好，就误以为处在一个时代的中心里面，会觉得我们世界到处是文学，会有这种错觉。听了我的课，他马上跟我说，好了，我知道了，我马上辞职不干了，我要专门来写作。这样的情况下我一定会劝他，我觉得作为专业作家的时代已经彻底结束了，在今天任何一个写作者，我都希望你去做一个业余写作者，你必须有自己的正常工作，有时间你写点东西，不要去当专业作家。为什么？不光是经济方面的考虑，还有更重要的问题，如果你现在年纪轻轻当专业作家，现在没有问题，因为你的经验很丰富，十年以后就很麻烦了，十年以后没有生活，你突然发现就断了，必须在生活当中，必须有喜怒哀乐，必须有过不去的关口，必须有那么多的折磨，这些都是小说当中非常重要的材料。

歌德对写作有一句非常重要的名言，后来很多人都引用，我记得海德格尔都引过这样一句话，仅仅靠观察你是接触不到任何的真实，虽然对写作来说观察有时候很重要，会帮助你学会写作，但是紧紧依靠观察你看不到这个世界的真相，你要看到这个世界的真相，必须把自己扎进去。我自己做了一辈子的业余作家，你问我我一定会告诉你，还是做业余作家比较好，两个理由都告诉你了。

程永新：格非老师已经回答了这个问题。我觉得现在写作既是非常自由的，也是非常不自由的。你说的自由，比如你的写作是有一个非常强的目的，或者是非常功利的目的，你要想非常有名，这是蛮累的。现在像上海有一些，网络时代渠道还是蛮多的，像格非老师那个年代只有纸质的媒体。现在有电脑，有微信等等，还有一些人搞的网站，就是让喜爱写作的人可以写一点自己的东西，写自传等等都好。这是很自由的东西。

反过来说不自由在哪，你还是对写作的一个基本水准要有了解，你要有一个自我鉴定，或者是通过你的朋友，文学界的朋友也好，因为我们碰到太多的人，有太大的梦想，但实际上他的能力和他的梦想差距比较大。但是我们也不能说，现在看起来貌似没有任何能力的人，将来会不会成为有名的写作者？我也不能马上就说不行，他可能也有这种偶然性在里面。但是大部分的人，恐怕得自我鉴定，或者是请文学界的朋友，像德公这样的人看看。

我们投稿平台其实对全社会开放，每一个网站都是对每一个人开放的，每个人都可以投稿。

听众：我想问一下格非老师，刚才提到您的主人公一般是被动承受型的，我想想我周围好像也是这样的人比较多，您周围有没有主动出击型的，大概是什么样的一群人，你的作品当中有没有出现过这些人？

格非：不要把我刚才说的话狭窄化。真正的是什么意思？我是认账的人，就是我接受，有很多人是不认账的，就是你接受了很多的东西，你不认，你会想办法去做，去摆脱各种各样的，我是认的。

这可能是不一样的性格，不一样的考虑。因为我可能会有很多想法，比如为什么我会采取这样的方式？前不久说到我的导师，我今天早上去看望他，钱谷融先生。我在离开上海去北京前夕到他家去，跟他告别，我说先生，我要走了，你有什么话要留给我的？我们先生跟我说了八个字，这个话我说给大家听，他们觉得很普通，它叫"逆来顺受"，当然还有一句话你们都知道的，就是"随遇而安"，但是"随遇而安"这个词在我脑子里没留下什么印象，倒是"逆来顺受"，到了北京以后，这四个字一直跟着我。我到了那就马上遇到问题，有些问题是解决不了的。我就想起我的导师为什么在那么一个节骨眼会跟我说这样的话。

后来我就想，什么叫逆？一个悲剧也好，一个苦难也好，一个不顺也好，你迅速可以平息的，那不叫逆。逆是你没法改变的，你必须认账，你必须承受。承受有两种态度，一种态度是你被迫承受，还有一种态度是你可以顺受，顺过来。我觉得这个对我的帮助是特别大的。所以为什么每次说到我们先生，他在教我们做学问，很了不起，可是当教我们做人的时候是非常大的财富。他今年97岁，他对这个世界太了解了，有些东西你是没有办法超越他的，比如说人都会死，都会有那一天，我说我不接受，不接受有什么用啊？西方人到死之前，要给他吃圣餐，吃完圣餐就该死了。但是很多人拒绝吃，说我怎么死了，我不吃，不吃还得吃。这些东西不是某个社会加给你的，是因为人本来是生活在一个有限性的时空里，你会有很多东西哪怕是帝王将相也没法解决的。我导师告诫我的是这个东西。

我说的这个承受型的，或者是被动型的，某种意义上我是认账的，我接受这个，死亡也好，悲剧性的命运也好，这个东西你不能说指望所有倒霉的事都发生在别人身上，所有到你那的事都是好的。这当中会有两种不同类型的人，对这个事情倒也不是说我完全是一个道德情操高尚的人，我可能对这个问题会想得多一点。大家千万不要把这个话理解为我们在现实生活中什么都应该承受不应该反抗，不是这个意思，而是要正确的分析社会，解决难题。我儿子经常教育我，解决一个难题有两种办法，一种办法是克服难题，还有一种办法就是改变思维。就说你改变思维的话这个困难就不存在了，我儿子现在 17 岁。我觉得他还是蛮懂事的。

听众：我想和程德培老师交流一下。我是 70 年出生的，曾经我也是在 90 年代受到商业大潮的影响，没有再继续自己的爱好，放下了书本去发财了。发财的结果是今天我来上海打工，在上海我了解到了有人文思南，所以我就来了。现在觉得自己有一件事情可以做，就是用最娴熟，最准确的文字来记录自己和周围人一些真实的生活状况还有我们那一代被商业大潮所席卷的下岗的，还有当时走错路的，现在已经是中年，当时是小姑娘的这样一些事件。

我想到一个问题，人家都说是文艺青年，我究其 20 多年，现在我再来解释这个时候，我觉得我太迷茫了，没有文艺中年这个说法。所以我今天想请教老师，像我这样一个年龄，我想到以后，到我不再做家政了，我继续能够有事情做，能够写一点东西，我想在这个年龄段，我想有一个更好的学习方法，希望老师能给我指点。

程德培：我来的路上打车，本来是外滩隧道到复兴路就转弯了，没想到我在进外滩隧道的时候收到一个短信，明天上午开会的主题是什么，脑子就打岔了，也没想到这个司机也开小差，一转弯就上了延安高架了。

你讲的这个意思我能懂，我也十几年没有写东西了。我是破产了，本来单位在作家协会蛮好的，出来做生意，破产了，以后怎么办呢？现在拿的工资是退休工人工资，还好工龄比较长，有38年。退休以后生意又没法做，以前一到单位人家叫你老板，很高兴，尽管不赚大钱。结果都完了，以后在家里没事干，儿子不理我，老婆又看不起我。怎么办？就逆来顺受。还碰到什么问题呢？年龄大了，睡觉睡不长，经常睡了两个小时就要醒过来。怎么办呢？就装模作样看书，看书、写字也没有什么功利，你没希望了，就自我安慰。我理解"逆来顺受"就是自我安慰，千万不要进攻型的。

写着写着糊里糊涂得了一个鲁迅奖，现在老婆对我好一点了。你要做一个票友，什么叫票友？你可能比演员还唱得好。但是对你来说，这是生活的一个组成部分。还好我们家里在最便宜的时候买了房子，我自己有个书房，堆满了书，自娱自乐，只要自己觉得快乐就可以，另外你觉得周围的人有很多故事，你可以写。这个叫非虚构，也能得诺贝尔文学奖。

王若虚：各位读者，今天大家都听得很开心，经常全场开心的笑。我们今天讲座的部分到这里结束了，等会格非老师会在那边为我们买过书的朋友们签名，感谢今天三位老师，感谢今天所有的读者朋友，我们下期再见。

时间：2015 年 10 月 17 日
嘉宾：邱华栋　金宇澄

北京时间与上海时间

——邱华栋对话金宇澄

王若虚：各位读者朋友，大家下午好，欢迎来到思南读书会现场。上个礼拜来过一位茅奖的作者，今天又来了一位，也是我们的老朋友。但是首先我要介绍的是远道而来的邱华栋老师，他是著名的小说家、编辑家、评论家，也是著名的鲁迅文学院的副院长。这边就是著名的金宇澄老师。我们今天这个活动的主题是：北京时间与上海时间。为什么取这样一个标题呢？因为邱华栋老师的四部曲新作叫做《北京时间》，而金宇澄老师最著名的长篇小说叫《繁花》，讲的是上海，上海和北京作为中国两个最大的城市，是城市文学一个典型的题材。今天我们在这里就由邱华栋老师对话金宇澄老师。我现在就把话筒交给两位嘉宾。

金宇澄：大家好，很高兴今天华栋能来，让我想起 1995 年，我们《上海文学》老主编周介人老师推出"新市民小说"栏目，第一篇《手上的星光》就是华栋写的，是这栏目最重要的作品。

差不多 20 年过去了，现在理解"新市民"的定义，包括城市和人，这部小说叙述的是 70 后城市人。所谓"新市民"，包括现在说的新上海人、新北京人，在 20 年前就开始表现出一种"新状态"下的市民生活。他们进入一个城市，展开个人追求，理解生活，自身。周老师认为邱华栋，是在"人文精神和我们市民社会之间跳来跳去"的这么一个状态中的作家。

1995 年这一年，《上海文学》发了两部关于城市生活的作品，对叙事来讲，城市生活这一块向来不受关注，从 30 年代到现在，或说是腐朽生活的标志，一直是被批，一直是以乡村叙事为重点。早在所谓"京派"、"海派"的渊源上，也意味着乡村叙事和城市叙事之间的一种摩擦。今天华栋能够过来，我很想听一听在 20 年以后，也就是 95 年到现在，听他在写作上的一些想法。

邱华栋：谢谢我们亲爱的金宇澄老哥，非常感谢上海的朋友们。今天的天气好像比北京要燥热，但是我一早飞过来，在雾霾中的北京飞到阳光明媚的上海，心情特别愉快，尤其是见到诸位朋友们，我也特别的兴奋。思南读书会有将近两年的时间了，在中国的文学界有一定的影响。我一般见到金老师都习惯叫他老金，我 18 岁时同学就叫我老邱。所以，我觉得叫老金，他并不老，因为我们认识也有 20 年了。刚才金老师讲了 20 年前他在《上海文学》当编辑的时候，对我这样一个同样也是编辑出身的作家的作品的印象、看法也是非常准确，同时也让我感慨万千。

我在这里也要祝贺金老师 9 月 29 号在北京领取了第 9 届茅盾文学奖。茅盾文学奖不仅是中国汉语最高的长篇小说大奖，在世界上影响也越来越大。评了 9 届，每一届里面有那么二三部作品在世界上的影响也越来越大，《繁花》这部作品也在不断的扩展它的影响。随后还有影视和其他媒体的跟进。所以我待会儿作为一个记者和编辑出身的作家也还想采访一下金老师。前面大概个把小时的时间，我就跟金老师互动，先讲讲我的写作情况，再问问金老师的一些写作的秘密，或者是他知道的一些好玩的事，最后，留点时间和大家互动一下。

今天的题目是："北京时间与上海时间"，是我取的，原因在于我和老金分别书写北京和上海。主持人王若虚，他最近也出了一个长篇叫《火锅杀》，挺有意思的。"90 后"的都起来了。我是 1992 年大学毕业

邱华栋　金宇澄

以后，到了北京工作，到现在 23 年了。作为一个作家，我一直在写北京的生活。相反我对上海一点都不了解，我活了这么大，一共在上海住了三个晚上，不知道为什么。我妈是河南人，今天出门之前，我妈，用河南话说，"我记得上海文学活动好像没请过你？ 20 多年过去了，你好像就在那待了三天"。我说，"妈，你都 70 岁了，记忆还那么好。"我说上海人比较精明，他们知道你儿子饭量大，不愿意请，怕他吃得太多。我跟我妈逗逗嘴，说句玩笑话，就到北京机场坐飞机过来了。

　　北京时间与上海时间，这个题目从我的角度来讲，是我写作的内容，也是金老师持续这么长时间的写作内容。

　　金宇澄：是，这题目非常难谈，从传统到现在，这两座城市是读者最关注的，北京象征了我们的传统，上海则是非常难谈的地方，包括京海两派的故事，最近看到研究文章，沈从文批判上海，但当年他 30 多本著作，差不多都在上海出版，按现在的说法，上海非常支持他的写作，他批判的海派是其中的一部分。

上海非常复杂，开埠前后它的特别人气、异常的集聚力，使得几代最有活力的国人都到上海来，几次时代大震荡，包括太平天国的震荡，都让财富和文化汇集到这个地方来。

邱华栋：在座的我看都特别有活力。

金宇澄：历史中的上海，一直被认为是个"坏地方"，比如民国前的苏州，对上海就一直有看法，认为上海是最坏的地方。包天笑先生说，当时苏州有钱有文化的家庭，都不许子弟到上海来，因为上海有"四马路"，有各种纸醉金迷的东西。但是民国成立，苏州需要招一批干部，需要任命县长，需要各种地方官员，新政府，新时代要新人才，结果发现，苏州所有有能力的人，早早去了上海，全都住到上海去了。包天笑当时在上海找了一个中学老师的朋友，陪他去苏州面试县长，他们都想不到，苏州已经找不到人了……关于上海，一讲起来话多。

我想听华栋的看法，你比我年轻，刚才提到"新市民"概念，一直是城市的新生力量，哪怕过了20年到现在，所谓真正的北京人、上海人现都老了，有这种说法吗？几个时代，几个时期的老上海，逐渐都去到国外或怎么样，城市的更新都这样吗？有请华栋讲讲"北京时间"。

邱华栋：我就把我北京时间四本书的写作内容跟大家介绍一下。这四本书都是漓江出版社出版的，漓江出版社总部在广西，但是在上海也有分部，发展的非常好。这四本书第一本叫《白昼的喘息》。这本书写的是一批90年代中期，在北京出现的流浪艺术家，写他们的生活。当时我在一家报社做记者，我采访他们的时候，发现他们过得非常惨。他们都是非常有理想的人，在90年代初，邓小平南巡一讲话，整个社会好像突然活跃起来了。有很多追求艺术理想的，在小地方把工作辞掉了，某个县里的中学老师、美术老师不干了，要到北京来当画家。这样的人有很多，在圆明园附近，他们没地方住，有时候就住在公共汽车的下面。我就说，我晚上到哪里找你们？他说，你到公共汽车厂，有一排122路的公交车中间那一辆的下面，我就在那睡的，我就到那去采访他的。还有一个画家睡在海淀区的两个平房中间的过道里面。这样晚上有村民走过去，一脚就踩醒，他哼哼一声，接着又睡着了。有很多的流浪艺术家在北京追寻他们自己的梦想，有点像巴黎当年的劲儿，以及上海30年代来了很多冒险家和文化人的那种感觉。所以，这个《白昼的喘息》写的就是这样一批艺术家，双线结构，大概涉及了20多个人。

非常有意思的事，过了20年，我又见到了其中一批画家，当年他们每天都吃白菜帮子，现在每幅画都能卖到几百万元，一下变了。我见到一个叫张洹的，九几年做了一些非常前卫的艺术。食不果腹、衣不裹体。但是过了20多年，他们到美国混了一段时间，现在成为中国当代艺术界非常有影响力的艺术家。张洹后来用香灰作画，用那种从庙里搜集的香灰，做成各种雕像、佛像，那种神秘的微笑非常棒。他还将地震破坏的一个火车头弄来做成装置艺术。

我写的以这些艺术家们为原型的这样一部小说。他们还在继续生长，虽然在我的记忆里停留在1995年的《白昼的喘息》这么一个定格里面。为什么起这么一个名字呢？当年，我见到有一个艺术家骑着自行车过来看我，大白天就喘着气。因为我是一记者，他很希望我了解他们，采访他们评论他们。所以，这个小说，我就写到了当时北京看到的一种文化上、文学上、艺术上的可能性，包括一些流浪诗人都写了。这是《白昼的喘息》，是我"北京时间"的第一本。

第二本叫《正午的供词》，写这个小说时我即将30岁，觉得人都30岁了，应该写一本相对厚重的书。我以后的目标，就是写一本像《繁花》那样厚重的书。陈忠实老师当年说，作为一个作家在死之前，我要写一本能够当枕头的书。所以，《白鹿原》就出来了。金老师，我问您，您写《繁花》，是想写成一本当什么的书？

金宇澄：当时我没这么大野心，现在看样子是要当枕头了，朋友是有两种意见，一就是你要继续写，起码再写一到两本。还有一种意见就是，千万别再写了，修订就很好了，过两年修订一次。

邱华栋：修订就是续吗？

金宇澄：增加内容。

邱华栋：我有一个朋友讲说，《繁花》从结尾上看，显然可以无限期写下去，还可以倒着写。

金宇澄：这等于说取出上海任何一块都可以琢磨，通常来说，上海是历史很短的城市，但不意味着它是无事可写的，它横向的范围很宽泛，历史短，并不是浅薄，我说老实话，到现在我也真没遇到一位完全了解全上海历史的人，人人只知道它的局部，单个的面，如果说上海真是个小渔村，应该就有全盘的胜算，这就是上海的复杂性。相比来说，北京有更深厚的城市之谜，我非常感兴趣，20 年前，华栋是用了外部进入的书写角度，周介人老师说，他没想到会有这么一种写作视角和欲望，单是在自己这个年龄段，完全从外边进入的方式来叙事，由外进入北京，是否看得更清楚？

邱华栋：是。有一句老话，要想看清故乡，最好是先离开故乡，这是鲁迅讲的。这话很有道理。像我们作为外地人到北京，我告诉大家一个数字，最近，我看到《北京晚报》有一个消息，北京单身的京漂女达到 400 万。

接着讲我书的第二本，《正午的供词》是 1999 年写出来的。写这部小说，我当时正在跟一些电影界的朋友交往，像张艺谋等等，都在弄剧本。有一天我想到一个诗人顾城，顾城就是很奇怪，他跑到新西兰一个岛上，拿斧头把自己老婆给砍了，然后他也自杀了。这个事情一直在我心里很纠结，顾城是北京人，他太太是上海人。

我觉得一个艺术家，一个诗人的自杀，应该是像我这样的作家应该关心的事，相当于某种精神之死，一直在我心里氤氲着，我想起来心情就不好，那么好的一个诗人。顾城的好多诗，当时我看不懂。有人就问他的家人，问他爸爸、诗人顾工，说顾城这诗写的是啥？顾工告诉访客说，这首诗，顾城写的是小虫子，他在跟一个小虫子对话，你当然看不懂了。所以，顾城是一个极其有童心，又有某种哲学的澄澈这么一个杰出的诗人，但是，他的死又是这样一个悲剧，在我这样一个作家心里，积淀下一个阴影。

所以，我就把他写成一个小说叫做《正午的供词》，当然《正午的供词》里面的角色置换成电影导演、电影演员，还有社会各界人等。我写这个小说，也用了各种文体，比如验尸报告、采访实录、电影梗概等，大概用了14种文体，做了一个实验，看看自己使用的小说写作技巧能达到什么效果。说到这，我也想起来我第一次看到《繁花》的感觉，拿起来一看，金老师作为一个大男人，绣了一面特别繁杂的花毯，这个毯子，你从任何一页都可以看进去。

金宇澄：随便浏览是用了散点的方式，是打散了的，人物多，宽泛的角度，不是一种集中聚焦的方式，我知道小说是没有规范的，问题是习惯了的叙事，单写一个人物或几个人物的小说来比，《繁花》里那么多人物，有些读者就看不下去了。

邱华栋：我把《繁花》看下去了，真好。写北京的现当代作家，从20世纪来看，三四十年代写得比较好的是老舍先生，是最有代表性的，写过《骆驼祥子》《四世同堂》，还有一本叫《猫城记》的很怪的小说，他写的书很多。到了五六十年代，北京地域特色反而少了。到了七八十年代有作家刘心武。八九十年代是王朔。其实，到了90年代以后，写北京题材的作家突然变得多了，每个人就像刚才金老师讲的，好像只能看到一头大象的一部分，我看到的是北京文化圈中产阶级的生活，每个人只能看到这个城市的一部分。作为一个外地人，我在打量一个迅速膨胀的世大的城市，还试图去书写它，这个困难是很大的。因为它是一个活物，城市、人每天都在变化。所以，作家要用文字去捕捉和定格，甚至把它笼罩，这是非常困难的。所以，我的写作也是处在一个相对绝望的状态，但一直还在努力。

到了2002年，我又写了一部长篇小说，叫《花儿与黎明》。这个小说写的是什么？写的是2000年的时候，我记得在北京兴起了第一波的网络潮流，开网站的浪潮来了。有很多国际游资、风险资金都投到北京来，很多网站都出来了。我记得连王朔和叶大鹰都搞了一个文化在线还是文化在中国的网站，有人把我拉去当频道主持人。我觉得很新鲜，办报纸办着办着网站出来了，就去了。结果，一年的时间，所有网站全倒，就是2000年那一年，我印象很深。有些人灰溜溜又重新回到原新闻单位，然后，总编骂一声，说，干嘛又回来了。新媒体不行了。结果过了十年，现在2015年，新媒体怎么样了？新媒体成事儿了，成功了。

说到这，我把球再踢给金老师，金老师的《繁花》写作恰恰是利用了网络新媒体的多种可能性、延续性，在网上把它连续写出来，我就很好奇，这事怎么弄出来的？

金宇澄：等于意外"受孕"，等于我平时生不了"小孩"，偶然到网上聊天，就有了。2011年有个朋友在网上开贴，让我去看，他写的都是张三、李四的真人真事，我觉得自己可以讲一讲无名无姓的市民故事，就开贴聊了，后来发现我这是小说，因为我写过小说，如果没这经验，我可能不知聊哪儿去了，因此立刻停下来做长篇的结构，慢慢这么写，即使《繁花》出版，它的结构、段落，还是网上初稿的样子，基本没变过。

虽说我用了新媒体，用了延续性，每天写完就贴，觉得这个办法和早期我们传统的连载小说差不多。我一直佩服民初比如张恨水等老先生，当时他们就这么每天写、每天发，如今作家们都在家写。民国时代，上海某位老先生，每天可在三个报纸开小说连载，当然是通俗小说，每天下午躺着抽鸦片，三家报馆的伙计都在门口，等他抽完就飞快写一段，小伙计拿了就跑去排版，接着写第二、第三……

等我每天也这样写了，才知道不怎么难，因为进入了状态，心里知道读者都等着看，我就会更投入，会有超常的发挥，像K歌，如果闷在家里，唱两首我就可以了，因为没人听，没人鼓掌，如果一唱就有掌声，我肯定越唱越来劲，唱到半夜两点都不累，这有环境和精神的动力。还因为那个网站比较安静，这和网络写手的大网不一样，我从来不追求点击率，不会每天写一万多字，高度亢奋，据说有个写手最后是写死了，死在电脑面前，我知道不全是为钱，是作者高度兴奋了，我非常理解这种兴奋状态。

邱华栋：金老师的这种说法我觉得很有意思，让我们想起来过去报纸连载小说，三四十年代上海很多的报纸连载小说，跟今天互联网时代的生产感觉是一样的。有一次我参加了一个网络文学的评奖会，他们发了短篇小说奖，短篇字数标准是50万字以下。我说中篇呢？他们告诉我是50到200万算中篇，200万字以上到1000万字，算长篇小说，每年连载的网络小说在10万部。这把我搞崩溃了，我彻底投降，落荒而逃了。20万字，才进入长篇概念，肯定得把你写死。

另一方面我想，以另一种方式写作很重要。我20多年前就认识金老师，我们两位有一个共同的特点都是做编辑出身。我在《中华工商时报》做了很多年的副刊编辑，跟很多当代文坛大家都有来往，约他们写随笔。我曾去文怀沙那儿，请文老爷子写文章。文老爷子说我不想写文章，开玩笑说，我喜欢女人。我说老爷子，你把文章写好了，文中自有颜如玉。文老爷子很天真可爱，他说，好吧，我写，就把文章给写好了。这是当时在北京接触的很有趣的文人。

后来，我调到了《青年文学》当主编，再到《人民文学》杂志，大家知道《人民文学》跟《上海文学》一样，都是非常重要的顶尖的中国文学刊物。

金宇澄：比我们重要多了。

邱华栋：在《人民文学》我当了七年的编辑部主任和副主编，我们两位一直都等于说是裁判员，天天看稿子，一位头发秃了，一位已经是 50 度灰白了，但我们两位跟当代文坛的作家大都很熟。另一方面我们俩还不甘心，做了裁判员，还想做一名运动员。所以《繁花》写成了，当然，我这个《北京时间》系列长篇也不坏。

金宇澄：编辑写作，真不容易。《北京时间》让我想到，读者更期待的是北京题材的作品，包括《编辑部的故事》《我爱我家》，上海当年都有大量的观众，影视朋友说，上海如果搞石库门电视片，其他省份就不大会买，京城大宅门，四合院，老北京，新北京的题材，就有极高的关注度，当然难度也更高，大家对北京都很熟，要出新就不容易，比如说，我很少去北京，却没觉得我离开它很久，关于它的讯息太丰富了，感觉一直很熟。

邱华栋：我就着网络时代的感受写长篇，就写了《花儿与黎明》，写了 2000 年那一年里一些年轻人的变化，媒体人的生活变化。我特地把 2000 年那一年第一波网络潮流来的情况，结合几对年轻人他们爱情婚姻的变化来写，想给那一年留个影。

到 2008 年，我又写了一部长篇叫《教授的黄昏》。因为，那段时间我发现，我接触一些知识分子，尤其是搞法律、经济的，他们都跟一些利益集团关系比较紧密，钱也很多。他们的影响很大，我觉得很有意思。怎么出现这样一批知识分子能够跟利益集团搞这么深，这也很有趣。有一个玩笑话说，在北京大学，穿一套蓝色旧中山装，戴一副深度眼镜，推一辆自行车走路的，一定是文史哲教授，坐在奔驰上，前面有一位美女开车的，当时是拿着大哥大手机的，一定是经济学、法学教授。2000 年之后，在北京，我发现知识分子有很大的分化。所以，实际上我把对北京的观察缩小到了一群人身上，比如，艺术家、媒体人、大学教授、中产阶级、知识分子等等，我观察这些阶层的变化，这是我"北京时间"系列的写作特点，这是我的一个取向。

金宇澄：我只能通过小说、报道，影视或一些段子，来了解北京。

邱华栋：您听到什么关于北京的话题？

金宇澄：最近听朋友讲一个段子，他是60年代大学生，回忆80年代，当时北京出租车还非常少，有天晚上他回家，发现路边有个女子抱着电线杆，可能喝醉了，女子招呼他，请他帮忙叫个出租车或其他什么车，帮忙把她送回家。已经接近半夜了，两个陌生男女就开始说话，有意思。

邱华栋：上海没有女孩子喝醉抱着电线杆吗？

金宇澄：是80年代初，相对单纯的年代，就是现在，一般女的也不可能和陌生男人说话，在没完全喝醉情况下相信陌生人吧。那天他就找了车，送女人回去，一直送到家，女子应该是离异的，家里就她一人，也不是一般家庭，厅里有三角钢琴，两人就坐她家里聊天，一直聊到早上3点。朋友是有家庭的，心里一直想走，不愿待下去，过3点就坚持要走了。送他出门时，那女的说，明天晚上央视的节目里，可以看到她的演出。

这女的是搞音乐的，有点传奇，当时他们都没有留名字，两人再也没有联系。

邱华栋：悔恨到现在。

金宇澄：不知是不是悔恨，这故事讲了一种80年代的朴素，一个朴素的时代、自由时代开始的味道，人与人的关系有一种亲切感，在警惕的集体主义时代，这样的事是不大有的。让我想到年代不一样，也想到我们很多小说的人物关系，都过于清晰的问题，比如写张三和李四谈恋爱，结婚或离婚，或者性关系，人和人的关系都写得很清晰，大城市里人的关系，很多是根本看不清的，没法掌握，可能什么状态都会有，作者怎么都看得这样清楚？这是有意思的话题。

邱华栋：金老师我问你一个问题。我看评论家，像黄德海，像年轻评论家办的《上海文化》杂志也很好。其中有人谈到《繁花》的写作，一路上溯，可以跟韩邦庆的《海上花列传》，跟张爱玲的作品，有一定的文脉关系。您认同吗？

金宇澄：《海上花列传》用的是吴方言"苏白"，胡适先生认为这小说重要。吴方言当时以"苏白"为代表，之后文化中心转移到了上海，换位给了沪语。这部小说，意味着那时代的语言状态很随便，胡先生讲"我手写我口"——我怎么讲，我就可以怎么写。当时外来人到一座城市，是必学当地语言的，他们对方言的辨识度和听力，比以后普通话教育的几代人要灵敏得多，因此韩邦庆可以这样自由书写。等到40年代，张爱玲翻译《海上花》，因为是民国，已经强调国语了，这样一来，"苏白"就边缘了。到了1949年后，普通话的教育更是普遍，吴方言的表达和接受度，也就更难，更边缘，也没人会想到用吴语写作的可能——因此说，《繁花》和前者的关系、条件都不一样。

另外因为，我长期做编辑，如果稿子里用南方方言，我会特别注意——《上海文学》面向全国，方言就得适度，也因此《繁花》的沪语我做了不少改良，我不是推广沪语，是想让更多的非上海读者可以读这本书。

邱华栋：说到这我就想起在北京写作的作家，好像在方言的运用上，王朔之后其他的用北京方言写作的作家很少。包括老舍的作品，你看方言也不是很强。是不是这样的德海（黄德海在场）？因为你是批评家，比较懂。但是王朔的语言，全是那种部队大院文化的语言。在座的朋友们要了解北京大院的，我告诉你咋回事，就是北京的部队总部里，分成总参谋部、总政治部、总装备部、二炮、空军等等，有很多的大院子，这种大院子一圈地很大，肯定比思南公馆要大。大院子之间的人在"文革"后期，小孩之间互相要打架，所以形成了一些当时流行语什么的。实际上也是北京非常地域性的一种语言。

但是今天这种大院文化也衰弱了，看不见了。所以用一种特别纯北京、儿话音的方式写作也好像没什么空间，不是太有意思。北京是全国人民的北京。

金宇澄：北京的外来人口多，跟上海一样，那么在语言上就有一种沟通的需要。华栋 95 年的那篇小说，对城市的观照非常独到，包括面对玻璃大楼，对《了不起的盖茨比》发的感想，完全是从你这一代人的角度出发的，和 50 后作者的角度不一样。周老师说你"跳来跳去"的写法，有人文的思考，又注重了生活的体验，注重自我。很想知道如今你对城市的理解。

邱华栋：说到这，我就想起来我写一些其他的作品，你像北京、上海这样的大城市，包括广州，我也经常去。这个城市建筑，因为楼太高，会给我们心理上有一些影响。你到浦东那里去，那些很高的楼对你心理上绝对会有影响。作家在心理上也会有影响。因此在我写作的时候，如果我写这个大楼里面的人，这些人是变形的，是变成卡夫卡式的，当然没有变成甲虫，但变成别的了，比如塑料，比如喜欢吃打印纸等。

90 年代的时候，北京有一栋楼高 208 米，当时算最高了，一天上午有一个擦玻璃的打工仔，从上面掉下来摔死了。我们就写了一条新闻：今天上午 10 点 28 分在京广大厦有一个擦玻璃的蜘蛛人掉下来死了。白天写完之后，晚上回家我就不开心，我就写了一个短篇小说，叫做《蜘蛛人》。这小说里写了一个非常敏捷的男蜘蛛人，很帅，跟我一样帅。爬在北京的大楼上，特别的敏捷。后来找到了一个银色的女蜘蛛人做女朋友，又过了一年多，他们两个还生了一个小的银色的蜘蛛人。三个蜘蛛人都爬在北京的高楼大厦里。这个小说的根源，就是来自于这样一个新闻事件。

所以，有时候，城市里面发生了一些新闻，变成了我新闻结束的地方，有时候是文学出发的地方。所以，新闻结束了，我作为一个作家，重新出发，找到了另外一种东西。

这个背后也有一种人文的精神和关怀在里面。因为我想的是那样一个人，从小伙子在北京打工，摔死了。别人不太关心这事，但我内心荡漾着很多很复杂的东西。我这一篇小说就是这么写出来的。

金宇澄：一直想知道年轻人的状态，跟我的年龄有关。有个 90 后作者告诉我，他们这一代，不会去包房吃饭，一般就是"拼桌"。我问什么是拼桌？就是茶餐厅那种桌子，可以坐五六个人，店里客人多，来三个男的，几个女的，店家就要求大家坐在一起，每到这时，他就会发现，陌生人同桌，讲话就特别来劲，大家互不认识，各说各的，当时双方都会听，大家都是外企白领，讲一些大家差不多的经验八卦，故意让对方听，外人同在一桌就特兴奋。每人要讲的事，都是心里想好的，像有了更仔细的准备。我不知道年轻人的饭局是这样。他说别误会，根本不存在搭讪，大家吃完就各自离开。

这应该是当代人的特点，每人都有故事讲，找什么地方来讲，就是吃饭。在我青年时代，找朋友说话是不预先通知的，直接到他家弄堂楼底下，喊朋友名字，听到就会下来，后来就变成传呼、电话通知了，现在是约到饭店里，吃饭谈事。

邱华栋：我们应该问下面的。我们后面留一点时间让大家提问。有没有在座的朋友看着我俩大熊猫在这对话，可能也很好奇。我觉得这一点很好，上海的朋友喜欢作家对话，我看都没有离场的，也许是我们俩魅力太足了。跟大家交流交流，大家有什么文学有关的问题？

黄德海：华栋老师这么潇洒幽默，整天夸自己帅的人。另外在《繁花》里，我们常常见到金老师阅读的痕迹。我知道一个小秘密，华栋老师每天早晨很早就醒了，穿着一身特帅的衣服开始写作，每天如此。有时候晚上，我们跟他出去喝酒，他在写作，我们很吃惊。这是一个问题。另外最近随着诺奖的公布，我发现在我的朋友圈里只一个人读过这个人的作品。

在《繁花》里看到的只是具体的生活细节，一个故事接着一个故事。但是接触了金老师，才知道金老师的阅读量是非常惊人的。他最近在《收获》上发表了一个退休后的作品，在里面牵涉到的资料，包括家史，对历史的考察，包括他的阅读都会展现出来。我要说的一个事情是这样的，不管哪个时间，北京时间也好，上海时间也好，早一点也好，晚一点也好，刚才华栋老师说的，如果你的人文精神要展现出来的话，你首先要勤奋，如果没有勤奋，没有任何时间。

邱华栋：我先回答一下北京时间，讲一讲关于时间管理。因为进入到微信时代，互联网时代，多媒体时代，我们每个人的时间实际上都被切碎了。大量的时间都是碎的，在北京，我的职业是鲁迅文学院副院长，我是分管教学和搞研究的。我们每年培训 1000 个左右的作家，有一些是少数民族的作家，一个月的班，有高级中青年作家，像刚才黄德海老师这样的批评家们，参加我们高级研讨班，2—4 个月。所以工作也很忙，要应付各种事。比如了解这个班上有没有人有抑郁症，要有情况，就要找他谈话。哎呀你最近情绪不大好，跟我一起去看郭德纲的相声吧。他说邱老师，我看你就是文坛郭德纲，我看你就行了（笑）。

实际上我们在日常生活中，每个人都会面临自己要处理的问题。所以时间都是碎的。另一方面，我从 15 岁开始写作，写到现在 30 年，出了一大堆的作品，不管质量怎么样，写作一定要坚持，是一个长跑。刚才德海问我一个问题，时间怎么管理的？我现在用一个办法，叫做碎片连缀法。每年给自己确定一些目标，比如今年我要写什么作品，要干什么事。我把今年的目标分解到每个月，每个星期，每一天。然后把它不断的连接起来。比如写一个长篇，今天写出一个草稿，我就把零碎的时间都利用起来，有时候早晨起来写一个小时出门了，有时候下午早点回家，又写一小会。后来，我发现这种零碎时间利用起来效率非常高。

相反我也实验一下，假如一两个星期我把脑子放空，除了想工作的事情，别的都不想。我发现，大量的碎片时间一放就过去了，也就不用它了。我觉得，在今天这样一个注意力极其分散的年代里，在座的朋友们，有的还有孩子，做家长的，你们教育孩子的时候，也得想办法，让他们把碎片的时间利用起来，连缀起来，最终就会办成一个事。像《繁花》写着写着，滚雪球，越来越大，就弄下去了。我觉得时间的管理，不管是北京时间还是上海时间，对每个人来讲都挺重要的。

金宇澄：每个人都有那么多事，重要和次要的，我没有华栋这么勤奋，也因为很多年看稿子看的。德海讲我书看得多，实际是看稿子比看书多。或者稿子里看到什么好书，就去找书来看。我们只有那么一点时间，但如果遇到一件感兴趣的事，要抓住不放，像一个小苗一样去培育它，不忽视它。我是在偶然中遇到《繁花》的，三十几万字的初稿，半年就一直盯着写，每天 1000 字，有时五六千字也有，不觉得累，虽说这是一个个案，我建议各位都可以到网上、找安静一点的小的网站，取个笔名也这样写，《繁花》没用金宇澄名字，是最大的好处，我忽然觉得自己是陌生人，什么都可以写了。即使说，我们不打算发表，那么，平时写日记对写作也有好处，在写的过程里，如果触发了一种核心内容，一发不可收。如果不注意，松下来的话，肯定就不可能写了。

邱华栋：确实。好记性不如烂笔头。我也很好奇，想问一下，据我在北京知道，他们获得茅盾文学奖前后情况还不大一样，获奖之后，收入大增。金老师你最近获奖一段时间后，有什么变化吗？出场费什么的有变化吗？你看，大家都笑了，大家也很关心。为什么呢？当时，我们发了一个叫梁鸿的作家作品，梁鸿是一个女教授，她写过《出梁庄记》。我们参加广州南国书香节，有一个广州人说，梁老师，我想问一下，你这个作品到底得到了多少稿费，我只关心这一个问题，你要回答我。现在，我想问金老师，获奖之后，据我所知今天上午有一公司就直接买了 500 本《繁花》，让他签字，签到手软，话筒都拿不起来了。金老师，你心态上的变化。

金宇澄：很多人找我，这段时间我不觉得怎么高兴，那么多的事冒出来，华师大杨扬老师前天来电话，让我去做讲座，原是请格非的，但他发了心脏病。我说我差不多也要发病了，别让我去，但很多事推都推不了。

另外没有出场费一说，一般是联系让我去做讲座，也不会说出场费多少。外面瞎传吧，不会谈费用的问题，虽然这书卖得很好，和"财富榜"作者远远不能比。我上回去北京，他们说，你起码 2000 万了。这 2000 万谁给我？

这次非虚构得诺奖，有人说是打政治牌什么的，其实 80 年代那些大作品，诺曼梅勒《刽子手之歌》等等，非常重要我们都没忘记。有的人说斯维拉娜·亚历塞维奇该得"普利策"奖，不应该得诺奖，实际上诺奖也有非虚构。

就我自己来讲，特别愿意读纪实内容，如今的读者，早不是过去那种老读者了，如今是中国历朝历代最见多识广，最有要求，最有阅读选择的时代，高学历这么多，信息那么发达，和世界各地保持那么密切的联系，读者什么都明白，什么都知道，他们要求一种"更真实"的内容，是不奇怪的。

以前是信息闭塞时代，现在是飞速交流，当代人的要求肯定是完全不同一点即明，因此《繁花》写一个什么段子，从不加油加醋，因为大家都懂，一般的内心描写，也都是可以去掉的，人物心里想什么，作者怎么知道？我看小说时常觉得这很假，可以尽量把虚构做成非虚构的真实感，材料极其丰富，就该选择非虚构，而我们一般还是会用虚构的老办法去做。非虚构在西方已经很多年了，这次得奖，应该会引起我们对非虚构的热情。

大家有什么问题可以提。

听众： 两位作家好。首先恭喜金宇澄老师得了茅盾文学奖。《繁花》也是我非常喜欢的一部作品，但我的父亲不让我看，因为他说里面有一些题材不大适合。可能想等我再过十年左右的时间，更适合读这部作品。

我个人有两个问题，第一个因为我是在校大学生，我专业是小语种，平常的专业学习占去了我非常多的时间。但我也非常喜欢读书。在这段时间里面我发现好像不能抽出大段的时间来看书了，看书反而是一种奢侈，通过一些碎片的时间来读书，这样读的话会不会变得没有意义，不会对它进行更深入的思考，读书的方式应该是怎样的？这是我的第一个问题。

第二个问题是，我们学校有一个小组专题是关于沪语生存现状的研究。我的同学里面有上海人，但是他们的上海话已经不那么好，不地道和正宗了。有时候我问他一些话用上海话怎么说，他也不大能够讲得出来，想问问金宇澄老师您怎么看待沪语的生存现状？

邱华栋： 第一个问题我先来回答。我来就想谈这个话题。我号称在作家里读书较多的人之一吧，家里藏了有接近 3 万册书，3 万册书放到不同的房子里。我也不知道我一年读了多少本。2014 年，我做了一个测试，一年里我把我得到的书，自己买的和别人送的加起来看一下，到年底堆一个地方，一看，800 本左右。但这 800 本我都看了吗？我问自己，我一看，我用了四种方式阅读它们。第一种叫精读，大概是35—50 本之间，就是一年下来，35—50 本是一个字一个字看的。再有200 多本是浏览的，拿过来之后就翻一翻，浏览的时间就可以用刚才讲的碎片时间。第三种读法就是泛读，就是我读了前言后记，中间没有看，这个我又读了 300 多本。还有 100 多本，暂时不读，我把它们放在书架上。但我发现，这 100 多本你没有读的书，意味着你今年不读，你有可能明年读。还有一个，我发现它在你书架上，形成了一个场，这个气场又影响你，叫气场式阅读，所以，我一年读了800多本。所以，姑娘我认为，你读书的可能性还很大，可以向我学习。下面有请金老师回答两个问题。

金宇澄：实在没时间，可以读短篇小说。每个人的习惯不一样，邱老师他说的是感觉，编辑的职业浏览，闻味道一样，有总体的感觉。你比较年轻，要培养自己的阅读习惯，是通过大量的接触，看一些随笔，多看一些短篇，大部头的作品如果时间比较紧，看一些梗概也可以。

第二个问题，我对沪语是充满信心的。我发现周边的新上海人学的上海话，其实都很好，至于上海话的读音究竟怎么样，任何方言，一直是在变化中的，所以不必担心，也不必学电视台的地方戏演员用的那种上海话，那是很多年以前的老话，不是当下生活中的上海话，这样讲是因为：方言从来是不固定的，一直随时随地在变化，比如一个人出国十年回到老家，人人就会发现，他说的方言味道不对了，是很遥远的方言。包括我听陈丹青讲的上海话，就会想到文革的时代——他年轻时代就离开了上海，再没有长时间在上海住过，大部分时间是讲普通话，一说上海话，他就停留在少年时代的样子里。

《上海话辞典》、其他地方话的辞典，难以约束地方语言的变化，方言一直是跟着生活流动，普通话却是天天在一种完全固定的范围里讲，情况不一样。另外我觉得上海方言人口这么多，我不担心它会消亡，我们记得让小孩子学上海话就更好了。

邱华栋：精彩。我真没想到方言在犄角旮旯的地方在生长、变化。后面还有什么问题？

听众：两位老师好，我是学工作文学方向的研究生，我现在是研究生一年级，刚才老师有提到鸳鸯蝴蝶派和张恨水，这些至少在教科书上都属于通俗文学的范畴，通俗文学的发展和上海有很紧密的关系。因为我刚刚开始学习，对通俗文学的界定还不是很清楚。我觉得在我的概念里，应该它的写作方式，还有包括传播途径，这些使得它与严肃文学有了区别。

我最近有听到一个说法，有老师认为严肃文学主要是重在写作技巧，通俗文学可能是反映了大众心理，我想问一下两位老师对通俗文学的看法，还有研究通俗文学的给我一些建议吧。谢谢！

金宇澄：每个时代，通俗文学的概念都不一样，总的来说，通俗文学是把人的关系简单化，我个人这么认为，比如这人是好人，这个人是流氓，这个人是色狼，肯定是通俗文学。严肃文学简单来讲，就是没好人，没坏人，人都那么复杂，越复杂就越真切，文学是研究人性的复杂，如何划定范围，冲突怎么处理，不是简单化的，是更复杂的演绎，没有解，不解答人如何摆脱困境，只是展示。通俗文学往往就是结果，落难公子中状元，好人有好报，观念上完全不一样。

鸳鸯蝴蝶派已经成为历史，现在研究它，会发现不少有意思的成分，包括文字韵味，半文半白的元素和方式，或者某些情绪，某一些色彩，作为一种古董，有它的装饰性审美。等于我们现在买一件家具，买一个古旧家具放在房间里，整个味道就不一样，它是有作用的。现在的通俗文学，已做不到鸳鸯蝴蝶派的位置，虽然大部分也是地摊文学，给打工仔看，但作者和读者不一样，我只能这么回答。

邱华栋：金老师说得特别好。我稍微补充一下。一方面我觉得很多的网络文学倒是通俗文学新的空间。因为，我们发现，现在网络文学变成了更多的类型化了，比如武侠、言情、宫斗等等。比如我前两天看了《九层妖塔》，这个是《鬼吹灯》改编的。这都算是我们今天新的通俗文学，这一块越来越大。这个我觉得倒是和1930年代不一样的地方。网络文学实际上是一种新媒体文学，是一种旧的类型文学的新生长。我觉得，可以并存在这个空间里。

当然，像《繁花》，包括我的一些作品，不太一样的地方是什么？就可能像金老师讲的，我们可能想呈现的就是人的丰富性、复杂性。作家之所以存在，就是因为作家承担着探索人类一些生命个体存在着不同的状态和丰富性的功能，对社会要有观察和认识，甚至是深度批判。我们就是这么在干这个事。所以，可能是这么一个区别。

但各类文学应该都存在，为什么这么讲呢？文学是一个金字塔，下面就是通俗文学，通俗文学不发达，金字塔就不高，就是这样的。我觉得，我们都应该存在，各干各的。一个人在成长过程当中会慢慢提高自己阅读欣赏的水准、能力，会逐渐欣赏那些特别有精神价值的作品，这是一个发展的过程。现在看你的年龄不大适合读《繁花》，我觉得，你十年以后再读行吗？小孩看这书还太小。

听众：两位老师好。我今天很有幸，大学时代是在北京读的，现在工作是在上海。我是学同声传译的，现在是做英文编辑。我今天有一个问题是因为金老师这个《繁花》最早是用上海话写，我那时候有看，但是没有看得懂，现在看的是您现在说的新沪语版的，我还没有看完。但是有一些部分还是会有上海话的部分，心里头还会咯噔一下。因为我自己学翻译，我不知道如果将来要去得诺贝尔奖肯定是要翻译成英文、法文等等的。我想问一下，金老师您的一些想法，在翻译的过程中会不会有缺失？比如就现在的两个版本，一个刚出的沪语版，还有一个现在新的沪语版，您觉得会不会有什么缺失？

金宇澄：《繁花》翻译了，肯定是不一样的效果。我知道中国文学非要找到很好的翻译，甚至要动手术才能把这个东西推出去。

从我内心讲，从没有考虑翻译给外国人看会怎样，我是为华文读者写的。有朋友跟我开玩笑说，《繁花》译成法文肯定不可能，法文非常丰富，从小就教育小朋友，一篇文章里不能用同样的词。一千多个"不响"，法语怎么翻？他在法国待了20多年了，不知道怎么办。

《繁花》整个是中国传统框架，随他们怎么翻吧，里面这么多人物，西方人不能习惯。但是除语言之外，很多人和故事是有意思的，抛开语言不讲，故事讲出来应该有意思才行。语言的味道，肯定是去除的，西方文学翻译到中国来，同样也大受损失，比如法国文字最好的作家是福楼拜，据说他的法文最精彩，但我们读他的文笔，觉得他和巴尔扎克没有很大的不同，语言通过翻译，文字的魅力肯定是流失掉了。

听众：邱老师，你的作品我没有看过，但是北京对我来说，我印象非常好，那时候我下乡是在黑龙江，但是每次回家会到北京宾馆待一星期。金老师你的那本《繁花》我看了两遍，看第一遍比第一遍更有味道，你写的那些平民的东西，我家有一个保姆，有一个佣人，是住在闸北的，你写这么一个东西，这个保姆房我是去过几次，感到非常现实。

我现在最关心两个问题，我现在基本上每个月去话剧艺术中心看话剧，看1—2场，主要是看一些老年人的，还有一些知青的，还有年纪轻的我也看过，非常好。我就问你，你的话剧和电影，现在进行了怎么样了？

金宇澄：谢谢。《繁花》的话剧和电影在制作中，非常缓慢。王家卫非常慢，我跟他一起做电影梗概，也许要很多年，当时他跟我谈也说，我们要合作十年，我说十年我大概已经死了。他毕竟很慢，《一代宗师》也是十年。话剧碰到了一些问题，也是这本书本身的问题，电影也碰到这样的问题，内容非常多，怎么在一个2小时，3小时的长度里表现出来，否则观众肯定会不满意。

有一个问题刚才忘记回答。《繁花》确实不适合年轻人看，尤其少男少女看，它可以说是个成人的作品。有读者告诉我，说这本书他的父母都喜欢看，结果是一言不发，问他们，这书写得怎么样？父母一句不说，或者说他们比较保守？

黄德海：刚才因为说到《繁花》的适合不适合的问题，我其实想问华栋老师一个问题，这四本书我们一看封面就知道了，看这个书的设计，不看画的话，看书设计很正规，代表一个严肃小说的倾向，但是看这个画的时候，心里咯噔一下。我想问一下华栋老师，你写的小说是很严肃的，又是很枝叶饱满的。你是怎么把内心的浪漫用严肃的方式表达出来的？

邱华栋：我也表达不上，反正就是这么写出来了。

黄德海：因为华栋老师是一个内心表达都特别丰富的人，他今天不断在讲，一不小心露出他的严肃来。我很想知道你在小说中狂放的才华和严肃是怎么结合起来的，也就是说这个小说如何写得好看的？

邱华栋：面对我自己一个人的时候，我会把知识分子的责任、担当、悲怆感等等都出来了，所以我就默默写作。在日常生活当中我是经常笑的，因为要与人为善，我就是有一点小分裂，不好意思。

听众：你四本书我没有看过，但你写得面很广，但你下面为什么不写一下我们最下面的老百姓？

邱华栋：我写过，我写过北京好多的流浪汉，好多的。你的第一句话就是说我没有看过你的作品，但我要评价你的作品，我觉得你应该先看看作品，你对我的提醒也很重要。

听众：两位老师好，我想问一下关于《正午的供词》，我拿到这本书看到介绍的话，第一反应是想到了在日本上个世纪，关于男女之间的因为爱情关系走得极端，一方把另一方杀死的这种情杀事件。包括1997年的日本电影《失乐园》，最终也是男女主人公他们对死亡达成了共识，所以他们觉得在爱的最高峰的时候死去，是非常快乐、非常幸福的事情。

我把这个理念同样放到您这部小说，这部小说我看了一小部分，还没有看完。看这部小说也同样围绕着男主人公作为导演，他杀死了作为演员的妻子，最后自杀的这么一个案件。我正好看到他们两个人死前最后合作的一部电影叫做《永恒》，表达的也是爱情高于死亡的这么一个理念。我想问一下邱老师，在这本书里要表达的一种关于死亡的美学是怎么样子的？

邱华栋：这好深，要哲学教授才能回答。说到这，就说到人的生命的意义了。人作为一个生命的过程，都是向死而生的，每个人都会面临这个问题，人一生下来就是一个向死而生的过程，这是没办法的。但是在这个过程中还是要过得有趣味，有意思，找到自己喜欢做的事情的状态。

我个人来讲，我从小喜欢文学，不管文学能够带来多少饭碗、金钱，或者是能不能让我生活下去，我都会写的。有作家希望自己能变成曹雪芹，但他们家跟皇上没有联系，也没有大富大贵之后又破落了。像我只能写个体生命的感受。但我觉得，总的来讲人的生命是一个过程，不管长短，在这个过程中一定要做自己有兴趣的事情。还有一点最重要的，人活在世，爱是非常重要的，爱，我们可能现在不太谈这个词，两个人谈恋爱现在一般都说我好喜欢你，我最最喜欢你，我真的喜欢你，我喜欢你，我想嫁给你，没有爱这个字眼了，但爱在不在呢？在。但我们今天大部分的人讲话，把喜欢替代了爱，这很有意思。另一方面，我觉得人活在世，情感的联系是特别重要的。

我在飞机上碰到一个朋友，他是一个教授，他说，我告诉你，刚到了北京看了一个82岁的老教授，他们夫妻俩都是80多岁，把自己送到了养老院。这一对老教授他们互相不能照顾，但是他们之间有深深的爱。他们没有孩子，就只好把房卖了，交了300万，进了北京的养老院。他就去看了那对老教授，观察他们的生活。就觉得人应该有后代，有孩子，有很多的亲戚，亲人之间的这种情感，可能是我们个体生命维系和生存非常重要的一股支持力量。还有我个人来讲，人活在世，爱意味着付出，你付出的时候，表达的时候情感会更深。总而言之把这个过程走好。谢谢你。

项静：我想问一下邱老师，真实对于读者来说都特别渴望，一般来说要尊重自己的生命感受。我看前面这几本书，都有一个观察者的角度，对北京生活的观察，以后有没有可能写一本跟您个人生活比较近的？因为我觉得您也在北京生活那么多年，生活特别丰富，接触了那么多形形色色的人，有没有可能以后会写这种自传？

邱华栋：这位女批评家特别狠，要求我写一本自传，本自己放进去，书名叫《忏悔录》（开玩笑），我觉得，的确有这样一个因素，从广义上来讲，所有作家写的作品都是自己的一个自传，不过，是有一些作家是善于把自己切碎了隐藏在里面。但是小说作为一种虚构的艺术，本来就是一种拼接艺术。项静，你作为一个批评家对我做出这样一个期待，我就努力完成，努力往这个方向上写一写。

听众：我的问题特别简单，我就是一个初中毕业生，邱老师你是院长，我是护长，我是一个住家保姆，陪伴一个80多岁的老太太。这个老太太以前是领导退休下来的，我就跟她开玩笑，我说上海老年报上面登的这些东西，我也能写的。她说真的吗？我说是的，因为我小时候很爱好这些东西的。她说后来呢？后来要吃饭。就丢掉了。我问上海有这些东西吗？有，现在可以去听课。像什么图书馆这些都有。后来8月23号就鼓励我去看了书展。就在那一天，很多东西在我心里复苏了。我就想到在生存之外，我还想有一点生活，我就来到了思南之家。

今天我要说的是什么？你说你有诺贝尔文学奖的梦，也许三五年后成熟了。但我肯定是不行的，我的想法是什么？我从小爸爸就是普通的国家干部，他有阅读《人民日报》，我最多汲取的养分就是《人民日报》上面的副刊。我小时候就在想，如果有一天我能在这副刊上发表一篇文章，这一生我就满足了。现在我回头想想，我也看过很多的书，但都忘了，这一两个月，我盘点了一下自己，包括以前的唐宋诗词，后来的很多东西我还都是熟悉的。现在生存之外还是希望有一点生活的理念支撑着我。

我的问题是，我要实现这个梦，发表一小块文字的梦，我要怎么样更好的学习，才能实现这个梦？

金宇澄：现在发表的渠道很多，但为什么非要在副刊上发表，是满足一种成就感吗。我必须在副刊上发，还是自己要写作？要写的话，可以各种形式，哪怕写日记也可以，到网上开贴也可以。还有，既然要在副刊上发，每个副刊都是不一样的，目标是瞄准哪一个副刊？你要研究它发什么文章。副刊编辑看来稿，肯定是要适合他的用度，总之是投其所好，你写的要和副刊的文字差不多，才可以投。很多作者根本不知道某个副刊的特点，某家杂志是发些什么，就开始投稿。问他看过报刊的文章没有？没看过。

生产一个产品，总要有市场的调查，生产肥皂，先看看市面上的肥皂什么样，什么颜色，并不是想开肥皂厂就开了。写作最简单，在一个笔记本上写给自己看没有问题，写给别人看，起码要了解市场，具体的报刊究竟发一些什么，我能够为它写什么，要做比较。

邱华栋：谢谢金老师，的确是要投其所好。另外一方面登门拜访也很重要。因为我感觉她非常真诚，我建议您，去找找上海《新民晚报》"夜光杯"副刊的编辑。

金宇澄：找编辑没有用，不是医院，医院的话可以找一个专家看一看。

邱华栋：另外，《人民日报》的大地副刊，他们有时候刊登一些普通人的文章，所以，金老师和我给你支了两个很重要的招，一个是登门拜访，一个是找熟悉的人，还是有用。

王若虚：感谢今天两位老师的讲座，我们等会那边有两位老师的书在那边，有兴趣的读者可以过去买，我们两位老师会过去给你们签名的。再次非常感谢两位老师的精彩讲座。

时间：2015 年 10 月 24 日

嘉宾：卡费瑞·南比山　维贾伊·南比山　苏纳什　乔·邓索恩　格澳尔基·格罗兹戴夫　尤迪特·卡兹迩　布拉查空·卢纳猜　亚当·纳斯特　内尔明·伊尔迪里姆

城市之光
——2015 上海写作计划驻市作家见面会

苏德： 首先很感谢大家在这样的一个周末来到思南公馆，参加上海写作计划的汇报沙龙。我们今天的主题是"城市之光"，也会邀请今天来到上海的几位国外作家，他们在上海待了将近两个月。等会儿，他们会分享这两月当中在上海遇到的事情以及对上海的印象。

首先自我介绍一下，我叫苏德。是一名上海人，也是上海作协的一名作家。十几年前在读书时，便开始写小说。现在我的专职是在一本杂志社做杂志的出版工作。

在 2009 年的时候，我也参与了上海写作计划的交流。今天做主持和他们交流一下在不同城市的感想。

介绍一下卡费瑞·南比山，她是来自印度的作家，本职工作是一位医生。目前，她已出版多部长篇小说，如《一定要说的故事》曾入选英仕曼亚洲文学奖和南亚文学奖短名单，《芒果色的鱼》入选 1999 年"纵横字谜图书奖"短名单。坐在她身边的维贾伊·南比山是她的丈夫。

坐在我左边的这位是苏纳什女士，她是一位双语作家，用僧罗

2015 上海写作计划驻市作家见面会

加语和英语出版了 41 本书籍，其短篇小说 *Sambol+* 于 2004 年入围 Gratiaen 奖，2009 年获英文短篇小说集 *Attaining Age* 获得首个国家奖。翻译的很多书籍也获得多个国家的翻译奖。

苏纳什是来自斯里兰卡的作家，曾经在中国广播电台工作一段时间，对中国有足够多的了解。

简短的介绍就到这里，现在请我身边三位作家先做他们自己的分享。先有请卡费瑞·南比山和她的丈夫，他们是来自印度相对比较偏远的地方，喜欢简单的生活。上海算是国际大都市，比较繁华、热闹，也有可能在她看来有一些嘈杂，不知道这两个月，他们是怎么度过的？

卡费瑞·南比山：首先我要感谢上海作家协会的邀请。本次来到上海有三个身份。一个是作为平常的女性，其次作为一名医生，第三个身份是作为一名作家。

首先，自己作为平常的一位女性。在我看来，我非常喜欢上海的年轻人。因为他们又年轻、又聪明、又美丽，而且他们非常有信心，会赚钱也会花钱。所以他们对自己充满信心，对未来也充满信心。我对他们的观感非常棒。

苏德：刚才问了卡费瑞·南比山女士一个问题，她说很喜欢在上海，她注意到上海的年轻人非常自信，对未来充满希望。那么在印度，印度的年轻人是不是也这样？或者他们对于这些东西的看法和上海是完全不一样？她回答是，很多印度年轻人还是会更传统一些。在印度可能很多人并没有那么多的机会，但是在上海看到的年轻人充满着朝气和自信心，这跟印度不太一样。

卡费瑞·南比山：在我们国家稍老一辈，如果是 1949 年前后出生的人，都经历过很多困难，而且是极端的困难。他们在学着新的生活。当我来到新的国家，看这里人们生活方式觉得这个体验很棒。我也意识到，虽然每一代经历不同的困难，但是大家的诉求是一样，并不会因为他们经历的困难不同而有所差异，他们的需求和愿望都是一样的。

作为医生来说，我发现上海人民很健康，无论年轻人还是老人，身体都特别好，但是处在中间这一代人的身体不一样，但整体来说身体都是非常的棒。作为作家来说，我的写作总是从非常困惑的状态开始。现在就处于非常困惑的状态，会慢慢吸收上海各种灵感。如果真的说有什么遗憾，就是我不能跟大家讲同样的语言，没有办法和大家自由交流，来问问题，尽管作为一位作家我很想这样做。总的来说，今天非常棒。

苏德：谢谢。卡费瑞·南比山女士之前还去过美国，想请问一下这两个地方的差别——她在美国待这三个月与上海有什么不一样？

卡费瑞·南比山：如果真的要细讲起来这两段经历我会讲很久。这两段经历给我的共同体会就是可以让我离开自己日常的生活。如果作为医生的角度来说，我要对病人负责，在家里要管理家务。作为作家的我有自己的职责，就像在座的每一位一样，都有自己的责任。当我去另外的地方，我会发现整个经历焕然一新，获得完全自由——这是作家非常喜爱的一种自由。所以这两段经历对我的感触都是一样，让我可以专心去做作家应该做的事。

苏德：下面，我们有请维贾伊·南比山来介绍一下他在上海的生活。

维贾伊·南比山：首先非常高兴能来到下午的沙龙，也感谢上海作家协会给我这样的机会。这是我第一次在印度之外朝着东边的旅行。在印度我们已经读到非常多关于中国经济奇迹的报道，能够亲眼来看一看是非常好的。

大家都在说要把印度的孟买打造成印度版的上海。现在来到上海这座城市之后，设想如果孟买真的变成全世界另外一个大城市——效仿另外一个大城市，我觉得如上海这座城市也挺好。

印度和中国这两个国度有非常多的差异，但作为作家我想我要关注的不是两国之间差异有多大，而是有哪些共同点。因为来到上海后，我并没有感觉像一个外星人，或感觉当地人对我的敌意，我要感谢这座城市对我的友好。在这里我也不会再讲太多未来要写什么样的作品。希望能够跟大家多交流。当然，语言上确实也有一些困难。

苏德：谢谢维贾伊·南比山、卡费瑞·南比山夫妇，下面有请来自斯里兰卡的苏纳什女士简单介绍一下她在上海的经历。她曾经在2001年至2004年，在中国北京工作过一段时间。15年前的中国和现在还是差别挺大的，北京和上海的城市风貌应该也差别很大，就有请她来简单介绍一下。

苏纳什：我之前在北京学的中文，现在差不多都快忘了。这是第二次来上海。第一次来是陪同外交团，当时在上海住了一个月，但没有机会看一看上海真正的样子。

刚来上海头两周，我觉得上海就是一个建筑天堂。大家在这么美丽的城市载歌载舞，五彩斑斓的城市，各种各样的高楼，来到这里我觉得自己非常渺小，就像喝醉后看东西是花的。

这次来到上海，我见到了非常多的上海百姓。我去弄堂里走一走，抱一抱小孩，用我会的为数不多的中文跟弄堂里面卖菜的阿姨交流；也参观了上海的博物馆，去了上海美术馆，我太喜欢那个地方了。如果可以的话我愿意在那里面呆一周都不出来。因此对我来说，很好的一点就是可以亲眼见到上海人的日常生活，跟他们吃一样的食物，看他们如何生活。

我就不占用大家太多的时间，后面还有别的作家跟大家交流。和大家讲一讲我在写的新书，我准备把它取名叫《上海人》或者叫《上海》。

苏德：这本书是不是跟上海或者是上海人有关？

苏纳什：这是一本小说，讲一个家庭的故事，在 30 年代开始，男主角从科隆坡到了上海，然后遇到上海非常美丽的女子。可这个女子装作自己结过婚……不剧透了。

中国对斯里兰卡有非常多的帮助，希望通过这一本书可以表达一种感谢，同时也可以跟大家分享一些我对上海的看法。

苏德：很感谢三位作家的分享，下面我们留十分钟左右的时间，给观众提问。如果大家对三位作家的经历和他们刚才所表达的观点有自己的一些想法，或者疑问，可以跟他们交流。

听众：请问卡费瑞·南比山女士，您作为一名医生作家，如何平衡自己不同的角色？

卡费瑞·南比山：其实要平衡这两个角色并没有想象中的那么难，大部分作家都有自己其他的职业。对我来说，很少有作家是只专注于写作。我有两个角色，一个是作家，一个是医生。当然这两个职业非常的不错！作为一位医生我要非常务实，要用我学到的知识、技能来完成手术台开刀、治疗的工作。可是作为作家又不一样——做医生是在团队里面工作，作为作家是一个人工作——要学会在孤独中创作。所以，你若想做两件事情，不妨就去做，因为没有想象的那么困难。

听众：我想请问一下卡费瑞·南比山女士，给我的感觉你在英国是受现代医学教育，您对印度传统的古典医学怎么看？您认为印度古典医学和现代医学怎样结合起来？

卡费瑞·南比山：这是一个非常有挑战性的问题。先说一下我的医学知识其实是印度学的，先学医，后来学了一些手术方面的技能。但是，我对西医有所了解。同时自己大量阅读一些印度传统医学的著作方法。我觉得最好的办法就是把两套体系都用起来。现在我们看到很多印度传统的医学主要是用来治疗一些常见疾病，但在紧急情况下我们都采用西医的治疗。就像中国医院里面既有西医也有中医。我认为这是非常好的趋势。希望以后世界各地的医院都能让人民既享受到本地传统医学的办法，又享受到西医带来的科技。补充一点，其实作为医生这个角色为作家带来很多素材。每位病人的故事都可以被写成小说，这是一个相辅相成的过程。

听众：中国和印度在上世纪都是比较落后的国家。现在中国和印度竞争比较激烈。我想听听你们的感受，您觉得中国人才和印度人才像在美国这样的发达国家竞争将会出现怎样的趋势？

维贾伊·南比山：我们看到有一个美国教育的例子，有中国的虎妈，这代表亚洲的现象。我觉得中国和印度的教育体系是非常不一样的。其实美国的市场有足够的空间让两国人才都去发挥自己的作用，而不是自己相互竞争，打的你死我活。

听众：我想请问一下苏纳什女士，你们国家的红茶世界有名。我在世博会尝了一下，我想请问一下是否斯里兰卡的红茶原料是印度产的，技术是英国造的？

苏纳什：其实说到茶文化，最开始茶叶是从中国运到印度，最后传到斯里兰卡。传播茶文化的人是英国人，正因为他们的旅行带动了这样的一种文化的传播。英国人最开始想在牛奶里面加一种口味浓烈的东西进去，先用茶叶加的咖啡，后来改成茶叶。中国的茶与斯里兰卡的茶有一定差异。斯里兰卡的茶口味更加浓烈。我喜欢喝中国的花茶，这对我来说是一种享受。我可以看到花朵在水面上绽开，有一种入梦似幻的感觉。

苏德：接下来就有请其他三位作家。首先坐在最左边的是乔·邓索恩，1982 年出生，是一位 80 后。出生于英国威尔士斯旺西，是英国东英吉利大学创意写作专业硕士毕业。乔·邓索恩已经出版了一本中文小说叫《潜水艇》，前几天受邀上海国际文学节来过上海。

右边这一位作家是格澳尔基·格罗兹戴夫，1957 年出生于保加利亚，1982 年毕业于保加利亚索非亚大学的新闻系。目前除了在写作之外，自己还从事出版职业，早在 1991 年就创办了 Balkani 出版社，并且在保加利亚文化史上也有一席之位。因为这家出版社曾经介绍了来自巴尔干地区上百位知名作家。也是巴尔干文学杂志的创办人兼主编。

坐在我左边这一位女士是尤迪特·卡兹迩，1962 年出生于以色列海法，现在居住在特拉维夫，已经发表了非常多的小说集，长篇小说有三部，儿童小说有三部。其中有很多的小说作品被翻译成了外文，曾经有一本早期著作被翻译成中文。目前她在以色列一家出版社担任评论员和编辑，并且教授创意写作。1998 年她有一部作品还被改编为电影——《家族秘密》。

现在请他们介绍一下自己在上海的生活。

乔·邓索恩：这两个月过得太棒了！大家说了很多我就不重复了。卡费瑞·南比山说来到上海有一种自由的感觉，这获得我非常多的共鸣。我也是每天起来都去自己想去的地方，早上用来写作，下午就做别的事情，譬如去市区走一走，或者打我喜欢的电动游戏，再或者品尝一下各地的美食。

我现在在上海每天坚持做的一件事情就是要写诗，结果写出来挺像日记。当然不止是写关于上海的诗歌，也会有其他的。在上海会写上海的公园，还有酒店。我住在万丽酒店，酒店的灯光像深海里面的水泡泡往上浮的感觉，所以就把它写进了诗里。平时吃寿司、吃小笼包，品尝一下美食。看看上海的园林建筑还有公园，相当于把自己的经历再加工写进诗歌的过程。

另外做的事情就是踢毽子，踢毽子这个动作就像英式足球脚踢球的动作，但是在上海没有办法踢英国足球，所以早上起来就去中心公园和老头、老太太一起踢毽子。

苏德：踢毽子非常有趣。我还是第一次听到有作家在上海踢毽子。下面有请格澳尔基·格罗兹戴夫先生，他来跟大家分享一下他在上海的经历。

格澳尔基·格罗兹戴夫：我来自保加利亚，保加利亚是在巴尔干地区的中心。我小的时候就开始看大量的书籍，大量的电影来了解中国。从以前的中国书籍上了解到，方位不仅是东南西北四个，其实有五个，就是中心，这个中心就是中国皇帝的方位。

保加利亚在巴尔干地区的位置就像我刚刚说到中国皇帝的第五方位，它就在巴尔干的中心，这是非常重要的位置。在那个地方也有很多中国制造商在那里生产，做汽车相关的产业。在我们那边有两个孔子学院。

我在此就不再对上海有多好来发表溢美之词，因为我觉得上海已经不需要我的赞扬，过去两个月当中我写了大概一百页的篇幅都是关于上海，有可能它是一本关于上海的书，但是我没有完成这本书。我今天带了一小段给大家朗读一下，这个是为今天下午沙龙写的。

"这个乐曲就是中文，它非常的令人愉悦，也非常的温柔。舞步是我从未见过的舞步，这些新颖的舞步就像猫步一样，从脚指尖到脚后跟，轻盈的蠕动着，它是如此的便捷。几十、上百的人们一起舞动着。他们的步伐都非常有力，相互之间的配合一前一后，有的时候不需要肢体接触就可以完成。舞步非常美丽，也非常精致。步伐非常简单，大家动作也非常灵活。大街上每一个行人都可以加入舞队，就可以组团大家一起来舞蹈，立即就能舞蹈。他们并不会刻意跟随音乐，他们已经成为音乐的一部分。上海之夜就这样开始了，我的内心也跟着舞动。"

今天你给我翻译，我可以再写一百页。

苏德：下面有请尤迪特·卡兹迩女士介绍一下她在上海的生活。

尤迪特·卡兹迩：这是我第二次来到上海，上一次来是九年前，在这边只待了几天。当时就被这座城市惊艳到，也非常喜欢上海。我就对自己说下一次再来，待一个月、两个月、三个月。这一次有这么好的机会在上海待了两个月，这是非常好的经历，能有机会发现这座城市的美。我很受触动，因为看到上海的艺术圈，大家有一种很强的融合力，把过去、现在、未来融合在一起。并且采用不同的方式，譬如用中国的一些书法，加上各方来的新的内容，把它放在一起，或者是反向的融合，这都可以带来非常好的效果。譬如他们可以融合在中国山水画里，我经常看到山的形状还有各种其他艺术的创作。

刚说到山的形状在中国国画里面非常了不起。我现在看到还有不同的艺术创作形式，譬如用石头或者是钢做成雕塑呈现给大家。还有我在中华艺术宫看到非常感动的作品，就是清明上河图，用新的技术把这样一个在 12 世纪这么早的作品赋予了新的生命。

这是一个非常好的例子，告诉我们可以怎样采用最新的科技让过去的作品赋有新的生机。

我对上海主要的印象就像刚才说到的，是一种融合力。不管对于艺术、建筑还是大家的生活，都有这样的印象。我在上海看到大家超凡的融合力，把过去、现在、未来融合在一起，我也刚坐高铁去过苏州，感受到了高铁的速度，还有上海的地铁系统也真的非常先进。但是在跟着现代科技走的同时，上海也没有遗失自己的文化、精神以及传统的本质，这是让我非常受感动的。

上海能在这么短的时间取得这么大的发展，就告诉我，上海人民的有各种各样的技能。

来之前，我读了一本书，是由一名美籍华裔作家写的，他提到中国的观念是落叶归根。他早前出生在上海，这书当中有一个角色就提到了一句话：19 世纪是英国统治的世纪，20 世纪是由美国统治的世纪，那么 21 世纪是由谁来统治？他说是由中国来统治的世纪，我觉得是非常对的。

苏德：我相信西方有很多新闻报道或是文学、电影作品，或者是我国输出的文学艺术作品，给你们留下的上海印象和现在你们在上海真正生活了一段时间的印象有一定差异性。

乔·邓索恩：我对于上海之前的印象，其实是非常传统的。从大家读到的信息，上海是一个国际大都市，有闪闪亮亮的高楼，有高铁，是一个金融非常发达的地区。但是自己看了之后，发现上海并不是我过去了解的那样只是高楼、金融，有很有意思的事物。我去了石库门、里弄、公园，还喜欢上打电子游戏，虽然游戏这并不是吸引游客的点，但是我非常喜欢。上海会喜欢玩一种游戏，大家坐在桌子旁边捞鱼，还有很多人抽烟，坐在这里一整夜都在玩这个游戏。

格澳尔基·格罗兹戴夫：我来这边看到的太多了，让我比较惊讶的是关于我之前听过的小故事，说中国人太多。来到中国以后看了之后发现确实是，过去读到觉得中国人很多，现在亲眼看到是真的，人非常多。

尤迪特·卡兹迩：让我最惊艳是上海对各国文化的包容。最近看了歌剧，其中的团队都来自各个国家，有柏林、西班牙、英国的。所以上海是一个非常开放的城市，它对于西方文化接纳度非常的高。

苏德：请问乔·邓索恩对于创意写作的看法，以及怎样结合到读跟写之间的关系。

乔·邓索恩：提问者自己也基本上回答了自己的问题，要写出好的作品，就是要多读，多写，这个答案很无聊，但是确实是这样。要多读自己没有经历过奇妙的东西，要多读觉得自己有经验的东西，不断的练习写作。这个过程当中也要跟其他写作的同行一起分享，获得他们的反馈。刚开始听到别人批评的时候你觉得不舒服，但是批评是非常重要的一个过程，后来你会喜欢上，会问别人你觉得我的故事有什么样的问题？当别人告诉你的时候，你是非常有收获的。

苏德：我想请问一下尤迪特·卡兹趄女士。我看到您很早就有一本中文的小说《灯塔》，想请问您那本书是什么内容？

尤迪特·卡兹迩：我有一本唯一翻译成中文的书叫《灯塔》，是三个周边小说组成起来。当中讲到一些旅行，也有自己的内心旅程。第一个故事是大概六十岁左右的律师，在回看自己一生的时候的感悟。第二个故事讲述一位三十多岁的女画家的故事，第三个故事是我的祖父母，他们在订婚的时候交换的信件的爱情故事。这三个故事组成了这一本书。

听众：上海人对于以色列人民非常友好。第二次世界大战有很多来上海逃难的犹太人。你在上海这些日子，有没有感受到上海人民对你的友好，你有没有这样的故事？

尤迪特·卡兹迩：我当然受到上海人民非常友好的对待，不是因为我是犹太人还是以色列就这么友好。我很开心历史上有这么一段渊源，我会去看上海的犹太人纪念馆。

苏德：接下来这三位作家，首先是来自于泰国的布拉查空·卢纳猜先生，他是 1959 年出生于泰国东北部益梭通府，1980 年在泰国《女性杂志》少男少女专栏上发表自己首部作品。目前有非常多的小说已经由泰国文化部翻译成英文，获得了非常多的泰国文学奖，也入围了东南亚文学奖，多部作品被大、中学校作为教材使用。

在他右边的是亚当·纳斯特先生，毕业于澳大利亚格里菲斯大学南西校区，获得文学理论的学士学位，现攻读博士学位，研究的是写作中"暴力和高尚的屈服"。亚当·纳斯特的 *Blue People* 入选 2014 年澳大利亚最佳短篇小说，入选 Wet ink CAL 最佳短篇小说奖短名单。

亚当·纳斯特曾经在澳大利亚黄金海岸邦德大学、上海师范大学任教，相信这不是他第一次来到上海。

我左边是内尔明·伊尔迪里姆，1980 年出生土耳其布尔萨，曾经为多家报纸、杂志撰写专栏，也在广告公司担任撰稿人。目前是土耳其笔会的会员，她已经出版四部长篇小说，处女作《勿忘我之屋》于 2011 年土耳其知名出版商 Dogan Kitap 为其出版，同年此书在土耳其文学界引发大量的好评价。

苏德：现在请他们分享一下他们这段时间在上海的生活和这段时间在上海的写作情况。

布拉查空·卢纳猜： 我来自泰国，我用四个角度来看上海。作为作家的角度来看，上海是一个很大的城市，有各种各样的人，各种各样的文书。对于一个小的国家来的人说，自己感到好像是一个小鸟在一个别墅里面飞。不知道去哪里，怎么过去。因为自己是一个人过来的，中文也不会说。不过我跟中国人也很熟悉，在泰国也有很多的华人，泰国的华人长的跟中国人差不多。

我来这里的要获得很多东西，用我的双眼来看上海，要获得在上海美好的事情。我说三个对上海的感兴趣的地方。

第一，在坐地铁时候，看到人们经常做另类的动作，在泰国没有。买东西的时候，他们给东西的动作不太有礼貌。中国人的声音比较响。有一个开玩笑说的是，如果听到中国人说话声音很大不要就以为他们在吵架，他们只是交流而已。泰国说话声音比较小。目前了解到这样的情况缘由，如果在中国有人打你，他们会冲过来。所以我要锻炼身体，才可以在这里生活。

虽然听起来好像不太好、不太礼貌，但是发现这里也有很好的一方面：坐地铁时看到有人会让座。譬如有老人或者怀孕的人就会让座。

除了人们，还要表扬上海的一些文书。因为在上海的一些公园会看到各种各样的文书。上海可以保留以前的故事，这点非常好。可以仔细地表达以前的事情，以前的故事，表扬鲁迅。上海的各种各样的展览馆，譬如石库门，可以把以前的事物保留到现在。我也去了松江区三到四次，可以看到人们的生活，人们的希望。这是我第一次来上海，还有很多的方面需要了解。回国之后可能会再来上海。

苏德： 我们有请内尔明·伊尔迪里姆介绍一下她在上海的生活。

内尔明·伊尔迪里姆： 我的朋友都讲了很多关于上海的印象。我们住在同一家酒店，虽然每天去的时间不一样，做的事情不一样，但是去公园见到的都是同样的，所以他们已经和我分享了很多对上海的印象。之前对上海完全不了解，顶多也是从书中、小说当中读一读。大家知道小说里面的东西信不过，跟现实还是有很多的差距。我们是来自不一样的文化和地区的人，我来自土耳其，有不一样的地理、文化、历史的背景，而且在地理上是相距非常远的。中国是在远东，我们离远东有一定距离。

当我来到上海之后发现这个地理上的距离并没有想象中的遥远，发现我们之间的共同点更多。上海给我的感觉就像邻居一样，很早之前就认识彼此。在这里说并不是跟大家套近乎。总的来说，我很喜欢上海，上海人很友好。当我需要帮助的时候，总有人帮助我。我经常走丢，有时候会有好心的市民朋友开着自己的车把我载到我想去的地方，我在菜店的时候看不懂事物，他们会给我解释这些是什么东西。手机没电时，我会交到更多好朋友，所以我非常喜欢这里的人。

在过去两个月，我一直会跟我遇到的人说你们是天使。因为每一次说的时候，大家都很开心，会微笑，他们都非常的友好。对我来说最大的困难是语言的障碍，因为我们不知道彼此在说什么，在我自己的国家，特定国家背景有时候很讨厌语言上的障碍。在上海发现有时候即便不开口说话也可以了解彼此的想法。给大家举一个例子，每天早晨去跑步，有时候遇到的人不用讲话就是一个微笑，就会成为朋友。大家就会交换电话、微信。

有一次接起电话，是在公园里交换电话号码的人给我打电话，但是电话打过来觉得没有办法交流。于是两边就开始笑，笑完了之后电话就挂掉了。我讲到这些不用讲话就可以沟通的经历，有时候无言胜有声，这就足够了。我们之前当然有距离，是基于各种各样的原因，但是我们都是人类，我们都有很多相同点。其实并没有那么遥远。这样一种经历让我觉得很难忘。希望有更多类似不用言语沟通的经历，我会在这里待两个月，甚至更长的时间。这里需要坦白一下，最近我碰到大家就说你们是天使，会给他们拥抱。有几次去亲了别人的脸颊，把别人吓的往后跳，我要抱歉一下。

今天很感谢主办方邀请让我参加本次活动。

苏德：下来大家提问。

听众：三位作家好，我想请问一下上海之行对你们的创作灵感是否有很大影响。你们是比较喜欢去旅行来获取创作灵感，还是比较倾向于回到内心，回到从小长大的故乡，用这样的方式获取创作灵感？

内尔明·伊尔迪里姆：我都接受，我看到的一切都会对生活和工作产生影响，关于第一个问题，我写作比较少，会花很多时间去城市里走，去放松自己，但是我在上海这一段经历，譬如写了关于公园的故事，还有其他的经历，现在不会成为我作品当中一部分。但是之后再开始写作的时候，会给我一定的灵感。所有的素材都会为我所用，我觉得我会把所有素材收集起来，放在那里等到时机对的时候，它们就会成为我故事的一部分。

亚当·纳斯特：过去写了一本关于我故乡的小说。现在还没有出版。未来我是要写一本关于上海的小说，第一次来上海是 2008 年，已经过去了七年，我一直还没有开始动笔。现在要开始动笔写了。

布拉查空·卢纳猜：我比较喜欢去各个地方旅游。有一个泰国作品说旅游是作家的双眼，旅游的时候可能没有获得那么多的事情。因为旅游好像是人们的思想，人们的智慧。旅游的时候给我很多启发，对于一位作家，这是非常重要的事情。

听众：我想请问一下，土耳其欧亚交界是两个海峡，还有一个海，是不是很美？您可以谈一谈吗？那里的风浪比较小，比较平静，是不是这样？

内尔明·伊尔迪里姆：您刚问的海峡确实是比较风平浪静的。关于土耳其的旅游，我经常会跟我的朋友分享，因为自己不住在土耳其，很想念自己的国家，它是连接亚洲大陆的地方。如果你想要去土耳其旅游，直接可以从伊斯坦布尔开始，二十分钟的车的时间，就从一个大洲穿到另外一个大洲，是一个很好的经历。

听众： 我想请问两个有关联的问题。第一个问题就是我很好奇，你们怎么会被上海有关单位选中的呢？是你们自愿报名还是什么形式？请你们略为告知我们一二就行了。

第二，你们被告诉举办这样的活动，还有一个很小的问题，钱是谁出的，请你们告诉我们好吗？

内尔明·伊尔迪里姆： 第一个问题，我是收到作协的邀请。我自己也爱这个活动，就很开心在这边跟大家参加一个沙龙的对话。另外在土耳其、伊斯坦布尔有很多类似的活动；第二，关于是谁付报酬的问题，整个活动非常的长，不止今天的沙龙，在上海的两个月的活动都是由上海作家协会来组织的，也来支付我们所有嘉宾的费用。

亚当·纳斯特： 她讲的不全对，我们还有一个出资人就是天使。

苏德： 我也了解了一下，不是他们本人亲自申请的。我曾经去过爱尔兰，也去其他地方，也是类似于像这样的交流项目。我知道在上海也有类似的，不仅仅是上海作协有这样的项目。譬如有一些更多的餐厅、文学基金会他们都会有这样的项目，只要申请就可以。像MOMBOOG每年都会举办自己的文学节，会组织中国作家去印度或者不同的地方。一般情况，国外作家会有申请的渠道，基本上写邮件，把一些自己的作品发给对方，再组织这样的活动机构。组织者会挑选，觉得你可以就会给你发邀请。有的可能是免机票、住宿还有当地日常生活开销，有的只是提供当地的住宿和日常开销，机票的费用、差旅费用需要自己承担。他们来是上海作家协会文学发展基金会赞助。当时提出上海写作计划，也是为了通过作家的口述和文学交流，让上海在国际上被熟知。这些作家在来之前，对上海的认识可能从电影、新闻里或者是其他的渠道看到。来了以后他们可能会用他们的笔触，甚至是他们的朋友圈、脸书，或者口述中更多的了解上海，也希望能够更多体现上海的包容性和开放性。

今天我们沙龙就到这里，很感谢今天下午大家来这里。

时间：2015 年 10 月 31 日

嘉宾：王力平　胡学文　刘健东　李浩　张楚

文学叙事中的现实与想象

——关于"河北四侠"

主持人：大家好，今天这场活动比较特殊，除了老读者，新读者以外，还有特地欢迎河北省作家协会的各位老师。今天活动主题是文学叙事中的现实与想象，关于"河北四侠"，我这里先要介绍今天的嘉宾之一和主持人王力平老师，他是河北省作协主席，也是文学批评家，前两天的茅盾文学评审家，"河北四侠"这个概念最早是您提出来，所以今天请王老师既当嘉宾，又当主持人，有请王老师主持。

王力平：首先，我想代表河北省作协，代表"河北四侠"，感谢上海作协，感谢思南读书会为河北作家提供一个平台，让"河北四侠"在这里和上海的读者见面。

在这之前，我们对思南读书会已经很熟悉。这是一个非常好的联系文学与社会的平台，也是一个拉近作家与读者的纽带。在上海，思南读书会已经成为一道亮丽的、关于阅读的文化风景线。

来这里之前，我看到了《在思南阅读世界》这本书。也许我很难像以往的主持人那样，把话题的讨论组织得那么好。

作为主持人，我首先应当介绍他们几位。但是我想这个介绍可以分两部分，分成对两个词的解释。

王力平　刘健东　李浩　胡学文　张楚

　　首先我想解释一下这个标题。得知要在思南读书会和上海读者见面，我们拟了一个话题，叫做"文学叙事中的现实与想象"，相信很多读者都已经看出来了，这个标题的拟定，含着一点偷懒的意思。在文学叙事中，现实就是大地，想象就是天空，在天地之间设定话题，就避免了在讨论过程中可能发生跑题的问题。天地之间的话题都可以讲，永远不会跑题。这样我作为主持人的责任和压力会减少一点。

　　然后我想介绍一下"河北四侠"。刚才第一主持人说，我是"河北四侠"概念的提出者，其实不准确，这个名称不是我提出的。但在这个名称提出前后，我们一直在考虑用一个什么样的概念来概括这四位作家。我们曾经想过"河北四俊"、"四杰"，觉得都有些问题，都不十分满意。这期间，河北花山文艺出版社决定为他们四位作家编辑出版一套小说丛书，丛书定名为"'河北四侠'集结号"，"河北四侠"这个名字就说出去了。虽然我个人对这个名号仍然不大满意，但他们已经开始被人称为"四侠"了。

"河北四侠"是按年龄排序的。年龄最大的是胡学文，胡学文是河北作协副主席、小说作家；其次是刘建东，河北作协副主席，河北作协创联部主任，小说作家；第三位是李浩，年龄最小的是张楚，他们两位是河北作协专业作家。

胡学文在开始写作的时候，是河北省张家口沽源县的一个中学老师；刘建东开始写作的时候，在石家庄炼油厂工作；李浩开始写作的时候，在河北省沧州市海兴县武装部工作；张楚开始写作时，在唐山市滦南县国税局工作。这样四个人，大哥姓胡，二哥姓刘，老三姓李，老四姓张，他们之间的不同点，远远大于他们之间的相同点。当然，对于一个作家来说，他们更多的不同点表现在作品中，这一点，读者在阅读中会发现。

把四个如此不同的人放在一起，用一个"河北四侠"的名字来概括，是因为在如此不同的四个人中间，我们找到了一点相似的和相同的东西，就是在他们的写作和自我提升的过程中，非常自觉地向世界文学学习，把世界文学作为自己学习和写作的思想资源和艺术背景，这在河北是一个新的现象，因为他们的写作，河北文学的面貌发生了新的变化。这倒不是说在他们之前，河北作家不懂得向世界文学学习，而是说由于他们的努力，由于他们的写作所取得的成绩和影响力，这种向世界文学学习的特点，变得更具有冲击力。一直以来，现实主义写作是河北文学的一个传统，"河北四侠"的出现，对于长于"写实"的河北文学传统，构成了冲击和挑战。

于是，就有了"河北四侠"。

今天，既然拟定了"文学叙事中的现实与想象"这样一个题目，我想请他们四位谈一谈，在写作中，如何处理现实与艺术想象的关系，谈谈他们自己如何面对现实世界、面对日常生活，去完成自己的艺术想象；如何在自己的作品文本中，完成对日常生活的概括、提炼、描写和变形。

胡学文：大家好。有一位诗人，他把人分为两类，一类是活着是为了吃饭，另一类是吃饭是为了活着，虽然都要吃饭都得活着，但是意义和空间不一样，人生的意义不一样。活着的意义可以有很多，我觉得对文艺的审美和享受是很重要的一项。我在走上写作这条路之前，读书不多。我们四人当中，比如说李浩，他童年时代读过很多书。我出生在张家口坝上草原的村庄，整个村里也找不出几本书，我只读过《艳阳天》《封神演义》。我看过一些作家的自传，从小有文学的滋养，比如说有一位会讲故事的外祖母等。我也有祖母，我也有外祖母，但是她们不会讲故事。我从外祖母说起吧。我的外祖母16岁嫁到张家口的一个县，她从坝下嫁到坝上，嫁过来之后一直没回过家，直到去世。她原来的家距离我们那儿不到100公里。她出嫁七八年之后有一个弟弟出生，有人给她捎信。当时我年龄比较小，她常说弟弟，她经常想象弟弟是什么样以及跟弟弟见面的情景。但是她跟我的父母不敢说这样的话。她说得很多，我就想他是什么样的，见面是个什么情景。她想象，我也跟着她想象。她60岁的时候，她的弟弟去看她，两个人见面的情景平淡无奇。想象的过程非常美，但见面的情景很让我失望。由此，我明白了现实和想象的距离，生活需要想象，文学更是如此。

文学有各种各样的风格，但都离不开对现实和经验的处理，文学当然要和生活拉开距离，距离可大可小，还可以变形，但须有内在逻辑，我们可以把它叫艺术逻辑。我记得评论家李敬泽讲过，一个作家写农民工，他问了作家一句话，一个农民工每天挣多少钱，作家说不上来。你写农民工，他们每天挣多少钱都不知道，说明你不了解，那为什么要写农民工？当然可以去想象，但是没有对生活的深入了解，想象就没有支撑点，你说我有艺术逻辑，这个艺术逻辑是不靠谱的。

我再举个例子。比如说李浩曾经有部小说叫《爷爷的债务》，爷爷带了一个村庄的钱买化肥，最后丢失了，开始寻找。丢失的钱是有数量的，如果说丢五块钱，那么这个小说的寻找就不成立，你说丢五千块，小说也不成立。丢多少钱，在那样的背景下，钱的数量可以是50，也可以是80，也可以100左右，但大体上要符合当时的生活状况。我觉得这就是一个生活逻辑的问题。

反过来说，我们说艺术逻辑。艺术逻辑是跟生活逻辑相关的，但可以超越生活逻辑。比如《包法利夫人》，其中有一个细节，包法利夫人跟莱昂约会，晚上包法利夫人已经睡下了。在那时，不能打电话，不能发短信，更没有微信，也不能上门去叫。莱昂的办法是从地上抓沙土，往包法利夫人和丈夫卧室的窗户上扔。每次，包法利夫人听到，就悄悄起来，跟莱昂出去约会。她丈夫睡得很死，从来没有发现。如果按生活逻辑，这是不可能的，丈夫睡在妻子旁边，不可能每次都察觉不了。但在小说中，这是可能的，因为小说构建了可能的基础，比如说包法利对妻子的信任，这就是艺术逻辑。艺术逻辑和生活逻辑是不能等同的，可以超越，可以夸张，但不能完全背离，这是我想说的一点。

王力平：学文在任何场合，说话都非常简短，要想让他滔滔不绝地讲话是非常困难的。我们一会儿再请他说，现在先把第一个流程走完，请刘建东。

刘建东：今天的题目是讲现实与想象。

我先讲一篇小说，意大利作家皮兰德娄的短篇小说《橄榄油坛子》，小说的大意是，一个财主家今年橄榄丰收了，要榨成橄榄油，做了一个新坛子，但是新坛子被人打坏了，裂了，财主请来了当地一个著名的工匠来补坛子。这个工匠技术高超，他发明了一种胶水，能把坛子补得和新的一样。可是他拘泥于自己的技艺，从里到外进行修补，却把自己困在坛子里出不来了。对于所有写作者来说，我们跟工匠一样，文学也是讲究自己的技艺，讲究自己的想象，其实就是一种现实与想象。如果你只基于自己现实的原则，现实的规矩，或者说只注重想象而忽略现实，就有可能把自己弄到坛子里面。

每个作家从一开始就会遇到这个问题，现实与想像。我觉得这个问题也困惑过我，但是也引导我，找到一条适合自己的写作道路。我不得不提到上海，对于我来说，从80年代写作到现在，上海的文学刊物，给我足够多的文学营养，比如《上海文学》和《收获》，上海是中国文学的一个高地，尤其对于我们立志要从事写作的人来说，上海是一个无法绕过的文学之城。正是从《收获》这样的刊物上，我们开始了自己的文学启蒙，开始知道什么样的文学代表着中国的水平，什么样的文学是好的文学。它给我们立了一个文学的标杆和标准。这对文学的起步者是非常有益的。80 年代，我们看到《收获》上发表的很多作家，余华、苏童、孙甘露等作家，给了我巨大的冲击，当我想要尝试写作的时候，那些作品会告诉和提醒我，怎么去处理现实，怎么去展开想象。想象可以让现实的沙盘更加宽阔，成为一个更广阔的天空。具体到自己的写作，一开始可能是更容易把想象的那部分充分运用到自己的写作中，偏重于小说的形式，偏重于试验性，它可能会大于内容。但是在经过若干年写作之后，也慢慢悟到自己的写作，怎么样在现实中展开想象，怎么样调整好这两者的关系，怎么样在现实中找到想象的支点。

我写第一部长篇《全家福》的时候，便是从现实中找到了想象的支点。我从小生活在一座小城市当中，80 年代的城市是什么样，人们的精神状态是什么样，作品要遵从现实的逻辑，生活中的逻辑，确实如此，每个作家都不可能脱离这样的逻辑，脱离不了现实，也就是作品中把你从想象中把你往下拉的惯性。我写第一个长篇是 34 岁，当我要写三十多岁前，童年的记忆、少年记忆中的那座城市，想象便会从具体的某个个街道、某个人物开始，像河流一样。

现实看上去如此丰富，如此令人感动，就像是一片富饶的土地，可是如何耕作，如何播种施肥，以及如何收获，其实并不是信手拈来的。文学从来都不等同于现实本身。作家首先是要有生活，有现实的底子，作家就是要在"有"的基础之上，再创造出一个"有"，一个作家眼中的现实。这是有难度的。因为当不同的作家，生活工作思想诸多背景不同的作家，对于同一个现实，想法是不一样的，这也充分印证了一点，作家笔下的现实存在着多种的可能性，有一片异于他人的绚烂的新天地。所以要有想象，创造一个在想象中可能的逻辑现实。当然这个想象中的现实，它不完全等同于和现实一致的那个逻辑。但是这样的想象，它是基于现实，但是又是在现实之上飞翔的现实，我觉得这个创造非常重要。这样的写作，能激发更大的原动力，激发更大的创作激情，也能从平凡的小事中，平凡生活逻辑中，找到创造的点，开拓一个很广阔的天空。想象，是无止境的一条路径，因为现实太广阔了，现实不断发展中，想象也在不断发展，所以我们的写作，在我们每一步都是有着无限的可能性，无限的前进方向，这也是激励着我，不断改变自己，不断在现实找到这种动力，同时我们要用想象去指导现实中的逻辑，去找到可能的最佳的路径。

王力平：我知道，李浩早已经等不及了。他们兄弟四个，李浩话最多，来之前，我给他一个建议，不要自己霸占话筒，不要不让别人说话，他表示会把时间留给三个兄弟。现在你可以放下包袱，请。

李浩：作为"河北四侠"一贯的外交发言人，在这里我对大家到来表示感谢。刚才王主席说的，在这一段时间里面，我用最简短方式表达我要说的，肯定要控制时间。同时他们给我作了一个进一步规定，不允许我在发言当中提到几个名字，像卡尔维诺、博尔赫斯，这次所有发言将不会出现这些人的名字。我看离开他们，还能不能说话。

刚才提到现实与想象，我原想要很多话说，我觉得他们俩说的很好，我突然想所有要说的部分，已经变得无效了。我突然想到这个问题，我们相信作家，一个写作者，他掌握某种创世的真理吗？似乎不能。我在想，他们两个人在强调的是现实逻辑在对我们想象里面，包括建东进到坛子里面，如何出不来，那么作家，作为一个写作者，有没有成为一种可能，和封在一个瓶子里面的魔鬼一样，化作一缕烟，钻出来，绕出来，这条绕过所谓现实逻辑，在文学变得自洽的逻辑，是否那里允许的，这是一个问题。但是我觉得这个问题，希望和大家有一个相互的交流。

另外，我突然想到一个事，作家应该有两类人：一类人，他是创世者，在这里面他会用来自现实的，来自记忆的，来自其他作家的，来自于生活的或者是历史的，还有原有想象的所有材料，完成他在我们现实世界之外的一个另类的，他自己创造的世界。他好多的写作，在那里面，他某些的艺术，溢出生活这些逻辑会获得允许。比如说格里高尔·萨姆沙会变成一只巨大的甲虫，这样的逻辑会被我们允许。还有一类作家是看世者，比如说托斯陀耶夫斯基，托尔斯泰引导我们认识生活，从而引导我们认识我是谁，我从哪里来，我们最终的方向，我们只能过这样的生活，我们有没有可能过上另外、更好的生活。我觉得这两类作家，在某些方面来说，支点不同，甚至是属于两种不同的物种。

刚才原想的是，想象和现实之间的这种关系，我突然又想到了这样一个话题，我就说这么多。

张楚：其实我最喜欢的是喝酒和唱歌，最不喜欢在这种场合说话。因为我大学学的财务会计，毕业后一直在国税局工作，从事的都是跟专用发票、税控装置、党务等相关的工作。在我19年的国税局职业生涯中，很少去思考文学方面形而上的话题，所以对文学理念，心里面一直是胆怯的。我在这儿故作镇静，其实脑子一片空白。我也不知道说什么，就说一些琐事吧。

前段时间我妈跟我说：以后不要把我的故事写进你的小说。她退休之后最喜欢两件事，一件事情是写书法，写隶书。每天早晨四点半起床，中午吃饭的时候，我爸爸把饭做好了，她还在阁楼上面写，戴着老花镜，就像绣花一样。第二件事，她迷恋上做帽子，五六十岁女人戴的帽子。她一有空就去集市买布头，各种相关的器具都有，做完帽子送朋友，她特别开心，有时也拿帽子到街上卖。走在街上，看到有女人戴帽子我都会多瞅两眼，看看是不是我妈的手艺。后来我写了一篇小说，叫《伊丽莎白的礼帽》，借用了老妈写书法和做帽子的一些素材。我母亲误解了我，她认为在小说里写她的故事，会涉及私人生活，写好了是正能量，写不好就是泄露隐私。但是我知道，文学叙事中的现实和生活中的现实有着质的区别。我记得建东兄曾经说过一句话，写作就是从土地里面寻找阳光。这句话我觉得意味深长，因为土地找不到阳光，这就要求作家用自己的眼光去发掘光亮，通过你的手艺，把它变成小说这样的艺术品。

我生活在县城，这些多年接触的人都是最普通的人，卖金鱼的，开小饭馆的，卖肉的，卖花的，还有小公务员。我跟他们接触的过程中，能够很明显感觉到，他们身上蕴含的那种美德。比如说忍耐、宽容、善良，在他们身上表现得淋漓尽致。跟他们相处过程中，我时常被他们说的一句话，或者做的某件事感动得流泪。在跟他们相处时，我捕捉到他们身上闪光、微亮的情感，然后用我的文字把我的敬畏以及对他们的爱描写出来。十几年来，我一直是这样做的。

前段时间我有一个朋友得了乳腺癌，当然已经痊愈了。有一次我们吃饭，她给我讲了医院里面遇到的一些人和事。人在最痛苦的时候，记忆其实是最清晰的。说起在医院的日子，她事无巨细，包括病友们的性格特点。她还讲到一个清洁工，说清洁工长得特像游戏《愤怒的小鸟》里面的小鸟。她可能生活比较拮据，就从医院里捡矿泉水瓶。但这是医院明令禁止的，她就把瓶子放进麻袋里面，藏在我朋友的病床底下，下班时候我朋友把麻袋从窗口扔下去，她在下面等。这是我现实中没有见过的人，但是这个陌生人打动了我，后来我写了篇小说，叫《野像小姐》，我自己是比较喜欢的。我觉得生活给了我们很多启示。作家怎么用第三只眼睛看到它，把生活中的现实变成小说中的现实，然后让那些事件本身长出翅膀，让它飞翔起来。依诺薇说，不要轻易谈论自己都热爱的事情。我先谈这些，说得已经够多了，谢谢！

王力平：张楚在一个县城生活了很长时间，他是不久前刚刚从县国税局调到河北省作家协会。他在小说中写了很多生活在底层的人，但是，我觉得他的底层叙事有一个特点：他的底层生活，不是那种家长里短、知足常乐的幸福，也不是那种"龙游浅滩遭虾戏"的不幸。他的底层人物，通常都在困境中。但我觉得他在写出人在困境中那种生存状态的时候，其实是含着一种现代意识。就是说，如果我们在作品中看到的，处处都是顺心如意，知足常乐，其实更多是一种传统的情感和观念。相反，如果我们感觉到不满足，感觉陷入困境，感觉到现实关系给予我们自己的愿望和生活的挤压，那么这个时候我更倾向于把它理解为一种更现代的艺术。我觉得在张楚小说中，充满了这种现代感。

再有一点，他写的底层，就像他刚才说的，总是在陷于困境那些人身上，看到一种底层的诗意。

我有个问题。在把底层人物的命运和他们身上的诗意联系起来考查的时候，常让我想起俄罗斯文学中的"多余人"形象。文学史上，对"多余人"形象的整体概括是，语言的巨人，行动的矮子。是说他们在思想上、语言上是充满激情的，充满诗意的，但在行动上却是极端软弱无能的。我在想，什么时候能在你的作品中，看到生活在底层的人开始行动，让他们生活中、命运中的那种诗意成为他行为的动机，而不仅仅是一种外在于人物命运的、静态的象征物。

张楚：我觉得自己的写作，跟我的文学观、跟我的眼界有很大关系。一个人坐在地上跟站起来的时候，看到的世界是不一样的。我对自己作品里的人物是平视的，从不俯视。您刚才提到的问题，是我小说的短板。我的小说只是尽可能真实地呈现困境，以及他们面临困境时的挣扎，但是如您所说，没有为他们指出任何方向，只是潜意识地把他们内心的衰败和柔软展现出来。就是说，我的小说里只有呈现，但是没有追问，更没有提出解决那些问题的方式和方法。这个我希望在以后创作中，能弥补，这是我的短板。

王力平：但我并不能保证，当你希望弥补短板的时候，它能成为长板。我不能保证，这个短板就一定是缺点，就真的不是你的优点，这是完全不同的两件事。

胡学文生活在张家口沽源县，那个地方比上海要冷得多。这个季节那个地方已经下雪了。我接到这个题目，我在想怎么向大家介绍沽源县那个地方，沽源海拔不到两千米？

胡学文：1500—1600米。

王力平：河北省地形很有意思，一部分是属于华北平原，胡学文老家那个地方是属于内蒙古高原，在张家口有一个词叫"坝上"，沽源县在坝上。那个地方非常寒冷，所以他的小说也挺"冷"的。在他的小说中，他的人物总是很苦，但是，那些经历了一百种苦难的人物，始终是不屈的，百折而不挠。我想问学文的是，你何以确信那些人百折而不挠呢？

胡学文：刚才说到我的小说基调比较冷，一些评论家、编辑也说过这样的话，可能因为我是一个悲观主义者。

王力平：和张家口比较冷没有关系吗？

胡学文：可能有点关系吧，小说的冷我说不好，对气候的冷我倒是有很深的记忆。我们那个地方冬天下的雪大，风也大。风卷雪，叫白毛风。雪大到什么程度？都是盖的平房，雪从房后一直埋到房顶，常常走着走着就到别人房顶上了。我对苦难有着切身的感受可能与这个有关。我觉得小说既要关注人的生存困境，也要关注人的精神困境。生存困境和精神困境哪个更重要，我想某些时候人的生存更重要，有些时候精神更重要。比如我们现在讲欧洲难民，他现在的精神困境，已经退到次要地位了，生存解决了，精神困境就来了。小说写作的时候，可能就是在生存困境和精神困境之间找一个平衡点。

王力平：李浩是生活中非常随和的人，可以看得出来，他是一个好养活的人，随便吃点什么都长肉。可能因为日常生活中的随和，会导致一种精神追求上的挑剔。李浩在吸取文学营养方面非常"挑食"。刚才开玩笑，禁止他说七八个人的名字，看他离开那几个名字还会不会说话。看来确实很难，他不提那几个人的名字，也要提到他们的作品。

我们今天不谈他的那些思想资源，我们谈谈李浩的小说。李浩的小说中有一个非常持久的意象就是父亲，他总是在反复地写父亲。我觉得，在你在作品中写父亲的时候，无论这个父亲是一个具体的、单数的父亲，还是一个复数的父辈，作家其实是在自觉和不自觉当中选择了一个童年的视角。我给李浩的问题是，什么时候能走出童年的视角，什么时候放下"父亲"，开始新的艺术形象塑造？

李浩：请给予我的时间略长一点——作为四兄弟的外交发言人，在这里我想替张楚、胡学文作一些小小的辩解。当然，我的辩解不只是出于对他们的维护，不是，更多的是出自于我对文学某些理解。很抱歉我还是忍不住要提一个作家，威廉·福克纳，在他的《押沙龙，押沙龙》里有这样一句，出现在小说的最后：他们在苦熬。是的，他们在苦熬，实际上他们在苦熬。他说的是一种普遍性——许多时候打量我们的生活，无论在精神上的、物质上、肉体上，过着这样还是那样的日子，细究起来可能都有某种苦熬的性质。他说的是他们，同时也说的是我们。我们在威廉·福克纳小说里面，在君特·格拉斯的小说里面，包括在托尔斯泰的小说里面，都未必能够找出一条能解决好所有问题的通道，我想我们可能越来越清楚，那个《男人和女人、老人和孩子、毒蛇和毛毛虫公平生活的宪法》很难建立。我们阅读小说也许并不在意它是否能为我们建立生活样板，但它可以给我们提供生活的可能性，找出问题来。比如在张楚小说中，那些带有着失意、缺乏行动能力的人，就是我们和我们的身边人，他在让我们观看我和我们这样的生活，审视我们的生活。巴尔加斯·略萨说过一句话，大意是，小说在给我们提供某种心理补偿的同时又会扩大我们的不满。张楚的小说恰是如此，他给予我们某种细微的光以及平糙生活的诗性的同时，可能又让我们扩大了不满。我承认我又一次引用了别人的话。

我也谈一下胡学文小说中的人物，他们确是有着特别的强韧，一直百折不挠——我想这和他性格有某种相似性，是一种同构，他愿意把自己性格注入到小说当中，交给他的人物。让我们在阅读中有敬意的小说人物往往取自于作家的肋骨。我们知道，一个作家只有放弃对自我书写的迷恋的时候，他才能成为一个真正的小说家；这枚镍币还有另一面，另一面要镌刻的是：每一个小说家，每篇作品，肯定要有"我"血液的涌流。好的小说家，不仅仅是呈现一个故事，他肯定要让自己的血和泪放置到小说里，除此之外他不知道怎么表述、表达。我想这是胡学文要做的。

我的问题是如何长大。这当然是个好问题，我承认它也已经暗暗地和我纠缠了很长的时间。对此我有着过多的犹豫和摆荡。前段时间我完成了我的一部长篇《镜子里的父亲》，它最初的题目是《父亲简史》——它是我关于父亲的总括性建筑，在写作它的时候我就试图"告别"，而不是在完成之后才开始考虑。之所以如此地"迷恋"父亲，迷恋对父亲的书写，是因为在我看来"父亲"这一身份具有强烈的象征性，它就像一件制服。在我长达 40 万字的《镜子里的父亲》中，"父亲"的名字始终没有出现过，我也有意忽略了他的外貌特征——因为我要写下的是在"父亲"身上的象征性。是我父亲那一辈人的集体命运和延伸至我们的基因。在我眼里，"父亲"象征着权力，象征着支撑，象征着坚硬的、粗粝的部分，象征着生活中的压迫感，同时又象征着不肯认错的面子，不忍承认的怯懦，让自己肯于施虐于更弱者的那个人……在我的这部书里，父亲还是和这个国家一起经历着种种的波涛汹涌的、出生于农村的知识分子，他们的知识和盲目，他们的激情和怯懦，他们的虚伪和真实。我把我父亲的因素，我姥爷的因素以及我的因素以及更多的我所熟悉的人的因素都加注于他的身上，他是那个在生活中出现的，代表着强权的笼罩，是家庭支撑、同时又是我们一直试图摆脱的暴君的那样一类人。

如何走出？我希望从下一篇开始。其实我的许多小说都和这个"父亲"距离甚远，但它们也确有某种母题上的内在延续。不再出现"父亲"是轻易的，但走出"父亲"的母题却很可能会消耗我一生。我承认"父亲"是我注视的方向，对他和他背后象征的认知、梳理一直是我的兴趣所在。

王力平：最后一个问题提给刘建东，也提给其他三位。

你们四位都是作家，都使用汉语写作。语言作为思维工具，也作为叙事的媒介，所谓文学就是用语言来塑造形象。在你们的创作活动中，在你们处理现实或者处理想象这些问题的时候，你们对汉语言的潜能是怎么理解的？你们是怎么理解语言问题的？你们对自己手中的这把"斧子"有没有比较自觉深入的思考？语言可以带来什么样的可能性？或者说它们对你们艺术想象，已经带来什么样的限制？或者他们对你们的文学想象和文学叙事，还能够带来什么样的可能？我想听一听，你们在这方面的思考。

刘建东：你提的问题非常尖锐，汉语言非常优美。我们写作的时候，从80年代说起，那个时期非常讲究语言，语言也是小说形式的最重要的组成部分。所以写作大多从形式感出发，没有找到语感，合理的叙事角度，不会往下写的，不管写多长，都会半途而废。关于语言，也不是一成不变的，开始的时候我崇尚有诗意、有语感、节奏感很强的。我第一篇处女作，就非常讲究语言，讲究长短句，迂回的节奏，讲究语言直接给人的想象空间。这让我想到了《百年孤独》，著名的开头那个句式。我和李浩都有共同的经验，我们的汉语文学写作是从那样的开头得到启发，往下延展的。但是在这样语言的方式写作当中，我觉得可能会持续有十几年的时间。介是随着自己写作的不断向前，就会发现，那样的语言不可能是一成不变的，它有一定的局限性。而汉语言是级为丰富的，像《金瓶梅》，像《红楼梦》，像《繁花》，汉语言的精炼，和独有的韵味，是和西方现代派的语言、句式，那种感觉完全是不一样的。

当我写作一段时间以后，我突然发现我对以前的语言风格特别厌烦。第一，最直观的感受，来自于80年代，当我们现在过了20年、30年再去写的时候，我觉得那种语言方式，我们叙述当下生活的方式，还停留在80年代，这就让我感到厌倦。但是它叙述的结构，数十年不变的语言腔调，让我厌倦，这是最大的反感。在我不断写作过程中，越来越觉得汉语言会给我们巨大的启发，我们要吸收西方的东西，但是也要从传统当中找到我们的根。其实我看了《繁花》之后有个很大的感受，对于传统的语言方式，叙述方式，没有经过西化修饰过的，我们要给予尊重。我一直认为小说从西方过来，是经过翻译家洗涤过的，经过类似肥皂、洗衣粉各种各样的洗过一遍，当然他们洗的时候，会形成一种固定的模式。而这种模式却影响了几代作家的语言和叙述方式。所以我们要保持这样一个警惕，如何把以前接受过的，经过他们洗涤文字，描述的方式、写作方式把它打回原形，找到自己，找到更适合中国特色的，适合自己的语言方式。在叙述中国故事，记录现实时，要适合当下，适合中国的传统，和中国气质更契合的语言方式。

我回头看我第一篇小说，确实感觉到那样的语言方式，妨碍了去描述、去描绘、去概括更大的现实，它的局限性也很明显。我也在努力，找到一个非常好的契合点。把别人洗过的，要再经过自己的一次洗涤，要经过一个漫长的洗涤过程，这是非常重要的。

王力平：关于语言，我知道李浩一定有话说，但现在不让他说，学文和张楚对这个问题有话说吗？

张楚：我跟建东的感觉是一样的，一开始阅读，都是从西方经典文学入手，包括写作锻炼，也是不自觉地模仿欧化语言，也就是翻译体。反观自己写的小说，很多不是纯正的中国腔。随着年龄增长，我发现说话的方式非常重要，怎么在小说里说地道的中国话，把中国话说好，说出有自己的个性，是个非常大的考验。那天跟金宇澄访谈，他也谈到中国当代小说同质化的问题，大家的语言都差不多，没有什么特点。这个时候作家更应该强化自己的文体意识，首先是语言，然后是结构。在我以后的创作中，可能会刻意调整对这个问题的意识。我发现自己写小说有个毛病，就是特别啰嗦，可能是因为陷入生活太深，写作时耳边常回响着他们的声音。所以一方面要形成自己有个性的语言，另一方面要防止语言过度的毛边和虚化。

胡学文：世界上没有一个作家，不想形成自己的写作风格，但我认同丹纳那句话，风格往往意味着僵化和死亡。风格是作家一生的追求，但是一旦形成自己的风格，可能也就完蛋了，这意味着你的创造力就会下降，甚至消失。可即使这样，作家在创作中还会往那个高点走。

风格与叙述相关，与语言相关。李佩甫今年获茅盾文学奖的《生命册》，据他说写了几万字，感觉不对，只好重写。为了找第一个句子，用了半年到一年的时间。当他找到第一个句子，"我是一粒种子。我把自己移栽进了城市"，感觉一下来了。为什么找第一个句子？就是找叙述的感觉，叙述的感觉，决定作品的风格，决定作品的走向。而叙述的感觉，跟语言是有关系的。

我们看老舍，写老北京，老舍是写得最好的。昨天我说了金宇澄的《繁花》，首先一点它是有特点的小说，与别的小说是不一样的。《繁花》的特点与它的叙述、与它的语言有着极大的关系。开始看阎连科的小说，觉得语言很有意思，他的感觉是打通的，但是后来看得多了，就失了味道。作为读者，我有这样的感觉，作家本人肯定也意识到了，后来我看阎连科的访谈，他说对习惯性的叙述和语言要尽量避免。为什么要避免呢？如果他不避免，他的创造力就会下降。作家的风格不一样，但你看所用的就是那三千个汉字，只不过是不同的排列组合。为什么不一样呢？因为语言是有创造性的。

王力平：还有10分钟。这10分钟给李浩，在这10分钟里，你可以提到卡尔维诺、拉什迪、昆德拉。

刘建东：我加快语速，同时真不提卡尔维诺，我谈一些喜欢的作者。借用里尔克诗里面《古老的敌意》，有三重敌意：一个是对时代的敌意，在某种程度更多是对流行思想的，大家都这么想的这一类想法的敌意。第二个敌意，是对母语的敌意。我无论如何使用我的母语，这点来说，对它更多家庭救赎，在这点上说北岛他更愿意为我们写作提供陌生，提供拓展，提供意外，甚至某种灾变。后面一层是自我敌意，这点不说的。我只是对语言这块，我在文学观念，我可能有更多的片面深化，或者偏执的点，但我不说谎，我仍然要坚持，我和刘建东这点有小小的分歧。

李浩：许多时候我都和建东是一致的，我们有着太过相近的审美趣味；但在这里，我和建东有着小小的分歧。我的师承有两个脉系，一个是中国的古典诗歌，它对我影响至深。第二个传统是外来的，是通过翻译家们翻译过来的作品。我甚至可以说，在那些伟大的译文里，我学习、理解、掌握和体会着我以为的"美妙汉语"。在对那些伟大作家作品的阅读中，有时我会觉得他们竟然比我会使用汉语。我从来没有想汉语会这样用，而他们给我提供了可能，让我感觉陌生又让我感觉非常美妙。作为一个胃口比较好的胖子，我当然更希望把所有的好东西都吃到自己的肚子里，而且我从不担心我吃了羊肉会变成羊，吃了牛肉会变成牛，吃了树叶会变成树。一个好的作家应当对他的母语有所拓展，让他的母语有更多的美妙和丰富，而不是仅仅因循地使用旧词。我甚至试图有更强的陌生化改造，让它生出某种的"灾变气息"来。

我使用一种看起来有些西化的语言风格有时也是策略性考虑，因为我一直试图写下具有某种强思辨性的"智慧之书"，这一点是我们的旧语言系统里，特别是日常的语文系统里所匮乏的。如果我们只能按照生活的原样来书写，来使用语言，那么非常强烈的逻辑和思辨色彩的小说是不能存在的，因为在日常中我们普遍理性匮乏，大家不会在日常里那么有逻辑有思辨地说话，即使大学教授也不这么说。在旧有的语文系统里，你很难像西方那些作家那样去反复谈什么问题，完全使用一种哲思化、甚至学术化的语言。那怎么办？我们要把这部分，属于思辨和追问的部分剔除我们的文学？我们只规定自己只能谈家常谈猫狗而不能谈头上的星空与宇宙？这，是不是一种画地为牢？

一向，我都不在意什么语言的纯净性，我想这点上海人更知道，更懂得，更理解。任何一种活的语言都是有吸纳力的，都是能够吸纳不同区域、不同语种、不同质地的优秀进入到我们的系统里的，譬如上海。它接受着南方的方言也接受着北方的官话，同时还接受着来自不同国度语文的渗透和影响，慢慢，它就有了融合性的自恰。我们这些写作者，甚至是有某种野心的写作者，为什么不能为我们的语言，我们已有的语言再提供一个新物种呢！

王力平：语言问题提给了建东，其实也想听到学文、李浩和张楚的意见。之所以要提出这个问题，因为在文学叙事中，无论是思考现实，还是驰骋想象，都离不开语言这个媒介。作家在文学叙事中，始终在和语言搏斗，始终在寻找更恰当的语言方式。我甚至觉得，在文学叙事中，如果一个作家感觉语言非常自如，非常流畅，没有任何阻碍和犹豫，可能恰恰表明他所表达的感觉和见解不是新鲜的、独到的。从这个意义上说，文学创作常常为语言的创新发展提供动力。

当然，真正推动语言创新发展的力量在民间，是老百姓日常生活中的语言，推动了语言的变化。只不过日常生活中的那些普通人，往往缺少像我今天这样拿到话筒的机会。我觉得，作家向生活、向群众学习语言的任务任重而道远。还是那句话，无论是思考现实，还是驰骋想象，都离不开语言。作家笔下人物形象的塑造，思想情感的表达，都要通过语言叙述来实现。如果我们不关心、不真正懂得自己手中的工具，那么，依赖这个工具打造或制造出来产品，其实也是值得怀疑的。

下面的时间留给大家。

听众：各位嘉宾好，刚才四位和主持人互动，有这样一群朋友，你们真的很幸福。我想问李浩老师，你提到了自己生活有很强权父亲的笼罩，而且你写作当中他也占据很大的分量，我很抱歉没有读过你的作品，我很好奇我也这样的父亲，你如何看待，成年之后，你怎么处理这种笼罩是反感还是怎么样的感觉，或者现在这种笼罩对你的影响？

李浩：谢谢你的问题。在我记忆里，我和父亲的确存在一种笼罩和被笼罩的关系，到现在为止我觉得它仍然还强烈存在着，让我无法挣脱。即使现在。现在我回家，仍然会想办法讨好他，我自己都觉得自己这个人怎么这么懦弱和谄媚。我有着反思、追问和抵抗，但是一旦回到父亲面前，它们都变得无效，我又自觉不自觉地回到那个懦弱和谄媚里去。这种感觉仍然非常强烈。是他给了我写作的某种动力——我承认被他压制的表达欲望从另一个方向冒出了头。我和父亲之间话很少，在过去的时光里，我往往是急于从他身边跑开，特别是小的时候。我当时很瘦，因为挑食，更因为只要我父亲坐在饭桌前我立刻觉得光线会暗一些而空气也变得稀薄起来。

我是长子，还有一个弟弟，我父亲老三届大学生，也算是所谓的知识分子吧。对我，他是有高要求的，总希望我能按他希望的那样分厘不差地生长，极其希望我给这个家族承担……所以我的失误和错误，不标准的地方他都要用强力来纠正。于是我对他有深深的恐惧，于是我在吃饭的时候就低着头急于吃完离开，而这，一幅老鼠的样子又是他厌烦的。他越厌烦我也就越是老鼠的样子……这种关系变得越来越加剧。

我们现在的关系好多了，我想我的小小虚名多少也让父亲收获了满足，而他也越来越弱。我也承认随着年龄我对父亲和父亲们生出了更多的体谅和悲悯，但这体谅和悲悯还不会削弱我审视其内在的力量。我审视我的父亲，我们的遗传和我们的传统，我觉得这也是我的任务。我希望通过文学方式，认知它，展示它。有些问题，可能在他的身体、性格中只占一小部分，而且总是掩藏着——我会用切片的方式将它放在显微镜下面，将它放大，让它获得惊异性的呈现——我希望我能帮助我和我们审视在日常中的习焉不察。似乎是林语堂先生，他说文学的作用之一就是对我们习焉不察的日常提出警告，我记住了这句话。小说是文明之子，它会以警示的方式反复追问人类：是如此么，必须如此么，有没有更好的可能？更好的可能在哪儿？也恰是这种认知的、审视的、追问的力量，才可能让我们走向我们更期许的、更愿意需要的那部分生活，才可能让我们在好和更好之间选择而不是相反。当然我承认我是怯懦者，在行动上我是矮子，在某些方面我做得很不够。

我不知道我的回答，你满意不满意。

听众：今天的主题是文学叙事中现实与想象，现实就意味着真实感，想象就代表一种虚构性。而今年的诺贝尔文学奖颁给白俄罗斯女作家阿列克谢耶维奇，我想听一下四位老师对非虚构怎么看待，还有对诺奖文学奖得主她的作品怎么看待？

胡学文：今年的诺奖颁给阿列克谢耶维奇，某种意义上是对非虚构的重视和提倡。其实几年前《人民文学》就设了一个非虚构栏目，发了不少有分量的作品，看了以后觉得很震撼。每个人的经验都是有限的，对于他人，对于他人的生活，我们是隔着的，可能没有任何了解。我记得八十年代有一篇报告文学《哥德巴赫猜想》，影响很大，但后来看报告文学，作为阅读者，我有一种排斥感，可能是因为社会上出现了大量有偿报告文学。当然也有好的，很不错的。但是非虚构不一样，一方面是真实的，另一方面更重要的是有独特的个人视角和体验。阿列克谢耶维奇的作品我还没看，不便多谈。但我相信，她不是简单的记录过程，她有个人体验，对于生活和生命的体验，这种体验，跟虚构作品是相通的，并不背离。

听众：各位嘉宾好，你们起的名字我感觉挺好的，"河北四侠"让人很容易记住，我今天要问张楚先生一个问题，你以前是地税干部，现在是专业作家，你刚开始文学创作中遇到什么困难，能跟我们分享一下经验吗？

张楚：你的意思我在国税局上班时候遇到的困难，还是说？

听众：准备当作家和写作。

张楚：我以前在国税局，白天上班，晚上督促儿子把作业写完后，才能踏实地去写一点。那时感觉时间格外紧张，因为时间紧张，反而有另外一种自由，建立属于自己的王国时快感格外强烈。那时很累，没有心思去思考一些我认为应该思考的问题。每天都浑浑噩噩的，经常喝酒，可以说是走在成为酒徒的路上。成为专业作家后，时间很多了，但是又产生了另外的问题，就像囚徒被释放出来，面对世界的每一个点都是新鲜的，反而有无所适从的感觉。说实话成为专业作家也有压力。这三位兄长都是同行，他们写得很多，也很优秀，我写得很少，一直在莫名地焦虑，并在焦虑中折磨自己。后来选了个办法，去大学进修。过一种自律、清洁的生活，跟学生一样按时起床、吃早餐，晚上跟小鲜肉跑跑步，感觉自己身上充满了朝气，有种很鲜亮的东西在我血液中流畅。我想我可能会找到属于一个专业作家的写作方式。一个男人的黄金写作年龄其实很短，估计 60 岁后就写不动了。我今年 40 来岁了，黄金写作年龄也没有多长时间，所以我要抓紧写出让自己满意、也让朋友满意的作品。我还没有写过长篇，所以梦想着明年能写一部长篇。谢谢你！

听众：我现在提一个问题，刚才王主席说了，你们都是来自各行各业，文学把你们绑在一起，能不能每人说一句话，是什么原因促使你离开的，是什么使你下决心，离开你原来熟悉了十年、二十年的工作，跨上一个文学道路？

刘建东：我在工厂待了十年，因为我们四个人都不是从开始踏入社会就开始搞文学，但是这四个人都集中到了作协，从事文学创作。对我说，大学毕业后在一个国企里面工作，做一个厂报记者，每天要和工人、生产装置、设备、油、气，这些非常现实的，和生活紧密相关的东西打交道，但是我大学学的又不是这个，我学的是中文。当我踏入陌生的环境，激发了我的想象，却也让我感受到，我对社会的了解程度还远远不够，所以在有限的接触中，我会展开想象，对我来说，我是想把我的生活，从一个小地方，扩大到一个的想象空间，这是我写作的一个动力。

李浩：在到达会场之前王力平主席和金赫楠他们就反复说，如果我说得太多占了另外三兄弟的时间，返程的机票钱就让我自己出。所以我只得更简短些，他们是我不敢得罪的。

为什么要到作协，我觉得我应当到作协，这是我年轻时想象或者梦想的一部分，我觉得作协应当是作家们的，在这样的地方作家们相互交流学习，争执和促进……作为写作者，写作，努力写出好作品一直是我恒定的目标，我觉得在作协和更多的作家们聚在一起会让我心里生出更多动力与责任。我不知道大家是否阅读过金庸的小说，我觉得我部分地像他小说里的一个人物——岳不群，我愿意接受某种的自虐，我可以为我的目标做出牺牲，对我来说这是值得的。而且我也希望过一种书斋的生活，在书斋里面阅读，和我敬重的智者打交道。我还有一个梦想就是去高校，我希望我对文学承担的理解、对基本技艺的理解以及对文学魅力的细微体会能有分享的渠道和通道，这是很美好的一件事。它是美好的，而我也有能力将这份美好传达给别人，为什么不呢？

胡学文：每个人走上文学之路，不会是一方面的原因，如果让我说一个，也与酒有点关系。刚才说到张楚喝酒，是不是跟喝酒有点关系，他是能喝酒，我是不能喝酒。我们那个地方，都比较能喝，我的朋友、同学，包括我的家人，都如此。有人说到你们村，早上去能碰见喝醉酒的，晚上去也会碰到喝醉酒的，每年有喝醉酒冻死的。我做过几年教师，到教育局做办公室主任，而我不能喝酒，那很难受。因为喝不了，就离开那个地方，调到了文联。当然，真正的原因是对文学的热爱。

张楚：他说来作协是怕喝酒，其实我来作协最大的驱动力就是两个字：自由。

主持人：非常感谢河北作协几位作家老师，也非常感谢现场读者朋友，我们今天活动到这里结束的，那边有几位台上老师作品，大家有兴趣可以看一下。

时间：2015 年 11 月 7 日

嘉宾：王增如　李向东　陈子善

丁玲与上海

主持人：各位来宾大家下午好，我是中国大百科全书出版社学术著作分社的郭银星，也是这本《丁玲传》的策划人和责任编辑，今天非常有幸借助上海思南文学之家读书会这样一个名气非常大的平台，请来了两位作者，王增如老师和李向东老师，王增如是丁玲生前最后一任秘书，李向东是王增如的丈夫。他们夫妇一起做丁玲的研究很多年了，是这个领域目前成就非常大的两位专家。今天更加有幸请来了华东师大著名的现代文学教授陈子善先生，做我们的嘉宾。特别感谢大家的光临，现在读书会的活动就开始。

陈子善：感谢郭老师的介绍，很高兴今天下午聚在这里，请来两位研究丁玲的专家，从他们的这部厚厚的书来谈论"丁玲与上海"这个话题。总共 60 万字篇幅的《丁玲传》刚才已经介绍。王增如老师是丁玲最后一任秘书，我不认识丁玲，但是我现在认识了丁玲的秘书。王景山先生是她的同事，我认识丁玲一位同事，一位秘书，也很荣幸。今天很难得请到他们两位来，《丁玲传》这部书刚刚出版不久，这两位多年来研究丁玲的专家。在此之前，他们出版了《丁玲年谱长编》以及其他几部关于丁玲生平的著作。在丁玲研究界，也在全国的现代文学研究界，产生了比较大的影响。在此基础上，他们又完成了这部《丁玲传》。到目前为止《丁玲传》是最为详细的，材料非常丰富的研究丁玲的专著。

由于时间关系，他们不可能把那么大的《丁玲传》在这短短的两个小时里讲完，所以选择了一个方面，丁玲跟上海的关系。跟大家做一个介绍，因为丁玲走上革命文学的道路是从上海开始的。我们下面就请李先生先来跟大家讲一讲。

李向东：谢谢大家今天抽出时间来听我们介绍丁玲。先说一点题外话，我们是前天下午到上海，从前天晚上到今天中午这段时间，有两件很有意思的事。第一件事，因为我们住在淮海中路，前天晚上就在附近转了转，忽然发现有条路叫淡水路，哟，那里是丁玲曾经住过的地方呀！陪我们一起的上海社科院陈惠芬老师说，万宜坊也在这附近，万宜坊也是丁玲住过的地方啊，我们感到很惊喜。丁玲第一次来上海是1922年，第二次来上海是1928年，刚刚在上海的《小说月报》上发表了《莎菲女士的日记》，来上海之后先是借住在沈从文那里，沈从文租的房子在善钟路，就是现在的常熟路，就在这附近。当时《莎菲女士的日记》一炮打响，人们纷纷议论丁玲是谁，都想看看，崇拜名人嘛。丁玲很烦这一套，就躲到杭州去写作。到了夏天，她从杭州回到上海，租的第一处房子在贝勒路，就是现在的黄陂南路，也是在附近。这是丁玲在上海的第二个住处。后来他们拿到稿费，手里有了点钱，换了个好一点的地方，搬到萨坡赛路，就是现在的淡水路，这是丁玲在上海的第三个住处，先住的是196号，后来跟沈从文一起办《红黑》杂志，租了萨坡赛路的204号，一个三层楼的房子，丁玲住二楼，沈从文住三楼。后来杂志办不下去了，丁玲又住到环龙路，刚才陈子善老师告诉我们，说环龙路就是现在的南昌路，离这里更近了。再后来，丁玲怀孕以后，又搬到万宜坊，就在重庆南路上，就在我们这个会场的马路对面，是中午我们和郭银星老师一起散步时发现的。所以，丁玲从1928年到1931年在上海的住所，都在思南会馆的周边，她搬来搬去，都离不开思南会馆，在这样一个地方来开这个读书会，来讲丁玲，很有意思，也很有意义。

第二件事是今天上午，我从手机上看到上海气象台发了一个雷电的黄色预警，说 6 个小时之内可能有雷雨，我就忽然想起一个事，今天是 2015 年的 11 月 7 日，85 年前的今天，1930 年的 11 月 7 日，丁玲住进医院，第二天，11 月 8 日，上海也是有雷雨，那天中午，丁玲生下了她的儿子蒋祖林，所以，今天这个日子对于丁玲来说，也非常有意义，非常巧合。

子善老师说了，我们今天讲讲"丁玲与上海"。上海对于丁玲是一个特别重要的城市，在丁玲一生中是一个非常重要的地方。首先，丁玲 1922 年从她的家乡常德出来，寻找自己的人生之路，第一站就是到的上海，上海是丁玲走上人生之路的第一个地方。其次，上海又是丁玲走上文学道路的第一个地方，她最早的两篇小说，一个《梦珂》，一个《莎菲女士的日记》，都是在上海发表的，她是在上海成名的。第三，上海又是丁玲走上革命道路的地方，她在上海加入了左联，加入了中国共产党。第四，上海又是丁玲奔向解放区的起点，出发点。

另外从感情生活上讲，丁玲和她最好的朋友，和她最亲近的爱人，在上海都度过了一段让她终生难忘的时光。她和王剑虹、瞿秋白在上海一起生活过，她和冯雪峰在上海一起生活、工作过，她和胡也频在上海一起生活过，和冯达在上海生活过，胡也频就牺牲在上海，遗骨就埋在龙华的烈士陵园里。上海对于丁玲真是一个非常值得纪念、怀念的地方。她一辈子都忘不了上海。

丁玲第一次来上海是 1922 年，那一年她 18 岁，正在湖南长沙的岳云中学读书，放寒假的时候，王剑虹来看她，王剑虹跟丁玲在湖南第二女子师范学校曾经是同学，王剑虹高一年级，两个人在学校里面教室相邻，寝室相邻，都是拔尖的好学生，但是两个人没有来往，两个人心里可能是互相倾慕的，但是谁也不主动说话打招呼，谁也不愿意显示低人一等。王剑虹离开学校之后去了上海，参加了中共领导的早期妇女运动，中共 1921 年成立之后，提倡妇女解放，要培养妇女干部，就办了一所学校叫上海平民女校，王剑虹回到湖南，就是来给平民女校招学生。丁玲本来在学校的时候就很佩服王剑虹，这时就跟着王剑虹到了上海。这是1922年的年初。

平民女校是中共为了培养妇女干部办的一所学校，很不正规，没有教学大纲，也没有正规的教材，老师都是兼职的，临时来了就讲一课，有时候半夜有空来，学生就半夜起来听课。学校社会活动很多，去工厂，去募捐，去听讲演。丁玲和王剑虹学了一个学期，到了1922年的夏天，她们觉得在这个地方学不到什么东西，就离开了这个学校。之后她们去了南京，在南京待了一年，说是要自学，实际上整天东游西逛，也没有系统地学习。1923年夏天，中共在南京开社会主义青年团第二次代表大会，施存统和瞿秋白来看王剑虹和丁玲，施存统是著名作曲家施光南的父亲，当时是社会主义青年团的负责人。他们一来就觉得这两个女孩子很有意思，她们很有才华，很骄傲，但是生活很不规律，也没有学到什么东西，就建议她们到上海大学来学习。

上海大学原来是一所私立学校，后来经过改组，国民党员于右任任校长，共产党员邓中夏是校务长，瞿秋白做教务长，领导权实际上掌握在中共手里，是一所正规的大学，有老师有教材，王剑虹和丁玲就到了上海大学，进中文系，因为没有经过正规的考试，所以都是旁听生，王剑虹在中文系二年级，丁玲在一年级。1923年的秋天，她们离开上海一年之后，又回到上海。

丁玲说她最喜欢听的课是沈雁冰讲的外国文学、希腊史诗，王剑虹最喜欢听俞平伯讲的宋词。瞿秋白常常到她们的宿舍聊天。王剑虹跟丁玲当时20岁左右，两个脱俗的女孩子，天分很好，清高傲气，所以也比较招眼，瞿秋白也喜欢她们。她们看得起的人也不多，丁玲曾经在文章里说，瞿秋白还是可以聊聊天的，好像也就瞿秋白还能看得上眼。后来她们就被瞿秋白的才华吸引了，当时丁玲和王剑虹都喜欢看翻译的苏俄文学，托尔斯泰，高尔基这些人的作品。瞿秋白在苏联留过学，俄文很好，还翻译过小说，讲起苏俄文学来头头是道，他又会讲古诗词，又很有才华，很机智，他的文人气质、他的才学，一下子把丁玲和王剑虹给吸引了。

到了这年年底的时候，王剑虹和瞿秋白两个人就产生了恋情，1924 年的 1 月就结婚了，王剑虹成为瞿秋白的第一个妻子。他们那个时候住在上海大学附近的慕尔鸣路，就是现在的茂名北路，瞿秋白和王剑虹两口子，施存统和王一知两口子，还有丁玲，瞿秋白的弟弟瞿云白当家，丁玲每个月交给他 10 块钱做食宿费。

丁玲在 1980 年曾经写过一篇非常有名的散文，叫《我所认识的瞿秋白同志》，当时在《文汇增刊》，就是后来的《文汇月刊》登载，一登出来，在上海引起轰动了，上海人民广播电台也连续广播，《文汇增刊》的主编梅朵给丁玲写信说，你这篇稿子引起了轰动，这本杂志加印了多少等等，因为她讲的都是关于上海的回忆，里面涉及当年王剑虹、瞿秋白、丁玲他们的生活情况，和三个人之间感情上微妙的错综复杂的关系。虽然当年丁玲写文章时已经 70 多岁了，但是回忆起 50 多年前的往事，还是以一种少女的情怀，非常细腻。

王剑虹和瞿秋白结婚之后，丁玲一方面为好朋友找到了归宿祝福她，另一方面又若有所失，她最好的朋友结婚了，不能跟她在一起了。瞿秋白和王剑虹又怕冷落了丁玲，晚上就到她的屋子里聊天。瞿云白给瞿秋白买了一个小煤油炉子，瞿秋白和王剑虹把这个炉子送给丁玲，放到丁玲屋子里取暖。丁玲在文章里回忆说：他们两个人来了，我们就把灯关了，把煤油炉点起来，火光从小孔里射出来，像花的光圈，闪映在天花板上，屋子里的气氛美极了，我们三个人围着这个煤油炉子闲聊天。当然主讲者还是瞿秋白，因为他学识最渊博。丁玲那时面临一个最大的问题就是，人生之路怎么走，她这一辈子靠什么在社会上能够站得住脚，做什么职业。瞿秋白当时就说：你和王剑虹都是要走文学的路，瞿秋白后来又说过，冰之是"飞蛾扑火，非死不止"，这是一个天才的预见。丁玲这一辈子老是要扑向她所追求的理想，即便受了伤害，翅膀被火烧了，她还是要扑，一直扑到死为止。丁玲的一生真是这样，几起几落，大起大落，这就是她的性格。好多研究丁玲的人，都觉得瞿秋白这八个字，是对丁玲一生最好的概括和预见。瞿秋白看人看得真是非常准，非常透。

　　这个时候，丁玲除了有一些失落，她对王剑虹和瞿秋白的生活状态也不大满意，她说他们俩老是写情诗，很缠绵，爱是可以爱，但你不应该沉湎于爱情中，她不喜欢这个。早期著名共产党人向警予，是丁玲母亲的同学，曾经在长沙第一女子师范学校一起学习，并且结拜干姐妹，丁玲母亲是老大，向警予是老九，丁玲管向警予叫九姨，她最佩服九姨，感到九姨跟一般女人不一样，非常有教养，有学识，非常大气，九姨是丁玲心中的一个榜样。对丁玲一生影响最大的有三个女人，第一个是她母亲，第二个是九姨，第三个是王剑虹。这个时候向警予找丁玲谈了一次话，向警予说，你母亲是非常有志向、非常了不起的人，但是由于生活环境所困，她这一辈子不能有太大的出息和作为，你母亲把一生的期望都寄托在你的身上。丁玲一听就明白了，向警予是希望她不要辜负母亲的期望，应该在社会上做一番事业，有一番成就，这样她就又要改变自己的生活状况。丁玲的性格就是这样一个人，她老是不断的改变自己，她在湖南学习的时候，先是以优异的成绩考入第二女子师范学校，学了一年之后就要转学，转到长沙的周南女校，因为这个学校比第二女子师范更好，在周南学了一年，她又要转校，因为她觉得这个学校换了一个校长，变得保守，她不满意，又转到岳云中学去了，她是一个不安分守己的人，老是要寻找一个更好的环境。这个时候有几个原来周南女校的同学，在北京给她来信，说北京这个地方环境很好，学习空气很浓，文化补习班的老师是湖南人，你到这儿来补习，补习完了就可以考大学。这样，到了1924年放暑假的时候，丁玲就决定，回家过完暑假就到北京去求学，不再回上海了。

　　她把这个想法跟王剑虹和瞿秋白说了，她说完之后，他们两个人都沉默了，都不高兴，本来三个人是好朋友，为什么突然走了，你是对我们不满意还是有意见。但是丁玲主意很正，她认准一个事就非要走到底。她离开上海那天晚上，瞿秋白和王剑虹两个人都不出门送她，关着门在屋子里，只有瞿云白送她上船。她自己也是很感慨的，心里肯定也是有些牵挂，但她还是坚定地走了。丁玲从1922年初来到上海，1924年的夏天离开上海，这是她第一段在上海。

第二段来上海是 1928 年初，是三年多之后，丁玲在北京写了第一篇小说《梦珂》，发表在上海的《小说月报》上，发在头条。那个时候叶圣陶是主编，在来稿里发现的，叶圣陶马上给她回信，说你再有小说就寄来，写什么都行，写多长都行。丁玲受到了鼓励，很快写了第二篇《莎菲女士的日记》，也登在《小说月报》上，一下子引起轰动了，大家从来没听说过丁玲这个名字，都打听丁玲是什么人。这个时候丁玲和胡也频到上海来了，因为上海是文学的中心，北京已经冷落了，文学朋友也少了，文学圈子也少了，发文学作品的阵地也少了。

他们到了上海之后，开始借住在沈从文租的房子里，丁玲听说好多人都在打听丁玲是谁。丁玲是不喜欢很红火很热闹的人，她想躲到一个清静的地方写文章，就去了杭州的葛岭，在杭州又写了两篇小说，一篇《在暑假中》，一篇《阿毛姑娘》，到了七月份的时候，又回到了上海。这两篇小说也发在《小说月报》上，都是头条。她就去看叶圣陶，叶圣陶看到丁玲之后很喜欢，没想到是一个这么年轻的女孩子，24 岁，一聊起来，知道她读过很多书，对她另眼相看，觉得这个女孩子不张扬，东西写得很好，叶圣陶就说你出一本集子吧，出面给她联系出了第一本集子《在黑暗中》。朋友对丁玲说，我们一出场都是跑龙套，跑了多少年龙套才能唱一个角色，你一出场就唱头牌，一发表文章就是头条，人家又主动给你出了一本书，你太顺了。这一方面是丁玲的才气，另外她也是遇到了叶圣陶这样的好老师，叶圣陶使她坚定地走上了文学创作之路，是她一辈子尊敬的长者。所以丁玲是在上海这个地方，选定了文学道路，而且一直走下去，取得了巨大的文学成就。

丁玲早期的东西，都是写知识女性，按现在来说写的都是小资，跳不出这个圈子，她就想改变，在写作上有个突破。从哪里突破呢？因为她很早就接触了共产党人，平民女校、上海大学，都是共产党办的学校，她接触过向警予、瞿秋白、施存统、冯雪峰，这些人都是坚定的革命者，而且都是有才华有学识的革命者，所以丁玲心目中很仰慕革命者，觉得他们很了不起，她就想写革命者，第一个写革命者就是《韦护》，也算她的第一篇长篇小说，这是 1929 年写的，以瞿秋白和王剑虹的爱情故事为题材，就是革命加恋爱。韦护是一个革命者，他的妻子不大理解他所从事的革命事业，是沉湎于男女之爱中，还是拔出来，投身于革命事业？韦护处在这个矛盾和纠结之中。最后韦护还是投身革命，战胜了沉湎于爱情的东西。

丁玲想写革命者，但是她不了解革命者，因为她没有革命的经验，她对瞿秋白所从事的事业也不大理解。她自己对《韦护》一直不满意，认为写得不好，到80年代人民文学出版社再版的时候，她还是觉得很不成熟很幼稚。但是对于丁玲来说，《韦护》是以她两个好朋友为模特，以他们的爱情故事为题材写的书，也是她第一本写革命者的书。

王剑虹死了之后，丁玲对瞿秋白有一些怨恨，觉得王剑虹的肺病是瞿秋白传染的，而且丧事没办完，瞿秋白就去广州开会去了，所以丁玲觉得瞿秋白对不起王剑虹，她就想再也不理瞿秋白了，瞿秋白给她写了很多信她也不回信。然后瞿秋白到北京来看她的时候，不巧她不在，她再回去看瞿秋白，瞿秋白也不在，瞿秋白的弟弟在，瞿云白很高兴地拿出一张照片给丁玲看，就是杨之华的照片，瞿秋白的第二个妻子，丁玲知道瞿秋白有了新的女友，感情上更加接受不了，王剑虹死了这么短的时间，你马上另有新欢了，所以她就跟瞿秋白不来往了。

但是瞿秋白一直关注着丁玲，他有一次开左联会的时候，委托胡也频给丁玲捎了一封信，落款是韦护，丁玲一看就知道瞿秋白读了她的小说，她非常想听听瞿秋白对这个小说的评价。瞿秋白是非常有见解的人，又是主人公的原型。《丁玲传》里写了丁玲跟瞿秋白后来一次见面的场景。

1931年1月的一个晚上，瞿秋白突然带着瞿云白来拜访丁玲。丁玲觉得很突然，因为这么多年两个人没有来往，怎么瞿秋白突然来了，而且是一个夜晚来的。丁玲在她的长篇散文里写了这一段，瞿秋白主要讲了三段话。第一段话，士别三日当刮目相看，你现在是一个有名的作家了。这句话说明，瞿秋白一直在关注着丁玲的文学创作，一直关注着她的作品。第二段话，他问丁玲，你的小孩子有名字了吗？丁玲说，我母亲给她起了名字叫祖麟。瞿秋白说，他应该叫韦护，这是你又一个伟大的作品。这句话说明，瞿秋白认为《韦护》是一个伟大的作品。第三段话，瞿秋白要走了，临别时感慨万端地吟诵了一句："田园将芜胡不归"。后来过了很长时间，丁玲才知道，当时刚刚开完中共六届四中全会，瞿秋白从政治局委员的位置上被撤下来了，在政治上受到了打击。瞿秋白在这样一种情况下来看丁玲。

陈子善：他们最后一次见面是什么时候？

李向东：她后来参加左联之后，主编《北斗》时曾经在鲁迅家里见过。1932年丁玲入党的时候，在大三元酒家秘密举行入党仪式，瞿秋白作为中宣部的代表参加了。按丁玲说，那个时候他们之间的关系，就是一个编辑和一个作者的关系，在党内是上下级之间的关系，而不是两个好朋友之间的私人关系了。

陈子善：刚才李先生侃侃而谈，丁玲跟上海的两段关系。一是来上海的情景，第二还是上海的情景。这两次来上海对她今后的人生道路，创作道路的影响，确实是非常的深远。我一开始讲过，我不认识丁玲，但是认识丁玲的同事，认识丁玲的秘书。我后来又想起来了，施蛰存先生写过一篇文章。刚才李先生几次谈到丁玲的傲气，这大概是当时比较追求进步，追求自由的知识青年女性，共同的特点。

施蛰存跟丁玲是上海大学的同班同学。一起听课的，但是从来不讲话，因为丁玲比较傲。当时她们坐在前面，男生都坐在后面。所以施蛰存写得很俏皮，我们永远只能看到她们的背影。老师要发一个什么东西，传个材料，她回过头来，我才能看到她的脸。一下课马上就走人，男同学跟女同学基本上不讲话。

李向东：男同学先坐好，女同学再进来。

陈子善：对，当时的男女同学的关系，我们后人是很难想象。实际上施先生的文章回忆当时的情景非常有意思。他们的同学还有戴望舒这批人。所以，施先生说改革开放以后，丁玲给他写信自称老同学。确实是老同学，但是好像也没有多少交往。有一次我在施先生的书架上面看到一本书，丁玲改革开放以后出版的，比较早的，丁玲作品，有题辞。施先生说，你喜欢这本书就送给你，这次来参加活动想找出来，找了半天也没找到，东西太乱。

所以确实丁玲有傲气，开始的时候这种傲与后来的傲，可能她自己也不一定完全明白。有的时候这个"傲"是应该的，但有时候也可能会得罪人。同事，朋友，因为文人之间往往你自己不注意脾气，可能会给别人带来意想不到的后果。

刚才李先生还谈到丁玲开始写小说，是从叶圣陶的培植开始登上文坛。后来她参加了左联，左联交给她一个很光荣的任务，主编左联的一个机关刊物《北斗》。在《北斗》之前，左翼作家联盟成立之后也出过好几个刊物，但那些刊物战斗性都非常强，而且登的主要不是文学作品，而是宣言、声明、报告、决议这些东西。当时的国民党当局是高压政策，你出一版我就查禁一本，所以当时左联的公开的活动比较艰难。左联的领导层里面经过研究，要做一些调整，要办一个没有那么明显的左翼色彩的文学刊物。

主要是冯雪峰来领导，要请一个人出来主编，他们选中了丁玲。因为丁玲当时的身份不是非常的明显，也比较年轻。交给丁玲这么一个光荣的任务，而且跟她说你可以像非左翼的作家约稿。所以我们现在看到《北斗》就非常有趣，第一期上面有鲁迅、瞿秋白、丁玲的文章，包括当时也是左联的成员姚蓬子的作品，上面都有。但是同时她也刊登了徐志摩那些人的诗歌，这些人都不是左联作家。

左联甚至把徐志摩看作是别人的，但是在《北斗》的创刊号上登了这些作品。《北斗》的第二期又登了凌叔华的小说，第三期登了沈从文的小说。这些以前在左联的杂志上面都是不太可能出现的。所以这些都是丁玲当编辑，约来的稿子。按照丁玲后来的回忆，说这个是鲁迅先生建议的，要向这些人约稿。第四期登了郁达夫的文章，恰恰不久之前

王增如　李向东　陈子善

郁达夫被左联开除了，把一个开除的作家稿子，刊登在自己的机关刊物上这几乎不可想象。

我们认为你违背了左联的宗旨，所以把你开除掉。开除了半年多以后，又来给我们的刊物写文章。郁达夫的文章写得很清楚，我这个文章是《北斗》要我写的。那就说明实际上当时开除郁达夫的时候，左联有一个主委会开过一次会议。

在这个会议上面表决有一个程序，投票通过是少数服从多数的原则。但是有四个人投了反对票。反对开除郁达夫，其中两个都是浙江的作家，一个冯雪峰一个柔石，这两个人是投票反对的。编《北斗》是冯雪峰要求丁玲来编的。所以再向他约稿这就可以理解了。

所以我个人认为丁玲的文学生涯当中，她的编辑生涯很重要。早期《北斗》，晚年编《中国》，包括在延安时期的《解放日报》。我认为她不仅是个小说家，不仅是作家，她同时还是个文学编辑家，她的起步很好。编《北斗》打破了左联当时的关门主义。非左翼的作家对不起我们全部排除，丁玲那个时候就敢于冲破这样的一个束缚，约一些非左翼作家的作品。所以《北斗》出版的时间比较长，因为它出来的时候，国民党也没办法去对付它。大部分不是左翼作家，按照丁玲的说法就是灰色的刊物。但是实际上她的主线还是很明确的。

后来她还搞政务活动，请了很多非左翼的作家来参与。所以我觉得这个活动也都是在上海，我想我们在讨论丁玲跟上海关系的时候，这一点还是应该提到。接下来我们请王增如老师说几句。

王增如：丁玲对上海的感情很深，抗战胜利以后，1945年8月，她和《解放日报》博古社长有一个对话，是在延安的飞机场，要送毛主席到重庆去谈判，国共谈判。他们就说胜利以后去做什么，丁玲就问博古，说你到哪儿去？博古说去上海，丁玲说我也要去上海。博古就说那咱们一起办刊物，你还来编副刊。丁玲说那好啊！所以丁玲对上海的感情始终很深。

解放后丁玲一共来过上海四次，其中50年代有一次，80年代有三次。第一次是1951年的9月，当时外国作家来访，一个是智利诗人聂鲁达，一个是苏联的爱伦堡，周恩来总理指示，让丁玲陪同他们到上海、杭州参观访问。9月24日到了上海，25日正逢鲁迅诞辰70周年，他们一起拜谒了鲁迅墓，参观了鲁迅故居。

再到上海，就是1980年了，80年代丁玲三次来上海，基本上都是路过，停留时间很短。1980年来过两次，一次是6月份，她乳腺癌手术之后，到庐山去疗养，路过上海，住在衡山宾馆，12月份又来过一次，是去厦门疗养，也是路过。1983年还来过一次。这几次她的主要活动，一个是去看望巴金和几位老作家、左联的老同志，如周文的夫人郑育之，一个是到龙华烈士陵园去凭吊胡也频烈士。

丁玲对上海左联老作家的关心，我还要再说一下关露，这是我亲眼见到，给我印象很深的。关露也是1932年入党，1932年加入左联，也是一个革命作家，诗人，电影《十字街头》里的插曲"春天里来百花香"，就是她写的。1939年秋天，她受中共指派，打入敌伪李士群内部做谍报工作，她是去香港接受的任务，潘汉年跟她说，今后可能有人会叫你汉奸，你不要解释。关露说，我不解释就是了。没想到这么一句平静的承诺，让她大半辈子遭到诬陷、迫害。我是1982年5月给丁玲同志当秘书，9月15日，丁老说去看一个人，一般她出席活动，穿的衣服都比较讲究，但那天穿了一件带补丁的衣服。我说您不换吗？她说不用，咱们今天看一个老同志。我们从作协要了车，到了北京的朝阳门内，很乱的一个小区，一个红砖楼房。我们进了大楼，到了最东头的一个屋子，是个阴面，一进去，那个地都是土地，坑坑洼洼的，就看见一个老太太，在那艰难地洗头。她一个手可能是偏瘫，不大好使，还有个小阿姨。丁玲就叫她关露，说我是丁玲。关露很激动，说你是丁玲大姐吗，你还活着吗，我听说你死了。丁玲说，好多人都传说我死了，我已经死了好几回了，听说你得病了，我来看看你有什么困难。关露就讲了一下，她得了脑血栓，家本来在香山，有个院子，但是离城里很远，交通不方便，她为了看病，文化部临时借她这么一个地方。那个房间大约有十二三平方米，靠东墙窗下摆放着两张折叠的单人床，一个是关露的，一个是关露朋友的，小阿姨是跟人家共用的，不住在这里，因为关露没有那么多钱自己单独雇一个。关露的朋友，已经当奶奶了，还要过来陪她。床上的棉被罩着很旧的白被罩，像是哪个招待所的行李。四周堆放了许多旧书报刊和杂物，整个房间几乎没有落脚的地方。关露床边有一张油漆脱落的二屉桌，桌上有一个铁皮网眼套的暖瓶，已经看不出原来的颜色。屋里只有一把旧木椅，正放在关露床前临时当作脸盆架，因为我们刚进来时，她正在洗头。所以那个屋子里，又乱又拥挤。丁玲和关露她们俩就提起30年代在上海的一些事情，丁玲说，潘汉年马上要平反了，一说到这个话题，关露特别感慨，激动地流下眼泪，说我就盼着这一天，我也在写汉年的回忆录，这下我就安心了！关露的案子就是受到潘汉年的牵连。丁玲问她有什么困难，关露说我看病太难了，从香山到友谊医院要转多少趟公共汽车，现在临时借了这么个房子。丁玲说我来帮你解决。

但是丁玲和关露不是一个单位，丁玲是中国作协，关露是文化部系统。丁玲立刻坐车到了作协，找了作协的秘书长张僖，把关露的情况说了，说关露愿意把香山的院子给作协，作协在城里给关露解决一套房子。张僖表示同意，但是作协的房子还没盖好，要等一等。丁玲很高兴，我们又赶紧坐车回来告诉关露，关露也挺高兴。丁玲以为这个事解决了，我们就回去了。到了 12 月 5 日，突然传来消息，关露吃安眠药自杀了，丁玲听到这个消息特别难过。关露有一个遗书，写了几句话，第一，潘汉年的回忆录我已经写完了，第二，香山的房子交给文化部，交给党组织。她为什么这样，她觉着自己写不了东西了，脑子也不好使了，偏瘫给别人带来很多麻烦。这些老同志，一切都为别人着想，临死都替别人着想，那天小阿姨休息，她又告诉她的朋友，你明天别来了，有人请我吃烤鸭。她趁着两个人都不在，洗了澡，换了衣服，干干净净吃了安眠药自杀了。当时那个年代，1982 年的时候。就因为关露是自杀，连一个公开的纪念活动都没有，丁玲很气愤，要我打电话，到处联系，我们有个作家支部，丁玲就说我们作家支部给关露举办一个活动。后来文化部也觉得不合适，和中国作协联合举行了一个关露的追思会。丁玲对关露的关心，一方面有对老同志、老作家的关心，另外因为他们 30 年代都是上海左联的，也有这个情结。

还有，丁玲对上海的年轻人也很有感情。1979 年丁玲复出以后，上海有几位年轻人很关注她，都是大学生、研究生，给丁玲写信，研究丁玲的作品，其中华东师大有两位，陈惠芬和林伟民，他们提出要重评《莎菲女士的日记》，这个小说从 1957 年以后一直受到批判，陈惠芬、林伟民他们提出重新评价，丁玲对他们提出的问题都给予耐心的回答。1980 年 12 月丁玲来上海，上午看完巴金、郑育之，特地到华东师大看望两位年轻人，请他们一快到宾馆吃饭。那年丁玲已经 76 岁，而且身体不大好。后来陈惠芬身体也不太好，得了类风湿病，丁玲知道了，很关心她，为了帮她治病想了好多办法，联系她去云南洗温泉，她又觉得一个学生去洗温泉，费用怎么解决，那边有一个《边疆文艺》杂志，丁玲给主编写信，说陈惠芬可以帮助看稿子，你们给她些编辑费，那封信写得很有感情，丁玲写道，让我们一起共同来帮助一个有才气的，有志气的，身体又不好的女青年吧！我记得最后是这么一句。丁玲是热心肠的人，她觉得陈惠芬是个有才华的年轻人，就想办法要帮助她。后来我跟惠芬熟了之后，惠芬也说，她没有写过多少评论丁玲的文章，丁玲不是因为我研究她才对我这么关心。因为丁老对陈惠芬很关心，惠芬也关心丁玲，后来她给老太太买过两件毛衣，一个是花格子的，一个是五线谱的，老太太很喜欢，她晚年最喜欢的三件毛衣，其中有两件是上海的。

我找到了丁玲1984年10月给陈惠芬的信，我稍微念两句，我没经过惠芬同意。

惠芬同志："十一"节前，收到你从上海托人捎来的礼物，我非常高兴，只是太破费了，你不该花那么多钱，你应该节约，把钱都花在你的健康上。我一直没有给你写信，不是没有时间，而是没有那种可以同你谈谈心情的闲适条件。你大约能理解的。你在昆明治病情况我们十分挂心，不知效果如何？不知你还需要什么条件？……你把情况、问题尽管全部告诉我，需要我什么，就说，我能否帮忙都尽力去（帮）助。结果如何，以后再说。

我现在是在武昌给你写信，今天中午到的。昨天在火车上遇上一个患类风湿的40多岁（快50岁）的女同志，是铁道部的。她是在文化大革命五七干校时得的。过去很厉害过，也伤心过，但她能甩开一切问题专心治疗，现在（患病快20年）已经恢复的很不错了。我把你的情况告诉她，她建议要你去沈阳兴城县去治疗，这是铁道部办的一个疗养院，有温泉，按摩，针灸各种治疗，她就是在这里治好的。她今年11月又去，她说在那住一个冬天是非常好的。那里有几个区域，有干部，有工人，有本省的，也有外地的，只要本单位开一个介绍信，就可以住，进院时交200元保证金就行。她说这种病怕冷，怕感冒，怕过度劳累，怕忧伤。那里非常暖和，外边气温要比北京低两度，室内比北京高。她也注意体育锻炼，她在火车行进中，五点钟就起床了，车一停就下车锻炼。我一见她就觉得她是一个乐观的人。乐观并非糊里糊涂，而是清醒的跨过一切艰难险阻而获得的。你是一个聪明人，一个用脑子的人……

这封信我看了很感动，这不光是对陈惠芬个人，还是丁玲对有才华有志气青年的关心和希望，她帮助过好多有才气有志气的年轻人，像沈阳军区的发明家张士龙等。我在丁玲身边工作，我觉得她性格非常鲜明，她情感丰富，很有生活情趣，喜欢穿好看的毛衣，愿意跟青年人聊天，喜欢年轻人。丁玲有时候是慈祥的老太太，但是有时候也发脾气，她的侄子，本来是湖南农村的民办老师，来找她，说要当她的秘书，老太太把他批评了一顿，发了脾气。老太太也不喜欢虚荣的东西，有一次来了一个人，请她去参加一个活动，并且说，我们协会的领导人就是某某人，抬出一个主要领导人儿子的名字，老太太说，你要不说这个名字，我可能还去，你要这样说，我一定不会去。她对我也是这样，那时候都喜欢找名人签名，因为丁老家里经常来一些著名作家，我也拿了一个小本，找他们签名，老太太狠狠批评我，说你怎么也学这个！后来我也不太敢了。所以我的小本上有好多作家签名，包括巴金、冰心的我都有，唯独没有丁玲的，我没敢找她签。

李向东：刚才我讲到 1931 年，王增如是从 1951 年讲起，这中间跳度比较大，我把这一段丁玲与上海的关系再简单衔接一下。

丁玲是 1928 年来到上海，到 1933 年，一共住了五年。这五年是丁玲人生中非常丰富的一段时间，从文学创作的角度讲也好，从她的革命生涯、革命活动讲也好，刚才子善老师讲的办《北斗》就是在这个期间。1931 年 2 月 7 日，胡也频在龙华淞沪警备司令部被杀害了。胡也频是非常积极、热情，爱投身于实际斗争的性格。丁玲虽然也参加了左联，但是原来一般不参加活动，只是在家写小说，写《一九三○年春上海》，她是在家里写革命，胡也频是直接投身革命活动。胡也频去世之后，丁玲开始积极参加革命活动，投身到革命斗争中来了。第一个任务就是办《北斗》，《北斗》办了不到一年，1931 年 9 月到 1932 年 7 月，实际上 10 个月，《北斗》就被国民党查封了，查封之后丁玲就担任左联的党团书记，左联里面没有党委也没有党支部，中共在左联里面的领导机构就是党团，党团书记就是主要负责人，就是一把手。1933年的5月份，丁玲被捕了，被国民党绑架到南京，由于国内国际掀起巨大的声势，营救丁玲，所以国民党不敢杀害她，就是软禁吧，监视居住，开始国民党特务监视的很严，后来慢慢就放松了，丁玲有了一些自由，她就要跟党取得联系，想到苏区去，1936年5月份她去了一趟北平，通过李达的夫人王会悟，找到了曹靖华，曹靖华跟鲁迅有联系，曹靖华表示给鲁迅写信，说鲁迅可能跟党有联系。

当时红军长征到达陕北之后，重新建立了根据地，因为在长征期间，中共跟上海的地下党失去了联系，所以要重新恢复联系，派来上海的第一个高级干部就是冯雪峰。冯雪峰来到上海之后就跟鲁迅取得联系，这样就得知了丁玲的情况和丁玲想要去苏区的心情。在冯雪峰的安排下，丁玲从南京两次来上海。她第一次来上海，见到冯雪峰之后放声痛哭。丁玲跟冯雪峰的关系非常不一般，"文革"结束之后，丁玲1979年回到北京，写的第一篇回忆故人的文章就是《悼雪峰》，她写道，在延安的时候，曾经有人问我最想念的是什么人，我说，我最纪念的是也频，我最怀念的是雪峰。冯雪峰是丁玲走上革命道路的引路人，丁玲一生都对他怀有敬重之心，但是两个人始终没有走到一起去。

丁玲见到冯雪峰就放声痛哭，因为她在南京国民党的眼皮底下生活了三年多，有一肚子委屈、痛苦、悲哀，种种感情全部在一个最亲近的人面前发泄出来。可是冯雪峰非常冷静，非常理智，一点没有表示出对她的同情和温情，反而很严厉地说，这几年红军也在受苦，整个中国革命都在受苦，意思就是说你个人这点苦和红军受的苦，和红军两万五千里长征受的苦比起来，微不足道。丁玲一下子就明白了，就说想要离开南京，去陕北苏区。冯雪峰说现在还不行，条件不成熟，让她先回南京。到了9月份，冯雪峰又通知她再来上海，说去苏区的条件已经成熟了，路已经打通了。丁玲在冯雪峰的安排下，1936年的9月30日，那天是中秋节，登上了从上海去西安的火车。中共派了聂绀弩护送她。我们在《丁玲传》里面写了这样一段话："陕北苏区的大门已经朝丁玲打开，什么也阻挡不住她。郑育之给她买了毯子、箱子和一些日用品。9月30日是中秋节，那天晚上丁玲乔装打扮一番，由周文送上火车。火车缓缓开动，丁玲蓦然生出一种复杂感情：上海是她离开家乡踏入人生的第一站，是她初登文坛名声大噪的地方，也是她投身革命的起点，这里有她的卿卿我我，有她的撕心裂肺，也有她的刻骨铭心。她要和这一切告别了，翻开人生中崭新的一页。"

陈子善：李先生是一个抒情的旧人，丁玲走上新生，到此结束。实际上，丁玲跟上海的关系还可以继续不断的演说，但是因为时间的关系，我们现在暂时就到这里。

王增如：丁玲的遗物，最有价值的现在也保存在上海，论数量，中国现代文学馆保存最多，但是论质量高，那还是在上海，上海鲁迅纪念馆，上海图书馆都有丁玲很重要的东西。像30年代她给冯雪峰的书信，还有五封没发表的，还有《莎菲女士的日记》手稿，还有一些照片，都在上海鲁迅纪念馆。因为丁玲原来有个小箱子，里面放着她这些重要的材料，放在王会悟家，她被捕以后，冯雪峰他们为了安全起见，都转移到谢澹如家，谢澹如是民主人士，他为了保管这些东西做了很大牺牲，这样才没有被敌人发现，一直保存下来。所以说，丁玲和上海真是有很深的渊源。

主持人：谢谢各位读者的参与，因为时间的关系，我们今天的读书会就到这里结束了，再次感谢三位老师带给我们精彩的演讲。

时间：2015 年 12 月 12 日

嘉宾：张新颖　周立民

沈从文的文学世界与"沈从文传统"

主持人：非常感谢各位读者朋友和市民朋友，今天下午到思南之家，在"双十二"舍弃秒杀机会参加文化的活动，可见大家爱文化爱读书。今天给大家分享的这本书是中华书局 2015 年 10 月份出版的，张新颖老师最新的一本著作，这本书上市之后受到广泛好评，十月份新浪好书榜，光明好书榜，《中华读书报》十月份好书榜。我们的读者朋友很支持这本书，读者到我们微博、微信给我们留言，表示对这本书的欢迎和喜爱，我们非常感激。

今天为了表达各位读者和文化界的朋友对我们的厚爱，我们有幸请到作者张新颖老师，周立民老师，希望大家对这本书有更多的了解和喜欢。把时间交给台上嘉宾。

周立民：欢迎大家在这样特殊的日子，还想着读书这件事。其实，再过半个月，12 月 28 号也是一个特殊的日子，那就是今天要谈论的对象沈从文先生的生日，他 113 岁了。因为工作的关系，我不觉得这些老人离我很远，有时候我还是沉浸在他们的作品所描述的氛围里。可能我们并没有在同一个时间相逢，却有机会在同一个空间相遇。靠近思南公馆的淡水路，沈从文当年就曾在那里住过。今天中午，我又去走了一遍，看望了当年那一批文青。淡水路 190 号，是萧红、萧军住过的地

张新颖

方，196 号是丁玲、胡也频住的地方，再接下来 204 号，是他们办《红黑》杂志的地方，沈从文和母亲也都住在那里。这个地方，沈从文一生难忘，因为他越住越穷，这些，在他早期的文字中都有反应。再往前走十米八米，有一个弄堂，241 弄 4 号，是艾青住过的地方，他在那里被抓了，坐牢去了，随后也开始了自己的文学生涯。

这么看，他们离我们并不很遥远，无时无刻不出现在我们的空间里，在某一个时刻或者某一个地点，我们就会跟他们相遇。我想跟张新颖老师谈的第一个话题，就从"相遇"开始吧。讲讲你的沈从文阅读史，你是什么时候跟沈从文相遇的？

张新颖：谢谢大家，谢谢周立民，刚才他为什么讲那番话，因为周立民日常工作就是在巴金先生家里工作，他是巴金故居的常务副馆长，整天跟巴金在一起。巴金跟沈从文是非常好的朋友。"双十二"是什么特殊的节日，我是不知道的；但是 12 月 28 日确实是比较特殊的日子。

我刚才一进门的时候，头撞了一下，把准备好讲的东西撞掉了。思南，我是第三次来，第一次也是讲沈从文，讲沈从文的后半生；第二次来做陪衬，那不算一次，算 0.5 次；今天再来也算 0.5 次，还有 0.5 次是周立民的。

周立民：有人在我微信上留言：在去世的男人里，张新颖最喜欢的是沈从文。

张新颖：大家比较熟悉沈从文是从他的一些经典作品，比如说《边城》《湘行散记》来熟悉这个人。大家经常到外面旅游，有很多人到湘西旅游，看到凤凰那个地方。沈从文的作品像一个舞台一样，像今天这样一个台子一样，他的人物在这个台子上，我们眼睛看到是人物在台子上的活动，可是我们看不到的是，他为什么会有这样的台子，这个台子为什么会有这样那样的人。

看《边城》这样的作品，我们会说这个作品多好，多美，那个地方的人多单纯多健康，那个地方，风俗人情多么好。这样一个感受是对沈从文作品比较普遍的感受。但是我觉得，这个感受就是你眼睛看到的最表面的东西。其实背后，还有很有意思的东西，为什么会把这些东西写的这么好，这么美。一个基本的想法是这样的，不是我的想法，是一个事实。

假设我们今天到凤凰去旅游，第一种反应，凤凰真好；第二种，凤凰真糟糕，现在的商业，把当年很美好很纯朴的景象破坏了。这两种反应都是我们作为游客的反应，其实对于那个地方的人来说不会有这种反应，尤其对沈从文来说不会有这种反应。当他想到这个地方，和我们看这个地方的感受是不一样的，当他想到这样的地方，他首先想到的是什么？表面上看起来非常好，非常漂亮的地方，它的每一寸土地是由血染成的。

如果一个地方成为一个中心的话，不管是大的中心，小的中心，比如上海成为什么样的中心，比如北京成为什么样的中心，使它成为中心的力量，一般是慢慢地形成，有各种各样的因素：地理条件，交通因素，经济因素等。但是，凤凰成为湘西的中心，这个因素是比较突兀的，是一个暴力的因素。非常残酷的，说得明确一点，清政府为了镇压苗族人，强硬地在那个地方造出一个中心。那个地方在两百年以前的景象，到处是碉堡、军营，那个地方的居民构成，大部分是军人。苗族人动不动就闹事情，闹事情的办法很简单，杀。

沈从文说，你走过的每一寸的土地，你的脚下面都是血。他在这个地方，他感受到的首先不是美，不是好，而是残暴得让你说不出来的东西。在他的经历当中，后来变成了一再出现的东西，从小习惯看杀人，上学的时候，走到杀人的地方去看一看，昨天杀的人，尸体是不是被狗吃完了，或者是不是有狗在争尸体，是不是剩下一块头骨，小孩子拿去敲敲。他甚至见过这样的景象，看见十几岁的少年挑着担子，担子前面放着他父亲的头，担子后面放着是他叔叔的头。

他从小经历非常残暴的事情，十几岁以后当兵，这种童年出现的经验，不断地重复出现。有时候无聊，无聊干什么？他们一块到山头上看看杀人。这样充满暴力的、充满绝望的经历。当他开始懂人生的时候，原来懂的就是这些东西。这样的一个心灵，他会怎么样发生变化？

这样一个心灵对与他所经历的事情的反面的东西，变得非常得渴望，超出我们常人的渴望，所以会对一点点的温情，一点点的美好，非常普通的美好，会比我们常人更加珍惜。在这样的可怕环境里长大，如果这个环境里你感受到的百分之百都是这样的东西，你这个人就完全被这个环境同化了。但是他会特别地敏感于生活当中的一点点和这个环境中可怕的东西不一样的东西，人和人之间那么一点点美好的东西，或者说今天太阳很好，太阳光带给我那么一点点美好的东西，对他来说，都特别珍贵，这个珍贵的意思是，这样一个东西，可以对抗他经历当中的那些黑暗的、残暴的、绝望的东西。在他后来的写作当中，才会特意地把那么一点点的小孩子的单纯，一个老人的纯朴，一条河的清澈，把这些东西写得那么好。这个好的背后是有那么多不好的东西，这个好是对于不好的东西的一个平衡，是对在那样不好的环境里成长起来的一个人的心灵的救助。我一个人的心灵要抓住这么一点点好，我把我自己从那样一个恶劣的、残暴的环境里救出来。

这里面涉及人在成长过程当中的反应，这个反应是什么反应呢？人是有本能的，就是说，如果你打了我一拳，我的本能是打你一拳，非常正常，这是一个通常的反应。沈从文是另外一种反应，他是逆转式的反应。我在生活当中遭受那么多的挫折，遭受了那么多的屈辱，我见过了那么多残暴，那么多的恶劣的东西，一般的反应是，我以同样的坏来回击这个社会对我的坏，我们在日常生活当中会见过这样的性格，一个人为什么变得那么坏，不是无缘无故变得那么坏，也许那个坏是有理由的，他只不过是本能地回击。沈从文从小的反应有一个逆转，因为我经受这些东西这么坏，因为我经受这么多的残暴、残酷，所以我要的反倒是这个东西的反面，对这个世界的怜悯，对这个世界的爱，对这个世界有感情，对这个世界的温和、美好、善良的东西。

这样一种反报之以爱的反应方式，是从他童年少年青年一直延续到他晚年。这个延续方式，能够形成这样和社会之间的关系，是很了不起的关系，这要克服人的本能，克服我回击你一拳的本能。就是因为克服所以很难，形成这样的反应方式是了不起的，也才成就了这样一个伟大的人格和他的诗意。

他的文学世界里写得那么善良，那么美好，有人说沈从文写的是桃花源，说这个人不懂社会和人生，哪里是这样，不是不懂，是太懂了，不是不知道残酷、恶，因为经受了太多的残酷、恶，所以在他笔下的世界才会反报之以单纯、美好、善良，这是沈从文文学世界非常突出的特点，这个特点其实来源于他的人格里面形成和世界的关系。

周立民：沈从文虚构了一个世界，我怀疑张新颖也虚构了一个沈从文。你刚才讲到他这种反报之意，是什么力量让他强大到可以压倒那些生命力带给他的黑暗，尤其是现代人，不由自主都被这些黑暗吞噬掉，又是什么样的，或者一个具体的人生行为，能够让他在写作里，能够反转过来，而不是投向黑暗或者倾扑这样的黑暗。这真像你虚构出来的沈从文，当然这是非常可爱非常伟大，也在某种程度上接近于我们心里期待的沈从文。

你的书里，讲《边城》一章，其中有一个标题引用沈从文的话，让我看到你理解的沈从文，与当下作为流行符号的沈从文不一样的地方，"用文字包裹伤痕，在困难中微笑"。

张新颖：他这样的反应，到最后他会形成一个了不起的性格，人生当中确实有一些反求生活当中所匮乏的东西。今天每个人普遍的感觉，今天的太阳很好，你就很高兴，为什么？因为前两天太阳太不好了，对于生活当中匮乏、缺乏的东西的反求之的心理，如果你把今天对太阳的喜爱移情到人的行为当中的各个方面去的话，就会变成一个了不起性格。

周立民：沈先生有他非常了不起的地方，见过沈从文的人，在印象里，尤其说到他早年，都说他是一个细声细气弱弱的男人，甚至有点像女人一样的男人。但是谁也想不到沈先生八十多年的生命里，有那么多坚韧的力量在里面。我一直在怀疑，湘西人的本性里，或者这片土地的历史文化传统中，有一种强大的力量灌注在他的儿女身上。

像沈从文这样的人，现在面临一个非常可怕的境地，他正在被符号化，估计考中文系的学生，你喜欢哪两个作家，都是沈从文、张爱玲。你为什么喜欢他？大家的答案也差不多，《边城》的优美等等，还有关于他的各种故事，虽然不是今天我们讨论的主题，但是也构成了一个沈从文。这样一个沈从文是不寂寞的，在这个过程中，我们无意中把他简化、概念化了，越来越把他变成一个符号来接受。当然，从文化传播的角度讲，这可能是成功，对一个文学家来讲，表面上也是好处，实质则十分可怕。因为这样，让我们对他的作品事先有一个印象、概定，那些更为丰富的内容、那些我们应当自己通过阅读去感受的鲜活的经验就没有了。我读张老师这本书最大的感触，就是它给我们还原了很多沈从文本来的东西，他用沈从文来解沈从文。有很多东西，不是我们想象中的样子，也不是表面的样子，张新颖带我们走进沈从文文字背后的世界。

这个书的开篇谈到了三个阶段或者三个身份的沈从文。比如作为一个作家的沈从文，到 40 年代，作为一个思想者的沈从文，乃至 1949 年以后，作为一个文物研究者或者一个学者的沈从文。也就是说，他不是一个简单的会写一点美丽文字的作家。那么，这样看沈从文，我们该如何定位，他在中国现代作家里的位置？

张新颖：他到湘西看很生气。因为在他很年轻的时候，在离开老家十年以后回了一趟家，他已经发现他的家在开始变化了，1934 年回家。在抗战开始的时候，他又回了一次家。他在抗战以后开始写了另外一个作品，一个长篇《长河》，这个《长河》没有写完，当然有很多的原因，其中有一个原因，他的家乡变了，他家乡的人也变了，他原来以为的那样一些纯朴的善良的性格也在时代的压力下，慢慢变得扭曲起来。所以他构想里的《长河》写的是，普通的一些人在现代的社会里他们怎么生活不下去，他们怎么变了，他们怎么变成了他们自己也不知道的样子。大概不仅仅是湘西，因为整个的中国人都在变。

沈从文作品里的另外一面其实是更重要的一面，就是不能被大家符号化。从《长河》开始的沈从文，其实是时刻地敏感发现着他家乡的变化，不仅仅是他家乡的变化，而且是整个中国社会的变化，同时在这个变化当中非常的痛苦，非常的无能为力。这样的变化到今天，会变成什么样子？

今天有一些作家，或者有一些从事文学艺术的人在无意识当中，或者在有意识当中来接着沈从文的问题再想，接着沈从文没有写完的东西在写。贾平凹写《秦腔》，在我看来《秦腔》是沈从文没有写完的《长河》。因为沈从文太爱他们家乡了，他不忍心把已经觉察到他的家乡人的变化，家乡社会的变化很硬地写出来，可是贾平凹比沈从文心硬，他把他所感受的家乡，农村社会在今天的崩溃，写了出来。这就是

《长河》已经写了一部分，没有写下去的东西。

贾樟柯拍《天注定》，《天注定》写的不就是现在社会非常普通的人，社会的各个角落，哪怕一个小青年，或者洗脚的女工，或者农村人，沈从文40年代写《长河》非常明确说的，我要写这些人在社会里怎么活不下去，他们怎么变，他们怎么变到他们自己也不认识的地步，他们变到最后是一个非常暴力的，暴力重新回应沈从文早年经历的东西，以暴力的方式来和这个社会发生关系。如果这样看沈从文，沈从文文学才丰富起来，才不是挂在博物馆里的一幅画，他才不是已经去世的作家，而是活在今天的。

周立民：仅仅从文学作品来讲，张老师的提示非常重要，不仅有《边城》，后面还有《长河》，《长河》也是今天忽略的一部作品。这部作品没有写完，仅仅完成了相当于开篇的十来万字。不过，这样的开篇也显示出一个现代社会的开端，我觉得，中国人到现在也没走出这样的情境，仍然在其中困惑和挣扎。沈从文自己从抗战以后的变化，也非常重要。他本来是一个很直感的作家，在抗战的后期，却有那么多抽象的关于生命的思考，关于人与地、人与事的思考，我最初读书时，这部分总是似懂非懂。读书需要一点年龄，最近几年倒十分喜欢沈从文这一段时间的文字，像《七色魇》里面的，这些很具体，写生活都是非常具体的一些事情。但是，同时有很多很多更抽象的东西在里面，可能我们过去一直在拒绝这样一些抽象部分，或者并没有深入探讨过它们。这个变化，在沈从文是怎么产生的？跟当时整个中国文学的氛围、抗战后的氛围有关？跟沈从文自己在大学里开始教书身份变化的有关？还是接受了一些现代主义的影响有关？请你解释一下这个问题。

张新颖：这个很难回答，但是有几个线索，第一，在30年代中期以前，沈从文就是个人奋斗，跑到北京去，要通过写作闯出一片天地。他从20年代到北京去，他个人的物质生活过得很苦，但是思想很简单，怎么通过文学写出来，他面临的问题就是一个人的问题。抗战爆发以后这个事情就不一样了，抗战爆发以后，一向不太会思考的人开始思考了，一向不考虑大问题开始考虑大问题了，我说的是沈从文。这个带有一定的普遍性。

在抗战以前，当然是笼统地说，简单地说，知识分子和社会现实之间其实是有一个距离的。但是抗战以后，战争强行地把社会现实当中各种各样的问题端到了你的眼前，你以前可以假装看不见，但是现在没有办法不看了，因为它渗透到你个人日常生活当中。这样的问题在那么坏的时代里环绕着你，使一个不太习惯于想这样问题的人——沈从文，也每天在面对这样的问题。所以40年代，说起来很抽象，他所有的抽象都是由每一个具体的现实问题刺激起来的。这样的问题你想了有什么用？想了没用；想了没用还要想，特别痛苦，他处于这么一个阶段。

周立民：你刚才提到这些问题，包括《长河》里涉及另一个问题，让人感觉到另一种力量：你在书里做过统计，《长河》里有几十次讲到"新生活"，"新生活"来了，这个新生活，具体而言，指当时蒋介石推行的新生活运动，抛开政治的价值判断来看，仅仅从新生活运动本身的内容来讲，似乎也是很好的运动，比如让大家养成卫生习惯，养成社会文明的秩序。当然，沈从文小说里，有具体的层面，也有隐喻的意义，那是一种企图改造社会自然成长的外在力量，也可以理解现代化的努力。问题是，为什么似乎很好的理念，落地了，落到一个具体世界里，人们会很惊惧，会带来可能完全相反的效果，是不是中国社会很多这样在现代进程里发生的一些事情都有这样尴尬的境地？那么，我们要反过来问了，这些理念的设计是否出了问题？

张新颖：这个问题很好回答，因为我们在座的每一个人都有这样的经验，告诉你什么东西很好，我们要实行这样的东西，结果是什么；过两年又告诉你什么东西很好，实行起来，结果是什么。你经历三次以后，你就知道了，管他什么东西，反正没有什么好的结果。农民的思维方式就是这样简单，你不要跟我说那么好听，我要看在实际生活当中是什么样。在实际上是什么样，说了好听没用。他有一个农民式的乡下人的思维方式，乡下人的思维方式有一个很好的东西，我们上海人老是说人家是乡下人，沈从文老说自己是乡下人，他强调的乡下人，我觉得乡下人的思维方式很了不起，第一，不相信虚的东西，不相信理论。20世纪的中国从一开始到今天，有无数的理论在走马灯一样地换，知识分子老是跟着理论跑，可是我是一个乡下人，你跟我说这些东西我不懂，我要看看他在生活里是什么样的。乡下人不相信理论的另外一面就是实证，亲证，我要看到它在实际生活中是什么样的，我觉得这样的思维方式是很了不起的思维方式。

周立民：从另一种角度讲，你觉得在沈从文的世界里，用他的话讲，常与变，"常"的世界应该是我们坚持接受的世界吗？或者怎么样？

张新颖：一个世界当然会发生变化，这个变化有的是自然的变化，比如说一个社会形成了关系的纽带，一个社会里形成精神的活动的方式，比如说农村里的社戏，比如人和人之间的默契的关系，是生活里慢慢形成的，这是一种方式，这个也是变。有的变是突然强行的变，比如现在的中国农村，中国当代农村的问题不是农村变得很穷，这不是穷的问题，而是说农村整个的生活方式被破坏了，它的精神生活没有了，精神循环的渠道没有了。所以，溃败是溃败在这。而不是一定坚持什么不变，一定要抗拒这个变。你怎么变，你朝哪里变，刚才说的，《天注定》里的人都在变，本来是一个很普通的人最后变成了杀人犯，在那样强烈的各种各样的压力下，个人没有任何出路的话，他会发生这样的变化，这样的变化是有点可怕的。

沈从文 20 年代就到上海来了，他很早的时候就认识了巴金先生，他和巴金保持了终生的友谊。20 世纪中国动荡的年代里，有这么漫长的友谊，确实是很了不起的事情。巴金故居还保留了一些沈从文的信，这方面的情况你给大家介绍介绍，我不是很清楚。从现在开始我变成一个提问者。

周立民：今天的主角是你。我简单说几句，我觉得这样的友谊确实是对我们当今所谓友谊的方式的反拨。当今很多友谊更多是酒肉朋友，大家只要在一起没有酒喝没有肉吃，大家不会成为朋友，或者说我们一直要"三观"一致才是好朋友。沈从文和巴金，这两个人可能一辈子的文学观点和文学见解就没有一致过，到80年代，巴金先生谈起过，沈从文先生到晚年也不会随便同意巴金先生的文学观点，在他的全集里有篇《给某作家》，就是给巴金先生的。然而，这两个人无论在彼此多么艰难的环境里，都是最好的朋友。我总觉得，他们都是"五四"的产儿，这个成果具体点讲，就是造就了一批"真人"，独立的，率真的，怀着赤子之心的人。巴金和沈从文两个人的交往也能体现出这些。沈从文和巴金在上海见了一面，沈从文说，你将来到我那去玩。巴金真的就去青岛找沈从文了，住在人家的宿舍里。这是现代人不可想象的，现在各位朋友，明天我住到你们家里，有几个人不撵我出去？至少觉得我这个人太不懂事。更过分的是，1933年，沈从文刚刚结婚，巴金就住到他家去了，一住又是几个月。沈从文把自己的书房让给他，自己在院子里写他的《边城》。这个过程里都体现出人与人交往的"真"。沈从文甚至对巴金有一种莫名其妙的信任。据说他去见张兆和，带给张兆和几件礼物，都是巴金出的主意，是沈从文卖掉一部书的版税买来的。那时候巴金连恋爱都没有谈过，他居然让巴金给他出主意，给女孩子送东西，真是不可思议，事实证明可能是一个失败的送礼，张兆和大部分的东西都不敢要，因为太珍贵了，就留了一套契诃夫小说选。巴金喜欢书，就建议沈从文买了一大堆外文原版书。朋友之间的相知，很重要，我看到一个材料非常感动，60年代在北京开会，巴金和沙汀白天看沈从文，沙汀是左翼作家，对沈从文大概非常排斥，晚上，巴金与他住在一起，巴金给他讲了沈从文成长的经历，年轻时的苦闷和奋斗，沙汀在日记里记下这个细节，感觉这才理解了沈从文。人一辈子有这样的朋友，真是不容易，从另一方面来讲，1972

年，巴金还是戴罪之身时，沈从文不避嫌疑致信问候。1974 年，沈从文又登门拜访。这不光是感人的问题，从中能够体现出两个人，尽管对一些具体问题观点有分歧，但是在人性格中的契合之处，沈从文在抗战中曾经赞扬几位坚持自己的理想而不断创作的作家，巴金就是其中之一。

今天的主要内容是张新颖眼中的沈从文，还是让我们回到这上面来。

前面，我们讲到"常"与"变"，从理想的角度讲，一个人也好，社会也好，按照自主的规律走下去，是最好的发展，但是，世界恰恰不是这个样子，也没有这么简单，我们的人生大多时候不是自己可以规划的。比如说沈从文曾雄心勃勃地计划写《十城记》，他与儿子关于托尔斯泰的对话，既显示他的谦逊，也表明一个作家的抱负。可是，在 1949 年之后，他的生命中来了一场强大的风暴，这场风暴摧毁了他的人生预想。

不过，有件事情给我印象很深。第一，沈从文一辈子也没有放弃他文学的梦想，而且一直尝试在写作，可是，当毛泽东接见他的时候，毛泽东当时跟他说，沈先生你还应该再写几年小说，而我们中国作协的领导，当时文化界的领导马上落实最高指示的时候，沈先生居然拒绝。他不要再进到专业作家的队伍。我觉得这一点上来讲，恐怕真是很多人难以做到的。从某种意义上讲，似乎沈先生老于世故，或者对很多事情看得很透，但是好像又不是，他性格里的天真，天真到好笑的地步。黄永玉写过一件细节，苏联卫星上天，他们几个朋友坐在一起聊天，沈先生十分感动，马上说，这真是大好事，我应该入个党祝贺一下。这两件事情，我经常放在一起来想。张老师的书里还有一个一直勾画的细节，很重要。在 50 年代去土改的时候，他在读《史记》，从司马迁的文字中汲取精神力量。这些细节勾画在一起，请张老师再给我们讲讲，你怎么看 1949 年以后的沈从文，他的选择，包括大家不断说起的沈从文转业，这跟作家沈从文有什么联系？

张新颖：沈从文有一个特别的能力，或者特别的习惯，他走到绝路的时候，他还能再走下去，你现在回想一下 20 年代跑到北京写作，那个时候根本什么都不懂，其实是从零开始做，能够做出一番文学事业。到 1949 年文学没法做，做文物，做文物也是什么都没有，其实和当年做文学起点是一样的，也是从零开始的东西。走到绝境了，还能够走出一条路来，这个是很了不起的东西。

第二个是说，一个人敢走到大绝境，也是一个很了不起的，因为人的本能是会避开绝境的，走到那走不过去了，那是墙，我会绕一下，从门口走出去。有的人不，走到墙那里走不出去还要试一试，撞一撞。我觉得要撞一撞的人，他跟我们不太一样，他有这样的勇敢，我要撞一撞，更勇敢的是，我知道撞不过去，但是还是要撞一撞，我知道我撞一撞的结果是撞死。在 1949 年的时候，沈从文是抱着死的决心来撞一撞，而且确实自杀了。不过后来被救回来了，这是了不起的举动，了不起不是从政治意义上讲，从一个人的意义来讲。一个人敢于走到他人生最低的地方，因为我们是不敢，我们会避开最糟糕的处境的。他敢于走到人生最低的地方，那么等他活过来，等他不想死了，他以后走的每一步都比那个最低的地方要高。他以后不会害怕了，我已经死过一次了，还害怕什么。一个人敢于走到绝境，又能从绝境走出来，如果他自己不想死你就没有办法让他死了。

刚才讲到拒绝写作的东西，这个确实是沈从文比较清醒，沈从文不是英雄，他是一个很普通的人，但是他比我们普通的人多了一点，他看问题看得很清楚，对于一个作家来说，你不写作，你作家的生命就完蛋了，这是一方面。第二，对于一个作家来说，你胡乱写作，你的生命也完蛋了。沈从文很清楚，在他的后半生，他写作就是，不写完蛋了，写也完蛋了，因为写，你只能按照当时主流意识形态的写，当然是完蛋，写和不写都是完蛋，他能够清醒地认识到这一点，很多作家也能认识到，但还会苟且地写一写。

我把这个写作放弃了，我干什么？选择文物研究是有主动性的，我还是要干点事，一个人的生命里，他的创造能量一定要释放出来。他浑身充满创造能量的人，你不让他找个渠道发泄出来，会憋坏的。文物研究是这样的一个生命能量寻找另外渠道出来的方式。而且了不起的是，他对他做的事情有强烈的自信，1949 年的时候，他给丁玲写一封心，本来求丁玲什么事情，但是求人的话说得很硬。他说我现在不要写作了，现在有很多的年轻人，让他们写好了，我就做点文物研究事业，给下一代留个礼物吧。意思是说，你们现在的写作不过是一时，我做的工作可以留到下一代。当他开始做文物研究的时候，他就有非常强烈的自信，我做的这个事情是有意义的，我做的这个事情是能够经得起时间考验的。时间、下一代变成支撑他生命很重要的东西。

在四川土改的时候，读司马迁的史记，读史记的意义是说，他那天想了这样的事情，我写作不能写了，到这么一个莫名其妙的地方，这么痛苦。读史记，司马迁也很痛苦，再想一想，串联起中国文化的历史的这些人，从屈原到司马迁，创造中国文化长河的人不都是这样非常痛苦吗？文化不就是把他们的痛苦转化成创造能量的人来创造的吗？他没有把这个意思清楚地说出来，但是我想他那天产生的意思是很自觉的。我可以把我自己放到从屈原到司马迁，到谁谁，一直到沈从文这条河流上。从这里可以找到自己生命，找到自己事业的意义，否则就是受虐，否则很难解释他为什么后半生有那么强烈的热情，受那么大的屈辱做这样的事情。

周立民：讲到沈从文的文物研究，因为我们本身不是做这个，我们是做文学研究的，我总有一种疑惑，因为我曾经查过，比如对沈从文文物研究成果的文物界的反响，很少看到评价。文物界是不是一直在排斥沈从文这方面的研究？同时，能将文学与文物研究联为一宗，这是不是恰恰也是沈从文文物研究的独特价值和意义所在呢？

张新颖：沈从文的文物研究其实是挺独特的，因为在沈从文改行之前，文物研究已经有漫长的历史，沈从文是一个半路出家的人，他的研究历史会形成一些共识，一些规矩一些规范。沈从文不一定遵守你这个东西，有一个文物研究界对沈从文文物研究有漫长的认识过程，最早的时候大家是很排斥的。1953年历史博物馆搞一个反对浪费展览，沈从文给历史博物馆买的文物，人家买了些什么，都是破烂、废品，让沈从文陪同讲解，实际上是一个侮辱他的方式。可是慢慢你会看到，原来这些被他们认为是废品的东西在经过一段时间之后，变成了文物，你会慢慢认识到它。他的眼光和正统的文物界的人物眼光是不一样的，一个很大的区别，今天一说到文物的时候，想到的是在博物馆看到的青铜器，文人的书法、绘画，庙堂里用的，知识分子喜欢的，沈从文研究的是扇子、镜子、马鞍、衣服破破烂烂的布。

周立民：沈从文研究这些东西，现在文博界叫杂项。

张新颖：这已经是比较好听了，沈从文自己叫做杂文物，开杂货铺，不上台面的东西。就是这些不上台面的东西有一个共同的特征，就是在历史当中由普通人创造的和普通人的日常生活相关联，他研究的文物是我们生活里用的东西，用今天的词叫工艺美术品。普通人在漫长的历史里用他们的劳动和智慧创造的与普通的日常生活相关联的东西，其实这个是沈从文文学关注的点。他的文物和文学关注的点是一样的东西。他的那个东西是很独特，比如说，沈从文的中国服饰研究到80年代出版，这本书被认为服饰研究的奠基性著作。在这之前你们干嘛了，还要半路出家的人来奠基吗？因为在这之前，人们不把衣服破布当成文物。这从反面可以看出他文物研究的特点。

他有一些很奇特的东西，沈从文文物研究的，第一，他读书多，第二，他有想象力，你觉得文物研究是非常科学非常客观的工作，但是没有想象力好像也不行。第三他看到的东西多，他把这些东西结合起来。他文物研究生是很有特点的。文物研究界不承认他很正常，不过现在慢慢承认了。

周立民：现在已经成立纺织研究所，前一段时间开会，非常有幸遇到沈从文的另外一个助手，王亚蓉，大家一起交流的时候，她提供了给几个信息，她说在纺织考古这一面，目前国内还没有人能够替代沈先生在这个领域的位置。她说历史所的人只重文献，考古所的人只知道从地下挖东西，大概只有沈先生等少数人几方面结合得比较好。她还说，他们现在在研究可否恢复原中国过去织锦，包括图样。

我想问张老师另外一个问题，在你的书里，不断地将沈从文跟另外一个作家做比较，那个作家是鲁迅，这两个人的过节不说了。但是，为什么总在拿他两个做比较？他们的共通的地方在哪里？从气质上讲似乎完全不同的两个人。

张新颖：大家觉得他们两个是太不一样的人，所以我才比较，因为我要说他们两个其实是很一样的人。如果沈从文知道我做这样的比较，他不一定高兴，因为沈从文是不要和中国作家比的，他要跟契诃夫比的。我并不觉得我把他和鲁迅比较就抬高了沈从文。因为我们在日常的，我们研究现代文学里的人，我们把他们当成两个非常不一样的人，可是我读他们的文学，确实感觉到他们在文学的根本的地方是非常一样的人，我是要把这个一样说出来，我觉得伟大的文学在他的根底处是相同的。我是鲁迅的粉丝。这个一样要说出来是很困难的，说起来太复杂了。

周立民：我最初问你的问题是，你的沈从文阅读史，今天在思南读书会，对好多普通的读者而言，如果读沈从文从哪里入手，可不可以结合你自己的经历谈一谈？

张新颖：我 1985 年上大学，1985 年沈从文热已经有了，过去被埋葬的作家重新出土了，我也是跟着 80 年代的沈从文热读了一些沈从文。1985 年的时候，十七八岁，读一读没读出特别的。那个时候，已经开始读四川文艺、人民文学，都是选集。读了一些，觉得还行，还好，年轻人的，因为那个时候，1985 年是中国当代文学的实验先锋热潮的年份，大家那时候喜欢非常古怪的，在形式上特别新的东西，我也不能免俗，是顺着那样的潮流走的。在那个潮流下，沈从文不太够味。

但是到1992年的时候，我已经在读研究生的最后一年了，1992年的时候，我们上海《收获》发表了一组信，这组信是沈从文1934年从北京回他的老家去看他的母亲，路上写给他太太的信。这些信以前没有发表过，沈从文生前没有发表过，1992年发表这么一组，我看了那组信。我才知道，沈从文原来这么好。我觉得这个是我读沈从文的转折点，这组信现在都知道了，叫《湘行书简》，《湘行散记》是根据这些信改写的。《湘行书简》是我读沈从文的转折点。当时就觉得他好，好在哪里说不出来。今天可以说得清楚的，有两点特别打动我。

第一点，在他写给他太太信里，他非常清楚地写出了他和这个社会普通人的关系，他怎么看待这个社会的普通人。他在这个信里说了类似的话，因为那条船，河的两岸有人家，这是沈从文年轻的时候，当兵的时候经过的地方。岸上的人他特别熟悉，他跟他太太说，河两岸的这些人没有人比我更熟悉他们了，没有人比我更知道他们的高兴、不高兴，他们的痛苦。他说我要写一写他们。中国新文学以他们为对象，把他们写到文学里，我还是第一个。我读这个话的时候很吃惊，这个话显然是错的，因为中国新文学一开始就是写的普通人，沈从文凭什么说你是第一个写普通人，后来我慢慢理解了，当我们中国现代文学来写这些普通人的时候，不管是农民还是士兵还是妓女，我们是带着一个高高在上的眼光来打量他们的，知识分子来写这个社会的普通人，觉得他们很愚昧、落后，我要唤醒他让他们懂得做人，让他们懂得有自我，让他们懂得争取个人解放，社会解放，他们现在都不懂，他们还在昏睡。这个是普遍的思路，我们所写的普通人是这样写的。这样人就不自觉地有了等级，最上面的等级最先觉醒的知识分子，往下一点是即将觉醒，觉醒一点的青年知识分子，最下面的，金字塔形状最底层的，构成社会最多数的99％的人是愚昧的、麻木的、什么不懂还在昏睡的普通人。社会被他们分成了这样的等级。

可是沈从文，在沈从文那里，人没有这样的等级，他自己不但不觉得他比他们高，反倒觉得我比他们低。我是从这些普通人身上，水手、妓女，我可以从他们身上可以看到人生的庄严，可以看到生命的庄严。我从他们身上能感受到各种各样的正面的东西，等于是颠倒五四新文学的等级。在沈从文的文学里，人变成了不是一个被打量的，被批判的，被等待你们去觉醒的，被你们去教育的这些样的人，而是一个非常自在的，出现在他的生活世界里面的这些人。沈从文是第一个写他们的，我明白了他第一个意思。当这些普通人出现在沈从文作品里的时候，他们才是第一次以这个人自然自在的形态出现在文学的世界里。而且沈从文会觉得，是不是历史，历史不是由你们知识分子，不是由知识分子所热衷于谈论的帝王将相，不是由这个朝代变成那个朝代，那不叫历史，真的历史是由这些普通人，他们的日常生活，他们一代一代人的普通的日常生活构成了那样一条河流才改历史。所以我读到《湘行书简》的时候，我才慢慢的开始读懂了他。如果说我的沈从文阅读史，应该是这里开始，但是我也没觉得我要研究沈从文，我 1992 年毕业以后，就干了一些乱七八糟的事情。我在《文汇报》做记者，做了四年记者，我 1999 年博士毕业以后，开始教书。我开始教书的时候，很快就开始教沈从文，开了一门课叫沈从文精读。在 80 年代复旦吴立昌老师开了一门课叫"沈从文研究"，在 80 年代以一门课，一个学期讲一门课这样的规模讲沈从文，大概全国没有。那时候沈从文人家另眼看待。我在我教书的时候专门开一门课沈从文，到我这门课，沈从文变成一门课的时候，我就要认真做这个事情了，我不能在讲台上乱讲，我要对我的学生负责。

周立民：你对沈从文有过一个说法，说他是书信体作家，我们都说沈从文是小说家。你为什么这么称沈先生？

张新颖：现在能够留下来的书信大概有 400—500 万字，沈从文留下来文字一共一千万字，书信占了一半，你想想书信在他写作当中的分量。沈从文一般情况下，不写日记的，所以他的书信有一个类似于日记的功能。但是，他比日记好的是，书信有一个具体的收信人，所以在写信的时候，其实你是有一个具体的谈话对象的。这个和写作不一样，作品有读者，一个作家写作品的时候不知道读者是谁，他是抽象、复数的读者，写信是有具体的收信人。这个具体的收信人和这个人之间有感情的联系，他会形成你在写信的时候，特殊的口吻，等等。在书信里面，我们会读到在其他文体里读不到的很微妙的东西，特别是在 1949 年以后，沈从文不能公开发表作品的时候，他个人在时代感受里的丰富的心灵的信息精神活动，以及他的经历，他都保留在这些书信里。从这点上来说，书信是沈从文文字里特别精华的部分。如果放大一点说，沈从文可能是中国现代作家里写信写得最好的一个人。

周立民：写信的确让沈从文占了一个最大便宜的地方，他的太太就是他写信"赚"来的。按照现在社会标准，他又没有宝马，又没有别墅，铁定要打光棍的。不知道在座有多少人保留写信的习惯？到思南来，如果我是一个想读一点沈从文作品的人，让你来推荐，你想给他们推荐哪几部作品？

张新颖：第一部作品是《从文家书》，沈从文写给他家人，主要是写给他妻子的信。刚才讲到 1934 年是其中一部分，沈从文最早的求爱信，20 年代，一直到他的家书，从 20 年代到 80 年代，在沈从文给他最亲近的人写的大量书信里可以看到，这个人一生生命的历程，不止这些信息。第二本书，会推荐《从文自传》，沈从文 30 岁的时候写他 20 岁以前的经历，这里面包含了他刚才向我提问的很多问题没有回答的答案，其实在这本书里。

沈从文有一个表面看起来非常软弱的细声细气的人有一个非常强大的自我。这个自我是怎么形成的，在《从文自传》里有答案的。如果你只读两本就推荐这两本。

周立民：三本呢？

张新颖：第三本随便吧。

周立民：除了读沈从文的书，一定要读张老师的两本书，《沈从文的后半生》《沈从文九讲》，不然读不懂沈从文（笑）。

时间：2016 年 1 月 16 日

嘉宾：孙周兴　赵千帆　余明锋

今天我们怎样读尼采？

主持人：各位思南读书会的读者朋友们，大家下午好，欢迎来到103 期思南读书会现场。我们今天是一场偏向学术性的讲座，但是居然能来这么多读者和听众，非常高兴。首先我为大家介绍今天的主讲人，这位是同济大学人文学院院长孙周兴教授，这边这位是同济大学的赵千帆副教授，这位长发飘飘的是余明锋博士，也来自同济大学人文学院。我们今天讲座两点钟开始，三点半左右三位老师对谈结束，留半个小时时间给听众们提问。

孙周兴：各位朋友，下午好。很高兴今天来思南公馆。今天是我们同济大学三位老师给大家来谈尼采。我们三个都是做德国哲学研究的。相信好多朋友都以为同济大学只有土木建筑，没有哲学和人文科学的，我们比较新，但我们又是上海第一家哲学系，1946 年就有了，1949 年被关掉。一直到 2002 年，我从浙江大学调到同济大学，我们开始重建哲学，到 2006 年恢复了人文学院，现在时间还很短，名声也不大，所以一些朋友都不知道，这个可以理解。

我也没想到今天有这么多听众。尼采是一个很奇怪的人，生前生后都很奇怪。尼采离开这个世界已经 115 个年头了，他是在 1900 年去世的。尼采大概是在中文世界被翻译和被阅读最多的一个哲学家。我相信对中国 20 世纪以来的文化和我们的社会影响最大的是三个哲学家，都是德国思想家，第一个是卡尔·马克思，第二个是弗里德里希·尼采，第三个叫马丁·海德格尔。这三个思想家对我们中国社会的影响是不一样的，马克思更多的是政治层面的，今天我们还受他的影响，是众所周知的；尼采的影响主要是文化层面上；马丁·海德格尔对中国当代思想和哲学产生了最大的刺激。这是很有意思的状况。

在这三位深度影响了我们中国现代文化的哲学家当中，我觉得最有意思的是尼采。尼采在中国是被读得最多的。2009 年出版了我翻译的《查拉图斯特拉如是说》，据说已经是第 15 个译本了，前面已经有 14 个译本了，到现在大概有 17 或 18 个译本。这是一个高度变态的状况，但反过来说也是一个很有意思的情况：比较而言，尼采在中文世界被读得最多，被写得最少，好像被研究得最少。到今天为止，我们中文世界关于尼采研究的著作，像样的大概不会超过十本，相对来说是比较少的，跟别的一些哲学家不好比。所以这是一个很有趣的现象。

中国人喜欢阅读尼采的书，但我们关于尼采写得很少。我认为这里面最主要的原因是，尼采不是传统意义上的哲学家，他不适合于学术研究。今天在场的余明锋博士跟我做了关于尼采的博士论文，我感到很艰难；我自己也写了一本尼采研究，今年春天可望出版，一本不大的书，竟然写了六七年。为什么尼采不好写？主要原因是尼采的哲学不是论证－推论的哲学。哲学对我们人生的意义基本上是一点，就是要论证我们的生活，论证我们的行为。它跟宗教不一样，宗教是要我们服众、臣服，哲学要我们去论证，去讨论和推论。我们做一个行为要找到一个理由、根据（ground），有了理由和根据，我们做一件事情心里才会心安理得，不会不安。哲学的功能就在这里，但尼采的哲学却不是这样的，尼采哲学不适合论证。他的哲学差不多可以说是一种文学的和诗意的写作，是美文学。正因为这样，我们阅读的人多，这是一个有趣的状况。

我不太知道今天来这里的听众的来源，是大学里的还是哪里的，有没有读过尼采，读过多少尼采，我都不太清楚。下面我还是先来简单地介绍一下尼采的总体情况。尼采是 1844 年出生的，1900 年去世，差不多比马克思晚一点，我们知道马克思是 1844 年前后开始发表东西的，当时尼采刚刚出生。人们一般把尼采哲学分三个阶段：第一个阶段是 1869—1876 年，我们把它叫做尼采早期哲学，这时候他写了一本著名的书，叫《悲剧的诞生》。在本书里，他构造了一个美好的人类文化的理想。什么样的文化状况是最好的？他认为只有前苏格拉底的希腊早期的悲剧文化、悲剧艺术才是最好的文化样式，后来到哲学和科学时代就不行了。

然后是 1876—1882 年，差不多也是六年，这时候他写了两本书，一本是《人性的，太人性的》，另一本是《快乐的科学》。在这两本书里面，尼采开展了对西方传统文化特别是基督教文化的批判。然后是 1882—1888 年，又是差不多 6 年时间，这个时期叫后期尼采哲学，这几年里他写了两本重要的著作，第一本叫《查拉图斯特拉如是说》，第二个叫《权力意志》，这是最重要的两本，还有许多好书。1888 年，他一年当中写了六本书，到 1889 年年初他就疯了。一年写六本书，当然接近于疯狂了，不能不疯了。之后一直拖到 1900 年，他在精神病医院里待了 11 年，已经不会做哲学了，但至少有时候还是能说话的。最近陈丹青先生在乌镇搞了个活动，木心美术馆的开幕式，同时做了一个"尼采与木心"展，叫我去参加了，晚上搞了一个关于尼采和莎乐美的戏。莎乐美是我们上海的一个配音演员演的，一个可爱的老太太，但这就不对了，莎乐美是大美女，是欧洲名媛，由老太太来演莎乐美，不免有点问题。这个不去说它。这个戏还是蛮有意思的，但错讹不少，开头一句话恐怕就有问题，说尼采 1989 年以后就失语了，不会说话了。这个不对。尼采到 1900 年还会说话，最后的话是跟他妹妹说的。当时他妹妹在旁边哭，他妹妹叫伊丽莎白，他说伊丽莎白，别哭，难道我们不幸福吗？这话说得很让人心酸。

其实尼采一生很不幸福。他一辈子没有结婚，好像也没有女人，生前也几乎没读者，他的书，像《查拉图斯特拉如是说》，第四部只印了几十本，还没人买，只好自己送人。无论是从哪个角度来说，他都不是一个成功的人士。尼采认为他的读者在100年以后，差不多就是我们这个时代。今天我们可以提一个问题：100年以后我们读懂了尼采吗？我刚才说了尼采死了100多年了，我们为什么今天要读尼采？我们怎么读尼采？这些问题对我们做尼采研究的人来说，都是需要解答的问题。

我是绍兴人，普通话不好，听不懂的可以举手，或者叫我的两位学生翻译一下。今天我们的主题是怎么读尼采，我们刚才讲了，尼采说自己的读者在100年以后，2000年开始人们才会开始读尼采。其实他的判断是错误的。1908年，在维也纳开了第一次尼采研讨会，是心理学家弗洛伊德大师组织召开的会议。这个有意思，尼采对心理学影响很大，这个会是为纪念尼采最后一本书《瞧，这个人》而开的。弗洛伊德在这个会上说了两个意思。第一个意思说尼采是一个伟大的哲学家，《瞧，这个人》是一本伟大的著作；第二个意思是说，尼采是脑梅毒患者，所以发疯了。脑梅毒是一种性病，尼采是一个性病患者，所以是天才。当然这是一个有争议的问题，也是一个漫长的故事。欧洲历史上很多天才，据说好多是梅毒患者。梅毒是当年哥伦布从美洲带到欧洲的，十分难治，也很普遍，据说1945年之前欧洲人中25％的人有梅毒病；1945年青霉素发明以后就简单了。1945年以后，确实欧洲没多少天才，是不是因为梅毒被治好了？我再申明一下：此事尚有争议，不可定论，弗洛伊德大师的话也不能全听的。

前面说了，尼采在1988年一年间写了六本书，可能是比较典型的梅毒症状，因为梅毒这个病潜伏期很长，最后一段时间他的心智状态会达到很疯狂、很天才的状态。尼采最后几年的心智表现刚好印证了梅毒病的症状。像学术性的著作，我们赵千帆博士最近译了《尼采著作全集》的第五卷，我和余明锋博士等翻译了第六卷，是尼采1888年写的六本书，是同一年里写的，而且还没包括这个时期写的《权力意志》遗稿，算起来也有100万字，我们出版的第六卷大概有五六十万字。当时如果不是个发疯的天才状况的话，那是无法想象和不可理解的一件事。

后来1908年以后，实际上全世界就开始研究尼采，讨论尼采了。因为大家越来越觉得尼采对文化的许多判断是天才的判断，比如尼采说"上帝死了"，表明一个相对主义、虚无主义时代已经到来。尼采是1900年死的，1900年是一个伟大的年头，当然对中国来说是倒霉的一年，是八国联军进城，但在欧洲文化界产生了重大的事件，一是尼采死了，具有标志性意义，二是现象学一个经典著作《逻辑研究》出版，一个重要的哲学思潮启动，三是弗洛伊德名著《梦的解析》出版，精神分析学派由此出发。这个时间点很伟大。

到1908年以后，先是第一次世界大战，然后是第二次世界大战，血腥风雨，残垣断壁，这个时候大家才体会到了欧洲文明的危机，发现我们现在看到的，我们现在在想的，原来尼采早就都说了。从这时候开始大家开始广泛阅读和研究尼采。所以尼采对自己的影响做了一个错误的判断。我有一个大概的判断，一个基本的想法：我认为人类20世纪以来的形势，包括东方，包括中国，我们在物质生活方面的基本状况是在19世纪中期的马克思所预判和预言的，而文化生活中的许多现象，在精神层面上，是19世纪后期的尼采所预先规定的，他给了我们许多天才般的预言。

一个多世纪以来，西方对尼采的解读有几种方式。

第一种叫做心理和传记的解读，是很普遍的读法。刚才我讲了，尼采是一个心理学家，对后来的精神分析有很大影响。但这里不讨论这个。我是想说，传记式－心理学式的读法是最自然的一种，我们的阅读习惯就是这样子的。我们看一个伟大的作家，一个伟大的哲学家，我们希望看到他怎么生活的，他的思想跟他的生活有什么关系。这种解读是一种很常见的解读方法。现在我们一些做研究的，喜欢关注研究对象的私生活，比如尼采哪一年碰到了莎乐美，追求她，但莎乐美不理他，后来又怎么怎么的，他们搞了什么之类的。有人还去挖掘尼采的家庭背景，以及他与母亲和妹妹的关系，从中找出证据，说明他为什么会这样想的等等之类。传记和心理的解读是很普遍的方式，而且尼采是可以用这种方式来解的。包括我自己，我努力从哲学和文化批判方面去读尼采，但在我最近写的关于尼采的书里面，也讲了很多尼采的故事，尼采与瓦格纳的交往、尼采与莎乐美等人的关系。在西方，这方面的解读一直到海德格尔《尼采书》出来以后，情形才开始变了。

第二种文学－美学的解读，恐怕是最常见的，在欧洲到现在也还很有力量。尼采的书，为什么世界上有这么多爱好者呢？有这么多人喜欢读尼采？因为尼采的书太好念了，很诗意，很文学，是我们所谓的"诗化的哲学"。我们三个是搞德国哲学的，德国哲学著作有一个很大的特点，像康德和黑格尔的古典哲学，通常是无比长的句子，一句话半页纸是常见的，我们在阅读时经常要拿铅笔做一个记号，先断句，后面的以后再念。但尼采不是，尼采的文本多半是诗意短句，而且好用典故、隐喻、双关等手法。我们汉语有一个特点，我们本来并没有"如果那么"、"尽管但是"、"因为所以"之类的关系句，更没有用关系代词引起的从句，从现代汉语开始有关系句了，但也还是不严密的。我们中国人都喜欢短句。这就可以说明为什么中国人特喜欢尼采和海德格尔，因为都喜欢他们的短句，他们的诗意表达。尼采自己也说，他的文学，像他的《查拉图斯特拉如是说》，以他自己的判断，是可以跟莎士比亚比一比的，也可以跟歌德比一比的。尼采认为自己是一个伟大的文学家，所以后来一直有人从文学－美学这个意义上来解读尼采，也是正常的。

第三个解读方式是哲学和形而上学的解读。哲学和形而上学的解读方式实际上是多样的，其中最典型的是马丁·海德格尔洋洋一百万字的《尼采》两卷本，中文版是我年轻时翻译的。在这个书里面，海德格尔把尼采描写成一个哲学家，是"最后的形而上学家"，说尼采的"权力意志"和"永恒轮回"这两个基本概念，是对欧洲形而上学的两个基本问题的解答。这两大基本问题，第一个是问世界的本质是什么，事物的本质是什么，是每一种形而上学首先要解决的"本质"问题。尼采说是"权力意志"，也有把它译成"强力意志"。这是对哲学中的普遍性、本质问题的解答。第二个问题是问个体事物是如何实现、如何展开和运动的、尼采用"相同者的永恒轮回"来回答这个形而上学的实存问题。

所以根据海德格尔的这个解释，尼采就变成一个形而上学家了。现在我们很多人，包括中国学者，比较普遍地接受了海德格尔的这样一种关于尼采的哲学解释。但是，后现代的法国理论家们，特别是法国的新尼采主义者们，他们就普遍不接受尼采的这些说法，其中最典型的是德里达。德里达说尼采哲学是不确定的、多样的、没有统一体系的、风格怪异和不断切换的。尼采是一个后现代主义者，追求差异、多样性和不确定性。这方面，我们两位年轻老师待会儿可以来为我做补充。

我觉得大概可以从上面三个角度来看欧洲人对尼采的研究路径。下面我想来说说中国。中国人是怎么理解和解释尼采的？

中国第一个介绍尼采的学者大概是王国维，那是1904年，尼采死后才4年。较大规模地开始谈论尼采则是在五四运动时期。在1915年到1919年的《新青年》杂志上，发表了不少于15篇关于尼采的文章。听起来不多，我们现在一年就可以发表几十篇关于尼采的研究论文，但在当时，尼采的书一本都没被翻译成中文，也就是说当时的知识分子都没读过尼采的文字，你都无法想象他们是怎么谈论尼采的。我们开始讨论尼采的时候，一本书也没看过，一篇文章也没被翻译成中文，当时的状况很有意思。像我的同乡鲁迅，他后来自己翻译尼采，但估计他的德文不大好，未能深入。他先用古文翻译《查拉图斯特拉如是说》，后来又用白话文，都译了它的序言，后面就没译下去，后来叫他的学生徐梵澄翻译。徐志摩说鲁迅是"中国的尼采"。鲁迅喜欢骂人，这应该也受尼采的影响，所以才成为"中国的尼采"，当时很多文人确实不大像话，应该骂一骂的。我们可以看到鲁迅很多文本受到尼采的激发，特别是《野草》，我认为《野草》是中国现代文学的顶峰，是最好的一个散文诗，这个伟大的文本显然有许多尼采的烙印。

尼采当时对于五四这一代中国知识分子具有启蒙的工具意义。我们把五四运动当做中国的第一次启蒙运动，而尼采被当作这次启蒙运动的工具。尼采到底讲了什么实际上无关紧要。鲁迅说尼采是"轨道的破坏者"，而五四运动需要破坏中国的传统轨道。尼采在五四这一代学人眼里，是一个批判和解构传统、强调生命，强调自由，强调个性，强调创造的角色。当时的中国青年、中国知识分子需要自由、创造、生命之类的概念。他们从尼采那里取得了这些概念，至于尼采自己到底讲了些什么，有什么要紧的？有一个哲学家叫尼采，德国人，有许多伟大的想法，够了；具体是什么思想，不知道。这是尼采进入中国的第一个阶段，也可以表达为中国对尼采的第一次阅读和接受，是从启蒙的角度来阅读尼采。显然，这样的读法是有问题的。

中国的第二次尼采热是我上大学的时候，80年代开始，我是1980年上大学的。当时"文革"刚刚结束不久，我后来一直在想一个问题：为什么当时大家都喜欢美学？为何美学当年成了中国学术界最大的热点？我在杭州的浙江大学读书，学的专业不是文科，而是地质学，浙江大学当年还没有文科类专业。然而同学们都喜欢读美学方面的书，我也是。有几个热点人物，比如李泽厚先生的康德研究和美学研究，周国平先生的尼采研究和美学研究，稍晚点是刘小枫先生的"诗化哲学"，造成了一场"美学热"。而在这场美学热里面，尼采是一个核心人物。

1986年，周国平先生出了两本书，一本叫《尼采：在世纪的转折点上》，第二本叫《悲剧的诞生——尼采美学文选》。当时青年学子几乎人手一册。据说《尼采：在世纪的转折点上》印了20万册，在现在当然是无法想象的了。当时不像现在，中国没多少大学生，不读尼采不好意思似的。跟后来余秋雨的《文化苦旅》一样，尼采也是热闹一时。为何当时的人们要读尼采，特别是尼采美学呢？其实尼采这个形象并没有什么重大变化。反传统、重个性、扬自由，依然是这样一个尼采形象。这个形象被置于美学、诗化哲学的范畴里。这时候尼采的中文翻译和研究多了一些，但仍然不算多，许多书还没有被译成中文，我们的读物依然是有限的，有关尼采的中文研究文献更是有限，相当可怜。但人们对尼采有大兴趣。人们借着尼采来解放自己。当时我们需要这个，需要尼采、萨特和弗洛伊德。因为我们被禁锢着，我们不自由，这个不能做那个不能干。记得我有一个师兄，率先穿喇叭裤，留长发，有人就把他称作流氓。当时还是很恐怖的，你稍微有一点出格的衣着，留个长发，像我以前那样子，人们就认为你不正经，不是好人。我们叫"反资

赵千帆　孙周兴　余明锋

产阶级自由化"，两三年来一回批判，现在的年轻人都无法理解当时的状况。我们很可怜，我们很压抑，所以我们要个性，我们要自由。这个时候我们需要尼采。尼采是美学的尼采，是个性解放的尼采。情况大致就是这样。80年代的中国第二次思想解放运动，也可以叫做中国的第二次启蒙运动，尼采又是一个主角，但这个时候尼采也依然是个工具，他只是被我们用美学的名义，用来反抗当时的政治意识形态，解除对我们个性的压抑。所以动机是很清楚的。这是第二次运动，我们把它叫做对尼采的美学读法。

第三次尼采热也很有意思，是尼采死后100年后的事，差不多是从2000年开始的，可能现在也还在发生过程当中。从1989年以后，中国知识界内部开始高度分化。80年代中国知识界是比较单纯的，自由主义占主导，对抗的是旧意识形态。1989年以后不是这样了，我们知识界内部内讧，分裂为自由主义、新左派等，甚至开始冲突起来。形势变了。这种内部分化当然也有好处，表明声音更加多元了，但也有一些问题，没了基本共识。

到90年代后期，2000年前后，大家又把尼采挖出来，尼采又热了起来。这时候语境不同了，学界关注的不再是启蒙，而毋宁说是反启蒙或者启蒙批判。因此人们给出了另一种尼采读法，可以说是一种政治哲学的读法，这方面学者们特别受到美国政治哲学家列奥·斯特劳斯的影响，基本上把尼采看作一个贵族主义者，一个反民主、反自由、反平等的贵族主义者。进一步还有所谓的"隐微术"，说哲人的任务是骗民众，哲人知道真相，但不能把真相告诉民众，若把真相告诉民众，就麻烦了，社会将无法稳定。比如说我告诉大家，人生是有限的、无常的，世界也是无常的、不确定的，这是真相；但哲学一直不这么说，哲学始终在告诉我们世界上有稳定的、可靠的、确定的东西。如果民众都相信世界是无常的，那社会怎么组织得起来？所以世界的这种真相是不能让民众知道的。这个逻辑听起来很恐怖。各位想一想，如果我们哲学家的主要工作是造出一套假话来欺骗民众，而不能把我们知道的真相告诉民众，整个哲学史，甚至整个文化史岂不是一个大骗局？所以我说这是文化虚无主义，十分可怕。

2000 年以来，差不多十几年了，我们开始从政治哲学的角度来解读尼采。记得 2000 年刘小枫发表一篇文章，大概叫《尼采的微言大义》，首推哲学隐微术，马上引来国内自由主义者的批评，比如上海自由作家张远山先生、上海哲学学者陈家琪先生等，撰文批评刘文，一时构成了一次围绕尼采的热点争论。尼采又开始热了。而且这一回，汉语的尼采研究和尼采翻译事业最近几年大有推进，可以说前所未有。尼采研究论著出了不少，关于尼采的博士论文、著作越来越多，有的是有一定水准的。尤其尼采翻译，目前同时有三套在做，一个是刘小枫教授主编的《尼采注疏集》，二是本人主编的《尼采著作全集》，三是杨恒达主编的《尼采全集》。尼采是在中国被翻译得最多的哲学家，眼下竟然有三班人马在翻译尼采的全集或者著作全集。我们做得最慢，现在只出了五卷，一共有 14 卷，我们争取在五年内把它完成。但我刚才说了，这一次关于尼采阅读，大抵是有政治哲学趋向的。

我自己倾向于从哲学和文化批判的角度来阅读尼采，可以说是第四种读法。我认为尼采哲学其实只讲了三句话，第一句话叫：人生是虚无的。这就是尼采所谓的虚无主义的问题。这里面涉及尼采在《悲剧的诞生》里面一个基本思想。这两天大家网上到处可以看到周有光先生的一番话，他活到 110 岁了，这个很难的，要活到 110 岁太难了。我估计在座大部分人再过 50 年就都 over 了。人生总归是有限的。而且人生快乐的时间少，痛苦的时间多。这方面我们每个人都有经验。尼采在《悲剧的诞生》里面引用了一个希腊神话，这个神话里面讲了这么一个故事，就是酒神狄奥尼索斯的老师昔勒尼的故事，据说昔勒尼知道人世间最美好的东西是什么。当时有一个国王便叫人把昔勒尼抓来，问他：据说你知道人间最美好的东西是什么？昔勒尼说是的呀，我知道呀，人世间有最美好的事，但是你已经拿不到了。国王问是什么？昔勒尼说：不要生下来。不要出生是人世间最美好的事，但你已经得不到了，你已经生下来了。国王问：那次好的东西是什么？昔勒尼说：次好的东西你可以得到，但你是不会愿意的，就是：快快死掉。最好的是不要出生，次好的是快快死掉，从逻辑上讲就只有一种可能性了：最不好的是活着，活着最苦，最不好。这个故事对尼采影响无比巨大，是尼采思想的"思眼"。这后面的背景当然是叔本华哲学。叔本华说人生是无聊与痛苦之间的钟摆，我们有欲望，我们要满足，不满足便痛苦，满足以后就失意，也是痛苦，任何欲望都是这样的。有些高度激烈的欲望的满足，比如性欲的满足，带来的失意和痛苦更为明显。尼采要追问这样一个问题：人生如此短暂和痛苦，我们有什么理由活下来？实际上尼采给出了一个虚无主义的人生解释：人生是虚无的。这是尼采哲学讲的第一句话。

尼采讲的第二句话是：文化是虚假的，是谎言。我们创造了宗教，我们创造了哲学，我们创造了艺术，无非都是在论证我们活下来是有意义的，都是在解上面讲的人生难题。比如说古希腊的文艺，尼采说，希腊人通过神话和早期文学，通过他们的"艺术文化"，创造了一个光辉灿烂的希腊神话世界。但是有一个问题，我们大概一直没有搞清楚，为什么希腊人创造出来的诸神跟我们凡人长得一模一样，也有我们凡人的性格，也干跟我们凡人一样的好事和坏事。尼采给出了一个解释：因为希腊人想通过这个来证明，我们过着跟神仙一样的日子。你看，我们生活在一个神仙的世界里,我们活得跟神仙一样,多好呀。尼采说这是典型的"神正论"。但显然这是一种自欺。

尼采在《悲剧的诞生》里批判的另一种文化是从古希腊开始的"理论文化",也就是哲学和科学文化。艺术文化之后,希腊人为我们创造了哲学和科学,一种理论文化。刚才我讲了,哲学的任务是论证,要论证我们的生活,论证我们的行为。没这个论证我们经常会感到不安,有了这个论证我们便会心安理得。而且哲学希望提供一个单一的论证,找到一个单一的根据。明明你想把一个女朋友抛弃了,又很不好意思,就要找理由,而且要找到唯一坚实的理由。找到这个理由以后,你终于可以安心地把你不想要的女朋友抛弃掉了。每个人都在这样干,人现在都变成了理论动物,尼采叫"理论人"。现在人人都是"理论人",都是理论动物。什么叫理论动物?就是你试图为你的每一个行为做出论证。但是这里面有大问题。问题在哪里呢?很多时候我们的行为是没有理由的,或者是有多样的理由的。没有单一的因果关系可以来说明我们的生活和行为。这就是问题。如果我们片面地用理论的方式、科学的方式、哲学的方式来说明我们的生活,我们的生活肯定变得搞得十分单调和片面。试问我为什么今天要到这儿来做演讲,要跟大家见面?你们为什么要到这儿来听讲?我认为理由很多很复杂的。有的小姑娘可能跟男朋友吵架了,说算了,我去听报告去了;有的人可能说我们自己的老师在那讲课,去听听吧,不去不好意思;有的可能犹豫了很长时间,说算了,反正也无聊着,要不去玩玩吧,等等之类。我为什么来讲尼采?我是第一次来这儿,你们都猜不出我的理由,可能理由是多样的,如果说有一个基本的理由的话,那就是有一天我刚好跟出版界朋友在某个地方喝酒,碰到了思南读书会的组织者孙甘露先生。孙甘露先生是我的朋友,他的指示是不好不听的。于是小王联系我,而且要我叫上两个学者来对话,我想了好几天,说带两个同事算了。听起来这事特别简单,其实里面也很复杂的,里面还有很多幽暗的东西,无法理解和无法说明的东西。以传统哲学和科学为主体的理论文化希望把我们生活中幽暗的无法说明的东西撇开,把它单一化,从而把我们生活弄得很单调。难道我们只是一个理论动物吗？难道我们生活中只有知识和科学，再无其他？我们情感呢？我们的想象呢？我们的意志和冲动呢？

这里我们可以看到尼采思想的动机。在《悲剧的诞生》里，尼采深受伟大音乐家瓦格纳的影响。瓦格纳首先看到了技术文明之病，他认为，科学和技术工业发展以后，所有的文明形式，我们的生活都被搞得太单调，太清楚明白了，这个时候我们的文化、我们的生活已经变得好没意思，已经玩完了。瓦格纳当时设想的是，只有神话能够拯救我们的文化。他的大部分音乐作品是在重构神话，创造一个日耳曼民族的古代神话世界。尼采接受了瓦格纳"通过艺术重建神话"的理想，才写了一本《悲剧的诞生》，意在清理古希腊各种文化类型，认定希腊悲剧时代的文化为最美好的文化类型，同时要审视当代文化处境和形势，探讨悲剧文化复兴的可能性。所以，《悲剧的诞生》的基本动机是瓦格纳式的。

反观我们今天的文化，我们今天到底需要什么？在技术工业的宰治下，我们的生活变得越来越无趣了，什么都被搞得规规矩矩、明明白白的。尼采死后的20世纪，我们甚至越来越看到了技术带给我们灾难性的东西。现代技术带给我们最大的灾难性的东西有两件，其一是人类体液环境全面加速恶化，二是高智能机器人的出现。我认为，这两件事对于人类是致命的，而且我们马上看到它们的到来。人本质上仍旧是水的动物，但主要由环境激素的影响，我们的水环境已经全面恶化，导致人类自然生殖能力急速下降。据科学家预测（大概十几年前的预测），在过去50年间，人类（男性）自然生殖能力已经下降了一半，而再下降一半只要25年，进一步再下降一半只要12.5年。在欧洲已经有25%左右的男人不会自然生育了，因为精子浓度不够。通过技术工业，我们正在加速把我们人这个物种摧毁掉。第二个灾难性的事件是，人类正在制造高智能的机器人，马上会制造出比我们人类的智商更高的机器人。到这个时候，就不是我们使用机器人，而是机器人要使用我们了，机器人们开始商量：把人类灭了算了。有人傻傻地说：我们把机器人的电源关掉就是了。这个说法真是够笨的，如果机器人已经比我们智商还高，还轮得到我们人去关它们的电源吗？也有人说，既然如此我们商量一下别造高智能的机器人，不就行了？这个说法同样不成立。安德尔斯说得好：原子弹的爆炸已经表明技术统治时代的到来，就是说，技术统治已经压倒了政治统治。技术已经不是人力可以掌控和调节的了。

技术带给我们人类的到底是什么？现在似乎越来越清楚了。我们本来是一个自然的物种，现在已经越来越不自然了。这时候尼采强调自然主义，是有他的道理的，而且可以说是先知先觉的。我那天在复旦做报告，我脱口说了一句话，我说我们这代人，可能是最后一到两代自然的人。实际上我们已经不太自然了。尼采的整个哲学，包括对科学、哲学、宗教的批判，都基于一点，即他认为文化是虚假的。

尼采讲的第三句话是：生命是刚强的。既然人生是虚无的，文化是虚假的，那么我们活下来还有什么意思呢？尼采是虚无主义者，但他说自己是积极的虚无主义者。所以我想替尼采说的第三句话是：生命是刚强的。尽管人生虚无、文化虚假，但生命刚强，存在生生不息。在《悲剧的诞生》中，尼采赋予悲剧以一种"形而上学的慰藉"的意义。他的说法是：所有真正的悲剧都以一种形而上学的慰藉来释放我们，就是说，尽管现象千变万化，但在事物的根本处，生命却是牢不可破、强大而快乐的。在尼采看来，希腊人同样面临叔本华式的否定意志的危险，所幸有悲剧艺术，悲剧让人（观众）直面这个偶然、任意但又充满美丽形象的自然世界，使人面对人生的痛苦和不确定性。沉醉于狄奥尼索斯的观众不是放弃自己的生命意志，而是变成了一件艺术作品、一位艺术家。这是早期尼采的看法。而晚期尼采则以"权力意志"和"相同者的永恒轮回"来构造一种肯定生命的形而上学，特别是用"永恒轮回"说来解答这样一道人生难题：我们的生活一次次无聊地重复，为什么我们愿意重复？这个问题是尼采早期关于人生有限和痛苦、我们如何承受悲苦人生难题的继续和拓展。尼采采用了"把瞬间永恒化"的实存论策略，认为只有个体创造性的行为才能克服这道人生难题，只有创造性的生活才是值得一过的。这个时候，尼采肯定生命意志，思考作为艺术的权力意志。

我们看到，从早期的《悲剧的诞生》到晚期的《权力意志》，上面讲的三句话的逻辑一直得到了贯彻。在这个意义上，对尼采的文化批判式的解读同时也是哲学的解读。尼采是一个思想异类的文化批评家和生命哲学家，他的思想目标永远是人当下的生活。所以我愿意把自己定位在这个角度来读尼采。

赵千帆：刚刚孙老师说得比较完整了，关于尼采的大致的分期，和几种阅读路线，都点到了。如果要补充的话，我想谈一个事情。这件事发生在去年，跟刚才孙老师提到的对尼采的政治学解读，是一个平行的现象，不过是发生在英国。在中国和在西方都有人把尼采往政治方向解读，但解读的方向完全相反。这个例子发生在英国很有名的伦敦大学学院，2014年时，他们校学生会决定不支持本校一个尼采读书会小组的活动。因为这个学生会有权拨款，所以决定不支持事实上等于表态希望禁止尼采读书小组在伦敦大学学院这个校区里面进行活动。这个事情当时在英国的社交网络和文科知识圈里面引起了非常强烈的反响。

大部分文科知识分子是反对的，而且在里面看到一种很可怕的新时代的盲目的政治正确性的蔓延。这个学生会的理由是什么呢？我看到读书小组组织的一场公共讲座，类似我们今天的讲座一样，但他们讲座的海报是有挑衅性的。把一只怪兽的脸和一张人的脸对接在一起。讲座的标题在西方是非常敏感的标题，它叫作——这是尼采的一个引文——"平等是一个假的上帝"。平等是一个伪神，如果我们信平等，就信了一个伪神，信错了。同时这个讲座的内容还有除了尼采之外的三位思想家，一位是著名的海德格尔，孙周兴老师对这位著名思想家的文本进行了大量的翻译；还有另外两位，一位来自西班牙，一位来自意大利的，都是右翼的保守派的思想家。伦敦大学学院的学生会就认为这样一种探讨是在给法西斯主义和种族主义以及相关的极右翼分子提供一个讨论的平台，他们主张不要为这些思想提供任何发声的空间，所以就决定预先把这个小组的讲座给禁止掉，这个当时引起了很大的争论。

当时有一个英国学者在论坛说，这是非常荒谬的，大家只有在学校里面还在读尼采，在学校里面禁掉了，就没有人读尼采了。这样的例子跟我们今天谈话的主题非常相关——我们今天应该怎么读尼采。在英国的年轻知识界中，尼采变成这样一种极右翼的形象，对尼采的阅读成了非常危险事情。在网上关于此事的争论中，甚至有读者嘲笑说，我们的大学生就这么脆弱吗，一两页尼采都不能读，一读就要被毒害了吗？就像我们今天很多文化官员也害怕，说我们在电脑上装了一个快播，我们就被毒害了。我举这个例子来谈，是想指出刘小枫先生大概在 15 年前引入的关于尼采的政治性解读，在中国和英国所指向的是完全不一样的方向。但两种解读都是非常政治化和简单化的，他们都把尼采解释成一个跟今天的主流趋势完全相悖的思想家，在他们的解读中，尼采展现的都是跟我们今天时代完全相反的政治主张。只不过刘小枫先生认为尼采这种想法是对的，因为我们现在的政治发展方向都是错的，所以我们需要读尼采，把他的思想像一个刹车闸那样来用，把我们今天错误的发展趋势刹住。但是左派——以伦敦大学学院的学生会代表，却认为尼采早就被时代抛弃了。两者谁是谁非我这里不想下结论，但是有一点非常有趣：尼采的书总是会被看成病毒思想的聚生地。实际上我觉得左派关于尼采的看法有一个非常麻烦的地方，或者说一个弱点，这个弱点尼采很早就注意到了：他们总是觉得有些思想非常糟糕，早就该被这个时代抛弃了，但却偏偏还会引起人们的喜爱和讨论。为什么会这样？一方面他们认为尼采的有些思想应该永远被摒弃到我们视野之外，但另一方面，他们一旦这样做，就恰恰预先让自己的视野狭窄了。这样他们陷入了非常尴尬的境地。而我觉得读尼采能帮我们看清这种境地。

余明锋：我接到邀请之后非常高兴，因为从德国回来之后，觉得中国有三个变化，一个是物价高了，第二个是空气差了，第三个是书店几乎没了，我找不到了，结果有一个读书会说让我来谈谈尼采，我很开心。今天孙老师提的两个问题，一个是今天我们为何要读尼采，还有一个是今天我们怎么读尼采，对这两个问题我简单谈一下自己的看法。

关于第一个问题孙老师讲得非常全面，尼采在中国一直跟启蒙问题相关，启蒙问题无论是启蒙还是反启蒙，还是反思启蒙，在我们当下来说都是思想界的一个根本任务之一。在我们历次有关启蒙的讨论中，尼采是中心人物，这意味着我们现在思考我们社会政治问题，思考梁漱溟先生所谓的中国问题，我们是绕不过尼采的。梁漱溟先生说他一辈子就思考两个问题，一个是中国的问题，一个是生命问题。

我还想补充一个问题，就是所谓纯粹哲学的问题。纯粹哲学的问题跟生命问题，跟中国问题，或者说社会政治问题是完全相关的，但是不能完全划为这两者。关于社会政治问题层面孙老师已经梳理得非常清楚了，我想补充一个生命问题的层面，今天我们为什么要读尼采，答案很简单，因为我们每个个体的生命经验都与尼采密切相关。这个听起来有点扯，但是为什么？举几个简单的词语，比如说虚无主义，我们都要追问生命的意义。比如说我们现在的福利社会，追求快乐的、娱乐的生活。尼采还有一个词叫颓废，还有一个词叫末人，或者叫最后的人等等这些词。我们现在每天感受到的生活，或者消费社会、娱乐社会等等生活经验，其实在尼采那里都有过非常深刻的思考。这是我们今天为什么读尼采的非常切实的理由。

还要补充的一个理由大家不是很关注，但是对我们做哲学研究的人来说是更根本的理由，关于纯粹哲学这个层面，大家都听过一个词，叫形而上学。可以说在柏拉图之后尼采之前，这两千多年西方哲学的历史，可以被概括为形而上学的历史。孙老师提到海德格尔，他把尼采定义为最后一位形而上学家。现在尼采研究学对海德格尔这个命题有很大的争议，我们可以说尼采处在形而上学向后形而上学的哲学思考的转折点上。如果说形而上学的基本思考有一些基本预设，一些思想家共享的地基的话，比如说理性、本质这样一些概念。这种概念作为思想的地基，在我们这个时代，在哲学思考中，事实上已经不存在了。我们从本质下降到身体，从理性下降到语言，或者说文本。在身体和语言和文本间，其实又有紧密的联系。在西方思想的转折点上，尼采是最重要的奠基者之一。我们这个时代如果还有关于纯粹问题可以讨论的话，是跟这两个词语相关的，尼采是这个转向的先行者、奠定者。这是为什么要读尼采的第三个原因。

第三个原因引下来我关于第二个问题的思考，今天我们怎么读尼采？刚才孙老师一开始提到尼采文本的文学性质，或者说尼采到底是一个文学家还是哲学家，这其实是尼采最初发生影响的时候争论最激烈的问题。尼采疯掉之后，尼采一生是非常落寞、寂寞的，虽然其实他跟那个时代重要的人物很多有交集。比如我举当时两位非常重要的女性，一位叫科西玛·瓦格纳，原是指挥家卜娄的太太，后来嫁给了她所崇拜的瓦格纳，还有一位是莎乐美。这两位女性在当时的德国，乃至欧洲的知识界，地位非凡。莎乐美是尼采追求过的女孩子，但莎乐美这个人活得比尼采长，本来年龄比尼采小。她后来跟保罗·李跑了，再后来跟著名诗人里尔克有非常深的交往，里尔克视之为精神上的引导者。

这个莎乐美后来又去学心理分析去了，她后来是弗洛伊德晚年重要的助手，弗洛伊德刚才孙老师提到了，弗洛伊德很多思想在尼采那里都有了。简单讲一下尼采生前的情况。他疯了以后马上出名了，其实他最初的影响都是在文学界，我们知道很多大诗人，大作家都深受尼采的影响。如果你不读尼采，是读不懂 20 世纪的文学的，至少是德语文学史，是没法读的。比如说穆齐尔的《没有个性的人》等，这么多的小说，还有一些造型艺术家。包括我在德国认识一位研究绘画的教授，他跟我说那个时代的绘画，那些画家，你要去解读他们的绘画语言，你都必须要了解尼采。德国曾经在好多年前出过两卷本的《文学中的尼采》的集子，里面一看吓一跳，这里面我们所熟知的 20 世纪初到 20 世纪中叶的伟大的文学家——20 世纪中叶到现在，寥寥无几了——大部分其实都跟尼采有关系。

这个引向我下面要着重谈的问题，就是尼采的哲学家和文学家身份的关系问题。大家都知道在德国文学史上，或者是思想史上有另外一位重要的人物，他同时具有这两方面的天赋，思想和诗歌，席勒。他有这样一句话，他说我非常苦恼，因为我身上同时有两种天赋，我诗人的一面阻碍了我思想者的一面，而我思想者的一面，阻碍了我诗人的一面、艺术家的一面。但是我们发现在尼采这里，这两方面是没有阻碍的。我提的问题是，尼采这种写作，是不是偶然作为一种文学和哲学的结合，还是说从形而上学到非形而上学、后形而上学的思想转折点上，文学和哲学带有一种必然性结合在一起。我们都知道前面孙老师讲的哲学叫论证，其实哲学成为现在我们典型的哲学的模式，是从柏拉图之后，他的学生亚里士多德开始的，哲学的写作以这种论文体为典型。我们现在读到亚里士多德的书都是这样的文体，但是大家可能不太知道，其实亚里士多德写了很多对话，只不过这些对话都丢掉了，只有他老师柏拉图的对话留下了。在他活着的时候，大家都只知道他这些对话，我们现在看到亚里士多德的书都是他的讲课稿整理下来，是这样一个关系。所以在古希腊哲学高峰的时候，有柏拉图写的对话，这样一个文学和哲学高度结合的文体，向这种文体的转变。这种转变跟形而上学的形成有没有关系呢？打一个问号。然后一直到德国的唯心论，德国古典哲学这样一个哲学高峰的时候，这种论文体达到了登峰造极的地步，就是刚才孙老师提到的康德。

这种论文体和形而上学的关系，也许是我们需要去思考的一个问题。我接下来要讲一下，在尼采那里可能的观点是什么呢？尼采提了一个这样的问题，有没有脱离非真理的真理，有没有可以用这些命题来简单陈述的真理。因为论文体有一个特点，我跟你讲的是我纯粹的思想，这些思想可以用命题来表达，我说世界的本质是什么等等，可以用这样一个陈述的语言来表达，然后论证，所以会有论文体。但如果真理不是这样一种形态呢？论文体就不是表达哲学的恰切的方式。大家明白这个问题没有？

我们可以这样来读柏拉图对话，海德格尔有一篇文章，叫《柏拉图的真理学说》，那篇文章非常有意思，他说柏拉图其实有两种真理观，他把这个理解为前形而上学的真理观到形而上学真理观的过渡。前形而上学的真理观叫"去蔽"的真理观，它是一个揭示的过程，他行走在这个过程中，所以对话成为哲学恰当的方式。不像后来黑格尔说的，柏拉图采用这种对话，他当时没有办法，可能不是这样的问题了。尼采重新带来的思考是什么呢？如果不合适的话，我们要转变这样的论述，从这个论述要转到一种在柏拉图那里的对话，论述体我们可以说叫独白。大家知道尼采写格言，格言式的写作是什么特点呢？尼采特别喜欢音乐，大家可以从音乐的角度考虑，像《查拉图斯特拉如是说》这样的作品，我们可以把它读作交响乐的，它有多个声音，多个声道。我们把这些个声道合在一起听，才能听出这个音乐的味道。这个是哲学上的专业的词，叫视角。尼采的真理观，海德格尔如果说是"去蔽"的真理观，那么尼采的真理观是叫视角的真理观。视角主义，我不太愿意用视角主义，因为提到主义可能有点问题。

尼采把他之前的真理观称为禁欲主义，禁欲的真理观，我们的真理观为什么是禁欲的呢？因为真理好像是不动的，摆在那里，我们要摆脱我们的感性生活，上升到纯粹精神的高度，来追求它。这样一种禁欲的真理观，相应的我们或许可以把尼采的真理观称为纵欲的真理观。尼采也会用这样一些词，比如说浪费，大家不要读到尼采的浪费觉得很浪费，这是一个关键词，他告诉我们，我们接近真理的方式，不是单行道过去的，不是这样的方式，不是密集地摆在那里。我们需要从一个出发点去看，换到另一个出发点。尼采有一个比喻叫舞蹈，我顺便插一句，尼采跟传统的哲学写作很不一样，传统哲学写作用的是概念，尼采用的很多是隐喻，我们读很多尼采的文本，容易把这些小词语略过去，我们读着好玩，但是尼采有丰富的含义。

舞蹈是什么意思呢？有多重意思，在真理观上他有一个意思，你不能站在那里不动的，你要从这只脚挪到那只脚，再换一个立足点。每一次的出发都不是通向绝对真理的道路，它是对真理的一种观看。所以他要从一个视角换到另一个视角。在这样换的视角中，我们允许我们用一个视角去看，我们允许切换视角，允许用多个视角去看，我们允许我们把可能做到的所有的视角把它结合起来看。这个时候我们跟真理的关系就是双重意义上纵欲的关系。一个是我们允许我们这样子不纯粹地去看，这叫纵欲，还有一个多视角的看，叫"纵欲"。这样一种纵欲式的真理观，尼采有一个词叫"快乐的科学"，跟这个是密切相关的。什么叫快乐的科学？大家觉得很奇怪，在尼采那里有真理观的含义，有写作的含义。所以尼采的文体不一样，就从论述式转向叙述式。

前面非常简短地勾勒了一下，尼采的哲学方式的转变的原因和意义。接下来关于怎么读尼采，我讲几个小建议。一个是尼采在写作的时候，他特别喜欢用我或者我们，哲学上用我或我们是很忌讳的，因为哲学要谈普遍真理，尼采特别喜欢用我。先从我们开始说，尼采这个我们是会变的，因为我们这个词本来就会变，我跟我们三个人讲，我们，我可以跟孙老师讲我们，我跟我们大家说我们，含义会变的。所以当我看到我们的时候一定要问一下，尼采说的我们是指谁们，这个谁们决定了他下面讲的话是从什么视角出发讲的，不要把它搞混了，搞混了，尼采就读不懂了，就发现尼采全是矛盾了。尼采对这个有充分的认识，所以他在他的自传中说，我是充满矛盾的一个怪物，一个炸药。他对这个有充分意识，我们在读的时候要区分清楚他的视角。

相关还有一个我，这个我可能稍微好一点，就是尼采。但是大家注意，这个我可能并不全等于尼采，我可能是复数，当他使用我的时候，可能是尼采的某一个方面，比如说我作为道德学家，还有另外一个方面，我可以作为一个音乐家来谈问题，也可以作为一个心理学家，或者是灵魂学家，我作为一个德国人、一个欧洲人，这个我的含义又有变化。所以这个时候我们要注意尼采的文本的层次和文本的运动，然后去看文本的断裂处，从这个方面找到视角的切换。这是一个提醒。

第二个提醒我们要注意尼采使用的概念可能处在不同层次上，比如道德，在尼采那里，道德有好几层含义。比如说在《善恶的彼岸》第一章，我们可以梳理出来三种道德的概念。一种是他所谓的奴隶的道德，禁欲的道德，反自然的道德。还有他所谓的贵族道德或者自然道德，生命的道德。还有一种更宽泛的含义，在尼采那里可能是更重要的含义，囊括这两个，甚至是超越这两个，关于我们内在灵魂的统治秩序，这个叫道德。就是我们内在的一个规律性。我们把什么东西视为更高的价值，就会在内在形成一个秩序。比如中国人重孝道，形成了这样一个秩序。这样关于秩序的道德观念，就在不同的层次上。所以当尼采谈道德的时候，要区分清楚不同的层次。

第三个讲的是前面提到的关于修辞方法里面的隐喻。隐喻我不多讲，我谈另一个，叫一词多义，这是修辞学家经常用的。我举一个例子，大家知道孙老师译过一个书，叫《瓦格纳事件》，这个事件这个词在德语里面叫 Fall，这个词是我们说的自由落体运动，掉下来。下降是它的基本含义。还有一个什么含义呢？在圣经里，比如说亚当的堕落，用的也是这个词。Fall 还有一个是事件、案例的含义。在德国到法院起诉一个什么事情，就是这个案例的含义。还有一个含义是病例的含义，医生去看病，作为一个病例，也用这个词。尼采故意选用这样的词，它构成了一个文本的网络。因为不同含义形成不同视角，所以《瓦格纳事件》这个小小的书，标题就没法译。它这个 Fall 在文本中出现的含义，我们可能没有办法在译本中完全体现。我们在读的时候发现，文本有很多断裂的地方，因为 Fall 有不同的含义，大家如果明白这样一些含义的话，就能够更好理解这个问题，能读出里面的味道。

再举一个例子，大家比较熟悉，尼采晚期有一本书叫《偶像的黄昏》。它也有一个副标题，叫如何用锤子搞哲学。刚才孙老师讲，我们有第一期尼采阅读，我们喜欢从反传统的方式读尼采，甚至是我们一听到锤子，以为尼采要砸碎偶像。但是尼采在前言里面交代了，他说我这个锤子不光是砸的意思。我不知道现在医生是不是这样，现在肚子疼了，到医院医生给你敲两下，然后听一下。他在前言里面自己明确交代了，锤子有这样的含义，它有听的含义，诊断的含义。这个含义跟前面讲的锤子砸的含义不一样。还有一个含义，在他本小册子的最后，他引用了《查拉图斯特拉如是说》一段话，叫"锤子说话"。这个锤子又不一样了，它跟砸有关系，但是这个砸不是破坏，是造型。对一个雕塑家，比如米开朗基罗，砸是塑造。我们在读这本书的时候，如果理解锤子的多重含义的话，就发现这个文本无比丰富了。

我提一个我比较确定的一个想法，但是我自己还没有写文章去论证，就是关于《偶像的黄昏》。它首先有一种修辞，它影射着瓦格纳的诸神黄昏。你不是说神么，我说你那个神是偶像。但是更关键的是黄昏这个词，德语这个词是双重含义的，它是对立的。它是黄昏的含义，还有一层是破晓的含义。如果我们从锤子说话这个造型的锤子来理解尼采的话，他这个偶像的黄昏还可以理解成什么？偶像的破晓。这样一下子反过来了。这里面要提一个问题，尼采在砸碎偶像的同时，他有没有树立新的偶像？大家发现，这个里面的文本构造就出来了。所有这些都跟视角有关系。因为时间关系不多说了，我最后读一段话，这段话是我译的尼采第三卷的《朝霞》或者《曙光》里面，尼采跟读者说话，说怎么读我的书，他里面有一段非常漂亮的话，我读给大家听听。大家听的时候体会一下，结合我前面讲的尼采文本的不同视角，再想一下怎么读尼采。

"我和我的著作，我们两个都是慢板爱好者，我没有枉为语文学家，我也许还是一位语文学家，而这指的是一位慢读教师，最后我也慢慢地写作。每写一行，都要让每一个忙碌的人感到绝望。如今这不仅成了我的习惯，而且还成了我的爱好。或许是一种恶毒的爱好？所以语文学乃是这样一种值得尊敬的记忆。对于它的崇敬者，它所要求的首先只有一点，即退到一边，闲下来，变得平和而缓慢。像雕琢和鉴赏金饰那样去雕琢和鉴赏词语。它纯然是一项精细而神圣的工作，并且如果他没有慢下来的话，就会一事无成。它在今天却恰恰因此，比在以往任何时代都不可或缺，在这个'工作'的时代，在这个不成体统、汗流满面的匆忙的时代，在这个想要把一切，包括一切古籍和新著都立即搞定的时代。它恰恰因此而最强烈地吸引着我们，让我们心醉神迷。它可不会那么轻易地和任意地搞定一切，它教导好的阅读，即缓慢而深入的，瞻前且顾后的。带着内心的想法和开放的头脑，带着纤巧的手指和敏锐的双眼去阅读。

"我耐心的朋友们，本书所企盼的只是完美的读者和语文学家，学习好好地阅读我吧。"谢谢。

孙周兴：谢谢明锋，他谈了自己的尼采阅读经验，他在德国六七年，对尼采有精深的研究。刚刚讲到《瓦格纳事件》，实际上我觉得中文也有这个意思，"瓦格纳事件"当然也有"瓦格纳堕落了"的意思。

确实，我们中文许多时候无法完整地表达外文，像德文 Fall 这个词就是多义的。尼采这个书名说的是《瓦格纳事件》，他没说"瓦格纳的事件"，而是说瓦格纳这个事，瓦格纳这个案子，瓦格纳这种堕落，但我们在中文翻译很难完整体现所有这些含义。

千帆你能谈谈你的阅读经验吗？

赵千帆：刚才明锋主要是从形式方面，注意他文本的多样性，他表达的多层次性。我们在翻译的时候，也会尽量通过注解等形式尽量表达出这种多义性。现在我想从内容方面讲讲阅读的经验。但然，内容和形式在尼采这里是交织在一起的。我的出发点还是刚才那个例子：为什么尼采阅读会在西方、比如一个英国的大学校园里被禁止。从内容上看，尼采文本中许多地点确实是有毒的。尼采在谈到阅读的时候，除了鼓励慢读，还说过，对比较虚弱的读者来说，他的书可能是毒药。对于精神强健的人来说，一本好书是补品，营养品；但对于精神虚弱的人来说，一本好书却可能是毒药。事实上，在我看来，尼采自己的的书确实有这种效果，20 世纪以来很多西方和中国的读者都把自己读坏了。而不同的国家又有不同的中毒表现。德国人现在读尼采就特别谨慎，他们理论家的读法和法国理论家完全不一样。德里达在一次接受德国媒体的访谈中说我们法国人处理尼采、海德格尔跟你们德国人完全不一样，我们没有负担，可以非常开放地处理，我们的历史观不会被搅进他们的思想里面去。我们是带着自己的传统来看的，所以在读它的时候非常独立，非常自信，又非常亲切。德国人很麻烦，尼采很多思想的来源他们一方面非常熟悉，另一方面又因为这些思想在历史上的相关影响，使得德国读者非常谨慎。对于中国人来说，尼采思想在内容上的毒在今天也是一个大麻烦，也成为阅读的障碍。形式上的多义性一方面把这种毒性隐藏起来，另一方面却使得这种毒性更容易渗透出去。

具体说来，我们能在尼采的书中发现许多跟当今很多主流思想貌似不兼容或者非常大逆不道的话。

我在德国跟一位做艺术史的女教授聊过对尼采的阅读，她说我才不读尼采，这样一个对妇女有恶意的人，我怎么去读他。尼采对女性的嘲笑确实是非常恶毒的，嘲笑她们虚荣，嘲笑她们浅薄等等。还有他非常有名的话，去找女人的话，别忘了带上你的鞭子。这种话放在今天，我们怎么读他呢？他在种族上也有不少有倾向性的说法，但尼采实际上不是种族主义者，事实上他很反感种族主义者，以及他那个有种族主义倾向的妹妹。在他的书里面能找到明确的段落，表明他其实早就看到种族主义对一个大欧洲的形成是非常有害的。

当然，不同的时代和国家，尼采思想的种种强烈作用所激起的结果是完全不一样的。在 20 世纪早期的中国和 80 年代早期的中国，尼采非常有趣地促使它引发了思想上的现代化和对传统的逆反。我想问下孙老师，您那时候读的时候，有没有注意到这方面，我刚才说的这些，比如说读周国平的时候，比如说对弱者的嘲笑，对病人的嘲笑，对女人的嘲笑等等，当时你怎么理解的？

孙周兴：是的，尼采的毒性是显然的。但在当时，我们可能只觉得尼采给了我们一种力量。当年我们最喜欢读两个人物，一个是弗洛伊德，因为我们年轻，都关注性，所以我们都要读弗洛伊德。另一个就是尼采，尼采当时主要还是美学角度，因为尼采在《悲剧的诞生》里面，给我们提供了关于艺术的理解。什么是好的艺术？什么是好的文化理想？尼采这种思考给我们印象很深，特别是否定规则和制度、可以把自己消灭掉的酒神精神，特别契合当时人们的精神要求，就是要反抗制度，冲破压抑的环境。所以，狄奥尼索斯酒神精神成为 80 年代很有冲击力的暗示和指向。

赵千帆：这个力量当然是非常重要的。

孙周兴：你刚才讲的尼采对女性的不敬之类的，比如广为流传的说法"你要到女人那去吗？别忘了带上你的鞭子"，其实现在是有争议的。

余明锋：这句话并不是尼采亲自说的，是《查拉图斯特拉如是说》里面说的，然后不是查拉图斯特拉说的，是跟他对话的一个老太太说的。说查拉图斯特拉，你告诉我一个关于女人的道理，我送你一个礼物，这个礼物就是这句话。

孙周兴：是的。这个里面就出现了一个问题：我们能把尼采作品里面的某个人物说的话说当成尼采说的吗？这是有问题的。

赵千帆：这个当然，我们今天在网上，比如外国网络上，能看到很多所谓的尼采格言（Nietzsche's Quotation），会看到把许多耸人听闻的话都直接归诸尼采，这当然是我们要反对的粗浅和不顾语境的阅读。好的阅读，一方面是要注意到刚才明锋所说的文本的多义性；另一方面要注意到他大的论证框架，比如当他说弱者必受压迫的时候，是在批判既定的秩序都是强权定立的，为这种秩序的辩护是虚伪的，不如直接先戳穿它。再有一个，就是要注意到尼采的语调非常多变，有时候是反讽的，有时候是呼唤的，有时候是嘲笑的，有时候又是期盼的。

那么可能有读者会问，在阅读这样具有多义性、多层次性和多调性的文本时，到底分辩什么才是他的本意，什么才是他自己的意见呢？这里我想说的是，哲学家写书不是把本意象教条一样提供给我们，把它直接展现给我们看，如果是这样，那这本书只是给弱者读的，因为弱者不敢用自己的思想去抵抗，当然就容易中毒。尼采自己非常强调这点。他为什么说一个精神上很虚弱的人会被一本好书给毒害了，就是这个意思。所以，他的许多表面上有毒的思想，其实是在让我们更直接地面对残酷的问题。比如说，到底女人或者弱者在我们这个社会中是什么样的地位？比起大而化之地赞美女性，同情弱者，尼采的提问方式更困难，更需要勇气。所以在他的书里面有非常极端的、非常有问题的观念，其实是他思考勇气的表现，是面对现实的强硬姿态。刚才孙老师说，尼采教导我们生命是刚强的，确实，尼采非常强调强硬，不软弱，不退缩。

既然问题存在，既然世界有残酷的一面，就要面对它。而且我们去面对它的时候，不能借助任何的教条，不但包括传统的意识形态教条，也包括新形成的意识形态，因为这些都会干扰我们的思考。

所以，从政治上看，总结说来关于尼采内容的读法有两种，一种是认为尼采是反启蒙的，另一种认为他是启蒙的继续推进者，真正把启蒙的原则推到了它最极端的境地。比如说男女平等这个启蒙原则，尼采其实会问，真的平等了吗？在每个人的内心深处，你真的做到了吗？或者保护弱者，你真的那么愿意保护一切弱者吧？在这些问题上，尼采都持非常强硬的姿态，坚决要把可能存在于人性中非常隐微的东西指明，那些我们通过自我审查或者自我欺骗想排除掉的一些思想，他要去直面。当你跟着他去直面这些思想的时候，会发现非常可怕的层面。他把这个表达为人性的蜥蜴时刻，现在有的译本里面译错了，因为译者不知道这是什么意思。当时尼采应该是不知以什么方式看到一个希腊雕像，雕像原本是在卢浮宫，雕像是一个少年时代的阿波罗在拿树枝刺壁虎，壁虎就是蜥蜴，它有好几种含义，比如它行动很快，会变色变形，会断尾求生，习惯活动在阴暗地带，等等。它很难捕捉，但是可以跟它嬉戏，嬉戏的时候你不能认为它脏，认为它黑暗，就把它排除在世界之外，如果这样的话，接下来我们不能面对这个世界了，这是我个人的体会，谢谢大家。

孙周兴：按照主办方的要求，我们留下半个小时给听众朋友们。

听众：我是尼采的爱好者，尼采到中国以后有很多译本，你们几个比较推崇的，你们站在专业的角度，觉得比较有水准的、有内涵的是哪几个译本，但是肯定不是一个，有好几个。还有一个，尼采说过这样一句话，当最后一个基督徒被钉在十字架上这句话什么意思？

余明锋：我坦白承认，这句话我印象不深刻。

听众：我问另外一个，在《查拉图斯特拉如是说》中，他有这样一句话，我爱辩证来者，救赎亡者。

余明锋：徐梵澄先生的译本非常珍贵，他那个时代的语言感是我们这个时代没有的。尼采用的文字是路德圣经的文字。这种文字有一点古奥，徐先生的译本有这种古奥的气质。从这个意义上讲他的译本很好。但是我要说徐先生的译本在准度上不如我们孙先生的译本。

听众：也许孙老师的我还没仔细看。

余明锋：他的准度不是那么差，您如果读一下徐先生译的《瞧！这个人》，您会非常惊讶，惊讶错得一塌糊涂，这个我不知道为什么，我猜测，早期翻译或许是参照英文本的，后来可能觉得自己德文水平够了，可以不参照了。

听众：他每个译作我都十分喜爱。

孙周兴：我不知道上下文，我只来说说译本。徐梵澄先生的译本确实算是不错的，语言比较典雅，但是严格性程度差些了。但这还算好，最差的是梵澄先生译的《瞧，这个人》，错误实在太多了，离原意差距甚远，十分可怕。我真的无法理解这一点，因为你看他译的《苏鲁支语录》虽然不算严格，但偏差不大，不太严格而已。但《瞧，这个人》却有太多的错误，让人无法相信是同一个译者做的。我也怀疑他是两种语言来译这两本书的。《瞧，这个人》是鲁迅先生叫他译的。梵澄先生当时是文艺青年的样子，神出鬼没的，记得鲁迅日记里有记录，《瞧，这个人》要校对清样什么的，鲁迅却找不到他了，只好自己来做。这是很有意思的故事。我跟明锋讨论过这个问题，这两个译本是同一个人译的，为什么差距就那么大呢？不懂。目前梵澄先生的《苏鲁支语录》还在印，大概25万字，我的译本《查拉图斯特拉如是说》有40万字。

余明锋：可能最主要是因为孙老师的译本是有大量的编注的，徐先生的译本没有经过语文学考证的，现在西方标准用的版本是孙先生的版本。

孙周兴：我倒不是说想说自己的译文有多好，我只是想说，严格性在翻译中是第一位的，也就是严复讲的"信"。对于学术翻译来说尤其如此。学术翻译的困难就在于，你哪怕看不懂也一定要搞懂，不能看不懂就跳过去算了，一定要用别的手段，比如对照其他外文译本来搞懂它；如果到最后真的搞不懂，也得加注释，说明是什么状况。但现在我们国内的一些翻译太滥了，有点已经到可怕的境地，比如有一个前几年新出版的《查拉图斯特拉如是说》译本，我和学生们做了一个随机对照，一页里面竟然有 7 个明显错误。这就太过分了，前面已经有这么多译本，你出个新译的还这么多错，对得起谁呀？前些年流行的《权力意志》译本，在严格性方面来要求，也是令人伤心的。这个事情很恐怖的，仿佛只要印成书了就是好东西。我自己的翻译力求严格，在可读性或许会差些。这是我自己的感觉，不一定对。从可读性来说，国内的尼采翻译可能还是周国平先生做的翻译，包括他译的《悲剧的诞生》，虽然严格性稍差一点，但可读。

听众：《权力意志》有两个版本，一个是尼采妹妹编的，另一个按尼采本人的笔记顺序编的。

余明锋：这个问题提到三个词，过去、现在、未来，他提出了超人学说，他针对的是上帝，历史的目标是什么，历史的意义是什么。超人学说是回答这个问题的，所以有这样一句话。

听众：我想问一个问题，尼采哲学对于希特勒法西斯主义有什么影响？

赵千帆：看从什么意义上说影响，因为尼采那个时代影响太大了。但是你一定要说什么影响，首先要分清楚几个层次的影响，一个层次尼采他的哲学确实有种族主义的影响，我觉得说他是种族主义绝对是误读，我们可以找到明确的引文，证明尼采不是一个种族主义者，虽然他看到了种族问题，而且他认为不能忽视种族问题，包括差异、融合，但他绝对不是种族主义者，这点纳粹和思想家绝对是有意误读的。但是尼采对20世纪早期有一个地方影响很大，对一种所谓健康生命的推崇，对生命自身的力量的信任，推崇一种勇气。这样的思想给当时欧洲人有非常大的启发，而且这个启发正好碰上了战争时代。希特勒以他的步兵经历自豪，就是说是经受过一战炮火的洗礼的。而当时确实有这样的记载，说德国士兵有在背包里带着《查拉图斯特拉如是说》的，我不知道希特勒有没有，但是他肯定也能感受到这种影响。在战争年代，对原始生命的信任很容易吸引人，进而会扩展到对整个种族生命的推崇，在这种意义上，尼采对希特勒确实提供了思想资源。但是我要说，其实尼采并没有把对种族整体的生命健康进行形而上学化。因为形而上学化就意味着抽象化，但是在尼采看来，生命恰恰是丰富而无法抽象的，不能作为某种归约在一个独一无二概念之下的抽象物来崇拜，生命不是我们可以直接去汲取力量的神秘来源，他没有这样做。他只是认为我们不要用我们过度自欺的反思把自己的生命给归约到某个狭窄的境地。如果尼采所说的生命是一种我们能够直接通过某种军歌激发出来的东西，那他就不是一个哲学家了。

听众：三位老师好，我想请教一个关于读尼采过程中工具意义和目的意义的问题。刚才老师分别从文学、美学、文艺理论批判、政治哲学等谈了把尼采作为一个对象来理解。与此相反还有很多把他作为对接的手段，就像文艺理论中的新批评理论，文本之外读者还有读者的感受。比如老师刚刚提到的酒神精神、超人哲学。我的问题是怎么看待这种把尼采的哲学思想当作一种工具，对接到中国的文化资源上的做法，特别是从当下社会一些现实的研究角度，如何来看这种做法。谢谢老师。

孙周兴：我们刚才讲了关于尼采的几种读法，尼采真的可以有无数种读法，包括跟我们中国文化结合起来，也有中国学者这样来读尼采的，比如把尼采与老庄哲学对照。我觉得我们读一本尼采书，首先是要把它当作一本哲学家的书，而不是首先把它当作工具。刚才我们讲的五四那一代的知识分子，以及80年代的一代知识分子，实际上都把尼采当工具来理解。最近一些年国内比较热的政治哲学，就是从政治角度读尼采，尼采实际上依然被当成工具了。这似乎也没什么不好。但是我认为，要真正去接近一个文本，尤其是尼采的文本，我们还是要带一点儿美感，以一种艺术欣赏的态度去理解才有意思。尼采是一位文学大师，我们刚刚讲到尼采翻译的困难，原因之一也在于它是美文学，尼采是美文学大师，他的东西是可以当作艺术作品来欣赏的。所以单纯地把尼采著作当做一个工具类来阅读，我觉得还是不够的。我有这个想法，也未必对路。

听众：三位老师好，听了以后很受教育。我是最近在研究优生学，也是从德国过来的。我感觉我们现在人在退化，现在社会上刚才你也提到一点，我想借用这个老师的锤子，锤打我们的民族，我把它形容为中国病，我们要实现中国梦，必须克服我们的中国病。今天我们来读尼采，在铸造我们中国梦的时候，铸造中国新人的时候，有什么启示？谢谢。

孙周兴：你这个想法实际上是五四知识分子的基本想法，说中国人不行了，生病了，东亚病夫了，要强大起来，就需要一种尼采式的权力意志。所以鲁迅那一代知识分子都喜欢尼采，后来的战国策派更是推崇尼采，原因也在这里。尼采哲学强调生命本身的惊人强力，他否定同情和怜悯，他批判基督教文化，因为它是一种同情的宗教。弱者才需要同情，强者需要同情吗？他这种思想就会吸引当时积弱的中国的知识分子。刚才我们讲到尼采可能对我们有毒，是的，对一个弱者来说，任何东西都可能是有毒的，对一个半死不活的弱者和病者来说，吃什么都是有害的、不妙的。尼采说，你必须放弃弱者心态，强者哪怕是有毒的东西，也先拿来吃吃再说。多年来我们有一个状态，总是先讨论这个东西进来以后，是不是对我们有害有毒，是不是毒害青少年，吃了会不会死掉，我们胆子很小，这是弱者心态。强者不是这样，而是：拿来先吃掉再说，吃了不行治，治了不行拉倒，总胜于没东西吃而被饿死。这是两种姿态，值得我们来想想。

至于中国人的弱化，我大概会同意你的想法。但我认为，现在不光是中国人，而是全人类，尤其是工业化程度比较高的民族，都全面弱化了。这是技术工业造成的后果。另一方面，文明的历史逻辑基本上也都差不多。文明的希腊人败于野蛮的罗马人，罗马人变得文明了，就斗不过北方的相对比较野蛮的日耳曼人了。在中国也是这样。文明比较成熟的汉人总是受北方一些蛮族的侵犯，一次又一次。现在状况有一些不同，现在是技术工业导致人类作为自然物种的病弱化。现在的问题实际上不只是中国人的，也不只是欧洲人的，而是全世界全人类的问题。

尼采的政治立场可能是我们国内从政治哲学角度来解读他的理由之一。尼采反对制度改造，反对法国大革命，尼采设问：制度改造怎么可能把我们个人生活改好呢？制度改得最好，个人仍旧可能不幸福。法国革命成功了，个人幸福了吗？没有。尼采主张自由只是个体的事情，他的启蒙是个体启蒙，他是个体自由主义者，他不希望通过制度的改造来改变我们的世界和我们的生活，认为这是不可能的。就此而言，尼采是相当反动的。个体幸福固然不能寄托于社会变革，但不能由此推出一点：我们不需要社会变革。

听众：今天我们怎样读尼采，我感觉到读尼采很关键的是要把自己摆进去，然后从中汲取些有益的现成的东西。听了今天的报告，我最大的收获一个是关于生命的思考，还有关于不同的思考。几位嘉宾的讲述中，我都有自己的一些共鸣，所以我的问题是一千人读尼采，会有一千种视角，一千种方式，只有把自己摆进去，从生命的角度，从思考的角度，然后可能才更有现实意义。我不知道嘉宾认不认同我的观点。

余明锋：我前面讲尼采是视角主义的，这个叫视角是什么关系，有没有什么意义？我们是满足后现代化的视角的游戏，还是在视角中构造出一种意义。可能问题不是这么简单，就是尼采有一个词，尼采对现代社会的诊断，对当代艺术的批评，对瓦格纳的批评，他都用了一个关键词，叫颓废。颓废这个词是一些研究罗马史的人用来形容罗马的。后来法国文艺批评家用来形容它那个时代的美学是颓废的美。尼采是从文学批评家那里借用了这个概念。他的基本含义是什么呢？他是从文字、文本的隐喻来讲的，一个词跳出了一个句子，一个句子处理了一篇文章，一篇文章跳出了整个人的声明，各自独立，用在政治上的自由、平等、民主、个体主义，这对尼采是一个问题。颓废的反面是什么呢？就是秩序。产生一个问题，尼采有没有克服他所谓的颓废。前面大家提到关于政治、尼采读书的问题，我想说我的看法。一个思想家的深刻、伟大并不在于他给我们直接提供了某一个答案，某一个解决社会问题的直接可用的方法，而是他展现了问题。他展现给我们，我们是处在矛盾中的，我们追求个人平等。但同时作为一个社会，是不是要有整体性呢？它是有矛盾的。

一般大家把尼采等同于贵族主义者，我不同意，我要通过对尼采文章的解读反驳这些观点。这个涉及我们当下启蒙的问题。尼采真的等同于贵族主义者吗？你去看尼采怎么描写所谓的贵族的，你会发现他有很多批判。他完全反对奴隶道德吗？不完全是的，也许有更清醒的尼采站在狂热的尼采的背后，仔细读你会发现。这时候尼采会不会陷入一千个尼采的相对主义，我打一个问号。

听众：非常感谢三位精彩的解读，我觉得非常过瘾。我提两个问题，一个我非常关心尼采的基因，出现这样一个思想家，是什么样的父母、背景培育出这样一个天才的。第二个我对他跟瓦格纳的关系非常奇

怪，瓦格纳是一个公认的非常好的音乐家，《指环》非常长，但十分伟
大，尼采为什么还会批判他，尼采为何有勇气批判他的老师？

孙周兴：尼采家庭生活很惨的，父亲死得早，基因什么的就不知道
了。尼采自己认为他的出身很牛，自诩波兰贵族。在自传体作品《瞧，
这个人》中，尼采问：我为什么这么聪明，我为什么如此天才，我为什
么能写出如此好书，等等。他说是因为我是波兰贵族，身上的血液就不
一样的。这话大概只能听听，不听也罢。

我对你的第二个问题有兴趣。尼采跟瓦格纳的关系极其复杂。两
人年龄差距蛮大的，瓦格纳 52 岁的时候，尼采只有 25 岁。但尼采这
时候也已经成为一个牛人了，大学毕业就被聘为教授，这在欧洲是没有
的，是不可能的。当然瓦格纳更牛，此时已经如日中天了。人们当时见
瓦格纳如见神仙，跟他握个手，回去是舍不得洗手的。

这两个人之间的关系非常有意思。尼采一开始是瓦格纳的粉丝。
瓦格纳的粉丝今天依然遍布全世界，而且许多有身份的人是瓦格纳的粉
丝。那时欧洲有个笑话，贵妇们的社交中经常这样讨论的：你去听瓦格
纳了吗？去了，而且我哭了。去拜罗伊特看瓦格纳的戏是必须哭一哭
的，不哭不好意思，去了不哭，表明你没被感动，这个事情不对了。

瓦格纳一开始是一个革命者，尼采写《悲剧的诞生》的时候就是
受瓦格纳的革命精神的刺激。在 1948 年革命失败后，瓦格纳流亡瑞
士，一口气写了三部著作，对当代艺术做了探讨和规定。其中有一篇
叫《艺术与革命》，我们正在把它翻译成中文。艺术与革命，这是多么
强大的概念。瓦格纳认为艺术必须承担文化革命的伟大使命。所以他早
期的作品是充满革命性的。然而，从 70 年代开始，瓦格纳成了一个成
功人士。后期两部大作品《尼伯龙族的指环》和《帕西法尔》，在尼采
看来就有问题了，尼采在其中看出了基督教精神，看出了保皇派，看出
了奴隶意识。于是尼采写了一本书，叫《人性的，太人性的》，开始骂
瓦格纳了。这两个人很有意思，开始时一个大师一个小鬼，根本就对立
不起来；而到七八十年代，两个人对得起来了。瓦格纳的夫人柯西玛

清楚得很，她在书中读出了恶意，她认为瓦格纳身后最大的敌人就是尼采。尼采的《瓦格纳事件》写于 1888 年，这时候瓦格纳已经去世了，尼采才写这个书，算是清算。

构成尼采思想起点的基本精神是瓦格纳的，就是一种艺术理想，强调神话对于当代文化意义，要求通过艺术重建神话，通过艺术神话重建欧洲文化。这样的理想都是瓦格纳给他的。但后来尼采发现我革命了，你却不革了，于是就生气了。这两个人的故事，是一个巨大的课题。实际上从 19 世纪以来，欧洲最大的音乐家、艺术家就是瓦格纳了，后来好像没有更大的了，而从哲学角度来说尼采也是最大的哲学家了，所以这两个人之间的关系，是很有意思的，以尼采自己的说法，是一个现代性案例。

余明锋：我特别喜欢最后这个问题，尼采和瓦格纳，这个会是一本大书，但是现在没有写出来，因为瓦格纳很难，尼采也很难。我是去过听过歌剧的，感受过瓦格纳，没有哭，在那里流汗了。为什么流汗，它是很热的天气，不装空调，没有字幕，它预设你对瓦格纳非常熟悉。瓦格纳创作的作品是音乐戏剧。音乐和戏剧的关系在瓦格纳那里，有点类似尼采的哲学和文学的关系，音乐和戏剧在瓦格纳那里是不能分开的，如果你只读瓦格纳的文本是不能理解他的，如果你只听瓦格纳的音乐，也不能完全理解它，一定要一起理解。举个例子，比如说特里斯坦和伊索尔德两个第一次见面的时候，他们两个什么话都没说。但是音乐透露出一点，音乐是一个著名的主题，他透露出两个人相爱了。两个人都还没意识到。这种动机性的东西，这种深刻的东西，只有把两者结合起来，才能够理解。托马斯·曼，德国二战之间最伟大的小说家，他高度评价瓦格纳，他说瓦格纳可能是 19 世纪末最伟大的小说家。瓦格纳的音乐是一个非常宏大的东西，如果你真的理解它，你会发现瓦格纳跟尼采的关系非一言所能尽也。

孙周兴：其实呢，我曾经说过，尼采、瓦格纳大概都不算是好人。

我们的社会现在也没达到这样宽容的状态，像尼采这么狂野疯狂的人，当时居然没人打死他。瓦格纳也是，人品之类都有问题的。但我觉得这两个人是伟大的天才。天才经常跟社会格格不入的。

很高兴今天下午这么多朋友跟我们一起来谈尼采，很愉快的一个下午。我们同济大学人文学院每两年会有一次"尼采论坛"，每一次我们请世界上最好的尼采专家来我们这儿来做两天关于尼采哲学的报告。我们的论坛完全向社会开放，欢迎各位光临。谢谢大家。

时间: 2016 年 1 月 23 日

嘉宾: 江晓原　严锋

为什么《星球大战》是没有思想的里程碑
——国际科幻电影潮流演变

主持人: 各位读者朋友们, 大家下午好! 今天外面非常的寒冷, 但是在这样冷的天气里有这么多读者参加思南读书会, 作为思南读书会的主办方, 我们心里暖暖的。我们对大家的到来表示非常的感谢, 更要感谢今天两位嘉宾, 一位是上海交大江晓原教授, 江晓原教授在天文学史科学史方面有着非常深厚的影响力, 今天这本书《江晓原科幻电影指南》, 在前不久获得中国出版协会举办的"2015 年度中国好书三十本", 祝贺江教授。还有一位嘉宾, 复旦大学严锋教授, 严锋教授的研究方向主要是比较文学与中国现代文学, 严锋教授还有更重要的角色, 科学杂志《新发现》主编, 江晓原教授《科学外史》在《新发现》连载。今天主题非常有意思, 为什么《星球大战》是没有思想的里程碑——国际科幻电影潮流演变。在座会有许多《星球大战》迷、科幻电影迷, 在两位教授对话之后有半个小时的时间, 让大家跟两位教授做进一步的交流与沟通, 而且会有调查抽奖环节。接下来把时间交给两位教授。

江晓原: 谢谢大家的到来, 据说今天非常的冷, 幸好太阳出来了。我在这里先感谢严教授, 严锋教授出任《新发现》杂志主编, 到现在十年了。他一上任, 就找我给他写专栏, 所以我给他杂志写专栏已经有十年了。这个杂志是法国的杂志，但是有中国的本土化内容，其中有几个中国作者的专栏，我是最忠诚的作者，我专栏的邻居全换过了，只有我从第一期开始一直到今天，我还在写专栏。那个专栏出了集子，《科学外史》一和二，是复旦大学出版社出版，三还得等几年，我一年写 12 篇文章，出一本书得等三年。

因为有这个关系，所以跟严教授之间经常有沟通，我也看到一些你对科幻作品的评论。从去年开始，科幻在中国变得比较热。以前科幻在中国已经有好多年历史，但是一直是比较小众。科幻迷有小圈子，在这个小圈子里，他们自己玩得挺兴奋，但是公众并不太关注。从 2015 年开始，有比较多的人关注科幻，一个原因是有所谓"中国科幻元年"，这个说法本来认为 2015 年是元年，现在 2015 年过掉了，元年到底有什么指标？没有什么指标。我在这个书里说元年的指标是一部成功的中国本土的科幻大片，才能开启这个元年。

按照这个标准，这个元年 2015 年肯定不行，现在 2016 年，大家寄希望于《三体》改编的电影，希望那是本土的成功的科幻大片。现在电影已经在后期制作了，今年肯定要上映，如果上映很成功，按照我的说法，我们可以认为元年已经开启了。在这个之前，好几部美国科幻电影都已经抢着到这里来，比如最近正在热映《星战 7》。今年有点像元年的样子，有可能 2016 年真的会变成科幻元年。这个书本来是为元年准备的，因为我写科幻电影的影评已经写了十多年了。十多年来，我没有出过影评集子，在报纸上写的，有的是专栏文章，有的是临时的约稿。

科幻电影，我觉得跟一般的电影不一样。为什么后来集中写科幻电影的评论，是因为我对职业影评人的影评，最不满意的就是科幻影评。因为这些职业影评人他们把科幻电影当成其他电影一样来进行评论，实际上科幻电影跟其他电影有本质不同。科幻电影要有科学理论在背后做支援，而且它强调思想性，这种思想性跟其他类型影片的思想性不是一回事儿。希望影片有点思想性，比如说对社会上的现象进行反思，对人性进行拷问，这些当然都可以，在各种各样的电影里，警匪片、商战片、爱情片、历史片都可以做。但是这样做的时候都跟科学无关。要对科学有关的事情进行思考，就只有科幻小说或者科幻电影了。这里有点类似于概念游戏：如果有一个人拍一部电影，他在这个电影里涉及了跟科学有关的反思的时候，这个电影自动就变成科幻电影了。所以，我的结论总是能够成立的——只有科幻电影才能对科学进行反思。

我们职业的影评人绝大部分是自己没学过科学，没受过科学训练，他们一谈到科幻电影，就回避背后的思想，只谈这个电影里的什么人物、爱情，结果那不是科幻电影了，他们不把科幻电影当科幻电影来评论。

因为我对这个不满意，我刚开始写影评的时候，也写过非科幻电影的评论，但是很快别的类型电影几乎不写了，极其偶然写过，绝大部分影评都是只对科幻电影进行评论，这样就变成某种特色。后来出版社想到出这样的集子，还没有同类作品，这样的科幻影评集，到现在为止，在这个前面我们没有看到过同类产品。而且我们做过初步的估算，我们认为在未来的若干年之内，也很难产生同类作品，所以这个东西是比较特殊的。

最初的时候，出版社的编辑建议把这个书叫现在这个名字，我当时有些害怕，这太高调了，怎么叫做《江晓原科幻电影指南》？一个人搞得很狂妄，人家看了会不会觉得这个人自我膨胀到这样，他做什么指南？后来编辑说服我，说没什么，指南就是供人家参考的东西，他们极力减轻我这方面的担忧，所以后来我就同意了，就用了这个书名。如果有人觉得太高调，太膨胀了，我只好忍受了，已经叫这个名字了。现在听听严教授怎么说。

严锋：谢谢江老师，今天特别开心能够到这么有腔调的地方。天这么冷，这么多人，很感动，这主要靠江老师的号召力。今天我完全是来打酱油，我也是想向江老师学习，因为我本身是他学生辈的，很多年来，我从他文章当中学到很多，非常高兴有这个机会我可以向他表达我的感谢。对于我们刊物，他是最好的作者，从不拖稿，你要知道对一个

江晓原

编辑来说，这完全是上帝的恩赐。

江晓原：在他杂志，我的专栏已经经历四任责编，责编们都换了，他们有的自己另外有事业，有的跳槽。是第一任责编给我封的称号"最靠谱作者"，因为我总是在规定的时间之前交稿，从来不拖欠。

严锋：他不拖只是他的优点的一部分，其实电影也完全是江老师业余副业，他主业是科学史，这方面他在国内是绝对的权威。他涉猎还有其他，他还做性学研究，这方面也是国内的权威。

今天主要是为江老师喝彩，可能会有小的不同的意见，我弱弱地提出来。我对科幻电影本身非常感兴趣，但这方面跟江老师的功力完全不可同日而语，他看了几千部，而且很多电影看了不止一遍，这方面我跟江老师有点不太一样，我看的其实很少，但是我喜欢的会盯着它一直看下去，不喜欢的就不看。江老师什么都看，所以我觉得江老师特别有资历取这样一个名字，他不是光凭自己的爱好来进行选择、推荐和导览。从万千的作品当中，最后挑了25部精选，这非常值得我们重视。

江晓原：这个我可以稍微坦白一点，刚刚严教授说我看了很多科幻电影。你们知道看电影这个事情，在我们以前，像我这种岁数的人，在我们年轻时代受的教育，我们认为看电影就是玩，所以你看电影是在浪费时间，享受生活，在玩。等到我开始写影评的时候，我就觉得，这样的话是不是有些人觉得我花了好多时间在那里玩，比如我会产生这样的想法，如果让我们校长知道了，说这家伙整天在家里看电影，这就坏了，就变成不务正业了。因为有这种负疚感，我们这种过学术生涯的人，这一点我相信严教授是一样的，我们就会说，我们要把这个事情弄成一个学术研究，弄成学术研究以后，就心安了。于是我开始写关于科幻电影的论文，有的发在我们交大的学报上。这样一来，校长再知道我看电影，想想这家伙是在搞研究，就算了，不追究他整天看电影的事情了。

因为这样做，你就变了。实际上这时候观影的乐趣就有可能下降了。不只一个人问我，一旦把科幻电影当成研究对象的时候，你的观影乐趣是不是会受伤害？伤害我倒没有，但是它会让我稍微受点累。严锋教授说我看了很多科幻电影，看了上千部，实际上不止，我看的科幻电影肯定超过一千部。而且每次看完电影，我要在我的电影数据库里做记录，所以我知道我看过多少部。看那么多电影，其中肯定有很多非常烂的，没什么看头的。但是因为想搞研究，就是很烂也看，不能只挑好看的看，那样的研究就不公正了。

确实好的烂的科幻电影我都看，而且我有一定的仪式感，一个电影一旦开看了，我就要把它看完。比如说开始看某个电影，我太太也看，觉得好看她一直看完，觉得不好看就走掉。她说你这个人怎么这么傻，这么烂的电影为什么还要看下去？我说只要开看就得看完，即使让我犯困，我甚至可以睡觉，一会儿接着看。

这一点看来有点傻了，后来我看见一个电影学院的教授，她经常写专业影评，看了这个教授的文章，原来世界上还有比我仪式感更强的人。这位女教授说，她家里的硬碟，自己是找不到的，都是由她丈夫找。她说要看什么电影，她先生替她找出来。问题是，她先生规定，如果他们两个人开始看电影了，就得像电影院那里一样看下去，中间不能上厕所，不能去倒一杯茶，不能接电话，有极强的仪式感，跟电影院一模一样，一旦开看，就得从头看到尾。还有人比我严格多了，我只是追求看完，我中间可以做别的事情，我经常暂停。

看电影这个事情，是个人色彩非常强烈的事情，有各种各样。所以我一直跟媒体强调，这是我的副产品，我和我的拍档学术文章已经发表了十几篇。现在交大出版社已经把编辑工作快做完了，把我的学术研究的文本又编了一个集子，取名叫《新科学史：科幻研究》，那个是学术文本。那个文本将来我们校长看见了，肯定不会骂我的，此人电影看多点是为了多掌握研究资料而已，这样我就心安了。

严锋：又从江老师身上学到一招，怎样以正确的姿势看电影。江老师提到的仪式感，这是电影非常重要的环节，观看电影就是一种仪式，江老师是真正的电影迷，也是真懂电影。我想了一下，我所认识的人当中，非电影专业的看电影最多的两个，一个是江老师，还有一位刘慈欣。大刘跟我讲，他每天看两部，现在他很忙，但是基本上还是保持每天一部。你们看看，每天一部电影，这个跟刘慈欣之所以成为刘慈欣，有什么样的关系，可以研究。几千部科幻电影跟江老师之所以为江老师，这里面也是有关系的。

另外受江老师启发，我今天从他这里得到安慰。对于他讲到电影的负罪感，特别有同感，我不是那么大的影迷，我是游戏迷，对此也有负罪感。

江晓原：赶紧写关于游戏的评论。

严锋：我是国内对游戏最早进行学术研究，这其实也是一种去罪化的策略，您今天讲的，把我这种策略得到确认和强化，真是太好了。

严锋

而且刚才您讲的电影开看了头就要看下去，我也是这样，看到一个点心，包括小吃和瓜子，我只要开了一个口，在我面前的一定要吃光。

江晓原：游戏一旦开玩……

严锋：一定要打完。江老师这个书里的一些文章在《新发现》上首发的，所以我对江老师的电影理论，电影观，包括他的科学人文观，我很熟悉的，特别有这样的共鸣。

江晓原：我在《新发现》上写的专栏，后来出集子叫《科学外史》，出了以后，也有人来骂我，实际上我写那个专栏每次贴到我自己新浪博客上，经常有人骂我。有人骂我，我很开心的，有人骂我，说明我这个文章有一定的思想性。后来出集子的时候，我看到有一个人骂，说严锋是我的帮凶，因为他让我开专栏。等一下，他们要送给你的《科学外史》上，我给你题了辞，提的是"送给我的帮凶"。一会儿你会看到。

严锋：还有一个特别想向江老师请教的，在所有科幻电影当中，《星球大战》是我最喜欢的科幻电影。所以我特别希望在今天听江老师谈《星球大战》，特别是最新的《原力觉醒》，我看了泪流满面，是天行者出现的那一刻。为什么泪流满面？因为是马克·汉米尔扮演的，他不算是大牌，最大的成就是演了天行者卢克，可是我一方面追了《星球大战》这么多年，我还追另外一个东西，也是追了很多年，游戏《银河飞将》。这个《银河飞将》的主角就是我，当外星侵略地球时，我是这个地球最后一张王牌，单枪匹马摧毁基拉西帝国，拯救了人类，拯救了世界。

这个"我"就是马克·汉米尔演的，我就是马克·汉米尔，马克·汉米尔就是我。这是游戏和好莱坞蜜月时期的一部交互电影，当时投资上千万，让马克·哈米尔演这个游戏的主角。

江晓原：你每次拯救了人类之后，在游戏中，你是一种什么心情？

严锋：出来之后，周围的一切变得非常陌生。连鸟的声音都不一样了，然后感到一种疲惫感。

江晓原：完全拯救之后，你的感觉是这样。

严锋：对同事、老师，没反应了。

江晓原：我想起另一个朋友，酷爱玩三国游戏，他每次扮演刘备，他要让刘备把曹操、孙权灭了，一统天下。但是，他说他每次玩都是这样玩，最后总是自己一统天下，每次一统天下之后，什么感觉？有一种极大的空虚寂寞之感。你刚才一说拯救人类，跟一统天下接近，我想问你是什么感觉？你的感觉跟他稍有不同。

严锋：类似一种空虚，不完全是空虚，一种失落，跟周围产生一种距离感，我觉得这不完全是坏事，你会觉得身边那些工作中的不如意，失恋，评职称没评上，钱没赚到，股市跌了，这些都无所谓了，这是一种疗伤。电影、游戏都有这种疗伤的作用，当你用正确的方式和姿态去做。

江晓原：我们再回到《星球大战》，这个上面的说法，没有思想的里程碑，这个说法是我在书里提出来的，这个书里也有一篇对《星球大战》的评论。其实在《星球大战》上，它前六部，我花过三十个小时，也就是说，我看过不止一遍。虽然我觉得它是没思想的里程碑，但是还是要看。因为它是里程碑，里程碑我是同意的，只不过没思想。为什么这么讲？因为我对科幻电影要求的是它有思想性，而这个《星球大战》的故事，本身没思想性，这是一个王朝兴衰的故事叠加一个少年成长的故事。但是，为什么会成为里程碑？因为当年他弄出来的那种景观，不光是中国人看了震撼，当时美国人看了都震撼。我这个文章里举了当时五个著名的美国人第一次看1977年《星球大战》时的感觉，他们五个人后来全是大牌，斯皮尔伯格、卡梅隆、斯科特，当时他们是年轻人。前不久你们看了《火星救援》，《火星救援》的导演是科幻电影导演里名头特别大的人，斯科特当年看了《星球大战》，对他的制片人说，我们还等什么，这么好的东西，为什么不是我拍的？接着他就拍了《银翼杀手》和《异形》。《卫报》评出的史上十部最伟大的科幻电影里，《银翼杀手》列第一，《异形》列第四，他一个人独占两席，这样的人看《星球大战》还震撼成这样。卡梅隆看了《星球大战》，他激动得要尿裤子，当然这是修辞，不是真尿了裤子，看完回去就把工作辞了。他当时是卡车司机，要干什么？拍电影，后来拍了《泰坦尼克号》《阿凡达》。连美国人都非常震撼，主要是在视觉上造成的奇观，这个奇观变成一个标杆，从这个之后，其他的科幻电影档次马上提上来。

你们看好莱坞 50 年代、60 年代拍了很多科幻电影，那些科幻电影，如果拿他跟《星球大战》比，在景观上太原始了，所以《星球大战》1977 年第一部，这是极其震撼的。从这个意义上是里程碑。但是，它没什么思想。

说到《星球大战 7》，我很少在电影院看电影，但是有时候被媒体拖着，他们要叫我看完立马接受采访、评论，也会去看的。据说《星球大战 7》放的时候，在电影院像严教授这样泪流满面的人不在少数。国外很多观众也是这样。国内我也遇到过一个人，他告诉我，那天看电影的时候，旁边的一个中年大叔就在那里哭。他说，我一看他在哭，我很奇怪。他看到我在注意他的时候，他很不好意思，我一想我这样很不好。一会儿他又哭了，我赶紧装作没在意。确实就有人真的泪流满面。这个《7》我去看了，我同意它还是没思想。《7》基本上是一个怀旧之作，它就是为喜欢前面六部的人准备的。如果你很喜欢前六部，你看《7》的时候，你会感到很温馨。我承认中间有那么一两个瞬间，我当然没泪流满面，但是也会有某种感动。

严锋：看到他就是看到我，这是我心目中最高的观影层次，在电影当中看到了我，就像很多人在《红楼梦》当中也看到了自己。

江晓原：再说一点八卦，我平常老是躲在家里一个人看电影，我不喜欢到电影院看电影，结果有一次碰到江海洋，我们这里的一个导演。江海洋跟我说，不到电影院看电影，那不叫看电影，作为导演当然都这样，导演肯定希望人家到电影院看。我说我不要到电影院看，我就愿意自己在家里看电影。江海洋企图说服我在电影院看有多少好，在家里看有多么不好。他讲了好多理由都没说服我，可是我也不可能说服他。后来我跟他谈的过程中，我萌发出一个比喻，我为什么躲在家里看电影？如果我们把一部电影比作一个美女，你们跑到电影院看电影，是参加她的演唱会、生日派对，我在家里看电影是跟她单独约会，当然单独约会好了。他说我们还有什么指望，你这样喜欢看电影的人居然这样认为，就是要躲在家里看电影。我说不要紧，你不会完，导演的电影，我们还是要看的，只不过不到电影院看而已。当然不到电影院看没有票房。个人在家里观影，跟电影院不一样，电影院是现场集体参与的，可能有些人喜欢这个类型。如果大家一起，互相有影响。比如说泪流满面这种事情，我觉得这种事情在电影院里，还受影响，怕旁边人看到，挺不好意思的。如果一个人在家里看，就没问题，嚎啕大哭都没有问题。一个人观影有一个人观影的好处，这是个人的喜欢，不能强加于人。

严锋：现在有一个产品，可以让你在家里享受影院的沉浸感，而且你想要屏幕多大就有多大，这就是虚拟现实。虚拟现实的设备我收集全了，目前分辨率不太够，但是跟投影完全不是一个概念，这等于置身在一个虚拟的影院空间，你要享受孤独感没问题，如果需要朋友，也可以跟他们联网召唤到同一个虚拟空间，有很多的自由度。这个我认为是未来符合江老师既要跟美女单独约会，但是又要影院宏大的空间，还有仪式感的需要。电影院对仪式感的营造是很重要的。

江晓原：单独约会怎么弄到宏大的空间里，不合适呀。

严锋：谈恋爱不是到影院谈恋爱的嘛。

江晓原：那是为了走出影院。我知道严教授是玩家，他玩各种各样的东西，知道他的人都知道，不光玩虚拟，这是新的时髦的东西。再早一点阅读器，家里 Kindle 放了十几个，现在都不玩了。最早的时候，我喜欢严教授的文章就是因为你写的那些"五好"文章，讲玩声卡的叫《好音》。他就是喜欢玩各种各样的东西，所以虚拟现实以前听你给我讲过，上次给我讲的时候，几年前了，现在分辨率高一点了，但是没有高到你满意的。

严锋：今天应该带给你。

江晓原：你试着用这个看过电影吗？

严锋：我现在看电影只用这个。

江晓原：会累吗？

严锋：有一点，跟你得到的享受比，代价可以完全忍受的。

江晓原：那也有可能，以后我们试试。今天还有一个副标题，国际科幻电影潮流的演变。这个潮流跟思想是联系在一起的，为什么说它是没思想的里程碑？因为国际上的科幻电影，大体上有一个潮流，至少从上个世纪的中叶开始，这方面就变得很明显。其实科幻小说里更早，在 20 世纪的头上就已经开始了，在 19 世纪末，20 世纪初就开始了，变成以反思科学为主流的。科幻电影现在的主流基本是反思未来的，有一个最简单，你们回忆回忆，那些有名的科幻电影，里面所有的未来世界都是黑暗的，为什么未来世界是黑暗的？是因为他们对未来世界是悲观的。未来世界就是一个科学技术发展造成的世界，在我们这里，我们从小受的教育，我们习惯是科学技术越发展，我们的人生越美好，社会越好，生活越好。而在西方，他们不是这样想问题的，他们认为，未来是很危险的，未来是一个值得忧虑的事情。比如说有人做一个调查，他们对法国和中国的中学生分别做了调查，问他们你们愿意生活在什么时代？法国中学生们有很多人生活在路易十四时代，甚至愿意生活在法老时代。只有很少的人愿意生活在未来。而我们中国的中学生，他们把同样的问卷改造成中国的，路易十四一项换成大唐盛世，其他一样。中国的中学生大部分都愿意生活在未来。这个差别很明显，中国的年轻人相信未来比今天更美好，但是在法国，当代的中学生们不这样认为。这个就是潮流。

我们从国外引进的大量的科幻电影，你仔细想它的结尾都是悲观的。最近《火星救援》，那个电影是比较例外的，那个电影是给 NASA 搞宣传片的科普电影，没有什么思想性。我又在你的杂志上写过文章，说斯科特怎么拍这么差劲的电影，这样的电影怎么是我拍的，我已经拍过那么高的东西了，得保持水准。当然这是我的想法，人家斯科特说看一个故事好玩拍着玩玩，没关系的。大部分的电影，比如《黑客帝国》，《黑客帝国》的未来是不是很黑暗？前些时候大家喜欢《星际穿越》，那里未来也很黑暗，地球上庄稼长不出来，地球上的人没法过了。这是主要的潮流，如今在我们国内的科幻小说作家那里，绝大部分是接受这个潮流的，绝大部分的科幻作家他们把这个当做跟国际接轨，所以他们拍的东西也是以反思科学技术为主的，这是我们今天讲的潮流的很粗略的线条。

你想找出有光明结尾的电影，很少能找到。我好几次演讲的时候，有人对我这个结论不赞成的时候，我说你能找一部出来，你能想出来吗？他们能想到的电影，未来都是黑暗。其实并不在于有一两部光明，就算有一两部光明，那个潮流是一样的。那么多人，那么多电影，那么多编剧，为什么他们不约而同都对未来悲观？这肯定不是偶然的，西方人要讲究与众不同，要讲自己个性。既然那些人都弄悲观，难到没有人想到弄乐观的吗？事实上不是这样，就是没有人弄。这个现象是比较奇怪的。你要解释这个，只能从思想性的角度解释。因为我们知道，一个对未来表示忧虑的作品，容易有思想性。反过来，唱赞歌，觉得未来很美好，就显得非常幼稚，这样就没思想了。如果这个导演对某部作品有思想性的追求，就会这样干，会忧虑。

严锋：江老师在这里是借科幻电影史的潮流抒发他核心的科学人文观，因为我很了解江老师，他是在讲另外一个重要的思想，对科学的反思。这方面，我跟江老师是有一点不同的，仅仅是微弱地表示不同。

我推荐大家看这本书附录当中有一篇江老师跟刘慈欣的访谈，是在 2007 年成都科幻大会的时候，在白夜酒吧。这是非常重要的访谈，可以说是大刘最早跟主流学术界的对话，我觉得很荣幸的是，独家登在我们《新发现》上，叫《为什么人类还值得拯救》。这篇真的很重要，大刘在当中亮出他的核心思想，他毫不隐晦。江老师也是毫不隐晦，一刹那间，刀光剑影，正面交锋。

这场争论，到最后争到白热化的时候，刘慈欣指着《新发现》的记者王燕，假如我们在末日，全世界剩下我们三个，为了把人类延续下去，我们必须把漂亮的女记者吃掉。你是吃还是不吃？江老师说，我不吃。刘慈欣说，我吃。刘慈欣在这里讲得很清楚，他认为科学带来很多的问题，但是，要解决这些科学带来的问题，还是需要科学。当然这是一个更高层次上的科学。

江晓原： 在中国科幻作家里，刘慈欣是反潮流的人，刘慈欣自己给我说过，他觉得中国其他的科幻作家都在那里妖魔化科学，只有他继续歌颂科学。所以他跟其他的作家在思想纲领上是反着的。刘慈欣是一个科学主义者，他相信科学技术能够解决一切问题。当初我们对谈的时候，王艳在旁边做记录，所以刘慈欣当场就设计一个思想实验，如果人类只剩我们三个人，我们两个必须吃了她才能生存下去？我是绝对不会吃，他说毫不犹豫吃。王艳表示，我不会吃人，如果你们吃我，我不反抗。大家讲理由，为什么你要吃？他说吃了才能生存下去，否则你所讲的人类文明什么全都没有了。我说，我不吃的理由是这样的：一吃就没有人性，一个没有人性的人类是不值得拯救的。所以这个对谈的标题最后也是我改的，最初王艳不是起这个标题，后来改成《为什么人类还值得拯救》。

如果你愿意不吃这个美女，愿意三个人一起艰苦奋斗，看看有没有活下去的机会，这样的人类是值得拯救的。如果你毫不犹豫的把同类吃掉，以求自己生存下去，这样就不值得拯救。没有人性的人类是不值得拯救的。后来，就有网上的人更夸张，他们说，刘慈欣写《三体》是为了跟江晓原争论，这当然是夸张的。但是在《三体》第二部里，刘慈欣确实设计了一个类似这样的吃不吃人的故事。我后来问过所有的没看过《三体》的人。刘慈欣小说情节是这样：人类有两艘飞船飞出地球外，这时候他们得到的消息，地球已经沦陷。如果你是其中一艘飞船指挥官，你听说地球沦陷，第一个会做的是什么？有各种各样的方案，第一做的是什么事情。但是我说你们看刘慈欣小说，那里面的英雄人物第一干的是什么，他第一干的是把另一艘飞船上的战友杀光，然后把那个飞船的资源夺到他手里，这样他才能生存得更久。章北海的行为也就是刘慈欣要吃王艳的行为，这个逻辑是一致的。结果没有人能想得到。

我是这样想的，如果我是那艘的指挥官，我一听说地球沦陷了，我肯定第一时间跟另一艘指挥官取得联系，先得确认这个消息是不是真的，会不会有人造一个谣出来。至少跟你的友军指挥官获得联系，商量一下，如果真的，我们怎么办。哪有什么事情不干，先下毒手，把战友杀光，但是在他的逻辑里就是这样。

最有趣的事情是什么呢？刘慈欣虽然是科学主义者，可是刘慈欣小说的未来结尾都是悲观的，《三体》的结尾是什么，人类文明毁灭了，没有了。悲观的结局跟国际潮流是殊途同归的。后来一种解释，刘慈欣虽然是一个科学主义者，坚信科学能解决一切问题，但是他对人性是悲观的，他知道人性里有黑暗。而且他不认为科学能够改变人性，因为他曾经在对谈里提到过。他说如果国家遇到灾难的时候，他赞成政府给全国人民每个人脑子植入芯片，以便让全国人民的思想跟政府一致。我说这样的行为你也能赞成？他说当然可以赞成。我说这种行为本身就是灾难，怎么可以这样做。但是他就是相信这样做，他主张这样做意味着他认为人性没办法改变。所以最后用植入芯片的，等于用暴力来改变了。

刘慈欣是我们中国科幻作家中的异数，一方面他反潮流，但另一方面他的成就，目前被认为是最大的。现在大家把中国科幻元年的希望寄托在他小说改编的电影上。关于这个事情他自己一再低调，他叫大家不要对《三体》的电影抱太大希望。好像他自己也真的不抱特别大的希望。我安慰他们说，没问题，这些经典作品可以反复翻拍电影，这次拍不好，还可以再拍。

严锋：《三体》这个电影，我劝大家把期待降下来，这个毕竟是我们第一部。刚才你讲到科幻电影非常黑暗的格调，除了思想之外，是不是还有技术上的考虑，它跟科幻的样式是契合的，有一点像悲剧，但是又不同于悲剧。悲剧虽然是一种毁灭，但是最后让观众或者读者达到心灵的净化，一种情绪的释放。科幻从这个意义上讲是一种新时代的悲剧，具有新的特点。这样一种黑暗的前景，要让你产生巨大的震惊，这个世界上最震撼人的是毁灭。但是这里面又有一个问题，如果我给你谈非常现实的毁灭，变成现实的题材，作为现代的观众来讲，不一定接受这个东西。我们现实已经活得够累了，再讲现实的压力、悲观、绝望，我不想到电影院体验这个，我看了以后很难跟我产生审美的距离，而审美的距离是构成艺术非常重要的方面。我们再看科幻灾难，它符合这个审美的距离，既是一种能令我们震惊的灾难，又是一种置身事外。不见黄河心不死，不见棺材不落泪。

江晓原：你企图给另外一种解释，这个可以给我们参考。但是我注意到一点，一般反思科学技术总是出现在发达国家，第三世界国家一般科学主义更盛行一些。第三世界国家的电影，我看的比较少，虽然我遇到第三世界国家的电影，会搜集，也看过一些。印度拍过科幻电影，印度的科幻电影里，未来是乐观还是悲观？这个问题通常被导演规避掉，他们要在他们的科幻电影里，最后弄成坏人受到惩处，好人出来主持正义。为什么第三世界国家的电影不大愿意反思，因为很多人，包括我们这里的人，当他们反对反思科学的观点，他们就会说，我们中国不是科学技术还不够发达吗？这个时候你反思什么？等它发达了再反思也来得及。

发展中国家很多人可能也会有这种想法，而发达社会的公众因为他们的科学技术本来在世界上就领先了，当然他们更多地会愿意看到问题。对于我们国内的人，刚刚说的，我们科学技术不够发达，所以现在反思是不是太早了。我经常跟他们打比方,这个就跟发展经济和保护环境的道理是一样的,你不能说现在还穷着呢,不要跟我谈环境的事情,让我先富了再说。可是等你富了环境已经坏掉了,你想再弄好不一定弄得好。同样,科学技术不管发达与否,都要反思。况且我们现在已经相当发达了,东部地区和欧美发达社会没什么差别,反思的时候到了,这不是太早的问题。

第三世界的国家很多人还是会有这种想法,所以我觉得他们很少拍科幻电影。他们也不拍乐观的科幻电影,也可能技术上有困难。我们中国科幻电影拍得也很少,我们以前拍过一些很低幼的科幻电影,如果现在放出来,你们肯定看不下去。

反思是确实存在的,大家都觉得要反思。

这个反思在不同的人群中也是有分别的,比如说科学技术的从业者,他们自己通常不愿意反思,因为忙着挣钱,他们还整天说国家的法律阻碍了他的发展,公众思想认识落后也阻碍他发展,恨不得让它无限制地发展。那些导电影的人,拍科幻电影的导演们,他们不是科学家,他们并不是科学共同体的现役成员,虽然他们有时候请一些科学家来当顾问,其实不是真的会听顾问的意见,基本上是拿来给自己装门面的。有些科学家事后很愤怒,说他们请我当顾问,最后拍出一个电影,里面都是违反科学常识的,结果他的朋友们说,你怎么这样,你给他们当顾问,乱七八糟的东西你都不管。他说其实他们又不真的听取我的意见,他们只是把我这个名义拿去用用。所以拍电影的人,在他们看来科学技术就是资源,被他利用的,跟戏说历史一样的。他们更愿意脱离开业主谋求自己的利益,他们反思起来顾虑少。

严锋:向江老师请教一下,有没有可能灾难黑暗的前景,是科幻片既另类又核心的精神,为了一种仪式,一种宗教感,一种神话感。科幻片是所有电影当中最有神话色彩的类型,是人类当代神话的核心体现,在某种意义上起到某种宗教性的作用,通过一种对末日的想象,让你产生一种思想或者精神，当然这里面不是清晰的理性的东西。你看科幻片，观众体会到的是一种情绪，这种末日情怀，可能就是科幻片非常核心的秘密。

江晓原：这个我们要从另一个背景看问题，在西方，他们比较习惯于这样一个观念，认为文明都是有生有死的，所以在他们看来一个文明毁灭了，再又重建起来，这样的事情，他们是比较容易接受的。但是这个事情，我们中国人是不习惯的，我们中国人以前接受佛教，里面也有轮回，恰恰轮回这个事情，中国人是淡化的。我们最多讲的是你个人六道轮回，修你个人的来世，我们不会讨论文明的轮回。到了现代中国人又受了另外一种教育的影响，这个大家可以回忆，你们从小上学，老师跟你们灌输的观念是什么？单线无限发展的前景。我们人类社会一定是在进步的，今天比昨天好，明天比今天好，后天比明天好，一定是这样的。在这样的一种无限发展的单线图景中，文明是没有轮回的，就是往上发展，越来越好，无限好。既然没有轮回的观念，我们中国人不拍灾难的科幻电影，从来没拍过。

严教授提到的科幻电影里，肯定讲的大部分是西方的科幻电影，在那些电影里，他们更喜欢谈论描写想象灾难末日，我觉得跟那个背景是有关系的，因为对那些人来说，文明的轮回是很正常的，不是一个不可接受的事情，是一个可以想像的事情。而我们中国人，至少到现在为止，我们受的教育，给我们的基本的观念是，我们会无限地变好，我们可以一直发展下去，当我们说可持续发展的时候，我们暗含着我们要无限地发展下去的意思。这个观念不一样，我觉得造成了你所说的那种现象。

严锋：中国传统当中也是有一种乐感文化。关注现世，现世当中关注的是享受，怎么维持"生"，把"生"尽量地艺术化。像杞人忧天，就变成贬义词。杞人忧天，中国最早的一个科幻行为，但是变成最后一个，从此忧患没有了。

江晓原：它变成嘲笑的对象，西方科幻电影大部分是杞人忧天的，你都可以说成杞人忧天，他想象中未来的灾难现在还没有出现。但是杞人是有道理的。

严锋：杞人忧天应该改变它的词义色彩。

江晓原：我们不要把它当成纯粹贬义的词来用。

严锋：中国报喜不报忧，你在那里说丧气的话，人家讨厌你，像乌鸦一样，这方面我们还是可以向科幻电影借鉴一些世界观。

江晓原：有很多电影没有思想性，好多电影科幻只是包装。好的科幻电影是有思想性，但有思想性观众不一定都看出来。《黑客帝国》思想性非常的深，能够让西方哲学家老在那里讨论它。但是因为它把电影做到雅俗共赏，看不懂他的思想性，看看表面热闹也挺好看，也看得下去。这一点《黑客帝国》跟《2001太空漫游》和《银翼杀手》不一样，《银翼杀手》上映票房很烂，从来没有好过。但是最后它们却成了经典。这个经典就是靠它的思想性，它从来没有票房。《黑客帝国》不一样，《黑客帝国》有思想性同时又有票房。如果你不了解那些思想的路径，你看这个电影其实没领会他的思想性，但是你看得挺热闹的，觉得挺好。有不少科幻电影，他达到了效果，当然他希望有更多的观众走到电影院看，表面上也照顾了你，让你有足够的享受，有一定的故事，让你觉得挺好玩。如果你注意它的思想路径的话，这个思想性的深刻就来了。我老说思想性，媒体问我，举个例子，你说《星球大战》没思想。你举一个有思想的。随便可以举，我经常举《银翼杀手》，太抽象了，那就举《黑客帝国》。

在《黑客帝国》里，它设想了有一个叫做母体的东西，这个东西等于是虚拟现实，就是一个更大规模的你刚才说的戴在脑袋上的玩意儿。在那个世界里，你以为你有一个身份，你有一个生活，整个场景是真实的，电影一开始是在这样的场景里。但是，后来反抗组织告诉他，这是假象，那是电脑弄出来的虚假世界，你真实的肉身没有在这个世界。这样一个故事，你看完就觉得那样挺好玩，后来你看到那些肉身被养在营养槽里，你很震撼。如果你不明白它的思想性，就到此为止了。但是，如果你注意它的思想性，你就会毛骨悚然。如果你同意 Matrix 这样的东西有可能真的存在的话，你还能相信现在生活的世界是真的吗？你能相信你今天到了思南公馆来了吗？你能相信你看见江晓原和严锋在这胡扯吗？没有，这都是假的，你们的肉身可能根本没有在这里。

为什么哲学家要不停地去讨论《黑客帝国》，《黑客帝国》里有像这样的东西是有思想性的。比如说在《银翼杀手》有记忆植入的问题，记忆植入中文格式弄一个电脑的东西弄到你脑袋里，给你一种记忆。你再往上想想看，如果记忆能够植入的话，你整个世界都会改变了。你首先不知道你是谁了，我们是怎么来界定"我是谁"的，哲学家老说我是谁，是他最根本的问题之一。你想想，如果有人问，你是谁，你用什么东西回答？其实你是用你的记忆回答。我是谁，这个故事是根据我从小出生下来，长在什么家庭里，我在什么学校上的学，我在什么单位工作。用这一串的记忆构成我是谁的回答。如果这些记忆可以被植入你的芯片，那就意味着可以改变你。让你觉得你是谁，你就是谁。你现在就不知道你自己是谁了。这些问题，稍微往深里想一下你就会发现，都是非常致命的。

你们出去看《星球大战》，你们想想，在《星球大战》里，有这些问题吗？没有，在《星球大战》里这些问题都不存在，所以《星球大战》是没有思想的。这是举一个例子。

严锋： 这一点上我要弱弱地为我最热爱的电影辩护一下。刚才江老师对科幻电影的思想性阐发得非常好，这是科幻电影非常重要的一面。但是我始终有一个怀疑，任何艺术都是跟思想有关的，但是不同艺术对思想的呈现，还是有差异的。我顽固地认为电影不是展现思想最好的媒体，这方面甚至还不如文学。

江晓原：这个我肯定同意，用文字展现思想会更好，有的人觉得科幻小说里更深，思想性可以更深，这个确实是这样。

严锋：我就觉得在科幻电影当中，特别在电影当中，我们最终寻找的是什么？我觉得是体验，当然体验这个词是很朦胧的说法。但是这个体验也可以包含刚才讲的，仪式感，江老师特别看中仪式感，包括宗教感。说到《星球大战》，我想用一个词，神话。《星球大战》在电影史上争论是很激烈的，一帮人认为它是垃圾，比没有思想还要糟糕，彻底的逃避主义。还有的人对它恨之入骨，认为这部电影，让美国电影走进死胡同。它是一个关键的里程碑。在《星球大战》那个时候，特别是60年代，当时最红的主流的是现实主义电影，美国人对法国新浪潮，欧洲艺术电影很向往。比如《星球大战》问世的1977年，斯科西斯的还有《橡皮头》，向新浪潮致敬。当时美国电影处在转折点上，也可能正准备往艺术和现实主义，往欧洲艺术电影方向发展。但在这个节骨眼上，万万没想到的事情出现了，电影学院的学生卢卡斯搞了这么一个东西，你刚才讲的那些大腕都跪了。没有人能抗拒这个东西，连那些非常重视艺术的超级大牌导演也没法抗拒。它像巨大的黑洞，它把市场的热点、资金、电影人的热情、观众的期待，全部往逃避现实的方向吸去。其实也不光是科幻，整个文化在更大的幻想空间逃避现实。

这个难道真的是坏事吗？而且这个能怪乔治卢卡斯吗？或者他一个人能扭转整个世界电影史吗，还是他有意无意地顺应了时代的号召？这里面与当时的存在主义、垮掉的一代、东方神秘主义等等有一种暗合。特别是随着西方后工业时代的来临，以往神秘的东西被剥去了神圣的灵光，但人总是不满足于一个庸俗的无聊的现实，他总是渴望一种超越，一个彼岸，一个遥远的未来和一个壮丽的星际空间。

江晓原：刚才严教授尽展文学教授的风采，他已经说得很兴奋了。

我可以补充一点，我觉得电影这个东西是多元的东西，所以我们到底从电影里找什么、不同的人可以在电影里、在科幻电影里寻求不同的东西。我总在电影里寻求思想性。你会强调体验，当年《2001太空漫步》，刚刚出来的时候票房很差，恶评如潮。当时有一个评论人说，这不是让你理解的，这是让你感受的，应该是体验的意思。如果你寻求体验了，体验可以是观影的重要诉求之一。我在这种体验方面比较麻木，这可能跟我学的专业有关，我学天体物理专业，这种专业本身是一个极端科学主义的专业，这种专业会让你相信世界的一切事情都是可以用科学来解释的。学了这种专业以后，体验的乐趣会受到摧残，有可能会受到摧残。但是，我寻求什么？我要寻求思想性。这种寻求也可能是很另类的，比如我书中也会评论名不见经传的小电影，很多人不知道的，可是我觉得这个电影很有思想性，我把它详细分析，觉得它挺好。每个人都可以在电影里寻求各种各样的东西，这个我和你之间没有矛盾。

主持人：各位读者朋友们有什么很好的问题，要跟两位老师请教。

听众：江老师的文章我看过很多，我提一个问题，刚才你们一直讲，副标题是国际科幻电影的演变，我始终很遗憾没有听到是怎么演变的？从一开始就是江老师说的悲观主义，基本所有科幻电影未来是黑暗的，它到底是不是有演变的过程，还是说从出来到现在一直是这样。江晓原：科幻电影的潮流，你要说演变，也可以找到一些痕迹，最早，什么是最早的科幻电影，一直有争论。用大炮把人发射到月球上，《月际旅行》。像这种电影现在也能看到，在这个电影里，不要指望找到什么思想性，也不反思科学。这个电影本质上仍然是对科学技术的向往、呼唤，这个跟凡尔纳时代的科幻作品是一致的。等到凡尔纳这套颂歌结束之后，威尔斯开始，就变成反思了。实际上在威尔斯之前，《弗兰肯斯坦》这样的作品，它的年代比这个更早，在凡尔纳颂歌时代就出现了，很多人把《弗兰肯斯坦》说成是科幻鼻祖。那个作品就对科学反思，那个作品涉及了——我的书里用一章来谈这个——造物主和被造物之间永恒的不信任和恐惧。造物主和被造物之间始终存在恐惧，从《弗兰肯斯坦》就是这样，一直到今天。这一类的带有反思性质的主题，很早就存在，你的问题是，我们把它说成演变，给你带来一些困惑。我同意，如果我们更粗地来看，我们可以认为，他们没什么演变，从根上它就是带着反思的。事实上你可以把凡尔纳这样的作品看成是一个比较特殊的东西。凡尔纳的作品，他在社会主义阵营各国受到特殊对待。不光是我们中国，以前苏联东欧社会主义阵营国家都特别喜欢凡尔纳，这些国家把凡尔纳作品给青少年读，因为没有反思，就是对科学的赞美和呼唤，给青少年读这样的作品，不会让他们思想混乱。

严锋：我觉得江老师讲的科幻电影对人自身，还有这个世界的一种反思，而且带着暗淡的色彩，这肯定是主流。但是这并不表示科幻样式当中没有亮色，事实上这些反思最后是英雄战胜恶棍。但是这不跟整个主要氛围矛盾。我最早看的科幻影视，《大西洋底来的人》，这个很难讲是悲观主义，那里面的坏人就是科学家。这成为刻板的公式。

江晓原：他们把反面角色设定为科学家，他们认为科学家经常做坏事，这就是反思呀。科学家想给好莱坞电影上课，科学家很有意见，好莱坞的电影老是把科学家写成坏人，狂人，要么是心怀叵测的人，他们认为这是不公平的。实际上，这不是判案，不可能在这里寻求公平，这只是他的资源。他们把科学家想象成坏人，或者经常把坏人编排成科学家的身份，这可以解读为反思科学，他们主张要对科学有警惕，还是可以归入反思系列。

严锋：有很多乐观主义，《星际迷航》就是很主旋律的，充满乐观主义。包括《星球大战》，你也可以说是乐观主义的电影。

江晓原：《星球大战》的故事是这样的，1、2、3，倒过来，现在如果顺着他的故事情节往下看，应该是4、5、6、1、2、3，被称为1

是 1977 年的《新希望》，6 是一个故事的结尾，在结尾里，那是黑暗战胜了，主人公投到了黑暗皇帝那里去了。现在《星球大战》在宣传期的时候，我看到他们统一了口径，现在把 123456 用罗马字排列，它是按照现在看到的故事情节来排列的，所以它的 6 就变成了《武士归来》，实际上是他的第三部。现在的 7 接着原来第三部，他的故事情节是 4561237。卢卡斯当时哪里知道要拍续集，卢卡斯在《星球大战》上映前一天，一晚上没睡着，结果早上起来的时候发现外面交通堵塞了，一打听是为了买他的电影票堵塞交通，他一下子眩晕了，一下意识到我成功了。所以他拍第一部的时候，肯定没有计划后来拍多少部，成功了才把故事往下讲。等到 123 讲没了，再翻到前面。所以现在《星球大战》是有点乱的。但是《星球大战》如果停留在刚才 6 的位置上，也是悲观的，黑暗的势力诱惑了主人公，让它投身到黑暗去。

听众：两位老师好，前面听到江老师说的关于刘慈欣两个人讨论思想实验，我自己有想了一下，有一种情况，像六千五百万年小行星撞击地球，几年甚至十几年黑云遮日的情况，环境很糟糕，没有庄稼，没有动物，人类都是个体自己在生存，有点像末世的电影。这时候您和您的挚爱，父母或者爱人，两个人想办法生存下去，但是已经环境很糟糕，几天几夜没有正常的食物，这时候碰到一个人，没有反抗能力，这时候还是那个问题，你是吃还是不吃？或者怎么样处理这个问题。

江晓原：你这种思想实验，科幻作家已经讨论过了。我推荐你去看王晋康的小说《与吾同在》，那个小说里集中讨论这样一个问题，善和恶，以前如果不深入思考这个的时候，你觉得世界上有某种普世的善和恶的标准，在他的小说里想象了一些不同的故事场景，他想强调的是，善和恶在不同的范围里，在不同的环境下，它们会有不同的答案。比如你这个问题，如果更为一般化的来描绘它，其实是两个不同的族群，他们处在资源争夺状态中的时候，你怎么判断善恶？如果你说遇到的那个人，本来是你族群的成员，你们团结奋斗了，大家共同求存。如果那个人属于另一个族群，如果两个族群本来就处在资源的争夺中呢？就像两个国家处在资源争夺中，国家派你去打仗，你当然把对方的士兵杀掉。那个士兵此刻是你的敌人，你杀了那个士兵，你被认为是善的。反过来，你投降，你就会被自己的族群认为是恶的，而敌对的族群也许会认为你是善的。善、恶不是那么简单的，没有一个普世的标准，在不同的利益集团之间，你的立场站在什么地方，看善恶，就有不同的答案。幻想作品当中很多都讨论过。

听众： 两位老师好，我在微博上关注严锋老师很久了。我一直有一个疑惑，之前两位老师说到，科幻电影很多是黑暗的，这会不会是因为很多人受了乔治·奥威尔《一九八四》的影响，他最后认为地球分裂成三个大国。三个大国是非常独裁主义的国家。乔治·奥威尔说，网络科学的发展是更有利于独裁统治，因为你所说过的每一句话被记录在案，不会像《一九八四》当中只是屏幕监视者，更何况很多科幻电影，《星球大战》《星际迷航》《星际争霸》，他们牵涉到人类追求人类自由，这是不是说明自由与独裁的对抗，他们更多想表示只是一种自由与独裁对抗的？

江晓原： 你肯定是看过《一九八四》，《一九八四》如果孤立地来看它，产生你这些想法是很正常的，我们甚至可以说你也正确地领悟到了《一九八四》的主旨。但实际上你对《一九八四》放到更大的背景里去看，它属于一个反乌托邦的传统。有反乌托邦当然就有乌托邦，乌托邦的传统是对未来有乐观想象的，并且想象人类可以通过某种集权的方法组织建造一个美好的未来，这和空想社会主义很多地方是一致的。开始出现反乌托邦这个传统是反着来，他认为在专制的统治下，未来肯定会是黑暗的。在这个传统中，奥威尔的作品并不是始祖，反乌托邦三部曲第一部是1920年的《我们》，是俄罗斯和苏联交界时代的作品。你如果再往下，还有好多反乌托邦的作品，这些反乌托邦作品，普遍认为它们的基调跟《一九八四》是一样的。《一九八四》所想象的集权社会的蓝本，是当时的苏联，基本上以前苏联的统治为基础想象出来的。西方人对于这种所谓的集权统治，他们一直非常恐惧，所以在这一点上，反乌托邦所有的作品，其实都会表现出这样一种思想倾向。分析这样的背景之后，你最初的说法是不能成立的。你认为是受了奥威尔的影响，这肯定夸大了奥威尔的影响。其实奥威尔本身是这个传统中的一部分。

严锋：科幻黑暗的情怀，可以视为一种忧患意识。再具体一点说，你可以说是对技术的一种忧患，对控制的忧患。人始终担心自己被控制，再具体一点说，被人自己创造的东西所控制，这是科幻当中的恐惧感的最深的来源，它表现形式可以是各种各样的。在这一点上，我是认同江老师的，江老师始终在讲，科学会不会造成对我们的控制，二是科学本身的失控，这两种状态，其实也是科幻非常重要的主题。

听众：科幻电影是有思想的人拍的，拍电影是行动，行动要有思想支配，怎么理解这个是没有思想的？

江晓原：你前面那个"思想"基本上可以解释为是意识，当然科幻电影绝大部分不是白痴拍的，你说正常的人有一些思想，但没有在他的作品里表现他的思想。有思想不等于一定要在作品里表现，有些作品表现了思想，有些作品没有表现思想。像《星球大战》，我把它说成是没有思想的，并不意味着卢卡斯没有思想。

听众：这个思想没有思想，你这个思想叫我们怎么理解？

江晓原：这个思想是我刚刚说的，反思科学，它不反思科学，所以没思想。

严锋：《星球大战》当中，其实是有各种各样的思想，甚至意识形态，比如他有冷战，有政治的结构。他里面也有刚才讲的道家、老庄，这些都是思想。里面有一个非常具体的场景，克诺比训练卢克，用一个光球。卢克根本打不过它，每次都失败。这时候克诺比拿一个头盔把卢克的头罩上，看不见之后，对外在的世界好像切断了联系，人回归内心。卢克开天眼了，把那个东西打败了，这很有老庄的意味。

江晓原：如果看我的书就会发现，我在谈论《星球大战》的时候，恰好举的就是这个例子，我同意，这个例子是这个电影里所有的内容里相对稍微有那么一点思想性的，这个例子被严教授举出来是对的。因为它给你灌输一种什么观念，那个观念说，这个世界上确实有一些超自然的力量，这种力量你要相信它，你才能感知它，这其实跟我们"诚则灵"的说法是一致的，快接近宗教了。卢卡斯自己很得意，这个电影出来时，各个宗教都说它体现了我们这个宗教的思想。在那一部分上，它有那么一点宗教色彩，如果这个宗教色彩，我们也同意算有思想的话，有那么一点，但是这个肯定跟刚刚举的《银翼杀手》或《黑客帝国》不在一个层次上。说没思想，基本上是一个文学修辞手段，就像我们说这个人没思想，怎么可能一点思想没有呢？任何人不是白痴，都有思想。我们说它没思想的意思是，他基本上没有太多的思想价值，你一定钻牛角尖，找到一点思想，肯定有的，这不在一个层面上。

时间：2016 年 2 月 20 日

嘉宾：陈尚君　朱红

杜甫和他的节日诗

孙甘露：各位朋友下午好，今天是一个普通的周六下午，也是一个特别的周六下午。因为我们思南读书会已经在这里举办了两年的时间了，今天做的这一期已经是第 106 期。思南读书会的创办，它的缘起是原来上海市民政府和总署一起合办的上海书展，里面有一个环节叫上海国际文学周，至今已经举办了 12 年的上海书展和 5 年的上海国际文学周。在 2013 年的时候，我们和思南公馆作为承办方，在市新闻出版局、上海市作家协会和黄浦区新闻宣传部的联合指导下，创办了这么一个读书会。想把我们的专家、学者、作家，甚至是来自世界各地的名家，把他们的读书心得分享给我们的广大公众。在上海这样一个具有深厚的阅读传统的城市，为营造书香社会提供一个好的环境。

两年以来思南读书会已经举办了 106 期，我们前后邀请到近 300 位来自全国各地以及世界各地的作家学者。在这一栋楼里我们就先后来过 3 位诺贝尔文学奖的得主。思南读书会的典牌，这几个字，就是莫言先生题的，是在他得奖以后题的。他也是上海国际文学周书展以及思南读书会的老朋友了。来过我们思南读书会的也有我们年纪很小的儿童文学作者，也有非常高龄的，比如去年来过的埃斯普马克先生，他是诺贝尔文学奖的评委，是原来前诺贝尔文学奖评委会的主席，也有法兰西文学院的院士，还有其他国家的作家，以及上海写作计划邀请到的外国作

陈尚君

家。更多的是我们的中国作家学者，茅盾文学奖的得主来的就更多了。

我们是想通过这样一个读书活动，在上海这样一个地标性的建筑里面，做一种纪念性的活动，我们知道思南公馆的历史，有很多重要的文人都曾经在这个地方居住，大家都是耳熟能详的。

今年作为思南读书会两周年的一个特别活动，我们非常有幸邀请到了陈尚君先生和朱红女士，来给我们讲杜甫和他的节日诗，有点应景。

在他们开讲之前，我再简单介绍几句，陈尚君先生，据介绍，他是《全唐诗》和《全唐文》的编撰者、甚至是溥仪的一个编撰者。他是可以根据《全唐诗》来复原唐朝的每一天日常生活。也有朋友说，在唐代没有陈先生不认识的人。我们的朱红女士也是和陈先生一样，是专业的，是上海社会科学院的博士。我们今天非常有幸，在这特别的日子里，请到两位，我们古代最灿烂的唐代诗歌的研究者光临我们的现场。世界各国的学者都说，今天我们的作词文化，都是沐浴在李白、杜甫的光辉之下，我们今天也来沐浴一下。有请二位。

　　陈尚君：各位下午好。非常高兴有机会在这里和大家谈谈唐诗，谈谈杜甫。

　　这个题目的拟定很偶然，因为是在春节以后才说定的。没有特别的想法，正好春节的氛围之中，觉得最好的方法是谈谈节日。正好朱红老师的博士论文，就是做唐代的节庆和有关的文化研究。近年来，她在《读书》杂志上发了很多相关的文章。我们就临时凑了这么一个题目，既应景，也特别想讲讲杜甫。

　　杜甫在中国文学史上，无疑是最伟大的诗人。我们大家可以看到的这一张，杜甫的图像，这是南薰殿的画像，这是古人认为的杜甫的形象，是一个"每饭必思君"，非常恭谨、严肃、瘦弱的官员的形象。

　　但是到了上世纪五六十年代，蒋兆和先生画了另外一幅杜甫的画像。蒋兆和先生是近代很有名的国画家，他在抗战的期间，画过很有名的《流民图》。五六十年代，他画了很多适应新时代的国画。现在简明地介绍，他是范曾的老师，所以两个人的画风是一致的，而且现在杜甫的这一幅画像，流传很广，确实能够表达杜甫一生的精神。我在这里特别要说明，这一幅画像，里面包含一定的因素，是蒋兆和先生自画形象的艺术再创造。

　　各位可以看到，这是画家本人的自画像和他的照片。在他的形象之中，是把杜甫传达出来了。而且他也把杜甫形象融合进去了他早年所画的《流民图》内容。流民图是为抗战初期写照的灾民流徙道路的情景。其中是有一个老头的画像，但是我在做 PPT 的时候没有找到。这一个理解也不错，杜甫曾经在他生命的最后十年，应该就是漂泊西南、流徙道路的经历，人生不是太顺畅。

　　杜甫大家是非常熟悉的，但是我还是想稍微介绍一下。中国诗歌史上李白和杜甫是最为著名。郭沫若曾经称李白和杜甫是中国诗歌史上的双子星座。这是 1962 年当时纪念杜甫的时候郭沫若先生写的一篇文章。"文革"期间《李白与杜甫》那本书，评论方面有点偏颇，但是还是有不少的感受。我在"文革"期间没有书可以看，这本书是看得极熟，受益也很多。

从杜甫的一生来讲，他和李白相比较，可以有一个最基本的评价，李白和杜甫是唐代承前启后的伟大诗人。或者就这两位来讲，李白更多具有承前的意义，杜甫更多具有启后的意义。这句话的意思是说，李白更多的是继承了汉魏以来的乐府民歌，就是乐府歌行写作的优良传统，把那种诗歌的写法发挥到登峰造极的程度。从年龄来讲，杜甫仅仅比李白小 12 岁，在杜甫年轻的时候，大概 30 岁左右，也曾经和李白有一段共游的经历。当时杜甫还没有感觉到人生之艰难，他的经济来源是由他父母提供的。所以杜甫自己也讲，他那时候自己的生活是裘马颇轻狂的，他和李白在一起经常狂歌终日，乃至有些飞扬跋扈。

杜甫后来的情况，发生了一个变化，父亲去世了，经济来源断了，要去求官，必须放下身段，必须去求人。唐人有一个高雅的辞，叫干谒，就是地位在下的人去求地位在上的人。杜甫也很能委屈自己。

但是在这样一种环境中，又碰到突然的变局，就是安史之乱的发生，唐代一下子从极盛的盛世转向于社会大动乱之中。杜甫在这样一个过程之中，既是朝廷的官员，觉得有责任为国家效力，但是职位又比较卑微，官场的气氛又不太适应，然后就离开了朝廷，后来做了一个不大的官，自己也觉得烦，就脱离了体制，最后靠着朋友在西南漂泊十年。我们现在去看成都草堂，那是杜甫在 760 年以后生活过一段时间的地方，当时情况非常简陋的，没有那么好的地方，但是曾经有过一段安逸，再后来越来越困难。

我们在读杜甫诗的时候，能够深切知道杜甫诗是包括了个人人格的或者是性格分裂叙述的。一方面既需要适应官场、应酬人士，以求得对自己生活的补贴支持，另外一方面对于社会、人生、自己的经历又有特殊的感受，把这种感受表达出来，这对杜甫的诗来说是特别重要的地方。更重要的地方，杜甫的才华，他是一个非常纯粹的儒者，他对传统的文献和文学的词汇、词章又非常熟悉，他对盛唐的时候开始兴盛的诗体，特别是近体诗——我们现在习惯讲七绝、七律——有许多新的发明。比如我们现在讲白居易的《新乐府》，其实新乐府的特点是即事名篇，这是从杜甫开始的，我今天后面提到的《丽人行》，就是这么一篇作品。更重要的就是在于杜甫把这样一种兴盛的近体诗的体式，通过他自己巨大的创造力，发挥到登峰造极的程度。一方面自己的生活非常艰难，另外一方面是始终没有忘记自己对国家社会的责任，以巨大的才力表达自己对于文学的追求，对于人生的热爱，这是杜甫极其不容易的地方。

近些年来我写过一些文章，我就感慨杜甫一生最后四五年，主要是在一条船上渡过的，他的所有作品，都在这个船上。但他始终在坚持写作，而且是最前卫的，最有艺术开拓意义的作品，真感觉到人生很不容易。当然我们现在很喜欢讲到杜甫诗歌之中的忧国忧民的情绪，讲到杜甫诗歌之中沉郁顿挫的人生追求，这些都是对的。

但是读杜甫一定要知道，他所处的时代，所经历的人生，杜甫和李白不同，李白是一个天才的诗人，天才的诗人很多的诗歌写作是凭直觉的。但是李白还有另外一面，我这两天刚刚交到《学术月刊》的论文，我要证明，李白其实平时是非常用功的一个人，他许多诗都详尽、认真地改过，是唐人改诗最认真的一个人。杜甫是在另外一个层面上面，杜甫自己说"新诗改罢自长吟"，所有诗都曾反复推敲琢磨。杜甫的诗歌写出自己人生的失落、无奈，常有人生走投无路时候的彷徨、犹豫和困苦，是苍老者的一种哀歌，甚至讲到最极端的时候，是把自己比喻为一条狗，"苦摇求食尾"，我就是一条狗，我到处靠求别人生存。在这样的情况之下，我们可以看到，杜甫始终在追求、发展，这是真的极其不容易的。

今天我们不详尽讲杜甫所有的文学创作，我们只讲杜甫的节日诗。读书会的方式还是读一些作品，我们适当做一些解释。关于节日的一些特别风俗方面的东西，朱老师有具体的说明。我介绍一些主要的诗，有的可能大家很熟悉，有的可能不是太熟悉，我们一起来读一些作品。

第一首《杜位宅守岁》，这就是一首除夕守岁时候的诗。这一首诗写的时候，杜甫40岁，杜位是他的堂弟，一起守岁。这首诗简单来说，和我们现在的气氛是很接近的。他说"守岁阿咸家"，另外一个文本是阿戎家，这个都是用西晋的典故，阿咸说的是侄子，阿戎说的是堂弟。"椒盘已颂花"，这个说的是，花椒装在盘子里面，饮酒时候的一种风俗。后面两句，现代阅读可能有一点深，叫"盍簪喧枥马，列炬散林鸦"，实际上是说来的朋友很多，大家在一起聚首，都是骑着马来的，马在那边很拥挤，灯火齐明，林中的鸦也受惊了。然后说"四十明朝过，飞腾暮景斜"，明天就四十岁了，古人四十是很重要的，时间过得非常快。最后两句"谁能更拘束？烂醉是生涯"，在这样的时候，不必拘泥于细节，纵情地喝酒，烂醉是生涯。

这时候我们可以看到，四十岁对于杜甫来讲，还是一个比较早的时期。这时候至少人生的艰难，他还没有完全地尝到过。这是除夕。

朱红：这里面有很多可以说的部分，我正好回应一下陈老师刚才说我对节日习俗的一个在意。大家都会想，作为一个中国人谁不会过节呢？春节的时候放鞭炮、贴春联，中秋的时候赏月。说到节日我们往往会想到和民俗相关。为什么会想到跟杜甫的诗联系起来？我觉得这也是因为节日习俗与我们的唐诗有一个很密切的关系。我们往常说的民俗学可能更多的是从田野考察的角度来进行的。这更多的可能对于晚清民国以来的很多节日习俗是有意义的。但是对中国节日习俗发展这么长的一个时间段里面，它其实是变化非常之多的，你很难通过一个现场的田野考察，去追溯它上古、中古时期的一些变化，这时候往往需要我们用到文献学的知识。所以陈老师做全唐诗、全唐文这些文献学，往往可以给我们提供一个非常好的版本、底本，对于历史的细节会有很多可以提供考证的地方。

关于守岁大家可能有一点不了解的是，在唐朝的时候，在百姓之间贺新年也会说万岁的。不仅在大年初一的元日朝会上大家会说万岁万岁，新年的时候大家会互相祝贺万岁。这个意义其实是希望生命延续、时间延长的一种美好祝福。

这里面说到的守岁，还有椒盘，其实也都是和五辛盘有关系，和辟邪、乞求身体健康有关。还有"列炬散林鸦"，应该也是提到了当时非常热闹的火炬点燃迎新的形象。杜甫在这首诗里面，除了描写家庭里面的，他还有一种想象，就是"飞腾暮景斜"，其实他对于人生还是有一种展望的。岁末年初往往是我们辞旧迎新的时机，对人生的规划也往往寄托在这种诗歌之中，所以杜甫的诗歌往往能够表达一种非常，在沉郁之中又能看出他对于未来的一种希望。

我们可以看一下下一张，关于唐人的宴饮。我刚才说到除了文献的一个研究之外，以诗词研究而言，其实新近考古出土了很多的文物、壁画，能够给我们提供很多唐人生活的细节。比如这一幅就是出土于长安南里王村墓里面的《唐人宴饮图》。当然时令和现在是不对的，它明显是一幅夏天的宴饮图。为什么？因为它中间会有一个叫做酥山的东西，就像我们现在说的冰淇淋山，有一个小山形状的。但是从这一幅大概表现的是夏天的宴饮图，我们也可以推断得出，唐人的宴饮最初是什么样大概的情况。而且看得出来，大家都是分食而制的。然后它会有比较低的矮榻，不是后来明代以后的高坐具，所以依据这个我们可以想象一下，岁除的时候唐人欢乐的情景。

关于宴饮喝酒，陈老师刚才说到的椒盘，其实我们大家都知道唐代古人喝酒是蓝尾酒，蓝尾酒也就是屠苏酒。屠苏酒什么意思呢？屠表示去除不祥的部分，苏表示苏醒魂魄，让人身体强健。所以在唐代的很多医书里面，其实是保留了具体的药方，像孙思邈的《千金方》里面，都有关于具体的，其中就有这个蜀椒、大黄等等。所谓蓝尾酒，也会说是指从年少的人开始引起。喝酒我们大家以往会长幼有序，唐代会先从年少的人开始喝，大家一轮坐下来，先排定年岁次序，年少者因为增加了岁数所以先喝，年老的人岁数在后，所以后喝，但是到了最末的一个人，他连饮三杯，所以会有"三杯蓝尾酒，一碟胶牙饧"，这是当时白居易的诗里面说到，这个宴饮也可以体现出唐代诗人整个家宴的欢乐情况。

下一张说到的是元日了。宗武是杜甫的孩子，陈老师对这一部分的考证好像比较有可以言说的部分。

陈尚君：这首诗比较简单，是杜甫晚年，和前面的除夕不是同一年作的，隔了十来年。元日，我们现在叫春节，当时没有这个概念，是元日、正日。而且官员的元日是不放假的，元日正是大朝会的时候，是最隆重的时候，皇帝也经常发诏书。但是这首诗写作的时候，杜甫落魄在峡中，就是三峡的一带。可以看到他在这首诗词中情绪不高。他说"汝啼吾手战，吾笑汝身长，"就是说自己身体不好，孩子逐渐长大了。"处处逢正月，迢迢滞远方。飘零还柏酒，衰病只藜床。"杜甫在诗写到这里的时候，他的对仗很讲究，虽然是这样叙述自己的经历，都是很仔细斟酌的。"训谕青衿子"，对于年轻的孩子是要教育的。"名惭白首郎"，杜甫自己很惭愧，自己白首为郎，没办法转到朝廷去。"赋诗犹落笔，献寿更称觞"，在这个时候还坚持写诗，孩子们也为自己做寿。"不见江东弟，高歌泪数行"，其实不见江东弟，就是杜甫的诗《登岳阳楼》，"亲朋无一字，老病有孤舟"。晚年的时候，亲戚的消息都没有，不知道往哪里去。虽然元日，不太有喜庆的气氛，和前面那首诗比较起来，历尽了人生的艰难。

这里特别要说到，古人的过年和我们现在不同，我们现在经常会讲到阳历、阴历，我们现在经常用旧历称之为农历，其实不完全准确。中国古代的历法其实是阴阳历，朝廷正常的记事，是按着阴历走的，以月相来记月的。但是农事的话不能跟着月相走，必须跟着太阳历走，古代也是用太阳历的，太阳历是用 24 节气，每年通过朝廷颁令的方式，来规定农事需要掌握的时间。

所以后面还有两首诗，一首是《腊日》，一首是《冬至》。《腊日》现在习惯是讲腊八，唐代的时候是规定了旧历的 12 月的，最初的一个虚日。

朱红：但是其实唐代的腊日是一直有变动的，前后有变化。

陈尚君：这首诗是杜甫在安史之乱发动的第二年，唐军获得小的胜利，收获了两京以后杜甫所写的，心情很好。我们看一下，"腊日常

朱红

年暖尚遥",腊日的时候,按照往年来讲,天气还没有暖起来。但是"今年腊日冻全消",今年是一个暖年,所以到腊日的时候冰冻已经消除了。"侵陵雪色还萱草",萱草就是我们习惯讲的忘忧草,萱草包含了一种喜庆的气氛。"漏泄春光有柳条",虽然还在冬天,但是柳条已经透出春天的气息。"纵酒欲谋良夜醉,还家初散紫宸朝",这两句我们要特别知道,在对仗的时候是反过来叙述的,是散朝以后还家,还家以后约了朋友来彻夜欢饮。后面一句在前,前面一句在后,为了写诗对仗的方便,把它倒过来。最后两句"口脂面药随恩泽,翠管银罂下九霄",皇帝的恩泽已经颁发到家里来了,所以感觉到了皇帝的关心和好处。这里面特别提到唐代的腊八节,朝廷对官员赏赐口脂、面药,而且是用很好的包装的,翠管银罂,用这样物品的包装来赏赐官员的。

在这方面,朱老师有特别的体会。

朱红：大家平时都会想到，女生是会有化妆品的，但是在唐代的时候，男性官员也是有润肤品和润唇膏的。而且是作为一个很正式的一个节日的礼品来颁发下来，而且包含的往往是和第二年的新历一起来作为一个贺年的礼品来颁送。我也查过，比较有意思，这些材料都保存在唐代的医书里面。口脂和面药，里面是说了一些香料的成分，主要的润泽的东西也会有一些动物的脂肪类作为一个主要的基础，再加入这些。翠管，根据大家考古方面的出土研究，就很可能是用象牙雕出来的，上面有拨镂的，所以叫做翠管，是绿颜色的，象牙的，比较短，一寸一寸来形容的，很可能和现在的口红很相似。银罂也是金银盒，在现在的博物馆，尤其是陕西博物馆里面保存得非常多。

我觉得杜甫的《腊日》诗是在反映中国唐代的腊日的所有作品中间非常重要的一首，其他的诗歌当中没有找到关于具体的一个宫廷赏赐行为的一个说明。所以我们现在觉得，杜甫号称诗史，这一首也是非常珍贵的，可以给我们提供节日习俗方面的一个资料。

除了腊日之外，还有一个冬至，其实这组节日都是在一起的。在《冬至》里面也可以来看这一首诗。杜甫除了前面形容自己的心情之外，也讲到了当时的一个向往，"鸣玉朝来散紫宸"，他也还是向往着，对朝廷有一个想象。有一点比较有意思的，在唐代冬至和我们现在说的春节、元旦，都是放 7 天长假的，时间非常长。唐人对冬至的重视程度非常高，放假也和我们现在不一样，我们往往是春节从除夕开始休息，放到初六或者是怎么样，唐代的元日和冬至都是放前三后四，我觉得也是蛮合理的。比如说除夕的话，就是前三天，后四天，其实他初五开始正式工作的。

我刚才忘了说，唐代的官员内外官吏休假非常之多，像冬至和元日都有 7 天，这确实是很长了。关于冬至和元日中间有相近的成分，比如说会有一个叫贺年，我们现在大家叫贺正。

这里有一个图，可以给大家看一下，是敦煌书仪里面的一个贺正冬启。这个书仪有点像我们说的，比如说公文，或者是来往书信你应该怎么样注重的礼仪。比如说下对上，或者是晚辈对长辈的。贺正冬启的话，就是下一级的官员对上一级的官员，在冬至、元日的时候都分别要说什么话，这都有一个固定的格式的。这是非常有意思的，说的文字的意思，在口头上也是相通的。

陈老师我上次在文章里面也有提到日本的一个圆仁和尚，当时跟着遣唐使，在9世纪，就是800多年的时候，比杜甫晚了一个世纪，他来到中国，从扬州一路，然后经过了很多地方，最后来到了长安，花了9年的时间才离开。正因为他是一个外国人，所以他对于中国，对唐朝当时很多的风俗是非常惊讶的，所以他描写得非常细致。很有意思的一个细节，他提供了，当时是怎么拜年的。

白居易里面有一句诗，叫做"逢迎跪拜迟"，大家开始不明白，什么叫逢迎跪拜？后来才明白，在圆仁的描述里面就说了，唐人拜年的时候，就有点像后来的清朝，就是右膝是要着地的。唐人平时是不要跪拜的，但是到了冬至和新年的时候，马路上大家见到面拜年的时候右膝是要着地的，嘴里是要念念有词的，表示万象维新等等。这种说辞其实不仅仅是当时的唐人这么说，而且连当时从新罗来的、现在是朝鲜的和尚，也通行这一套礼仪。这也是在圆仁的记述里面说到的，他来到了山东半岛，就相当于现在蓬莱的地方，当时那个地方和朝鲜隔海相望。所以当时是很多新罗僧人聚集的地方，寺庙里面有很多朝鲜的僧人。到了除夕的晚上，那些朝鲜僧人就彼此之间互相来拜年。会发现平时他们念经有的时候说的是新罗语，但是到了拜年的时候，念念有词还是唐人的这一套万象惟新什么的。

由此可见唐朝文化的交融带来了一个盛唐的气象，所以不仅是佛法西来，也有唐风东渐。所以在朝鲜也好，包括日本的也好，我们都可以看到在当时的一个唐朝文化的传播和影响。所以像敦煌书仪里面的贺正冬启也可以给我们提供一个非常详细的纸面说明，能够让我们了解到当时的一个细节。

陈尚君：朱老师刚才讲到一个情况，古代的朝廷议事，不像我们现在经常开会，他是入朝的，举行朝会的。朝会许多官员都在一个大厅里面。刚才讲到的口脂，实际上有一个问题，有的官员有一些口臭，聚在一起很尴尬，很多官员都是含香，改变自己的嘴里面的味道。皇帝也关心这件事情，不断给他们颁发各种各样的唇膏等等都有，包括含在嘴里面的东西，这是一个特别的东西。

另外冬至的话，实际上就是太阳到了北回归线以后最极端的地方，开始要往南走了。从冬至以后白天就开始更长了。古人认识到这一点，实际上冬至也是一个年的意思。

在前面的时候讲到关于过年前后的一个情况，我们举到了古人实际上是很重视几个节日。但是现在的话我们可能已经提到很少了，一个是人日。我们知道女娲是补天的，同时女娲也造人，人是女娲造出来的，女娲是辛苦了7天，第7天的时候造出人来了。所以中古的习俗，元月七号是人日，当时也是很重要的节日。古人过节是从元日到人日，这是特别的地方，当时对人日也是很重视的。所以杜甫的诗写到，"元日到人日，未有不阴时。冰雪莺难至，春寒花较迟。云随白水落，风振紫山悲。蓬鬓稀疏久，无劳比素丝。"这是杜甫人日的感怀。

人日的第二篇，他就说"此日此时人共得"，只要你是人，你都应该过人日。"一谈一笑俗相看"，现在我们念看，古人是念平声的。"樽前柏叶休随酒，胜里金花巧耐寒"，因为到人日天还很冷，花不开，只有人日的这种人胜，人形的一个装饰。有的时候做首饰，在这里面花还在开放。"佩剑冲星聊暂拔，匣琴流水自须弹。早春重引江湖兴，直到无忧行路难"，这是杜甫写人日的两篇。人日大家可以看到，它最重要的行为，一个是佩戴人胜，发人胜。另外还有一个，观赏彩花树等其他的行为。

朱红：下面有一张图片大家可以看一下，这是藏在日本正仓院的人胜，我可以跟大家简单介绍一下，正仓院也是建于盛唐时期。日本有一个圣武天皇，因为当时遣唐使和唐朝之间来往非常密切，所以唐代很多的文化是传到了日本的。这个圣武天皇有很多的用具，包括王羲之的书法等等都是从这边收藏去的。在他去世以后，他的皇后把他所有的珍品都捐献给东大寺，然后就建立成了一个珍宝库。这里面就是当时公元 8 世纪的东西，几乎是非常完好保存到了现在，在正仓院里面，在奈良。正仓院里面就藏了一个这样的，它叫人胜，但是我觉得这个也可以再讨论。大家可以看，它是用金箔来雕刻的，中间会有四行，看得不是很清楚，这里面有一个"千春"。所谓的胜，当时的人胜，可能是分为两种，一种是作为首饰用，用在头、鬓上的。另一种它是用在屏风上的，从这一个大小尺寸来看，它很有可能用于屏风。而且从最后两个字"千春"来看，和我们现在说的春联有一定关系，春联的推导和桃符的关系是一个很复杂的过程，像立春是有春胜的，人日是有所谓的人胜。这两者之间，立春是一个节气，人胜是正月初七，但它们之间其实有一些是相通之处的，再加上除夕的桃符，上面往往要书写一个吉祥祝福的。这几种融合起来，到最后才会形成我们现在大家所说的贴春联，就是写上对联贴在门柱的两边，来表示一个新年的祈愿。

所以从这一点来看，也可以体现出我们唐朝文化的一个比较有趣的例子。

陈尚君：下面一篇比较长，乐游园实际上是唐代长安近郊最有名的所谓宴游的地方，规模很大。这首诗放在这里，主要想说明唐代有一个节日叫晦日，就是一个月之中，月亮从新月，到最后残缺，再重新的轮转。第一天叫朔日，十五叫望日，最后一天叫晦日。所以晦日在唐代也是节日，但是前后有变化。反正唐人我们感觉到了，真的是生活在一个愉快的时代，诗意的生活，经常过节，而且过节的话就是规模很大，很热闹。这首诗比较长，不在这里多说了，但是这里可以看到气氛很热烈，杜甫也是感觉到自己，"一物自荷皇天慈"，这样幸福的生活都是皇帝赐予的。最后他说"此身饮罢无归处，独立苍茫自咏诗"。杜甫的诗，经常会出现这样的一种很特别的意境。

我们主要还是想讲下面一首《丽人行》，《丽人行》是杜甫很有名的诗，《唐诗三百首》里面也收了。这首诗写在天宝十三载，就是公元 754 年的春天。提到这首诗的原因在于，我想说明上巳节，上巳是三月三。古代人碰到单月当日，多有节日，如一月一是元日，是我们讲的春节，三月三是上巳，五月五端午，九月九重阳，都有节。但是双月的就相对来讲比较少一点。不过古人没有我们现在想象丰富，没有想到11月11号的光棍节。但是三月三号的上巳节，最特别的地方，实际上是祓除，也就是说经过一个漫长的冬天以后，要淋水，要洗浴，去掉一年的许多晦气，开始新的生活，有点万象开端的意思。而且古代的节日和我们现代的节日围绕团圆欢聚不同，很多时候与祛邪有关的，所以上巳节最有名的活动就是兰亭会，大家围在水边饮酒赋诗，就是上巳，三月三号，唐代很盛，但是宋以后逐渐淡出了。

杜甫这首诗，相对比较长，我们简单读一下，我们可以看到杜甫的诗歌一个最特别的味道，他实际上写到三月三号曲江长安水边，一些高雅贵夫人欢聚的场景，每一句话都写得非常之庄严，但是讽刺的意味非常之强烈。这是安史之乱以前杜甫的诗歌达到了一种很高的成就，我们可以看到他特别的地方。

"三月三日天气新，长安水边多丽人"，他一点也没有丑化，下面写的是"态浓意远淑且真，肌理细腻骨肉匀"，描写的是一个贵夫人的仪容形态。"绣罗衣裳照暮春"，三月初三已经到暮春了。"蹙金孔雀银麒麟"，衣服很华贵。"头上何所有？翠微匐叶垂鬓唇"，这是头上的装饰。"背后何所见？珠压腰衱稳称身？"腰衱就是所谓的裙带，古人裙带是飘的，裙带下面是有珠玉配的。古人行走的时候，挂了珠玉乒乒乓乓会响的。挂了珠玉以后动作要迟缓，你不能太急，乱响的话就不好了。"就中云幕椒房亲，赐名大国虢与秦"，椒房指皇后的亲戚。他这里要说的话是杨贵妃相关的许多女人，就是杨贵妃的姐妹，就是韩国夫人、虢国夫人、秦国夫人。因为杨贵妃的得宠，全家都荣幸。这个时候是谁呢？是虢国夫人、秦国夫人。然后写她们的饮食，"紫驼之峰出翠釜"，所指实际上是驼峰炙，是当时最讲究的，骆驼的驼峰做出来的美味。"水精之盘行素鳞"，素鳞就是鱼了，水精之盘盛着鱼的。"犀筯厌饫久未下，鸾刀缕切空纷纶"，这是说了，用了那种犀牛角的筷子，但是平时吃的东西太多了，再好的东西也吃不下了。然后讲了烹调做法非常仔细。黄门是指宦官。"黄门飞鞚不动尘，御厨络绎送八珍"，皇帝的厨师给这批女人送来大量华贵的食物，而且这些宦官来来去去。下一句是"箫鼓哀吟感鬼神，宾从杂遝实要津"。来的官员都是地位很高的人，而且旁边还奏乐。"后来鞍马何逡巡"，逡巡本来是徐徐走的样子，这里面是要讲到，后面再来的人更高贵。然后"当轩下马入锦茵"，直接下马就走到宴席的前面，就下来了。后面这两句，是杜甫全诗之中点到要害的地方了，"杨花雪落覆白苹，青鸟飞去衔红巾。炙手可热势绝伦，慎莫近前丞相嗔"。就是说在这群人里面，气焰之嚣张，叫炙手可热，你一般人不要靠进去，靠进去怎么样呢？宰相会出来管事，会来骂你的。

我们在读这首诗的时候一定要知道杜甫当时的身份是什么？是地位很低的一个官员，大概是八品到九品之间，按照郭沫若的说法，是在哪一个武库里面看仓库门的小官。但是杜甫在这首诗里面，我们可以看到他的位置在哪里呢？当时的位置就是一个路人甲。但是在杜甫的眼之中，把这样一个场景，非常真实写出来，用非常华丽的词句写出他们华贵的生活和嚣张的气焰。

最特别的是，这时候宰相是杨国忠，杨国忠你作为宰相，应该要处理国事，每天都非常之忙，你要为国家之安危，为朝廷处理事情。但是这些女人在曲江池边的宴饮，关你什么事情？但是你要前前后后地伺候，别人来了以后，宰相在做这样一种维护秩序的工作，杜甫在这首诗里面是要表达，朝政大乱，这几个美女过着这样豪贵的生活，在这样一种公众场合之下，这样的摆阔，这样的气势。而且皇帝的厨师、大量的宦官都到这种场合来。杜甫在这首诗里面，包含嘲讽所有的内容，最隐含的两句诗是什么呢？"杨花雪落覆白蘋，青鸟飞去衔红巾"。要挑明这里面的宰相和这里面的美女之间有许多不明不白的关系。杜甫说得很含蓄，一方面是写景的，杨花是指柳絮，这个时候飘在水中，杨花入水为萍，这是用表面的典故，更深层的典故杜甫用的是北魏时候胡太后宠幸的一个男妓叫杨白花，杨白花被逼得无奈了，逃到南方去，成为一件公案。杜甫在这里面，要利用这个典故，说明这些男女之间的关系。下面一句的话，我们读到李商隐的诗，"青鸟殷勤为探看"，但这里面说的是"青鸟飞去衔红巾"，这个红巾是女士用的手帕。青鸟把这个红巾衔去是干什么的？是传情的。在这个环境之下，你要表达什么呢？杜甫什么都没有说，但是什么都说了。这是在杜甫的诗里面很特别的地方。我们在这个地方也可以看到，唐代上巳的诗，实际上是带有一种朝廷与民同欢的色彩。我想这些人出来，也是有他们的一个活动，也是有他们的一个节庆。但是作为杜甫看到的一个情况，就不是那么妙了，所以杜甫的诗词意义在这里面，是非常强烈的。

朱红：我们要不再看下一首？我顺便讲一下刚才前一张图，是辽宁省博物馆藏的，是宋代的一个摹本，当然也有人对于虢国夫人有称呼，也有定名，也有异议。但是我们可以通过这个图想象一下，当时唐人游春的情景。

下面再来看下面一首，关于寒食。说到寒食其实就是刚才陈老师讲到的，唐代的节日有一种与民同欢的意味在。但是大家平时都会说到清明是扫墓的，为什么寒食会这样？这其实是和唐代的家庙制度有关系，根据家里的关系，不同的官员有不同的家庙，比如天子有多少庙，几品士人有多少庙，可是普通老百姓没有家庙。没有家庙怎么表达对祖先的寄托和哀思呢？所以在当时老百姓很多，就是通过上墓，通过到先人坟墓去上墓来表示自己的这种祭祀的行为。但是因为祭祀往往是在寒食的时候，在春和景明、桃红柳绿的时候，往往就会有一种，娱乐和悲伤同在的感觉。在这时候宫廷里开始下了一个指令，要求把寒食扫墓正式归为五礼，礼仪之中，关于寒食你普通人怎么拜扫，既然作为家庙祭祀的一种，拜扫要有一定的礼仪秩序，这样寒食也成为了官方的法定假日。放假时间长短是不同的，通常是寒食连清明一起，放四天，三天、七天不等的。在这里面我们可以看到，《小寒食舟中所作》的，最主要大家是吃冷食的那种，不能开火，和之前有关系。

我们再看下一首。这个《一百五日夜对月》，一百五日也是指寒食。

陈尚君：冬至以后 105 天是寒食，实际上也是按照阳历的节气走的。但是节气实际上寒食就是清明前一天，冬至后 105 天。

朱红：这首诗主要是表达了在寒食的夜晚对内子的思念之情。

熟食日也是同样的，给他的孩子写的那首诗，其中写到松柏邙山路。邙山是在洛阳，邙山主要是作为当时扫墓墓葬的所在地，这里面提到了关于寒食墓葬扫墓的习俗。

这首也是写到了在节日里面对于亲人思念的一个心情。

再看下一首，这两个是连在一起的，因为前后只相差 2 天。在唐代清明完全没有扫墓的行为，只是一个用新火，因为前面寒食是禁火，到清明这一天就开始启用新的火。然后还有清明更多的是一种娱乐的行为，大家游春，然后秋千，然后还有寒食互相的聚会、宴饮，也有这些。

陈尚君：这首诗我稍微说一下，清明二首中的第二首，写于杜甫去世的前一年，大历四年，公元 769 年在长沙。所以杜甫个人身体状况已经不乐观，但是他看到的清明情景还是很感触的。他说"此身漂泊苦西东，右臂偏枯半耳聋。"这是身体状态，杜甫对于自己的身体叙述都是很清楚的。实际上最后几年，他得了几种病，除了我们现在讲的风湿性关节炎比较严重，还有一个病也是杜甫讲得很多的，叫消渴，消渴我们现在习惯讲糖尿病，糖尿病因为司马相如得过，所以古代的文人得到消渴，就是糖尿病，是一种很高雅、很有文化的病。这个杜甫也是这样，但是他这里面写到自己，"寂寂系舟双下泪"，在这样一个节日的时候，自己也很孤独，所以碰到节日自己也是很伤感。"悠悠伏枕左书空"，杜甫的诗里面，都是用大量的典故的。所以这个左书空，是用东晋殷浩的典故，殷浩退废以后，他老是在那里发牢骚，他始终是拿一个手在空中写字。后来人家看他写什么字呢？写咄咄怪事。杜甫这里书空，是用殷浩的典故。但是他因为是右臂偏枯，右臂不能写了，所以用左手在那里画字。后面两句"十年蹴踘将雏远，万里秋千习俗同。"这时候可以看到杜甫对于节俗的关系，我们现在蹴鞠，现在讲足球，但是在唐代的时候，应该这个球比较盛行。另外一个活动就是秋千，现在中国的秋千不多，但是韩国非常之盛，是中国传过去的。我直接感慨地说，秋千是中国古代，或者是飞机发明以前，人摆脱地心引力的一个最简单而可以普遍实行的一种安全手段。秋千的方式我们这样荡来荡去是一种，更复杂的秋千实际上是能够脱离地面，能够旋转的。所以唐代的时候，在杜甫的诗中可以传达出来的情况就是在于"万里秋千习俗同"，在秋天的时候荡秋千是非常普遍的情况。像苏东坡的《蝶恋花》里面，也讲到了，"墙外秋千墙里笑"，可以看到古代的秋千非常普遍。杜甫的诗里面经常会有复杂的地方在于"十年蹴鞠将雏远"，可以看到这中间是有这种玩球的，但这中间一定要理解，杜甫不是说我踢了十年足球，那是梅西了。杜甫说自己的人生就像滚动的一个球一样，没有目的，带着家人一路流浪，这里面是有双关的意思的。

后面"绿雁上云归紫塞，家人钻火用青枫"，钻火实际上是寒食第二天，钻木取火，北方用榆柳，南方是用青枫。然后杜甫总是要引到一种对国事、家事的关心，"秦城楼阁烟花里，汉主山河锦绣中"。诗都对得非常之讲究。最后两句"春去春来洞庭阔，白苹愁杀白头翁"，是写眼前之景，写到春去春来。但是后面是"白苹愁杀白头翁"。古人讲杜甫的诗非常注意对仗的种种变化。在这里既包含了同一句之中的春去春来的这种句法，还又包含了白苹愁杀的这种做法，还又把位置错移开来。所以后人总结这种方式，叫交股对，也叫磋对，对仗的方式是有变化的。杜甫的诗歌最特别的地方就在于他把唐代前中期开始的那一种非常讲究对偶，非常讲究音节、非常讲究平仄的做法发挥到极致，给后人的写诗开无数的法门。

当然我们现在阅读来讲，觉得杜甫的诗歌比较隔，用很多的典故，用很华丽的词章，有很复杂的组织，但是在唐宋的时候，那批人越来越讲究学问、内涵的时候，杜甫的诗歌适应了那个时候的变化，这种趋势在中国文学史上一直延续到清朝末年的光绪的时候。同光体的诗歌，基本上走的是这条道路，叫做有学问的诗。

朱红：我们看这首，陈老师还要再讲吗？

陈尚君：《清明》的另外一首，这是杜甫生命最后一年的诗，在长沙所写的。"着处繁华矜是日，长沙千人万人出"，这里头表达的就是，举世都在欢快，但是他自己很落寞。这里面可以看到，唐代的清明时候的情景和我们现在所谓的清明祭悼先人不是一个概念，是古今节俗，有这样一个变化。我们这里顺便说到有一首很有名的诗，"清明时节雨纷纷"，这首诗出现很晚，是南宋以后才出现的，跟杜牧没有关系，不是唐诗。所以诗与这种风俗的变迁，是有关系的。我们可以看到唐代的时候，清明的风俗和后来是有很大的不同的。

朱红：下面这一首，我们开始讲的是跟月亮有关系的。

陈尚君：这里插一首苏味道的诗，因为杜甫找不到元宵诗。

朱红：在杜甫的那么多首诗里面我们很难看到元宵的，用苏味道的这一首，当然非常有名，来跟大家讲讲，马上星期一也是元宵节了。这个第一句，火树银花，现在大家最常用来形容焰火的，就经常会说火树银花。在我们看来好像已经是寻常的一个典故，其实在当时是一种实写。为什么呢？因为在唐代的时候，元宵节的时候，有一个很特别的习俗，就是它的灯，不是我们现在看到的单独的一盏一盏，形容的是什么？叫灯轮，或者是灯树，就非常类似于我们在商务广场上看到的圣诞树。当然不是在树上绑着，而是通过做成了一个树的形状，灯是一轮一轮的，每一个圈越来越小，这样就形成了灯树的形状，上面都燃灯，所以叫火树银花。

为什么会有这样的形式呢？这也是我们可以谈到的一点，唐代的节日和佛教有非常密切的关系，正月十五有一点最主要的和佛教的关系是在于《药师经》，在《药师经》里面就提到了说燃灯的话是能够带来身体上的祈福和去除疾病。所以当时随着《药师经》的流行，正月十五是燃灯的一个习俗。

还有一点是随着玄奘。大家都知道玄奘，《西游记》，今年正好猴年。玄奘去到了印度以后，当地有一个佛舍利放光的传说，就说释迦牟尼涅槃以后，佛舍利就分布各处，就会有一个在天空中放光雨花的。这个习俗，印度的那个时间恰好根据玄奘自己记录说就是我们唐朝的正月十五。随着他的《大唐西域记》流传翻译，记录了，唐代以后，跟佛舍利相关的一个燃灯的习俗也就传播开来了。尤其在唐中宗的时候，就开始下令大家把宫门都打开，所以"星桥铁锁开"，就是全城一个狂欢的节日，三天没有晚上的宵禁的。平时长安是有晚上的宵禁的，城坊之间到了晚上都要关上的，不能够晚上有夜行人的。

陈尚君：所以唐代晚上爬墙的事情很多。

朱红：这一个描写到了正月十五。更多的话，它是一个欢乐的节日。我们可以看到"行歌尽落梅"，这个落梅其实是当时的一个乐曲。非常特别的，在元宵这一天，他们有一个特殊的乐曲，叫落梅。

下面一首，和正月十五相关的月亮，就是八月十五了。

陈尚君：这里面我摘录了几首杜甫八月十五前后的诗。但是我们会发现，在杜甫的时候，中秋节不是一个特别的节日，所以杜甫八月十五，到十六、十七连续写几首诗，他就是在观星看月亮，没有想到这一天要和团圆有关系。

虽然朱老师讲这个是元宵、中秋这种节日的实行都与佛教、道教等等有关系。但是在公元六世纪以前，这两个节日基本不存在的。它的出现我觉得是游牧民族到了南方以后有关系的，他们对于月亮越来越关注，后来月亮的形状越来越变成了团圆和家庭的聚会的关系。

我在这里面也稍微说明一下，古代岁时节日研究的基本文献。中国有几本书，各位如果有兴趣是可以看的。一本是南宋人的，叫《古今岁时杂咏》，编者署名是蒲积中，收录了唐代和唐代以前，以及和北宋时候大量的岁时节日有关的诗，按照一个个节日来编排的。这本书当中，我们如果研究岁时节日，材料非常完备。但是在这些人写的诗词中，可以看到哪一个时代重视什么节日，也可以都看到这种痕迹，所以是很重要的一本书。

另外一本书可以介绍的，叫《岁时广记》，南宋末年编的类书。《岁时广记》篇幅很大，很可惜到现在为止没有一个很好的整理本，清末的时候陆心源把它印出来的。很重要，它包含了大量的，与岁时节日有关的各种习俗、传闻和故事，形成这样一本可读的书。所以杜甫这一部分八月十五的诗就是写到月亮。所以这里我们可以跳过去，到《九日五首》这一部分。

《九日五首》写重阳，杜甫的诗写重阳特别多，唐代的时候，家人、兄弟、亲人团聚共庆的时候，实际上是在重阳。这个时候杜甫自己落魄在南方，到了九日的时候，思念家乡、思念京城，也思念皇帝。同时来讲，也感觉到自己孤独、寂寞、多病，所以写了很多这样的诗，我们在这里挑两首，我们觉得可以用的一个提法是"孤独人遇到衰瑟节"，重阳是在秋天，万物开始凋零，杜甫晚年的身体都不太好。

《九日五首》中的第一首。"重阳独酌杯中酒，抱病起登江上台"，杜甫写了自己的状态。"竹叶于人既无分"，竹叶是指竹叶青酒，在唐代就开始有了。自己因为生病不能多喝酒，竹叶酒与自己也没有太多的关系。"竹叶于人既无分，菊花从此不须开"，重阳是赏菊的时候，既然我酒不能喝，菊花对我来讲也没有意义。但是有典故，是这重阳节日的关节点。"殊方日落玄猿哭"，杜甫是在三峡，在夔州，在现在的重庆奉节。那个时候我们读李白的"两岸猿声啼不住"，这是因为心情好，这时候杜甫是"殊方日落玄猿哭"，听到猿的叫声，他觉得是在哭。"旧国霜前白雁来。弟妹萧条各何往，干戈衰谢两相催"。两方面的因素，战争不停，最主要杜甫要说的因素是，我不知道我弟弟妹妹在哪里，我不知道往哪里去。杜甫晚年的尴尬就在这个地方。我们读他的《登岳阳楼》，就是表达这种苍茫大地不知道往哪里去，他的诗经常表达这样一种情绪。

九日最著名的一首诗是杜甫的《登高》，这首诗也是杜甫名声最大的。这首诗在对仗方面叫工对，非常讲究。"风急天高猿啸哀，渚清沙白鸟飞回。无边落木萧萧下，不尽长江滚滚来。万里悲秋常作客，百年多病独登台。艰难苦恨繁霜鬓，潦倒新停浊酒杯"。这是大家都知道的诗。但是知道的诗也还有一些可以说的话题，杜甫在夔州的期间，我们现在三峡那一段，我们如果现在在那里生活一段，觉得那边景色非常好。但是杜甫那段时候，在那个地方并不是这种感受。我在研究生之初就开始写文章，我认为杜甫离开成都到了三峡的地方，是准备入京做官的，但是在那个地方，身体病重无法走动，所以留在三峡。虽然写了许多的诗，但是对那个地方穷山恶水极其讨厌，竭尽咒骂。

所以在杜甫的诗之中，渚清沙白，构成了一种肃清、衰瑟的气氛。虽然景色非常之大，无边落木，不尽长江。但是对杜甫来讲，只有无穷的哀怨。"万里悲秋常作客，百年多病独登台"，认为这两句之中包含了八九层意思。所谓的八九层意思是什么样的话呢？九日重阳应该是亲人团聚的时候，是应该在故乡和大家欢会的时候，而是自己孤独一人在远方，而且是长久的，身体又不好，而且是在这样一个遥远的地方，在一个衰瑟的季节之中，而且常年在外作客。所以这两句之中把杜甫人生之中许多的哀怨都表达了出来。这两句表达的还不够，换一句话，李白说是借酒浇愁，杜甫说是我是因为这样的心情不好，头发都白了，但是因此消渴疾的缘故，遵医嘱不能喝酒，我连借酒浇愁的机会都没有。所以在这里面，杜甫把当时自己的心情，自己的感觉，碰到节日以后的情境都表达了出来。

这两首都很有名，特别这一首非常著名。我在这里还讲一个好玩的段子。胡适曾经举例子来说，说出谜语，一定要让人家能够猜。胡适将此作为一个反面教材来举例子。他说如果有人出谜语猜杜甫的这一句诗，叫"无边落木萧萧下"，猜一个字，就是所谓不讲道理的猜谜。胡适的意思是说，萧萧是指齐梁两朝的皇帝，齐梁下面是陈朝，把陈的繁体字给换了，无边是把偏旁去掉，把一个木去掉，猜这个字是什么？胡适说这个字虽然我们知道是一个日或者是一个曰字，但是这个谜语是这样出，是不讲道理的，只有自己能够理解的，所以有这样一段典故。

还有一点时间，最后讲到唐代开始的庆生，就是做生日的节日，也作为节日，从唐玄宗的千秋节开始的。

朱红：《千秋节有感》。大家可以看"自罢千秋节，频伤八月来"。为什么呢？唐代皇帝的生日，以他的生日为节日，这是从唐玄宗才开始的，而唐玄宗的生日在八月五号。这一首诗写在唐玄宗以后，杜甫回想前朝，当时千秋节盛况的一种感慨。所以"先朝常宴会，壮观已尘埃"，就是描写这样一种心情。

我觉得比较有意思的是千秋节和中秋节，顺便说一下刚才陈老师说的杜甫诗。在唐代一共有130多首中秋诗里面，杜甫的诗是非常早的。为什么那么早呢？难道在杜甫之前的那些诗人对八月十五的月亮就没有关注了吗？为什么没有写诗呢？根据大家的研究就会发现，在这130多首诗和70多个诗人之中，绝大多数的时候都是在玄宗以后，说明八月十五和玄宗有非常密切的关系。大家都知道玄宗的生日是八月五号，和8月15之间只差了十天的，这两个节日之间有一个关联。

比如这个关联有人就会用千秋镜解释，这首诗里面提到了，"宝镜群臣得，金吾万国回"。在唐玄宗过生日的时候，他们有一个千秋镜的，这个是在西安博物院现在藏的一个双鸾飞马千秋镜，大家如果仔细看，在它的最上头，在花瓣的边缘其实是有一个千字，下边也有一个秋字，秋字是倒的。这就是在当时玄宗生日的时候，专门铸造的一种镜子，叫千秋镜。当然寓意比如说表示一个，镜子能够有明鉴的意思，臣子接到这个都会表示，我一定要以镜来照己，或者是表示祝贺的意思。千秋当然是祝贺皇帝万寿无疆的意思。在千秋镜里面还有一类，和月宫镜有非常密切的关系，所以大家会说月宫镜就是联系八月十五月宫传说和其之间的关联。

陈尚君：有一个传说是玄宗到过月宫，有这样一段。因为玄宗很信道教，经常有一些道士来哄他，包括怎么样到天上去转一圈，有各种传说。

朱红：包括佛教、道教的不同人物，都有这样的传说，好像是他带着唐玄宗去游历了一下月宫。

这里面也可以看到，当时玄宗生日，玄宗过世以后，后面唐朝的每一个皇帝都以自己的生日来作为一个节日。但是作为臣子来说，很可能是经历了好些皇帝的诞节的。所以在这个时候是有一种感慨在里面的，所以杜甫就是表达了一种对前朝的追想。

我觉得比较有趣，在节日之中，宫廷的这种法令的作用是值得讨论的。比如说寒食，它成为一个法定假日以后，都是通过国家的法令制度来进行一个推广。

就像我们今年上海的除夕，鞭炮禁令，果然大家过了一个非常安静的除夕夜。可以想到这种在习俗、法令、人情三者之间，其实是有一个互相融合、调整、适应的关系。比如像这个诞节，虽然是以国家的法令强制执行，但是因为宫廷已经更替了，所以就没后续存在的一个理由了，所以慢慢的话它就是淡出了。但是陈老师是说，现在日本好像还保留着。

陈尚君：但是现在许多的王国，实际上还是承认国王的诞辰日是为国庆日，至少是放假的。像英国女王的生日是 6 月的第一个星期一，日本天皇的生日是 12 月 23 号，也是放假的，皇居都可以开放参观。这种类似的很多，我不知道是谁早谁晚，在唐代的时候，中国历史上面把自己生日定为节日的是从唐玄宗开始的。

但是从杜甫的诗之中，杜甫对自己的生日没有看到太多的诗。但是从现在的诗词中至少有两首，杜甫是想到自己儿子生日的时候，觉得是抓紧教育小朋友的重要时候。所以我们下面一首是《宗武生日》，这一点杜甫和陶渊明很接近，对自己的孩子都是教育有序，而且是很自负。

这首诗也可以看一下，也比较简单。"小子何时见，高秋此日生"。你是秋天出生的，今天是你的生日。"自从都邑语，已伴老夫名"。我们看这里面，一定要在这里读懂杜甫所叙述的，老夫是很有名的，小朋友也经常有人把你跟老夫一样经常提到了。这里面杜甫对小孩子的宠爱之情，以及对自己的自负都是有所表达的。下面一句"诗是吾家事，人传世上情"。这里面诗是我们家世代家传的绝技。杜甫的祖父叫杜审言，也是非常有名的一位。杜审言有一句名言，他快死了，几个要好的朋友来看他，杜审言讲，我在世的时候太有才华了，久压公等，我把你们压得太久了，现在我要死了，你们机会来了。其实真的是一群最好的朋友之间无所顾忌的讲话，也可以看到杜审言的自负。杜甫也是把这样一种家族的荣耀传承，是看在了儿子身上的。怎么作诗呢？叫"熟精《文选》理"，杜甫传达作诗最关键的话，要做好诗要熟读《文选》。"休觅彩衣轻"，不要想到仅仅是以后学老莱子彩衣娱亲一样的，这没有意义，还是要学好我看家的本领。最后几句杜甫讲得也很好玩，叫"凋瘵筵初秩"，这是生日，应该有一个庄重的场合，"欹斜坐不成"，但是我身体不好，没有办法端坐。但是"流霞分片片，涓滴就徐倾"，稍微倒一点酒，我也为你高兴，稍微喝一点点酒，大家同欢。

杜甫在这里面表达的分寸，连同诗里面的情调，也都比较特别。

我在这里特别要说明最近两年我的一个很重要的研究心得，杜甫去世的时候，他所有的诗稿就在他的船上。杜甫的儿子生平没有详细记载，不知道他做了什么成就，但有一点非常重要的，就是杜甫去世的时候，留在船上那么多的诗稿，在历经了那么艰难的环节，终于流传到后来。我相信在这样一个环境之中，他的两个儿子是为自己的父亲做出了非常艰苦的工作的。

所以在这个过程之中，我们就感觉到杜甫的一生很不容易，同时来讲，在这个艰难困苦之中，杜甫始终没有放弃人生的追求，他的诗可以用宋代初年王禹偁的一首诗来讲，叫"子美集开诗世界"，杜甫字子美，杜甫的诗是开拓了诗歌的一个新世界。南京大学程千帆先生写的书，研究杜甫的专著就叫《被开拓的诗世界》，这是杜甫了不起的地方。我们就讲到这里！

孙甘露：两位老师都是如数家珍，讲得非常好，而且我们中国人讲，过了正月十五才算过完一年，现在我们还在年内，我们也按照两位老师刚才说的，依唐俗，我们今天感谢两位老师，同时也跟在座的各位说一句万岁万岁。再次感谢两位老师。

以书之名^①（代后记）

孙甘露

  2017年2月25日，星期六下午，思南读书会每周例行举办的时间。这一天，距思南读书会创办已逾三年，也正是在这一天，经由上海书展·上海国际文学周在思南公馆的举办、思南文学之家的成立、思南读书会和思南书集的创办，基于思南这一文化品牌的延伸、拓展的考虑，由上海市作家协会主管、主办，黄浦区永业集团、思南公馆倾力支持的大型文学双月刊《思南文学选刊》创刊问世。

  转眼三年，思南读书会创办之初的那个晴朗的冬日犹在眼前，而时间更往前，则是不经意间的无数细微的小事，使今日备受关注的这一切逐渐呈现出来……

  2005年夏末，我有幸随上海作家出版家代表团赴台北，参加由台湾联经出版有限公司主办的台北上海书展。此行由王安忆和孙颙带队，上海的作家、出版家计三十余人。此后十余年间，当时同行的作家蒋丽萍、赵长天先后辞世；每与此行结识的林载爵、阚宁辉、陈征等先生念及旧友，不免神伤。

  此行次年三月，应阚宁辉先生之邀，到上海文艺出版社下属的《上海壹周》报社兼职、学习，几年间在一间办公室围坐，学习办报。

---

① 本文原载于2017年5月5日《人民日报》海外版。

受两位出版人的影响，其间不免共同畅想由写作、出版衍生的诸般事宜，及至2008年，阚宁辉先生调任出版局负责上海书展工作，由台北之行开始的友谊算是回到了书展本身。

上海世博会次年，2011年上海书展开始与各出版社合作，邀请全球不同国家和地区的作家、学者出席上海书展新设的国际文学周活动。两年之后的2013年，基于完善国际文学周活动现场效果的考虑，经思南公馆的领导钱军先生、刘申先生、李海宇先生的安排，将文学周活动频次最密的作家对话放在了思南公馆举办。这是国有企业支持大型社会公共文学活动的有益尝试。上海市新闻出版局、上海市作家协会、上海市黄浦区委宣传部及思南公馆为活动专门设立了"思南文学之家"，孙颙先生、祝君波先生、李鎏先生、程霄玉女士等各方领导出席了揭牌仪式，刚刚获得诺贝尔文学奖不久的著名作家莫言欣然应允为"思南文学之家"题写了匾牌。

每年上海书展·上海国际文学周的活动虽然只有一周时间，但是活动带来的影响却是深远的，比如英国作家大卫·米切尔把在上海国际文学周期间的经历写进了他的长篇小说《骨钟》，此书的中文版已由上海文艺出版社出版。而《泰晤士报·文学增刊》的小说编辑托比·利希蒂希和西娅·莱纳尔杜齐来上海参加活动之后，高度赞赏和认同上海国际文学周的举办，更是与文学周策划团队的年轻人盛韵、彭伦、石剑峰等结下了友谊，此后，《泰晤士报·文学增刊》连续两年为上海国际文学周免费刊登形象广告，宣传上海书展·上海国际文学周。这次《泰晤士报·文学增刊》也会在《思南文学选刊》创刊之际，刊登选刊的形象广告，进一步加深中英文学的交流。这些点滴交往多少可以看作是上海书展在对外文化交流方面取得的切实的成果。而在2016年的上海书展期间，上海国际文学周与"伦敦书展·影像与银幕周"签署了合作协议，自2016年起每年互派作家，并为对方在书展期间安排宣传和交流活动，为进一步增进中国作家与世界其他国家和地区间的了解，宣传中国文学，起到积极的推动作用。

而为了使作家间的对话以及与读者的交流更加切实有效，把大部分活动从热闹的书展现场搬到幽静的思南文学之家，不仅使来宾在上海炎热的夏季有了更好的交流场所，也使来自世界各地的作家对上海这座城市所给予作家、读者、出版人的礼遇印象深刻。

而最令人难忘的是上海乃至来自全国各地的读者，有在父亲的陪护下特地从外地赶来的青年学生；也有在零下5度的严寒中，裹着大衣记笔记的读者；有将思南读书会视作大学课堂的退休老人，也有马振骋先生这样著名的文学翻译家以及其他一些作家、学者；当然，其中也不乏作家签名的爱好者，他们或在盛夏的雨中排队，或在读者众多时席地而坐；这个巨大的城市有多少种人，上海书展·上海国际文学周的活动就会出现他们静坐的身影和晃动的面孔。

自此，思南公馆便与书籍、作家、读者、出版人结下了不解之缘。钱军先生等思南的领导，决心把书香留在思南，在他们的盛情之下，上海市新闻出版局、上海市作家协会、上海市黄浦区委宣传部与思南公馆决定自2014年新春伊始每周六下午在思南公馆的思南文学之家举办思南读书会，把每年上海书展的阅读热情延续下去……

三年来，在市委宣传部领导徐麟、董云虎、朱咏雷、胡劲军，黄浦区领导翁祖亮、汤志平、杲云、李鋆、余海虹，上海新闻出版局领导徐炯、阚宁辉、彭卫国，上海市作家协会领导王安忆、孙颙、汪澜、王伟、马文运等的具体关心下，思南这个小小的读书会已经举办了近165期，上海书展·上海国际文学周的主体活动也已经在思南文学之家连续举办了四年。在此期间，曾经关心并亲临思南读书会的各方领导有的已经去到新的工作岗位，来自读书会策划推广团队的李伟长、王若虚、郭浏、隋文、陈思等年轻人依然夜以继日的辛勤工作着；来自七家实体书店的年轻人依然风雨无阻地坚守在思南书集，思南公馆的年轻员工更是不辞辛劳地全年维护着国际文学周和读书会现场的安全和秩序。来自世界各地的作家、学者带走了记忆也为上海和思南留下了他们珍贵的形象、声音和见解。2005年，在台湾联经出版有限公司举办的台北上海书展上结识的林载爵先生，也在十年之后的2015年上海书展期间，带领《联合文学》杂志的同仁和台湾的青年作家，来到思南文学之家，参加书展的活动。而上海的出版机构如世纪出版集团及全国各地的多家出版社与思南读书会合作举办了大量的阅读推广活动，思南读书会则在创办一周年之际编辑出版了思南读书会嘉宾的演讲录《在思南阅读世界》。如今，为了进一步拓展上海书展·上海国际文学周以及思南读书会的品牌建设，在上海市新闻出版局和上海市黄浦区委宣传部的关心支持下，《思南文学选刊》已经面世。这一由上海市作家协会主管、主办，全面关注中文世界文学创作、翻译和研究的选刊，既填补了上海没有文学选刊的空缺，相信也将为在新的媒体环境下探索社会化办刊做出有益的尝试，同时，为思南这一文化品牌注入新的活力，为更深入地推动上海这座城市的文学和阅读生活起到积极的作用。

这是上海乃至全国各地的出版人、作家、媒体、企业等方方面面的爱书人一起，这些年间合力为阅读推广，建设书香社会所做的无数事情中的一件；我能够置身其中，参与这服务社会、属意长远的工作，感到十分幸运。

图书在版编目(CIP)数据

在思南阅读世界.第二辑/孙甘露主编.—上海：
上海书店出版社,2017.8
ISBN 978-7-5458-1521-4

Ⅰ.①在… Ⅱ.①孙… Ⅲ.①演讲-中国-当代-选
集 Ⅳ.①I267

中国版本图书馆 CIP 数据核字(2017)第 172574 号

责任编辑 张允允
封面装帧 陈绿竞 余励奋

在思南阅读世界(第二辑)
孙甘露 主编
上海世纪出版股份有限公司
上海书店出版社出版
(200001 上海福建中路 193 号 www.ewen.co)

上海世纪出版股份有限公司发行中心发行
上海商务联西印刷有限公司印刷
开本 787×1092 1/16 印张 31.50 字数 432.000
2017 年 8 月第 1 版 2017 年 8 月第 1 次印刷
ISBN 978-7-5458-1521-4/I·402
定价 75.00 元